JORGE AMADO

OBRA CONJUNTA
VOLUME XII

Jorge Amado

OBRA CONJUNTA
VOLUME XII

TIETA DO AGRESTE
PASTORA DE CABRAS
OU
A VOLTA DA FILHA PRÓDIGA, MELODRAMÁTICO
FOLHETIM EM CINCO SENSACIONAIS EPISÓDIOS
E COMOVENTE EPÍLOGO: EMOÇÃO E SUSPENSE!

Texto integral e definitivo fixado por Paloma Amado
e Pedro Costa sob a orientação do Autor

2.ª edição

D.QUIXOTE

Título: *Tieta do Agreste Pastora de Cabras* (1977)
© 1999, Herdeiros de Jorge Amado e Publicações Dom Quixote

A presente edição tem por base as edições brasileiras das obras do autor, preparadas por Paloma Amado
e Pedro Costa, sob a orientação de Jorge Amado, pela confrontação dos textos das 1.as edições e das edições
mais recentes; a indicação das modificações e o dicionário dos termos próprios estão arquivados na Fundação
Casa de Jorge Amado
Revisão: Francisco Paiva Boléo

Ilustrações: Calasans Neto
Vinhetas das ilustrações recuperadas por Pedro Costa
Capa: Rui Garrido
Imagem da capa: © Shutterstock
Fotografia do autor: © Zélia Gattai
Paginação: Júlio de Carvalho – Artes Gráficas
Impressão e acabamento: Guide

1.ª edição: Setembro de 2000
2.ª edição: Abril de 2013
Depósito legal n.º 355765/13
ISBN: 978-972-20-5194 -1
Reservados todos os direitos

Publicações Dom Quixote
Uma editora do Grupo Leya
Rua Cidade de Córdova, n.º 2
2610-038 Alfragide – Portugal
www.dquixote.pt
www.leya.com

Nota sobre o autor

Nascido a 10 de Agosto de 1912, em Itabuna, no sul do Estado da Bahia, Jorge Amado nasceu, como dizia sua mãe, «com a estrela»: um homem afortunado. Seu pai queria que o filho fosse doutor, e ser doutor naqueles tempos era formar-se em Medicina, Engenharia ou Direito.

Jorge Amado, que desde os catorze anos participava em movimentos culturais e políticos, optou por Direito. Fez a vontade ao pai, mas não foi buscar o diploma e nunca exerceu advocacia. Em compensação, no ano da sua licenciatura, em 1935, já era um escritor conhecido, autor de quatro livros que fizeram sucesso entre o público e a crítica: *O País do Carnaval*, com que se estreou aos 18 anos, *Cacau*, *Suor* e *Jubiabá*. Em 1937, devido ao seu intenso envolvimento político, viu toda a primeira edição do seu livro *Capitães da Areia* ser queimada em praça pública, o que o levou, em 1941, ao exílio na Argentina e no Uruguai.

Em 1945, Jorge Amado uniu-se a Zélia Gattai, companheira de toda a sua vida. Deputado federal pelo Estado de São Paulo, fez parte da Assembleia Constituinte votando leis importantes, como a que ainda hoje garante a liberdade religiosa no país. Em 1947, o Partido Comunista foi ilegalizado e Jorge Amado perdeu os seus direitos políticos. Voltou para o exílio, desta vez em França e na Checoslováquia, continuando a escrever e a trabalhar pela paz, agora em companhia de Pablo Neruda, seu velho amigo, de Pablo Picasso, de Louis Aragon, de Nicolás Guillen, só regressando ao Brasil em 1952. Em 1961 foi eleito para a Academia Brasileira de Letras, vindo também a pertencer à Academia de Letras da Bahia, à Academia de Ciências e Letras da República

Democrática Alemã e à Academia de Ciências de Lisboa, sendo membro correspondente destas duas últimas.

O seu livro *Gabriela, Cravo e Canela*, publicado em 1958, teve grande sucesso e os seus direitos cinematográficos foram vendidos para a *Metro*, o que possibilitou ao escritor a compra de uma casa em Salvador realizando assim o sonho de voltar a viver na sua terra. Em 1963, Jorge Amado muda-se com a sua família para a Rua Alagoinhas, onde tem escrito os seus livros.

Jorge Amado foi agraciado com inúmeros prémios internacionais, entre os quais: Prémio da Latinidade (França, 1971), Prémio do Instituto Italo-Americano (Itália, 1976), Prémio Pablo Neruda (Rússia, 1989), Prémio Etrúria de Literatura (Itália, 1989), Prémio Mediterrâneo (Itália, 1989), e o Prémio Luís de Camões (Brasil-Portugal, 1995). Recebeu ainda os seguintes títulos, entre outros: Comendador da Ordem de Andrés Bello (Venezuela, 1977), Comendador da Ordem das Arte e das Letras (França, 1979); Grande Oficial da Ordem de Santiago da Espada (Portugal, 1980), Grande Oficial da Ordem do Mérito da Bahia (Brasil, 1981); Comendador da Ordem do Infante Dom Henrique (Portugal, 1986), Grande Oficial da Ordem do Rio Branco (Brasil, 1987), Ordem Carlos Manuel Céspedes (Cuba, 1988), Comendador da Ordem de Maio (Argentina, 1922), Ordem Bernardo O'Higgins (Chile, 1993). É ainda Doutor Honoris Causa pela Universidade Lumière, Lyon II, França, Universidade de Bari, Itália, Universidade de Israel, Universidade de Pádua, Itália, e Sorbonne, França.

Nota sobre a fixação dos textos

O Projeto de Fixação de Texto da Obra de Jorge Amado nasceu do desejo do Autor de ver seus textos corrigidos, buscando resgatá-los das deturpações ocorridas ao longo do tempo, nas sucessivas edições e revisões por que passaram. Tendo sempre se recusado a reler um livro seu depois do lançamento, Jorge Amado, no entanto, sempre foi verificando que muitos erros vinham se somando em seus livros e que era necessário «limpá-los» para que os leitores pudessem ter acesso ao texto original.

A empresa baiana *Odebrecht*, que realiza trabalhos também em Portugal, dentro do seu programa de auxílio à cultura, emprestou seu apoio e patrocina este projeto desde 1994.

Para realizar o trabalho é necessária dedicação exclusiva, assim como material informático especializado. Tecnicamente, é feita a comparação da última edição brasileira com a primeira e, sempre que possível, com o original datilografado e com as correções manuscritas pelo autor. Depois das diferenças levantadas e classificadas, parte é naturalmente corrigida, dentro dos critérios estabelecidos pelo Autor, e parte é submetida à apreciação de Jorge Amado, que algumas vezes sentiu necessidade de refazer alguns trechos.

Os erros mais frequentes dizem respeito a problemas gráficos e a erros cometidos pela revisão. Os primeiros livros, que passaram por composições manuais, e depois reedições pelo mesmo processo, perderam letras, palavras e frases, algumas vezes parágrafos inteiros, tiveram palavras alteradas e pontuação trocada. Por outro lado, alguns revisores, por vezes, discordaram do estilo do autor e reescreveram pequenos trechos, trocaram expressões, entre outras coisas.

No romance *Tieta do Agreste*, 1160 diferenças entre o original e a última edição foram observadas. O grande número de diferenças não significou grande dano para esta obra, pois na maioria dos casos não eram graves nem alteravam o sentido do pensamento do autor. Apesar de assim ser, este livro apresentou um problema curioso: entre as 27 palavras trocadas ao longo do livro, uma delas era o nome de um personagem. A determinada altura «…na sala *Napoleão* ressona.» Na realidade quem ressonava era *Bonaparte*, nome do personagem trocado no meio do livro pelo próprio autor.

Paloma Amado
Outubro de 1999

ÍNDICE

TIETA DO AGRESTE
PASTORA DE CABRAS
OU
A VOLTA DA FILHA PRÓDIGA, MELODRAMÁTICO
FOLHETIM EM CINCO SENSACIONAIS EPISÓDIOS
E COMOVENTE EPÍLOGO: EMOÇÃO E SUSPENSE!

TIETA DO AGRESTE
PASTORA DE CABRAS
OU
A VOLTA DA FILHA PRÓDIGA, MELODRAMÁTICO
FOLHETIM EM CINCO SENSACIONAIS EPISÓDIOS
E COMOVENTE EPÍLOGO: EMOÇÃO E SUSPENSE!

Romance

Para Zélia rodeada de netos.

Para Glória e Alfredo Machado, Haydée e Paulo Tavares, Helen e Alfred Knopf, Lúcia e Paulo Peltier de Queiroz, Lygia e Juarez da Gama Batista, Lygia e Zitelmann Oliva, Toninha e Camafeu de Oxossi e para Carlos Bastos.

Lugar bom para esperar a morte.
(Frase de um caixeiro-viajante sobre Sant'Ana do Agreste)

...esses que transformam o mar numa lata de lixo...
(Juiz Viglietta, sentença condenando à prisão os diretores da Montedison, na Itália)

Que belo pé de buceteiro!
(Exclamação de Bafo de Bode ao ver Tieta)

Silêncio e solidão, o rio penetra mar adentro no oceano sem limites sob o céu despejado, o fim e o começo. Dunas imensas, límpidas montanhas de areia, a menina correndo igual a uma cabrita para o alto, no rosto a claridade do sol e o zunido do vento, os pés leves e descalços pondo distância entre ela e o homem forte, na pujança dos quarenta anos, a persegui-la.

Arfando, o homem sobe, o chapéu na mão para que não voe e se perca. Os sapatos enterram-se na areia; o reflexo do sol cega-lhe os olhos; agudo fio de navalha, o vento corta-lhe a pele; o suor escorre pelo corpo inteiro; o desejo e a raiva — quando te pegar, peste!, te arrombo e mato.

A menina volta-se e olha, mede a distância a separá-la do mascate, o medo e o desejo: se ele me pegar vai meter em mim, estremece apavorada; mas, se eu não esperar, ele desiste, ah!, isso não, não pode permitir mesmo que queira pois o tempo é chegado.

O homem também parou e fala, grita palavras que não alcançam a menina, perdidas na areia, levadas pelo vento. Ela não ouve mas adivinha e responde:

— Bééé! — Assim cantam as cabras que ela pastoreia.

O desafio bate na face, penetra nos ovos do mascate, ergue-lhe as forças, ele avança. Atenta, a menina espera.

Lá atrás o rio, na frente o oceano, os olhos adolescentes percorrem e dominam a paisagem desmedida. Naquele momento de espera, de ânsia e de angústia, a menina fixou na memória a deslumbrante imensidão da cama de noiva que lhe coube. Do outro lado da barra, a beleza da praia

larga e rasa do Saco, em mar de águas mansas, no Estado de Sergipe,
a ampla aldeia de pescadores, com armazém, capela e escola, um vilarejo.
O oposto dos cômoros monumentais onde ela se encontra, a invadirem as
águas, o espaço do mar, contidos pelos vagalhões na fúria da guerra. Aqui o
vento deposita diária colheita de areia, a mais alva, a mais fina, escolhida
a propósito para formar a praia singular de Mangue Seco, sem comparação
com nenhuma outra, aqui onde a Bahia nasce na convulsa conjunção do
rio Real com o oceano.

Dúzia, dúzia e meia de casebres provisórios, mudando-se ao sabor do
vento e da areia a invadi-los e soterrá-los, morada dos poucos pescadores a
habitar desse lado da barra. Durante o dia, as mulheres pescam no mangue
de caranguejos, os homens lançam as redes ao mar. Por vezes partem em pes-
ca milagrosa, audazes a cruzar os vagalhões altos como as dunas nos únicos
barcos capazes de enfrentá-los e prosseguir mar afora, ao encontro marcado
com navios e escunas, em noites de breu, para o desembarque do contra-
bando.

O falso mascate vem na lancha a motor recolher as caixas de bebidas,
de perfumes, os fardos de seda italiana, de casimira e linho ingleses, outras
especiarias, e fazer o módico pagamento — dinheiro para a farinha, o café,
o açúcar, a cachaça, o fumo de rolo. De quando em quando, traz uma
vadia na lancha e enquanto caixas e fardos são transportados dos casebres,
vai despachá-la nas dunas, sobre as palhas dos coqueiros para aproveitar o
tempo. Um garanhão, o mascate; os pescadores o apreciam. Em mais de
uma ocasião ele não os acompanhou nos barcos, indiferente às vagas, até o
alto-mar de navios e tubarões?

A menina deixa que o homem chegue bem perto — só então dispara
areia acima e do alto novamente canta o exigente e assustado chamado das
cabras. De amor, não conhece outra expressão, outra palavra, outro som.
Ainda naquele dia o ouvira da cabrita no primeiro cio quando o bode Iná-
cio, pai do rebanho, se encaminhou para ela, balançando o cavanhaque e
as trouxas. Depois o mascate apareceu e a menina aceitou o convite para o
passeio de lancha, vinte minutos de rio, cinco de mar agitado e o esplendor
de Mangue Seco. Como resistir, dizer obrigada, mas não vou? Mentira: não
a seduzira a corrida no rio, a travessia do pedaço de mar, nem sequer as

dunas bem-amadas desde a infância. A menina não tenta inocentar-se. Recusara convites anteriores, o mascate a tinha de olho há tempos. Desta vez agora ela disse vamos, sabendo a que ia.

Quando, porém, sente a mão pesada segurar-lhe o braço o medo a invade inteira, da cabeça aos pés. Contém-se, no entanto não busca fugir.

O homem a derruba sobre as folhas dos coqueiros, suspende-lhe a saia, arranca-lhe a calçola, trapo sujo. De joelhos sobre ela, enterra o chapéu na areia para que não voe e se perca, abre a braguilha. A menina o deixa fazer e quer que ele o faça. Para ela soara o tempo, como para as cabritas a hora temida e desejada, a hora implacável do bode Inácio, o saco quase a arrastar por terra de tão grande. Sua hora chegara, já não lhe corria sangue entre as coxas todos os meses?

Nas dunas de Mangue Seco, Tieta, pastora de cabras, conheceu o gosto do homem, mistura de mar e suor, de areia e vento. Quando o mascate a arrombou, igual à cabrita horas atrás, ela berrou. De dor e de contentamento.

Primeiro
Episódio

Morte e Ressurreição de Tieta
ou A Filha Pródiga

CONTENDO INTRODUÇÃO E PALPITES DO AUTOR, INESQUECÍVEIS DIÁLOGOS, FINOS DETALHES PSICOLÓGICOS, PINCELADAS DE PAISAGENS, SEGREDOS, ADIVINHAS, ALÉM DA APRESENTAÇÃO DE ALGUMAS FIGURAS QUE DESEMPENHARÃO DESTACADO PAPEL NOS ACONTECIMENTOS PASSADOS E FUTUROS NARRADOS NESTE APAIXONANTE FOLHETIM — EM CADA PÁGINA A DÚVIDA, O MISTÉRIO, A VIL TRAIÇÃO, O SUBLIME DEVOTAMENTO, O ÓDIO E O AMOR

EXÓRDIO OU INTRODUÇÃO ONDE O AUTOR, UM FINÓRIO, TENTA EXIMIR-SE DE TODA E QUALQUER RESPONSABILIDADE E TERMINA POR LANÇAR IMPRUDENTE DESAFIO À ARGÚCIA DO LEITOR COM SIBILINA PERGUNTA

Começo por avisar: não assumo qualquer responsabilidade pela exatidão dos fatos, não ponho a mão no fogo, só um louco o faria. Não apenas por serem decorridos mais de dez anos mas sobretudo porque verdade cada um possui a sua, razão também, e no caso em apreço não enxergo perspectiva de meio-termo, de acordo entre as partes.

Enredo incoerente, confuso episódio, pleno de contradições e absurdos, conseguiu atravessar a distância a mediar entre a esquecida cidadezinha fronteiriça e a capital — os duzentos e setenta quilômetros de buracos no asfalto de segunda e os quarenta e oito de lama de primeira ou de poeira de primeiríssima, pó vermelho que se incrusta na pele e resiste aos sabonetes finos — indo ressoar na imprensa metropolitana.

Noticiário de começo entre galhofeiro e sensacionalista, logo após patriótico e discreto pois muito bem pago, dissolvendo-se rápido em anúncios, alguns de página inteira.

Certo semanário de tradições duvidosas — adjetivo mal-empregado: por que duvidosas? — meteu-se a valente em editorial de primeira página, com vermelha manchete agressiva, ameaçou enviar repórter e fotógrafo àqueles confins para esclarecer a gravíssima denúncia, o monstruoso conluio, o perigo estarrecedor, etc. e tal. Arrogância e indignação duraram apenas um número, a valentia o probo diretor a enfiou no rabo e esqueceu o escaldante tema. Ainda jovem mas já veterano nas lides da imprensa, arrotando em surdina ideologia radical e princípios explosivos, visando porém fins benéficos, Leonel Vieira afogou protesto e ameaças em uísque escocês, na grata companhia do doutor Mirko Stefano e de algumas apetitosas moças, todas elas relações-

-públicas de muita animação e pouca vestimenta. Pouca, em termos: duas entre as mais bem modeladas exibiam longas túnicas transparentes e por baixo nada ou quase nada, túnicas essas, na opinião de entendidos, mais excitantes que os curtos shortes ou os sumários biquínis. Amável tema de debate entre o doutor e o jornalista, única divergência a separá-los, no bar, à borda da piscina. No mais, acordo total. Quanto a mim, se me permitem opinar, prefiro os longos transparentes lambidos por uma réstia de luz, revelando volumes e sombras, ai! Mas que importa minha opinião?

A minha, a vossa, outra qualquer ante os potentes argumentos do doutor Stefano, argumentos em divisas, afirmam, se bem não haja absoluta certeza sobre a moeda original, dólares ou marcos ocidentais, as duas talvez. Tão irresistível dialética do simpático testa-de-ferro, levou o trêfego cronista social Dorian Gray Junior a proclamá-lo Mirkus, o Magnífico Doutor, em desbunde de adulação. Simples testa-de-ferro de ignotos patrões, conforme insinuou o semanário naquele exclusivo e atrevido editorial — atrevido, exclusivo e muito bem capitalizado; sendo, além do mais, uma garantia à esquerda pois que outro órgão da imprensa falada ou escrita ousou interpelar e ameaçar? Posição clara e definida, prova a ser exibida, se necessário; ninguém sabe o que pode acontecer no dia de amanhã, recente, aí está, o exemplo de Portugal, quem poderia prever? Ao demais, não hão de ser um simples cheque, por mais polpudo, garrafas de escocês e o ventre em flor das permissivas relações-públicas que abalarão as convicções ideológicas, os sólidos princípios do intemerato e dúctil jornalista: Leonel Vieira possui fibra e caráter capazes de digerir cheques, licores e beldades, conservando imutáveis princípios e ideologia. Embolsa o cheque, escorna no uísque, baba cangotes e xibius, manera o jornal e ao mesmo tempo proclama — baixinho — os princípios, radicalíssimo. Um porreta.

Quanto aos grandes patrões, esses não se mostram em bares, não brindam com jornalistas de cavação e preferem as formosas nuinhas de todo, no conforto e no recato, longe de qualquer exibição pública. Ai, quem me dera a honra, a glória suprema de que pelo menos um deles venha a aparecer nas mal-alinhadas páginas deste relato; seria o máximo para o modesto escriba contar com tamanha personagem. Realista, os pés na terra, não espero aconteça esse milagre; onde forças capazes de arrastar um lorde estrangeiro àquele cu-de-

-mundo, através de lama e poeira? Caso tudo dê certo, aprovado o projeto, instalado o complexo industrial, quando o progresso chegar com asfalto sólido, estradas de mão única, motéis, piscinas, moças de túnicas transparentes, polícia de segurança, aí sim, talvez tenhamos o privilégio de enxergar, com nossos olhos que a terra há de comer, um desses grandes do mundo, envolto em ouro.

De qualquer maneira, vou em frente, mesmo sabendo que alguns detalhes dificilmente merecerão crédito de parte das pessoas sensatas, pespegá-los exige martelo russo e prego caibral, para usar expressão da velha Milu repetida cada vez que o bardo Barbozinha termina de narrar sobre o além e o passado ou, indômito, penetra futuro adentro, a voz eloqüente e empostada — empostada por uma embolia que o acometera anos atrás e por pouco o desencarna. Não deu para tanto, suficiente porém para aposentá-lo do quadro de funcionários da Prefeitura da Capital, onde exerceu, com relativa capacidade e certo desleixo, funções de escriturário, e trazê-lo de volta às ruas poucas e pacatas de Sant'Ana do Agreste, cujos limites culturais, com tal retorno, logo de muito se ampliaram pois Barbozinha — Gregório Eustáquio de Matos Barbosa — é autor de três livros, publicados na Bahia, dois de poesia e um de máximas filosóficas.

De tudo isso se dará notícia no decorrer da ação. Aqui venho apenas livrar a cara, declinar de qualquer responsabilidade. Relato os fatos conforme me foram narrados, por uns e por outros. Se de quando em quando meto minha colher e situo opiniões e dúvidas, é que também não sou de ferro nem me pretendo indiferente às *agitações sociais, vendavais do século a convulsionar o mundo* (De Matos Barbosa, in *Máximas e Mínimas da Filosofia* — Dmeval Chaves Editor — Bahia, 1950). Sou apenas prudente, o que nos tempos de agora não é virtude nem mérito e sim necessidade vital.

De uma coisa desejaria realmente ter certeza no momento em que colocar o ponto final nas páginas deste folhetim, e para isso conto com a ajuda dos senhores, lanço-lhes um desafio: respondam-me quais os heróis da história, quem lutou pelo bem da terra e do povo. Em nome da terra e do povo todos falam, cada qual mais ardente e gratuito defensor. A gente vai ver descobre dinheiro pelo meio, no bolso dos sabidos, povo e terra que se danem.

Nesta embrulhada, cujos nós começo a desatar, quem merece nome em placa de rua, avenida ou praça, artigos laudatórios, homenagens, comendas, cidadania, ser proclamado herói? — digam-me os senhores. Aqueles que pro-

29

pugnam pelo progresso a todo custo — pague-se o preço sem reclamar, seja qual for — a exemplo de Ascânio Trindade? Se pagasse com a vida, teria pago menos caro. Se não forem eles, que outros? Não há de ser a Barbozinha ou a dona Carmosina, a Dário, comandante sem tropa a comandar, que se confira tais honrarias, muito menos a Tieta, melhor dito, à madame. As palavras também valem dinheiro, herói é vocábulo nobre, de muita consideração.

Agradecerei a quem me elucidar quando juntos chegarmos ao fim, à moral da história. Se moral houver, do que duvido.

CERIMONIOSO CAPÍTULO ONDE SE TRAVA CONHECIMENTO COM AS TRÊS IRMÃS, A POBRE, A REMEDIADA E A RICA; ESTANDO A ÚLTIMA AUSENTE — QUEM SABE PARA TODO O SEMPRE; ONDE SE CONHECE DA CARTA MENSAL E DO CHEQUE IDEM, ANSIOSAMENTE AGUARDADOS, SOBRETUDO O CHEQUE, COMO É NATURAL, E TAMBÉM DE PEQUENAS MISÉRIAS E MÍNIMA ESPERANÇA, NA HORA DO MORMAÇO; ONDE EM RESUMO SE COLOCA INQUIETANTE PERGUNTA: TIETA ESTÁ VIVA OU MORTA? SINGRA OS MARES EM CRUZEIRO DE TURISMO OU JAZ EM CEMITÉRIO PAULISTA?

EMPERTIGADA NA CADEIRA, AS MÃOS CRUZADAS SOBRE O PEITO MAGRO, toda em negro dos sapatos ao xale, coberta assim de luto fechado desde a morte do marido, Perpétua baixa a voz, lança a fúnebre hipótese:

— E se sucedeu alguma coisa com ela? — adianta a cabeça para onde está a irmã, sussurra: — E se ela bateu a caçoleta? — mesmo sussurrada, a voz, sibilante e ríspida, é desagradável: — E se ela morreu?

Elisa estremece, solta o pano de prato, derrotada pelo mau presságio. Há dois dias e duas noites longas tenta arrancar da cabeça esse maldito pressentimento a persegui-la, a roubar-lhe o sono, a deixá-la com os nervos em ponta.

— Ai, Senhor meu Deus!

Perpétua descruza as mãos, alisa a saia de gorgorão bem passada, ratifica com um movimento de cabeça; não fez uma pergunta e sim uma afirmação. De comprovação fácil, aliás:

— Estamos a vinte e oito, praticamente no fim do mês. A carta sempre chega por volta de cinco, nunca passa de dez. Para mim, ela bateu a caçoleta.

Mesmo no desalinho da manhã de ocupações domésticas, o rosto de Elisa é bonito: morena de tez pálida, olhos melancólicos, lábios carnudos. Sob o desleixo do vestido velho e amarfanhado, chinelas gastas, ergue-se o corpo esbelto, de ancas altas e seios rijos. Um lampejo de curiosidade brota nos olhos assustados. Elisa busca na face da irmã outro sentimento além da preocupação pelo dinheiro. Não encontra: a proclamada morte de Tieta não aflige Perpétua, teme somente pela sorte do cheque. A cessação da remessa mensal assusta igualmente Elisa: não só perderiam a ajuda indispensável como teriam de sustentar o pai e a mãe, onde arranjar o necessário? Um horror, Deus não permita!

Um horror, sem dúvida, porém havia mais e pior. Ao calafrio de medo sucede a tristeza, um aperto no coração. Se ela morreu, então tudo se acabou para sempre, não somente o cheque, também a tênue esperança; sobrará apenas o vazio. Essa irmã Antonieta — meia-irmã, aliás, pois Elisa nascera do segundo e inesperado casamento do velho Zé Esteves —, de quem não conserva lembrança, a respeito de quem sabe tão pouco, é a razão de ser de Elisa.

Nos últimos anos, sobretudo após o casamento, começara a idealizar a figura da ausente, espécie de gênio bom, heroína de conto da carochinha, imagem fugidia, quase irreal, a se fazer concreta no auxílio mensal, nos esporádicos presentes. Reunindo frases ouvidas, narrativas de antigos enredos, comentários do pai e da mãe; a letra larga e redonda nas pequenas cartas — parcas em palavras e notícias, reduzidas às mesmas perguntas pela saúde dos velhos, das irmãs, dos sobrinhos, mas não secas e frias, contendo, além do cheque, abraços e beijos — o perfume ainda a evolar-se do envelope após tantos dias de correio; os embrulhos de roupa usada, pouco usada, quase nova; o título de comendador ostentado pelo marido; a fotografia na revista, Elisa construíra pouco a pouco imaginário retrato da irmã, fada alegre, bela e bondosa, habitando um mundo rico e feliz. Nessa visão pensa e nela se apóia quando sonha

31

com outra vida, mais além da pasmaceira e do cansaço. Morta Antonieta, que restará a Elisa? As revistas de fotonovelas, nada mais. Nem isso, meu Deus! Onde os níqueis, sobrados das despesas, com que comprá-las?

Tristeza por tudo quanto perderá, o dinheiro mensal, os presentes, o devaneio, o sonho, mas também tristeza simplesmente pela morte da irmã; gostará de alguém tanto quanto gosta dessa meia-irmã que não conhece? Reage, na necessidade de conservar pelo menos a esperança: Perpétua imagina sempre o pior, boca de agouro.

— Se ela tivesse morrido, a gente já tinha sabido, alguém havia de dar a notícia. Em casa dela tem nosso endereço, todo mês ela escreve, não é? Haviam de avisar... — há dois dias, na labuta da casa, na cama de insônia, repete esses argumentos para si mesma.

— Avisar? Quem? Só se o marido dela e a família dele forem malucos.

— Malucos? Não vejo por quê.

Perpétua estuda a irmã em silêncio, a se perguntar se deve ou não contar, decide-se por fim, de qualquer maneira ela terá de saber:

— Porque, com a morte dela, a gente tem direito a uma parte da herança. Nós três: o Velho, eu e você.

Elisa volta a enxugar os pratos, de onde Perpétua tirara aquela idéia de herança? Cada bobagem!

— Quem vai herdar é o marido dela, o Comendador. Por que a gente havia de herdar? Pro Pai, pode ser que ela deixe alguma coisa, tem sido boa filha, boa até demais. Mas, pra nós duas, por quê? Quando ela saiu de casa, eu tinha menos de um ano. E tu, não foi por tua culpa que ela foi embora?

— Ela foi embora porque quis. Não me cabe culpa.

— Não foi tu que xeretou ao Pai? Abriu o bico, ele quebrou a pobre no pau, tocou ela rua afora, não foi? Mãe me contou como se deu e Pai confirmou, disse que tu foi a culpada.

— Dizem isso agora, para adular. Depois que ela começou a mandar dinheiro, virou santa. Por que tua mãe não tomou as dores na ocasião? Quem foi que deu a surra, quem botou ela pra fora de casa? Eu ou o Velho?

Elisa estende sobre a mesa a toalha manchada de azeite, de feijão, de café — Astério tem mão podre, não sabe se servir sem derramar caldos e molhos, o infeliz. Encolhe os ombros, não responde à pergunta de Perpétua, o pai e a irmã que decidam entre eles de quem a culpa; dela, Elisa, é que não foi, não completara um ano de idade quando denúncia, expulsão e fuga aconteceram.

Perpétua semicerra os olhos gázeos, por que Elisa se empenha em recordar o passado? A própria Antonieta não esquecera, há muito, agravos e injustiças? Não envia dinheiro, presentes? Não ajuda nas despesas? Ademais, há males que vêm para bem, não é mesmo? Se ela não tivesse sido posta no olho da rua, em vez de partir para o Sul e triunfar em São Paulo, bem casada, cheia de dinheiro, feliz da vida, teria ficado ali, naquele buraco, vegetando na pobreza, sem direito a noivado e casamento pois a história com o caixeiro-viajante logo se tornara de domínio público. Sem direito a nada, mera criada do pai e da madrasta.

— Se ela não lembra essas coisas por que tu há de lembrar?

— Não fiz por mal, só para mostrar que ela não tem motivo pra querer deixar herança pra nós duas.

— Não depende dela querer ou não querer... — Perpétua descerra os olhos, compõe a saia, retira invisível cisco da blusa: — Quando ela morrer, metade da fortuna fica para o marido e, como ela não tem filhos, a outra metade é dividida entre os parentes, os parentes próximos, o Velho e nós, o pai e as irmãs.

— Como é que tu sabe?

— Doutor Almiro me disse...

— O promotor? E tu foi falar isso com ele?

— Propriamente falar, não falei. Ele estava conversando com padre Mariano, eu e outras zeladoras de junto, ouvindo. Estavam falando da herança de seu Lito, que deixou o dinheiro todo para o padre dizer missa pela salvação da alma dele na Igreja da Senhora Sant'Ana. Pois já vai para mais de seis meses que ele morreu e até agora o padre não viu a cor do dinheiro. Está depositado na mão do juiz, em Esplanada, porque os parentes botaram questão, com advogado e tudo. Doutor Almiro disse que, pela lei, metade é deles. Daí eu fui perguntando, como quem não quer nada...

— Tu quer dizer que quando uma pessoa morre, metade do que ela tem fica pros parentes?

— É isso mesmo... — Perpétua busca no bolso da saia um lenço para enxugar o suor fino na testa, com o lenço aparece um terço de contas negras.

33

— Quer dizer que, se tu morrer, metade do que é teu fica pra mim e pro Pai...

— Tu não presta atenção no que se fala. Só quando o falecido não tem filhos; é o caso dela, mas não o meu. O que eu deixar quando morrer vai ser repartido entre Ricardo e Peto, meus filhos, meus únicos herdeiros. Já foi assim quando o Major morreu — faz o sinal-da-cruz, eleva os olhos murmurando Deus o tenha em sua glória —, a herança foi dividida, metade para mim, metade para os meninos. O doutor Almiro...

— Tu perguntou isso também?

— Sempre vale a pena saber.

— Tu pensa que ela morreu e que o marido não diz nada para ficar com tudo?

— E não pode ser? Por que ela nunca deu o endereço para nós? Mandou a gente escrever para a caixa-postal, onde já se viu? Proibição do marido, para a gente não saber. Você sabe o sobrenome dele? Nem eu. É Comendador pra cá, Comendador pra lá, e acabou-se, nada de sobrenome. Por quê? Tu não atina nessas coisas mas eu tenho pensado muito nisso e tirei minhas conclusões.

Também Elisa havia atentado naquelas esquisitices. Em sua opinião, porém, outro era o significado da falta de endereço, de sobrenome, da ausência de maiores detalhes sobre vida e família: Antonieta perdoara os agravos, não guardara mágoa, mas não esquecera o passado, não queria maior aproximação com os parentes, gente mesquinha do interior, não desejava misturá-los a seu mundo maravilhoso. Ajudava pai e irmãs como cumpre às filhas quando em boa situação. Obrigação cumprida, a consciência em paz, ponto final: reserva e distância. Se querem saber, faz ela muito bem! Era isso e nada mais, não passando o resto de invenção de Perpétua, a cachola sempre a pensar malfeitos e desgraças. Se Antonieta decidisse deixar alguma coisa para o pai e as irmãs, após a morte, tomaria as medidas necessárias com antecedência, estaria tudo disposto e estabelecido.

— Não acredito, não. Se ela tivesse morrido, a gente havia de saber.

Termina de botar a mesa, fica parada, o olhar perdido:

— Está é viajando, gozando a vida. Toda vez que sai a passeio, a carta atrasa. Atrasa mas chega. Lembra quando foi a Buenos Aires e mandou aquele cartão tão bonito? Vida é a dela: viagens, passeios, festas. Tieta é muito boa de pensar na gente no meio de tanta animação. Se fosse comigo que tivesse acontecido, nunca mais, nunca mais mesmo, eu havia de dar notícias.

Volta a vista para Perpétua, agora a passar as contas do terço:

— Vou dizer uma coisa, acredite se quiser. Mesmo se fosse para herdar o dinheiro todinho, sem ter que dividir com ninguém, nem assim eu desejo a morte dela.

— E quem deseja? — Perpétua suspende a reza, a conta negra entre os dedos:

— Mas, se não chegar mais cartas, então é sinal que Antonieta morreu. Aí eu vou mover mundos e fundos até descobrir o marido dela e tomar minha parte.

— Tu acaba lesa de pensar tanta maluquice. Ela está é passeando, se divertindo. Por que agourar criatura tão direita? A carta não passa de amanhã.

— Tomara mesmo. Fui em casa do Velho, ele está nos azeites. Sabe o que me perguntou? Se Astério não tinha metido a mão no dinheiro e pago alguma dívida, como fez daquela vez que usou o cheque para resgatar a letra vencida. O Velho pensa que a gente vive roubando ele. — Volta a dedilhar o terço, os lábios sem pintura movem-se em silêncio.

Com Perpétua é assim, taco a taco: Elisa fizera referência à intriga que resultara na partida de Antonieta, Perpétua, na volta da conversa, deu o troco, desentocou o malsinado assunto da duplicata, velho de cinco anos. A voz cansada, Elisa revida sem veemência:

— Tu sabe que, se ele não pagasse a letra, a loja ia à falência. Tu sabe, o Pai sabe…

Não cresce o tom de voz, monótono:

— Mas que a gente vive roubando, ah!, isso vive, não adianta tu ficar aí sentada de terço na mão, mastigando padre-nosso com esse ar de santa.

— Nunca toquei num tostão do Velho…

— Nem ele ia deixar. É dela que a gente rouba. Para que ela manda o cheque todo mês?

— Para as despesas do Velho.

— E para que mais?

— Para ajudar na educação dos sobrinhos.

— Isso mesmo. Para ajudar na educação dos filhos da gente. O meu não chegou a completar dois anos e eu nunca mais peguei menino. Nunca mais, Deus nao quis…

Os olhos vão da sala de jantar para o quarto de dormir, pela porta aberta vê a cama de casal ainda por arrumar. Deus não quis? Nem pra isso Astério serve... A voz neutra, prossegue:

— E tu? Será que tu mandou dizer a Tieta que Peto está no Grupo Escolar, não paga nem um vintém? Que padre Mariano arranjou com o Bispo o seminário de graça para Cardo? Eu sei o que tu mandou dizer: o preço da Escola de Dona Carlota, a mensalidade do seminário. Isso, sim, tu mandou dizer, pro resto boca trancada. Por que tu puxa de novo essa história de letra que Astério resgatou, se cada um de nós tem seus podres?

— Foi o Velho que falou, só repeti o que ele disse.

— Um dia eu ainda tomo coragem, escrevo a ela contando a verdade: que não tenho mais filho nenhum, o que tinha a doença levou mas que a gente precisa tanto do dinheiro que ela manda, mas tanto a ponto de me ter faltado forças para comunicar a morte de Toninho. Era capaz dela ficar com pena e mandar até mais do que manda. Só que não tenho coragem de arriscar... Por que a gente é assim, Perpétua? Por que a gente não presta? É por isso que ela não quer aproximação, não manda endereço, ajuda de longe.

A voz se faz pesada, áspera, quase desagradável como a de Perpétua:

— E ela age muito bem porque, se eu tivesse o endereço...

Os olhos fitam o vazio:

— Ah!, se eu soubesse o endereço já tinha arribado pra lá!

Perpétua chega ao fim do terço, beija a pequena cruz:

— Tem horas que tu nem parece mulher feita e casada, fala o que não deve. O que tu precisa é ir ajudar na igreja em vez de ficar em casa lendo revista e ouvindo rádio, gastando o tempo com essas porcarias.

Elisa deixa cair os braços, a voz novamente neutra:

— Amanhã, logo que a marinete chegue, passo no correio. Vem amanhã, tu vai ver.

— Deus te ouça. Com a desculpa da doença, Lula Pedreiro há três meses não paga aluguel. Agora mandou a chave, foi morar com o filho, deixou a casa imunda, um chiqueiro. Para alugar, vou ter que dar pelo menos uma demão de cal.

— Tu te queixa sem razão. Mora em casa própria e ainda tem mais duas para alugar, fora a pensão do falecido. A gente, se não fosse pelo dinheiro que ela manda pro anjinho, nem numa sessão de cinema podia ir.

— Amanhã, me avise logo se chegou ou não. Se não chegar, vou tomar minhas providências.

— Por que não fica para almoçar? O que dá pra dois, dá pra três.

— Eu? Comer carne em dia de sexta-feira? Tu bem sabe que é pecado. É por isso que vocês não vão para a frente. Não cumprem a lei de Deus.

Ergue-se da cadeira, guarda o terço no bolso da saia. Toda em negro, a blusa de mangas compridas, sem decote, fechada no pescoço, o coque alto coberto pela mantilha, o rosto severo, virtuosa e devota viúva. Benze-se ao ouvir o sino da Matriz nas badaladas do meio-dia, encaminha-se para a porta. Na rua deserta, ressoam os passos de Astério. O mormaço sobe do chão, desce do céu. Elisa suspira, dirige-se para a cozinha.

DE ELISA, LINDA DE MORRER, DIANTE DO ESPELHO, E DO MARIDO ASTÉRIO, BOM DE TACO — CAPÍTULO ONDE NADA ACONTECE

Quando no dia seguinte a marinete de Jairo buzinou na curva próxima à entrada da cidade, Elisa, sentada à mesa antiga, quem sabe de valor, a servir de penteadeira, terminara de passar batom nos lábios e sorriu para a imagem refletida no espelho barato pendurado na parede. Achou-se bonita. A negra, bravia cabeleira, agora cuidada, solta sobre os ombros, emoldura-lhe a face pálida, o langor dos olhos, a boca de lábios gulosos, acentuados pelo batom. *Linda de morrer*, como diz, ao referir-se a estrelas de rádio, tevê e cinema, o admirado locutor Mozart Cooper — pronuncia-se Cu...u...per —, *voz de veludo nas ondas hertzianas a embalar os corações solitários*. Coração solitário, linda de morrer.

Durante alguns minutos esqueceu-se de tudo quanto a afligia e ensaiou poses e trejeitos, imitados das cenas das fotonovelas: um muxoxo com os lábios, olhar apaixonado, sorriso tentador, desmaio de paixão, a boca se abrindo para o beijo, a ponta da língua a surgir entre os lábios, vermelha e úmida.

Beijar a quem? Num gesto cansado, encolheu os ombros, os olhos cobriram-se de sombra. Volta a pensar na carta, busca tranqüilizar-se: está chegando na mala do correio, trazida pela marinete, de hoje não passa. E se não chegar?

Na véspera, na mesa do almoço, Astério, comilão e apressado, a boca cheia, mastigando feijão e palavras, repetira pergunta e lamúria:

— Por que tanta demora? Logo em novembro, mês de pouca venda, quase nenhuma. Que diabo pode ter acontecido?

Elisa trancara os lábios, se lançasse a suspeita a lhe queimar o peito o marido entraria em pânico. Esmorecido de natureza, incapaz de esforço e luta, o dia inteiro encostado ao balcão da loja à espera da minguada freguesia, animando-se apenas quando um dos parceiros do bilhar — Seixas, Osnar, Aminthas ou Fidélio — aparece para comentar apostas e jogadas; se Ascânio Trindade treinasse, Astério teria adversário pela frente. Osnar, desocupado, faz ponto na loja, o cigarro de palha pendurado no lábio. Infalível aos sábados, quando o movimento cresce por causa da feira. Após vender a farinha, a carne-de-sol, o feijão, as frutas, o cultivo das roças e o barro cozido em pequenos fornos rudimentares — moringas e quartinhas, cavalos e bois, jagunços e soldados, o padre-cura e os noivos de mãos dadas, potes e panelas —, os sitiantes e roceiros enchem a loja a comprar fazendas, sapatos, calças e camisas, quinquilharias, vez por outra um rádio de pilha. Na moita, equilibrado numa velha cadeira, Osnar espreita as caboclas novas, puxando conversa quando lhe parece valer a pena. Nos sábados, o moleque Sabino ganha cinco cruzeiros para ajudar, atendendo a maioria dos rudes fregueses — cinco cruzeiros e o que rouba no troco.

Se Elisa contasse a conversa com Perpétua, Astério era capaz de ter um daqueles vexames repetidos a cada aperto maior de dinheiro, a cada problema com os fornecedores; suores frios, fraqueza nas pernas, tontura, vômitos. Recolhe-se à cama, batendo o queixo, tiritando, a loja entregue a Sabino. Só Osnar consegue levantá-lo, arrastando-o para o bilhar, no Bar dos Açores, de seu Manuel Português.

No bilhar transforma-se, vira outro homem. Ri e graceja, arrota valentia, aposta sem medo, manda desafiar Ascânio, certo da vitória. Bom no taco. No taco do bilhar, somente no bilhar taco de ouro, surpreende-se Elisa a resmungar. Censuráveis resmungos, pensamentos ruins, surgiam assim de repente, perseguiam-na os malditos, cruz credo.

A face pensativa no espelho. Linda de morrer, ali perdida, a envelhecer naquelas ruas paradas, à espera da carta e do cheque. Não fossem o rádio de pilha e as revistas, que seria de Elisa?

Se revelasse a Astério o tema debatido com Perpétua, a probabilidade — para a irmã, a certeza — da morte de Tieta, ele vomitaria o feijão, o arroz, a carne, os pedaços de manga, ali mesmo em cima da mesa do almoço. Tirante o bilhar, um molengas, sem ânimo, sem ambição, sem conversa, sem alegria. As raras prosas, as poucas risadas provinham ainda do bar, picantes histórias dos parceiros, de Seixas e Aminthas, raramente Fidélio, reservado de natureza e por cálculo, quase sempre Osnar, abastado, obsceno e mulherengo. As histórias de Osnar, entre as quais figura o notável caso da polaca, são de morrer de rir, em geral têm a ver com o descalibrado tamanho de seus órgãos sexuais. Estrovenga de jumento, afirma Astério, distanciando as mãos para indicar a medida espantosa: daqui para maior.

O cansado motor da eletricidade deixa de trabalhar às nove da noite, marcando a hora de dormir, confirmada pelas badaladas do sino da Matriz. Astério conclui a partida, encosta o taco, recolhe ou paga as apostas, toma o caminho de casa. Vez por outra, se Elisa ainda não pegou no sono, Astério, ao despir-se, repete a mesma frase, prólogo do caso a narrar: *Acontece cada uma!*

Osnar ou Aminthas, Seixas ou Fidélio, fosse qualquer dos quatro o personagem, fosse outra figura da cidade, o enredo era quase sempre escabroso, envolvendo mulher e cama — cama ou mato, na beira do rio. Elisa ouve em silêncio, tensa, atrevendo-se de raro em raro a pedir detalhes, tão necessários no entanto à construção do imaginado mundo em que se trancara para subsistir, onde cada elemento importava; a grandeza de Antonieta, o postal de Buenos Aires, o perfume no envelope, as tramas de Seixas, os segredos de Fidélio, as patifarias de Aminthas, a anatomia de Osnar. Durante o dia, o rádio ligado sem parar, Elisa passa e remenda roupa, lava pratos, cozinha, lê e relê revistas, visita dona Carmosina no Correio, suporta, após o jantar, a lengalenga da vizinha, dona Lupicínia, cujo marido se mandara há mais de um lustro para as bandas do sul da Bahia e não tinha previsão de regresso; vai ver não volta nunca.

Linda de morrer, só mesmo para morrer, para que outra coisa, qual? A boca ante o espelho abre-se ávida para o beijo. Que beijo? Elisa levanta-se, ai quem lhe dera possuir espelho onde pudesse se ver de corpo inteiro! Linda de morrer, no fino da moda.

Afinal, pergunta-se a encolher os ombros novamente, por que gasta esse tempão em pintar-se, em ajeitar a negra cabeleira, em fazer-se tão elegante no vestido restaurado, presente de Tieta como todos que possui, cada qual de melhor fazenda e de padrão mais moderno — usados mas pouco, quase novos. Para que tanto apuro, tanto cuidado com a maquiagem, para que o decote a mostrar os ombros, o nascer dos seios?

Para atravessar as ruas desertas, de raros passantes, perceber o peso do olhar do árabe Chalita, a bigodaça de sultão, a barba por fazer, eterno palito entre os dentes, dono do Cinema Tupy e da sorveteria, velho e descuidado, ou sentir sem ver a mirada matreira do moleque Sabino fixa nos meneios das ancas da inacessível mulher do patrão, ouvir o assovio do pestilento Bafo de Bode, mendigo e bêbado? Tão podre e miserável, pode-se dar a todos os atrevimentos sem temer represálias. Esses três infelizes e acabou-se. Além disso, um boa-tarde, dona; um chapéu levantado em muda saudação; a bênção do vigário e a incontida inveja das mulheres: *Até parece que se vestiu para um baile, querida.*

Discreta e comedida, esposa honesta e virtuosa, ao passar Elisa recolhe no decote o cúpido olhar do levantino: ao vê-la certamente recorda tempos de antanho e corpos de mulheres; a cobiça do moleque acentua-lhe o requebro da bunda, assim de noite Sabino sonhará com ela. Não despreza sequer o assovio fétido do esmoler. Quanto à inveja das mulheres, tem igualmente merecimento e sabor. Modesta, Elisa responde: *Vestido mandado por minha irmã Tieta, é dela o gosto e a elegância, hei de botar fora?* Louvam então em coro a ausente Antonieta, irmã generosa, filha exemplar, a infalível ajuda mensal, os presentes régios — régios, sim senhora, cada vestido desses vale um dinheirão!

Elisa recomenda à pequena Araci atenção na casa, fecha a porta da rua, dirige-se para o Correio. Atravessará a feira, passará pelo árabe, pelo moleque, pelo maluco, pelas comadres no adro da igreja. O rosto sério, como cumpre a uma senhora casada, bem casada. O coração apertado, lá dentro a certeza de que a carta não chegou.

BREVE EXPLICAÇÃO DO AUTOR PARA USO DAQUELES QUE CATAM PULGAS EM ELEFANTE

Apenas inicio o relato e já recebo críticas. Amigo íntimo, colega de trabalho e de letras, cultivando-as como eu ainda em amargo anonimato, Fúlvio D'Alambert (José Simplício da Silva, na vida civil) tem a primazia da leitura dos meus originais que, em geral, me devolve entre elogios, agradáveis de ouvir, e uma ou outra correção ortográfica ou gramatical — vírgulas e pontos, tempos de verbo. Desta vez, porém, atreveu-se mais longe e eu retruco de imediato, enquanto Elisa marcha em direção ao Correio.

Fúlvio considera um absurdo o uso da palavra marinete, por ultrapassada, para designar veículo automotor para transporte de passageiros. Ônibus, autobus, pulman seriam termos modernos, corretos, próprios para a época desenvolvimentista em que nos cabe o privilégio de viver. Acusa-me de subdesenvolvido e argumenta. Quando rasgamos novas rodovias comparáveis às melhores do estrangeiro; quando são implantadas indústrias a granel; quando, atendendo às clarinadas do progresso, desperta um novo Nordeste redimido das secas, das epidemias, daquela fome centenária, e — não esqueçamos — do analfabetismo rapidamente erradicado; quando a imprensa, o rádio, a televisão uniformizam costumes, moral, modas e linguagem, varrendo como lixo os hábitos regionais, as expressões, os folguedos, quando os monumentais arranha-céus unificam a paisagem citadina, erguendo-se de sob os escombros da história e de casarios de pretenso valor artístico; quando nossa música popular se baseia por fim em melodias e temas universais, sobretudo ianques, abandonando ritmos de um desprezível folclore nacional; quando o misticismo hindu (e adjacentes) ilumina a alma dos jovens na fumaça da maconha alagoana; quando avançados ideólogos se esforçam para liquidar os princípios da mestiçagem e implantar o racismo entre nós, o branco, o negro e o amarelo, para que nada fiquemos a dever às nações realmente civilizadas e a violência marque nossa face, lavando-a da antiga cordialidade brasileira, sinal de atraso; quando a arte consciente de seu papel desconhece a terra e o homem e faz-se concreta, abstrata, objeto, igualzinha sem tirar nem pôr à européia, à norte-americana, à japonesa; quando criamos uma linguagem nova para a escrita dos literatos, esotérica mas extremamente revolucionária na forma e no conteúdo, tanto mais atuante quanto mais ininteligível; quando, na base da censura e da porrada, criamos a democracia, a verdadeira, não aquela antiga a conduzir o país ao abismo; quando entramos milagrosamente na época da prosperidade ao ritmo das nações ricas, produtoras de petróleo, de trigo, da bomba atômica e dos satélites, do uísque e das histórias em quadrinhos, ápice da literatura; quando passamos a ocupar nosso posto entre as grandes potências e, em fábricas aqui instaladas, produzimos veículos nacionais — Mercedes Benz, Ford, Alfa-Romeo, Volkswagen, Dodge, Chevrolet, Toyota, etc. e tal e etc. e tal. — como se atreve um autor a apelidar de marinete o bus a conduzir passageiros de Sant'Ana do Agreste para Esplanada e vice-versa? Um quadrado, o autor, perdido no tempo, nas calendas gregas.

Perdoe-me D'Alambert, perdoem-me também os eméritos críticos universitários, com mestrado e doutorado, mas, no caso, trata-se mesmo de marinete. A última talvez — a fazer companhia às secas, às epidemias, à obstinada fome que, sertão afora, resistem, subversivas, à patriótica ofensiva dos artigos e dos discursos.

A última, sem dúvida, a trafegar em estrada brasileira mas trafegando impávida. Jamais ultrapassando a velocidade de trinta quilômetros por hora — média obtida no trecho dos cuidados seis quilômetros que cortam a fazenda do coronel Vasconcelos, na saída de Esplanada. Nos outros quarenta e dois, arrasta-se aos trancos e barrancos pois a estrada é apenas carroçável e nela não se aventuram veículos modernos, não possuem para tanto audácia e competência. Só o longo hábito permite o prodígio quotidiano — de segunda a sábado, com descanso aos domingos — praticado pela marinete de Jairo, familiar das crateras, dos lamaçais, dos mata-burros apodrecidos, das rampas e curvas impossíveis. A marinete de Jairo data da Segunda Grande Guerra Mundial, foi viatura moderna, de molejo macio, bancos confortáveis e até possuía vidros nas janelas. Naquele então, por mais incrível que pareça, cumpria ela o trajeto de ida-e-volta, Agreste — Esplanada — Agreste, num só dia, saindo manhãzinha, regressando ao entardecer.

Tanto tempo depois ainda vale a pena vê-la, peça digna de museu, tudo nela é substituição e remendo. No motor e na carcaça coexistem peças de marcas e procedências as mais estranhas, inclusive um rádio russo. Engenhosas adaptações, inovações mecânicas, arames, pedaços de corda. Jornais velhos são úteis para tapar as janelas quando a poeira se faz insuportável. Os fregueses assíduos, experientes, levam almofadas para os bancos e lanches reforçados, garrafas de refrigerantes.

Velha e batida, imbatível, última e eterna, parte nas segundas, quartas e sextas de Agreste para Esplanada, nas terças, quintas e sábados regressa de Esplanada para casa. Bufando, tossindo, rateando, parando, parando muito, ameaçando pane definitiva, jamais definitiva, prosseguindo em atenção à capacidade de Jairo, aos pedidos, juras e adulações — Jairo trata o desmantelado veículo com ternuras de amante, a marinete é seu ganha-pão, seu único bem e a única ligação entre Sant'Ana do Agreste e o mundo.

Se tudo marcha à perfeição, a viagem dura três horas, com a excelente marca de tempo de dezesseis quilômetros por hora. No inverno, com as chuvas, a travessia torna-se mais prolongada, de horário imprevisível. Exato na partida, Jairo não admite atraso; a chegada, quando Deus quiser. Já aconteceu a marinete de Jairo dormir na estrada, enterrada na lama, à espera de juntas de boi. Para tais ocasiões Jairo conta com razoável repertório de anedotas familiares e com a colaboração do rádio russo. Fanhoso, rabugento, indolente, de humor instável, com apitos e descargas, o insólito aparelho concorre para matar o tempo com fragmentos de músicas e notícias. Isso de passar a noite na estrada se conta nos dedos da mão, raridade. Habitualmente, no inverno, o trajeto demora de cinco a seis horas.

Boa viagem, confortável e rápida, pelo menos na opinião expressa pelo coronel Artur da Tapitanga, octogenário plantador de mandioca e criador de cabras, chefe político, há mais de trinta anos sem pôr os pés fora das roças e currais e das ruas de Agreste. Após quase sete horas de caminho — a marinete rebentou três vezes —, o fazendeiro, pondo-se de pé, declarou:

— Bicho mais ligeiro, essa marinete de Jairo. Um viajão!

— Ligeiro, coronel?

— No meu tempo se gastava dois dias a cavalo e olhe lá...

Seca, bexiga, maleita, lepra e fome, menino morrendo que dá gosto, isso eu sei que ainda sobra sertão afora. Agora marinete, penso não existir outra além dessa de Jairo. Ele a trata de condessa, minha negra, estrela-d'alva, dengosa, Mae West, beleza do Agreste, meu amor. Quando se dana, perde a cabeça e a xinga de puta para baixo.

ONDE SE TRAVA CONHECIMENTO COM DONA CARMOSINA, CIDADÃ IMPORTANTE, AGENTE DOS CORREIOS, E SE TEM NOTÍCIAS DOS FILHOS DE SEU EDMUNDO PACHECO, COLETOR, COMPENSANDO A FALTA DE CARTA E CHEQUE DE TIETA SOBRE CUJO ESTADO DE SAÚDE CRESCE O PESSIMISMO

Ainda de longe, antes de transpor a porta dos Correios, Elisa lê, na atitude de dona Carmosina, a comprovação do que já sabia com certeza: a carta não chegara. Braços caídos, semicerrados os olhos miúdos, o ar grave, a ativa funcionária vive, ela também, o drama do inexplicável atraso. Faz-se mais pálida a face de Elisa, os pés de chumbo, a voz inarticulada, quase um gemido:

— Nada?

Cinqüentona, sarará, corpulenta, cara larga, voz rouca, dona Carmosina indica a correspondência do dia, escassa, espalhada no balcão:

— Nada! Hoje não veio nenhuma carta registrada. Por via das dúvidas, passei as malas duas vezes, carta por carta. O que chegou está aí, pouca coisa. Ainda não entreguei nada, você é a primeira a aparecer. Vieram jornais e revistas, isso sim, hoje é sábado. — Repara na palidez da amiga: — Quer um pouco d'água?

— Não, obrigada. — As palavras saem estranguladas.

— Que demora, hein? Em todos esses anos, nunca atrasou tanto…

— Mais de dez anos… — gemeu Elisa.

— Onze anos e sete meses — corrigiu dona Carmosina, escrupulosa nos detalhes: — Inda me lembro da primeira carta, como se fosse hoje. Quando abri o saco, senti logo o cheiro, naquele tempo ela usava um perfume mais forte que o de agora, encheu a sala. Que carta será essa?, perguntei a mim mesma e li correndo o sobrescrito e o nome do remetente. Estava dirigida a seu pai ou a qualquer membro da família Esteves e quem enviava era Antonieta

Esteves, Caixa-Postal 6211, São Paulo, Capital. Vou buscar água para lhe dar, com esse calorão e nada de carta, coitadinha...

Enquanto, de costas, dona Carmosina toma da moringa e enche o copo, Elisa curva-se sobre a correspondência, não por manter esperanças, mas por desencargo de consciência.

— Botei duas gotas de água de flor. Faz bem pros nervos.

Elisa bebe em pequenos goles, dona Carmosina retoma a narrativa:

— O envelope cor-de-rosa, lindo, parece que estou vendo. Pelo falecido seu Lima mandei recado para seu marido na loja, vocês estavam casadinhos de novo. Ele veio com Osnar, entreguei, leu aqui mesmo. Carta mais bonita, pedindo notícias do pai, das irmãs, como iam de saúde e de vida, se precisavam de ajuda. Até colaborei na resposta, se lembra?

— Me lembro... o Major era vivo, foi ele quem escreveu...

— Era burro como uma porta mas tinha a letra bonita... Letra dele, redação minha. De lá pra cá nunca mais falhou. Todo mês a carta com o cheque, com o rico dinheirinho...

Empolgada, dona Carmosina nem sente o mormaço a entrar pelas duas portas, asfixiante. Pensativa, a olhar para Elisa:

— Nunca demorou desse jeito... esquisito mesmo.

Elisa percebe, na voz da amiga, inquietante sinal de alarme. Tenta acalmá--la e acalmar-se:

— Uma vez, quando ela estava passeando em Buenos Aires...

— Chegou no dia dezessete... dezessete de fevereiro, exatamente. Hoje estamos a vinte e oito de novembro. A que você atribui? Doença? — Os olhos pequeninos de dona Carmosina observam Elisa que segura o copo vazio sem encontrar resposta, o choro preso na garganta.

Felizmente aparece seu Edmundo, Edmundo Ribeiro, o coletor, enfarpelado, paletó, gravata e chapéu, deseja boa-tarde:

— Alguma coisa para mim, Carmosina?

— Duas cartas, uma do filho, outra do genro... — ri com os lábios descorados, divertida: — Aposto que os dois estão pedindo dinheiro...

O coletor recolhe as cartas, olha através dos envelopes contra a luz, quem pode impedir que dona Carmosina saiba e comente a vida alheia, não passam por suas mãos (e vistas) telegramas e cartas? Carmosina, quase albina, mais que ladina, voz masculina, língua ferina, doce assassina — declamava Aminthas, seu primo segundo e comensal assíduo. Dona Carmosina é de bom tempero, famosa no pirão de leite e no molho pardo. E o cuscuz de milho?

— Como se eu fosse um saco sem fundo, entupido de dinheiro... — seu Edmundo suspira, sem pressa de abrir os envelopes apesar do desejo de saber dos filhos. Dirige-se a Elisa: — Feliz é Zé Esteves, seu pai, dona Elisa. Tem filha rica que manda em vez de pedir. Comigo é o contrário...

Dona Carmosina relanceia a vista, considera Elisa, informa:

— Este mês a carta de Tieta ainda não chegou. Esquisito, não acha, seu Edmundo? Um atraso desses...

O coletor não esconde a surpresa, um dos envelopes aberto:

— Ainda não? Que é que houve, dona Elisa?

— Quem sabe, seu Edmundo? Para mim, ela está viajando, esses passeios que faz todos os anos, de navio...

— Cruzeiros marítimos... — esclarece dona Carmosina mas o olhar sob as sobrancelhas ruças exprime dúvida. Seu Edmundo balança a cabeça, não encontra comentário a fazer, retorna à carta do genro.

Elisa despede-se, uma fraqueza nas pernas que nem Astério:

— Obrigada, Carmosina.

— Agora, querida, só terça-feira. — Para levantar-lhe o ânimo, não deixá-la partir tão por baixo, acrescenta: — Você hoje está uma tetéia. Esse vestido eu ainda não conhecia...

— Foi Tieta quem mandou...

Seu Edmundo suspende a leitura da carta, escapa-lhe o desgosto da notícia:

— Suzana está esperando menino outra vez...

Elisa reúne forças:

— Parabéns, seu Edmundo. Quando escrever a Suzi, mande um abraço meu...

— O quarto, não é? O senhor ainda tão moço e já cheio de netos. Bonito, acho isso bonito. — A voz rouca de dona Carmosina, sincera ou gozadora?

— Bonito? Eu é que sei quanto me custa... falta de juízo.

— Que é caro, lá isso é... Logo agora, tão fácil de evitar, com a pílula. Na Bahia, se encontra em qualquer farmácia, a venda é livre... até a Igreja já aprova o uso — acentua dona Carmosina, doce assassina.

Elisa diz até breve, atravessa a feira barulhenta, em direção à casa de Perpétua. Não sente o peso do olhar do árabe, não lhe alisa a bunda a mirada de nenhum moleque nem lhe fere o ouvido o assovio do mendigo. Doença, insinuara Carmosina, para não falar no pior. Morta, sim. Elisa já não duvida, Perpétua sabe o que diz.

Há vinte e três anos na agência dos Correios, dona Carmosina emite julgamentos definitivos sobre pessoas e fatos:

— Moça boa e séria está aí, seu Edmundo. Conheço Elisa de menina, sempre direita, cumpridora. Faz tudo no capricho. Trabalhadeira, a casa dela é um brinco e gosta de se vestir, de se arrumar, não é como outras por aí, que vivem no desmazelo. Só que agora, pobrezinha...

Seu Edmundo, para melhor ouvir, interrompe a leitura da carta do filho estudante:

— A que atribui tanta demora?

— Se Tieta não morreu, deve estar muito doente. O marido dela bem podia dar notícia mas ele nunca quis conversa com os parentes daqui. Vou aconselhar Elisa ou Perpétua a telegrafar.

De volta à carta, o coletor explica:

— Idiota! Só serve para isso...

— O que é que Leléu fez dessa vez, seu Edmundo?

— Pegou uma carga de gonorréia; desculpe, Carmosina, quero dizer blenorragia, e pede dinheiro urgente para médico e remédios...

— Com duas doses de penicilina fica bom. É tiro e queda. Tratamento barato, nem precisa de médico.

Dona Carmosina lê os jornais, antes de entregá-los, sabe do que vai pelo mundo, entende de cinema, política, ciência. Acumula o cargo nos Correios com a representação de *A Tarde*, da Bahia, de revistas do Rio e de São Paulo.

— Coitada de Elisa, ficou tão transtornada, nem levou as revistas. Depois deixo em casa dela.

Separa a carta endereçada a Ascânio Trindade pois o vê do outro lado da rua; carta de Máximo Lira, um amigo da capital, sem interesse. Antigamente, sim, tão romântico: quando Astrud escrevia cartas de amor e Ascânio em resposta enchia laudas de juras e saudades. Um poeta, Ascânio, pena não escreva versos, seriam lindos. Retorna dona Carmosina ao silêncio de Tieta:

— Quer saber minha opinião, seu Edmundo? Antonieta já não pertence a este mundo. Mortinha da silva.

ONDE RICARDO, SOBRINHO E SEMINARISTA, ACENDE VELAS CONTRADITÓRIAS AOS PÉS DOS SANTOS; CAPÍTULO BANHADO EM LÁGRIMAS, ALGUMAS DE CROCODILO

— Então? Cadê? — interroga Perpétua e ela própria responde vitoriosa, aflita vitória: — Carta e cheque, babau, minha miss Bahia! — derrama sobre a irmã o fel a lhe amargar a boca: — Se eu fosse Astério, você não saía para a rua nesses trajes indecentes, de peitos de fora. Mas agora tudo vai acabar, esse desbarate de vestidos. Vai acabar tudo. Vai começar o tempo da pobreza.

Elisa deixa-se cair na cadeira, cobre o rosto com as mãos, não retruca: poderia lembrar que, na hora da divisão dos presentes, Perpétua não critica os vestidos, trata de empalmar os mais finos e ousados para vendê-los a bom preço em Aracaju, a senhoras ricas. Cala-se, porém; gostaria, isso sim, de tapar os ouvidos para não escutar; a voz avinagrada da irmã torna as palavras mais cruéis.

Antes Elisa passara na loja, naquela hora já repleta, Osnar escorado na cadeira. Trocara apenas um olhar com o marido, suficiente para Astério largar o metro e a peça de madrasto. Osnar pusera-se de pé: bom-dia, dona Elisa. Bom-dia, patroa — Sabino brechou rápido do decote no alto às ancas embaixo, salve salve quem inventou esses vestidos justos, colados ao corpo, marcando até as pregas da bunda, moda mais jeitosa. Um felizardo, o patrão.

— Três metros... — reclamou a freguesa a reparar também na elegância de Elisa, aquilo sim era fazenda.

Astério voltara a medir, mal sustendo metro e tesoura.

— Vou até a casa de Perpétua, daqui a pouco mando Araci com a marmita — avisara, despedindo-se: — Até logo, seu Osnar, esteja a gosto.

Durante o percurso, não pudera impedir as lágrimas. Cada palavra, na loja, custara-lhe esforço e contenção. Agora, arreia na cadeira, sob a voz de Perpétua a criticar-lhe o decote como se não bastassem as mãos vazias de carta e cheque.

— Bateu a caçoleta, eu te disse. Tu ainda duvida? — além da voz sibilante, o dedo em riste.

Elisa descobre a face, balança a cabeça, vencida, as lágrimas escorrem. Lágrimas, de que adiantam? Não resolvem nenhum problema, não substituem o cheque, não ressuscitam a morta, não determinam as medidas a tomar. Perpétua, no entanto, conhece e respeita as conveniências, exigente nas formalidades. Do bolso da saia negra retira o lenço e com ele toca o canto dos olhos — nem por invisíveis deixam de ser lágrimas de luto. Coloca um acento de dor na rispidez da voz, ao gritar pelo filho mais velho:

— Cardo! Vem aqui, depressa! Ai, meu Deus!

Leva o lenço novamente aos olhos, Elisa deve ver, testemunhar o sentimento a afligi-la quando a hipótese se confirma e a morte de Antonieta já não admite controvérsia. Deus a tenha em sua guarda e lhe perdoe os pecados; a assistência ao pai e às irmãs há de contar a seu favor na hora do juízo final.

Surge correndo um rapagão suado, os pés descalços. Forte, alto, bonito, dezessete anos desabrochando em espinhas no rosto. Sobre o lábio risonho, a sombra do buço. Vestido apenas com um calção — estava chutando bola no quintal.

— Tá me chamando, Mãe? — ao notar Elisa, acrescenta: — Bênção, tia.

Respira saúde e satisfação, não percebe de imediato a atmosfera fúnebre da sala. Pela terceira vez, ante a presença do filho, Perpétua enxuga lágrimas escassas mas, finalmente, visíveis. O adolescente dá-se conta, põe-se sério:

— Aconteceu alguma coisa ao Avô? De manhã cedinho, quando fui ajudar a missa, vi ele na feira fazendo compras…

Perpétua ordena:

— Vá buscar uma vela benta, acenda no oratório. Tua tia Antonieta, coitada…

— Tia Tieta? Morreu?

Vencida, sim, convencida, não, Elisa levanta a cabeça, rebela-se:

— Ainda não se sabe de nada certo… de nada!

Perpétua nem responde, reafirma a ordem:

— Faça o que estou mandando, sei o que digo: uma vela nos pés de Nosso Senhor Jesus Cristo pela alma de Antonieta. Em seguida, tome banho, vista a batina, por hoje o recreio terminou. Cadê Peto?

— Foi pescar no rio...

— Diga a ele para vir para casa. Depois do almoço vamos falar com padre Mariano. — Um suspiro, a mão sobre o peito, a conter certamente o coração.

Atônito, Ricardo, sem palavras, preso à sala pela notícia. Volta-se para Elisa. Os ombros curvos acentuam o decote no colo moreno. Apesar das críticas constantes da mãe, o moço jamais reparara na elegância da tia. Pela primeira vez dá-se conta de como ela se veste bem e se enfeita; parece uma santa, ali desamparada na cadeira, sofrida, a recusar a morte da irmã, lutando contra a evidência refletida na fisionomia e nos gestos da mãe. Na voz da tia, abafada de choro, um pedido, uma súplica:

— Vamos esperar ter certeza para falar nisso com o Reverendo... por que tanta pressa?

Ricardo não entende os motivos da discordância, e antes mesmo de condoer-se pela morta, sente pena de tia Elisa, assim desolada igual à imagem de Santa Maria Madalena, num nicho da capela do seminário.

Perpétua não se abala:

— Nunca é cedo demais para se pedir um bom conselho. O que está esperando aí, Cardo? Não ouviu o que mandei fazer?

— Já vou, Mãe...

Deseja acrescentar uma palavra condizente com a notícia, o pensamento agora voltado para a tia desconhecida, de morte anunciada e discutida, nome obrigatório em suas orações: não enviava ela dinheiro todos os meses? Quando ingressara no seminário, menino ainda, recebera, mandado de São Paulo, um breviário rico, lombada doirada, papel fino, letras de cor, numa caixa de veludo vermelho, coisa mais linda, presente da tia Antonieta para o futuro padre que mal viu e tocou preciosidade tamanha, logo ofertada por Perpétua ao bispo Dom José por intermédio do padre Mariano. A bola de futebol número 5 também fora ela quem mandara; às escondidas da mãe, Cardo escrevera uma cartinha à tia pedindo bola e segredo, *se mamãe souber arranca meu couro*. Recebeu bola, calção e camisa do Palmeiras. Tinham um segredo em comum, ele e tia Tieta. Levanta a cabeça, enfrenta Perpétua:

— Tomara não seja verdade.

Sai em busca das velas. Já não está alegre e, se não espreme lágrimas, sente um ardor nos olhos, uma espinha nasce-lhe no coração, incômoda como as do rosto. Por sua conta acenderá uma vela aos pés da Virgem e lhe prometerá um rosário de cinco terços, rezado de joelhos sobre grãos de milho, para que a má notícia não se confirme.

Na sala, cai o silêncio sobre as duas irmãs, sobre as duas e a outra — múltiplas a face e a postura da ausente. Moça formosa e atrevida, enfrentando a ira do pai e a denúncia da irmã: tu tem é inveja porque nenhum homem repara em ti, tribufu; atrevida desde menina, pastora de cabras nos oiteiros da terra sáfara de Zé Esteves; a saltar, adolescente, a janela noturna para encontrar-se com homens, o caixeiro-viajante não fora o primeiro, Perpétua tem certeza; audaciosa, desleixada dos preceitos de Deus, igreja só para namorar; a rir, tão cínica e bela, na boléia do caminhão, rumo da Bahia, indo embora para sempre; irmã rica, esposa de comendador, em São Paulo, a mandar mesada para pai e sobrinhos, merecedora de toda consideração, esquecido o feio passado, enterrada a louca adolescência, tia presente na oração das crianças, elogiada pelo padre Mariano; fada generosa dos sonhos de Elisa, a feliz e atenta benfeitora, a âncora da esperança; na cidade, exemplo de boa filha e boa irmã, uma zelação, uma lenda, inesgotável assunto.

Perpétua guarda o lenço, cumprido o ritual, pergunta:

— E Astério?

— Passei na loja... sabe que a carta não chegou mas hoje é sábado, não pode sair nem para o almoço. Por falar nisso, vou indo, tenho de mandar a marmita.

— De noite passo em casa de vocês, digo o que o padre aconselhou. Vamos decidir o que fazer.

Elisa, de pé, um soluço a sacode:

— Por que a gente não espera até o fim do mês?

— Já se esperou até demais. Vamos logo discutir o que fazer. Eu não vou ficar de braços cruzados, não lhe disse? Quero minha parte. — Já sem lágrimas, suspiros, lamentações, Perpétua troca o lenço pelo terço. Mais valem as orações.

Elisa gasta o derradeiro argumento:

— Quem sabe, a carta se perdeu no caminho...

— Carta registrada, não se perde. Nesses anos todos já se perdeu alguma? Tolice. Diga a Astério que me espere, nada de bilhar hoje. Com a cunhada morta...

— E o Pai?

Perpétua começa a passar as contas do terço:

— Amanhã a gente avisa a ele.

— É capaz dele ter uma coisa...

— Quem? O Velho? Vai ficar uma fera, vai querer tomar dinheiro da gente, o mais que puder, isso sim. Se prepare, o tempo das larguezas se acabou.

Ao passar em frente ao corredor, Elisa enxerga ao fundo a chama das velas iluminando os santos no oratório. Uma, pela salvação da alma da morta, aos pés do Cristo crucificado; a outra, pela vida da tia, aos pés da Virgem. Ouve a voz do rapazola rezando Salve-Rainha, mãe de misericórdia.

Misericórdia, meu Deus!

DA PRECE PELA SAÚDE DA VELHA TIA DESCONHECIDA, CAPÍTULO CASTO E DEVOTO

...vida, doçura, esperança nossa, salve! As palavras da oração nascem sinceras e sentidas da incômoda espinha, do nebuloso pesar. Maquinais, no entanto, solta-se livre o pensamento de Ricardo em busca da tia nas vascas da morte ou já no caixão — dela pouco sabe, praticamente nada.

Vida, doçura e esperança, a tia de São Paulo, que não esteja defunta como garante a mãe — a mãe vê tudo em luto —, que se afirme a crença de tia Elisa e o perigo desapareça, a Vós bradamos os degredados filhos de Eva. A Vós suspiramos e oferecemos pela saúde de tia Antonieta um rosário rezado de joelhos sobre grãos de milho. Promessa mixa, mísera oferta em paga de portentoso milagre. Dá-se conta e, exagerado, a amplia para uma semana inteira de rosários completos e macerados joelhos, gemendo e chorando neste vale de lágrimas, salvai da morte a tia Antonieta.

Que doença a matara ou a estava matando? Nenhuma referência ouvira, a mãe e tia Elisa devem saber mas guardam segredo, na certa por se tratar de doença ruim, cujo nome não se pronuncia, tísica ou câncer. Quem comunicara a notícia, como chegara, em carta, em telegrama? Quando o pai de Austragésilo faleceu, houve um primeiro telegrama anunciando estado de saúde grave com hemoptise. Duas horas depois o Reitor do seminário viera em pessoa com um segundo telegrama, o fatal, e palavras de consolo. Apertara Austragésilo contra o peito, falara sobre o reino dos céus. Do mesmo modo agora, o primeiro telegrama já chegara comunicando doença e diagnóstico pessimista. A mãe, experiente da vida, percebera o engodo, a intenção de prepará-los para o pior; tia Elisa só perderia a esperança quando o segundo afirmasse a verdade nua e crua. Neste vale de lágrimas eia pois advogada nossa, para Vós Mãe do Nosso Senhor o impossível não existe: podeis interromper o curso dos telegramas, revogar sentenças de morte, o Filho atende todos os Vossos pedidos. Contrito, Cardo renova a promessa sete vezes maior. Promessa e tanto.

Zero sobre a doença, e sobre tia Antonieta? Zero vezes zero, imprecisas, fugazes notícias, tia desconhecida, quase uma abstração. Não obstante ninguém tão concreto, presente, indispensável na vida de cada um deles, de toda a família. A tia de São Paulo, a ricaça.

Para Ricardo apenas um nome, um apelido de infância, Tieta, vagas e entusiásticas referências ao marido milionário e comendador, mensalmente a carta e o cheque, os presentes, a bola de futebol número cinco, dando solidez e contorno a uma imagem, que imagem?

Olhos misericordiosos a nós volvei, neste vale de lágrimas, de pobreza e limitações, a imagem da santa padroeira, a protetora, a possibilitar pequenas regalias e o dinheiro que a mãe deposita na Caixa Econômica para a festa da primeira missa, ainda tão distante, e para os estudos de Peto se um dia Peto se dispuser a estudar. Ao pensar na tia jamais vista, não a compara com a Virgem a quem roga por ela e, sim, com a Senhora Sant'Ana, padroeira da cidade, protetora da família, da sagrada família e de todas as demais. Na chama das velas enxerga a imagem da velha senhora, mãos generosas, plena de ternura, doce patrona.

Será assim débil anciã ou ainda se mantém rija e disposta, igual à mãe? Qual das duas a primogênita? Sobre a idade da tia, Ricardo nunca ouviu a menor referência, a mãe diminui a sua quando perguntada. A ausente deve ser bem

53

mais velha, não é ela a rica, a poderosa, a doadora, o verdadeiro chefe da família, a quem o próprio avô reverencia? Boca de praga e maldições, a resmungar queixas e ameaças, o avô desmancha-se em louvores ao pronunciar o nome de Tieta, Deus lhe dê saúde e lhe aumente a fortuna, ela merece, a boa filha. Anciã de passo cansado, cabelos brancos — ou ela ainda pinta os cabelos como outrora? Na chama das velas são brancos os cabelos da tia Antonieta.

Conhece-lhe a letra, grande, de escolar, incerta, enchendo com poucas palavras a bonita folha de papel ora azul, ora laranja, ora verde-cana, chique a valer. A letra e o perfume, fragrância rara para narinas habituadas ao fedor das velas consumidas, à morrinha das emboloradas alfaias, das fanadas flores, ao pobre odor das sacristias, das suarentas salas de aula, à fumaça do incenso. Ao remeter a bola de futebol, a tia rabiscara uma página dirigida a Cardo: *Para meu sobrinho querido, pálida lembrança da tia Tieta*. Feliz, colocara o papel lilás dobrado em quatro entre as folhas do livro de missa e às escondidas aspirava-lhe o perfume. Num assomo de orgulho, exibiu dedicatória e aroma a Cosme, amigo predileto, companheiro de devoções e retiros espirituais, vizinho de carteira. Cosme, um asceta, recusou-se a cheirar; em tudo via pecado, tentação do demônio. Perfume? Pecado mortal; para os servos de Deus basta o incenso. O padre-confessor tranqüilizou Ricardo: casto perfume de velha tia, não continha pecado, mortal nem venial.

Esses Vossos olhos misericordiosos a nós volvei — como seriam os olhos, a face de tia Antonieta? Austera como a da mãe, rígida e devota? Inquieta, melancólica, igual à da tia Elisa? Ou semelhante à do avô, dura carranca de caboclo? Certa feita, há vários anos, meninote ainda, mostraram-lhe de relance uma foto da tia numa revista do Rio — revista da qual Elisa se apoderou e ninguém mais viu. Ricardo guardou memória exclusivamente dos cabelos loiros, encaracolados novelos de ouro — como explicá-los se todos na família eram bem morenos? Soube então que as mulheres oxigenavam e até pintavam os cabelos, sobre o assunto discutiram a mãe e tia Elisa. Moda condenável na opinião de Perpétua: Deus designa a cor dos cabelos de cada um, ninguém tem direito a mudá-la. Elisa retrucara, tachando a irmã de atrasadona, rata de igreja. Dos olhos, da boca, Ricardo não se lembra; recorda somente os novelos de ouro puro. Agora, à luz das velas, ele os enxerga brancos de algodão, tantos anos se passaram — era menino, agora é um rapaz.

E depois deste desterro, mostrai-nos Jesus, bendito fruto de Vosso ventre, há quantos anos dura o desterro da tia? Quando Ricardo nasceu Tieta partira há muito e jamais ele ouvira da mãe, de tia Elisa, do avô e de sua segunda mulher, vó Tonha, a menor referência àquela outra parenta; jamais escutou nome ou apelido a recordá-la. Da tia de São Paulo, só veio saber depois da primeira carta e ainda hoje sabe tão pouco, além da riqueza, da bondade, da velhice.

Se a Virgem a salvar, pode ser que um dia ela apareça de visita, em pele e osso, anciã amorável, de tão velha quase avó. Ricardo não conheceu avó verdadeira, a materna falecida antes do casamento tardio de Perpétua com o Major, cujos pais já repousavam no Cemitério das Quintas, na Bahia, quando o aposentado militar surgiu em Agreste, por acaso, e de chofre se curou da asma, recuperou as forças, clima de sanatório.

Tia Antonieta preenche o vazio das avós, Senhora Sant'Ana, a matriarca, a protetora da família. Se ela sarar, se a Virgem lhe restituir a saúde, Ricardo, após cumprir a promessa, poderá lhe escrever outra carta, solicitando uma vara de pesca com molinete, fio de náilon e iscas artificiais, semelhante à do anúncio na revista *Caça e Pesca*, folheada no Correio com permissão de dona Carmosina. Implorando segredo à tia — se a mãe soubesse o mundo viria abaixo. Em troca dos joelhos macerados, da semana inteira de orações, não era pedir muito; vara de pesca, molinete, fios e iscas e um segredo a mais entre os dois. Coisa boa, um segredo. Ricardo tem segredos em comum com alguns santos, com a Virgem e sobretudo com Santa Rita de Cássia, de quem é devoto.

Ó clemente ó piedosa ó doce sempre Virgem Maria rogai por ela e por nós para que sejamos dignos das promessas de Cristo. Fazei com que a tia se erga do leito ou do caixão ó clemente ó piedosa ó doce sempre Virgem Maria.

Na vela acesa a mando da mãe pela alma da irmã, o fogo da morte vacila e se apaga sozinho. Esbugalham-se os olhos de Ricardo no assombro do milagre. Só a chama da vida persiste na outra vela, poderosa é a santa Mãe de Deus, amém.

ONDE DONA CARMOSINA LÊ UM ARTIGO, RESOLVE PROBLEMA
DE PALAVRAS CRUZADAS E PROBLEMAS REFERENTES À
SITUAÇÃO DE TIETA, DIGNOS DOS MAIS SAGAZES DETETIVES
DOS ROMANCES POLICIAIS E ONDE SE TRAVA CONHECIMENTO
COM O COMANDANTE DÁRIO DE QUELUZ, SURGINDO
AO FINAL DO CAPÍTULO O VATE BARBOZINHA (GREGÓRIO
EUSTÁQUIO DE MATOS BARBOSA), DE CORAÇÃO PARTIDO

— Muito bem feito! Cadeia com eles! — exclama em voz alta dona Carmosina, no auge do entusiasmo. Finalmente erguera-se um juiz independente e digno, capaz de ditar sentença justa, mandando os canalhas para o xadrez:
— Cambada de assassinos!

Entusiasmo e indignação sem espectadores, sozinha na repartição no começo da tarde. Mas o comandante Dário, ao saber, vai nadar em alegria, ele, tão apaixonado quando se discute poluição. *Esses tipos deviam estar todos trancafiados na cadeia, minha boa Carmosina, são assassinos da humanidade.* O Comandante é um tanto quanto retórico, ama frases de efeito. Barroco, na qualificação poética de Barbozinha.

Retira a página, vai guardá-la para o Comandante. Não importa venha o jornal endereçado ao Cel. Artur de Figueiredo — o velho coronel Artur da Tapitanga, assinante de *O Estado de São Paulo* desde priscas eras; dona Carmosina tirara a limpo: desde 1924. Durante decênios o *Estado* manteve o fazendeiro a par das novidades do mundo. Atualmente, só de mês em mês o destinatário manda buscar o monte de jornais a entulhar a sala. Já não os lê — quem lê com gosto e proveito é dona Carmosina — mas renova a assinatura no prazo exato, a condição de assinante do diário paulista é atributo de sua linhagem e dona Carmosina, a maior interessada, recorda-lhe a obrigação a tempo, com elogios à gazeta e às cabras do Coronel.

Página a mais página a menos, caderno a mais caderno a menos, para o octogenário — oitenta e seis comemorados a 18 de janeiro, como pode informar dona Carmosina — já não faz diferença. Pouco se lhe dá o que vai por esse mundo louco, de guerras e convulsões, de violência e ódio, de mentiras sensacionalistas: essa história do homem ir à lua montado num foguete é conto da carochinha para engambelar os trouxas. Está no jornal, na primeira página do *Estado*? Nem assim acredito, Carmosina, estou velho mas não estou broco. Apesar da cancela da Fazenda Tapitanga não distar sequer um quilômetro do começo da rua, raramente o Coronel comparece a uma sessão da Câmara Municipal de Sant'Ana do Agreste, à qual preside, conselheiro municipal, edil, vereador eleito e reeleito um sem-número de vezes, ex-intendente e ex-prefeito. Quando vem, não falha na visita à agente dos Correios:

— Carmosina, me conte o que você leu no meu jornal. Mas não me venha com mentiras... — ameaça-a com a bengala, ainda sabe rir.

Manda o capanga pôr os jornais na carroça, utiliza-os em serventias diversas: para fazer embrulhos, acender o fogo, limpar-se na latrina. As cabras andaram comendo edições inteiras e, se não engordaram, mal não lhes fizeram.

Cuidadosamente, dona Carmosina dobra a folha de maneira a ficar o artigo à vista, matéria importante, no alto da página, o título em tipos fortes: *A Itália condena à prisão os que poluem seu mar.* O Comandante vai se regalar. Também Barbozinha se interessa pelo problema, lastimando os *inevitáveis maleficios inerentes ao progresso*, enquanto o comandante Dário é radical no julgamento e condenação dessa *loucura rotulada de progresso envenenando a humanidade inteira, ameaçando a continuação da vida sobre a terra, minha boa Carmosina!* Dramático, os braços abertos:

— Se não se puser um paradeiro nisso, em breve as crianças já nascerão com câncer! Veja o Japão...

Para fugir de causas e efeitos, para gozar dos verdadeiros prazeres da existência enquanto ainda há tempo e lugar, abandonara promissora carreira na Marinha de Guerra, pendurando a farda no armário do bangalô, reduzindo os trajes a shortes e camisetas de marujo, ao luxo vespertino do pijama quando na praia, e à calça e camisa esporte na cidade. Isso, sim, era viver. No clima bendito do Agreste, na beleza sem par de Mangue Seco. No paraíso.

— Boa lição! — repete ainda dona Carmosina antes de entregar-se às palavras cruzadas e aos logogrifos.

Grande, a sede de saber de dona Carmosina, múltiplos e ecléticos os temas a interessá-la, da política à ciência, dos problemas mais graves do nosso tempo ao disse-que-disse em torno da vida sexual dos ídolos das multidões, da ONU à OEA, da CIA ao KGB, da NASA aos OVNI, da MPB ao FEBEAPÁ, ai o que ela sabe de siglas!

Na coorte de amigos e admiradores a freqüentar a Agência dos Correios e Telégrafos, enchendo com prosa e discussão as horas mortas, tantas!, dona Carmosina encontra parceiros para cada campo do conhecimento: com Aminthas e Fidélio — fracote, Fidélio — discute música, compositores e intérpretes; com Ascânio, o turismo no mundo e na Bahia; com Elisa transa fofocas em torno de astros e estrelas de nosso cintilante céu artístico; com Barbozinha, vasto é o campo de diálogo e polêmica: da delicada ou agreste flor da poesia aos arcanos da filosofia espiritualista, sendo o vate espírita teórico e vidente e ela, incrédula, negando encarnação e reencarnação, ímpia, a rir de céu e inferno, vangloriando-se da condição de atéia. Atéia não, à-toa, Carmosina, mulher à-toa: glosa Aminthas, metido a humorista.

Não menor a pauta de debates com o comandante Dário: os problemas atuais do homem e do mundo, todos eles, das explosões atômicas à explosão demográfica; da poluição, estendendo-se sobre Los Angeles e São Paulo, Tóquio e Rio de Janeiro, à guerra colonial portuguesa; as probabilidades da terceira grande guerra e as intenções secretas dos dirigentes das potências e superpotências — não esqueça a China, minha boa amiga —; o Médio-Oriente, o destino de Israel, o petróleo árabe, os palestinos, e a análise dos romances lidos, policiais e de ficção científica, preferindo o Comandante os últimos, a levá-lo universo afora a longínquos planetas, preferindo ela os de detetive, sobretudo os clássicos, à maneira de Agatha Christie, a desafiar a argúcia do leitor na descoberta do criminoso. Gaba-se dona Carmosina de acertar sempre, de apontar o assassino antes que o faça Hercule Poirot.

Dos centros culturais de Agreste, a Agência dos Correios é de longe o mais importante. Quando de sua sempre lembrada visita à cidade, convidado pelo vate Barbozinha, ex-companheiro de boemia nas ruas, bares e castelos da capital, o conhecido cronista de *A Tarde*, Giovanni Guimarães, infalível à tarde na sala da agência para uma boa prosa, a batizara de Areópago e o nome pegou. Sucede com freqüência juntarem-se ali os três à mesma hora, dona Carmosina, o Poeta e o comandante Dário: o Areópago pega fogo, fagulhas de talento arrastam gente do bar e das lojas, apenas para ouvir. O árabe Chalita é habitué, não perde uma única palavra; não entende nada mas como admira! Divertimento elevado e gratuito. Supimpa.

Só com Osnar não mantém dona Carmosina tema de conversa, desde rapazola Osnar não se interessa por outras coisas nesse mundo de Deus além de cerveja, bilhar e mulheres. Vasto o círculo de mulheres a despertar a cupidez de Osnar, não sendo ele exigente ou dogmático. Infelizmente, nessa numerosa assembléia de desejadas (algumas faturadas) não se encontra dona Carmosina. Admirador de seu intelecto, Osnar despreza-lhe o físico, *essa não me levanta o pau*. Para dizer toda a verdade, dona Carmosina não conseguira ainda despertar a concupiscência de nenhum homem.

Sinônimo da concupiscência de sete letras — dona Carmosina morde o lápis, rebusca na memória, já sabe: lascívia. Não, lascívia tem oito letras; de sete, vamos ver, o que pode ser? Luxúria, está na cara. Os olhos miúdos de dona Carmosina, cercados de cílios ruços, perdem-se na rua onde prossegue o movimento do sábado de feira, carroceiros buscando no acanhado comércio de contadas lojas as compras indispensáveis, gastando as moedas parcas. Luxúria, palavra forte.

Quando Perpétua casou, dona Carmosina teve um alento de esperança. Mas isso já é outra história, aproveitemos e façamos uma pausa, dividindo o capítulo, deixando o leitor respirar.

ENQUANTO O LEITOR RESPIRA,
O AUTOR SE APROVEITA E ABUSA

Boa idéia, sim, meritória. Capítulos longos cansam, tornam a narrativa pesada e enfadonha, conduzem ao desinteresse e ao sono. Uma pausa abre, inclusive, tempo e espaço para necessárias explicações, sobre detalhes que os personagens torcem, modificam ou simplesmente suprimem, ao sabor de interesses variados, confessáveis ou escusos, mas cujo conhecimento cabal é direito sagrado do leitor — para saber ele paga os preços atuais, incríveis!

Carmosina é useira e vezeira em guardar segredos, em baralhar pistas, em impedir a circulação completa ou parcial de determinadas notícias, causando grave dano às xeretas do adro da igreja e à população de Agreste em geral pois quem não se mete com a vida alheia, não pergunta, não conta, não comenta? Se exceção existe, não conheço. Falar da vida alheia é a diversão principal do lugar, grosseria e mau caráter de uns, arte e sutileza de outros.

Intolerável grosseria de Bafo de Bode, rebotalho da sociedade, apodrecido por dentro e por fora. Quando do grande porre semanal, aquele que começa na noite do sábado, após a feira onde esmolou ao sol o dia todo, e prossegue pelo domingo, esse detrito malcheiroso desce as ruas aos trancos e barrancos, a enlamear a honra de distintas famílias, a proclamar maledicências, injúrias e infâmias, desgraçadamente quase sempre comprovadas:

— Cuidado com os chifres, Chico Sobrinho, estão crescendo demais. Tua mulher, Ritinha, vive dando na beira do rio... não vou dizer a quem, não sou dedo-duro.

Nem ele, nem eu, e daí? Arte sutil na voz antiga de dona Milu, mãe de Carmosina, uma santa, quem duvida?

— Estão dizendo que Ritinha anda de namoro com seu Lindolfo, mas deve ser mentira, o povo gosta de falar. Ritinha paga por ser muito dada, às vezes demais... o gênio dela é esse, não tem culpa.

A população está cansada de saber que Ritinha e Lindolfo, tesoureiro da Prefeitura, se encontram nos esconsos do rio. O melhor é fazer como Chico Sobrinho, para palavras loucas ouvidos moucos, quem dá atenção a Bafo de Bode?

Voltemos, porém, a Carmosina e ao comandante Dário pois deles se trata, entre os dois existe uma trama. Não, nada do que estão pensando! Como diz Osnar, apontando o exemplo do Comandante, não há criatura perfeita. Pelas frestas das janelas semi-abertas, olhares lânguidos ou ardentes, conforme idade e fogo, acompanham-lhe o passo gingado de convés quando ele desfila em Agreste, vistoso, todo feito de músculos, corpo jovem, rosto maduro e vivido, cabeleira rebelde e grisalha; pode dar-se ao luxo de escolher, dá-se ao desperdício de ignorar a todas elas, sem abrir exceção sequer para Carol, a amásia de Modesto Pires, obra-prima de Deus e da fusão de raças. Monógamo declarado, o Comandante; amoroso da esposa, dona Laura, e Carmosina é sua amiga fiel. Amiga fiel, aí o xpto da questão. Para proveito dos leitores, utilizo a pausa e tento decifrar o enigma.

Vou direto ao assunto: qual a patente do nosso personagem, quantas divisas ostenta na farda esquecida no fundo do armário? Ninguém sabe, a todos basta o título de Comandante e foi isso exatamente o que lhe disse dona Carmosina quando ele, honrado e modesto, quis proclamar a verdade. Ela, a responsável. Tanto fala quanto esconde, tudo depende.

Que Dário de Queluz, valoroso filho de Agreste, pertenceu à Marinha de Guerra, dando realce e lustre ao torrão natal, nada mais certo, sobram as provas; fulge uma delas no bangalô em cima da escrivaninha, ao lado dos trabalhos em coco feitos pelo Comandante — medalha de ouro, recordando ato de bravura, reluz sob o vidro da redoma. Que entrou modestamente de marinheiro, rapazola emigrado em busca de trabalho, todos sabem. Que subiu, degrau a degrau, pelo esforço e pelo estudo, durante os vinte anos de vida militar, também é fato de conhecimento público. Mas subiu até onde? Eis o busílis: quando, despida a túnica, retornou aos ares pátrios e puros, alguém logo o proclamou Almirante. Ele recusou o título e a bajulação:

— Não cheguei lá, quem sou eu? Ao demais, Almirante é título que só existe em tempo de guerra.

Disseram-no, então, Comandante e se curiosidade houve em saber até onde chegara, não se manifestou, ele impunha respeito e era um atleta. Comandante, título perfeito em qualquer caso, em qualquer posto.

Arte sutil, a vida alheia. Um dia, os dois a sós conversando na repartição, Carmosina perguntou, como por acaso:

— Comandante, me esclareça. Na Marinha de Guerra, os praças podem chegar ao posto de Capitão-de-Fragata no quadro de Oficial Auxiliar da Armada, não é certo?

Percebeu Dário a sutileza; a curiosidade a corroer o coração da amiga. Sorriu, tinha um sorriso sem malícia de homem bom e direito, e respondeu:

— Não subi tanto, minha boa Carmosina. Cheguei apenas a...

Ela tapou-lhe a boca com a mão:

— Baixinho, que ninguém mais ouça...

— E por quê?

— Os outros pensam que sim, que chegou e ultrapassou, estão orgulhosos disso. Por que desiludi-los? Comandante, basta e sobra.

Apurou o ouvido para ouvir, ouviu e acabou-se. Comandante agora a comandar mar e vento nos cômoros de Mangue Seco, desnecessários se tornam quaisquer detalhes, dragonas e ordens de serviço. Carmosina sabe, é quanto basta, a confidência não passou dali, nem mesmo à velha Milu ela contou. Contar à mãe? Estão loucos? No dia seguinte, Agreste inteiro saberia.

Eis aí em pratos limpos o que desejei esclarecer, aproveitando a interrupção do capítulo e terminando por escrever mais um, perdoem. Qual o posto de fato alcançado pelo Comandante? Ah!, isso não sei dizer, somente Carmosina sabe e, egoísta, faz boca de siri, esconde a informação. Se algum dos senhores por acaso a obtiver, seria favor comunicar-me.

CONTINUAÇÃO DO CAPÍTULO INTERROMPIDO

Quando Perpétua casou, dona Carmosina teve um alento de esperança. Se Perpétua, mais velha, mais feia — sim, mais feia pois simpatia também marca ponto em concurso de miss — com aquela cara de prisão de ventre crônica, sem graça, ressentida, encontrara quem a quisesse, quem lhe pedisse a mão em casamento e a levasse ao altar de véu e grinalda, figura ridícula!, cabia a Carmosina, mais moça, inteligente, culta, cultíssima!, risonha e cordial, ao demais cozinheira de mão cheia, o direito a sonhar, a não cair em desespero.

Ah!, Major Cupertino Batista existiu um só, milagres não se repetem. Reformado por motivos de saúde, cinqüentão asmático e cardíaco, curto de entendimento, duro de cabeça, obtuso, um bobo-alegre, nem por tudo isso partido desprezível. Solteiro, tinha economias, reservas monetárias e físicas: ao partir para o reino dos céus, deixara Perpétua com dois filhos e herdeira de três casas, além da pensão e do dinheiro a render juros. A herança, Carmosina dava de barato mas — suspira — durante seis anos e um mês, setenta e três meses, duas mil duzentas e vinte e uma noites, contando a do ano bissexto, a bruaca, a desinfeliz — a sortuda, a felizarda! — dormira em cama de casal com homem ao lado, sob as mesmas cobertas, marido válido até a última gota, pois Perpétua tivera aborto pouco antes de o Major bater continência e a festa terminar.

Escreve luxúria letra a letra nos quadrados do jogo de palavras cruzadas, o pensamento voa de Perpétua para Elisa (a pobre, agoniada, esquecera as revistas); de Elisa para Antonieta.

Antonieta, essa sim, merecera a vida conjugal e a fortuna: alegre, divertida, bondosa, um encanto de criatura. Muito chegada à casa de Carmosina, colegas na escola primária; dona Milu dedicava-lhe particular estima e a defendia quando as más línguas vinham tosar na pele da moça, melhor dito nas carnes da rapariga. Moça falada, na boca das comadres:

— Aquela já perdeu os tampos há muito...

— Já foi chamada às ordens...

— Moça, aquela sujeitinha? Rapariga é o que ela é... dá para Deus e o mundo...

Dona Milu punha fim à conversa, dispersava o elenco:

— Se ela está dando, dá o que é dela e eu nunca soube que se deitasse com homem por dinheiro, é o corpo que pede. Que pede a ela e a todas, não é mesmo, Roberta? As outras não dão, trancam com sete chaves mas só a caixa da periquita. O resto não faz mal, não é isso, Gesilda? Do sovaco ao fiofó, tudo vasculhado.

Parecia mudar de assunto:

— Que apelido mais bonito os rapazes botaram nas tuas gêmeas, Francisca. Não sabe? Pois lhe informo: Mãos de Ouro e Prata, achei lindo... — Dona Milu era uma parada!

Quando Antonieta, surrada e expulsa, partiu no caminhão, Carmosina viera se despedir, a única. Vá dizer adeus a sua amiga, a mãe ordenara. Visíveis, as marcas da véspera, o bordão atingira-lhe o rosto, roxas equimoses nas pernas, Tieta não se queixou. Pode ser para meu bem, disse. Acertara.

Nos últimos onze anos e sete meses, raro o dia em que dona Carmosina não recorda Antonieta. Desde a chegada da primeira missiva, acompanhara, carta a carta, a correspondência trocada entre Sant'Ana do Agreste e a Caixa-Postal 6211 da Capital de São Paulo. Está por dentro de tudo, sabe mais do que as próprias irmãs de Tieta, muito mais. Por conhecimento direto e por dedução.

Vira o cheque engordar ao passar do tempo, com a desvalorização do cruzeiro e as lamúrias das irmãs. Corrigira — na prática redigira — as cartas de

Elisa, fraca na gramática; lera as de Perpétua, as de Perpétua e as demais. As irmãs, após a morte do Major, haviam dividido o dever e o prazer das respostas, como dividiam o conteúdo das encomendas postais, vestidos, blusas e saias, camisolas. Perpétua, quando lhe cabia escrever, vinha com o envelope fechado, tolice! Dona Carmosina não mereceria o ordenado e o privilégio do cargo se não fosse perita em descolar envelopes, ler as páginas num piscar de olhos e pôr tudo em ordem novamente. Só lhe custava conter o desejo de emendar os erros de português.

Além da indefectível bênção do velho Zé Esteves, Deus te abençoe e te aumente, minha filha, cada carta continha queixas da vida, louvores à querida mana e a curiosidade das irmãs e do cunhado. Antonieta respondia com bilhetes curtos — a letra graúda, o papel caro e chique com um A gótico em alto-relevo — que Elisa e dona Carmosina devoravam juntas, ali mesmo na repartição.

Dona Carmosina lera também a carta de Ricardo, a de Ricardo e outras. Aliás, fora a ingênua epístola do rapaz, pedindo à tia bênção, bola de futebol e discrição, que... nada, isso não interessa a ninguém — dona Carmosina afasta a lembrança, retorna às palavras cruzadas: fruta brasileira de origem asiática, cinco letras. Fácil demais.

Essa longa correspondência, agora de repente encerrada sem explicação válida, a não ser doença grave ou morte de Tieta, revestia-se de aspectos dignos de atenção e estudo, a começar pela falta de endereço completo da destinatária de São Paulo, rua, número da porta e do apartamento, se vivesse em edifício; apenas uma caixa-postal, fria e anônima. Apesar de Agreste não passar de um ovo onde todos se conheciam, tanto Perpétua quanto Elisa apressaram-se em enviar endereços completos. Perpétua Esteves Batista, Praça Desembargador Oliva, número 19; Elisa Esteves Simas, Rua do Rosado, 28; inclusive o endereço do pai: José Esteves Filho, Beco da Matança, s.n.

E o marido? Sem idade, sem rosto, impalpável. Prenome, comenda, vagas indústrias, os cabelos brancos na foto da revista. Dona Carmosina dedicou grande parte de seu tempo à análise e ao esclarecimento da apaixonante adivinha. Reunindo dados, pistas, conjecturando.

O Major, ainda vivo, encarregara-se da resposta inicial mas não chegou ao fim sem pedir auxílio a dona Carmosina. Ela pôs ordem nas notícias, dando ênfase aos fatos, quando necessário. Carta longa, relatório abarcando cerca de quinze anos de acontecimentos.

Notícias de toda a família, detalhadas. Do pai, Zé Esteves, beirando os oitenta mas sempre rijo, e de Tonha, a segunda esposa (mais moça do que Perpétua, da idade de Tieta, mas acabada na pobreza e no desleixo, simples apêndice do Velho). Vivia o casal da caridade de filhas e genros, nada possuindo de seu, nem bens nem rendas. Zé Esteves, trapalhão a julgar-se sabido, na ânsia de enganar os outros pusera fora terras, rebanho de cabras, plantações de mandioca, a casa própria, tudo. Abençoava a filha e a perdoava, pedia-lhe uma esmola. Dona Carmosina modificou a redação, a forma e o conteúdo, em lugar de Zé Esteves perdoar, pediu perdão à filha, falou da velhice e da pobreza, insinuando ajuda; um pai pode pedir perdão mas não pode pedir esmola aos filhos. Trecho tão comovente, na bela letra do Major, ia tocar o coração de Tieta, a própria dona Carmosina ficara de olhos úmidos. Sempre tivera jeito para escrever, jeito e vontade. Mas, cadê coragem?

Relato do casamento de Perpétua, nome e título do marido, Major Cupertino Batista, oficial reformado da Polícia Militar do Estado, seu cunhado às ordens. Deus abençoara o matrimônio, dera-lhes dois filhos, Ricardo, de cinco anos, Cupertino, dito Peto, de dois, e agora novamente fecundara o ventre de Perpétua, grávida daquele que seria o terceiro se houvesse nascido. O Major, bom de espoleta, não negava fogo, constatara dona Carmosina, mas não tocou nesse trecho, não queria histórias com Perpétua. Encarregou-se, sim, de descrever o casamento de Elisa, a noiva mais linda já vista em Agreste, com Astério Simas, filho e herdeiro de seu Ananias, aquele da loja de fazendas da Rua da Frente (Rua Coronel Artur de Figueiredo), só que a loja nem parecia a mesma. Na longínqua e decadente cidade de Sant'Ana do Agreste o comércio reduzira-se à metade naqueles quinze anos. Também a população diminuíra, composta por uma maioria de velhos, pois o clima continuava admirável, prolongando a vida dos que ali se deixavam ficar apesar da pobreza, da falta de recursos e de futuro. O povo só não morria de fome porque o rio e o mangue forneciam com fartura peixes, guaiamus, caranguejos, pitus incomparáveis, e sobravam frutas o ano inteiro: bananas, mangas, jacas, mangabas, pinhas, abacaxis, goiabas e araçás, sapotis e melancias e o coqueiral sem fim e sem dono.

Além das notícias, perguntas: ela, Antonieta, que fazia? Qual o endereço completo? Mandasse contar tudo, tintim por tintim.

A resposta não tardou sequer um mês. Antonieta enviou um cheque em nome do Major, pedindo-lhe o favor de descontá-lo e entregar o dinheiro a Zé Esteves, destinava-se a ajudar o pai e a madrasta nas despesas. O pai podia contar com aquele auxílio mensalmente. O valor do cheque despertou atenção e cobiça: dinheiro grosso, bem mais do que o casal necessitava para pagar o casebre onde habitava, mesmo pondo em dia os aluguéis atrasados, para a comida e para a cachaça medida mas indispensável à dieta de Zé Esteves. Perpétua insinuara divisão da ajuda mas um olhar do Velho, o bastão erguido em arma de guerra, foi suficiente para encerrar o assunto. Para evitar a ida do Major a Alagoinhas, onde fica a mais próxima agência do banco, seu Modesto Pires, dono do curtume, fez o favor de descontar o cheque. Esse primeiro, e todos os demais.

Quanto às perguntas, nem sombra de resposta, resumindo-se Antonieta a informar que, graças a Deus, gozava saúde, casara-se e era feliz apesar de não ter filhos. Sobre o marido, nome, profissão, idade, nenhuma palavra. Endereço? Nenhum melhor, mais seguro, do que a Caixa-Postal 6211, toda correspondência para ali dirigida chegaria às suas mãos.

No transcurso de mais de um decênio, as relações epistolares entre Tieta e a família mantiveram-se absolutamente regulares: uma carta por mês de cada lado, a de São Paulo, poucas linhas, papel e envelope de cor, perfumados. Variando a cor de ano para ano, o perfume mudara uma única vez. Mais suave e discreto o último, estrangeiro, com certeza.

A quantia do cheque crescendo, não somente por causa da inflação. Quando Elisa teve menino e dona Carmosina acentuou as dificuldades de Astério, Tieta somou à ajuda ao pai certa quantia mensal para o leite do menino e sua futura educação. Fazendo o mesmo quando Perpétua lhe escreveu dramática e, por uma vez na vida, sincera, chorando a morte do marido perfeito, a deixá-la viúva com dois filhos nos braços, necessitada. Boca de siri sobre as casas de aluguel, as economias no banco, mas Tieta já se dera conta da diferença de sorte das irmãs pois mandava para uma e outra importância igual: se Perpétua tinha dois filhos, bem maiores eram as dificuldades de Elisa. Começaram a chegar os pacotes de roupa usada, os presentes de Natal e de aniversário, mas dela e do marido pouco mais souberam.

Muito pouco, quase nada, mas o suficiente para dona Carmosina juntar as peças e desatar o nó.

Há uns nove anos — nove anos e nove meses, exatamente — num número de carnaval da revista *Manchete*, dona Carmosina reconheceu Antonieta, apesar dos cabelos oxigenados, numa fotografia de *foliões em plena animação no baile do Teatro Excelsior, na Capital paulista*. Ali estava ela, bem no centro da foto, feliz, aconchegada e amorosa nos braços de senhor de certa idade, a se acreditar nos cabelos brancos. Infelizmente, do cavalheiro via-se apenas as costas, pois dançavam; ela, sim, estava de frente, a boca aberta em riso, o rosto franco e brejeiro, uma gentil senhora, não mais a jovem estabanada cuja partida na boléia de um caminhão Carmosina testemunhara. Crescera em formosura, opulenta de formas. Jamais fora magricela, sua beleza tinha onde pegar-se.

Dona Carmosina convocou a família inteira, foi uma sensação. Perpétua balançou a cabeça, concordando. Antonieta, não havia dúvida; engordara e oxigenara os cabelos. Também o velho Zé Esteves reconheceu a filha:

— Tá pimpona, de cabelo pintado, na moda. Deus te acrescente, minha filha! — olhava as outras duas, em desafio. Queria ver quem se atreveria a criticar. Na sua vista, ninguém.

Elisa ficou feito doida, não tinha idéia de como fosse a irmã, de agora em diante podia imaginá-la melhor, tão linda na fantasia de odalisca. A notícia da descoberta da revista, transmitida em carta de Elisa, trouxe a primeira pista pois Tieta, na resposta, revelou o prenome do marido: quem a tinha nos braços, no ritmo do samba carnavalesco, era Felipe, seu bem-amado esposo. Felipe de que, não disse.

Não muito depois, em carta datada de Curitiba, fez referência aos negócios de Felipe, industrial com interesses no Paraná. De outra feita, desculpando-se, atribuiu a demora do envio do cheque — uma semana de atraso —, à enfermidade do Comendador a cuja cabeceira a dedicada esposa dera tempo integral. Felipe, industrial e comendador.

Para Perpétua bastava; aliás bastava-lhe o cheque, sendo o resto supérfluo. Elisa, ao contrário, desejava saber mais, muito mais. Durante horas inteiras comentava com Carmosina as reservas da irmã: tem vergonha de nós, medo que a gente abuse da bondade dela. Esquiva-se, no fundo com razão. Com razão, dona Carmosina é quem mais sabe. Tieta saíra corrida — aqui não é casa de puta! —, moída de pancada, por denúncia da irmã mais velha. Boa demais, isso é o que ela é, pois esquecera vexame, delação, a surra, o cajado de marmelo para vir em socorro da família. Boa demais, um anjo, concordava dona Carmosina. Quanto ao motivo das reservas e das reticências a agente dos Correios e Telégrafos silenciava: sobre esse assunto traçara, em segredo, teoria própria.

Reuniu dados, indícios, pistas; mistério digno de Hercule Poirot. Dona Carmosina o resolveu em definitivo quando começaram a chegar as encomendas postais com os elegantes vestidos, as saias e blusas finas, de medidas diversas. Antonieta, em breve frase, explicara a razão dos diferentes talhes: estou mandando uns vestidos quase novos, meus e de minhas enteadas. Enteadas, notem bem, filhas do comendador Felipe mas não dela, que não tinha filhos. Claro como a luz do dia, dona Carmosina Sherlock Holmes. Quem, em Agreste, a iguala, suplanta em inteligência?

Dissolução do vínculo conjugal com separação de corpos e bens, oito letras: divórcio.

Divórcio ou desquite, no Brasil não há divórcio, eta país mais atrasado!, e eis a explicação certa e correta, não há outra.

E aqui façamos nova pausa, um pouco de suspense, próprio dos folhetins. Voltaremos após os comerciais, como dizem os locutores quando, no melhor da intriga, no momento mais empolgante, interrompem as novelas radiofônicas para anunciar sabão em pó e marcas de cigarro, deixando Elisa trêmula e vibrante.

OUTRA VEZ O CHATO, NA HORA DO DESCANSO

Um rápido parêntesis — não me demoro — para revelar fatos condenáveis, iluminar com o facho da verdade detalhes obscuros, desmascarando mais uma vez a senhorita Carmosina Sluizer da Consolação.

Não creiam que a persiga, que não lhe tenha estima. Ao contrário, reconheço-lhe qualidades e louvo os motivos capazes de levá-la a violar a lei dos homens e a lei de Deus, quando generosos ou nobres. Quanto a persegui-la, quem ousaria, em Agreste? Nem o coronel Artur da Tapitanga, nem Ascânio Trindade, tão cumpridor da lei. Com Ascânio ela redige cartas aos jornais da capital, petições ao Governo do Estado, reclamando ajuda para Agreste. Inúteis, cartas e petições.

Há mais de quinze anos — dos vinte e três de sua nomeação para os Correios e Telégrafos — funciona o ilegal esquema estabelecido por ela e por Canuto Tavares, o outro funcionário da Agência, proprietário de oficina de consertos em Esplanada, onde ganha bons cobres, habilidoso como ele só. Permanecesse em Agreste, não progrediria, vegetando a vida inteira, limitado ao magro ordenado de telegrafista em agência de última classe; decidiu abandonar o emprego, mudar-se de vez, levando as ferramentas e a ambição. Ao saber da decisão do colega, Carmosina propôs-lhe barganha capaz de beneficiar os dois: Canuto iria tranqüilo cuidar da oficina em Esplanada, deixando exclusivamente por conta dela o funcionamento da Agência dos Correios e Telégrafos de Sant'Ana do Agreste, afinal não era trabalho de matar ninguém; em troca, ele lhe daria metade do ordenado. Para Canuto, disposto a demitir-se, a proposta caiu como sopa no mel. Para Carmosina, nem se fala: aumentando-lhe a renda necessária ao sustento da casa — para o qual dona Milu já não podia concorrer devido à idade: parteira quase aposentada, ainda pegava menino, mas de raro em raro — deixava-a senhora única e absoluta de cartas, telegramas, encomendas, revistas e jornais, da vida da cidade e do mundo. Funciona o arranjo há mais de quinze anos — ela saberia dizer exatamente quantos, anos e meses — e em nenhum momento passou pela cabeça de alguém denunciar o escandaloso envio mensal do livro de ponto da repartição a Esplanada para recolher a assinatura de Canuto, levado em mão própria por Jairo. Quem ousaria?

Nela, o que me desgosta é a parcialidade. Queria ver como agiria Carmosina se um dos filhos de Perpétua morresse e a mãe quisesse esconder o fato de Antonieta para conservar a ajuda pontual e íntegra. Se teria idêntico comportamento ao que teve quando Elisa entrou na Agência em desespero devido à morte de Toninho. Dona Carmosina a consolara, o inocente deixara de padecer, ruim de saúde desde o nascimento. Dona Milu, ao retirá-lo do ventre de Elisa, se assustara, parecia um feto em formação, verdadeiro milagre ter vivido tanto tempo. Não adiantaram médico e remédio, pagos com as remessas de Tieta, a ida a Esplanada para consultar doutor Joelson, especialista em crianças. O pediatra balançara a cabeça: nem adianta receitar. O pobrezinho descansou e vocês também, quantas noites sem dormir? Mas nem assim Elisa se acalma.

Além de perder Toninho — por mais enfermo e raquítico, era filho e consolo —, perdia a ajuda da irmã, o dinheiro mensal destinado ao leite, aos remédios, aos médicos, à futura educação do sobrinho, e não a cosméticos, revistas, sessões semanais de cinema, pilhas para rádio. Com Toninho partiam para toda a eternidade essas regalias compradas com as sobras da caridade de Tieta. Que fazer, me diga, Carmosina?

Os olhos miúdos, apertados, fitaram Elisa — Carmosina a vira nascer. Dona Milu, emérita aparadeira de menino, chamada às pressas no meio da noite para atender Tonha nas dores do parto, a soprar garrafa vazia a mando de Zé Esteves, levara a filha de ajudante. Carmosina e Tieta ferveram água, auxiliaram e assistiram a delivrança. Perpétua, pudica, trancara-se a rezar. Cada qual ajuda à sua maneira.

Meninota, no caminho da escola, Elisa vinha pedir a bênção à sua mãe-de--umbigo, dona Milu; regalava-se com queimados feitos de goiaba e coco, uma gostosura. Carmosina foi quem primeiro recordou a Elisa a existência de Tieta, cujo nome a família jamais pronunciava. Tema escandaloso, mas Carmosina arranjava maneira de lembrar a amiga. Ao contar um caso, referia-lhe o apelido e a boniteza: Tieta, tua irmã, estava comigo, bonita de dar gosto. Também Elisa crescera bonita de dar gosto, casara, parira; Carmosina a vira nascer. Elegante no vestido enviado por Antonieta, desesperada, nem sequer filho doente para cuidar, que fazer? Desditosa, era o adjetivo certo. Carmosina aproxima--se, murmura:

— Não mande contar nada...

— Hein?

— Faça como se Toninho não tivesse morrido...

— E se Perpétua fuxicar? Você conhece ela, toda moralista: não tolera mentiras, vive dizendo.

70

— Se ela ameaçar, você ameaça também: quem tem mais podres a esconder? Ou você pensa que ela fala a Tieta das casas, dos aluguéis, da herança do Major? Diz que deposita na Caixa o dinheiro que Tieta manda para as despesas dos meninos porque não lhe faz falta? Diz, uma ova.

Comprove-se a falta de moral de Carmosina a aconselhar mentira e chantagem à amiga em beco sem saída. Falta de honradez também: a par do conteúdo das cartas de Perpétua por abuso de poder não lhe cabe o direito de utilizar tal conhecimento. Mas Carmosina não liga importância aos conceitos da moral, às regras da honradez. Não somente aconselha, dirige a intriga:

— Deixe Perpétua comigo. Eu mesma falo com ela.

Perpétua ergueu os olhos para os céus a pedir ao Senhor perdão do pecado, descerrou os lábios:

— Por mim não vai saber. Se Antonieta cortar o dinheiro que lhe dá, no fim quem vai ter de agüentar com ela e o marido sou eu.

Motivo justo, correto, Perpétua é osso duro de roer, não se deixa chantagear. Carmosina ri de leve, um riso de criança, tão inocente:

— Por isso ou pelo resto, o importante é calar o bico.

Mais um detalhe e vou-me embora. Lembram-se da carta de Ricardo, pedindo bola de futebol, recomendando segredo à tia? Ao recordá-la, Carmosina por pouco deixa escapar a revelação: também ela escrevera a Antonieta, rememorando os dias distantes da adolescência, a antiga amizade, enviando lembranças de dona Milu que não a esquece. Além de um pedido: podia Antonieta comprar em São Paulo e lhe remeter, dizendo quanto custara, um bom, o melhor Dicionário de Rimas à venda nas livrarias? Não mandava comprar em Aracaju ou na Bahia, para evitar mexericos. Não tardou a receber o livro, com dedicatória: *Para a querida amiga Carmô, pálida lembrança da amiga Tieta.*

Madrugada adentro, à luz do candeeiro, na calada da noite, Carmosina escreve versos, conta sílabas, rima ressonar com Osnar, pejo com desejo.

Agora que os senhores sabem, eu os deixo novamente na Agência dos Correios e Telégrafos, ou melhor, no Areópago. Até breve.

FIM DO CAPÍTULO DUAS VEZES INTERROMPIDO. UFA!

Tão simples a adivinha, levara longo tempo a resolvê-la pela falta de dados, a demora em reunir aquele mínimo de informações.

Desquite, uma das maiores provas de atraso do país, do subdesenvolvimento; indignada, dona Carmosina tem-se empenhado em discussões homéricas com o padre Mariano, com a professora Carlota Alves, com o doutor Caio Vilasboas — vejam só: médico formado, com diploma de faculdade e tão retrógrado! Uma pessoa amarrada à outra a vida toda, mesmo depois de legalmente separada — corpos e bens —, sem poder casar de novo! Dona Carmosina lera uma estatística sobre o número de casais em estado de concubinato — palavrão horrível! — no Brasil. Milhões. Vivendo como casados, aceitos, recebidos na sociedade, o senhor e a senhora fulano de tal, mas sem os direitos da lei. Esposa, não, concubina. Dona Carmosina encontra a solução, tão simples. Com um mínimo de pistas e o poder de dedução, chega à resposta da adivinha. Antonieta vive com o ricaço como casada mas sem o ser realmente. Admitida pela família, inclusive pelas filhas dele — referira-se mais de uma vez às enteadas e às sobrinhas do Comendador —, mas impossibilitada de legitimar a união por ser ele desquitado. Conhecedora dos preconceitos de Agreste, o pai a esperá-la na escuridão, ao lado da janela aberta, de cajado em punho, a surra acordando a rua inteira, Tieta se fecha em copas, envolve marido e casamento em mistério e silêncio. Faz bem.

Certa ocasião, apareceu um fiscal de rendas em Agreste, acompanhado da mulher, senhora distinta, agradável, educada por demais, mãe de um casal de gêmeos. De começo muito bem recebidos, até que a senhora contou ingenuamente serem desquitados ela e o marido, vivendo juntos e felizes há mais de dez anos. As portas se fecharam, as caras também. Tiveram de ir embora, em Agreste casamento tem de ser com juiz e padre, senão não vale. Faz muito bem Antonieta em reservar-se, em manter sua vida conjugal distante dos linguarudos da cidade, a começar de Perpétua. Dona Carmosina gostaria de ver a tromba de Perpétua, se um dia viesse a saber. Ia engolir a língua.

Para dona Carmosina, se o casal vive bem é o que importa, sendo de somenos padre e juiz, véu e grinalda. Ela própria desistiu há muito de qualquer exigência: marido ou seja lá o que seja, solteiro, viúvo, desquitado, casado com mulher e filhos, desde que varão de olhos postos nela e disposto a ir em frente, dona Carmosina estará de acordo. Em colchão de plumas ou na beira do rio, nos matos. Se lhe fosse dado escolher, Osnar seria o felizardo. Na falta, servirá outro qualquer. Infelizmente, nem Osnar nem outro qualquer.

Esquece, porém, as decepções de amor e os problemas relacionados com a demora da carta de Antonieta, ao enxergar, vindo da feira, o Comandante. Levanta-se, chega à porta, acena com o jornal. Quando ele se aproxima, ela vibra:

— Guardei para você ler. Vai lhe interessar.

O comandante Dário toma da página, dona Carmosina indica o artigo. Começa a ler para si mas o assunto sem dúvida o empolga, eleva a voz: ...*as transformações políticas que marcaram a Europa ultimamente fizeram passar quase que desapercebido um importante acontecimento para os defensores do meio ambiente em todo o mundo: a condenação à prisão do presidente e quatro diretores da maior indústria química italiana, a Sociedade Montedison, acusada de poluir as águas do mar Mediterrâneo...*

Abre-se largo sorriso no rosto do Comandante:

— Esse juiz é dos meus! Italiano topetudo! — prossegue na leitura: ...*o objeto do debate: a fábrica de dióxido de titânio de Scarlino, inaugurada com entusiasmo pelos pobres moradores desta província toscana e constantemente marcada por greves e interrupções do trabalho de seus 500 empregados...*

Durante a leitura, chega o vate Barbozinha, fica a ouvir. O Comandante faz questão de começar de novo para o amigo não perder nenhum pormenor: na Itália aparecera por fim um juiz macho!

— Ouça com atenção este pedaço: *Um dos defensores dos acusados, o advogado Garaventa, utilizou este argumento: a diretoria da indústria sempre agiu com todas as autorizações administrativas necessárias. Qual será, no caso de uma condenação, a opinião dos cidadãos sobre a administração pública que concedeu as permissões?*

— Bem argumentado! — atalha Barbozinha. — Os homens estavam dentro da lei, agindo de acordo com as autoridades...

— Dentro da lei, coisíssima alguma! As autoridades é que são salafrárias, em conúbio com os monstros ávidos de dinheiro. Ouça o resto: *O argumento, entretanto, não intimidou o juiz Viglietta, pertencente a uma nova geração de jovens magistrados que não se detêm ante os poderosos.* Bravos, juiz!

— Mas se os homens estavam agindo de acordo com a lei...

— Que lei? Lei foi a que o juiz aplicou, escute e não interrompa, a gente discute depois, se você quiser: *Ele se baseou numa lei italiana de 14 de julho de 1965...* — o próprio Comandante interrompeu para comentar: — Bem recente, hein! Por fim, começam a aprovar as leis que se fazem necessárias... — retorna a leitura: — *...raramente invocada, que prevê penalidades para todos os que lançam ao mar substâncias estranhas àquelas que fazem parte da composição normal das águas naturais, que constituam perigo para os peixes e que provoquem a alteração química ou física do meio aquático.*

Prosseguiu a leitura até o fim, dona Carmosina ouvindo com renovado entusiasmo, Barbozinha distraidamente: *Com seu veredicto, o juiz Viglietta pretendeu advertir todos aqueles que tomam o mar por uma lata de lixo, ameaçando de morte o Mediterrâneo.*

— Juiz porreta! Desses estamos precisando no mundo todo, a começar por São Paulo! Seu Barbozinha, nós não nos damos conta do privilégio que é viver nesse pedaço de paraíso, criado por Deus e felizmente esquecido pelos homens! — volta-se para dona Carmosina: — Posso guardar, Carmosina?

— Tirei a página para lhe dar...

Enquanto o Comandante dobra a folha de jornal, Barbozinha interroga dona Carmosina:

— Que houve com Tieta? Ouvi dizer que desencarnou...

A pergunta recorda-lhe as revistas esquecidas por Elisa, dona Carmosina vai buscá-las, coloca-as ao lado da bolsa:

— Tomara que não, mas tudo indica que sim.

— Quem? — quer saber o Comandante.

— Antonieta, Tieta, sabe quem é, não?...

— É claro que sim... sucedeu-lhe alguma coisa?

— Pelo jeito, morreu. Não há informação, ainda.

— Vai ver, de câncer, na poluição de São Paulo. Só os milhares de automóveis a vomitar gases...

Despede-se, dona Laura o espera:

— Obrigado pelo artigo, Carmosina. Esse juiz lavou-me a alma.

Carmosina prepara-se para fechar a Agência, ainda deve passar em casa de Elisa antes do jantar, a pobre está agoniada. Barbozinha, cabeça baixa, distante, concentrado, enxerga no horizonte algo invisível para dona Carmosina. Barbozinha é vidente.

Ninguém sabe — outro segredo jamais revelado, esse, nem à agente dos Correios ele o confiou — ter sido Tieta a musa inspiradora dos mais belos versos dos dois livros publicados e dos inéditos, cinco volumes inéditos, do poeta De Matos Barbosa. Antonieta Esteves, paixão devoradora, fatal. Desencarnada, num círculo astral estrela candente. Escreverá um derradeiro poema, a morte não existe, ó bem amada, o corpo é reles envoltório, e de novo te encontrarei e serás finalmente minha pois te desejo desde há cinco mil anos quando, escravo, te reconheci princesa maia e o amor custou-me a vida; quis te libertar de um monastério na Idade Média e fui atirado ao calabouço, amarrado de correntes, preso às rochas: segui tuas pegadas nos rios do Indostão e meu corpo apodrecido boiou nas águas; te reencontrei um dia, pastora de cabras, saltando sobre as pedras.

DAS REVISTAS DE FOTONOVELAS E DAS PROVAS DE AMIZADE: CAPÍTULO RECONFORTANTE, PREPARATÓRIO DA GRANDE DISCUSSÃO FAMILIAR

— Você esqueceu de trazer as revistas. — Dona Carmosina as deposita em cima da mesa, puxa uma cadeira.

A brisa do entardecer e as cores do crepúsculo envolvem Sant'Ana do Agreste. Barbozinha costuma parodiar os versos do poeta português: Que é dos pintores desse meu país divino que não vêm pintar? Ele, De Matos Barbosa, cumpre seu dever; mais de cinqüenta poemas e sonetos dedicou à paisagem de Agreste, ao rio Real correndo para o mar, às dunas da praia de Mangue Seco, onde, em distantes férias burocráticas, declamou para Tieta ardentes versos levados pelo vento. Barbozinha deixou dona Carmosina na porta da casa, não quis entrar. Coberto de dor, mastigando um poema, dirigiu-se ao Bar dos Açores.

Elisa não sente o frescor do fim da tarde, não enxerga as nuanças de amarelo e roxo, de vermelho e azul a queimar o firmamento, quando o sol, levado pelas águas do rio, vai se perder no mar, na distante linha dos tubarões, e a lua nasce por detrás das dunas. Tempo de lua cheia. Elisa, desfeita, os olhos inchados de chorar, dona Carmosina se impressiona. Golpe terrível, não há dúvida, para ela e Astério, como equilibrar o orçamento sem a ajuda da irmã? Vão terminar nas minhas costas, adivinhara Perpétua, por ocasião de desespero anterior.

Perdida, nem sequer folheia as revistas, ela sempre ávida de saber de amores feitos e desfeitos, casamentos e desquites, brigas, festas, a vida brilhante dos astros de cinema, rádio, teatro, televisão. Revistas, Perpétua não as pagará, nem uma só. *Porcarias! Indivíduos sem temor a Deus, mulheres mostrando as vergonhas, uma indecência essas revistas. Em minha casa, não entram. Se eu fosse Astério...* Felizmente não era, assim Elisa está a par de todas as fofocas e delira com as fotonovelas.

O conhecimento de Elisa reduz-se aos artistas brasileiros; uma especialista, pode-se dizer. Não possui a visão universal de dona Carmosina, cuja erudição nesses apaixonantes assuntos não se limita às fronteiras pátrias. Não há minúcia que ela desconheça sobre os Beatles, antes, durante e depois da formação e dissolução do conjunto. Erudição, conhecimento, curiosidade, pelo simples prazer intelectual de saber e dar quinaus em Aminthas, tarado pelos Beatles e por todos os conjuntos de rock, desvairado pelo som moderno. Aminthas possui eletrola e gravador, gasta em discos e cassetes o que ganha e o que não ganha.

Dona Carmosina, coração romântico, em matéria de música prefere mesmo *Casa de Caboclo* e *Luar do Sertão;* isso, sim, é música com melodia e sentimento, e não essa barulheira sem pé nem cabeça dos cabeludos. Provoca a indignação de Aminthas, desmontando seus ídolos: essa tal de Yoko é horrível, e ainda tira retrato nua. Espie: a cara e a bunda são iguais.

— Vou buscar o dinheiro para pagar... — neutra, a voz de Elisa, os olhos ainda úmidos.

Passou a tarde chorando, constata dona Carmosina:

— Deixe para depois.

— Para essas, ainda tenho...

Os olhos buscam a amiga do peito, companheira de longas conversas sobre galãs e estrelas do rádio e da TV. Elisa só assistiu televisão durante os três dias passados na Bahia, quando Astério foi consultar o médico, tirar radiografias; felizmente nada grave, apenas o susto a fazê-los despender aquele dinheirão. No modesto hotel próximo à Rodoviária, o luxo era o aparelho de televisão na saleta de frente, franqueado aos hóspedes. Elisa não desgrudou do vídeo, maravilha das maravilhas. Agora, nem mais as revistas. Dos olhos saltam as lágrimas, as palavras são soluços:

— Se for verdade, para o mês não posso mais comprar. Tire meu nome da lista.

— De todas cinco? — Dona Carmosina sabe a resposta mas pergunta para ter o que dizer. Como poderá Elisa viver sem as revistas de fotonovela?

— De todas...

Dona Carmosina ergue-se, magnífica, amizade se prova nessas horas:

— De todas cinco, não! Duas eu lhe garanto, pago da minha comissão. Sem nenhuma, você não fica.

Elisa se comove com o gesto mas a realidade se impõe:

— Obrigada, Carmosina, você é boa demais. Mas, nem eu aceito, nem você é rica para botar dinheiro fora...

— Tudo não passa de conjecturas. É capaz de Tieta estar mais viva do que nós duas... — Dona Carmosina, aliviada, substitui por alento, por esperança, a precipitada promessa de revistas semanais.

— É o que eu digo a todo mundo, que ela está de passeio a bordo de um navio, como já sucedeu...

— Cruzeiros marítimos... — volta a esclarecer dona Carmosina.

— ... mas digo sem convicção, já me convenci que ela morreu.

— O pior é que a notícia está correndo na rua, é só no que se fala. Barbozinha ficou desolado, o pobre. Teve um namoro com Tieta pouco antes dela ir embora. Ele pensa que eu não sei...

— Seu Barbozinha? Acabado daquele jeito...

— Faz quase trinta anos... era um rapagão, bem mais velho que ela, é verdade, e franzino. Franzino sempre foi... Tieta não gostava de mocinhos jovens... — Suspira, como passa o tempo! — Você não deve perder a esperança. Onde está a prova de que ela morreu? Me mostre, se puder. Agora, vou indo. — Fica em dúvida, a pergunta a coçar-lhe a boca: — Você vai ao cinema? Se quiser, passo para lhe buscar.

— Hoje, não. Perpétua vai vir para discutir com Astério e comigo, ela inventou umas histórias de herança... mas não é por isso que não vou... Não vou, porque hoje não tenho vontade, sabe? Nem ia ver o filme direito.

— Entendo... herança, que conversa é essa?

Elisa toma-lhe a mão, súplice:

— Se você deixasse o cinema para amanhã e voltasse, para mim ia ser tão bom! Acho que pra nós todos, até para Perpétua. Você entende dessas coisas...

— Pois eu volto, fique descansada. Engulo a comida, determino umas regras em casa, daqui a pouco estou aqui de novo.

Ora, se vinha! Não há filme que a faça perder aquele prato, que invenção era essa, de herança? Perpétua não é tola. Ademais, o dever de amiga mandava-a estar ao lado de Elisa nessa hora de provação. As duas coisas: o dever e o prazer, há tão pouca diversão em Agreste, mesmo para a agente dos Correios.

Pena fosse sábado, dia de cinema. O filme vinha de Esplanada, pela marinete, sendo exibido no sábado à noite e duas vezes no domingo, a primeira às três da tarde, em matinê. A sessão de sábado reúne a melhor gente, os graúdos da cidade, vários com lugares marcados pelo hábito, naquelas cadeiras ninguém senta: as cadeiras de Modesto Pires e da esposa, dona Aída, e duas filas atrás, a de Carol. A matinê, repleta de meninos a gritar, insuportável: a cada tiro ou soco do caubói uma algazarra, a cada beijo do mocinho o mundo vem abaixo. Na soarê de domingo, repete-se a barulheira. Derradeira exibição do filme, na bilheteria o árabe Chalita mercadeja lugares ao sabor da aceitação da película. Nas de pouco êxito, vende a qualquer preço. Nos grandes sucessos, nem de pé é mais barato. A amizade exige sacrifícios: amanhã, em companhia de dona Milu, dona Carmosina enfrentará a sessão noturna dos domingos, o berreiro, a fumaceira.

Cabeça baixa, ar doentio, Astério chega diretamente da loja, nos sábados só após o banho e o jantar vai às carambolas. Hoje terá Perpétua em lugar de Aminthas, Seixas e Fidélio, em lugar de Osnar, perde na troca. Dona Carmosina o considera, com lástima: um trapo.

— Boa noite, Astério. Vou em casa mas volto para a conversa.

— A conversa?...

— Sobre Tieta...

— Ah! Sim. Que coisa mais sem explicação. Não entendo...

A luz dos postes, acesa ao toque da ave-maria, apenas atinge a calçada mas a lua cheia derrama ouro e mel sobre Agreste, iluminando as ruas e o rio, a estrada e os atalhos, os últimos feirantes no caminho das roças.

DO SENSACIONAL ENCONTRO ENTRE PERPÉTUA E CARMOSINA, COM CERTA VANTAGEM PARA A PRIMEIRA NO RAUNDE INICIAL

— Quem disse foi doutor Almiro? Ele sabe. Eu nunca havia pensado nisso... — Astério se anima, aplacam-se as dores, diminui o mal-estar, presta atenção à conversa.

Estirado na espreguiçadeira, não fosse a presença da cunhada e de dona Carmosina estaria na cama, enrolado nos lençóis; vem passando mal desde a hora em que Elisa lhe fez sinal na loja e ele soube: nem carta, nem cheque. Doente, a ponto de não tocar no cuscuz, na banana frita, contentando-se com uma xícara de café com leite, pão e requeijão. Contrações no estômago. Insuportáveis.

Perpétua chegara pouco antes das sete. Deixara Ricardo preparando os deveres, na segunda-feira o moço retornará ao seminário para as provas escritas e orais. As aulas terminadas, estando padre Mariano de passagem em Aracaju, trouxera o afilhado para o fim de semana em casa, com a obrigação de fazer banca, estudar para os exames. Uma reprovação custar-lhe-ia a gratuidade do curso, adverte mais uma vez Perpétua antes de sair. Quanto a Peto, fugira para o cinema, menino endemoninhado. Assistia cada filme três vezes, todas de graça, ajudava o árabe Chalita na bilheteria. Em Agreste, a censura não vigora, todas as películas são livres para qualquer idade, mães amamentam crianças de colo em plena sala, onde Peto, aos treze anos incompletos, aprende mais do que Ricardo, quase com dezessete, nas aulas do seminário. No cinema, na beira do rio onde passa boa parte do dia a pescar e a observar, no Bar dos Açores, torcendo, à tarde, pelo tio Astério. Osnar, quando ganha, oferece-lhe guaraná, sorvete, coca-cola. Peto já sabe manejar o taco. Debochado, Osnar:

— E o taco aí debaixo, Sargento Peto, já faz carambola? Tá chegando a idade de perder o cabaço...

Nem bem Perpétua tomara assento na cadeira de palha, a melhor da casa, ressoaram na porta as palmas e o sonoro com licença de dona Carmosina. Perpétua fechou a cara: que perdera ali de tão precioso a agente dos Correios para abandonar a sessão de cinema do sábado, compromisso sagrado? Vinha meter o bico onde não a chamavam, ditar razões, palpitar, exibir inteligência e astúcia, a sabichona. Elisa precipitara-se a acolher a amiga:

— Você chegou quase junto com Perpétua.

Sem esperar convite, dona Carmosina puxou o assunto, tomando a frente na conversa:

— Na rua, não se fala noutra coisa. Fui chegando em casa e Mãe foi perguntando: que é que aconteceu com Antonieta? Ouvi dizer que ela morreu. Ninguém sabe de nada, lhe respondi, só que a carta com o dinheiro que ela remete todo mês, esse mês não chegou. Mãe arregalou os olhos: Não chegou? Então ela morreu, só morta havia de deixar de cumprir a obrigação. Conheci muito essa menina, quando tomava uma determinação, não havia conselho, ameaça, castigo que lhe mudasse o pensamento. Pode escrever: parou de mandar o dinheiro é que morreu. Vá lá, minha filha, e apresente meus pêsames. — Uma pausa, dona Carmosina acrescenta: — O zunzum na rua só faz aumentar.

A intrometida viera de propósito, preferindo a conversa ao cinema; é capaz de Elisa ter pedido para ela vir, Perpétua tocou com os dedos o crucifixo do terço, no bolso da saia negra, contendo-se. Deixa pra lá, talvez até seja de ajuda; a antipática passa o dia sem fazer nada, a ler revistas e jornais, artigos enormes, domina uma quantidade de assuntos, bota banca. Perpétua não tinha dúvidas:

— Bateu a caçoleta! Disse a Elisa desde ontem, ela é que quer se enganar e enganar os outros...

— Esconder a evidência... — ilustrou dona Carmosina.

Tais demonstrações de sapiência, Perpétua não as tolera. Dominou-se devido ao grito de Astério, lançado do fundo da espreguiçadeira: — Ai! Vocês estão dizendo que ela morreu? Que Antonieta morreu? É isso?

Elisa teve pena do marido, o pobre de Deus recebera um choque; até ali a possibilidade da morte da cunhada não lhe ocorrera. Pensara em carta extraviada, em dificuldades momentâneas de dinheiro — também os ricos têm seus apertos —, em viagem, plausível explicação de Elisa. Em doença e morte, jamais. A afirmação caiu sobre ele como uma tonelada de chumbo.

— Ai! — gemeu, apertando o estômago, no rosto uma careta de dor.

— Você é o único em Agreste que não sabe que ela morreu e sua mulher a única a duvidar... — a voz sibilante de Perpétua revolvendo a chaga.

Dona Carmosina voltou ao debate:

— A bem dizer, provas não existem. Suposições, sim.

Dura adversária, Perpétua atirou-lhe na cara a munição de dona Milu:

— Que outra prova você quer, além da falta de cartas? Não ouviu o que sua mãe disse? Era assim mesmo: quando Antonieta decidia fazer uma coisa, fazia até o fim, quem bem sabe sou eu.

— Não há dúvida... — concordou, em termos, dona Carmosina: — Suposições apoiadas em fatos concretos, porém suposições...

— Estamos desgraçados! — gemeu Astério, dando-se conta da enormidade do acontecimento: — Como a gente vai viver, se ela morreu?

Contendo o choro, Elisa trouxe um comprimido e um copo com água:

— Tome, Astério, o remédio para o estômago...

— Que vai ser da gente? — o comprimido caiu da mão de Astério, Elisa e dona Carmosina a procurarem pelo chão de tijolos, encontraram. Elisa o põe na boca do marido, dá-lhe a água.

— Nem para remédio vai sobrar — conclui Astério num engulho.

Dona Carmosina balançou a cabeça, concordando: não será fácil. Não tanto para Perpétua, possui casas de aluguel e dinheiro guardado, mas Elisa e Astério vivem da loja mal sortida, das vendas aos sábados, lucro minguado. Dona Carmosina tentou deixar de lado esses detalhes, insignificantes diante do fato maior da morte de Tieta, amiga de infância e adolescência, cujas confidências ouvira há tantos anos. Insignificantes? Não com o preço atual do ruge e do batom, do rímel e do esmalte, das revistas, cinco por semana — e Elisa esquecera de pagar as de hoje. Falara em pegar o dinheiro, não pegara. Se a morte se confirmar, dona Carmosina não poderá cobrar, carregará com o prejuízo. Amizade prova-se nessas horas.

81

Mas eis que Perpétua ergue o busto, o coque parece crescer no alto da cabeça, a voz fanhosa ganha força:

— Ela morreu e nós somos seus herdeiros...

A tal história da herança, dona Carmosina liga todas as antenas. Astério, nas vascas da agonia, não entende:

— O que é que você disse? Herdeiros? Como?

Tempo suficiente para dona Carmosina consultar seus conhecimentos jurídicos e entrar de advogada:

— Hum! É capaz que você tenha razão. Casada mas sem filhos... Os parentes herdam... Já li sobre isso, deixe-me ver...

Superiora, Perpétua pôs em pratos limpos:

— Outro dia conversei com doutor Almiro, quando ele esteve aqui por causa da herança de seu Lito. Metade para o marido, metade para os parentes próximos. Pai, mãe, irmãos. Nem que o morto não queira.

Foi nessa altura da conversa que se aplacaram as dores de Astério, diminuiu o mal-estar do estômago, rogou confirmação:

— Quem disse foi doutor Almiro? Ele sabe...

DO SEGUNDO RAUNDE, COMPLETAMENTE FAVORÁVEL A DONA CARMOSINA, A CAMPEÃ DOS CORREIOS E TELÉGRAFOS

Nem dona Carmosina, tomada de surpresa, tenta negar que Perpétua lavrara um tento. Confirma a tese jurídica, mas exibe aquele sorriso inocente, suspeitíssimo, de quem possui naipe marcado, carta decisiva:

— É isso mesmo. Vocês estão aí, estão ricos. Metade para seu Zé Esteves, a outra metade para vocês duas. Só falta encontrar o marido, não é?

— Exatamente. — Perpétua domina a conversa e mesmo a agente dos Correios ouve com atenção: — A gente nunca soube o nome inteiro do marido dela. Felipe, como se não tivesse pai. Rico, isso se sabe, comendador também. Mas Felipe de quê? Que tipo de indústria? Comendador do Papa ou do

Governo? Sempre achei isso esquisito mas encontrei logo a explicação, faz tempo.

Ao contrário do que pensara dona Carmosina, a Perpétua não bastara o cheque, o dinheiro mensal. Também ela pusera a cabeça a pensar, a deduzir. Igual a dona Carmosina, em cujos lábios, no entanto, permanece o sorriso inocente, de criança.

— E que explicação encontrou?

Todos ansiosos por saber, Perpétua esconde a vaidade na voz sibilante, desagradável, apesar da súbita fortuna:

— O marido proibiu que ela nos falasse dele para não ter, um dia, de prestar contas... exatamente para isso.

— Será? — Dona Carmosina demonstra o ceticismo.

— Ela tinha era vergonha da gente, medo de que a gente, se soubesse mais sobre o marido dela, começasse a explorar. — Para Elisa, as sujeiras, as más intenções são dela, de Astério, de Perpétua, do pai. Tieta e os seus são ricos e bons, inatacáveis.

— Talvez. — Dona Carmosina parece pesar e medir, comparar os argumentos.

— Seja como for, minha parte ele vai me entregar, nem que eu tenha de virar mundos e fundos. — Cada vez maior na cadeira, Perpétua não se dá ao trabalho de contestar Elisa: — Vou descobrir o endereço, quando ele menos esperar estouro na casa dele. O que é meu e de meus filhos ninguém tira.

— Tu falou hoje com padre Mariano, o que foi que ele disse?

— Disse para não nos apressarmos, que ainda não há provas da morte de Antonieta, que a gente esperasse. Espere quem quiser, não eu! Segunda-feira me toco para Esplanada, vou conversar com o doutor Rubim...

— Com o Juiz de Direito? — Dona Carmosina balança a cabeça, parece de acordo. Os olhos pequenos, semicerrados, consideram Astério e Elisa, pousam na imponência de Perpétua refestelada na cadeira de palha, parece um sapo-cururu. Perdoa-me, Elisa, roubar a tua herança, tu e Astério merecem melhor sorte, mas não posso suportar a arrogância dessa caga-sebo. — É, essa história de sobrenome do marido de Tieta, eu também sempre achei muito atrapalhada. Só que cheguei a outra conclusão, diferente das de vocês duas.

Perpétua não teme competição:

83

— Pois venha lá.

— Você, Perpétua, não levou em conta certos dados, eu diria pistas. Ela mandou falar nas enteadas, não?

— Sim, metade é para a família dele.

— Não é de herança que falo, essa herança não existe...

— Como?

— Não diga isso... — pede Astério, recaindo em dores.

— Tenho pena, Astério, de lhe desiludir, mas se vocês pensarem um minuto, se puserem as células cinzentas em ação, compreenderão que Tieta vivia, ou vive, com este senhor Comendador como esposa mas sem casamento legal, certamente ele é desquitado. Um casal como milhares de outros no Brasil. É a única explicação que existe e, nesse caso, somente a família dele tem direito à herança.

— Ai! — padece Astério, vendo a fortuna dissolver-se, a riqueza ir água abaixo, breve ilusão, novamente pobre como Jó.

ONDE A CAMPEÃ DA SACRISTIA REAGE E GANHA O RAUNDE, SENDO A ADVERSÁRIA SALVA POR INESPERADA INTERRUPÇÃO NA LUTA

Perpétua é a única que não se altera, a não ser que se chame de sorriso a leve contração dos lábios:

— Como teoria, é engenhosa. Fora disso, não vale nada.

— Você tem melhor?...

— A minha é melhor e tenho provas.

— Provas, como?

— Casada, casadinha da silva, no religioso e no civil. Posso garantir e vou provar.

— É o que eu quero ver. — Leve vacilação na voz de dona Carmosina.

Elisa, em lágrimas. Astério, rico e pobre, pobre e rico, sem saber se a dor persiste ou não. Do fundo do bolso, Perpétua extrai um envelope e do envelope um recorte de jornal:

— Você, que lê tanto jornal às custas dos outros, Carmosina, não leu esse.

— Vangloria-se da ajuda divina: — Quem é devoto de Sant'Ana, quem ocupa seu tempo com as coisas da Igreja, conta com a proteção de Deus.

— Fale de uma vez! — até Astério se irrita, ele, em geral tão tímido diante da cunhada. — Desembuche!

Recorte na mão, Perpétua não tem pressa.

— Ainda não fazem dois meses, fui a Aracaju beijar a mão de Dom José, saber dos estudos de Ricardo. Aproveitei e fiz uma visita a dona Nícia, a esposa do doutor Simões, do Banco...

— Foi vender vestidos mandados por Tieta...

— Os que ficaram para mim. Melhor vender do que me exibir com eles. Nas capitais, vá lá que se use, mas aqui... Dona Nícia me mostrou um jornal de São Paulo, *Folha da Manhã*, a página social com as notícias da gente importante, onde falavam numa amiga dela que foi visitar parentes. Me apontou uma notícia, dizendo: *Penso que é sobre sua irmã*. Depois cortou o pedaço e me deu.

Coloca os óculos lentamente, aproxima o recorte da luz. Astério se levanta da cadeira, Elisa muda de lugar para ficar perto, ninguém quer perder uma palavra.

Nesse momento exato, ouvem-se vozes na porta da rua:

— Tenha calma, homem!

— Nem calma nem meia calma, cambada de ladrões!

O velho Zé Esteves penetra na sala, acompanhado de Tonha. Plantado sobre as pernas, o rosto fechado em ira, ergue o bordão e brada:

— Quero meu dinheiro, seus ladrões! Onde meteram, que fizeram dele? O dinheiro que Tieta me manda e vocês roubam! Que invenção é essa de dizer que ela morreu e por isso o dinheiro não chegou? Cambada de ladrões! Quero meu dinheiro, agora!

ONDE PERPÉTUA ASSUME A CHEFIA DA FAMÍLIA, APÓS DERROTAR DONA CARMOSINA POR NOCAUTE

— A BÊNÇÃO, PAI — fala PERPÉTUA, TRANQÜILA NA CADEIRA: — PEÇO A vosmicê que se sente e a mãe Tonha também. Para ouvir notícias de Antonieta e do marido dela.

— Ela está viva ou não? Que invenção é essa de dizer que ela morreu? É só o que ouço falar. Foram lá em casa para mais de dez pessoas.

— O mais certo é que tenha morrido. Se morreu, como parece...

— ...nós estaremos ricos, seu Zé. Podres de ricos... — interrompe Astério, já sem dor, curado.

Dona Carmosina recupera-se:

— Seu Zé, Perpétua vai ler uma notícia, no jornal de São Paulo, que fala de Tieta.

Tonha ocupa uma cadeira, o Velho permanece de pé:

— Pois que leia.

Novamente o recorte próximo à luz, Perpétua pigarreia limpando a voz, informa antes de começar a leitura:

— Tomei nota da data do jornal, 11 de setembro, não tem ainda três meses...

— Dois meses e dezesseis dias... — ninguém liga para a conta de dona Carmosina.

— *O Comendador Felipe de Almeida Couto* — lê pausadamente Perpétua — *e sua esposa, Antonieta, convidam os inúmeros amigos e admiradores do casal para a missa em ação de graças, comemorativa dos seus quinze anos de casamento, que será celebrada na Igreja da Sé pelo mesmo reverendo, padre Eugênio Melo, que celebrou o matrimônio. À noite, Antonieta e Felipe abrirão as portas de sua mansão para receber com a fidalguia de sempre. De Brasília virá especialmente para participar dos festejos o Ministro Lima Filho que, sendo na época juiz da capital, presidiu o ato civil. A champanhota se prolongará noite adentro, com danças e ceia à meia-noite.*

O recorte passa de mão em mão, cada um o lê, o alívio é geral.

Perpétua fita dona Carmosina, num desafio:

— Que me diz, agora?

Quem responde é Elisa, a voz vibrante:

— Quer dizer que tu sabia o nome do marido dela e não disse nada à gente? — Elisa pensa na missa, na mansão, na festa, na champanhota.

— Sabia, há mais de dois meses. Contar a você pra quê? Para que, me diga? Astério se exalta e propõe:

— Vou com você a Esplanada, falar com o juiz...

— Falar com o juiz? Por quê? — pergunta Zé Esteves.

— Por causa da herança. Metade é da gente.

Perpétua explica:

— É, sim, Pai. Metade é da família dele, metade é nossa, da família de Antonieta.

— Eu vou também, quero saber disso direito.

— Não precisa ir ninguém. Eu vou sozinha, é melhor. Converso com o juiz em nome de todos, sem confusão. Depois a gente decide o que fazer. — Expulsa a vencida dona Carmosina: — Nós, da família, sem estranhos.

Erecta na cadeira, o busto erguido, o coque no alto da cabeça, Perpétua é o chefe da família, assumiu o lugar.

DA MORTE E DO ENTERRO DE TIETA COM SERMÃO E INESPERADAS REVELAÇÕES DO PADRE MARIANO — AO TURÍBULO O SOBRINHO RICARDO, COROINHA

Naquele fim de semana em Sant'Ana do Agreste, Tieta morreu e foi enterrada em meio à consternação geral. Não se faltará à verdade dizendo-se que toda gente da cidadezinha participou do prematuro velório. A notícia atravessou os portões da Fazenda Tapitanga, tirou o coronel Artur de seu sossego dominical, trazendo-o aflito às ruas de Agreste. O rebanho de Zé Esteves só prosperara enquanto Tieta, meninota, dele se ocupou. Cabras gordas e parideiras.

Lágrimas e orações, tristeza e ameaças, compaixão e elogios, projetos e comentários, gente a apresentar pêsames. Alguns, rancorosos, mal escondendo a satisfação de ver chegada ao fim a imerecida boa vida de Zé Esteves, de cujo passado de enrolão maldoso e salafrário guardavam memória e cicatrizes.

— Na dependência de Perpétua, ele vai roer boca de sino...

— É o que tu pensa... agora é que o filho da puta vai se encher de grana, não há justiça na terra...

— Troque em miúdos.

— A família vai herdar um dinheirão, metade é dele.

Velhas comadres, xeretas de idade indefinível, esquecidas pela morte que só de raro em raro dá-se à pena de passar por aqueles cafundós, desenterraram do profundo esquecimento onde jaziam sepultados os desplantes e pecados da moça Tieta, de tampos comidos.

— Ainda me lembro da surra. Naquele tempo o Velho morava na praça, perto da gente. Foi quase de manhã. Quebrou o pau com vontade.

— Também, aqui pra nós, ela fez por merecer. Desavergonhada, escandalosa. Até homem casado.

— Veja a cara de seu Barbozinha, é um desgosto só.

— Dizem que não se casou pensando nela.

— Será? É bem capaz. E essa história de herança, que é que vocês sabem?

— Psiu! Lá vem Perpétua.

Caras de enterro, olhos lamurientos seguindo Perpétua no caminho do adro. O busto empinado, um pente negro de espanhola enfiado no alto do coque — não o usava desde a morte do Major, presente dele —, o mesmo vestido dos funerais do marido, contudo parece mais moça do que aquela jovem de vinte e poucos anos, já velha de mantilha negra, já solteirona e carola apesar da pouca idade, a beata mais beata, a xereta mais xereta, indo xeretar da irmã ao pai: todas as noites pula a janela, vai encontrar o caixeiro-viajante na beira do rio. Todo mundo fala, ela nos cobre de vergonha.

Andam para Perpétua, cercam-na, num coro de louvores à falecida, filha e irmã admirável, a ajudar a família e agora a enriquecê-la. Quantas missas vai mandar dizer pela alma dela? Pelos pecados antigos, em parte certamente perdoados por Deus, resgatados em vida de decência e caridade.

Mesmo as mais obstinadas a recordar malfeitos reconhecem os atributos de coração, bondade e gentileza, o riso alegre, o prazer em ajudar, sem falar na graça e na formosura, rosto angelical, corpo, ai, de requebro e dengue. Dona Milu resume tudo numa frase:

— Nunca fez nada por mal e o bem que fez não tem medida.

A boa filha, aquela que, sem guardar rancor, fora o amparo dos pais e das irmãs, sendo a mãe apenas madrasta e a irmã mais moça apenas meia-irmã, o que torna ainda mais meritório o procedimento, mais valiosa cada moeda. Tudo isso vindo de São Paulo, da grande metrópole, onde Antonieta triunfara, com marido rico e ilustre, industrial, comendador, paulista de quatrocentos anos, dinheiro à farta, à la godaça. Elevando o nome de Sant'Ana do Agreste.

Um filho da terra chegara a possuir padaria em Cascadura e, recordando a cidade natal e a santa padroeira, batizou-a de Panificação Sant'Ana do Agreste; enviou aos parentes fotografias da inauguração. Fotografias, várias; dinheiro que é bom, nem um tostão — segundo parece, a esposa, unha de fome, não permitia. Na capital do Estado alguns se destacaram, à frente de todos o poeta De Matos Barbosa, cujo nome completo, Gregório Eustáquio de Matos Barbosa, se reduzira a Barbozinha na estima de seus concidadãos, em geral orgulhosos dos versos e da filosofia do ex-funcionário da Prefeitura Municipal de Salvador, do boêmio recordado nas mesas dos cafés que, aliás, já não existem. De crônica ainda mais extensa, o comandante Dário de Queluz, cujo amor ao clima de Agreste e à paisagem de Mangue Seco o fizera abandonar a Marinha de Guerra para vir instalar-se de vez e para sempre na terra onde nascera, trazendo com ele a esposa, dona Laura, robusta gaúcha logo adaptada aos costumes locais. Vive o casal mais na Toca da Sogra, casinhola plantada entre coqueiros ao lado das dunas de Mangue Seco, do que no pequeno bangalô da cidade onde se acumulam máscaras, barcos, santos, animais, peças esculpidas a canivete nas cascas de coco seco ou em pedaços de coqueiros. Como se não lhe bastasse a patente, a condição invejável de militar, a saga das viagens — até no Japão esteve —, acumula sucessos de artesão, a admiração geral, um artista de mão cheia. Ele e Barbozinha, os dois primeiros. Falando de cultura, talvez devêssemos acrescentar o nome de dona Carmosina Sluizer da Consolação, o que ela sabe é demais; nunca saiu, porém, de Agreste, a não ser em rápidas idas a Esplanada. Falta-lhe o verniz das cidades grandes, da vida metropolitana. Não deve ser esquecido, entre os ilustres a triunfar lá fora, o Dr. José Augusto de Faria, farmacêutico em Aracaju. E terminou-se a lista, pois Ascânio Trindade não chegou a se formar, deixou a faculdade de Direito no segundo ano.

Ninguém, nenhum deles, poeta, militar, farmacêutico, dono de padaria no Rio de Janeiro, voou tão alto, obteve êxito igual, elevando aos páramos da glória o nome da obscura e decadente cidadezinha de Sant'Ana do Agreste, como Antonieta Esteves a brilhar na alta sociedade paulista, única entre todos a ostentar fortuna, gastando dinheiro a rodo, o nome nos jornais do Sul.

Aminthas, Osnar, Seixas e Fidélio, os tacos em repouso:

— Como é mesmo o nome do marido? Matarazzo?

— Nada disso, um nome tradicional, quatrocentão, Perpétua sabe.

— Prado, talvez.

— Não, parece que são dois nomes, desses importantes.

— Astério vai lavar a égua... dinheirama retada.

Paulista sem preconceitos, casou com moça furada. Os costumes mudam de lugar para lugar; em Agreste e circunvizinhanças ainda hoje moça para casar deve ser virgem — e ainda assim raras casam pois os homens emigram em busca de trabalho, restando para as mulheres a igreja, a cozinha, as colchas de retalho, o crochê, os dias longos, as perturbadas noites.

No Rio e em São Paulo, porém, casamento já não exige virgindade, obsoleto prejuízo. Aliás, a moda se faz nacional, estende-se país afora, a pílula esconde o rombo. Não chegou, porém, às margens do rio Real; houvesse Tieta permanecido em Agreste, nunca arranjaria marido. Mas, em São Paulo, quem liga para os três vinténs das moças? Lá o que conta é a categoria, a classe, a beleza, a inteligência. Nenhuma boa qualidade foi negada a Tieta, durante o fim de semana, quando a cidade se comoveu com o anúncio de seu falecimento. Enterraram-na virtuosa, exemplar.

Ao cair da tarde do domingo, na hora da bênção, ninguém mais sustentava a frágil tese de Elisa — Tieta está viajando, gozando a vida, em New York ou em Paris, em Saint-Tropez ou em Bariloche. Nem ela própria, desfeita, amparada pelo marido e por dona Carmosina. Ao abençoar o povo, padre Mariano, sem querer assumir responsabilidade por notícia não inteiramente confirmada, referiu-se no entanto, com visível sentimento, à triste versão a circular nas ruas. Louvou o coração puro daquela que, tendo merecido os bens do mundo, não esqueceu a família distante, a terra onde nascera.

Emocionado, revelou aos fiéis ter sido doação de Antonieta, e não de anônimo paroquiano como fora dito na ocasião, a grande, a magnífica imagem em gesso da Senhora Sant'Ana, entronizada com festa e júbilo havia três anos, em substituição à anterior, velhíssima, semidestruída pelo tempo, de carcomida madeira, sem valor nem arte.

Como se vê, também o padre Mariano possuía um segredo em comum com Tieta, conhecido apenas de dona Carmosina, é óbvio. Também ele, além da agente dos Correios e do sobrinho Ricardo, a ela se dirigira, às escondidas, em peditório. Sorri dona Carmosina, ao lado de Elisa. Por seu gosto estaria no fundo do adro com os rapazes, comentando. Amizade obriga, porém. O sobrinho chora, em frente ao altar, todo paramentado, a saia branca, a bata vermelha, a sacudir o turíbulo, odor de incenso, bastante para os servos de Deus, nunca mais o perfume no envelope.

— Beleza de coroinha! — murmura Cinira, gulosa, à beira do barricão, uma coceira nas partes.

— Divino! — Dona Edna estala a língua no outro lado da igreja, de joelhos ao lado de Terto, muito seu marido embora não pareça.

Ricardo, envolto em fumaça, ouve o louvor do padre à velha tia. Pensa nos cabelos brancos, nas rugas, nas mãos trêmulas, mais avó do que tia. Modesta, a generosa doadora exigira não fosse revelado seu nome. Somente agora, quando fúnebres notícias se ouviam, padre Mariano, passando por cima da promessa feita, põe os pontos nos ii, para que todos os devotos da Senhora Sant'Ana rezem com ele pela saúde de tão piedosa filha de Agreste, rogando a Deus não passe a trágica nova de rebate falso, encontrando-se a boa dona Antonieta em gozo de perfeita saúde.

Alguns rezaram. Pela alma da defunta; em perfeita saúde ninguém a acreditou.

POST-SCRIPTUM SOBRE A VELHA IMAGEM

Em nenhum momento falou padre Mariano sobre o destino da velha imagem. Ainda bem, pois o novo cardeal anda com a mania de investigar o sucedido com as antigas e valiosas esculturas de santos, roubadas das igrejas ou vendidas a antiquários e colecionadores.

Quem pode, de boa fé, culpar o Padre? A imagem, pedaço de pau corroído pelo tempo, em péssimo estado, inútil, ele não a jogara no lixo por ter sido consagrada séculos atrás. Mas quando o famoso artista apareceu, atraído pela beleza da praia de Mangue Seco, e enxergando a destronada imagem da padroeira relegada a um canto da sacristia, ofereceu por ela o dinheiro necessário à compra do turíbulo, padre Mariano não vacilou. O novo incensório, precioso nas mãos de Ricardo a cercar de odorosa fumaça a imagem da Senhora Sant'Ana — a nova, refulgente, em gesso, pintada de cores lindas, uma obra de arte — foi adquirido com o dinheiro pago pela apodrecida madeira carunchosa. O artista afirmara tratar-se de problema de devoção: no reino dos céus era a Senhora Sant'Ana a sua preferida e quanto lhe dissesse respeito, mesmo sem valor material — caso da velha imagem — tocava-lhe a alma, por isso a levava deixando razoável quantia em doação à igreja. Só quem o conhece sabe até onde vai a lábia do pintor Carybé. Muitas dele eu poderia contar, se me restasse tempo, cada qual pior.

Hoje, restaurada, a velha imagem é parte da famosa coleção de outro celebrado artista, Mirabeau Sampaio. Como lá foi ter, não me atrevo sequer a pensar. As barganhas entre esses cavalheiros são mais sujas e imorais do que a de dona Carmosina com Canuto Tavares, por mim desmascarada antes.

DA RESSURREIÇÃO E DO LUTO

Tieta ressuscitou na terça-feira, às cinco e vinte da tarde, e somente então a família falou em luto. Na preocupação com os problemas resultantes da falha do cheque e das possibilidades de herança, não houvera tempo. Nem necessidade. Morreu, acabou-se. De que lhe serviria roupa preta dos parentes? Missa, sim, pelo descanso da alma. De sétimo dia, com certeza. De mês, caso a dinheirama se confirmasse.

Na terça-feira, a marinete atrasou: dois pneus furados, o motor pifando a cada cinco quilômetros, nada além do costumeiro. Assim, só de tardezinha dona Carmosina abriu a mala do Correio.

Na mesma viagem, Perpétua regressou de Esplanada para onde fora na véspera, em companhia de Ricardo que ali tomou o ônibus para Aracaju. O juiz a recebeu após o jantar e ao final da conversa felicitou-a pelo empenho em defesa dos interesses dos filhos, do pai e da irmã. Para mim não quero nada, Meritíssimo, mas pelo direito de meus filhos, de minha irmã e de meu velho pai brigo até morrer. Pobre, sozinha e desprendida. O juiz se impressionou e dona Guta, empolgada, serviu à corajosa viúva bolo de aipim e licor de pitanga.

De volta, Perpétua trouxe volumosa bagagem de conhecimentos e conselhos. Em São Paulo, informara o juiz, ela encontraria facilmente advogado disposto a se ocupar da causa, financiando-lhe as despesas, à base de participação nos lucros obtidos, se a questão, como parecia, oferecesse reais possibilidades de vitória. Cobram porcentagem elevada, naturalmente. Quantos por cento? Não saberia dizer com exatidão: talvez quarenta, cinqüenta por cento. Tanto? Um despropósito, doutor! Minha cara senhora, para correr o risco, botar dinheiro no fogo, pedem caro, é justo. Os jornais do Sul publicam anúncios de escritórios de advocacia que trabalham nessas bases. Existem, inclusive, especialistas em causas perdidas, mas a porcentagem em tais casos sobe a setenta, oitenta por cento.

Doutor Rubim releu a notícia no recorte da *Folha da Manhã*. Os Almeida Couto, gente graúda, minha senhora, da nata, muito dinheiro e muitos brasões. Se os dados da questão estiverem corretos, tal como a senhora afirma, trata-se de causa ganha. O mais provável é que nem causa venha a haver, logo se chegue a acordo, gente desse porte não ama ver-se imiscuída em trincas na Justiça. A senhora e sua família precisam apenas de um bom advogado. Deus lhe pagará, Meritíssimo, o tempo perdido com uma pobre viúva, sua criada às ordens. De volta, acertará com o Velho e com Astério a divisão das despesas da viagem: deixará Peto com Elisa, levando Ricardo, cujas férias começarão daí a uma semana. Em Esplanada averiguara os preços das passagens de ônibus para São Paulo, embarcaria em Feira de Sant'Ana. Nem o preço, as despesas, a distância, nem os perigos da cidade grande, nada a amedronta. Não chegara a ir a Salvador com o Major como haviam programado; Perpétua sente um aperto no coração ao recordar o projeto. Mas não viajou sozinha a Aracaju, para falar com o bispo, agradecer a matrícula de Ricardo? Fora e depois voltara várias vezes, onde o perigo? São Paulo é maior, capital mais desenvolvida, mas não pode ser muito maior nem muito mais assustadora, Aracaju é um colosso.

Encontrava-se Perpétua ainda no banho, tentando limpar-se da poeira, quando dona Carmosina abriu a sacola das cartas registradas. Havia apenas uma, a de Antonieta. Num brado de aleluia, dona Carmosina, abandonando o resto da remessa, saiu, porta afora, desabalada para a casa de Elisa, a carta na mão, bandeira desfraldada ao vento:

— Chegou, Elisa, chegou!

— Deus seja louvado!

Abriram o envelope, lá estavam o cheque e novidades sensacionais: houvera morte, sim, não existe fumaça sem fogo. Mas quem morrera fora o Comendador e não era nenhum Almeida Couto de quatrocentos anos e brasões. Nem por isso menos rico industrial paulista, Comendador Felipe Cantarelli, meu inesquecível esposo, quase um pai, cujo passamento me deixa viúva inconsolável. Para consolar-se, rever a família e, quem sabe, adquirir casa na cidade, terreno na praia, de preferência nas imediações de Mangue Seco — no futuro, viria curtir a velhice e esperar a morte na doçura do clima de Agreste — Antonieta anuncia próxima chegada. Avisarei com tempo e levo comigo Leonora, minha enteada, filha do primeiro matrimônio de Felipe.

— Ela vai vir, Carmosina! Ela vai vir, que coisa boa! — também Elisa ressuscita.

Convocados às pressas, acorreram todos: o pai e Tonha, Astério vindo do bar acompanhado pela turma solidária, Perpétua trazendo Peto pela orelha.

Como se fosse o chefe da família, dona Carmosina, de pé, solene, declamou a carta, Astério apoderou-se do cheque para descontá-lo.

Enquanto ouvia, Perpétua engoliu informações e conselhos do juiz, a viagem a São Paulo, a herança; com Antonieta viva, viúva milionária, mudara a situação, cabia adaptar-se. Perpétua ergueu-se das cinzas e fitando a família reunida, comandou:

— Fosse quem fosse, o falecido era nosso parente, genro, cunhado e tio. Devemos mandar dizer missa por sua alma e botar luto. Quando nossa querida irmã chegar, deve nos encontrar vestidos de negro, sofrendo com ela. Eu sei o que ela está passando, conheço a dor da viuvez.

Dona Carmosina não conhece mas pode imaginar. Virar a perna na cama de casal, à noite, e não encontrar o apoio do corpo do marido, do homem antes a compartilhar do leito, solidão medonha, ai! Maior só a solidão da solteirona, dor sem tamanho, nem sequer a recordação da gostosura.

Segundo
Episódio

Das Paulistas Felizes em Sant'Ana do Agreste ou A Viúva Alegre

com luto fechado, missa de defunto, os meninos do catecismo, minissaias e cafetás transparentes, banhos de rio, areias e dunas de mangue seco, intrigas diversas, sonhos pequeno-burgueses e ambições maternas, coxas, seios e umbigos, passeios e jantares, receitas culinárias, o discutido problema da luz elétrica, orações e tentações, o temor de Deus, as artes do demônio, um casto idílio, outro nem tanto; onde se trava conhecimento com o beato Possidônio, profeta antigo. Diálogos românticos e cenas fortes (para compensar)

PRIMEIRO FRAGMENTO DE NARRATIVA, NA QUAL — DURANTE A LONGA VIAGEM DE ÔNIBUS-LEITO DA CAPITAL DE SÃO PAULO À DA BAHIA — TIETA RECORDA E CONTA À BELA LEONORA CANTARELLI EPISÓDIOS DE SUA VIDA. AQUI VAI A AMOSTRA: OUTROS LANCES, MAIS SUBSTANCIAIS, VIRÃO DEPOIS

— Penso que as cabras não sentiam o sol, não esse calorzinho daqui, o calorão de lá, o sol em brasa nas pedras. Nem elas, nem eu.

Nas pedras, as cabras imóveis sob o sol; pedras, estátuas, elas também. De súbito saltam, disparam a correr, uma, logo outra, todas. Vão descobrir tufos de capim nos mais altos oiteiros.

— Eu ia atrás, pastoreando. As cabras me conheciam, eu botava nome, apelido em cada uma. Chamava, elas atendiam. Cuidava delas, quando uma se feria nos espinhos, eu tratava, punha mastruz nas feridas.

— Que idade você tinha, Mãezinha?

— Acho que dez anos, quando comecei. Dez ou onze, tinha terminado o grupo escolar.

Preferira o sol cozinhando pedras, a terra árida, os cactos, as serpentes, os lagartos, o coaxar dos sapos na água do riacho, os calvos cabeços dos morros, as touceiras de capim, as cabras — enquanto a primogênita cuidava da casa.

— Perpétua nasceu velha, nem sei como conseguiu casar. Mocinha, se meteu na sacristia da igreja com as carolas, a mais beata de todas. Para ela eu era o diabo em pessoa... — ri: — Tinha razão, eu não era gente. Desde pequena, vi o bode Inácio montando cabras.

Inteiro, sereno e majestoso, o bode Inácio, pai do rebanho, aparece, passo medido, cavanhaque longo, inhaca forte. De bagos assim de grandes, quase a tocar a terra, senhor da chibarrada, patriarca dos caprinos.

Lento e inexorável, vem vindo para o lado da cabrita irrequieta no primeiro cio, os quartos agitados à aproximação de Inácio, as patas traseiras escoi-

ceando o ar, na idade de ser coberta e emprenhar. Caminha Inácio no rastro do aftim da fêmea, o saco balançando. Emite o berro, vibrante e límpido, anúncio, ameaça, declaração de amor.

— Primeiro eu via, não ligava, era nova demais. Mas depois, quando comecei a ter as regras, o berro de Inácio entrava por mim adentro. Passei a espiar, me estendia no chão para ver melhor.

A cabrita dispara, Inácio não se dá ao trabalho de correr, pára e espera; a menina aprende. Duas ou três escapadas mais e ele monta a indócil quando assim decide, dono, pai do rebanho.

Deitada no chão, a moleca aprecia, não perde detalhe. De bruços contra a terra sáfara, sente um calor subindo pelas pernas até os gorgomilos, vontade, moleza. Inácio era um bodastro, um bodastro e tanto, a chiba se debateu quando ele a fez cabra e a emprenhou. Um berro final de dor e acolhimento. Ecoando no ventre da menina. Conjugados cabra e bode na altura sobre as pedras, petrificados, rocha única, penhasco, capricórnio.

— Assim eu aprendi. Vi mais que isso, nos meus começos. Mais.

Não só assiste ao bode Inácio montar as cabras. Acontece-lhe ver, escondida nos oiteiros, moleques se pondo nelas. Osnar e seu bando de perdidos. Homens feitos também. O próprio pai, imaginando-a ausente.

— Em casa, um deus-nos-acuda, austero, moralista por demais, mandando todo mundo para a cama nem bem a gente se levantava da mesa do jantar. Em namoro, era proibido se falar.

Namorado de filha minha se chama palmatória e taca de tanger burro; bordão de marmelo é o nome completo, roncava Zé Esteves. Punha-se nas cabras quando julgava o pasto vazio. Existiam cabras viciadas.

— Eu era uma cabrita, igual a elas. A primeira vez não teve diferença.

— Com que idade, Mãezinha, a primeira vez?

— Sei lá. Treze, quatorze anos, botei sangue cedo.

— Depois?

— Fui cabra viciada, não havia homem que me desse abasto.

100

ONDE O AUTOR REDIGE CONCISA NOTÍCIA SOBRE O PRÓSPERO E LONGÍNQUO PASSADO DO MUNICÍPIO DE SANT'ANA DO AGRESTE E SUA DECADÊNCIA ATUAL

Enquanto o povo comenta a excitante nova do próximo retorno da filha pródiga, as beatas na igreja, os ociosos no bar, os comentários fervendo, a Agência dos Correios engalanada em festa, aproveito para constatar desde logo a benéfica influência de Tieta. Ainda na rodagem para a Bahia e já influindo no burgo natal, retirando-o do marasmo no qual mergulhara havia tantos anos.

A notícia não atinge e comove somente a população urbana; espalha-se por todo o município, despertando curiosidade e interesse das mansas margens do rio às encapeladas vagas do mar atlântico, segundo revela Barbozinha em estado de poesia. Elabora um poema em versos livres e ático sabor, onde Vênus surge das ondas, nua, coberta de espumas e conchas, rediviva. Atualíssimo e um tanto erótico.

Ninguém ficou indiferente, em toda a população de alguns milhares de pessoas — nem mesmo dona Carmosina pode fornecer o número exato de habitantes de Agreste; no censo de 1960 somavam nove mil, setecentos e quarenta e dois cidadãos prestáveis e imprestáveis, pois vários passavam dos noventa e muitos dos oitenta anos; no último lustro após o recenseamento, a população diminuíra, não em conseqüência de mortes ainda mais raras que os nascimentos e sim da sistemática partida dos jovens em busca de oportunidades noutras terras.

O visitante, chegado a essas ruas mortas nos dias de hoje, exausto com a travessia na marinete de Jairo, entupido de poeira, hóspede da pensão de dona Amorzinho, não acreditará que, antes da construção da estrada de ferro ligando Bahia a Sergipe, Agreste foi terra de muito progresso e muito movimento comercial, entreposto da maior importância para todo o sertão dos dois Estados. Naquela época, a prosperidade presidia os destinos do atual cafundó de Judas. A situação privilegiada do município, às margens do rio, estendendo-se até o mar, fizera de Sant'Ana do Agreste o centro de abastecimento de toda uma enorme região. Navios e escunas vinham até à altura da barra de Mangue Seco, paravam ao largo, as alvarengas recolhiam a carga. De Agreste, no lombo dos burros, as mercadorias partiam no rumo do sertão.

Hoje, existe apenas a pensão de dona Amorzinho, no começo do século existiam para mais de dez, repletas sempre de comerciantes e caixeiros-viajantes, as lojas e armazéns não davam abasto à freguesia. Casa de mulher-dama, nem se conta, uma animação, um correr de dinheiro. As melhores residências da cidade datam dessa época, também o calçamento de pedras da Praça da Matriz e das ruas do centro. Os ricos mandavam vir pianos e gramofones, encomendavam retratos coloridos a firmas do Sul, para pendurar nas paredes das salas. Construíram o sobrado da Intendência, ergueram a nova Matriz de Sant'Ana, deixando a velha capela para a devoção de São João Batista, cuja festa em junho, precedida pela de Santo Antônio e seguida pela de São Pedro, trazia a Agreste forasteiros até de Sergipe, além dos numerosos estudantes em férias, libertos por quinze dias dos internatos na capital. Agreste em junho era uma alegria só, danças e foguetório todas as noites, após as trezenas e novenas.

Das primeiras cidades a instalar eletricidade, das últimas a conservar a vacilante luz amarela e fraca do cansado motor, ainda não substituído pela ofuscante luz da usina de Paulo Afonso. Quem adquiriu o motor e iluminou o então florescente burgo foi o intendente coronel Francisco Trindade, avô de Ascânio. Deve-se ao neto, em dias recentes, obstinada luta para trazer até ali os fios de alta-voltagem da Hidrelétrica do São Francisco que, como a estrada de ferro e a rodovia, haviam passado longe dos limites do município.

Nos últimos decênios, o progresso só fizera desfechar golpes contra Agreste. O primeiro, o mais terrível: a construção da estrada de ferro, trilhos a ligar a capital baiana a Sergipe, chegando às ribanceiras do rio São Francisco, em Propriá; deixando nossa cidadezinha à margem, órfã de trem-de-ferro e de estação onde as moças namorarem. Tentou manter-se Agreste no convívio dos navios e escunas mas o transporte de mercadorias fez-se mais fácil e muito mais barato nos vagões da ferrovia. Dispersaram-se as tropas de burros, as alvarengas apodreceram junto aos mangues, de raros navios e escunas desembarca apenas contrabando e mesmo assim sem outro lucro para Agreste além da paga recebida pelos pescadores de Mangue Seco, pois não é do município que os gêneros tomam destino. As lanchas nem escalam em Agreste, indo diretas para o porto do Crasto, em Sergipe. Só Elieser, morador na cidade, ali ancora, de volta da entrega, vem dormir em casa. Não se pode considerar comércio digno de tal nome a garrafa de uísque escocês, de gim inglês, de conhaque espanhol que Elieser surrupia e vende a Aminthas ou a Seixas, a Fidélio; nem o vidro de perfume com destino certo: Carol, a retraída moça de Modesto Pires. Essa moça, aliás, precisa aparecer mais nas páginas deste folhetim para proveito e gáudio de todos nós.

As esperanças do retorno à prosperidade concentraram-se durante longo tempo na rodagem, anunciada com ruidoso espalhafato, a vir do Sul cruzando o país inteiro pela costa. Enquanto isso, Agreste diminuíra a olhos vistos, os caixeiros-viajantes desertaram das ruas: restando poucas lojas e armazéns, os pedidos não pagavam as custas da viagem. Fecharam-se as pensões, já ninguém vinha de longe para as festas de junho, apesar da água continuar a fazer milagres, do clima manter-se digno de sanatório, da insólita beleza ribeirinha e da audácia da praia de Mangue Seco, incomparável.

A rodovia, como se sabe, passou a quarenta e oito quilômetros de poeira e lama. Novo e definitivo golpe do progresso, Agreste entregou-se de vez, reduzida à mandioca e às cabras. Nem trem-de-ferro, nem caminhões, nem sombra de estação, ferroviária ou rodoviária, onde as moças namorarem. No ancoradouro, meia dúzia de canoas, o barco de Pirica, a lancha de Elieser e os caranguejos, gordos, gordíssimos. Em matéria de comida, nada se compara a um escaldado de caranguejo com pirão de farinha de mandioca, verde-escuro, pirão de lama como se chama aqui. Nunca comeram? Uma lástima, não sabem o que é bom. Manjar a exigir tempo e paciência para catar a carne dos caranguejos, pata por pata, faz-se raro até mesmo em Agreste onde sobram o tempo e o gosto. Mas vale a pena, eu asseguro. É de se lamber os dedos; come-se com a mão, ensopando-se o pirão na gordura verde do molho, na lama incomparável do caranguejo.

O povo já perdeu as derradeiras esperanças, os moços partem na marinete de Jairo, moços e moças, porque nos últimos anos também as mulheres começaram a buscar vida melhor em terras mais ricas. Vão ser copeira ou cozinheira, costureira ou bordadeira, grande número acaba na zona, em Salvador, em Aracaju, em Feira de Santana. Muito apreciadas, por sinal.

DE ASCÂNIO TRINDADE, INTEMERATO PATRIOTA E LUTADOR, COM AS DURAS PENAS QUE EM SINA LHE COUBERAM

Só Ascânio Trindade não perde o fôlego de lutador nem a esperança de um milagre a salvar Agreste — ama a terra onde nasceu e à qual a doença do pai o fizera regressar, abandonando o curso de Direito. Já não tem obrigação a cumprir em Agreste, pois seu Leovigildo finalmente morrera após infindáveis cinco anos, preso à cama, sem movimentos, apenas um olho aberto a fitar o vazio. Ascânio fora enfermeiro e ama-seca, pai e mãe, dando banho naquele corpo inerte, limpando-o, pondo-lhe o de-comer na boca, duras tarefas. Rafa, a escura mãe-de-leite, mal podia ajudar, por mais quisesse, velha e reumática, sem forças. Ascânio tomava nos braços o corpo do pai, levando-o para deitá-lo ao sol sob a goiabeira, no quintal, fazendo-lhe muda companhia horas e horas. Sempre tranqüilo, sem uma queixa, nem dos estudos interrompidos, nem da longa provação. O olhar do pai, um único olho, a acompanhá-lo agradecido, basta ao filho. Esse já ganhou o reino dos céus, diziam as beatas.

Após o enterro de seu Leovigildo, havia dois anos, Ascânio, se quisesse, poderia ter-se demitido do cargo de Secretário da Prefeitura, onde o pusera o padrinho, coronel Artur da Tapitanga, quando o viu sozinho com o pai paralítico e sem tostão. Demitir-se, para quê? Para voltar à cidade da Bahia, recomeçar a faculdade? Maior do que a falta de recursos, era a falta de vontade. Na capital, Astrud, casada, ria a inesquecível, cristalina gargalhada — aqui, em meu desterro, carregando a cruz de meu Calvário, ouço teu riso de cristal e reencontro forças; nos dias mais penosos a recordação de teus olhos verdes me sustenta o ânimo. Dona Carmosina derramara lágrimas lendo as violadas cartas, quanto amor!

Noutra coisa não pensou Ascânio no primeiro ano, senão no dia do retorno. Mas quando, abrupta, Astrud lhe comunicou o próximo casamento, sem sequer ter desfeito o noivado, ele jurou não pôr mais os pés na cidade onde habitava a traição. Sobretudo depois que Máximo Lima, seu colega de faculdade, advogado a prosperar na Justiça do Trabalho, lhe informara haver a inocente, a imaculada Astrud, casado de bucho inchado, não fosse solto o vestido de noiva e se enxergaria o volume da barriga de quase quatro meses. Já de menino e ainda escrevendo cartas de amor para Ascânio, prosseguindo no casto idílio, cândida menina, puta sem rival! Isso lhe doía mais que tudo: acreditara na pureza, no firme sentimento, deixara-se iludir como uma criança tola, ingênuo paspalhão.

Ademais, habituara-se à vida de Agreste, no que ela tinha de melhor: a água, o ar, a paisagem, a convivência dos amigos. Só não aceitara a passividade do atraso, da pobreza, o marasmo. A cabeça repleta de planos, não se deixa abater.

Terra tão mísera e largada, Agreste não interessa nem mesmo aos políticos, raça aliás em extinção. Entregue a Prefeitura ao doutor Mauritônio Dantas, cirurgião-dentista de forças reduzidas pelos desgostos e pela esclerose, trancado em casa a bem da moralidade pública, quem realmente manda e desmanda é Ascânio. Há um consenso geral: quando o doutor bater as botas, colocarão Ascânio no cargo vago, se possível prefeito para a vida inteira.

A verdade é que, praticamente sem receita além da quota federal do imposto de renda, da escassa ajuda estadual, Ascânio mantém a cidade limpa, calçou, com pedras do rio, ruas e becos, inaugurou duas escolas municipais, uma na Rocinha, outra em Coqueiro, e busca obter, à custa de ofícios, petições às autoridades, cartas aos jornais e às estações de rádio, que se estendam a Agreste os fios da Hidrelétrica. Até agora, infelizmente, não teve sucesso. Postes e fios alteiam-se nos municípios vizinhos. Agreste é um dos poucos deixados de lado no plano recente de expansão dos serviços da Hidrelétrica. Ascânio não desanima, porém. Prossegue em sua luta. Acredita que um dia, fatalmente, a fama do clima, a qualidade da água, a beleza da paisagem trarão às artérias e às praias de Agreste turistas ávidos de paz e natureza.

Ao ouvi-lo falar há quem sorria do ardente entusiasmo, Agreste não tem jeito: mas há quem se empolgue e por um momento sonhe com ele, veja realidade nessa fantasia; como sempre, as opiniões se dividem. Somam-se unânimes, sem divergência, ao julgar o próprio Ascânio. Não há, em todo o município, cidadão mais estimado, mais bem visto. As moças casadoiras não tiram os olhos dele. Ascânio completou vinte e oito anos, o que espera para escolher noiva? Quando prefeito não poderá continuar freguês da casa de Zuleika.

Por mais de uma vez, dona Carmosina lhe colocou o problema, na Agência dos Correios. Tanta moça bonita e prendada em Agreste e todas desejosas. Ele sorri apenas, sorriso triste. Dona Carmosina não insiste: leu a correspondência toda, linha por linha, repete de memória trechos da derradeira missiva, resposta à comunicação do próximo casamento — quem te escreve, Dalila, é um morto, frígido coração que, da sepultura onde o enterraste apunhalado, vem te desejar felicidade; que o remorso não turve tua vida e que Deus me conceda a graça de esquecer-te, arrancar do peito tua imagem... Um poeta, Ascânio Trindade, se escrevesse versos, nada ficaria a dever a Barbozinha. Pelo visto não esqueceu, não pensa em noiva.

Sorri apenas um sorriso triste. Outra? Jamais. Nem que um dia desembarque da marinete de Jairo a mais formosa das donzelas, a mais pura e sedutora. Coração morto para o amor, minha querida dona Carmosina.

DA VOLTA DA FILHA PRÓDIGA A AGRESTE, ONDE, NO PONTO DA MARINETE, A AGUARDAM A FAMÍLIA EM LUTO PELA MORTE DO COMENDADOR, OS MENINOS DO CATECISMO, PADRE MARIANO, ASCÂNIO TRINDADE, COMANDANTE DÁRIO, POETA DE MATOS BARBOSA, O ÁRABE CHALITA, DIVERSAS OUTRAS FIGURAS GRADAS, SEM ESQUECER A MALTA DO BILHAR, MUITO MENOS DONA CARMOSINA, NA MÃO UM BUQUÊ DE FLORES COLHIDAS NO JARDIM DE CASA POR DONA MILU, O CLERO, A BURGUESIA E O POVO, ESTE REPRESENTADO PELO MOLEQUE SABINO E POR BAFO DE BODE

Agrupados em quatro ou cinco locais, nas vizinhanças do cinema, ponto de parada da marinete de Jairo, esperam ouvir a buzina rouquenha na curva da entrada da cidade. Na igreja, sob a batuta do padre Mariano, os meninos do catecismo, nas roupas domingueiras, além de Perpétua e do filho seminarista, de batina e livro de missa, risonho mocetão em férias. No adro, movimentam-se as beatas, bando de urubus a grasnar; prontas para o magno acontecimento, o desembarque da viúva rica: querem vê-la em luto e em pranto nos braços da família, e de quebra, a enteada, a forasteira. Dia gordo.

No Bar dos Açores, à exceção do proprietário em mangas de camisa, todos engravatados: Osnar, Seixas, Fidélio, Aminthas, guarda de honra do cunhado Astério, sufocado no terno negro, empréstimo de Seixas, magricela. Perpétua concordara com que, durante a semana, Astério reduzisse o nojo à braçadeira preta, ao fumo no chapéu e na lapela. Mas, para a cerimônia das boas-vindas, exige luto fechado, traje, gravata e compunção.

— Faz questão porque não tem de comprar, vive de luto. Mas onde vou arranjar dinheiro para fazer terno?

— Tive de comprar para Peto.

— Um par de calças curtas, ora.

— Por que não toma emprestado? Seixas aliviou o luto.

Boa lembrança, não fosse a diferença de peso entre os dois. A duras penas, com o auxílio de Elisa, conseguiu enfiar as calças. O paletó não abotoa e abriu sob os dois sovacos mas o descosido só aparece quando Astério levanta os braços.

Peto foge da igreja e da mãe, vem para o bar. Cara lavada, cabelos penteados, coisas raras; camisa branca de mangas compridas, gravata borboleta, antiguidade do falecido Major. O pior são os sapatos. Os pés, livres nas ribanceiras e na correnteza do rio, não se adaptam. Osnar goza a figura e as caretas do menino:

— Sargento Peto, você está uma tetéia. Se eu fosse chegado a comer menino, hoje era seu dia. Sua sorte é que não sou apreciador.

— Não chateie.

Apesar dos sapatos, Peto não esconde a satisfação: durante a permanência da tia dormirá em casa de Astério, no quartinho dos fundos, longe das vistas e dos horários estritos da mãe, poderá acompanhar Osnar e Aminthas, Seixas e Fidélio pelas ruas, à noite, nas escusas caçadas a provocar comentários e risos:

— Passa fora, moleque, isso é conversa de homem…

Só Osnar abre-lhe perspectivas!

— Um dia desses, Sargento, eu lhe levo pra caça. Tá chegando a idade. Vá preparando a espoleta.

Perpétua decidira que no quarto de Peto ficará a enteada de Antonieta. Como o resto da casa, foi lavado com creolina, esfregado, varrido até a última partícula de pó, folhas de pitanga no chão, para perfumar. Há uma semana a pequena Araci, emprestada por Elisa pelo tempo que durar a estadia das paulistas, se entrega a uma faxina em regra.

Residência confortável, na esquina da Praça da Matriz com o Beco das Três Marias, Peto não necessitaria mudar-se, caso Perpétua tivesse aceito a opinião de Astério: as duas hóspedes no quarto de Ricardo, os dois meninos no de Peto. Mas Perpétua, num desparrame de cortesia — fora atacada da mania de grandeza ou tinha algum plano armado na cabeça? Dona Carmosina ainda não chegara a uma conclusão —, decidira colocar Antonieta na alcova fresca e ampla, deixando-lhe, por mais inacreditável possa parecer, o uso da cama de casal com colchão de lã de barriguda, onde rebolara com o Major durante o tempo feliz e curto do matrimônio. Contado não se acreditaria: o quarto dela e do Major? Impossível! Como as coisas mudam, Deus do Céu! Dona Carmosina arregala ao máximo os olhos miúdos, num espanto.

Cama de casal, colchão de barriguda, penteadeira, armário enorme, móveis pesados, de jacarandá. O Major comprara a casa mobiliada nas vésperas do casamento, uma pechincha. O único herdeiro de dona Eufrosina, falecida aos noventa e quatro janeiros, um sobrinho, vivia em Porto Alegre, nunca pusera os pés em Agreste, mandou vender casa e móveis por qualquer oferta, desde que à vista. Tampouco havia outro candidato, nem à vista nem a prazo.

Da sala de visitas, enorme, oito janelas dando para a rua, sai o corredor até a sala de jantar. De cada lado, dois quartos, um dos quais, em frente à alcova, desde priscas eras transformado em gabinete de leitura pelo finado doutor Fulgêncio Neto, esposo de dona Eufrosina, médico de fama nos idos do progresso. A secretária, com dezoito gavetas, sendo uma delas cofre com segredo; a estante com livros de medicina em francês e obras de Alexandre Dumas e Victor Hugo. O Major não buliu no gabinete, gostava de nele permanecer após o almoço, sentado em frente à escrivaninha, lendo jornais da Bahia, atrasados de uma semana, ou tirando uma pestana na rede. Ali Ricardo faz banca, mesmo em férias, uma hora por dia. A seguir, face a face, os quartos de Ricardo e Peto, ambos requisitados por Perpétua. No de Ricardo, onde fica o oratório, dormirá ela própria; no de Peto, a tal de Leonora. Ricardo ocupará o gabinete onde já estão seus livros de estudo. Acomoda a moleca Araci no depósito de frutas, no quintal, sobre improvisada enxerga. Perpétua comandou a arrumação e a limpeza da casa. Comandou tudo quanto se referiu à chegada e estadia de Tieta.

Cheia, a Agência dos Correios e Telégrafos: o comandante Dário e dona Laura, Barbozinha de barba feita, homenagem à antiga namorada, Ascânio Trindade, representando a Prefeitura — doutor Mauritônio cada vez pior, vendo mulheres nuas — e Elisa num negro, vaporoso e esvoaçante vestido de gaze, dos enviados por Antonieta nos pacotes de roupa usada. Exibira antes audacioso decote: agora composto, fechado no pescoço, exigência de Perpétua, fiscal de trajes e modos para o desembarque.

— Pelo menos tape os peitos. Isso é vestido mais para baile do que para luto, mas sendo o único preto que você tem, vá lá, desde que o arrume. Ela vai chegar de luto fechado, a gente tem de estar de acordo. Imagine que o Velho queria que se fizesse uma festa, convidasse meio mundo. Ela chega chorando a morte do marido e em vez de luto encontra festa, já pensou?

Para que as flores não murchem, dona Carmosina colocou o buquê dentro de um copo com água. Sob a influência da dialética de Perpétua, discutira com a mãe, talvez flores não caíssem bem por ocasião da chegada da viúva aflita, em nojo recente. Dona Milu não quis conversa: entregue as flores a ela e diga que fui eu quem mandou. Se a gente manda flores até para defunto, por que viúva não há de ter direito? Ora essa...

— Meu Deus, não chega nunca! — Elisa, por mais que se esforce para manter-se compungida, não consegue conter a agitação, misto de alegria e medo.

Alegria sem medida de conhecer a irmã, a fada, a rica, a elegante, a grã-fina, a paulista, a protetora. Receio por causa da louca mentira, da omissão da morte de Toninho com o fim de embolsar a ajuda mensal. Dona Carmosina fizera o possível para acalmá-la.

— Quando ela perguntar por Toninho, o que é que eu vou dizer?

— Diga a verdade. Diga que eu lhe aconselhei a não contar e deixe o resto por minha conta.

— Será que ela me perdoa?

— Conheço Tieta, não vai fazer caso. Pode deixar comigo.

Persiste outra nuvem a turvar sua alegria: a vinda da enteada, quase filha, dona de um lugar no coração de Tieta que Elisa deseja todo inteiro para si.

Na entrada do cinema, o árabe Chalita palita os dentes, perdido em recordações: Tieta era mais bonita ainda do que a irmã, a mulher de Astério. Bonita e atirada, um fogo a lhe comer as carnes. Na porta lateral, a sorveteria: um pequeno balcão, uma gaveta e a catimplora que o moleque Sabino maneja, enchendo-a diariamente de sorvete de fruta para ganhar uns níqueis, pagos pelo árabe. Também Sabino se botou de calça e camisa limpas, sapatos e meias. Por seu gosto, teria posto fumo no braço, considerava-se da família; pau mandado de Astério, caixeiro, moço de recados, tirador de cocos. Só não usou braçadeira negra com medo de dona Perpétua, uma peste. Sentado no passeio, Bafo de Bode curte a cachaça em silêncio. Curioso de ver a estampa dessa falada filha de Zé Esteves, que ele não conhece: quando chegou a Agreste, havia vinte e cinco anos, em busca de remédio e de aguardente, ela já partira, coube-lhe recolher esmaecidos ecos da surra nos últimos comentários, gastos e vasqueiros.

No ponto exato onde a marinete pára, junto ao poste diante do cinema, na calçada, Zé Esteves e a esposa Tonha. Para o casamento de Elisa o Velho mandara tingir de preto, em Esplanada, antigo e desbotado traje azul. Não o veste desde então. O paletó parece um saco, as calças frouxas. Zé Esteves já não é o gigante de outrora, um pé de jacarandá, uma fortaleza, mas ainda se mantém firme, ali, de pé, há quase duas horas, mascando fumo, apoiado no bastão. Tonha, se pudesse, pediria uma cadeira ao árabe; onde a coragem de expor ao Velho seu cansaço? Usa luto aliviado, apenas saia preta e faixa de crepe na blusa branca. Também remoto é o parentesco, como fez notar Perpétua, marcando diferenças e distâncias.

Com duas horas e dez minutos de atraso, soa na curva a buzina da marinete de Jairo, correria geral. Perpétua e padre Mariano ordenam as tropas. A marinete desponta no começo da rua. Ouve-se um primeiro soluço, antes da hora.

MINUCIOSA DESCRIÇÃO DO CONFUSO DESEMBARQUE DE
TIETA, A FILHA PRÓDIGA OU ANTONIETA ESTEVES
CANTARELLI, A VIÚVA ALEGRE

Na primeira fila, a família, tristeza expressa nos olhares, nas lágrimas, nos trajes. Um passo à frente dos demais, o velho Zé Esteves, mascando fumo.

110

Em seguida aos enlutados parentes, o reverendo, os meninos do catecismo, as pessoas gradas, dona Carmosina, buquê em punho, o colorido alegre das flores destoando do crepe e do choro — essa criatura para aparecer passa por cima dos sentimentos mais sagrados, indigna-se Perpétua, por baixo do véu preso ao coque, a lhe cobrir o rosto. Depois, as beatas e o resto da população.

A marinete se aproxima, Jairo ao volante, poucos passageiros. Para Jairo dia magro, para Agreste dia gordo, dia de matar o carneiro pascoal, de foguetório e festa em honra da filha pródiga, não fosse ela viúva em nojo e dor. Cabem somente luto e lágrimas, cantoria de igreja.

As conversas cessam, Peto se alteia na ponta dos pés, assim a tia desembarque ele cairá fora, arrancará os sapatos. A marinete estanca num rumor cansado de juntas e molas. Peto conta os passageiros que descem: seu Cunha, um, o casal de roceiros, dois, três, dona Carmelita, quatro, a criada, cinco, esse eu nunca vi, seis, nem esse, sete, seu Agostinho da padaria, oito, a mulher dele, nove, a filha, dez, a tia Antonieta e a moça vão ser os últimos. Mesmo Jairo salta antes, carregado de maletas e bolsas das esperadas viajantes. Com Jairo fazem onze, agora doze, é ela, por fim.

Será ela? Peto fica em dúvida. Não pode ser, a tia deve estar de luto, véu fúnebre tapando o rosto, igual à mãe, não pode ser de maneira alguma essa artista de cinema, Gina Lollobrigida. Na porta, sobre o degrau, majestosa, Antonieta Esteves — Antonieta Esteves Cantarelli, faça o favor, exige Perpétua. Deslumbrante. Alta, fornida de carnes, a longa cabeleira loira sobrando do turbante vermelho. Vermelho, sim, vermelho igual à blusa esporte, de malha, simples e elegante, marcando a firmeza dos seios volumosos dos quais se vê apreciável amostra através da gola de botões abertos. A calça Lee azul colada às coxas e à bunda, valorizando volumes e reentrâncias, que volumes!, que reentrâncias! Os pés calçados com finos mocassins havana. O único detalhe escuro em todo o traje da viúva são os óculos esfumaçados, lentes e armação quadradas, o podre do chique, assinados por Christian Dior. O espanto dura uma fração mínima de tempo, um tempo imenso, uma eternidade.

Peto, vitorioso, exclama:

— A tia não está de luto, Mãe. Posso tirar os sapatos e a gravata?

111

Antonieta, paralisada sobre o degrau, na porta do ônibus: diante dela a família de luto pela morte de Felipe, o inolvidável esposo, e ela em tecnicolor, em azul e vermelho, blusa aberta, esportivas calças Lee, ai, meu Deus, como não pensara em luto? Estudara cada pormenor e os discutira com Leonora, meticulosamente. Esquecera o mais importante. Mas já Zé Esteves cospe o pedaço de fumo e estende os braços para a filha pródiga:

— Minha filha! Pensei que não ia mais te ver mas Deus quis me dar essa consolação antes da morte.

De cima do degrau da marinete, Antonieta reconhece o pai. O pai e o bordão. É o mesmo, o mesmíssimo cajado que cantou em suas costas naquela noite de fim do mundo. Um frouxo de riso sobe dentro dela, não consegue contê-lo, estremece, incontrolável som a romper-lhe a boca, apenas tem tempo de encobrir o rosto com as mãos, antes de saltar. Acorrem todos a consolar a viúva em pranto, filha pródiga afogando os soluços nos braços do pai, comovente instante. Nem Perpétua se deu conta. Elisa chora e ri, de repente desafogada, a irmã sendo como imaginara, sem tirar nem pôr. Única a estranhar o curioso som inicial, dona Carmosina aproxima-se com as flores tão de acordo com o traje de viagem de Tieta.

Enquanto Tieta vai de abraço em abraço, disputada pelas irmãs, pelo cunhado, pelos sobrinhos — tire os sapatos, meu lindo, fique à vontade —, presa aos beijos sem conta, às lágrimas de Elisa, na porta da marinete de Jairo aparece a mais formosa, a mais doce e sedutora donzela, esbelta juventude, uma sílfide como logo reconheceu e proclamou o vate De Matos Barbosa. Parada, a contemplar a emocionante cena, emocionada ela também. Encantadora no slaque delavê, boné da mesma fazenda rodeado de cabelos loiros, acinzentados pela poeira, Peto reconhece a própria mocinha dos filmes de caubói. Um murmúrio de admiração percorre a rua, Tieta, desprendendo-se dos beijos de Elisa, apresenta:

— Leonora Cantarelli, minha enteada, minha filha, não tem diferença.

Dona Carmosina volta-se para Ascânio Trindade e o surpreende embevecido. E agora, amigo? Leonora amplia o meigo sorriso, abarcando a todos, detendo-se em Ascânio a fixá-la, atoleimado.

— Feche a boca, Ascânio, e vá ajudar a moça a descer — ordena dona Carmosina.

Adianta-se Ascânio, oferece a mão à paulista: seja bem-vinda às terras de

Agreste, pobres, sadias e belas, perdoe o atraso e o desconforto. Ricardo põe o joelho em terra para pedir a bênção à tia mas ela o ergue e o toma nos braços, beija-lhe as faces: meu padreco mais garboso!

Após compreensível indecisão, o padre Mariano resolve, não vai perder, por uma questão de protocolo, o difícil trabalho de adaptação da letra de uma ladainha e de quinze dias de ensaios.

Faz um sinal, os meninos do catecismo cantam:

Vestida de negro
Ela apareceu
Trazendo nos olhos
As cores do luto.
Ave! Ave!
Ave Antonieta!

A mão ainda na mão de Ascânio, encantada, Leonora deixa escapar o riso cristalino, muito mais cristalino, oh!, muito mais!, do que o da finada Astrud. Finada e sepultada, ali, naquela hora, em frente ao cinema, sob os pneus carecas da marinete de Jairo.

Antonieta, de abraço em abraço:

— Carmô, meu anjo, que alegria! Como vai dona Milu? Foi ela quem colheu as flores? Carina... Veja, virei italiana em São Paulo, vou dizer querida e digo carina... — a Tieta de sempre, jovial, marota, não mudou, mesmo dizendo carina para dizer querida.

— Barbozinha! É você? Quase não lhe reconheço!

— As agruras da vida, Tieta, o sofrimento...

— Sempre escrevendo versos? Lembra dos que fez para mim? Lindos.

— Somente e sempre para você. Está mais moça e ainda mais bonita.

— E você continua mentiroso, Barbozinha. Adulador.

Ei-la em Sant'Ana do Agreste, em meio à família em luto, a ouvir os meninos do catecismo: obrigada, padre, de todo o coração. Do mar, chega a brisa da tarde, vem saudá-la. Com a ajuda de Sabino, Jairo desembarca as malas, a bagagem viaja no teto da marinete, coberta com lona grossa como se alguma cobertura adiantasse contra a poeira do caminho.

— Vamos, minha filha — convida Zé Esteves oferecendo o braço, apoiando-se no bastão.

113

— Para minha casa — tenta comandar Perpétua em meio aos destroços da violada compunção.

Cabe-lhe a culpa, a mais ninguém. Como pudera imaginar Tieta vestindo luto por marido? Fizera da irmã a sua igual, como se dinheiro, alta sociedade, casamento com paulista rico e comendador do Papa pudessem consertar quem nasceu torta, rebelde a códigos, leis e respeito humano, sem régua nem compasso.

Antonieta Esteves Cantarelli toma do braço do pai, circula o olhar, sorri para as beatas, para o árabe Chalita, para o Comandante e dona Laura, para Jairo, para o moleque Sabino, para Bafo de Bode a fitá-la da calçada, a medir e conferir. De tão mísero e podre, cabe-lhe o direito à insolência. A voz molhada de cachaça vibra na rua, em aprovação entusiástica:

— Viva o belo pé de buceteiro!

— Viva! Viva! Vivôo! — apoiam os meninos do catecismo.

DE PORTAS E JANELAS E DO CORAÇÃO DE JESUS NA SALA DE VISITAS OU OS PRIMEIROS MOMENTOS NO SEIO DA FAMÍLIA

Na esquina da praça com o Beco das Três Marias, a comitiva se detém.

— Chegamos — anuncia Perpétua. — Vamos entrar.

— Tua casa? Esta? A que era do Doutor e de dona Eufrosina? — surpreende-se Antonieta. Nas cartas, Perpétua referia-se à *nossa casinha*, adquirida pelo Major antes do casamento, na praça Desembargador Oliva. — Mas, aqui é a Praça da Matriz.

— O nome correto é Praça Desembargador Oliva — esclarece dona Carmosina.

A casa do Doutor, a casa de Lucas. Antonieta veio preparada para enfrentar as recordações mas os equívocos começaram logo ao desembarque, ao perceber o Velho empunhando o bastão. Nunca imaginara hospedar-se ali, na casa onde Lucas permanecera após a morte do Doutor, estudando as possibilidades de clínica. Valeria a pena estabelecer-se?

Perpétua atribui a surpresa da irmã exclusivamente à dimensão da casa, sentimentos opostos a possuem. Satisfação a deleitá-la, não é uma morta de fome, miserável mendiga. Medo da reação de Tieta que pode considerar abuso o pedido de ajuda mensal para a criação dos filhos. Impõe-se uma explicação:

— Foi uma dádiva de Deus, caída do céu. O Major pagou uma bagatela pela casa e tudo que tinha dentro.

Os amigos se despedem com promessas de visita próxima:

— Vamos aparecer uma hora dessas — avisa o Comandante.

— Venham hoje de noite para se conversar.

— Hoje, não, é dia da família.

— Dia de matar saudades... — acrescenta dona Laura, sorridente.

— Amanhã, então.

— Amanhã, sem falta.

Pelo gosto de Ascânio, voltaria nessa mesma noite, não basta à família o resto da tarde? Além do mais, Leonora é parente afim, encontra-se em Agreste pela primeira vez, não tem saudades a matar, vai ficar à margem da conversa familiar. Pena ele não ter a cara dura de dona Carmosina:

— Pois eu venho é hoje mesmo, com Mãe. Quando saí ela me disse: Hoje de noite vou em casa de Perpétua, visitar Tieta.

— Trouxe uma lembrancinha para ela, uma tolice. Por que não vêm jantar com a gente? Posso convidar, Perpétua?

— A casa é sua. Graças a Deus, tem comida com fartura.

Antes mesmo de tomar banho — preciso de um banho imediatamente, tenho poeira até na alma, aliás precisamos, as duas —, Antonieta esclarece:

— Enquanto nós estivermos aqui, a despesa da casa corre por minha conta.

Perpétua esboça um gesto de protesto, não chega a completá-lo, a ricaça corta qualquer tentativa de discussão:

— Se não for assim, pegamos nossas malas e vamos para a pensão de Amorzinho.

— Nesse caso, não discuto... — apressa-se Perpétua a concordar, liberta do peso maior. Resta o menor: as despesas feitas para acolhê-las convenientemente, divididas entre ela, Astério e o Velho.

115

Nem esse prejuízo terão, Antonieta completa:

— Começando pelo que já gastaram para nos esperar.

— Ah! Essa não! — intromete-se Elisa: — Uma besteira, coisa à-toa. Fizemos uma vaquinha, coube um pouco a cada um.

— Tu fala como se fosse rica — Perpétua desmascara a irmã, não há coisa pior do que pobre metido a besta: — Se esquece que Astério teve de tomar dinheiro emprestado a Osnar para completar a parte de vocês?

— Cala a boca, mulher! — Elisa empalidece. Perpétua a humilha de propósito em frente à irmã e à forasteira. Por que expor diante da enteada a pobreza do casal?

— Perpétua tem razão, Elisa, minha filha. Se eu não pudesse, está certo. Mas por que hão de fazer sacrifícios sem necessidade? Mais tarde Perpétua ou Astério me diz quanto gastaram e pronto.

Enquanto fala, Antonieta aproxima-se, abraça Elisa, beija-a afetuosamente — há entre elas um ar de família, uma parecença no rosto e no jeito, só que a mais moça não herdou a obstinação, a teimosia do velho Zé Esteves a marcar Perpétua e Antonieta, aquela dureza de pedra, a audácia das cabras. Mas não herdou tampouco a resignação da mãe.

— Não tenha vergonha da pobreza, minha filha. Hoje possuo alguma coisa mas enquanto fui pobre — eu comi o pão que o diabo amassou —, nunca me fiz de rica. Se fizesse, quem ia me ajudar? Nem bem conheci Felipe, fui logo pedindo dinheiro emprestado a ele.

Acarinhada, tratada de filha, Elisa recupera as cores e o prejuízo:

— Pediu dinheiro emprestado ao noivo?

— Que noivo nem meio noivo, só depois é que veio o noivado. Quando fui apresentada a ele, estava tesa. Um dia, com mais tempo, eu conto. Agora, quero é tomar banho. Queremos, não é, Nora?

— Nora?

— É o apelido dela. Essa, eu criei. Veio para minha companhia menininha, o que sabe, eu ensinei. Onde fica nosso quarto?

— O seu aqui, Tieta, é a alcova. O de Leonora ali, aquele — aponta Perpétua. — Cardo, Peto, levem as malas. Ajude também, Astério.

Por que Tieta não protestou, não pediu para ficar junto com a filha de criação como exigiam as boas maneiras? A janela da alcova abre sobre o Beco das Três Marias, a porta face a face com a do gabinete.

— Dorme alguém no gabinete?

— Ricardo.

— Eu, tia. Qualquer coisa que precise de noite, é só chamar.

Moreno, alto e forte, a suar saúde e inocência na batina. Se fosse em São Paulo usaria cabelos nos ombros, não tomaria banho, puxaria fumo, perdido maconheiro como os filhos de tantos amigos seus: Antonieta está cansada de ouvir histórias tristes. Sorri para o sobrinho.

— Se o bicho-papão quiser me pegar, grito por você. — Está tocada pelas atenções e gentilezas: — Tomaram tanto incômodo por nossa causa.

— Demais. — A voz musical de Leonora, em tom menor, não se eleva nunca: — A gente pode ficar as duas no mesmo quarto.

— Agora já está tudo determinado, é tarde — diz Tieta, por que diz? A sombra de Lucas, na alcova.

Astério, Ricardo e Peto sem sapatos, conduzem malas e pacotes.

— Cuidado com essa caixa, Peto. É frágil. Aliás, o melhor é eu entregar logo.

Antonieta toma o embrulho majestoso, coloca-o sobre a mesa da sala de jantar, em torno à ansiosa curiosidade dos parentes:

— Uma lembrança para tua casa, Perpétua.

Experiente, Astério desfaz os nós do cordão encerado, enrola-o, dobra o papel grosso, ótimos, mesmo sujos serão úteis na loja. Cresce a ansiedade ante o vistoso papel para presente, fita cor-de-rosa, larga, o laço formando uma flor.

— A fita você desata, Perpétua — Astério cede-lhe o lugar.

Contendo o alvoroço, Perpétua toma da ponta da fita, lê a etiqueta: *LOJA DO SENHOR JESUS — Objetos Religiosos à vista e a prazo. Pague sua devoção em doze meses.* Será, por acaso, aquilo com que há tanto tempo sonha, acalentado projeto de compra, encomenda a ser feita na Bahia? Teria havido inspiração divina a comandar a escolha, iluminando o pensamento de Tieta? Deus, por vezes, usa empedernidos pecadores como instrumento para recompensar os justos.

Puxa a fita, surge a caixa branca. Retira a tampa, entrega-a a Astério — de que matéria é feita assim tão leve? Isopor, explica Antonieta ao cunhado. Uma exclamação geral, de admiração e aplauso. Do peito em chamas de Perpétua escapa um oh! de gozo profundo ao enxergar, na caixa de isopor, o objeto de

117

seus sonhos, apenas bem maior em tamanho e em boniteza, em virtude certamente. Quanto maior, mais bonita e cara a imagem, mais santa e milagrosa. Deus inspirara Antonieta: na caixa, alto-relevo em gesso, o Sagrado Coração de Jesus. Nos cabelos, na face, nas mãos, nas vestes, no manto, todas as cores do arco-íris. Exposto o rubro, amantíssimo coração, a chaga aberta. A gota de sangue semelha descomunal rubi. Peça digna do altar-mor da Matriz de Aracaju. Ajudada por Astério e Ricardo, com extremo cuidado Perpétua retira a pesada efígie — nem quadro nem escultura, tendo algo dos dois e sendo coisa nova, jamais vista em Agreste, alto-relevo para ser pendurado em parede. Nas costas, forte armação de arame; à parte, uma espécie de base de madeira onde pousá-lo. Até os pregos vieram, grandes, especiais, de aço cromado, coisa de ver-se. Tieta respira:

— Felizmente chegou inteiro. Para você botar em sua sala de visitas, Perpétua.

— Ai, que coisa mais divina! Até tenho palpitações. Não sei como agradecer, mana!

Perpétua beija a irmã na face, de leve e de longe. Assim beija os filhos e a mão de Dom José, a do padre Mariano. Ao Major, como teria beijado? Se lhe fosse perguntado, Perpétua responderia que os casais unidos em santo matrimônio, abençoados por Deus, têm direito ao convívio carnal. Direito e obrigação. Mas certamente não diria que da lembrança daqueles beijos ela vive.

Peto alisa o isopor:

— Dá a caixa pra mim, Mãe?

— Está maluco? Largue essa caixa aí. Deixe também o papel e o cordão, Astério. Posso precisar.

— Vou buscar o martelo, Mãe? — Ricardo se oferece, segurando a peanha.

— Não tem nenhum que se compare nem aqui nem em Esplanada. O de dona Aída e de seu Modesto, ao lado desse, desaparece — vangloria-se Perpétua.

— Irmã como essa é que não há igual no mundo. — Mesmo ao adular, Zé Esteves é bravio e virulento.

Para Perpétua não é hora de discutir qualidades e defeitos de Tieta, nem sequer a maneira imprópria como conduz a viuvez. O ouro paulista, a comenda papalina, a imagem do Coração de Jesus fazem-na perfeita.

— Tem razão, Pai. Irmã generosa como Tieta não há.

Custa-lhe pronunciar as palavras mas o futuro dos filhos exige sacrifícios, o Major os deixou aos seus cuidados.

Ao voltar, Ricardo não encontra a tia; preparam-se, ela e a moça, para o banho. Os demais encontram-se na sala de visitas. Astério segura a peanha, Perpétua já escolheu o lugar para a divina imagem: entre os retratos coloridos, ela de noiva, o Major de farda — trabalho de uma firma do Paraná, encomenda feita logo após o casamento. Ricardo encosta a escada na parede, empunha o martelo. Não chegou ainda a uma conclusão sobre a santa com a qual a tia se parece. Antes de vê-la, ele a imaginara Senhora Sant'Ana, a padroeira, a avó. Da Senhora Sant'Ana não tem nada. Talvez Santa Rosa de Lima, Santa Rita de Cássia? Elisa estende os pregos ao sobrinho. Aqui, Mãe, está bom?

De cima da escada, Ricardo enxerga a tia saindo da alcova, levando a toalha de banho e a saboneteira, o banheiro fica no quintal. Morena, onde a longa cabeleira loira do desembarque? Cabelos negros, crespos anéis como os dos anjos na igreja do seminário. Pele trigueira, perna e coxa aparecendo sob o negligê agitado pela brisa, Ricardo desvia os olhos. Perpétua fita a parede, talvez um pouco acima, aí está bem. Não vê a irmã aproximando-se, à la vontê no robe rendado sobre os seios, vaporoso, preso apenas por um cinto, esvoaçando na brisa da tarde a morrer nas barrancas do rio. Não vê ou não quer ver? Tieta olha e aprova, vai ficar bacana. Elisa, babada com o santo e com o penhoar.

— Que amor, esse robe!

Perpétua prefere não reparar:

— Vou falar com padre Mariano para vir entronizar no domingo, depois da missa.

Nem Santa Rita de Cássia, nem Santa Rosa de Lima, com que outra então no flos-santório? A caminho do banho, as ancas balouçando, que santa será ela, a tia de São Paulo?

CAPÍTULO DOS PRESENTES ONDE SE ABRANDAM CORAÇÕES E TOMBA INESPERADA LÁGRIMA

A cerimônia da entrega dos presentes realiza-se após o jantar, festa de exclamações e risos: recolhidos os pratos pela pequena Araci, retirada a toalha, Antonieta roga a Ricardo e Astério busquem na alcova a mala azul, a grandona, única ainda fechada. Colocam-na sobre a mesa, Astério encarrega-se de abri-la. Risinhos nervosos, a família na expectativa, Peto indócil alongando o pescoço para espiar dentro da valise. Também Leonora trouxe do quarto uma bolsa de viagem e, tendo descerrado o zíper, a mantém no colo, caixa de surpresas.

Cabem a Zé Esteves as regalias de prioritário: num estojo de luxo, relógio e pulseira de ouro — banho de ouro:

— Repare a marca, Pai. Vosmicê sempre desejou ter um relógio Omega, me lembro da inveja que tinha do patacão do coronel Artur da Tapitanga. Por falar nele, ainda é vivo?

— Vivo e lúcido. Não tarda a aparecer. Pergunta sempre por você. — Quem informa é dona Carmosina, pimpona ao lado de dona Milu.

— Já não tenho vaidade, minha filha. Nem vaidade nem relógio desde que o meu se quebrou e Roque não deu jeito. Agora vou poder ver as horas de novo. Estou voltando a ser gente, depois que tu chegou.

Leonora mete a mão na bolsa:

— E aqui tem um radinho de pilha, um transistor, para o senhor e dona Tonha ouvirem música, seu José.

— Tomando trabalho com a gente, moça! Um rádio? Quem vai ficar contente é Tonha, não é mesmo, mulher? Vive me azucrinando os ouvidos para comprar um...

Tonha concorda, contente demais, tanto desejara! Certa vez realmente atrevera-se a insinuar a compra de um dos mais baratos, insinuação primeira e única, levara esporro medonho: tu quer que eu esperdice o dinheiro que minha filha me manda? E se a gente adoecer? E quando a gente esticar a canela? Tu pensa que alguém vai pagar médico e receita, padre e cemitério? Não me peça para botar dinheiro fora. Ficou maluca?

A própria Nora coloca pilhas no pequeno aparelho, irrompe o som de um samba, prefixo de estação de Feira de Santana.

— Maior do que o nosso... — sussurra Elisa a Astério. Quem sabe o Pai aceita trocar, ficar com o deles, recebendo volta em dinheiro. Tieta pagou a quota das despesas e, separando o de Osnar, a sobra a gente pode...

Não será necessário trocar pois Antonieta tira da mala imponente aparelho, sofisticado, quantidade de botões, várias faixas de onda, antena embutida, entrega à irmã: para você e Astério, é japonês, não há melhor.

— Valha-me, minha Nossa Senhora! Tieta, você é demais! — Elisa em nova chuva de beijos, agradecendo o rádio e o perdão: dona Carmosina lhe confirmou já ter esclarecido o assunto da morte de Toninho, não se preocupe onde e quando, não pense mais nisso. — Veio com pilhas? Quero ouvir o som agora mesmo.

— Devem estar colocadas. Funciona também na eletricidade. Essa carteira, Astério, é para você guardar o ganho das apostas no bilhar. E aqui tem mais umas bobagens para você, Elisa.

Sortimento completo de cosméticos. Cremes e pinturas, todos os produtos para maquiagem, quanta coisa, meu Deus, vou desmaiar! Ruge mais diferente, desse nunca vi. Experimente o batom cintilante, recomenda Leonora. No aparelho de rádio, sucedem-se estações da Bahia, do Rio, de Recife falando para o mundo, de São Paulo e, trocando de onda, veja! ao seu alcance os cinco continentes — que língua mais arrenegada é essa? Parece russo, mas é a Rádio de Belgrado, Belgrado é capital de que país? Da Iugoslávia, leciona dona Carmosina.

Foi assim, de música, risos e beijos, foi de festa aquele começo de noite. Como ela pôde adivinhar o gosto, o desejo de cada um? Como sabe das façanhas de Astério no bilhar? Dos sonhos de Cardo com a vara de pesca, o molinete, o fio de náilon, as iscas artificiais? Como adivinhou? Sorri dona Carmosina ao ouvir a pergunta repetida, sem resposta: inspiração divina. Para Peto traga qualquer coisa desde que não sejam livros de estudo, ele quer somente vadiar, nadar e mergulhar no rio, bater bola na rua com os moleques, assistir às partidas de bilhar; vai completar treze anos e cursa ainda o Grupo Escolar. Peto ganhou um equipamento de mergulhador: máscara, arpão, pés de pato. Aos dois jovens, Leonora ofereceu chaveiros com a efígie do Rei Pelé. A Astério, uma gravata. Mantilha cor de chumbo, de Nora para Perpétua. Para Elisa um anelão moderno, de fibra de vidro, a pedra enorme, cor de

121

âmbar, a sensação da noite. O último lançamento da rua Augusta na capital paulista, Antonieta e Leonora têm iguais, só diferem na cor. Nora vai buscá--los. O meu está na caixa de jóias, em cima da penteadeira, avisa Tieta. Caixa de jóias, soa bem aos ouvidos dos parentes. Leonora exibe os dois anéis, ver-de-esmeralda o seu, branco-esfumaçado o de Tieta. Criações de um artista famosíssimo, Aldemir Martins, seus quadros valem milhões. Muito amigo do Comendador, Tieta o conhece, conhece muita gente importante de São Paulo, na indústria, na política, no comércio, nas artes e nas letras. Menotti del Picchia freqüenta sua casa. Dona Carmosina, leitora de *As Máscaras* e de *Juca Mulato*, quer saber do poeta, se é tão romântico em pessoa quanto sua poesia. Já está velhote mas vive cercado de moças bonitas, ainda não perdeu o apetite, conta Tieta.

Ninguém pense ter sido Tonha esquecida, por madrasta. Além do rádio, ganha saia e blusa, trazidas por Tieta; um colar azul e lilás, lembrança de Leonora. Nem sabe agradecer, limpa os olhos, faz tanto tempo do último presente, uma fivela para prender os cabelos, comprada pelo Velho na feira. Ainda usa, em sua mão as coisas duram.

Para dona Carmosina, colar, pulseira e anel de fantasia, galanteza de conjunto. Gosta mesmo? Tieta quer saber. Adoro. Adorou também a caneta esferográfica com cargas de diversas cores: obrigada, Nora, considere-me sua amiga para sempre. Para dona Milu fazer paciência, uma caixa com dois baralhos, de plástico, laváveis e um xale italiano para a cabeça. Até a pequena Araci, da porta da cozinha a espiar, ganhou um broche, bijuteria em forma de coração para o vestido dos domingos. Uma vez na vida outra na morte, vai à matinê.

Um ostensório para a igreja, venha ver, Perpétua. Acha que o padre vai gostar? Se vai gostar, que pergunta! Custódia mais bela, deve ter custado os tubos. Não foi barato mas não foi também todo esse dinheiro. Para remir os meus pecados... — Tieta ri, joga a cabeça para trás, Ricardo não pode imaginá-la pecadora. Que santa reúne a alegria e a devoção?

Pronto, acabaram-se os presentes. Ainda não, falta o porta-retrato de prata onde Perpétua colocar a fotografia do Major envergando a farda de gala da Polícia Militar. A viúva perde a fala, faz um gesto, Ricardo entende, vai buscar o retrato guardado a sete chaves na escrivaninha. Agora, emoldurado em prata sobre a mesa, o perene sorriso (o bestial sorriso do Major no dizer de Aminthas, metido a humorista), a fisionomia franca, só falta o vozeirão. Perpétua fita longamente o falecido: o esposo fizera-lhe todas as vontades e dois filhos. Tieta conseguira comovê-la, uma lágrima brota dos olhos gázeos, a primeira lágrima genuína chorada por ela após o pranto pela morte do Major. Perpétua amolece, eleva a voz sibilante:

— Ele era bom demais. Eu não pensava mais em casar, muito menos num marido como ele. Minha natureza é... — procura a palavra: — ...ríspida. Padre Mariano diz que eu não sei o que seja misericórdia. Antes de casar com Cupertino, só pratiquei o mal pensando fazer o bem. Quero que você, Antonieta, me...

Dona Carmosina arregala os olhos miúdos. Perpétua vai pedir perdão à irmã, fato inaudito. Mas Tieta corta a frase:

— Isso tudo já passou, Perpétua. Eu também não mereci o homem bom que tive e fez de mim o que sou hoje. Não demonstro mas sinto demais a falta dele. Pena que o Major tenha morrido sem dar tempo da gente se conhecer. Mas ficaram os filhos. — Estende os braços: — Venham cá, meus amores, beijar essa coroa que é a tia de vocês.

De batina, tão engraçado e sem jeito, o mais velho. O mais novo, matreiro, esperto, um azougue. O beijo de Ricardo apenas roça-lhe as faces, o do pequeno é cálido, já tem malícia.

DO CAMISOLÃO, DA CAMISOLINHA, DO JARRO COM ÁGUA E DA ORAÇÃO

Pagara a promessa ainda no seminário, na semana dos exames, após receber carta de Perpétua com as novidades: a tia gozando saúde e os projetos de viagem. Morte houvera mas do Comendador, antes assim. Durante sete noites, Ricardo macerara os joelhos sobre grãos de milho, obtidos na despensa, e adquirira o hábito de rezar uma salve-rainha pela saúde da tia anciã, de tão velhinha avó.

A vida é um alforje de surpresas, afirma Dom José nos sermões dominicais, sobra-lhe razão. Ricardo ficou abobado quando vislumbrou tia Antonieta na porta da marinete, de anciã e avó não tinha nada. Nem parecia viúva, não pusera luto. Cabeleira loira, saindo do turbante, rolando nos ombros, o corpo apertado na blusa vermelha, na calça jean, a despertar exclamações. Não apenas o brado, o viva de Bafo de Bode, indecência! Ricardo ouvira igualmente o comentário de Osnar, em voz baixa, destinado a Aminthas:

— Que pedaço de mulher ela virou! Que ubre! Cabrona! — Elevava a voz: — Uma fruta madura, Capitão Astério, parabéns pela cunhada. — Osnar distribuía patentes militares entre os amigos. Seu Manuel era Almirante. Dona Carmosina, Coronela da Artilharia Pesada.

Engraçado: não ficara nem desiludido nem frustrado com a brusca mudança da imagem concebida — surpreende-se Ricardo a pensar enquanto retira a batina, veste o camisolão, ajoelha-se para recitar as orações e bendizer o Senhor que fizera a tia adivinhar o presente desejado. Escondera a vara de pesca para impedir fosse Peto o primeiro a usá-la, o irmão não tem o menor respeito pela propriedade alheia, um anarquista. Reza a Salve-Rainha pela saúde da tia, merecedora.

Estende-se na rede. Da alcova, a luz acesa ilumina o corredor em frente ao gabinete, tia Antonieta fora ao banheiro. Em lugar de uma velhinha, de uma avó, uma verdadeira tia, alegre, flamante — e ele a imaginara mais idosa do que a mãe. Um absurdo. Ricardo a ouvira dizer a idade a Barbozinha: quarenta e quatro, meu poeta. Aqui não posso esconder, todos sabem. Fazem vinte e seis anos que fui embora, acabara de completar dezoito. Em São Paulo confesso trinta e cinco, pareço mais?

A mãe, ele sabe, diminui a idade. Devota e exigente, não admite mentiras e, no entanto, na hora de revelar a idade... A verdadeira está na certidão de casamento, trancada ali na escrivaninha junto com as escrituras das casas, a patente do pai, a caderneta militar, os louvores nas ordens de serviço. A tia não precisa negar porque é bonita. Bonita não é bem o termo, Ricardo procura a palavra certa: bonitona. Nela tudo é grande e vistoso. Com que santa se parece? Com nenhuma das conhecidas, nem Santa Rita de Cássia, nem Santa Rosa de Lima. Tia Elisa, quando melancólica, recorda Santa Maria Madalena. A mãe sempre de luto é Santa Helena com traje negro de viúva e véu de cinzas.

Mas a força a desprender-se da tia, qual delas a possui? Apenas chegou e imediatamente passou a comandar. Por ser rica e generosa, sim, certamente, mas não só por isso. Há algo mais, indefinível, a impressionar Ricardo, a impor-se, não sabe explicar o que seja. Ele a enxerga cercada por um halo luminoso, como certos santos. Santa? Pela bondade, pela grandeza da alma, mas ela exibe outros atributos, carnais. Humanos, não carnais, palavra maldita, os pecados carnais, pagos com as chamas do inferno durante a eternidade.

Passos no corredor, é a tia de volta do banheiro. A precedê-la, chega o perfume, o mesmo dos envelopes, desprendendo-se a cada passo, anunciando-lhe a presença próxima. Ainda bem que o padre confessor lhe disse não haver pecado em perfume de velha tia. Velha? Madura.

Fruta madura fora a expressão usada por Osnar para classificá-la. Na hora confusa do desembarque, Cardo achara todo o palavreado do boa-vida uma falta de respeito. Mas agora, ao ouvir os passos da tia, ao sentir-lhe o perfume, a comparação com uma fruta madura, rica de sumo, na plenitude da força, parece-lhe correta, não vê desrespeito, despropósito, pecado. Desrespeito compará-la com as cabras, isso sim. Osnar não tem salvação.

Antonieta conduz o jarro esmaltado cheio de água. Nas sombras do corredor pisa a ponta do robe longo, tropeça, vacila, vai cair. Ricardo acorre a tempo de sustê-la e tomar do jarro, levando-o para a alcova.

— Obrigada, meu bem. — Com um sorriso gaiato, mede o sobrinho, enorme no camisolão de dormir: — Você ainda dorme de camisolão?

— No começo do ano, vou passar para a divisão dos maiores e dormir de pijama... — explica orgulhoso. — Mas Mãe só vai comprar quando eu for pro seminário.

Por baixo do penhoar semi-aberto, a curta camisola cor-de-rosa mais revela do que esconde as graças da tia, Ricardo desvia os olhos, pousa o jarro na argola do lavatório.

— Traga o lavatório para aqui e bote um pouco de água na bacia — pede Antonieta, sentada ante o espelho da penteadeira, cremes diversos em sua frente, vidros com líquidos coloridos, algodão, um exagero de frascos e potes. Tia Elisa não tem nem a metade, a mãe não se pinta desde a morte do pai.

Derrama a água, toma o rumo da porta. A tia observa-lhe os movimentos:

— Vai embora sem me pedir a bênção?

— A bênção, tia. Deus lhe dê boa noite. — Dobra o joelho: — Obrigado pela vara de pesca.

— Assim, não. Aqui perto e com um beijo.

Cardo beija-lhe a mão, ela toma-lhe do rosto e o beija em cada face. O perfume sobe dos seios. Mesmo sem querer, Ricardo os vislumbra, ou os adivinha sobrando da camisola. Ubre, dissera Osnar.

Deita-se na rede, a luz permanece acesa no quarto da tia a desfazer a maquiagem, entra uma réstia no gabinete pela fresta da porta. Ricardo, de sono fácil — apenas cai na cama e os olhos se fecham —, hoje não consegue adormecer. Estranha a rede, quem sabe? Confusão igual à do desembarque quando viu a tia na porta da marinete, o oposto da imagem concebida na hora do anúncio da morte. O melhor é rezar. Desce da rede, ajoelha-se, cruza as mãos, Padre Nosso que estais no céu. O pensamento em Deus, louvado seja.

ONDE PERPÉTUA, CUNHADA ATENTA, CUIDA DA ALMA DO COMENDADOR ENQUANTO TIETA E LEONORA, EM ELEGANTES MODELOS TRANSPARENTES, EMPOLGAM O BURGO E ASCÂNIO TRINDADE EXPLICA O PROBLEMA DA LUZ ELÉTRICA

Pela manhã, durante o café gordo — inhame, aipim, fruta-pão, banana cozida, cuscuz de puba mandado por dona Milu; como manter a linha e não engordar? — Perpétua comunica os horários da missa pela alma do Comendador e da entronização, a missa no sábado, às oito horas, a entronização no domingo, às onze. Antonieta se alarma: se não contiver a irmã mais velha, passará a temporada de férias na igreja, adeus projetos de praia, de passeios.

— Missa? Já mandamos rezar, em São Paulo, na igreja da Sé. De sétimo dia, de mês. Várias.

— Isso não tem importância, quanto mais melhor para a alma dele. Como é que a gente ia ficar se não mandasse celebrar nem uma missa? Eu, Elisa, o

126

Velho? O que o povo havia de dizer? Um comendador do Papa, um nobre da Igreja, ainda hoje padre Mariano repetiu: temos de cuidar da alma dele. Fez uma carrada de elogios a você. Por causa do hostiário.

— Você já esteve com o padre, hoje? A que horas?

— Não perco a missa das seis. Nem eu nem Ricardo, quando está aqui. É ele quem ajuda.

Ricardo aproveita e pergunta se pode tirar a batina, botar o calção, ir até o rio, experimentar o molinete. Antonieta adianta-se:

— Pode, sim, meu filho. Vá brincar. E só volte na hora do almoço.

— Obrigado, tia. — Sai rápido antes que a mãe proteste.

— Uma graça, esse teu filho estudante de padre, ainda não me acostumei. De dia de batina, de noite de camisolão. Tamanho homem, Perpétua! Vou comprar um par de pijamas para ele.

— Vai começar a usar quando voltar para o seminário. Fiz uma promessa à Senhora Sant'Ana: se, um dia, Deus me desse um filho, ele seria padre. Ricardo foi o primeiro, pusemos o nome do avô, do pai do Major. Gosta de estudar, tem temor a Deus, estou contente com ele.

Tieta volta ao assunto da missa:

— Que droga! Eu tinha pensado passar o fim de semana em Mangue Seco, mostrar a praia a Leonora, ver se escolho um terreno para comprar. Ia combinar hoje com o Comandante, ele nos convidou quando chegamos.

— Eu também vou, tia. — De calção, segurando os pés de pato e a máscara de mergulhador, Peto espera o irmão.

— Este sábado não vai dar jeito. Você não pode faltar na missa. Nem na entronização, foi você quem me deu o Sagrado Coração. Já pensou? São coisas santas, mais importantes do que praia e banho de mar — força Perpétua.

Antonieta controla-se, engole o mau humor. Também, que idéia a sua, vir carregada de troféus religiosos, ela que nunca fora de missa e sacristia! Culpa de Carmosina: Perpétua tem uma Santa Ceia na sala de jantar, se você trouxer um Coração de Jesus para a sala de visitas, a beata vai ficar maluca de contente. Não esqueça uma lembrança para a Matriz, padre Mariano só faltou lhe canonizar no sermão em que fez seu epitáfio. Foi atrás dos conselhos de Carmô, o resultado é esse: um porre de igreja. Chegou sonhando com a praia de Mangue Seco, merda! Engole também o palavrão.

De shorte, à mostra as longas pernas, as modeladas coxas, a blusa amarrada sob os seios, o umbigo de fora (ai, esses costumes de São Paulo, os meninos vão perder a virgindade dos olhos! Perpétua toca com os dedos as contas do terço no bolso da saia), Leonora sorri, acalma Tieta:

— Vamos à praia noutro dia, Mãezinha. Dona Perpétua tem razão, a missa é mais importante. — Sorri para Perpétua: — Mãezinha veio falando em Mangue Seco a viagem toda. Mas a missa é sagrada.

Muito bem, assim fala uma boa filha, mesmo sendo paulista, pouco atenta ao rigor do luto, aos prolongados ritos da morte, obrigatórios e rígidos em Agreste. Se Leonora se vestisse com decência, Perpétua só encontraria elogios a lhe fazer. Que necessidade tem de exibir o umbigo, que beleza existe num umbigo, pelo amor de Deus? Quem sabe, Peto poderia responder pois o olho apreciador vai e volta, das coxas para o umbigo, para a barriga de bilha, torneada.

— Tem razão, Nora. Continuo cabeçuda como uma cabra velha. Quando quero uma coisa não vejo nada em minha frente. Iremos a Mangue Seco no fim da outra semana.

Conduzidas por Ricardo — vista a batina, acompanhe sua tia — foram à tarde conhecer a casa de Elisa. Barraco de pobre, mana, caro só o aluguel. Caro? Se fosse em São Paulo... Lá, para começar, só os multimilionários moram em casas, os demais vivem atulhados em apartamentos ou apodrecem em cortiços, sardinhas em lata. Em compensação, cada apartamento mais maravilhoso, não é? O de vocês, conte... Fica para depois, com tempo, agora precisamos ir. Não antes de comer uma fruta, um doce, tomar um cálice de licor senão me ofendo. Doce de araçá, raramente se faz, delicioso! Licor de jenipapo. O que eu vou engordar, meu Deus! Gulosa, de volta aos sabores da infância, Tieta repete a dose.

Na rua, encontram Ascânio Trindade. Por acaso ou de propósito, deixou ele a Prefeitura às moscas? Querem ir aonde? Tem um passeio bonito: ali adiante o rio se alarga e forma pequena bacia, reduto das lavadeiras, lugar lindo, chama-se Bacia de Catarina, nome certamente posto por um literato, antepassado de Barbozinha. Ou por ele mesmo noutra encarnação. Hoje não, tem de visitar a Agência dos Correios, prometeram a Carmosina. Vão ao Areópago? Ao quê? Areópago, é o apelido que Giovanni Guimarães, um jornalista da capital, botou na Agência dos Correios quando esteve em Agreste: ali se reúnem os sábios. Gozado! Leonora aberta em riso, cristal a romper-se nas ruas de Agreste.

Breve parada na porta do cinema para dizer boa tarde ao árabe Chalita — ainda se lembra de mim? Quem pode te esquecer, Tieta? Sorvete de mangaba, Leonora não conhece, vai ver o que é bom. Hoje é de graça, oferta da casa: o árabe se cobra lavando a vista em Tieta e na moça. Regala-se com a visão de mil e uma noites sob o transparente tecido dos modelos, iluminados por um raio de sol. Combinação, anágua? Isso não se usa mais, peças de museu. Sutiã? Para que, se os seios são firmes, não precisam de armação de entretela a sustentá-los? Calçola? Minúsculo tapa-sexo e basta. Viva a civilização e voltem sempre, suplica o árabe progressista.

Nas janelas, solteironas e mocinhas debruçam-se para enxergar melhor, observando cada passo, cada gesto, comentando os trajes. Você tinha coragem de usar? Eu? Acho que não. Pois eu teria, se mamãe deixasse. Tieta trouxe para Elisa uma minissaia mas ela ainda não se atreveu a estrear. Alvoroço no bar, a matilha nas portas, brechando. Até seu Manuel larga o balcão, também é filho de Deus. Leonora acha graça em tudo, soltos, o riso e os cabelos; Ascânio recolhe pela rua pedaços de cristal, recorda um verso ouvido não sabe onde: loira como um trigal maduro. Fica sabendo do adiamento da visita a Mangue Seco e é convidado para a missa pela alma do Comendador. Tieta deixa-o à vontade:

— Se não quiser, não vá. Essa história de missa de finado, só por obrigação. Aliás, Felipe tinha verdadeiro horror a tudo que cheirasse a morte, defunto, cemitério, missa de sétimo dia. Pelo meu gosto ia a Mangue Seco. Mas Perpétua faz questão, paciência.

Ascânio não aprova nem desaprova, nessas divergências de opiniões entre as irmãs não dá palpite, mas quanto a ir à missa, isso com certeza:

— No próximo sábado? Comparecerei, sem falta. Já estarei de volta.

— Vai viajar? — surpreende-se Leonora.

— Para onde? — interessa-se Tieta.

— Vou a Paulo Afonso tratar do problema da luz elétrica. Estão colocando luz da Hidrelétrica nos municípios de toda essa zona do Estado, só deixaram de fora três cidades, uma delas é Agreste, uma discriminação sem justificativa, no meu entender. Estou vendo se consigo que voltem atrás e nosso município entre na relação dos beneficiados. Mandei ofícios para meio mundo, sem resultado. Alguns nem tiveram resposta. Decidi falar pessoalmente com o diretor da usina. Numa conversa cara a cara, quem sabe eu o convenço e boto abaixo essa injustiça.

— Vai demorar? — a pergunta de Leonora é um pedido: não demore, volte logo, estou à espera. Assim dizem os olhos.

— Não, só dois dias. Pego a marinete amanhã, amanhã mesmo me toco de Esplanada para Paulo Afonso. Fico lá o dia de depois de amanhã, quinta-feira estou de volta. Talvez com uma boa notícia para Agreste.

— Gosto de gente decidida como você — apóia Tieta: — Vá, brigue e convença o homem, traga essa luz que Agreste bem precisa.

— Vai conseguir! — exalta-se Leonora: — Vou ficar torcendo.

— Se eu já estava disposto a brigar, agora nem se fala.

Sente-se Ascânio armado cavaleiro andante, partindo para o campo de luta sob a inspiração de sua Dulcinéia. Ao voltar vitorioso, tendo convencido os frios e distantes diretores e técnicos da importância histórica e das possibilidades turísticas de Agreste, difícil tarefa, árdua batalha, colocará aos pés de Leonora o troféu conquistado: a refulgente luz da Hidrelétrica em substituição à bruxuleante iluminação atual devida ao motor instalado por seu avô Francisco Trindade, quando intendente, no tempo do onça.

Leôncio, ex-soldado da Polícia Militar, ex-jagunço, atualmente paisano e capenga — um tiro casual na zona, há vários anos — funcionário municipal, pau pra toda obra, de faxineiro a moço-de-recados, de guardião a jardineiro, surge na esquina, arrastando a perna: reclamam a presença de Ascânio na Prefeitura.

— Me desculpem, preciso ir, sei de que se trata. Até logo.

— Até quinta, não é? Fico esperando — diz Leonora, os doces olhos.

— Quinta, sim. Mas, se me permitem, passo hoje à noite em casa de dona Perpétua para me despedir.

— Não precisa pedir licença, venha sempre que quiser — convida Tieta.

— Venha mesmo. Sem falta — reforça a moça.

Na esquina da Praça, Ascânio volta-se, Leonora levanta a mão, acena, ele responde. Tieta se diverte:

— Já conquistou a Prefeitura, hein, cabrita? Rapaz simpático.

— Um amor... — resume Nora, a voz de enleio.

DA POLUIÇÃO E DOS OBJETOS NÃO IDENTIFICADOS, CAPÍTULO MUITO INCREMENTADO OU A VISITA AO AREÓPAGO

Na porta da Agência dos Correios e Telégrafos, dona Carmosina estende as mãos em boas-vindas:

— Entrem, meninas, estava esperando.

Comandante Dário levanta-se para cumprimentar as paulistas, logo volta à leitura da notícia na primeira página de *A Tarde*, comenta indignado:

— Não é possível que o governo vá permitir esse absurdo. Os diretores de uma fábrica igual a essa, igualzinha, para produzir dióxido de titânio, foram condenados à prisão, na Itália. O juiz, um macho, meteu todos no xadrez.

— Fábrica de quê? Me explique, Comandante.

— Estou lendo na gazeta que acaba de ser constituída no Rio de Janeiro uma empresa para montar uma fábrica de dióxido de titânio no Brasil. Uma monstruosidade.

— Por quê? Troque em miúdos.

— É a indústria mais poluidora que se conhece. Basta lhe dizer que só existem seis fábricas desse tipo em todo o mundo. Nenhuma na América, nem do Norte, nem do Sul. Nenhum país quer essa desgraça em seus limites.

— É assim?

Dona Carmosina intervém:

— Traga o recorte do *Estado* para Tieta ler. *O Estado de São Paulo*, jornal de sua terra — ri da pilhéria —, publicou um artigo contando que um juiz da Itália condenou os diretores de uma fábrica dessas à cadeia por crime de poluição.

— Por crime de poluição? É o que se precisa fazer em São Paulo: meter um bocado de gente no xadrez antes que a cidade acabe.

— O pior — acrescenta o Comandante — é que o jornal já adianta que as autoridades não vão permitir a instalação da fábrica no Sul do país. Querem situá-la no Nordeste. É sempre assim: o que é bom, fica no Sul. Para o Nordeste sobra o refugo.

— É que em São Paulo, Comandante, a poluição já está de uma forma que ninguém suporta mais.

— Onde iremos parar? Felizmente, nosso pequeno paraíso privado, Agreste, está longe de tudo isso...

Leonora aproveita para o elogio:

— Mãezinha sempre me falava que aqui era bonito à beça mas não pensei que fosse tanto. É uma coisa!

— Você ainda não viu nada... — dona Carmosina se inflama. — Agreste, em matéria de paisagem, não perde nem para a Suíça. Me fale depois de ir a Mangue Seco.

— Quando vão a Mangue Seco? Ficarão conosco, na Toca da Sogra, eu e Laura fazemos questão — oferece o Comandante.

— Muito obrigada. Aceito, até comprar terreno, levantar minha palhoça. Vai ser logo, logo — responde Tieta. — Tínhamos pensado ir nesse sábado, passar o domingo. Mas Perpétua encomendou uma missa para Felipe e vai entronizar o Sagrado Coração de Jesus na sala.

— Tieta trouxe um Sagrado Coração para Perpétua que é um colosso. Pode ser que na Bahia tenha outro igual mas eu duvido — conta dona Carmosina.

— Verei hoje à noite, penso ir com Laura fazer nossa visita de boas-vindas. Quanto a Mangue Seco, a casinha está às ordens quando quiserem. Lá, todo dia é dia de domingo.

O grupo aumenta com a chegada de Aminthas e Seixas. Os olhos gulosos varam a transparência dos longos cafetãs das duas elegantes. Seixas só falta babar. Aminthas pergunta ao Comandante:

— Mestre Dário, que história é essa que está correndo por aí? Me disseram que apareceu um disco-voador em Mangue Seco, todo mundo viu.

— Eu soube, os pescadores me contaram. Alguns garantem ter visto um objeto estranho e ruidoso sobrevoando a praia e o coqueiral. Pensei que fosse um avião mas eles juram que não, já viram passar muitos aviões, não iam se enganar.

— Devem ser os amigos de Barbozinha vindos do outro mundo para visitar nosso poeta. Ele diz que se comunica com todo o espaço, pela telepatia.

— Você brinca com Barbozinha mas ele é sincero em tudo que diz. Acredita piamente nessas coisas — atalha dona Carmosina.

— Um homem tão inteligente — lastima Seixas.

— Para mim — diverte-se Aminthas — o que os pescadores viram foi o reflexo de alguma lancha de contrabando... essa história de disco é pura tapeação.

—Não — contesta Dário. — Os pescadores não são tolos e por que haviam de querer me enganar? Estou farto de saber do contrabando e, quando acontece, é à noite. Alguma coisa eles viram e ouviram. O quê, não sei, mas bem que podia ser um disco-voador. Ou você não acredita na existência deles? Eu acredito. Não nos espíritos de Barbozinha mas em seres de outros planetas. Por que só na Terra há de se encontrar vida e civilização?

A pequena Araci chega correndo:

— Dona Antonieta, sinhá Perpétua mandou chamar vosmicê e a dona moça. Seu Modesto está lá com dona Aída, pra visitar.

— Que pena, a prosa estava gostosa. Vamos, Leonora. Apareçam à noite. Até logo, Comandante. Carmô, não falte.

Descem o degrau do passeio, lá se vão rua afora. O sol poente ilumina as duas mulheres, lambe-lhe os corpos e os revela doirados e desnudos, como se a luz do crepúsculo houvesse dissolvido o vaporoso tecido dos cafetãs, fascinante moda importada das terras de sonho e fantasia onde nasceu Chalita.

DE VISITAS E CONVERSAS, ONDE LEONORA
EXPRIME INESPERADO DESEJO

A sala de visitas cheia, à noite. A pedido de Tieta, Peto encomendara no bar volumoso carregamento de cerveja, guaraná, coca-cola. A tia Antonieta é o novo ídolo de Peto, desbancou os mocinhos do cinema, os heróis das histórias de quadrinhos. Sabino quebra uma pedra de gelo no quintal, enviada por Modesto Pires, do curtume. Na beira do rio, o moleque Sabino foi o único que conseguiu pescar com a vara nova, utilizando o molinete. Trouxe os peixes para Tieta e lhe pediu a bênção. Cardo e Peto vieram carregados de pitus.

A prosa se estende sem compromisso ao sabor dos assuntos mais diversos, a partir da sensação causada pelas modas de São Paulo, as perucas, a transparência dos tecidos, as calças justas, as sandálias.

Perpétua é contra cafetãs transparentes, calças coladas modelando bundas, comprimindo ancas, shortes exibindo coxas, blusas amarradas sob os peitos, umbigos de fora, condena a devassidão que vai pelo mundo:

— Podem me chamar de atrasada. Moça solteira, moderninha, vá lá que use... — extrema concessão a Leonora. — Mas mulher casada, não acho decente. Viúva, muito menos, Antonieta que me desculpe. Se eu fosse Astério, não ia deixar Elisa usar a tal minissaia que você deu a ela.

— Você encruou no passado, mana. — Antonieta desata em riso.

— Agreste inteiro vive no passado — Ascânio Trindade culpa a pasmaceira, responsável pela língua das beatas. — Até mesmo um homem viajado como o Comandante é contra o progresso. Quando eu falo em turismo para reerguer a economia do município, ele fecha a cara.

— Contra o progresso, vírgula, amigo Ascânio. Não confunda as coisas. Sou a favor de tudo que seja útil a Agreste mas sou contra tudo que venha roubar nossa tranqüilidade, essa paz que não tem preço que pague. Não tenho nada contra a minissaia desde que a pessoa a usá-la tenha condições para isso. Numa mulher de certa idade já não cai bem.

— Por exemplo? — desafia dona Carmosina.

— Cito o exemplo de duas lindas senhoras aqui presentes: Laura e Antonieta. No meu entender, já passaram da idade.

Dona Laura nunca pensou em minissaias mas ameaça o marido, bem-humorada:

— Não sabia que você era tão entendido em minissaia, Dário! Até parece que já viu muitas... Pois eu vou tomar a de Elisa emprestada e saio desfilando por aí, você vai ver.

— Para mim não é uma questão de idade e, sim, de físico. Minissaia não vai com meu corpo, com minhas abundâncias — lastima-se Tieta.

134

Barbozinha, a fumar literário cachimbo, quase sempre apagado, consola:

— Tens o tipo clássico, Tieta. A beleza suprema, Vênus, era assim. Não suporto esses esqueletos que andam exibindo os ossos. Não me refiro a você, Leonora. Você é uma sílfide.

— Obrigada, seu Barbozinha.

— Infelizmente, meu poeta, ninguém pensa mais como você. És meu único eleitor. — Tieta volta-se para Ascânio — Turismo, em Agreste? Acha possível?

— E por que não? A água é medicinal, os exames já foram feitos, Modesto Pires mandou as amostras para o genro que é engenheiro da Petrobrás. Os resultados foram formidáveis, tenho cópia na Prefeitura se quiser ver. Modesto Pires está estudando a possibilidade de engarrafamento. O clima é o que se vê, cura qualquer doença. Em matéria de praia, onde mais bonitas?

— Isso é verdade, praia igual à de Mangue Seco não vi em lugar nenhum. Copacabana, as praias de Santos, nem chegam perto. Mas daí... Enfim, não digo nada, não quero pôr água fria em suas esperanças. É preciso, porém, muito dinheiro, muito mesmo...

— Já disse a Ascânio: deixe Mangue Seco em paz enquanto a gente viver... — resume o Comandante.

— Vou comprar um terreno lá, fazer uma casinha de veraneio. Um dos motivos de minha viagem foi esse: adquirir terreno em Mangue Seco e uma casa aqui na cidade, quero terminar meus dias em Agreste. Enquanto não vier de vez, Pai e Tonha ficam morando na casa, tomam conta. Vim por isso e para tirar esta pobre da fumaceira de São Paulo — aponta Leonora. — Anêmica como é, naquela podridão.

— É verdade, Tieta, o que os jornais dizem? Que a poluição em São Paulo está ficando intolerável?

— Uma coisa medonha. Tem lugares, nas zonas mais afetadas, onde as crianças estão morrendo e os adultos ficando cegos. A gente passa dias e dias sem enxergar a cor do céu.

— Com tudo isso, era lá que eu queria viver — desafia Elisa.

Tímida, Leonora contradiz, a voz mansa:

— Pois eu adoraria viver aqui. Se pudesse, não saía daqui nunca mais. Aqui eu respiro, vivo, sonho. Lá não, lá se trabalha noite e dia, dia e noite. Trabalha e morre.

Ascânio tem vontade de pedir bis: repita essas palavras, são favos de mel. Ah!, se ao menos ela fosse pobre...

Tão embevecido a contemplá-la, nem toma conhecimento do debate acalorado e filosófico, empolgante, travado entre dona Carmosina, Barbozinha e o Comandante Dário sobre o objeto não identificado, visto pelos pescadores quando sobrevoava as dunas de Mangue Seco e o coqueiral sem fim. Barbozinha se exalta, em explicações esotéricas, enquanto o Comandante exibe vasta cultura de ficção científica e dona Carmosina fala em ilusão coletiva, fenômeno corriqueiro. O corte da luz, às nove horas, o badalar do sino da Matriz mandando o povo ordeiro para a cama, interrompe a discussão, todos se põem de pé, em despedida. Mas Tieta rompe a tradição:

— Nada disso, não são horas de ninguém dormir. Vamos conversar. Perpétua, mande acender as placas. Onde já se viu dormir a essa hora? Ainda bem que o nosso jovem prefeito vai trazer a luz de Paulo Afonso. Para acabar com esses horários de galinheiro. Vamos tomar mais uma cervejinha, um refrigerante. A prosa está tão boa...

Rejubila-se Ascânio, prefeito ainda não, apenas provável candidato. Volta a sentar-se. Mas o Comandante e dona Laura preferem deixar a continuação da conversa para o dia seguinte e levam dona Carmosina, vão acompanhá-la até em casa. Do bar, chegam Astério, Aminthas, Osnar.

— Cuidado, prima, para o lobisomem não lhe pegar — recomenda Aminthas a dona Carmosina.

— Se assunte, malcriado.

Elisa e Peto acompanham o grupo dos sonolentos, de má vontade. Elisa arvora ar de vítima, melancólica; Peto pensa em fugir mais tarde em busca de Osnar. Prometeu levá-lo à caça, não cumpre o prometido.

Tieta convida os dois compadres:

— Entrem, não fiquem aí na porta. Venham tomar um gole de cerveja.

Osnar e Aminthas são notívagos, aceitam. Ricardo acabou de acender e colocar lampiões de querosene na sala. Perpétua ordena-lhe:

— Cardo, vá dormir. Já passou da hora.

— Boa noite para todos, com a graça de Deus. A bênção, Mãe.

Perpétua dá-lhe a mão a beijar, o rapaz dobra o joelho em ligeira genuflexão.

— A bênção, tia.

— Venha aqui para eu te abençoar. Nada de beija-mão. Meu beijo, quero no rosto. Dois, um de cada lado.

Agarra com as mãos a cabeça do sobrinho enfarpelado na batina, beija-o nas duas faces, beijos estalados, deixam a marca do batom.

— Meu padreco!

Também Perpétua se despede:

— Boa noite. Fiquem à vontade. A casa é sua, Tieta.

Tão gentil, nem parece a mesma, irreconhecível.

— Tieta está domando a fera... — confia Osnar a Aminthas enquanto as irmãs trocam abraço e beijo. — Você já tinha visto dona Perpétua beijar alguém?

— Perpétua não beija, oscula — retifica Aminthas.

INTERREGNO ONDE O AUTOR, ESSE PILANTRA, EXPLICA SUA POSIÇÃO OPORTUNISTA

Enquanto Ascânio Trindade se apaixona, enquanto Elisa e Leonora sonham uma com São Paulo outra com a paz de Agreste, aproveito para referir-me à notícia publicada nas colunas de *A Tarde*, lida pelo indignado comandante Dário. Pobre Nordeste!, exclamou o bravo marujo ante a possibilidade da poluidora indústria estabelecer-se em nossas plagas onde já temos seca e latifúndio, o hábito da miséria, o gosto da fome e as famosas trevas do analfabetismo antes tão citadas hoje esquecidas: não se falando nelas talvez desapareçam na luz dos tempos novos. Jogar sobre tudo isso dióxido de titânio parece-lhe um exagero antipatriótico. Opinião dele, da qual, como se verá, há quem discorde, muitos e importantes personagens, alguns tão poderosos que me apresso a esclarecer minha posição: sou neutro. Contaram-me o caso quando aqui cheguei, eu o passo adiante, sem opinar.

Assim, por exemplo, a empresa referida na notícia e no comentário do jornal pode ser a mesma que deu lugar a tanta discussão, dividindo o povo em dois campos, mas pode não ser ela, e sim outra, pois nunca ficou completamente esclarecida a origem da sociedade nem a dos diretores, dos patrões verdadeiros. Como sabemos, o doutor Mirko Stefano não passa de um testa-de-ferro a comandar relações-públicas e privadas, assinando cheques, abrindo garrafas de uísque em rodas alegres, na gentil companhia de permissivas e agradáveis dondocas, acendendo esperanças e ambições, amaciando, passando vaselina para permitir mais fácil penetração de idéias e interesses.

Saiu uma notícia no jornal, em sua divulgação não tenho a menor responsabilidade, não transcrevo sequer o título registrado pela sociedade em causa, nem o dela nem o de nenhuma outra. Se a fabricação de dióxido de titânio faz economizar divisas aos cofres da nação e cria mercado de trabalho para uns quinhentos chefes de família — quinhentos vezes cinco são duas mil e quinhentas pessoas vivendo da empresa —, como acusar de falta de patriotismo quem em tal indústria coloca seu dinheiro e aqueles a apoiar suas pretensões? Para provar-lhes o patriotismo e o desinteresse, argumentos não faltam, de todos os tipos e para todos os gêneros, inclusive aquele a convencer o nosso ardente Leonel Vieira, plumitivo cuja integridade ideológica exigiu que o cheque viesse acompanhado de razões sólidas. A fábrica ajudará a formação do proletariado, classe que, amanhã, bandeiras reivindicativas em punho, exigirá a posse do poder. Um teórico do talento de Leonel Vieira não pode desprezar tal argumento. Como se vê, de todos os tipos e para todos os gêneros. Sem dióxido de titânio não há progresso.

Não faltam igualmente razões aos que se opõem, pois na fumaça, nos gases expelidos, no dióxido de enxofre pairam a destruição e a morte. *A presença de SO_2 na atmosfera fabril é altamente danosa à saúde dos operários e dos habitantes que estão dentro do raio de diluição do gás*, assim leu o Comandante no comentário do jornal. Morte para a flora e para a fauna, morte para as águas e para as terras. Pequeno ou grande, é o preço a pagar.

Não que eu fique indeciso: fico neutro, coisa muito diferente. Não me meto na briga, quem sou eu? Desconhecido literato nas restauradas ruas antigas da Bahia, hoje atrações turísticas, enfermo a buscar saúde no clima do sertão, não me cabem conclusões. Nesse interregno, nessa pausa na narrativa da chegada a Agreste de Tieta e de Leonora Cantarelli, enquanto Ascânio dis-

138

cute em Paulo Afonso, antes da missa pela alma do Comendador, nesse interregno, repito, quero apenas colocar aqui uma afirmação que, em geral, se ins-
creve no início dos livros de ficção: toda semelhança é mera coincidência. Sem
esquecer outro lugar-comum: a vida imita a arte. Falta-me arte, certamente,
mas não estou disposto a responder a processo por crime de calúnia ou a ser
agredido por um pau-mandado de Mirko Stefano, melífluo e untuoso, quase
sempre. Colérico e violento, se preciso.

NOVO FRAGMENTO DA NARRATIVA, NA QUAL — DURANTE
A LONGA VIAGEM DE ÔNIBUS LEITO DA CAPITAL DE SÃO
PAULO À DA BAHIA — TIETA RECORDA E CONTA EPISÓDIOS
DE SUA VIDA À BELA LEONORA CANTARELLI

— Fui gulosa, gulosa de homens, quanto mais melhor. Pai tinha muitas
cabras, bode inteiro só um, Inácio. Eu era cabra com vários bodes, montada
por esse ou por aquele, no chão de pedras, em cima do mato, na beira do
rio, na areia da praia. Para mim, prazer de homem, só isso e nada mais: deitar no chão e ser coberta. Na mesa do Velho, sempre a mesma coisa, feijão,
farinha, carne-seca. Quem primeiro me ensinou os pratos finos, os que
aumentam a gula em vez de saciá-la, foi Lucas, na cama do finado doutor
Fulgêncio.

Jovem médico em busca de trabalho, doutor Lucas de Lima bateu-se para
Agreste ao saber do falecimento do doutor Fulgêncio Neto. A viúva o hospe-
dou na alcova pois nunca mais ali dormira, desde a morte do marido. Mos-
trou-lhe o gabinete, as notas do meticuloso clínico sobre cada cliente. Antigamente, antes de Judas descalçar as botas em Agreste, contaram-se até cinco
médicos exercendo na cidade, ganhando bom dinheiro, construindo casas e
pecúlio. Foram morrendo com o lugar, sem substitutos. Ficara doutor Fulgêncio, sozinho, no lombo do cavalo, no banco da canoa, tantas vezes de noite. A simples presença do ancião com a maleta preta bastava para aliviar dores

e curar enfermos. Remédios simples e poderosos: óleo de rícino, Maravilha Curativa, Saúde da Mulher, Emulsão de Scott, Bromil, chá de sabugueiro. Aplicados com economia: o melhor remédio eram as águas e o ar de Agreste, a brisa do rio, o vento do mar. Dona Eufrosina mandara buscar as malas do doutor na pensão de dona Amorzinho. Não iria deixar um colega do marido pagando hospedagem. Cozinhou para ele galinha de parida, prato preferido do doutor Fulgêncio, escalfado de pitu com ovos, carne-de-sol com pirão de leite. Na falta de doentes, os petiscos, os doces, as frutas.

Nem Tieta o segurou ali, naquele mundo saudável e agonizante. Talvez ficasse se a natureza, o rio, o mar, a praia selvagem significassem alguma coisa para ele. Outra, sua paisagem: notívago, boêmio nos castelos e cabarés da capital. Médico em Agreste não pode ser solteiro, deve ter esposa, constituir família, não tem direito a freqüentar casa de mulher-dama, a entregar-se à farra.

— Lucas tinha medo da língua das xeretas, todas de olho nele, dia e noite. Querer me agarrar, ele queria. Mas não na beira do rio, nem arriscar uma fugida a Mangue Seco. Quando eu soube que dormia na alcova, na cama do doutor Fulgêncio, ri e disse: deixe a janela aberta. Saltar janela sem ser vista, sem fazer barulho, era comigo.

Quando Lucas se deu conta, Tieta estava na cama, estendida no colchão de lã de barriguda, afundando. Mole, não tinha a solidez do chão. Ela se abriu para ser montada.

— Pra ser coberta, outra coisa não sabia. Quando ele veio com os dedos me tocar, com a boca me beijar o corpo inteiro, a lâmina da língua e o hálito quente, quis impedir, sem entender. Com ele aprendi, na cama do doutor e dona Eufrosina, os molhos e os temperos, e soube que homem não é apenas bode. Com ele virei mulher. Mas penso que até hoje há em mim uma cabra solta que ninguém domina.

Nem mesmo Tieta o reteve. Quando no meio da noite ela chegou, deu com a janela fechada. Lucas beijara a face maternal de dona Eufrosina, vou-me embora enquanto é tempo. Apesar de Tieta, engordara quilos e começava a gostar daquela pasmaceira, fugiu antes que fosse tarde.

— Já não fui a mesma, diferente a minha gula. Não demorou, veio o caso do caixeiro-viajante; quando ele apareceu rondando a casa, Perpétua pensou que fosse por ela, a infeliz. Logo se deu conta, seguiu meus passos. O Velho

140

me quebrou no pau e eu fui embora, só queria reencontrar Lucas em qualquer parte da Bahia. Não vi ele nunca mais, em troca fiz a vida no interior, vida de rapariga, em Jequié, em Milagres, em Feira, por aí afora. Eu te digo que escola de verdade é casa de mulher à-toa no sertão. Aí, sim, se aprende o ofício. Quebrei a cabeça nesse mundéu até que me toquei pro Sul, cansada de sofrer. Queria a boa vida, comer do bom e do melhor, beber champanha, provar as iguarias do homem. Não feijão e carne-seca.

— Quem me dera o feijão e a carne-seca, um filho, um casal. Era tudo o que eu queria — disse a bela Leonora Cantarelli.

— Cada qual carrega seu castigo, nem as cabras são iguais em seu desejo, quanto mais as criaturas. Conheço cabra e gente, posso te dizer.

DA INSÔNIA NO LEITO DE DONA EUFROSINA, POVOADA DE EMOÇÕES; SENTIMENTOS E MEMÓRIAS

Na primeira noite, vencida pelo cansaço da viagem de marinete, rude prova, das emoções da chegada, após retirar a maquiagem, Tieta arriara na cama e dormira de um sono só, reparador. Há quantos anos não se recolhia às nove da noite? Ainda mocinha, já atravessava a madrugada nos escondidos de Agreste.

Na segunda noite, porém, quando por volta das onze as últimas visitas despedem-se, Tieta prossegue acesa, sem sono. Na porta, ela e Leonora renovam os votos de êxito a Ascânio na missão cívica a conduzi-lo a Paulo Afonso.

— Vá e vença... — deseja Tieta.

— E volte... — acrescenta Leonora.

Aminthas declara-se pessimista sobre os resultados: luz da Hidrelétrica? Bobagem, nem pensar. Terra esquecida dos políticos, município de eleitorado ralo, sem prestígio, sem um chefe capaz de falar grosso, de influir na diretoria, de manobrar junto ao Presidente da Empresa e das autoridades federais, Agreste está destinado a continuar com a escassa luz do motor — enquanto o motor ainda funciona. Depois, voltaremos aos fifós e placas, prevê, em alarmante presságio. Ascânio merece todos os louvores, sujeito retado, não se dá por vencido. Mas não tem prestígio político, força junto aos grandes, essa a verdade. Não é mesmo, Ascânio? De fato, concorda o Secretário da Prefeitura. Nem por isso deixará de tentar.

— Me perdoem, senhoras e senhores, mas eu sou contra essa luz de Paulo Afonso, forte, brilhante, iluminando as ruas a noite inteira — proclama Osnar. — Um desastre para os pobres caçadores noturnos, vai afugentar a caça...

— Que caça? — quis saber Leonora.

— Descaração de Osnar, minha filha. Com caça ele quer dizer mulher, esses debochados ficam procurando mulher nas ruas...

— A caça já é vasqueira, imagine com essa iluminação toda...

Em risos se separam, Barbozinha declamando farrapos de poemas de amor, de sua autoria, compostos todos, segundo diz, para uma única musa, adivinhem quem? Tieta eleva os olhos para os céus, põe a mão sobre o coração, suspira, gaiata. Perdem-se as visitas na escuridão.

Despede-se também Leonora:

— Estou morta de sono. Boa noite, Mãezinha, estou adorando.

— Ainda bem. Tinha medo que você se chateasse.

No quarto, Tieta abre a janela sobre o beco, espia a noite, o céu de estrelas. Nos tempos de moça, sabia o nome de todas elas e gostava de fitá-las na hora do amor, quando o leito era o capim da beira do rio. Durante quantas noites pulara aquela janela para encontrar Lucas?

Apaga o lampião, deita-se, cadê o sono? Ali está ela, outra vez em Agreste, em busca da moleca Tieta, pastora de cabras. Andara longo caminho, pisara pedras e cardos, rompera os pés e o coração, antes de começar a subir, a ganhar, juntar e aplicar dinheiro sob a orientação de Felipe, a ter propriedades e a ser senhora de seu nariz. Durante todos esses vinte e seis anos, imaginara a volta a Agreste, sonhara com esse dia.

Recorda o embaraço do desembarque, aflora-lhe aos lábios um sorriso: a família de luto fechado, ela ostentando blusa e turbante vermelhos, Leonora em delavê azul, esposa e filha sem coração, desnaturadas. Ao chegar em casa, dissera em brusca explicação: para mim luto se carrega é no peito, coisa íntima; a dor da ausência não se exibe, nem a saudade; assim eu penso mas cada um deve pensar como quiser e agir de acordo. Fim de papo, Perpétua. Zé Esteves apoiara em virulenta língua de sotaque: muito bem dito, minha filha, luto não passa de hipocrisia; eu só botei essa roupa preta para não ser tachado de cabra ruim, mas se nem conheci o teu finado por que havia de pôr luto? Só porque era rico? Fosse ou não da boca para fora, a própria Perpétua concordara: cada qual pensa à sua maneira e age de acordo. A dela era o respeito aos costumes antigos; vestida de negro porque com a morte do Major — Deus o tenha em sua guarda! — perdera o gosto pela vida. Mas não criticava Antonieta, respeitando seu ponto de vista; não sendo nenhuma ignorante sabe que em São Paulo ninguém liga para esses hábitos do passado.

Pobre Perpétua! O que já engoliu de sapos de ontem para hoje! Faz visível esforço para mostrar-se atenciosa, tolerar a invasão de sua casa, a violação de tantos preconceitos. Antonieta não pode imaginá-la casada; pena não tê-la visto com o marido. Como se comportava? Precisa perguntar a Carmosina. Beijavam-se em público? Certamente, não. Percebera Aminthas segredando a Osnar que Perpétua não beija, oscula. Ao Major, oscularia ou, perdida a tramontana, aplicava-lhe uns chupões? Na cama, como seria? Não passavam, sem dúvida, nos embates noturnos, do clássico papai-e-mamãe. Ou passariam? Nesse particular, o impossível acontece, Tieta pode dar testemunho. Devia ser algo monumental, Perpétua embolada com o marido naquela cama, sobre o colchão de lã de barriguda.

Tieta ri baixinho, imaginando Perpétua de pernas abertas por baixo do Major, visão insólita. Esquecendo-se de que, se não fosse a rápida passagem de Lucas por Agreste, tampouco ela provaria ali outro gosto de homem além do trivial. Acontecera também naquela cama de casal, de dona Eufrosina e do doutor Fulgêncio, louca coincidência. Durara pouco, algumas noites tão somente, todas elas por inteiro de delírio. Pela janela aberta penetrava o céu de mil estrelas. No seu xibiu nascia a estrela da manhã.

Quando pela primeira vez pulou a janela, invadiu o quarto, subiu na cama e suspendeu a saia, era uma cabra em cio, faminta de homens, ignorante de tudo o mais. Lucas entendeu e riu. Vou te ensinar a amar, prometeu e ensinou do *a* ao *zê*, passando pelo ipicilone.

— Nao sabe como é, o ipicilone? É o melhor de tudo, vou lhe mostrar.

143

No correr da vida tão vivida, Tieta não voltara a encontrar quem conhecesse a prática sensacional do ipicilone; a muitos ensinara, trunfo irresistível. Nas ruas da Bahia, procurara Lucas, inutilmente. Indagou de muitos: conhece doutor Lucas? Lucas de quê? Não tivera curiosidade de perguntar, sabia-o apenas médico e bom de cama. Ninguém pôde lhe informar.

Educara-se em curso intensivo naquele leito de dona Eufrosina, onde depois Perpétua e o Major dormiram e fizeram filhos. Burro como um toco de pau, escrevera Carmosina na carta sobre os presentes, a propósito do falecido cunhado. Se o Major fosse vivo, você podia trazer para ele uma cangalha, ia-lhe bem. Curto de inteligência mas bem dotado de físico, um tipão: moreno carregado na cor, passo militar, e que apetite! Capaz de traçar Perpétua, carne de pescoço! Tanta moça dando sopa em Agreste, qualquer delas feliz se arranjasse casamento, fosse com ele ou com quem fosse, desde que vestisse calças, e o obtuso escolhe, prefere, leva ao altar a beata Perpétua, aquele estrepe, donzela encruada, cara de prisão de ventre. Mais estranho ainda, foram felizes e o luto que ela enverga, fechado e exposto, nada tem de hipócrita, reflete sentimento verdadeiro, dor profunda.

Deus tivera pena dos meninos, contara Carmosina na carta relatório, de tanta utilidade: saíram ao pai na parecença e no caráter, alegres, cordiais, simpáticos, da mãe herdaram somente a inteligência. Perpétua pode ter todos os defeitos, mas não é tapada, sabe raciocinar e agir, poço de ambição.

Tieta pensa nos meninos, gosta dos dois. Quando decidira a viagem, pensava que iria se apegar ao pequeno de Elisa, adorava crianças. Mas esse morrera, Carmosina explicara na carta o motivo do silêncio da irmã — a culpa é sobretudo minha, melhor dito da pobreza; sem a ajuda mensal, Elisa se encontraria privada de quase tudo, mentiu sob conselho meu. Tieta perdoara mas não esquecera. Sobraram os dois de Perpétua: no leito perseguindo o sono, a tia com os sobrinhos.

O pequeno, um malandro, malicioso, sabidíssimo. Não tira os olhos dela e de Leonora, medindo as coxas desnudas, bispando nos decotes as curvas dos seios. Ainda não atingiu a idade mas para isso haverá limites rígidos, realmente?

Em troca, Ricardo é exemplo de recato e pudicícia, vive desviando a vista, com medo de pecar, violentado coroinha. Coroinha, não, seminarista, desti-

144

nado ao serviço de Deus. Tamanho corpanzil e de camisolão! Tieta recorda e morde os lábios.

Um frangote, não chegou ao ponto exato. Se fosse mulher, estaria de pito aceso, homem tarda mais, sobretudo se lhe enfiam uma batina, capam-lhe os bagos com o temor de Deus, ameaçam-no com as chamas do inferno. O pequeno vai desarnar cedo, é um corisco; o destino de Ricardo é permanecer donzelo, que maldade!

Fosse mais taludo, a tia lhe ensinaria o que é bom. Está, porém, ainda muito verde. Tieta jamais gostou de homem jovem, preferindo-os sempre mais velhos do que ela. Bode bom de cabra é aquele que tem idade e experiência.

DA TRISTE VOLTA DO CAVALEIRO ANDANTE, ESCORRAÇADO, E DOS TELEGRAMAS ENVIADOS POR TIETA MOTIVANDO COMENTÁRIOS, HIPÓTESES E APOSTAS — PRECEDIDOS, VOLTA E TELEGRAMA, DO DIÁLOGO ENTRE OSNAR E DOUTOR CAIO VILASBOAS QUE POR FRASCÁRIO E INÚTIL NÃO DEVIA FIGURAR EM OBRA LITERÁRIA PRETENSAMENTE SÉRIA

Tieta e Leonora aguardam a chegada da marinete na Agência dos Correios. Esperar a marinete, assistir ao desembarque dos passageiros, é das mais excitantes diversões de Agreste. Quando o atraso é grande, a espera torna-se por vezes enfadonha mas, em compensação, não se paga nada. Há sempre um grupo de vadios rondando a porta do cinema onde Jairo estaciona o glorioso veículo. Outros ficam de tocaia no bar, os ilustres batem papo com dona Carmosina.

Elisa veio encontrá-las na Agência, muito excitada, querendo saber se dona Carmosina estava a par do acontecido entre Osnar e doutor Caio Vilasboas; na véspera Astério a acordara para lhe contar o escabroso diálogo. Esse Osnar não passa de um patife, não respeita ninguém: afinal doutor Caio é médico, possui terras e rebanhos, é compadre da Senhora de Sant'Ana, madrinha de sua filha Ana, cidadão de idade, devoto e respeitável. Dona Carmosina está a par, é claro. Aminthas, testemunha do encontro, amanhecera em casa de dona Milu; relatara palavra por palavra, a conversação na madrugada. Pois bem, de tudo o que Osnar dissera, nada se compara, na opinião de dona Carmosina, ao deboche final, pois esse doutor Caio é santo-de-pau-oco, minha filha, por fora Senhor São Bento, por dentro pão bolorento. Osnar é um porreta, de quando em quando lava a alma da gente.

Tieta interrompe a discussão, curiosa de saber de que conversa se trata, capaz de causar tanto riso, de provocar indignação e entusiasmo.

Dona Carmosina não se faz de rogada, capricha nos detalhes. Sucedera há dois dias, naquela noite em que Osnar e Aminthas ficaram até tarde em casa de Perpétua, saindo depois a mariscar nas ruas. Altas horas, quando voltavam da beira do rio, Osnar acompanhado de uma quenga de baixa extração, encontraram-se com o doutor Caio Vilasboas, um catão, vindo de atender à velha dona Raimunda, asmática incurável. Fosse algum pobre de Deus agonizando, o doutor não abandonaria o calor da cama, mas a velha dona Raimunda tinha dinheiro grosso, destinado em testamento a pagar a conta do médico quando o Senhor a chamasse ao seu seio.

Ao ver Osnar despedindo-se da esfarrapada criatura, medonhosa, doutor Caio, psicólogo amador, abelhudo de nascença, não se conteve:

— Satisfaça-me, caro Osnar, a curiosidade, respondendo a uma pergunta que me permito fazer-lhe.

— Mande brasa, meu doutor, sou seu criado às ordens.

— Você é um rapaz endinheirado, já meio entrado em anos mas sendo solteiro ainda passa por rapaz, de boa família, com hábitos de asseio, tendo com que pagar cortesã de melhor nível, por que não freqüenta a casa dirigida pela rapariga que atende por Zuleika Cinderela, onde, segundo me consta — lá estive no exercício sagrado da medicina e não como cliente — praticam esse infame comércio mulheres limpas, de belo porte e figura amena, por que prefere essas imundas, essas bruxas?

— Primeiro permita, meu doutor, que eu lhe informe ser um dos fregueses prediletos das meninas da casa de Zuleika e da própria patroa, boa de rabo. Parte sensível de minha renda se esvai naquele antro. É certo, porém, que não desprezo um bucho quando saio de caçada, vez por outra. Alguns, devo confessar, bastante deteriorados.

146

— E por quê? Deixe que eu lhe diga tratar-se de apaixonante problema de psicologia, digno de memória dirigida à Sociedade de Medicina Psiquiátrica.

— Vou lhe dizer por que, meu doutor, e escreva a razão se quiser, não me oponho. Se chamo um bucho aos peitos quando calha, o motivo é não viciar o pau, o Padre-Mestre.

— Padre-Mestre?

— Foi o apelido que ele ganhou, dado por uma beata ainda passável com quem andei praticando umas sacanagens, meu doutor. Imagine se eu servisse ao Padre-Mestre somente pitéus finos, material de primeira, formosuras, perfumarias, e ele se acostumasse a comer apenas do bom e do melhor. De repente, um dia, por uma circunstância qualquer, dessas que acontecem quando a gente menos espera, me vejo obrigado a pegar um estrepe em más condições e o Padre-Mestre, viciado, se recusa, fica pururuca, brocha. Não lhe dou vício, vou comendo as bonitas e as feias e tem cada feia que vale mais do que um exército de bonitas porque uma coisa, meu doutor, é mulher para se ver e admirar a imagem e outra é o gosto da boceta.

Doutor Caio emudece, o queixo caído, Osnar conclui:

— De suas visitas profissionais à pensão de Zuleika, meu doutor, ouvi falar; Silvia Sabiá me contou muito em segredo que chuparino igual a vosmicê não há por essas bandas. Meus sinceros parabéns.

Enquanto riem as quatro — esse Osnar é de morte! —, buzina na curva a marinete, naquela quinta-feira por milagre quase no horário, desprezível atraso de vinte minutos, Jairo recebendo felicitações dos passageiros. Tieta, Leonora e Elisa preparam-se para ir ao encontro de Ascânio, mas ele salta à frente de todos e se afasta no caminho de casa, em marcha batida.

— Vai tomar banho. Depois de viajar na marinete de Jairo, ninguém pode fazer nada antes de gastar água e sabão. Muito menos ver a criatura dos seus sonhos... — esclarece dona Carmosina: — Daqui a pouco bate por aqui.

Demoram-se na Agência dos Correios, à espera. Aminthas vem juntar-se ao grupo, comentam o diálogo já agora histórico. Aminthas acrescenta o detalhe final: doutor Caio lívido na madrugada, querendo falar sem poder, os olhos fuzilando. Osnar e ele, Aminthas, saíram de mansinho, não fosse o médico ter um ataque de apoplexia.

O tempo passa, Barbozinha surge, traz uma rosa na mão, uma rosa chá. Ao ver Tieta estende-lhe a flor:

— Colhi para você no jardim de dona Milu, ia levá-la à casa de Perpétua mas os meus guias dirigiram-me os passos para aqui. Pena não ter mais três, para homenagear todas as presentes.

— E Ascânio? Vai aparecer ou não? — interroga Elisa, cansada de esperar.

Leonora, a criatura dos sonhos de Ascânio, na opinião de dona Carmosina, aguarda em silêncio, os olhos postos na rua. Nem sinal de Secretário da Prefeitura, de cavaleiro andante, limpo ou empoeirado. O jeito é mandar chamar. O moleque Sabino, requisitado, abandona a sorveteria, vai correndo com o recado para Ascânio: esperam-no impacientes na Agência dos Correios, venha rápido. Para matar o tempo, vão tomar sorvete de cajá, servido pelo próprio árabe. Amanhã será de pitanga, difícil saber qual o mais gostoso. Voltem para comparar e decidir.

Finalmente desponta na esquina o cavaleiro andante, o passo lento, a face descomposta, Cavaleiro da Triste Figura. Mesmo antes dele subir o degrau da porta da Agência dos Correios todos se dão conta da derrota do campeão de Agreste na batalha travada em Paulo Afonso. Os destroços do guerreiro, o fracasso da missão, o rosto em luto, sepulcral.

— Negativo, não foi? — pergunta Aminthas. — Eu avisei. Não havia nenhuma possibilidade. Ainda bem que o motor vai agüentando: quando pifar, voltaremos ao fifó.

— Não se importe — disse Leonora. — Você fez o que pôde. Cumpriu o seu dever.

— Foi horrível, humilhante. O diretor da Companhia, o que fica permanente em Paulo Afonso, nem queria me receber. Tive que pedir e suplicar, por fim me atendeu. Nem comecei a expor, me cortou a palavra. Não podia perder tempo, esse assunto de Agreste estava encerrado, não havendo nenhuma possibilidade de instalação de luz da usina no município. A Prefeitura não recebeu o memorando, negando o pedido? Então? Não adiantava falar com os técnicos, Agreste tem de esperar sua vez e não vai ser tão cedo, daqui a alguns anos, quando levarmos força e luz aos últimos recantos dos Estados servidos pela Hidrelétrica. Agora, impossível, meu caro. Não adianta argumentos, deixe-me trabalhar, meu tempo é precioso.

Ascânio suspende o relato, abana as mãos. Onde o entusiasmo, o ânimo de luta? Evaporaram-se, rolaram na cachoeira, esmagados pelo diretor da Companhia.

— No fim, ainda me gozou: tem uma única maneira, disse. Obtenha uma ordem do presidente da Companhia do Vale do São Francisco, do presidente, não de um diretor igual a mim, mandando instalar luz em Agreste e no dia seguinte lá estaremos. Passe bem. Riu e me voltou as costas.

Um silêncio pesado cai sobre a Agência dos Correios. A primeira a abrir a boca, dona Carmosina:

— Filho da mãe! É por isso que eu sou contra essa gente.

Leonora aproxima-se de Ascânio:

— Não se aflija tanto, tudo no mundo tem jeito. — Os doces olhos plenos de ternura.

Tieta levanta-se da cadeira onde ouvira em silêncio:

— Quem é o presidente, Ascânio, e o que é mesmo essa tal Companhia! Me ilumine o pensamento.

Ascânio, ainda sem graça, deprimido, explica o que é a Companhia do Vale do São Francisco, a importância da Hidrelétrica de Paulo Afonso, termina citando o nome do deputado que exerce a Presidência da grande empresa estatal, aquele que manda e decide, o único a poder modificar planos estabelecidos. Mas, como atingi-lo? Impossível. Quem tem razão é Aminthas: mais do que importância econômica, falta a Agreste o prestígio de um grande chefe, alguém cujo pedido seja uma ordem.

Tieta repete o nome do deputado:

— Já ouvi falar mas não conheço pessoalmente. Mas, em São Paulo, não tem político importante com quem eu não me dê — esclarece. — Todos amigos de Felipe, todos freqüentam minha casa. Carmô, Ascânio, me ajudem a redigir um telegrama. Ou melhor, dois.

Pronuncia nomes ilustres, mandachuvas em São Paulo e no país. Dona Carmosina escreve. Tieta pede-lhes que intervenham em favor de Agreste junto ao presidente da Companhia do Vale do São Francisco, seguem-se as razões detalhadas por Ascânio mas a principal é o interesse de Antonieta, o favor que lhe farão e ela ficará devendo.

— Telegrama enorme — observa dona Carmosina. — Vai custar uma nota.

— A Prefeitura paga — adianta-se Ascânio.

— Quem paga sou eu, meu filho, que estou enviando. Carmô, assine Tieta do Agreste. Os amigos mais íntimos me tratam assim, era como Felipe gostava de me chamar.

Ainda não haviam retornado à casa de Perpétua e já a notícia dos telegramas abalava a cidade — dona Antonieta Esteves Cantarelli telegrafara a um senador paulista e ao próprio doutor Ademar, amigos do peito do falecido Comendador, pedindo a instalação em Agreste da luz de Paulo Afonso. Os comentários cívicos cobrem os ecos do fescenino diálogo sobre os hábitos sexuais de Osnar; se as mensagens telegráficas não resultarem em iluminação feérica, já terão servido à moral pública. Sucedem-se as hipóteses: possui a viúva realmente tanto prestígio, conhece, trata, é íntima de senadores e governadores ou apenas está fazendo farol? Qual o resultado: luz ou trevas? Até apostas são feitas. Fidélio bota dinheiro no sucesso, Aminthas continua pessimista, por que esses lordes de São Paulo hão de se mover por Agreste, o cu do mundo? Dobro a aposta, Fidélio.

Por quê? Tieta poderia responder que se moverão exatamente por serem lordes e por ela ser Tieta do Agreste.

DO PASSEIO NA FEIRA COM O ANÚNCIO DO PRÓXIMO FIM DO MUNDO, CAPÍTULO DE PROFECIAS

A feira de Agreste é uma festa semanal. No primeiro sábado após a chegada das paulistas, transformou-se num festival, em regozijo público, por pouco termina em fuzuê.

Após a missa pela alma do Comendador, Tieta e Leonora passam em casa para trocar de roupa: ninguém agüenta fazer feira com vestidos negros, pesados, elas nem sabem por que milagre os puseram na mala. A comitiva inclui Elisa, Barbozinha, Ascânio Trindade, Osnar. O velho Zé Esteves, paletó no braço, bastão e esposa, faz-lhes companhia até a Praça do Mercado (Praça

Coronel Francisco Trindade), de onde a feira se estende pelas ruas vizinhas. Ali se despede, à tarde irá buscar Tieta para correrem duas casas à venda, entre as muitas oferecidas, as únicas convenientes.

Perpétua agradece o convite, não aceita. Vai à feira cedo, acompanhada por Peto a carregar as cestas. Dia de feira, dia dos mendigos: Perpétua passa o resto das manhãs de sábado em casa, distribuindo esmolas, mercadejando com Deus um lugar no Paraíso em troca da caridade hebdomadária. Em cada uma das casas das ruas principais, durante a semana, as famílias guardam as sobras de pão, as bolachas envelhecidas, restos de comida da véspera, frutas amassadas, algumas moedas, para a multidão de esmoleres a invadir a cidade, vindos quem sabe de onde. Seu Agostinho da padaria fornece por preço de ocasião sacos cheios de pães dormidos, duros como pedras, de bolachões moles, de bolos mofados, filantropia a preço módico. Quem dá aos pobres empresta a Deus. Com juros altos, bom emprego de capital.

Alguns pedintes são fixos em Agreste, passam diariamente pela manhã ou ao cair da tarde, possuem freguesia certa. O cego Cristóvão senta-se na escadaria da igreja na hora da missa chova ou faça sol e ali se demora de mão estendida, a recitar sua litania. O beato Possidônio, somente aos sábados e na feira. Vem de Rocinha, sob o queixo a barba rala de profeta caboclo, sem dentes e boca de praga; traz um caixote de querosene, vazio, e uma cuia de queijo. Prega nas proximidades do local onde ficam os vendedores de pássaros, trepado no caixote, a cuia ao lado para as esmolas — só aceita dinheiro. Estende-se em nebulosa lengalenga sobre os pecados dos homens; anuncia desgraças aos montes, profeta de um Deus terrível, vingativo, cruel. Cita os evangelhos, condena protestantes e maçons, proclama a santidade do padre Cícero Romão. Basta enxergar uma mulher mais pintada, ergue-se a insultá-la, destinando-a às chamas eternas.

A voz esganiçada, Perpétua queixa-se dos mendigos a Antonieta, fala deles como de inimigos: cada vez mais ousados e exigentes, o exercício da caridade transforma-se em sacrifício:

— Não aceitam nem mangas nem cajus, dizem que ninguém compra, que tem demais, manga não é esmola que se dê, já viu? Mesmo banana, torcem a cara. Não tem um trocado? Querem dinheiro. Outro dia um me chamou de canguinha.

Na feira, montes de frutas se sucedem, muitas delas Leonora não conhece; bate palmas, encantada. Que goiabinhas pequenas! Não são goiabas, são araçás, araçá-mirim, araçá-cagão. Com elas se faz o doce que comemos em casa de Elisa. As goiabas estão aqui: vermelhas e brancas. Comparadas às goiabas dos japoneses de São Paulo, são pequenas, mas sinta o gosto, meça a diferença. Melhor ainda se estiver bichada. Cajus, não há fruta igual para a saúde. A não ser jenipapo, que cura até doença do peito. Você precisa comer jenipapada para ficar forte. E o gosto? Para mim, não há nada mais gostoso. Vamos comprar agora mesmo; o jenipapo quanto mais encarquilhado melhor. Tieta escolhe, conhecedora. Mangabas, cajás, cajaranas, umbus, pitangas. Os mendigos têm razão ao recusar esmolas de manga, sobram pela feira, as cores de aquarela, as variedades numerosas: rosa, espada, carlota, coração-de-boi, coração-magoado, itiúba, tantas. As jacas, duras e moles, descomunais, das talhadas expostas sobe um odor de mel. Que fruta é essa que parece pinha? Condessa. E essa maior? Jaca-de-pobre, o sorvete é sublime. Leonora quer ver de perto, quer tocá-la. Curva-se, exibe a calçola diminuta sob a minissaia. Júbilo geral.

Quando a viu de minissaia, Ascânio pensou desaconselhar o traje na visita à feira mas temeu passar por tabaréu, por retrógrado, calou-se. Agora é ir em frente, buscando não ver e não escutar. Difícil, pois a animação aumenta.

Nunca a feira de Agreste conheceu pagodeira igual. Barbozinha, entretido a explicar a Tieta problemas de desencarnação e reencarnação, da vida no astral, assuntos em que é professor emérito, não se dá conta do sucesso, mas Ascânio Trindade aflige-se com tamanho atraso, indeciso sobre a maneira de agir. Aflito apenas? Ou sofre também ao ver expostas ao público aquelas formosuras que deseja exclusivas, reservadas a quem conduza ao altar a inocente Leonora Cantarelli? Inocente de todo mal, não imaginara o escândalo que provocaria indo à feira vestida de minissaia, moda banal no Sul do país e no estrangeiro. Nas páginas coloridas das revistas, Ascânio admirou minissaias bem mais ousadas, a de Leonora até que lhe encobre a bunda se ela se mantém a prumo.

— É melhor que ela se curve menos — sussurra Osnar a Ascânio.

Nem Osnar, um cínico, se anima a aconselhar a cândida vítima da ignorância local, quanto mais Ascânio. Prossegue o passeio pela feira arrancando exclamações de Leonora e do bando de moleques a seguir a comitiva. De quando em vez um assovio, uma interjeição, uma frase em língua de sotaque:

— Espia, Manu, o andor da procissão está passando...

Sacos de alva, olorosa farinha de mandioca, torrada em casas-de-farinha da região; a puba, a tapioca, os beijus. Prove, Leonora. Com café são ótimos, vamos comprar. Esses molhados levam leite de coco, não há quem resista, vou engordar como uma porca. Mas que é isso, meu Deus, essa meninada a segui-los? Antonieta contempla o ajuntamento.

Não só meninos, homens feitos também, bando de ordinários. É a minissaia de Leonora, figurino inédito em Agreste. Antonieta olha para Ascânio, para Osnar, eles fingem não se dar conta da corja em zombaria. Barbozinha está reencarnado pela sexta vez, em longínqua galáxia. As mãos nas cadeiras, à maneira das feirantes, Tieta fita o animado rebanho. O olhar da ricaça de São Paulo — ou o olhar da pastora de cabras? — entre severo e pícaro, dissolve o cortejo, restam apenas alguns moleques, admiradores mais renitentes. Ascânio respira, Osnar aprova. Para dizer a verdade, o que mais incomoda a Ascânio é a presença de Osnar, o olhar de verruma, a expressão de beatitude.

Duas cadeiras de barbeiro ao ar livre, ocupadas ambas, e o trovador Claudionor das Virgens a declamar os versos do folheto de cordel:

Três vezes já casei
Com branca, preta, mulata
No padre, no juiz, na mata
Pela quarta casarei
Por ordem do delegado
Pra deixar de ser ousado.

Cala-se a voz do trovador das Virgens à passagem da comitiva. A minissaia o inspira, improvisa:

Quem me dera casar com Aurora
Que passa de cu de fora.

— É isso que você come em casa no café da manhã — Tieta aponta as raízes de aipim, de inhame, as batatas-doces. A verde fruta-pão.

Elisa, inquieta, a constatar novo crescimento do grupo de basbaques, convida:

— Vamos indo para casa? Estou morrendo de calor.

Verdade, aliás. Não trocara de roupa, está com o vestido negro posto para a missa, fechado no pescoço, o contrário de Leonora. O que mais aflige Elisa?

Os moleques, os assovios, o deboche do trovador, a falta de respeito, o achincalhe ou o sucesso da paulista?

— Ascânio prometeu me levar para ver os passarinhos... — doce pipilar de Leonora.

A procissão engrossa, enquanto rumam para a feira de passarinhos — os pássaros sofrê, os pássaros pintores, os pássaros negros, os cardeais, os azulões, os canários-da-terra, papagaios e periquitos e uma araponga a malhar o ferro com seu grito de bigorna. Leonora irradia felicidade, o acompanhamento toma aspecto de comício, com risos, dichotes, pregões.

— Acho melhor a gente ir andando — insiste Elisa.

— Só um minuto mais. Olhe esse, que amor!

— É um pássaro sofrê, imita todos os passarinhos. Ouça. — Ascânio assovia, a ave responde.

Da turba em gozação, outros assovios, acanalhados. Fi-ti-ó-fó, vaia também o passarinho. Rindo, a pitar o cigarro de palha, solerte, Osnar avança em direção aos pândegos, agarra um molecote pela orelha, os demais recuam em correria, explodem em apupos, a troça se estende pela feira.

Ali perto, em cima do caixão de querosene, a cuia ao lado, o profeta Possidônio proclama o iminente fim do mundo, anunciado pela aparição de objetos luminosos em Mangue Seco, ígneas naves de gás conduzindo arcanjos enviados por Deus para escolher e marcar os locais onde se erguerão as fogueiras de enxofre sobrenatural, fabricado nas caldeiras do inferno para consumir o mundo entregue à devassidão, à orgia, à luxúria.

De costas para a cara do ascético beato, curva-se Leonora, oferecendo o dedo a um papagaio manso e falador — diz bom-dia, pede a bênção, fecha um olho, cômico. O beato Possidônio, por mais erudito em matéria de iniqüidade humana, de depravação, de impudicícias, jamais vira, com seus olhos queimados pelo sol do sertão, tal desregramento, tamanha imoralidade. O excitante traseiro de Leonora, praticamente nu, obra-prima de Satanás, aplaudido pela súcia de condenados, coloca-se diante das místicas ventas do profeta, provocação monstruosa!

— Arreda! Sai de minha frente, volta para as profundas do inferno, mulher imunda, pecadora, rameira!

Indignado, Ascânio marcha para o beato Possidônio:

— Cala a boca, maluco!

Mas Tieta o detém, segura-lhe o braço, diverte-se às pamparras.

— Deixa o velho, Ascânio. É a minissaia de Leonora.

— Hein? A minissaia... — Leonora não sabe se rir ou chorar. — Não me diga, nunca pensei... — dirige-se a Ascânio. — Nunca me passou pela cabeça. Desculpe.

— Quem tem de pedir desculpas sou eu, pelo atraso do povo. Um dia vai mudar. — No fundo, nem ele próprio tem certeza. Mudança tão incerta quanto o fim do mundo do sermão de Possidônio.

Deixam para outro passeio boa parte da feira: as carnes-de-sol, os guaiamus, os potes e moringas, as figuras de barro, o caldo de cana extraído em primitivas prensas de madeira, tão sujo e tão delicioso. O beato continua a vociferar enquanto eles partem. Tieta a rir do acontecido, e logo a pedir a Osnar que lhe conte a célebre história da polaca, sobre a qual Carmosina lhe falara. Alguns moleques ainda os acompanham pela rua.

A notícia os precedeu, chegou ao bar e ao adro da igreja, um alvoroço para vê-los passar. Leonora anda o mais depressa possível, nunca pensara desencadear o fim do mundo.

— Está próximo, sim, tive aviso e confirmação, posso assegurar — esclarece Barbozinha a par dos segredos dos deuses e da loucura dos homens. — Vai ser uma explosão atômica colossal. Todas as bombas atômicas existentes, as americanas, as russas, as francesas, as inglesas, as chinesas — os chineses estão fabricando na surdina, tenho informações recentes — vão explodir ao mesmo tempo, às três horas da tarde de um dia primeiro de janeiro. Não digo o ano para não alarmar ninguém.

BREVE ESCLARECIMENTO DO AUTOR
SOBRE PROFECIAS E ENXOFRE

Houve quem quisesse descobrir na arenga do beato Possidônio sobre o próximo e inevitável fim do mundo referências proféticas à indústria de dióxido de titânio. Quando, por exemplo, o iluminado aludiu ao enxofre procedente dos infernos para destruir a terra e a humanidade não citou claramente os objetos não identificados, vistos em Mangue Seco? Naves de gás?

Conotações existem, não há dúvida. Em tempos de tanto misticismo, o melhor é não negar nem discutir. Os profetas multiplicam-se, exibem-se no rádio e na televisão. Ao contrário do beato Possidônio, não se contentam com escassa esmola. O beato Possidônio é profeta antigo, produto semifeudal, perdido no sertão, ainda não percebeu as maravilhas da sociedade de consumo. Não se dá conta de que nas minissaias lavamos a vista condenada à cegueira pela poluição. Quanto ao enxofre, é produzido nos Estados Unidos, nação privilegiada, não se faz necessário importá-lo dos infernos.

DE PEDINTES E ABUSOS, DE AMBIÇÕES — CAPÍTULO DE MESQUINHOS INTERESSES

Alegre alvoroço, na feira e em todo o burgo, nascido da presença em Agreste de Tieta e da enteada, formosa e virginal. Tão meiga, lembra a Ricardo a noiva predileta do Senhor, Santa Terezinha do Menino Jesus, apesar da minissaia, do transparente cafetã e dos shorts ousados. Mesmo acompanhando as indecentes modas atuais, percebe-se na suave Leonora o odor da castidade, o encanto da inocência.

Após o passeio na feira, Elisa ameaçara vestir a minissaia trazida por Tieta, em solidariedade e em desagravo a Leonora — ou em competição? Astério se opôs, contou com o apoio de Perpétua:

— Podem me chamar de atrasada; sou contra, pelo menos aqui. Em São Paulo, pode ser. Aqui o povo não aceita, acha imoral. Eu também, para ser franca. — A voz esganiçada, estridente, soprando as labaredas do inferno.

— Por mim, dona Perpétua, fique descansada. Nunca mais uso. Não quero ser responsável pelo fim do mundo — promete a mansa Leonora num fugaz sorriso.

— Não estou lhe censurando, sobrinha, você não teve culpa.

Não deseja ofender a querida parenta, sobrinha por adoção. Sobrinha, sim, pois enteada da irmã, filha do cunhado industrial e comendador do Papa, herdeira rica. Pena os meninos serem tão novos; quem está rondando a bolada é Ascânio, não parecia tão esperto.

— Sei que você não fez por mal, sua boba. Em São Paulo, nos Estados Unidos, nessas terras onde só tem protestante, não digo nada. Mas aqui ainda se cumpre a lei de Deus.

Conversa aparentemente sem conseqüência mas, por detrás da alegria a rodear Tieta existem esperanças, planos, alguns audazes. Reunido em torno à filha pródiga, o clã dos Esteves se desdobra em bajulação às paulistas, escondendo sob o manto da paz familiar uma efervescência de inconfessáveis ambições, de furtivas diligências. Entreolham-se, com suspeita, uns aos outros.

No correr da semana, sucederam-se as visitas, uma romaria. Os importantes do lugar, comerciantes, colegas de Astério, a professora Carlota, seu Edmundo Ribeiro, coletor, Chico Sobrinho com a esposa Rita, por coincidência acompanhados por Lindolfo Araújo, tesoureiro da Prefeitura e galã — um dia ainda se enche de coragem e irá tentar a vitória num programa de calouros na televisão, em Salvador. Vieram o doutor Caio Vilasboas, circunspecto, falando difícil, metade médico, metade fazendeiro, se fosse viver de clínica em Agreste terminaria pedindo esmola aos sábados, e o coronel Artur da Tapitanga que demorou a tarde inteira conversando. Conhecia Tieta de quando ela, meninota, pastoreava as cabras do pai, em terras vizinhas às suas, aliás hoje suas, compradas a Zé Esteves. Fez elogios à beleza de Leonora: parece com uma estatueta de biscuit que antigamente tinha na casa-grande, quebrou-se. Fosse ele ainda jovem, na sustança dos setenta, e lhe proporia casamento, mas aos oitenta e seis não quer correr o risco. Por mais honesta que a moça seja, há perigo de chifre. Ria numa catarreira grossa, puxando a fumaça do charuto. Único a faltar, o prefeito da cidade, Mauritônio Dantas, ausência explicada por Ascânio Trindade por ocasião do desembarque: o digno mandatário vive confinado em casa, de miolo mole desde a deserção da esposa, Dona Amélia de apelido Mel, ativíssima militante da revolução sexual.

Os pobres, inumeráveis, vêm a qualquer hora, não passam da sala de jantar; a de visitas, Perpétua reserva aos graúdos. Cada pobre, uma história triste, uma súplica, um pedido. A fama da riqueza e da generosidade de Tieta alastra-se como erva ruim, veleja nas águas do rio, viaja nos lombos dos burros, alcança as fronteiras de Sergipe. Perpétua franze a testa, não tolera abusos nem esbanjamento.

— Não posso ver ninguém necessitado, passando fome — declara Tieta. — Sei o que é precisão, dói em minha carne.

Perpétua, apesar da chaleirice, não se contém:

— Não digo que não ajude um ou outro infeliz. Margarida, que o marido largou na cama, de barriga aberta, vá lá, não pode trabalhar. Calo minha boca. Mas David, um batoteiro, cabra ruim que nunca pegou no pesado, não merece esmola. Só sabe beber cachaça e roncar na beira do rio. É até pecado ajudar a preguiça, a vagabundagem. O melhor benefício que se pode prestar a essa gente é rezar por eles, pedir a Deus que lhes indique o bom caminho. Quem mais pratica a caridade sou eu: rezo por eles todas as noites. Ainda ontem você deu dinheiro a Didinha. Uma perdida, com aquele renque de filhos, cada um de um pai e ainda por cima ladrona. Dona Aída teve pena, tomou de empregada, pegou roubando na despensa...

— Feijão para dar aos filhos, Perpétua, tenha piedade. Havia de deixar os pobrezinhos morrerem de fome?

— Não os tivesse. Na hora de deitar com o primeiro que aparece, não pensa no futuro, só na descaração, Deus me perdoe — a voz sibilina em nojo e reprovação.

— Nessa hora, Perpétua, ninguém pensa em nada, não é? Não dá mesmo... — ri Antonieta. — Você foi casada, sabe disso, não sabe? — espia a irmã, um sorriso de galhofa.

— O dinheiro é seu, você faz com ele o que quiser, não tenho nada com isso. Mas que me dá pena esse desperdício, me dá, não nego.

— Lá isso é, minha filha. Uns aproveitadores. Sabem de seu bom coração, abusam. Por mim, metia todos eles na cadeia, é o que merecem. — Zé Esteves, por uma vez, de acordo com Perpétua.

Todas as manhãs o Velho passa para botar a bênção à filha pródiga: Deus te abençoe e te aumente, minha filha. Resmunga um Deus te dê a bênção para Perpétua, outro para Elisa, se a mais moça está presente. Relanceia o olhar pela sala onde conversam — numa rede na varanda, Leonora escuta os trinados do pássaro sofrê oferecido por Ascânio. Zé Esteves pousa o olhar em Perpétua, em Elisa, prossegue:

— Só querem lhe explorar. Todos. Sem exceção. Tome tento. Se você continuar de mão aberta, roubam tudo. — Refere-se aos pedintes? Os olhos em Perpétua, em Elisa, masca o naco de fumo de corda. — Não está vendo dona Zulmira, toda devota, vive na igreja papando hóstia. Na hora de dizer quanto quer pela casa, como é para você pede um absurdo. Quem falou certo foi Modesto Pires: um roubo. Essa gente que vive metida na igreja...

Perpétua faz que não ouve, contida pela presença de Tieta. O Velho está pondo as manguinhas de fora, pela vontade dele a filha rica não ajudaria sequer as irmãs, os sobrinhos. Velho ruim como a necessidade. Vive agora na perspectiva da mudança para casa confortável em rua decente, a ser adquirida por Tieta para os dias da velhice. Enquanto ela não vier, Zé Esteves e Tonha desfrutarão sozinhos, isso já está assentado. Não será tão breve que Antonieta, guapa, transbordante de vida, deixará o fausto de São Paulo para enterrar-se em Agreste. É muito mulher para casar de novo e aí então não virá nunca.

Nesse caso Zé Esteves ficará de dono, refestelado, de papo para o ar, com criada para cuidar da casa, mesada larga, tendo de um tudo, na vida que encomendou a Deus. Fazendo economia, pode até pensar em adquirir um pedacinho de terra e um par de cabras e recomeçar a criação. No mundo, não há coisa melhor e mais bonita do que um rebanho de cabras nos oiteiros.

DE TERRENOS E CASAS À VENDA OU TIETA NO MUNDO DOS NEGÓCIOS IMOBILIÁRIOS

Foi o dono do curtume quem chamou a atenção de Tieta para a casa de dona Zulmira.

De braço com a esposa, dona Aída, Modesto Pires visitara a badalada conterrânea logo no dia seguinte ao desembarque, apressado em conhecer melhor a emitente dos cheques mensais que ele descontava. Guardava vaga lembrança da molecota a pastorear cabras, namoradeira, expulsa de casa pelo pai, regressando agora viúva e rica. Admirou-lhe as carnes e a imponência, o requinte da peruca acaju, a saia aberta de um lado, refinamentos devidos à posição social e ao trato de São Paulo. Comparou-a com Carol, dois pancadões de mulher, diferentes uma da outra, mas ambas fartas, densas, desejáveis, mulheres para a cama.

Acompanhada de Leonora e de Ricardo — de batina —, Tieta, dias depois, paga a visita. Modesto e dona Aída a recebem e tratam nas palmas das mãos: licor de jenipapo, bolo de milho, doce de banana em rodinhas, confeitos e bolachas de goma. Dona Aída, esconda essas tentações, estou engordando a olhos vistos, vou virar uma baleia. Que nada, a senhora está ótima. Leonora regala-se com o doce de banana em rodinhas, Tieta promete:

— Depois lhe digo como chamam esse doce aqui...

Risos na sala. Modesto Pires comporta-se como homem do mundo, liberal:

— Se quiser dizer, não se acanhe, dona Antonieta. Aída e o padrezinho tapam os ouvidos.

— Maluquice minha, sou uma estouvada. Me desculpe, dona Aída. O que quero pedir ao senhor, seu Modesto, é um conselho.

Homem rico, importante plantador de mandioca em Rocinha, criador de cabras e ovelhas, proprietário do curtume, de terras a perder de vista, na beira do rio, nas imediações de Mangue Seco, de várias casas de aluguel, entre as quais aquela onde Elisa reside, ninguém melhor do que Modesto Pires para aconselhar sobre casas e terrenos.

— Quanto a terreno em Mangue Seco, se desejar, eu mesmo posso lhe servir. Boa parte daquela área de coqueiral me pertence. Temos lá uma casa de veraneio, para receber os netos, só que não vêm.

Dona Aída não esconde a mágoa: apenas a filha mais velha, casada na Bahia com um engenheiro da Petrobrás, aparece nas férias e traz os dois meninos. O filho, médico no interior de São Paulo, sócio de uma casa de saúde, casado com paulista, promete muito, nunca se decide. Tampouco a filha mais nova; vive em Curitiba, o marido é paranaense, empresário, construtor de imóveis. Para ver filhos e netos Dona Aída tem de viajar, tomar o avião em Salvador, morre de medo. Antonieta simpatiza com a queixosa:

— A vida no Sul é muito absorvente, ninguém tem tempo para nada. É por isso que quero comprar casa aqui e terreno na praia.

Ali mesmo acertaram os detalhes sobre o lote em Mangue Seco, vizinho ao do comandante Dário, adquirido também a Modesto Pires. Depende dela ver e gostar, naturalmente.

— Vai adorar, o lugar é lindo e está a salvo da chuva de areia. De lá para as dunas, um pulo, uma caminhadinha a pé, boa para manter a forma.

— É bonito, sim — confirma Dona Aída. — Tomara que a senhora venha sempre, assim aumenta nossa colônia de veraneio. Daqui a uns dias estaremos lá. Logo que Marta e Pedro cheguem. — Refere-se à filha e ao genro engenheiro.

— Nós iremos com o Comandante, neste fim de semana. Estou contando as horas. Faz para mais de vinte e seis anos que não vejo a praia de Mangue Seco.

Modesto Pires informa:

— Quanto à casa na cidade, sei que dona Zulmira quer vender a dela, até já mandou me oferecer. Não me interessei, comprar casa de aluguel em Agreste é comprar consumição. Os aluguéis são baixos, as casas sempre precisando de conserto, o pagamento atrasa. Tenho algumas, vivo me amofinando com elas. Mas essa casa de dona Zulmira vale a pena. Construção boa, terreno plantado. Ela quer se desfazer para dar o dinheiro à Igreja. Tem medo que o sobrinho, se ela morrer, faça como os parentes do finado Lito que botaram causa na Justiça, contestando o testamento pelo qual ele deixou tudo que tinha para o padre dizer missa. Não sei a conselho de quem, dona Zulmira resolveu vender a casa e dar logo o dinheiro à Senhora Sant'Ana. A velhinha só ocupa um pedaço da residência: um quarto, a cozinha e o banheiro, o resto trancado, se estragando.

— Onde ela vai morar?

— Tem uma casinha pequena, desalugada. Vai morar lá.

— E quanto ela está pedindo, o senhor sabe?

— Já lhe digo. — Modesto Pires vai em busca da pasta, retira um papel. — Está aqui a quantia, escrita pela mão dela.

— Barato, não é?

— Para a senhora, talvez. Para Agreste, razoável. Não digo que seja caro mas casa aqui não tem valor. Passe na rua e veja quantas ao abandono, em ruínas. Como diz minha filha Teresa, a que mora em Curitiba, Agreste é um cemitério.

— Um cemitério? Se Agreste, com esse clima, essa fartura de frutas e peixes, essa água santa, é um cemitério, o que se há de dizer de São Paulo?

— São Paulo, dona Antonieta, é uma grandeza, com aquele parque industrial, aquele movimento, aqueles edifícios, uma potência. Que idéia a sua, comparar Agreste com São Paulo.

— Não estou comparando, seu Modesto. Para quem quer ganhar dinheiro, São Paulo é a cidade ideal. Mas para viver, para descansar, gozar de um pouco de sossego, quando a gente cansou de trabalhar e de ganhar dinheiro...

— E tem quem se canse de ganhar dinheiro? Me diga, dona Antonieta? Não sei de ninguém.

— Tem, sim, seu Modesto. — Tieta pensa em Madame Georgette passando o negócio adiante, embarcando para a França, no auge dos lucros.

— Pois eu não acredito, me perdoe. — Muda de assunto. — Soube que a senhora mandou telegramas para São Paulo pedindo que a Hidrelétrica nos forneça luz.

— Telegrafei para dois amigos de meu finado marido que me consideram. Pode ser que dê resultado.

— Deus permita. Estão falando por aí que um dos dois foi o doutor Ademar, será verdade?

— É, sim, dou-me muito com ele, lhe arranjei uns votos na última eleição. Felipe não votava nele, coisas de paulista metido a nobre. Mas se davam bem e comigo ele sempre foi muito atencioso.

— Para mim — sentenciou o dono do curtume — é um grande homem. Rouba mas faz. Se todos fizessem como ele, seríamos rivais dos Estados Unidos. Não pensa assim, dona Antonieta?

— Nessas trincas de política, sou ignorante, seu Modesto. Lhe digo apenas que grande coisa é ter amigos. Felizmente, eu tenho.

— Se a senhora conseguir a luz da Hidrelétrica, o povo vai lhe entronizar no altar-mor da Matriz, junto com a Senhora Sant'Ana.

Idéia tão estapafúrdia, Antonieta riu às gargalhadas.

ONDE TIETA RECUSA A PROPOSTA DE DONA ZULMIRA
E EM TROCA VÊ UMA PROPOSTA SUA VETADA PELO PAI,
PELO CUNHADO E POR ELISA, ESSA POBRE ELISA

Alguém, cujo nome não importa, aconselhara dona Zulmira a vender a casa e colocar o dinheiro vivo no altar necessitado da Senhora Sant'Ana, livre de contestação, garantindo-lhe o lugar no céu, à direita de Deus, entre os mais justos. Quem sabe, a mesma voz divina a aconselhou a pedir à ricaça de São Paulo o dobro do preço proposto a Modesto Pires. A bolsa de imóveis funcionando pela primeira vez em Agreste.

Se Antonieta não soubesse do preço anterior, talvez nem discutisse pois, mesmo pelo dobro, a vivenda ampla e fresca, em centro de terreno, com árvores e jardim, não lhe parece cara. Tinha, porém, horror de ser explorada, sabia o valor do dinheiro. Generosa, mas não esbanjadora. Perpétua se engana ao julgá-la. Conhecera dias podres, conserva vivo o travo da miséria. Custou-lhe esforço, habilidade, tato e malícia o que conseguiu juntar a duras penas, não pensa desperdiçar seu pé de meia. Com a morte de Felipe, secou-se a fonte. Recusa a proposta de Dona Zulmira, oferece a quantia pedida a Modesto Pires. Não teve ainda resposta.

Em lua-de-mel com a família dá-se conta, no entanto, do encoberto interesse de cada um, da avidez maior ou menor a movê-los, apenas os sobrinhos escapam, ainda limpos, fora do círculo mesquinho onde os demais se movimentam. Mais do que os pedintes, os parentes a apoquentam.

Preocupada com o fato de Astério pagar aluguel, levantara a hipótese de, comprada a casa de dona Zulmira ou outra semelhante, igual em conforto, residirem juntos os dois casais: o Pai e Tonha, Astério e Elisa. Consultou a uns e a outros, em separado.

— Não minha filha, não me obrigue a isso! — o velho bate com o cajado no chão, lança uma cusparada negra, de fumo mascado. — Elisa só pensa em modas e figurinos, o rádio naquelas alturas o dia todo. Astério, aqui pra nós, não vale um peido. Tenho que estar controlando para ele não meter a mão no dinheiro que você me manda. Se você faz questão e como não tenho outro jeito, vou morar com eles. Mas se você tem piedade de seu Pai, me poupe esse desgosto. Pode ser meu fim.

163

Tieta termina rindo, que outra coisa pode fazer? O Velho, forte, sadio, mandão, a fazer-se fraco e humilde para não viver com a filha e o genro.

— E se fosse com Perpétua, Pai? Vosmicê aceitava?

— Deus me livre e guarde, minha filha! Antes a morte. Me crave logo um punhal no peito mas não me peça isso.

— Vosmicê não toma jeito.

— Com você, eu posso morar, minha filha. Você é direita, saiu a mim. Nossos gênios combinam.

Não menos categórica a reação de Astério e Elisa:

— Enquanto puder pagar o aluguel, prefiro que a gente more só, Elisa e eu. Não por Mãe Tonha, mas seu Zé Esteves é osso duro de roer. Tem cisma comigo. — Desculpa-se Astério, cheio de dedos.

— Pai só tem modos com você, com a gente é aos pontapés. Já pensou, ele e a gente morando na mesma casa? Quer saber de uma coisa, mana? Eu não tenho vontade de ter casa própria em Agreste. Até prefiro não ter.

Tieta não perguntou por quê. Sorriu para a irmã, essa pobre Elisa.

— Se é assim, não se fala mais nisso.

MAIS UM FRAGMENTO DA NARRATIVA, NA QUAL — DURANTE A LONGA VIAGEM DE ÔNIBUS-LEITO DA CAPITAL DE SÃO PAULO À DA BAHIA —TIETA RECORDA E CONTA EPISÓDIOS DE SUA VIDA À BELA LEONORA CANTARELLI

— Quando me dei conta da intenção de Jarbas: queria que eu fizesse a vida, ficando para ele o ganho, para sustentar sua malandrice, senti uma raiva subir pelo meu peito, uma sufocação. O mais difícil foi arrancar o amor cravado em mim, no meu corpo inteiro. Tinha me apaixonado, estava entregue. Pela primeira vez não era só gozo de cama, era uma coisa diferente, tão boa.

Jarbas La Cumparsita subsistia com razoável largueza às custas do físico de gigolô latino-americano em filme de Hollywood. Esbelto, corpo de toureiro, negros cabelos lisos à força de brilhantina, o bigodinho, as unhas tratadas, a piteira longa e os olhos, ah!, olhos fatais. Aqui e ali, laboriosas, as trabalhadoras reunidas em cooperativa para sustentar os gastos do galã. Ameaças quando preciso, uns bofetes, se indispensáveis, La Cumparsita vinha e recolhia a féria. Mas para chegar a bom resultado fazia-se necessário que a obrigação fosse precedida de namoro e conquista, levando a recruta ao delírio: faça de mim o que você quiser, meu amor. Jarbas possuía uma pequena voz agradável, cantava tangos e, por vezes, dizia-se argentino.

Quando falou de amor a Tieta, declarando-se enrabichado, disposto a viver com ela para todo o sempre, contando vantagens de dinheiro e importância social, não foi a perspectiva de largar a vida, ter mando e filho que a jogou nos braços dele.

— Xodó tão grande, eu não pensava em nada disso, ele não precisava prometer me tirar da zona. Se me levasse para viver com ele, em casa nossa, eu de rainha, muito que bem. Mas se quisesse apenas vir tarde da noite, após a ocupação, deitar comigo, falar de coisa à-toa, tomar de minha mão, dizer palavras doces, cantar em meu ouvido me abrindo por dentro e por fora, isso me bastava demais. Cega de amor.

Quando elas estavam presas sem remédio à melosa lábia e à inegável competência nos embates de alcova, então Jarbas decretava a lei, ditava os itens do regulamento das finanças do casal: para ele, no mínimo, setenta por cento da receita diária, daí para cima. Cafifa de tal status implica em despesas. Empenho no trabalho, nada de vagabundagem, cadela.

— Eu estava desarvorada, no auge da paixão, no maior amor, e até começara a acalentar a idéia de morar com ele, largar o ofício, ser mulher direita, já pensou? Tudo conversa mole para engambelar. Depois, igual aos tangos que ele cantava, *la comparsa de miserias sin fin,* só então compreendi por quê. Me deu uma raiva, dele e de mim. Ele nem tinha acabado de falar, eu juntei calça e paletó, camisa e gravata, atirei tudo no corredor: fora daqui, escroto!

Revolta e fúria, Jarbas não esperava. Vez ou outra, um gesto de recusa, boca e peito em choradeira. Resistência curta. Logo a lábia, a intimidação, a violência, em último caso: consolo e argumento decisivos. Tentou a escala inteira com Tieta, perdeu o tempo.

165

— Primeiro veio manso, depois gritou comigo, levantou a mão. Para mim, imagine! Eu, acostumada a labutar com cabras e bodes, Tieta do Agreste, curtida no mar de Mangue Seco. Me dei conta que o cabelo dele não cheirava, fedia a brilhantina. Saiu ventando. Mas, depois que ele saiu...

— Sim, Mãezinha...

— Chorei como uma cabrita desmamada. Não por ele, mas pela decepção, pelo sonho desvanecido. Não há nada tão ruim como sonhar, minha filha.

— Sonho tanto...

— Quem sonha, paga caro. Bom é querer. Comecei tudo de novo, devo esse favor a Jarbas La Cumparsita. Disse pra mim mesma: puta posso ser mas de alto bordo. A partir daí cheguei ao que sou.

— Nunca mais se apaixonou, Mãezinha?

— Paixão daquela, de perder a cabeça, nunca. Gostar, gostei de alguns. De Felipe, demais.

Mesmo depois de Felipe ter falecido, Tieta não retirara o pijama e os chinelos do quarto de dormir, como se ele fosse voltar a qualquer momento. Em hora incerta, como sempre, para o sorriso e o beijo.

— Com Felipe foi diferente, durou quase vinte anos. Quando me conheceu, eu ainda era jovem, estabanada.

— Era doido por você, Mãezinha.

— Ele encontrava em mim alegria, o descanso, o outro lado da vida. Também não sei definir meu sentimento. Amor, amizade, gratidão, mistura das três coisas? Por isso vim nessa viagem, porque ele morreu e fiquei de novo sozinha como no começo. Para pegar as duas pontas do novelo e dar um nó, ligar princípio e fim.

— Fim, Mãezinha? Tão nova, tão bonita, com tantos pretendentes?

— Não falo disso, ainda não apaguei o fogo, será que ele se apaga um dia? Penso que só com a morte. Quero apenas mergulhar no que fui, saber como seria se eu tivesse ficado em Agreste em vez de vir para São Paulo. Quero tomar banho na Bacia de Catarina, no rio, enterrar os pés na areia das dunas de Mangue Seco. Só isso. E encher teu peito de ar puro, curar tua anemia.

— Mãezinha, você é tão boa!

— Boa? Sou boa e ruim, quando tenho raiva ninguém pode comigo, viro cão.

— Já testemunhei, Mãezinha. Mas a raiva passa, a bondade fica.

— Aprendi com o sofrimento. Uns trancam o coração, outros abrem, o meu se escancarou. Porque encontrei Felipe. Se não tivesse conhecido ele, talvez só a ruindade crescesse em mim, engordando na amargura. Para falar a verdade, não sei. Dizem que sou mandona.

— Penso que você já nasceu como é, Mãezinha. Nasceu para ser pastora, cuidar do seu rebanho.

DO BANHO DE RIO COM OS SOBRINHOS, O ATREVIDO E O RECATADO

Diverte-se Tieta com os sobrinhos. Peto, um espoleta, reinador, matreiro, a rondar em torno delas, da tia de São Paulo e da formosa enteada, quando não está no bar se instruindo no que não deve. No que não deve?

— Esse menino é minha cruz. Ponho de castigo, arreio-lhe a taca com vontade, nem assim. Em vez de estudar, vive no bar aprendendo porcarias... tenho um desgosto! — lastima-se Perpétua, constatando a ausência do filho menor.

— Porcarias? — Antonieta adora arreliar a irmã, escandalizá-la. — Pois fique sabendo que já estão ensinando essas coisas nas escolas, li nos jornais que vai ser obrigatório, desde o primário.

— Nas escolas, o quê?

— Aulas de educação sexual para meninos e meninas.

— Cruz credo! — benze-se, puxa do terço, o mundo está perdido.

Peto desemboca na varanda, contente da vida, o ar sonso, o olho velhaco regalando-se nos seios entrevistos, nas pernas e coxas à mostra; vai ter uma indigestão, sorri Tieta. Vem recordar o banho no rio, programado para aquela manhã. Perpétua ordena a Ricardo que se prepare e acompanhe a tia. Irão à Bacia de Catarina.

No caminho, carregado com os instrumentos de pesca, Peto conversa com Leonora:

— Mãe disse que você é minha prima. É mesmo?

— Sou sim, Peto. Está contente com essa prima feiosa?

No bar, Peto escuta Osnar provocando Seixas sempre ocupado a levar as primas ao cinema, ao banho de rio, a passear com elas, são várias: minha prima Maria das Dores para cá, minha prima Lurdinha para lá, minha priminha Lalita chegou da roça. Osnar cantarola a paródia de certa melodia italiana, *Come prima…*: quem tem prima, come prima. No bar, aplicado, Peto se educa.

— Contente, pacas. Feiosa? Pô! — o olho atrevido atravessando a saída de banho. — Só é bonita. Seu Ascânio está gamado.

— Quem?

— Morda aqui — estende o dedo mínimo. — Diga que não sabe. Pô!

Mistura as expressões da terra com a gíria ouvida no rádio, freguês de programas de música jovem. Tieta e Ricardo ficaram para trás.

— A tia é legal. Gosto dela pacas.

A Bacia de Catarina é uma pequena enseada na curva do rio, onde as margens se afastam, na maior distância. A correnteza serpeia entre pedras, seixos e rochedos, águas claras, límpido abrigo. Dali se avista o ancoradouro, os barcos, as canoas, a lancha de Elieser. Escondidos entre as rochas, à margem, recantos discretos, pousos de namoro e frete, o capim amassado pelos corpos.

Antigamente havia horário para homens e mulheres banharem-se separados na Bacia de Catarina, duas vezes por dia, pela manhã e à tarde. Com o aparecimento dos maiôs e a evolução dos costumes — mesmo em Agreste os costumes evoluem — desapareceram os horários e a separação. De manhã cedinho é certo encontrar seu Edmundo Ribeiro, Aminthas e Fidélio. Seixas, na farra com Osnar até o alvorecer, aparece mais tarde comboiando primas. Lavadeiras batem roupa sobre as pedras. Lavadeira foi Catarina, conta a lenda:

Lá vai Catarina
Com sua bacia
O patrão atrás
De fala macia.
A água é fria
Quente a bacia
De Catarina.

Por volta das seis surge Carol, passa em silêncio, sem dar trela a ninguém, todos espiam. A água é fria, é quente a bacia, na de Carol mergulha somente Modesto Pires, um despropósito!

Ambas vestidas, despidas em sumários biquínis, Antonieta e Leonora deitam-se sobre as pedras. Estendidas de bruços, desabotoam os sutiãs para melhor bronzearem as costas, sobram volumes proibidos, dignos de ver-se. Ricardo mergulha, nada para longe. Peto atira o anzol bem perto, aproveita, os olhos vão e vêm. O melhor banho é à noite, sob o luar. Quando a lua crescer, virão com Ascânio, já combinaram.

Tieta admira Ricardo, nadando em grandes braçadas, mergulhando, atravessando o rio, um jovem atleta, o corpo moreno, musculoso. Alguém se aproxima, vem deitar-se perto, sobre as pedras: dona Edna, desejando bom-dia. Acompanhada por Terto, seu marido embora não pareça. Ricardo vem vindo em direção à enseada, Tieta acompanha o olhar de dona Edna a envolver o rapaz, a cabra deve gostar de meninos, ei-la mordendo o lábio inferior. Não vê que ainda não está no ponto, verde demais? Deslambida, descarada. Ricardo se aproxima, sai da água, senta-se nas pedras ao lado do irmão, sorri para a tia e para Leonora. Atrevida, dona Edna:

— Bom-dia, Ricardo.

— Bom-dia, dona Edna, não tinha visto a senhora.

— Você nada bem.

— Eu? Peto nada muito melhor.

Também dona Edna baixou as alças do maiô e Ricardo desvia a vista enquanto Peto confere e julga. Não há comparação possível, as tetas da tia e as da prima vencem fácil e dão lambujem. Tieta acompanha a cena, apóia-se no cotovelo, deitada de lado. Casada e puta, dona Edna, e o marido, que mansidão de corno! Zangada, Antonieta? Ficou puritana ou protege a integridade da família e da Igreja? O sobrinho não chegou ao ponto, nem de vez está.

Peto, menino perdido, ousado, sem noção de respeito, toca o braço de Ricardo, segreda:

— Os cabelos da tia estão saindo do biquíni.

— Cabelos?

— Os de baixo, espie. Os pentelhos.

Ricardo não espia; severo, fita o irmão, olhar de censura e advertência, atira-se no rio novamente. Peto nem liga: Cardo vive por fora, um careta.

Enquanto passa creme nas costas da esposa — marido deve ter alguma serventia — Terto dirige-se a Tieta:

— É verdade, dona Antonieta, que a senhora...

— Telegrafei, sim. E o senhor, apostou? Achando que vai vir a luz ou não?

— Eu não apostei, onde vou buscar dinheiro para apostas? Edna acha...

Antonieta não se interessa pela opinião de dona Edna. Vagabunda! Prende o sutiã, durante a operação os seios aparecem duros, opulentos, não esses molambos que dona Edna faz questão de exibir. Põe-se de pé, de um salto mergulha nas águas da Bacia de Catarina, em braçadas largas nada para o meio do rio onde está Ricardo. Peto abandona vara e anzol, convida Leonora:

— Vamos?

Dona Edna mede o garoto, ainda não lhe acende o pito.

DA MASSAGEM COM ORAÇÃO

Ricardo mergulha, foge nas águas do rio. Mergulha nas folhas do livro, na hora da banca, após o passeio, o bate-bola, a pesca, o banho antes do almoço, diariamente. De volta do banheiro, pingando água, a tia senta-se diante do espelho, afrouxa o penhoar, toma dos tubos de creme, dos potes, dos frascos. O perfume flutua, estende-se, invade as narinas do rapaz.

Do sobrinho mais velho, atencioso e recatado. Sempre às ordens da tia e da prima — não esqueça que Leonora é sua prima, recorda-lhe Perpétua — mas não a segui-las, brechando contornos e profundezas, o olho vicioso, como o menor. Ao contrário, a afastar a vista, a desviá-la para o outro lado quando um seio aflora ou uma sombra se ilumina sob robes e shortes.

Mergulha nos livros, foge nos teoremas de álgebra, abstratos. Necessita manter-se atento, não se deixar distrair pois, apenas se distrai, os olhos rumam para o quarto onde a tia, porta aberta e nenhum cuidado, se embeleza. Cometerá pecado mortal, com certeza absoluta, se espiar a tia. Mas quando acontece ver sem querer, por acaso? Por mais que faça, impossível não enxergar tão expostos atributos.

Pior que ver, é pensar. Não olhara quando Peto chamou sua atenção para os pêlos da tia, atirou-se no rio. Mas, mesmo dentro da água, nadando, sem espiar, ele os imaginara. De olhos fechados ou abertos, queira ou não, pensa, imagina. A gente imagina sem querer, mesmo não querendo, é a maneira de Deus provar a fé, o zelo dos eleitos. É preciso controlar-se; vencer os maus pensamentos.

E os sonhos? Os sonhos, a gente não controla. Cosme, um asceta, o pusera em guarda contra os sonhos, neles o demônio tenta os homens, nem os anacoretas escaparam. Dormindo, a gente pode pecar e se condenar. Cosme aconselha espalhar grãos de milho ou de feijão sobre o lençol, deitar em cima, castigando a carne. Na rede, impossível.

Da rede, no escuro, ouve e percebe a tia na toalete noturna, retirando a maquiagem. Fechar a porta não resolve, ao contrário. De porta aberta fica reduzido a pequenos ruídos de potes e frascos, a limitadas amostras, vislumbres de carnação surgindo do robe. Mas para a imaginação não há limites, quando fecha a porta o robe se abre inteiro e é tão curta a camisola! Só as orações desviam vista e pensamento.

De qualquer maneira, de noite ou de dia, é árduo o combate com o demônio, só a ajuda de Deus permite a vitória. Na banca, antes do almoço, tenta absorver-se no estudo da matemática ou da história, enquanto, no quarto em frente, a tia se pinta e se perfuma. Os teoremas de álgebra, os navegadores portugueses. Impossível concentrar-se, o perfume acalentou seu sono no seminário, aqui o entontece.

— Cardo!

— Diga, tia.

— Está ocupado?

— Estou estudando, é hora da banca. Mas, se quiser alguma coisa...

— Quero, sim. Venha cá.

Ricardo deixa o livro, entra no quarto.

— Passe creme nos meus ombros, faça uma massagem. Abra a mão. — Espreme a bisnaga, põe-lhe no côncavo da mão o creme oloroso. — Vá, espalhe primeiro, depois amasse com as mãos e os dedos.

Baixa o penhoar, exibe as espáduas nuas; com a mão fecha-o sobre os seios, fica composta, ainda bem. Curva-se para facilitar a tarefa do sobrinho. Ricardo espalha o creme e começa, desajeitado, a estregar-lhe os ombros.

— Nas costas, filho.

Esse não tem malícia, se fosse o pequeno estaria tentando ver a curva do busto sob as rendas. O rapaz sente o cheiro doce do creme, a maciez da pele. Não pode entupir o nariz nem retirar as mãos. Sente, sem querer sentir. O Demônio o possui pelos dedos, pelas ventas. Que fazer, Senhor? Orar, pois a oração é a arma que Deus entregou aos homens para vencer as tentações, derrotar o inimigo. Padre-Nosso que estais no céu...

— Força, meu bem.

Curva-se ainda mais Antonieta, a mão já não prende o robe. Ricardo desvia a mirada pois o seio, solto, surge inteiro, moreno, volumoso. Onde parou, na oração? Não nos deixeis cair em tentação...

— Chega, meu filho, muito obrigada.

Ao agradecer, volta-se com um sorriso, surpreende o sobrinho a mover os lábios.

— Que é que você está fazendo? Rezando?

Espoca em riso, Ricardo encabula, vermelho, escabreado.

— Tem medo de mim? Não sou diabo, não.

— Oh!, tia.

— Nem fazer massagem no cangote da tia é pecado.

— Não pensei nada disso. Tenho o costume de rezar enquanto faço algum trabalho manual. — Mente, ainda por cima.

— Então me dê um beijo e vá estudar.

Beijo do pequeno não seria esse distante roçar de lábios na face. Peto é um perigo. Aos doze anos nem Tieta possuía igual atrevimento, tanta urgência.

DOS ALEGRES DIAS QUASE INTEIRAMENTE LIVRES DE PREOCUPAÇÃO

O programa de festejos continua e se intensifica. Dias alegres, despreocupados, felizes; dias de passeio, de prosa e rede, no trino dos passarinhos a infinita paz.

Na rede pendurada na varanda, ouvindo o gorjeio do pássaro sofrê, Leonora Cantarelli pergunta-se como a vida pode ser tão maravilhosa. Ascânio passa por um momento, para desejar bom-dia, a caminho da Prefeitura. Na cidade, conta ele, fervem as discussões sobre o problema da eletricidade: Tieta obterá, através de suas relações paulistas, mandões da política, a instalação dos postes da Hidrelétrica? Uns dizem que sim, outros que não, os últimos em maioria. Ninguém duvida da riqueza, da importância social da viúva do Comendador Cantarelli, mas daí a mover graúdos da estirpe de governador e senadores vai distância. De qualquer maneira, bom assunto para as conversas, os debates, para matar o tempo longo, as lentas horas arrastadas. Ditosas ao ver de Leonora.

Após cumprimentar as senhoras e comentar a polêmica da luz elétrica, Ascânio dirige-se ao trabalho. O rosto esfogueado, a loira cabeleira, o riso de cristal, finíssimo bacará aos ouvidos do rapaz, Leonora acena adeus da porta de casa. Adeus? Até logo, até daqui a pouco, pois ele passará de novo, meio sem jeito, com receio de parecer importuno. Mas, se demora a chegar, Leonora reclama, a fala doce queixume:

— Demorou, por quê?

— Medo de ser chato.

— Se repetir isso, me zango.

Sempre com numerosa e alegre comitiva, subiram e desceram o rio na canoa a motor do Comandante, lerda e segura, na lancha de Elieser, no bote veloz de Pirica. No sábado finalmente irão a Mangue Seco, Tieta e Leonora serão hóspedes de dona Laura e do comandante Dário. O Secretário da Prefeitura, restabelecido, pelo menos em aparência, da decepção da viagem a Paulo Afonso, anuncia à bela Leonora Cantarelli:

— Já tomei as necessárias providências burocráticas para encomendar um luar deslumbrante para você. Sabe que noite de lua cheia em Mangue Seco é a coisa mais bela do mundo?

— Tem que ser um luar daqueles senão não aceito.

— Deixe comigo, sou chapa de São Jorge.

Um luar para namorados, gostaria ela de dizer mas se contém, tudo é tão novo e inesperado, um sonho antigo fazendo-se de súbito realidade. Tarde demais. Também Ascânio gostaria de dizer: encomendei um luar de namorados, onde a coragem? Pobre, reles funcionário municipal, como elevar os olhos para herdeira milionária? Nem em sonhos. Ainda assim, pensa Leonora, pensa Ascânio, são dias plenos, venturosos, benditos. O melhor é não pensar.

No meio da semana, jantaram em casa de dona Milu. Dona Carmosina anunciara espantoso cardápio, um despotismo de pratos todos eles da mais alta qualidade, para regalar o mais fino paladar sulista. Da maioria desses quitutes, Leonora nunca ouvira falar.

Na sala repleta de bibelôs, recordações de um tempo de abastança — abastança dos Sluizer consumida pelo finado Juvenal Conceição, amigo do bom e do melhor, restaram apenas os bibelôs e o tenaz amor à vida da mãe e da filha —, Leonora se informa com Ascânio:

— Teiú? Que bicho é esse? Uma ave?

— Um lagarto.

— E se come?

— Delícia. Mais gostoso do que capão. Daqui a pouco você vai ver.

Dona Milu chega da cozinha, onde comanda:

— A carne-de-sol está quase pronta, o pirão de leite também. A frigideira de maturi já está dourando no forno.

Leonora recorda-se de outra conversa e cobra:

— Por falar em comida, Mãezinha, como se chama aquele doce de banana da casa de dona Aída, você ficou de me dizer...

Risos gaiatos, Ascânio encabulado, Perpétua fecha a cara, quem explica é dona Milu, a idade lhe concede privilégios:

— Doce de puta, minha filha. Dizem que tem desse doce em tudo que é casa de rapariga. Não é, Osnar?

— A senhora pergunta logo a mim, Marechala? Eu que não sou chegado a doces e não freqüento essas casas... pergunte ao Tenente Seixas que é freguês... — além de debochado, cínico.

Jantar de muitos convidados: afora as homenageadas, Perpétua, Elisa e Astério, Barbozinha, Ascânio, a malta do bilhar. O Comandante e dona Laura estão em Mangue Seco.

Sucedem-se os pratos, a frigideira de maturi levanta exclamações entusiásticas, Barbozinha proclama-a digna de um poema, pelo menos de um brinde, corre a cerveja, a conversa entremeada de pilhérias, de risos e de algumas piadas de mau gosto. Devidas a Osnar e a Aminthas, a propósito da lírica melancolia em que se consomem Leonora e Ascânio: ela sonhadora, ele ansioso. Retiraram-se para a varanda, querem estar a sós. Dona Carmosina, enternecida, adora alcovitar um namoro, torcendo pelo sucesso, pelo casamento — festa rara em Agreste. Tão bom se tudo desse certo, ele se recuperando do golpe vibrado por Astrud, a traiçoeira víbora, recuperando-se ela do fracasso do noivado com o ignóbil caça-dotes. Céu azul, sem nuvens.

— Não fiquem aí a fofocar, seus cretinos. Não acham um quadro lindo? Ela é tão mimosa! — dona Carmosina aponta o casal isolado, mastigando teiú e maturi entre suspiros. — Ascânio tirou o prêmio grande na loteria do amor.

— Loteria do amor, vulgarmente conhecida como golpe do baú — goza Osnar. — Em troca, perdemos nosso futuro prefeito.

— Não vejo por quê.

— Coronela, pelo amor de Deus... Onde está o tutu? Em São Paulo.

— Leonora já disse que gosta daqui.

— Diz isso agora, na influência do rabicho. Depois, passa — Aminthas é cético como compete a um humorista. — Namoro sem futuro, Carmosina. Não vai adiante.

— Sem falar que a Generala não vai deixar a enteada ficar aqui, mesmo que ela peça. Se Ascânio quiser, tem de ir para São Paulo — retorna Osnar. — E quem vai ser prefeito, me diga? Só se for você, Coronela. Tem meu voto.

A Generala se empanturra, ouvindo, sem prestar atenção, o conversê de Barbozinha que se declara cozinheiro de mão cheia; não existe aliás profissão que ele não conheça a fundo, tendo-as exercido todas à perfeição. Tieta aprova com a cabeça ou com monossílabos, enquanto constata alarmada como está engordando, daqui a dias não caberá nos vestidos. Quisera ter a natureza de Leonora que não engorda. Passou tanta necessidade, ficou magra para o resto da vida. Procura a enteada com os olhos. Lá está ela, na varanda, derretida ao lado de Ascânio. Cabrita sofrida e direita, ninguém merece tanto ser feliz. Terá Ascânio tamanha competência? Tieta não crê. Mesmo se ele quisesse, em Agreste seria impossível.

Dona Milu e dona Carmosina vêm juntar-se a Tieta e ao poeta:

— Nunca vi ninguém tão apaixonado como está Ascânio. — Dona Carmosina não tem outro assunto. — Você acredita que Leonora corresponda?

— Não sei... ela sofreu muito, já lhe contei, Carmô. Teve um noivo que só queria avançar no dinheiro dela, dona Milu. Foi uma decepção muito grande, até hoje está marcada.

Barbozinha confia na força do amor:

— Ninguém morre de amor, de amor se vive.

— Sem-vergonha! Depois vem dizer que já morreu de amor por mim não sei quantas vezes. Também desencarna e reencarna com a maior facilidade.

— Vivo morrendo por você, Tieta. Se você lesse meus versos, saberia.

— Seu Barbozinha ainda é melhor na mentira do que na rima. Mentiroso igual não tem por essa redondeza — afirma dona Milu e muda de assunto. — E a casa, Tieta? Já achou outra, a seu gosto?

Todos a par da surpreendente alta ocorrida no preço dos imóveis com a chegada das paulistas ricas.

— Uma descaração! Como se eu fosse mesmo paulista, não tivesse nascido e me criado aqui, uma exploração. Mas, se dona Zulmira reduzir o preço, acabo comprando, é uma casa como eu quero. As outras que corri, nenhuma me agradou.

Saem tarde do jantar. Ascânio as acompanha até a porta de casa. Perpétua morta de sono, habitualmente dorme às nove da noite, às seis da manhã firme na igreja para a missa. Leonora, nas nuvens, sorriso abobado, olhar de quebranto, cabrita tola. Tieta sacode os ombros: no fundo não tem muita importância, não se morre de amor, de amor se vive; Barbozinha tem razão, alguém disse que os poetas têm sempre razão. Tendo passado o que passou, o namoro de Ascânio não poderá fazê--la mais infeliz. Algumas lágrimas no ônibus de volta, depois o esquecimento.

Antes de despedir-se, Ascânio assume um ar solene, convida dona Antonieta para ser madrinha da inauguração festiva do calçamento, do jardim e dos bancos da Praça Modesto Pires, antes denominada Praça do Curtume; o curtume de peles fica próximo, na ribanceira do rio. Obra da Prefeitura, contara com a ajuda do importante cidadão: Modesto Pires oferecera os três bancos de ferro. Agradecida e bajuladora, a Câmara Municipal decidira mudar o nome da Praça. A cerimônia será antes do Natal, com exibição de ternos de reis e do bumba-meu-boi de Valdemar Cotó.

— Quem deve ser madrinha é dona Aída, mulher de seu Modesto. Ela ou bem... — ri descontraída, ligeiramente tonta, abusou dos licores — ...Carol, ou as duas juntas para não haver injustiças...

Perturba-se Ascânio, dona Antonieta infunde-lhe certo temor, nunca se sabe quando fala a sério e quando brinca:

— É que tem duas placas para serem descerradas. Uma, com o nome novo da praça, quem vai puxar a fita é dona Aída. Mas a placa das obras, no obelisco, a mais importante, eu queria que fosse a senhora. Tive a idéia e meu padrinho, o coronel Artur, que é o Presidente da Câmara, achou ótima. Mandou que convidasse a senhora em nome dele.

Licores docíssimos, tantos brindes à sua saúde, Tieta flutua. Noite encantada, cálida, alegre. Quem é ela para paraninfar inauguração de praça pública? Aceita, comovida.

— Se não fosse por outra coisa, bastavam os telegramas que a senhora mandou para São Paulo sobre a luz elétrica. Mesmo que não dê resultado, o gesto é valioso, a intenção merece...

— Nenhum gesto vale nada quando não dá certo, meu filho. Intenção? De que serve intenção, por melhor que seja? Na vida, somente os resultados contam, não se engane. Muito obrigada e boa noite.

Deixa os dois na porta, ri sozinha, à toa.

DA EMOCIONANTE VISÃO E DO PESADELO
COM CABULOSO ANJO

Antes de recolher-se, Tieta passa no banheiro. Está risonha e aérea, um pouco bebida, quase em estado de graça. Para a noite ser completa... bem, deixa isso para lá.

Vagarosa, no corredor, na mão a placa acesa. Comera como um bicho, há quantos anos não provava frigideira de maturi? Os quitutes, cada qual mais saboroso, de estalar a língua e revirar os olhos. Quantos repetira, todos engordantes? Quantos cálices dos licores de frutas — de pitanga, maravilha; de groselha, divino; de rosas, perfumado; o indispensável licor de jenipapo, tantos —, todos embriagadores. Para completar a noite, só falta... Cala a boca, viúva alegre, mais que alegre, libertina.

177

Em frente ao gabinete, no reflexo da luz da placa, Tieta enxerga a rede onde Ricardo dorme. Espia na porta, distingue na sombra o sobrinho a ressonar. Que é aquilo? Dá um passo, entra. Suspende a luz, espia e vê. Descomposto, o camisolão subindo pelo peito e por baixo nada. Ela o julgava verde, nem de vez ainda. Enganara-se, quem tem razão é dona Edna, arguta. Já no ponto, e como! Desmesurado, benza Deus.

Para estar assim armado, com quem sonha o seminarista? Com os santos não há de ser. Aquele tesouro ali, à mão, e ela proibida, que injustiça mais medonha. Não sabe bem por que proibida, mas deve existir uma razão a fazê--la afastar a vista, voltar as costas, andar para a alcova, a placa acesa, acesa ela também. Que desperdício!

Empanturrada, dorme sono agitado. Primeiro sonha com Leonora e Ascânio, fogem os dois pelas ruas de Agreste, perseguidos pela população, à frente dos linchadores estão o profeta Possidônio e Zé Esteves, brandindo o cajado. O pesadelo prossegue com Lucas a lhe ensinar posições e requintes enquanto Ricardo, de batina e asas de anjo, sobrevoa o leito. Suspende a batina, exibe a estrovenga. Lucas sumiu. Anjo decaído, o sobrinho propõe massagear-lhe o cangote com o magno instrumento. Mas quando Tieta vai agarrá-lo, os braços não se elevam, estão presos. O anjo não é mais Ricardo, é o bode Inácio. Ela não passa de uma cabra em cio, saltando sobre as pedras.

CAPÍTULO CULINÁRIO ONDE O AUTOR OFERECE COMO BRINDE AOS LEITORES, NA INTENÇÃO DE SEGURÁ-LOS, SECRETA RECEITA DE FRIGIDEIRA DE MATURI, DE AUTORIA DE ILUSTRE CORDON-BLEU

Como sabem ou não sabem, maturi é o nome dado à castanha do caju quando ainda verde. Nós, baianos, mulatos gordos e sensuais, cultivados no azeite amarelo de dendê, no branco leite de coco e na ardida pimenta, utilizamos maturi num prato raro e de especial sabor. Aliás em mais de um, pois com a castanha verde do caju pode-se preparar moqueca ou frigideira.

Aqui nos ocuparemos apenas da frigideira, petisco oferecido por dona Milu à paulista Leonora Cantarelli para lhe ensinar os sabores da Bahia. Quem temperou e deu o ponto foi Nice, no fogão de lenha onde moureja há cinqüenta anos. Mas a receita a seguir transcrita deve-se a dona Indayá Alves, ilustre cordon-bleu da capital baiana, professora de arte culinária, com muita teoria e longa prática. Dela a obtive e em brinde aos leitores a ofereço. Lambendo os beiços, após fartarem-se no manjar sublime, talvez mais facilmente cheguem às páginas finais, ainda distantes, deste já extenso folhetim. Estamos na época da propaganda, da arte suprema da publicidade, vivemos sob suas regras e uma delas, das mais provadas, manda distribuir brindes à freguesia, irresistível chamariz.

Fúlvio D'Alambert, confrade e amigo, por pouco tem um enfarte:

— Receita de comida? Assim, não mais? Ao menos para tapear a coloque num diálogo vivo e pitoresco entre a moça e a cozinheira, durante o qual esta última ensina a receita, de quando em quando interrompida pela paulista com perguntas e exclamações. Afinal, que pretende você nos impingir? Romance ou livro de cozinha?

— Sei lá!

A literatura tem cânones precisos, se a queremos exercer devemos respeitá--los, ensina-me o erudito D'Alambert. Duvido — se teve já não tem. Outro dia, jovem e genial diretor de teatro, o gostosão, o ai-jesus da crítica, explicou--me ser o texto o elemento de menor valia numa peça, quanto menos o ouça o espectador melhor para a compreensão e a qualidade do espetáculo. Diante disso, atrevo-me e, em seguida, passo a transcrever a receita de mestra do coco e do dendê.

Ingredientes:
duas xícaras de maturi;
quatro espetos de camarão seco;
quatro colheres de sopa de óleo (de soja, de amendoim ou de
algodão);
três colheres de sopa de azeite doce, digo de azeite de oliva,
português, italiano ou espanhol;

três tomates;

um pimentão;

um coco grande;

uma cebola também grande;

uma colher de extrato de tomate;

seis ovos;

coentro e sal — o necessário.

*Afervente os maturis e os tempere com alho, sal e extrato de toma-
te. Ponha o camarão seco de molho por algum tempo, depois o
cate e o passe na máquina de moer juntamente com o coentro, o
tomate e o pimentão.*

*Leve ao fogo uma caçarola com óleo e as cebolas cortadas para
refogar. A seguir, junte os maturis e o camarão seco passado na
máquina com os temperos. Deixe apurar. Coloque então na caçarola a massa de meio coco ralado de costas — de costas, o detalhe é importante se quiser que a massa do coco ralado saia como
um fino creme — e o leite da outra metade, extraído do bagaço
com o auxílio de meia xícara de água. Deixe cozinhar um pouco e acrescente o azeite doce e três ovos batidos, primeiro as claras, depois as gemas. Junte um pouco de farinha de trigo aos ovos.
Prove para ver se o paladar está a gosto.*

*Por fim, tudo suficientemente cozido, coloque em assadeira unta-
da com óleo para nela assar a frigideira de maturi, que será
coberta com três ovos batidos, clara e gema juntos, e uma borri-
fada de farinha. Ponha a dourar em forno quente. Só retire o
quitute da assadeira quando ela estiver bem fria.*

Aí está, em grifo, a cobiçada receita. Difícil mesmo é obter os maturis, não
se encontram à venda. Se o leitor pedir por gentileza a Camafeu de Oxossi ou
a Luiz Domingos, filho da finada Maria de São Pedro, ambos estabelecidos no
Mercado Modelo da Bahia, talvez um deles obtenha e forneça uma ou duas
mãos da castanha verde e tenra com sabor de virgem.

Ainda mais difícil será conseguir o ponto justo, o paladar divino. Por mais
correta a receita, por mais estritamente observadas as leis da culinária, tudo

180

depende do talento e do ofício da cozinheira, do mestre-cuca, do cordon-bleu — igual à literatura.

O melhor, o mais garantido, é encomendar o prato a Indayá, recebê-lo feito, regalar-se. Prometi aos leitores um brinde, ofereço dois, ambos de graça: a receita e o conselho.

ONDE A MANSA LEONORA CANTARELLI PROCLAMA IMPORTANTE DECISÃO

No sábado pela madrugada, Tieta, Leonora e Peto embarcam na canoa do comandante Dário que os veio buscar deixando dona Laura na Toca da Sogra ainda adormecida: quando acordar, vai cuidar dos preparativos para recepcionar as visitantes. No almoço, haverá moqueca, o peixe fresquinho, pescado na hora.

Os demais irão no domingo, sábado é dia de muita ocupação em Agreste. Ricardo preso à missa, Astério preso à loja, Elisa à cozinha, Ascânio à Prefeitura onde atende ao povaréu do interior do município até o fim da tarde. Dona Carmosina a esperar a marinete para distribuir jornais e revistas, entregar e receber cartas, ler e redigir algumas, a pedido de roceiros iletrados. Para a gente dos povoados e do campo, sábado é o dia das compras, das queixas, das reclamações e dos pedidos à municipalidade, da correspondência com os parentes emigrados para o Sul.

Com dona Carmosina irá dona Milu levando comida para juntar à de dona Laura e fazerem um piquenique na sombra dos coqueiros. Também o vate Barbozinha se estiver melhor do reumatismo a castigá-lo pela mania de ficar acordado até altas horas da noite, sondando o horizonte à espera de discos voadores, de naves espaciais de onde desçam seres das mais remotas galáxias, vindos de visita ao grão-mestre de todas as sociedades secretas, Gregório Eustáquio de Matos Barbosa, filósofo e vidente conhecido na imensidão do sistema celeste. Ultimamente recebeu irradiações poderosas, anúncios de acontecimentos extraordinários em futuro próximo. De quando em vez, num disco luminoso ou na pouco recomendável companhia de Osnar, de Seixas, de Fidélio e Aminthas, desembarca o poeta na casa mal-afamada de Zuleika Cinderela, no Beco da Amargura, onde range a música de velhos discos e se pode dançar com raparigas. Nos tempos boêmios e literários da capital, em companhia de Giovanni Guimarães, James Amado e Wilson Lins, no castelo de Vavá ou no 63 da Ladeira da Montanha, o vate Barbozinha era apreciado pé--de-valsa. Hoje, envelhecido, meio entrevado, mesmo assim faz figura na cadência dos passos de um foxtrote, no rodopio de uma valsa. Num tango ainda arranca palmas.

Tieta e Leonora assistem ao sol nascendo sobre o rio, a moça de São Paulo vai calada, um tênue sorriso: o Comandante a observa e percebe a emoção a dominá-la. Quando ele chegou de volta e fez esse mesmo caminho descendo o rio, não conteve as lágrimas. Tieta tampouco fala, a face fechada, quase dolorosa. Apenas Peto espana a água com as mãos quando não ajuda o Comandante nas manobras.

Na Toca da Sogra, onde dona Laura recebe os visitantes com água-de-coco e pequenos peixes fritos no azeite-de-dendê — tem batida de pitanga e de maracujá para quem quiser —, o Comandante desdobrou sobre a mesa uma planta rudimentar dos terrenos de propriedade de Modesto Pires, traçada por ele próprio:

— Aqui está a Toca, nosso terreno. Eu lhe aconselho, Tieta, a comprar esse aqui, vizinho ao nosso, nessa área do coqueiral. É a parte mais bonita e a mais defendida da areia. Podemos ir até lá, se quiser.

— Agora mesmo, para isso vim.

Não veio para isso, veio para rever as dunas e nelas se reencontrar. Mas demora de propósito, retém a vontade de correr para os cômoros, de subir ao alto e olhar a imensidão. Com o Comandante e Leonora, vai constatar as vantagens do terreno, quando regressar a Agreste efetuará a compra.

— Pode acertar aqui mesmo. Modesto e dona Aída estão na praia. Aliás ele mandou convidá-las para tomar aperitivo em casa dele, antes do almoço. Fica mais adiante, perto da povoação de pescadores.

— Tudo aqui é belo. Nunca vi nada igual — diz Leonora de retorno à Toca da Sogra, dona Laura exigindo que ela prove a batida de pitanga. — Obrigada, dona Laura, mais tarde aceito. Agora, se me dão licença, vou andar na praia. — Mansa e discreta, tão querida.

— Olha que o almoço não demora e, antes, devemos ir à casa de seu Modesto. A moqueca já está sendo preparada, Gripa é especialista. — Na pequena cozinha, a gorda mulata clara sorri a escamar os peixes.

— Volto já, vou só dar uma espiada.

— Vou com você. — A voz rouca de Tieta.

Peto sai correndo na frente, começa a escalar as dunas, logo chega ao alto, monta numa palma seca de coqueiro, desce veloz a cavalgá-la. Convida a tia e Leonora. A ventania uiva, a areia voa em rodopio.

Tieta sente no rosto o sopro da maresia, o inconfundível olor. A areia fina, trazida do outro lado da barra na força do vento, penetra-lhe os cabelos. O sol queima-lhe a pele. Ali fora mulher pela primeira vez.

Em Agreste, perguntara ao árabe Chalita pelo mascate. Pois não sabe? Morreu de um tiro quando a polícia quis prendê-lo na Vila de Santa Luzia, há uns dez anos mais ou menos. Valente, não se entregou, nunca encontraram a mercadoria, as provas. Chalita cofia a bigodeira.

— Gostava de levar umas quengas para Mangue Seco. Molecas também. — Repousa em Tieta o olhar de sultão decadente. Entre eles, ali, na porta do cinema, por um instante redivivo, o contrabandista.

Os cômoros crescendo diante das duas mulheres, Peto a descer estendido na palma de coqueiro. Qual dessas dunas galgou Tieta na distante tarde do mascate? Leonora a interroga com os olhos, ela balança a cabeça:

— Quem pode saber? Sinto uma coisa por dentro, Leonora. Por estar aqui de novo, com esse vento na cara e esse mar na minha frente. Quase tudo no mundo já apodreceu, mas ficou Mangue Seco, você entende? Quando chegar lá em cima, você vai ver.

Estão próximas do cume, Peto as alcança, Leonora força o passo, os pés se enterram na areia.

— Ai! Que coisa! Isso não existe — exclama a moça paulista ao divisar inteira a paisagem ilimitada.

Busca Tieta com os olhos ofuscados pelo sol e a enxerga erguida no ponto mais alto, no extremo das dunas sobre o oceano, envolta pelo vento, invadida de areia, pastora de cabras diante de sua cama de noiva.

Leonora chega junto dela, a voz estrangulada:

— Mãezinha, não quero ir embora daqui, nunca mais. Não vou voltar para São Paulo.

Peto as convida a cavalgar as palhas de coqueiro e escorregar, venham ver como é bom. O vento leva as loucas palavras de Leonora, Tieta não responde.

— Nunca mais! — repete a moça.

Melhor seria se afogar ali, nas vagas desmedidas, no mar enfurecido.

ONDE TIETA COMPRA UM TERRENO EM MANGUE SECO E LEONORA, BEM-EDUCADA, DEVANEIA

Haviam voltado aos cômoros na noite enluarada, ela e Tieta. Leonora parecia flutuar na paisagem encantada — de repente liberta do passado, recém-nascida na magia da lua cheia derramada sobre as dunas e o oceano, no embalo do marulho das ondas. Gostaria de demorar no cimo, deitada sobre a areia, invadida de paz. Mas, quando o Comandante veio recordar o encontro marcado com dona Aída e Modesto Pires, Leonora não quis ser desatenta, regressou com Tieta à Toca da Sogra.

Por sua vontade, teria permanecido no alto dos cômoros, sob o luar encomendado por Ascânio, deslumbrante como ele prometera, a sentir o mar noturno arrebentando contra as montanhas de areia. Mesmo sozinha: pensaria nele, cioso dos deveres de administrador, tão correto. Sujeito decente, diziam de Ascânio. Decência, virtude rara, constata Leonora. Teve de atravessar o Brasil, chegar ao sertão, para vislumbrá-la. Dá-se conta de que comete uma injustiça: Tieta é decente; a seu modo, sem dúvida. Decência não significa candura, castidade. Mulher direita, diziam dela no Refúgio.

Se estivesse nas dunas poderia escorregar, estendida sobre uma palma de coqueiro, igual a Peto, moleque travesso. Não fora travessa, não fora moleca nem menina. Não tivera infância, tampouco adolescência; não provara o gosto do primeiro beijo recebido ou dado em ímpeto de ternura. Não tivera

184

namorados, não ouvira palavras sussurradas, cálidas. Aos treze anos já lhe apalpavam inexistentes seios.

Tenta reconhecer os sons da harmônica — há festa na povoação. Passaram por lá, viram os pescadores reunidos diante de uma choupana em torno do tocador. Não era outro senão Claudionor das Virgens, com a harmônica, as emboladas, as trovas, os improvisos, de lugarejo em lugarejo, de batizado em batizado, de casamento em casamento, onde houver festa. Ao vê-los, saudara:

Salve o senhor Comandante
E sua ilustre companhia.

Na Toca da Sogra, Antonieta, apressada como sempre que deseja alguma coisa, acerta os últimos detalhes da compra do terreno. Leonora persegue o som da harmônica, distante da conversa.

— Pague como bem entender, em quantas prestações quiser. Nem por ser dono vou mentir: terreno em Mangue Seco não se compra nem se vende. De muitas dessas terras, ninguém sabe o dono. Faz para mais de quatro anos que vendi um lote. Para um gringo que apareceu por aqui; se lembra, Comandante?

— Lembro muito bem, era um alemão, pintor. Anunciou que ia se desfazer da casa na Baviera para vir morar em Mangue Seco.

— Pagou três prestações adiantadas dizendo que precisava de três meses para botar a vida em ordem na terra dele e voltar de vez. Nunca mais voltou nem acabou de pagar.

— Eu quero pagar à vista, seu Modesto. Dinheiro batido, moeda corrente... — anuncia Tieta a rir.

— Vê-se que a senhora não é mulher de negócios, dona Antonieta: com a inflação, comprar a prazo sempre é melhor.

— Não gosto de dever, é por isso, mas não pense que sou tola. Como pago à vista, quero abatimento.

Foi a vez de Modesto Pires rir:

— Abatimento? Vá lá. Cinco por cento, que lhe parece? Não por ser à vista mas pelo prazer da vizinhança.

Espreguiçadeiras, tamboretes, um banco rústico na porta de casa, debaixo dos coqueiros. Ali conversam enquanto a lua se desmancha. Peto adormecera deitado numa esteira.

185

Leonora escuta vagamente o diálogo, também ela, se pudesse, compraria terreno em Mangue Seco. Não para a velhice mas para ficar desde agora. Ansiara a vida inteira por sentimentos e verdades de cuja existência tinha notícia por ouvir dizer, através de filmes de cinema, das novelas de televisão. Nada de mais, sentimentos normais, verdades corriqueiras. A avó, referindo-se à vida na aldeia toscana antes da viagem, falava de coisas simples: família, sossego, paz, amor. Amor, como seria? Nas ruelas podres, no cortiço seboso, ninguém soubera responder.

Quanto mais por baixo, batida, derrotada, lacerada, rota por dentro, mais se refugiava Leonora no modesto sonho irrealizável: afeto, ternura, bem-querer de um homem. Vida limpa, como existia fora dos limites onde nascera, crescera e se fizera mulher, mais além do círculo de dor e desespero. Subindo e descendo a Avenida nas frias madrugadas, carregando seu fardo, o castigo por ter nascido filha de pais tão pobres em terra tão rica, as chagas abertas, ainda assim sonhava. Se não sonhasse, só lhe restaria a morte.

Inesperadamente, quando o horizonte se fizera aperto na garganta, estertor final, conheceu a bondade e nela descansou, aprendeu novos valores, sentiu-se uma pessoa. Os sonhos loucos de amor eterno adormeceram pois, não sendo torpe a nova condição, apenas triste, menos carente estava. Não de todo satisfeita: sempre no desejo, na intenção de sair daquele invólucro para a existência desejada: casa e companheiro — não previa casamento —, um par de filhos. Outros reclamam dinheiro e fama. Leonora nascera como a avó, para ser dona-de-casa, mãe de família, não almeja mais do que isso.

Ali em Agreste, mundo pacato e diferente, onde a vida parece ter adormecido e assim é vivida por inteiro, Leonora sente-se tomada de exaltação e medo. Em Agreste o sonho persiste além da imaginação, concretiza-se em recatado enleio, alimenta-se de olhares e sorrisos, gentilezas, meias palavras, cresce no canto do pássaro sofrê, presente do príncipe encantado que ela não deseja príncipe, nobre ou rico, apenas encantado, decente. Mesmo sabendo-o inatingível, Leonora anseia ao menos chegar à margem, tocar com a ponta dos dedos o simples, maravilhoso mundo.

Para agir corretamente, deve abrir-se com Mãezinha, ouvi-la, seguir-lhe os conselhos. Receia, porém, que Tieta, temerosa das conseqüências, resolva apressar a volta a São Paulo. Leonora pretende apenas alguns dias de ternura, mesmo irremediavelmente contados, poucos — a certeza da morte não impede o homem de aproveitar a vida. Reivindica o direito a ouvir e a pronunciar palavras trêmulas, a esboçar gestos de carinho, o direito ao primeiro beijo, como será?

Para guardar essas recordações, ter com que encher de saudade a solidão. Nunca sentiu saudade. De nada, de ninguém. Tudo foi ruim e sujo em seu percurso. Muita falta faz não ter um instante ao menos, um rosto, uma carícia, uma palavra a relembrar, não ter saudades. A solidão torna-se vazia e perigosa. Implora uns dias apenas, por misericórdia, suficientes para encher o coração de momentos ternos, dos quais se recordar. Então, dirá: vamos embora daqui, Mãezinha, antes que seja tarde.

Prossegue Claudionor animando o arrasta-pé, pode atravessar noites e noites, firme na harmônica. Um ruído de motor se mistura à música, vem dos lados do rio, quem será? Leonora terá saudade desse minuto breve, do pressentimento e da ansiedade. Acompanha o barulho que cresce e se modifica: a embarcação enfrenta o mar na entrada da barra. Volta a reinar sozinha a harmônica festiva. Logo, os passos na areia, Leonora põe-se de pé. Ascânio aparece, desembarca do luar. Num ímpeto, a moça se adianta.

Na meia sombra as mãos se tocam, sorriem os lábios, brilham os olhos.

— Vim no barco de Pirica. Veio só me trazer, já está de volta. — Novamente o barulho do motor, o casco de encontro às vagas.

— Não agüentou esperar até amanhã, hein, mestre Ascânio? Fez muito bem: quem é aguardado não pode se atrasar — saúda o Comandante.

O rapaz busca uma desculpa:

— Prefiro viajar de noite do que acordar de madrugada.

Não sabe como agir: deve sentar-se a conversar ou partir com Leonora? Dona Aída vem em seu socorro:

— Por que não leva Leonora para apreciar o luar de cima dos cômoros? É tão... — ia dizer romântico, conteve-se — ... tão lindo...

Sugestão aceita, a moça amarra um lenço na cabeça:

— Com licença...

O movimento acorda Peto: vou com vocês. Mas o Comandante, cúmplice, proíbe.

— É hora de menino estar dormindo.

Os vultos perdem-se entre os coqueiros. Dona Laura suspira:

— Nada se compara com a juventude. Só tenho pena de não ter namorado com Dário aqui em Mangue Seco. Quando vim, já tínhamos dez anos de casados.

— Foi nossa segunda lua-de-mel... — lembra o Comandante.

— Moça educada, essa... se vê logo que é de boa família — elogia dona Aída.

Pensativa, acompanhando com os olhos as duas sombras, Tieta retorna à conversa:

— Leonora? Um amor de criatura. Está saindo da fossa, de uma decepção tão grande que lhe abalou a saúde. Um patife, de quem foi noiva, só queria o dinheiro dela. Felizmente, me dei conta a tempo. Mas a pobre sofreu demais, uma crise terrível, não dormia, não comia, acabou anêmica. Por isso trouxe ela comigo para curar-se nos ares de Agreste.

— Agiu certo, aqui ela vai se refazer em dois tempos. Não há como leite de cabra para levantar as forças de um vivente — aprova Modesto Pires.

— O mais curioso é que ele também teve uma desilusão medonha. Não ouviu falar, dona Antonieta? — pergunta dona Aída.

Antonieta conhece a história tintim por tintim mas não quer furtar a dona Aída o prazer do relato, das minúcias e dos comentários:

— Não, senhora.

— Não? — admira-se dona Aída no cúmulo da satisfação: — Pois eu lhe conto.

DO PRIMEIRO BEIJO EM FRENTE À COSTA DA ÁFRICA, CAPÍTULO DE UM ROMANTISMO ATROZ COMO NÃO SE USA MAIS

Sentam-se no alto da duna, diante deles o oceano.

— Obrigada — diz Leonora.

— De quê?

— Do luar. Não foi você quem encomendou?

— Ah! — descontrai-se um pouco. — Gostou? Não lhe disse que São Jorge é meu chapa?

— Obrigada também por ter vindo.

Um calor no peito de Ascânio, a emudecê-lo. Os ruídos da festa na povoação vêm morrer no embate das vagas contra os cômoros. Qualquer assunto serve para vencer a mudez:

— Festa de aniversário de Jonas, o chefe da colônia de pescadores. É maneta, o tubarão comeu-lhe o braço esquerdo.

— Tem tubarões aqui?

— No mar aberto, demais. Às vezes chegam até a praia. São ousados e vorazes. Qualquer descuido, é a morte.

Não é hora de lembrar a morte, talvez por isso retornam à contenção, ao retraimento, à timidez. Os dois em silêncio, reduzidos a furtivos olhares, ainda assim tão bom! A lua fincada no céu, feita de encomenda, exclusiva para eles. Luar de namorados, próprio para se falar de amor. Isso é o que Ascânio pretende dizer. Ensaia a frase, morre-lhe nos lábios, finalmente explica:

— Do outro lado fica a África.

— A África?

Ele aponta com o dedo, indica na distância:

— Do outro lado do mar.

—Ah!, sim. A África, eu sei. — Não quer deixar o diálogo morrer. — Teve muito trabalho hoje?

Não é de geografia nem de problemas de administração que desejam se ocupar. Mas onde o ânimo para as palavras ardentes, a declaração de amor ainda usada pelos namorados em Agreste?

A mesma coisa de todos os sábados: pedidos para consertar caminhos, limpar as fontes, fazer pequenas benfeitorias, um mata-burros, um pontilhão. Leonora não pode imaginar a falta de recursos em Agreste. Já foi município rico, noutros tempos. Quando o avô de Ascânio era prefeito.

— Ouvi dizer que você vai ser o novo prefeito.

— Penso que sim. Sabe por quê? Porque ninguém quer o posto. Mas eu aceito. Vou lhe dizer uma coisa, se quiser me chame de visionário. Tenho con-

189

fiança, penso que tudo vai mudar e Agreste voltará ao que foi. Não suporto ver minha terra nessa pasmaceira.

— É bom ter confiança, sonhar. Você é louco por sua terra.

— Sou, sim. Quero que ela saia do marasmo em que afundou. Hei de conseguir. — Toma alento, está embalado, disposto. — A vida é engraçada. Não faz um mês, eu não tinha mais fé em nada, nem esperança. Escrevia cartas aos jornais, reclamava ao governo, mas não acreditava em resultados. Agora tudo me parece fácil. Depois que...

— Depois quê?

— Que vocês chegaram. Tudo mudou, ficou alegre. Até eu.

— Por causa de Mãezinha, onde ela chega, espanta a tristeza. É a pessoa melhor do mundo.

— Devido a ela também. Mas para mim...

Leonora aguarda, lateja-lhe o coração, descompassado. O vento traz farrapos de risos, sons de harmônica, o nome de Arminda gritado no forró. A voz de Ascânio rompe-se num lamento:

— Eu era um morto-vivo, não achava graça em nada. Vou lhe contar, se permitir. Ela se chama Astrud.

Para que contar? Quem não sabe em Agreste? Dona Carmosina, romântica como Leonora, recitara as cartas para ela e Tieta, suspirara os detalhes tristes. Revoltara-se Leonora com o procedimento da fingida. Tieta apenas rira, não era de sentimentalismos, de amor se vive, não se morre, não é mesmo, Barbozinha? Ascânio não esperou o consentimento. Leonora escuta e mais uma vez se emociona.

Os estudos na Bahia, o noivado, a doença do pai, a carta anunciando a ruptura e o próximo casamento. Por que continuara a jurar amor quando já nos braços de outro? Dando-lhe o que jamais consentira a Ascânio nem ele sequer solicitara pois a supunha inocente, angélica, santa. Um bobo alegre. Dissera a dona Carmosina, confidente, boa amiga a sofrer com ele:

— Nem que um dia desembarque da marinete de Jairo a mulher mais bela, a mais doce e pura...

Afirmara pois não supunha possível tal milagre. Aconteceu, no entanto. A mais bela, a mais doce, a mais pura das mulheres. Desembarcada da marinete de Jairo.

Ergue-se Leonora. De frente para o mar, os olhos na distância onde o luar se dissolve na noite. Levanta-se também Ascânio, ia completar: a mais bela, doce e pura das mulheres, ademais rica, por quê? Pobre Secretário da Prefeitura de Sant'Ana do Agreste, soldo mesquinho, ai! Por que tão rica?

Não chegou a falar de pobreza e riqueza. Trêmula, os olhos úmidos, Leonora se aproxima, toca-lhe a face com a mão, oferece-lhe os lábios. Desce a correr, na boca o gosto do primeiro beijo. Foge por entre a lua e as estrelas, feliz e desgraçada.

Ascânio não tenta segui-la, está fincado ali, quando sair vai conquistar o mundo. Ah!, um dia chegará diante dela e lhe dirá: não tenho para o luxo mas ganho para o sustento, vim te buscar. A lua desaparece na lonjura, no caminho do mar para as costas da África.

DE COMO PERPÉTUA NEGOCIA A AJUDA DE DEUS PARA O TRIUNFO DE SEUS PLANOS DIABÓLICOS

Anima-se a praia de Mangue Seco, no domingo, com a chegada de uma quantidade de amigos sob o comando de dona Carmosina, espantosa e inconsciente no maiô lilás. Até Perpétua se animara a acompanhar o grupo, o vestido negro, o luto fechado. Dona Milu desparrama alegria: não vinha a Mangue Seco há mais de seis meses. Não por falta de convite, observou o comandante Dário. É verdade: convites não faltam e sobra o tempo, com a idade o que falta é disposição. Riem da mentira: não existe pessoa tão disposta; os anos passam, Mãe cada vez mais serelepe, confirma dona Carmosina.

Na lancha, Barbozinha tirara o paletó e a gravata, expusera-se ao vento apesar do reumatismo. Certa noite subira os cômoros com Tieta, declamando versos escritos para ela, reunidos depois no livro *Poemas de Agreste* (De Matos Barboza, *Poemas de Agreste*, Ilustrações de Calasans Neto, Edições Macunaíma, Bahia, 1953), formando a primeira parte do volume, intitulada *Estrofes do Mar Bravio*, o mar bravio, a arrebentação de Mangue Seco e o corpo aceso da livre pastora na chama do desejo. Duas gloriosas noites de amor e poesia, breves, transitórias. Os deveres de funcionário municipal obrigaram-no a retornar à capital. Ela prometera esperá-lo, sempre prometia. Alguns meses passados, carta de Agreste dava-lhe notícia da partida de Tieta. Somente agora, vinte e sete anos depois, alquebrado e reumático, voltara a vê-la, mais formosa ainda, opulenta, livre pastora, mar bravio. Viúva, ele solteiro. Não casara, teria sido por causa de Tieta? Espera recitar-lhe nas dunas, ao luar, o grande poema que em seu louvor vem de escrever. Nele a proclama estrela-d'alva, sendo ele obscurecido astro de bruxuleante luz. Se unissem os seus destinos, no entanto, renasceria o poeta, sol irrompendo do mar de Mangue Seco. Escolhera o estilo condoreiro, bom para declamação.

Vieram Aminthas e Osnar, Fidélio e Seixas, comboiando Astério. O som moderno invade Mangue Seco, substituindo a harmônica de Claudionor das Virgens enquanto o trovador curte, em sono agitado, o pileque da véspera. Onde está Ricardo? No primeiro momento, cercada, abraçada, beijada, Antonieta não se deu conta da ausência do sobrinho. Mas, diminuída a confusão, pergunta:

— E Cardo, cadê ele?

— Não pôde vir. — Explica Perpétua, contrafeita: — Padre Mariano foi realizar casamentos e batizados em Rocinha, vai duas vezes por ano, em junho e em dezembro, levou Ricardo que mandou lhe pedir a bênção, ele lhe adora. Mas, sendo seminarista, teve de ir com o padre.

Tieta não responde nem comenta mas Perpétua percebe-lhe a decepção no franzir dos lábios e se alegra: a irmã rica sente falta do sobrinho, está se apegando aos meninos. Ainda bem.

— Todos ao mar! — o Comandante ordena e é obedecido.

Calções, maiôs, biquínis desfilam diante da reduzida população de Mangue Seco. Ao contrário dos habitantes de Agreste, os pescadores não se escandalizam com a incontinente exibição de coxas e barrigas, bundas e umbigos. Ali, os meninos de quatorze e quinze anos cortam as ondas nus, os corpos de bronze.

Única a não cumprir a ordem do Comandante — até dona Milu suspende a saia e vai banhar os pés no mar —, Perpétua busca na praia, embaixo dos coqueiros, sombra defendida do sol e do vento. Tira do bolso da saia o terço, começa a passar as contas. No tempo do Major todos os anos vinha à praia, no verão. Vestindo decente traje de banho, enfrentava os perigos do mar; o Major tomava-a nos braços a pretexto de lhe ensinar a nadar, mãos indiscretas, arteiras. Deleites passados, não voltarão. Cabe-lhe agora pensar nos filhos, no futuro dos meninos. Viúva, é mãe e pai, cumpre-lhe lutar. Os dedos nas contas do terço, os lábios na oração, o pensamento nos planos concebidos, em via de execução.

Devota exemplar, incapaz de faltar a uma obrigação religiosa, missa, bênção, confissão, a santa comunhão, as procissões, zeladora-chefe da Matriz, tesoureira da congregação, Perpétua espera contar com a compreensão e a ajuda do Senhor para atingir os calculados fins. Seu plano exige eficaz proteção de Deus e inocente colaboração dos meninos. A de Peto não lhe tem faltado. De onde está, Perpétua enxerga o filho nadando em torno da tia. Assim, com perseverança e gentileza, se conquista o coração, o amor de parenta rica.

Tentara discutir com Ricardo, trazê-lo, mas o rapaz a derrotara, apoiado nas necessidades do reverendo; Vavá Muriçoca, o sacristão, amanhecera doente, não podia montar. Perpétua ficou sem argumentos, olhando o filho de batina no lombo do burro. Ainda mais do que ela, Ricardo merecia a proteção divina, tão piedoso e temente a Deus.

Queria os filhos, os dois, ao lado da tia o maior tempo possível. Arquitetara complicado plano com o fim de obter que a irmã fizesse dos meninos seus herdeiros únicos, adotando-os, se a medida legal se revelasse necessária. Precisa saber com certeza, projeta ida a Esplanada para se aconselhar com doutor Rubim.

O tempo é curto, torna-se urgente a ajuda de Deus para tocar o coração de Antonieta, para encaminhá-la à decisão correta. Fazendo obrigatória a involuntária colaboração de Ricardo e Peto. Depende de Deus e deles transformar a estima da parenta em ternura maternal. Agradem a tia, não deixem ela sozinha, recomenda. Ajuda-me, Senhor!, implora. O tempo é curto.

Antonieta não determinara a duração da temporada em Agreste mas evidentemente sua demora não passará de mês e meio, dois meses; deve voltar para reassumir o controle de seus negócios e já uns dez dias são decorridos. Pouco a pouco, com astúcia e paciência, Perpétua conseguira tirar da irmã várias informações sobre o estado de suas finanças. Ficou a par dos quatro apartamentos e do andar térreo no centro da cidade, alugados cada um dos cinco por uma fortuna mensal — casa de aluguel barato somente em Agreste.

Ainda não obteve informação precisa sobre a espécie de negócio diretamente dirigido por Antonieta. Não se trata de indústria, as indústrias são geridas pelos filhos do Comendador, sendo Antonieta sócia mas não administradora. Deve tratar-se de comércio, loja de modas pois tinha funcionárias. Perpétua surpreendera conversa entre Tieta e Leonora em que faziam referência ao trabalho das meninas. Igual aos imóveis, essa casa comercial é propriedade exclusiva da irmã, presente do Comendador.

Perpétua vai perguntando, colhendo uma informação aqui, outra acolá. Antonieta e Leonora não são de muito contar. Talvez de propósito para não despertar a cobiça dos parentes. Uma coisa é certa: a magnitude da fortuna. Os negócios são grandes, múltiplos e rendosos, dinheiro é cama de gato.

Outro dia, de uma das malas, a que está sempre trancada à chave, Antonieta retirou pasta ou maleta — uma 007 na exata designação de Peto, de enciclopédica cultura cinematográfica — e a abriu, mantendo-a no colo, voltada para si. Ainda assim Perpétua conseguira, levantando-se como quem não quer nada, vê-la repleta de dinheiro, notas altas, um desparrame, pacotes e mais pacotes.

— Ai! Santo Deus! — exclamara.

Tieta explicou ter trazido dinheiro vivo não só para as despesas como para pagar terreno em Mangue Seco, dar sinal pela casa, garantir a compra.

— Aqui não existe banco e eu não gosto de ficar devendo.

— Mas tem uma fortuna aí. Você é maluca, deixar esse dinheiro dentro de uma mala, no armário.

— Só quem sabe é Leonora e agora você. É só não falar nisso.

— Eu, falar? Deus me livre. — Bate com a mão na boca. — Não vou mais é poder dormir sossegada.

Antonieta ri:

— Quando eu comprar o terreno e a casa, vai diminuir muito.

Fortuna de paulista, fartura de dinheiro, não essa riquezinha de Agreste, de Modesto Pires, do coronel Artur da Tapitanga, de cabras e mandiocas. O importante é evitar que um dia — todos nós, um dia, temos de morrer, não é mesmo? — parte do dinheiro e dos bens de Antonieta vá parar em mãos dos enteados, dos filhos do falecido Comendador, dessa silenciosa Leonora que não cheira nem fede, uma pamonha. Tieta é doida por ela, vive a cuidá-la, a lhe dar de comer, obrigando-a a tomar leite de cabra todas as manhãs. A dita cuja deve ser igualmente muito rica, se bem Perpétua, na vistoria detalhada feita no quarto dela, quando examinou coisa por coisa, não tenha bispado mala de dinheiro. Nada está sob chaves, tudo aberto. Na bolsa, alguns milhares de cruzeiros, para Agreste bastante mas nem de longe comparável com o despropósito da 007 de Antonieta. Perpétua se arrepia ao recordar.

A irmã gosta dos sobrinhos, trata-os com afeto, alegra-se quando os vê. Faz-se necessário, no entanto, muito mais, é preciso que ela os trate como se fossem filhos, pois filhos devem ser. Os dois se possível, pelo menos um. Reconhecidos legalmente. Herdeiros.

Caso Antonieta deseje levar um deles para São Paulo, Perpétua não se oporá, ótimo se escolher Peto. Menino perdido, solto em Agreste a matar aulas, tomando pau todos os anos, vagabundo no bar e no cinema, breve em lugares piores. Mas se for Ricardo o escolhido para ir viver em São Paulo, tornar-se braço direito da tia, Perpétua estará de acordo. Peto tomará o lugar do primogênito no seminário, queira ou não queira, pois um dos dois pertence a Deus, assim ela prometera, encruada donzela, perdidas as esperanças terrenas, as últimas. Se Deus lhe desse esposo e filhos, um seria padre, a serviço da Santa Madre Igreja. Deus cumpriu, realizou o milagre, ela cumprirá também.

Na praia, os olhos semicerrados devido ao sol e ao vento, à luz violenta, propõe outra barganha ao Senhor. Se Antonieta adotar pelo menos um dos meninos, Perpétua se compromete a deixar para a Igreja, em testamento, uma das três casas herdadas do Major, a menorzinha, aquela onde morou Lula Pedreiro, agora alugada a Laerte Curte Couro, empregado de Modesto Pires. Pequena mas bem situada, próxima ao curtume, na pracinha onde fica a capela de São João Batista. Pelo jeito, o Senhor recusa a proposta; íntima de Deus, Perpétua adivinha as reações celestes. Arrependida, retira a oferta, o Senhor tem razão de ficar aborrecido: uma casinha de pequena renda em troca da fortuna de Antonieta, proposta ridícula. Ainda tenta argumentar: a praça está sendo calçada e ajardinada, terá bancos de ferro, o aluguel vai ser aumentado. Não adianta: se continuar, o Senhor pode até se ofender. Pede bens consideráveis, oferece ninharia. Mais do que de dinheiro e propriedades, Deus precisa de devoção e fé. Pois bem: se Antonieta tomar Ricardo ou Peto, como filho e herdeiro, qualquer deles, Perpétua irá com os dois à capital — à Cidade da Bahia, sim, Senhor Deus! — e lá, a pé se dirigirá à Basílica, na Colina Sagrada, onde mandará rezar missa, deixando no Museu dos Milagres fotografia dos filhos com dedicatória para o todo-poderoso Nosso Senhor do Bomfim. Se a irmã adotar os dois, a missa será cantada. O senhor deve levar em conta, na proposta, o fato dos meninos já possuírem direitos assegurados; apenas não são os únicos herdeiros.

O ideal seria que Antonieta, tendo adotado os dois, mandasse Ricardo completar o curso em seminário de São Paulo, desses que formam logo cônegos e bispos. No calor do sol, no correr do vento, no remoer de planos e promessas, Perpétua cerra completamente os olhos, adormece e sonha. Vê-se acompanhando a procissão da Senhora Sant'Ana, numa cidade imensa, maior do que Aracaju, deve ser São Paulo, na frente do andor um bispo em vermelho e roxo, um Cardeal, é seu filho Cupertino Batista Junior, Dom Peto. Um aviso do céu, compromisso selado, promessa aceita, milagre à vista.

DOS CIÚMES E DAS ESPERANÇAS DE ELISA COM CURIOSO DETALHE SOBRE QUESTÃO DE TRATAMENTO

Elisa não sabe nadar. Foram-lhe proibidos rio e mar na meninice e na adolescência. Zé Esteves, empobrecido, tornara-se intransigente e virulento — basta uma puta na família, advertia, o bastão em punho. No exemplo do sucedido com Tieta, Elisa cresceu de rédeas curtas, a qualquer pretexto o pau cantava-lhe nas pernas e nas costas. Bacia de Catarina, praia de Mangue Seco, nem pensar.

Se namorou foi de longe, namoro de caboclo, o olho comprido, vendo o velho expulsar os gabirus em ronda pela rua. Somente quando aparecer um bom partido, disposto a noivado e casamento: senão boto no convento, ameaçava. Ameaça vã, cadê convento? Astério, filho único, herdara a loja onde desde menino trabalhava no balcão, rapaz direito. Pareceu um bom partido, Zé Esteves concordou. Aos dezesseis anos, beleza de noiva, Elisa se casou, pensando que se libertava. Mudou de servidão.

Fica no raso, não se atreve a ir mais longe, enquanto Tieta e Leonora arriscam-se em meio às ondas e à animação da comitiva inteira no rastro das paulistas. Elisa ali sozinha, abandonada. Nem sequer o marido lhe faz companhia, prefere os amigos do bilhar. Também, pelo que vale e serve...

Elisa tem ciúmes. Não que a irmã ou a moça paulista possam se interessar por Astério, imagine-se! Leonora está de namoro com Ascânio, os dois sempre juntos, não se largam. Antonieta, viúva recente, não veio a Agreste tomar marido de ninguém. Tomaria, se quisesse, com facilidade. Apesar dos quarenta e quatro anos confessados — proclamados! —, quando passa na rua, alegre e descontraída, os homens correm a saudá-la, assanhados. A pele lisa e macia, tratada, tratadíssima, o corpo esplendoroso. Já fez plástica, com certeza, comentara Elisa com dona Carmosina, ambas a par dos hábitos das artistas e das grã-finas, dos milagres realizados por doutor Pitanguy em nacionais e estrangeiras. Certamente Tieta recondicionou sua beleza na clínica célebre, limpando-a de rugas e pelancas: basta ver-lhe os seios jovens, magníficos, opulentos porém firmes, mais firmes que os dela, Elisa.

Outros são os ciúmes de Elisa. Da riqueza que elas ostentam, dos hábitos da cidade grande, da falta de preconceitos, de limitações, ciúmes por não viver no mesmo mundo, tabaroa do sertão, condenada ao desconsolo.

Ciúmes também de Leonora, do amor que Tieta lhe dedica, a chamá-la pelo apelido: Nora, a dizê-la filha, com desvelos maternos. Deseja os mesmos cuidados, amor idêntico, sentir-se mimada como filha, adotada. Em certos momentos, Antonieta é extremosa com ela, alisa-lhe a cabeleira negra, beija-lhe a face, elogia-lhe a beleza: tu é bonita demais. Trata-a de filha e de Lisa, ternamente, tudo parece se encaminhar como ela deseja. Mas noutros momentos, a irmã a fita, pensativa, como se duvidasse do calor de seu afeto. Elisa não consegue entender o motivo da desconfiança, do desagrado de Tieta. Intrigas de Leonora, quem sabe? Com receio da concorrência, medo de perder o lugar privilegiado junto àquela a quem chama de Mãezinha.

Um dia, estando a sós com Tieta, também Elisa a tratara de Mãezinha. A irmã dirigiu-lhe um olhar estranho, disse ríspida:

— Prefiro que me chame de Tieta.

Voz e olhar deixaram Elisa trêmula:

— Desculpe. Só quis lhe agradar, agradecer o que tem feito por mim.

Adoçaram-se olhar e voz de Antonieta, afagou os cabelos negros da irmã mas não voltou atrás em relação ao tratamento:

— Não estou zangada. Apenas prefiro que você me chame de Tieta. Em Agreste todos me chamam assim, eu gosto. Mãezinha é nome de São Paulo, coisa de Nora e das outras meninas.

— As filhas do finado?

— As filhas, as sobrinhas, a família é grande.

A essa família, sim, queria Elisa pertencer, prole de Comendador, de rico industrial, gente graúda, linhagem fina. Quer elevar-se da mediocridade de Agreste, salvar-se do cansaço, da inutilidade, da avidez quotidiana. Quer as luzes, o brilho, a agitação, as possibilidades, a aventura de São Paulo. Em Agreste, sem horizonte, sem futuro, vegeta, morre a cada dia.

Vestindo um maiô emprestado por Leonora — o seu está velho e fora de moda — que lhe molda o corpo esplêndido, os cabelos noturnos caindo no cangote, sai da água, vem sentar-se na praia. Enxerga Perpétua adormecida. Elisa sabe que a irmã mais velha tem um plano traçado, essa é a opinião de dona Carmosina, a quem nada escapa. Perpétua ambiciona vender — vender muito bem vendidos — os dois meninos a Tieta, mandá-los para São Paulo, onde serão adotados como filhos e herdeiros. Plano diabólico, dona Carmosina o desvenda inteiro, de dedução em dedução.

Elisa não deseja tanto, não quer ser adotada de papel passado e sim de coração, não se candidata a herdeira única. Contenta-se com muito menos: basta que a irmã se compadeça da mesquinha sorte dela e do bestalhão do Astério e os leve para São Paulo, dando a ele emprego nas fábricas da família e tendo ela, Elisa, a seu lado, irmã preferida, quase filha, amada tanto ou mais que Leonora. Já disse não desejar casa própria em Agreste. Se a irmã pretende lhe dar alguma coisa, que seja em São Paulo onde a vida é digna de viver-se, repleta de novidades e de tentações. Lá terá quem lhe admire a beleza, não apenas um árabe velho, um moleque sujo, um fétido mendigo. Será alguém, tendo onde e a quem mostrar-se. Em São Paulo tudo pode acontecer.

198

SHERLOCKS A POSTOS!

Interrompo a narrativa para deixar claro que todos os dados necessários à solução do enigma a envolver Tieta (e com ela Leonora) estão colocados na mesa das deduções, diante do leitor. Não é preciso ser Sherlock Holmes ou Hercule Poirot para tudo descobrir. Por que então dona Carmosina foi no embrulho? Os olhos cegos pela amizade, acreditou no conto.

Aliás, não houve em nenhum momento, de minha parte, a intenção de enganar o público, de esconder-lhe fatos, de baratiná-lo. Tampouco havia por que sair contando o fim logo no começo, desvendando o passado antes de fazer-se necessário. Nos folhetins sempre se considerou essencial um pouco de suspense para atiçar a emoção dos leitores.

Estão à disposição da capacidade de cada um, nas páginas já lidas, pistas e indícios, mais do que suficientes. A maioria com certeza deu-se conta da verdade desde o início e, se nada disse, fez bem para não alertar os lerdos de entendimento. Não pensem sobretudo que eu escondi, torci ou inventei detalhes na intenção de não manchar a imagem de Tieta. Se ela, em respeito à família e aos preconceitos de Sant'Ana do Agreste, teceu uma teia de enganos, não me cabem responsabilidade e culpa. Não a julgo, por isso, nem melhor nem pior, nem creio que a atuação posterior por ela desenvolvida tenha menos mérito por causa de sua condição. Mérito ou demérito, dependendo, é claro, da posição de cada um diante das propostas do Magnífico Doutor. Quais? Já veremos, no decorrer da narrativa.

Encontro-me em Agreste trazido pelo clima de sanatório mas não sou daqui, sou de Niterói, como se diz. Não faço minhas as desvairadas paixões a abalar o burgo, a açoitar os habitantes. Não me envolvo, apenas relato.

ONDE É SUSPENSO O VÉU QUE ENCOBRE O PASSADO DA BELA LEONORA CANTARELLI E FICA-SE SABENDO DE TUDO OU QUASE TUDO

Lar, vida de família, calor humano, afeto verdadeiro, Leonora veio a conhecer somente quando, aos dezenove anos, chegou ao randevu Refúgio dos Lordes e obteve aprovação de Madame Antoinette. Antes aprendera em curso intensivo a fome, a maldade, o desconsolo.

Na infância, caixa de pancadas. A qualquer pretexto, os pais batiam-lhe na cara, um e outro, a magra Vicenza e o troncudo Vitório Cantarelli, quando não se batiam entre si — nem sempre Vitório levava a melhor. Cinco filhos, quatro homens e ela, a caçula. Os homens foram caindo fora do cortiço, um a um, para as fábricas ou a má vida. Giuseppe morreu mocinho, sob as rodas de um caminhão, ao voltar para casa, bêbado. Puseram o corpo em cima da mesa, os pés sobrando, dependurados. Único a ter compaixão da irmã, Giuseppe afagava-lhe o rosto imundo, dava-lhe vez por outra um caramelo. Ela completara treze anos e queria ir-se dali para evitar a fábrica, destino próximo. Todos a achavam bonita e o diziam. Não para felicitá-la, não em elogio, em bom presságio e, sim, em lástima, em ameaça:

— Non sa quello che l'aspetta di éssere cosi bella.

— Bonita e pobre, vai acabar mal.

Tinham razão. Rapazolas e homens perseguiam-na. Antes de ser púbere, tentaram violá-la no campo de futebol invadido pelo capim. De que adianta chorar se mais dia menos dia há de acontecer? Inexperiente, contou em casa, apanhou de Vicenza e de Vitório para deixar de ser debochada, para não viver na rua se oferecendo.

Freqüentou a escola, aprendeu a ler e a fazer contas devido à merenda, devorada — a comida em casa, insuficiente. Seu Rafael, dono da Pizzaria Etna, a barriga de nove meses, dava-lhe um pedaço de pizza dormida, de carne sentida, e lhe apertava os peitos enquanto ela engolia, sôfrega. A combinação durou meses e meses, nunca trocaram uma única palavra, estabeleceram e cumpriram em silêncio os termos do acordo. Um dia, vendo-a espiar os pratos expostos na vitrine, seu Rafael se adiantara, na mão um naco de pernil, mostrando-o como se atraísse um cão. Leonora entrara, ele avançou as duas mãos, uma a exibir a carne sedutora, a outra dirigida ao busto nascente, protuberâncias sem forma definida. A menina quis pegar o pedaço de pernil e sair, seu Rafael não deixou, sacudiu a cabeçorra proibindo: enquanto ela mastiga, ele apalpa, amassa, belisca os seios nascentes, corre-lhe a mão na bunda quando a gulosa volta as costas para ir embora. Assim Leonora pagou desde cedo comida e formosura sem conseguir, no entanto, saciar a fome.

Os seios cresceram, a beleza também, visível mesmo na farda pobre de escolar — Leonora dava um jeito no corpo, tentação. Aos quinze anos, a curra. Era fatal, disseram os vizinhos: assim bonita, desamparada e metida a moça. Quatro no automóvel, um bem mais velho, de barbas, os outros três muito jovens, a exibir revólveres. O mais brutal não aparentava sequer a idade dela, picou-lhe perna e braço com um canivete. O barbado permaneceu ao volante, os três adolescentes desceram, empurraram-na para o fusca, os passantes viram, deram-se conta, ninguém tomou sua defesa. Quem é louco de se envolver com marginais armados, maconheiros? Levaram-na, serviram-se dela, espancaram-na, rasgaram-lhe o vestido, o único além da farda. Esteve na polícia, ouviu graçolas, um tira propôs encontro, os jornais noticiaram a ocorrência em duas linhas, fato corrente, sem maior impacto. Tivessem-na matado, a matéria ganharia certo interesse. Estupro, curra — bobagens. Se alguma vez pensara em casamento, abandonou a idéia. Queria apenas ir embora, fosse para onde fosse, com quem a quisesse levar.

Vidrou-se em Pipo, o primeiro a quem se deu por bem querer. Achava-o o máximo com os cabelos longos caindo no pescoço, despenteados; aos dezenove anos já citado nas páginas de esporte dos jornais, pinta de craque. Elevado dos juvenis para o time de cima na ausência do titular da ponta-esquerda, abafou. Finalmente, o ponteiro ofensivo de que tanto necessita nosso futebol. Foi o começo do sucesso de Pipo, o fim do romance de Leonora.

— Não enche, civeta. Não se enxerga?

Vez por outra, se quisesse, numa folga dos treinos e das boates, quando de visita ao bairro, à família no cortiço em tudo igual àquele onde vivia Leonora. Vez por outra, ela não quis; romântica, exigia carinho, doçura, amor, desejos absurdos naquele confuso labirinto.

Ainda chorava quando reencontrou Natacha, antiga vizinha, também de visita aos pais. Leonora lhe narrou a paixão e o abandono, da curra ela já sabia. Um punhal no peito, cravado pelo festejado Pipo, agora de automóvel, cercado de admiradores. Segundo a crônica esportiva, o sucesso está subindo à cabeça do rapaz, se continuar assim não irá longe. Natacha, bem posta e perfumada, lhe falou da profissão de puta. Não contou vantagens, disse que dava para viver, se a fulana evitasse cafetões e gigolôs — para Natacha melhor do que oito horas na fábrica ou doméstica em casa rica. Para Leonora soara a hora decisiva — a fábrica ou a zona.

Dois anos andou aqui e ali, de mão em mão, em hotéis baratos, no quarto sem janela, dividido do vizinho por um tabique, foi presa, medida corretiva, viveu desvairada paixão por Cid Raposeira.

Quando o conheceu, Cid atravessava uma fase calma, os médicos deram-no como curado sem dúvida para se verem livres dele. Magro, calado, durão, quase sempre. De repente, terno e frágil. Para quem nada tivera, era bastante, Leonora se prendeu. Cid Raposeira odiava o mundo e a humanidade, mas excetuava a companheira, um dia vou casar contigo e teremos filhos. Conversa de casamento e filhos, sinal de crise à vista — amiudavam-se os ataques, cada vez mais curtos os intervalos de lucidez. Do carinho passava ao ódio, direto: sai de minha frente, demônio. Dias de xingos e tabefes, ameaças de morte, tentativas de suicídio, terminando no manicômio ou na delegacia. Passada a crise, lá vinha ele humilde, esquelético, esfomeado, pedinchento, inútil. Leonora, um aperto no coração, varada de pena, o acolhia. Não houvesse Raposeira partido com uma boliviana que transava drogas, talvez Leonora ainda permanecesse com ele, sem coragem de abandoná-lo.

Novamente Natacha mudou-lhe o curso da vida. Cruzaram-se na rua por acaso, num começo de tarde. Leonora perseguindo michês, Natacha próspera, elegante, superiora.

— Agora, faço a vida em randevu. No melhor de São Paulo, o mais caro, o Refúgio dos Lordes, já ouviu falar?

Mediu Leonora cuja beleza não apenas resistira mas crescera, absurda beleza virginal, translúcida, os enormes olhos de água, os cabelos doirados, a face pura, toda ela recato e inocência.

— Quem sabe Madame Antoinette lhe aceita. Você faz o tipo moça de família. Se quiser, lhe apresento.

Madame Antoinette pôs as mãos nas cadeiras, estudou a recém-chegada:

— O que deseja?

Natacha antecipou-se:

— Leonora...

— Perguntei a ela, não a você, cabrita.

— Desejo trabalhar aqui se a senhora me aceitar.

— Por quê?

— Para melhorar de sorte.

— É casada? Já foi?

— Não. Mas já vivi uns meses amigada.

— Por que deixou?

— Ele me deixou.

— Por que foi ser rapariga?

— Para não ir para a fábrica. Antes tivesse ido.

— Tem algum homem? Algum rabicho? Cafetão, gigolô?

— Tive esse que falei. Era doente.

— Doente? De quê?

— Esquizofrênico. Quando estava são, era um cara legal.

— Filhos?

— Não, senhora. Não peguei nunca. Nisso tive sorte.

— Sorte? Não gosta de crianças?

— Gosto demais. Por isso digo que tive sorte. Não tenho com que criar menino. Para passar fome, não quero.

— Já teve doenças? Não minta.

— A senhora quer dizer doença comprada, venérea?

— Isso mesmo.

— Me cuido muito, sempre tive medo. Sou asseada.

— Está bem. Vou fazer uma experiência com você. Pode começar hoje mesmo.

Alguns meses depois, Lourdes Veludo, morenaço digno da melhor consideração, uma das três mulheres de residência fixa no Refúgio, deixou a casa para incorporar-se a um show de mulatas, espetáculo de sucesso com possibilidades de excursão à Europa. Madame Antoinette, que apreciava a discrição e a gentileza de Leonora, convidou-a a ocupar a vaga. Acontecera dois anos atrás.

ÚLTIMO FRAGMENTO DA NARRATIVA, NA QUAL — DURANTE A LONGA VIAGEM DE ÔNIBUS-LEITO, DA CAPITAL DE SÃO PAULO À DA BAHIA — TIETA RECORDA E CONTA À BELA LEONORA CANTARELLI EPISÓDIOS DE SUA VIDA

— Quando conheci Felipe, ele não era ainda comendador e eu ainda era Tieta do Agreste, meu nome no sertão, na cidade da Bahia, no Rio de Janeiro e em meus começos em São Paulo. Felipe tinha voltado da Europa.

Felipe Camargo do Amaral, aos cinqüenta anos, considerava-se realizado como homem de negócios, empresário vitorioso em todos os setores onde atuava. Realizado também como paulista, cidadão e homem. Na Revolução de 32, não aceitou o cargo burocrático no gabinete do governador, providenciado pela família tradicional, marchou para a frente de combate, praça voluntário e, ali chegando, foi imediatamente promovido a primeiro-tenente, ajudante-de-ordens, um Camargo do Amaral não pode ser soldado raso. Terminou major, no Estado-Maior Revolucionário, redigindo manifestos e proclamações. Nascera rico fazendeiro de café, já com fartas colheitas e com quatrocentos anos de cidadania ou mais, se for considerado o sangue indígena, algumas gotas, o suficiente para dar-lhe condição nativa, autêntico bandeirante.

Por conta própria tornou-se industrial, um gênio para ganhar dinheiro, presidente de empresa, consórcios, bancos, entupido de ações e dividendos. Rápida passagem pela política. Deputado, em 1933, ao regressar do cômodo exílio em Lisboa, não disputou a reeleição. Faltava-lhe paciência para os inócuos debates, para as sessões chatas e, quanto à astúcia, preferia empregá-la melhor do que em trincas eleitorais. Assim o fez, crescendo em riqueza e em sabedoria.

— Felipe sabia viver e me ensinou. Eu era uma cabrita andeja, com ele virei madame. Aprendi com Felipe o valor do dinheiro mas aprendi também que a gente deve ser dono e não escravo do dinheiro.

Sabedoria para ele era viver bem. Não se deixar aprisionar pelos negócios. Música, quadros, livros, boa mesa, boa adega, viagens, mulheres. Conheceu os cinco continentes, Europa e Estados Unidos de cabo a rabo, pagou montes de mulheres — mulher a gente paga de qualquer forma, o melhor é pagar com dinheiro, fica sempre mais barato e não dá aporrinhação. Bom chefe de família, vivendo em paz com a esposa, escolhida no seio da exportação do café, em clã de muita linhagem e maior pecúnia, doido pelos filhos: um com ele, lugar--tenente na direção das empresas, o outro irremediavelmente ancorado no laboratório de pesquisas científicas da universidade norte-americana onde estudara e permanecera, casado com gringa. Felipe não tinha queixas da vida.

— Foi ele quem teve a idéia do Refúgio, muito antes de me conhecer. O primeiro nome era francês.

A idéia propriamente não fora dele. Com um pequeno, selecionado grupo de senhores do mesmo padrão econômico e de idênticos altos ideais, financiara benemérito projeto de diligente e encantadora amiga, Madame Georgette. Um dos filhos de Felipe estudara nos Estados Unidos, o outro em Oxford, na Inglaterra. Ele, porém, preferia la douce France, familiar de Paris, guloso de vinhos, queijos e fêmeas. Quanto mais conheço outras cidades, mais gosto de Paris, dizia. Madame Georgette transportara para a capital paulista algumas especiarias francesas, condimentadas, picantes, às quais somara o melhor produto nacional. Perita na escolha das gentis parceiras.

O projeto referia-se ao estabelecimento de reservadíssimo randevu a ser freqüentado apenas pelos reis do latifúndio e da indústria — terras e fábricas, financeiras e bancos — pelos maiorais da política, ministros, senadores; grandes das letras e das artes, excepcionalmente, para dar lustre à casa. Experiente e capaz, Madame Georgette superou-se. Assim nasceu o Nid d'Amour onde os fatigados, nervosos senhores, repousavam em braços jovens, em colos perfumados, de dóceis e eruditas jeunes-filles.

— Quando Felipe chegava de viagem, vinha farto de brancas, tinha um pendor pela cor morena, assim tostada igual à minha — minha bisavó foi negra escrava. Cabrita montês, queimada de nascença, fui-lhe servida com champanha.

Madame Georgette conhecia o gosto de Monseigneur Le Prince Felipe — somente de príncipe o tratava —, guardara para ele pitéu digno de tão fino paladar: Tieta do Agreste, morena de cabelos anelados, curtida no sol do sertão, educada nos bordéis dos povoados pobres, a flor da casa.

205

— Por que se engraçou de mim, não sei. O certo é que não me deixou mais.

— Que homem não se engraçaria, Mãezinha? Além de bonita, devia ser saliente, uma brasa, imagino.

— Eu era bonita, sim, e esporreteada. Falava pelos cotovelos, ria à toa e quando topava parceiro de respeito, não tinha rival na cama, te garanto. Não sei se gostou de mim por isso ou porque acalentei seu sono.

O que prendeu Felipe e o fez constante? O conversê de moça a contar coisas do burgo e do sertão, da vida pacata, das cabras saltando sobre as pedras, do banho no rio? A competência? Ou o calor a desprender-se dela, a vida intensa e o gosto de viver? No quarto, com Tieta, sentiu-se jovem. Não mais o gasto senhor, refugiado no randevu para repousar de afazeres e problemas com prostituta de alta classe, a ser usada uma vez, quase nunca repetida. Madame Georgette mantinha vasto e renovado estoque, inumeráveis telefones no caderno azul, todas selecionadas no capricho. Ficara assombrada quando Le Prince Felipe pediu de novo a cabrita sertaneja e, depois de umas quantas vezes, a reservou — não fará mais a vida, fica por minha conta, à minha disposição.

Quando em São Paulo, Felipe mantinha-se assíduo ao corpo de agreste sabor, ao dengue, às carícias quase sempre castas, ao cafuné, aos ingênuos acalantos. Quando em viagem, tomava as medidas necessárias para que nada lhe faltasse, tivesse dinheiro bastante para não esquecê-lo e para respeitá-lo.

— Não botava chifres nele. Mãezinha?

— Chifres? Quem podia botar chifres nele era a esposa, dona Olívia, mas não me consta que pusesse. Eu, era sua protegida. Nunca me proibiu nada, a não ser que eu fizesse a vida. Dei a quem quis, por querer, assim como dava em Agreste, antes de ser mulher-dama, para satisfazer o fogo me queimando o rabo, nunca por dinheiro. Fui discreta nos meus casos, sempre o respeitei e jamais falamos disso.

— E ele, não tinha outras?

— Nunca quis saber, nunca perguntei pelas mulheres que ele comia mundo afora. Me contaram de uma que ele trouxe da Suécia.

Alta escultura de trigo e neve, belíssima, disseram a Tieta as intrigantes. Ela cerrara os dentes, não abrira a boca. Apenas recomeçou a freqüentá-la e se viu nos dengues, rindo, adormecendo no cafuné, Felipe despediu a escandinava. Despediu, não: a beldade foi cedida, em troca de charutos cubanos, a um amigo importador, maníaco de material estrangeiro. Mesmo de segunda mão, em bom estado — observou Felipe de bom humor, concluindo que, em matéria de rapariga, tinha tendências à monogamia.

— Penso que ele ficou comigo a vida inteira porque nunca liguei para a fortuna dele, para mim não fazia diferença que fosse rico ou não, o que me prendia eram as atenções. Nunca pedi nada a Felipe, a não ser, por duas vezes, dinheiro emprestado. A primeira, no dia que nos conhecemos, se não tivesse a quantia exata perderia a ocasião de comprar um casaco de napa, argentino, um espetáculo, novo em folha. Tudo mais que ele me deu foi de livre e espontânea vontade.

Os apartamentos, um a um, em prédios cuja construção incorporara. Um dia chegou com a planta de um edifício, abriu na cama.

Estou construindo esse prédio, doze andares, na Alameda Santos.

— Puxa! Que colosso!

— Reservei um apartamento para você. São todos iguais: sala e dois quartos. Tem quatro em cada piso.

— Tu ficou doido? Para eu pagar com quê?

— Quem falou em pagar? É um presente, está completando três anos que nos conhecemos.

Com tanta coisa em que pensar, Felipe recordava datas, aniversários. Apegara-se a Tieta, mais ainda se apegara ela a esse homem que lhe dava tanto e tão pouco lhe pedia. Aos pés do leito, os chinelos sob os travesseiros, o pijama de Felipe. Os edifícios cresceram em andares, os apartamentos em tamanho. No último prédio, imenso, uma cidade, ganhou loja no andar térreo, ponto caríssimo. Se ela lhe deu carinho, ele pagou em dinheiro — ou em bens, a mesma coisa: o melhor é pagar em dinheiro, fica mais barato e não dá aporrinhação.

— Um dia, Madame Georgette me chamou para conversar. Queria passar o negócio adiante, ia voltar para a França, me ofereceu a preferência.

Madame Georgette depositava na França economias e lucros, comprara casa na banlieue de Paris, sempre pensara no regresso e na aposentadoria. Quando falou com Tieta, já adquirira a passagem de navio para daí a dois meses. Pela segunda vez, ela pediu a Felipe dinheiro emprestado.

— Você não me pagou ainda o que tomou no dia em que lhe conheci — pôs-se ele a rir. — Deixe comigo, acerto com Georgette, o Nid é seu.

— Faz mais de treze anos que assumi. Reformei tudo, modernizei, separei um apartamento para mim e Felipe, aquele luxo. Mudei o nome e aumentei os preços.

— Por que mudou o nome, Mãezinha?

— Nid d'Amour cheirava muito a casa de puta. Refúgio dos Lordes é mais decente. São todos uns lordes, os meus fregueses. Em troca, tive de mudar meu nome. Conselho de Felipe.

— Um randevu de alto bordo e preços de esfolar tem de ser dirigido por francesa, ma belle. Madame Antoinette, vai muito bem com seu tipo. — Assim ele dissera.

— Nome francês com minha cor, meu bem? Não pode ser.

— Francesa da Martinica, como Josefina, a de Napoleão.

Os fregueses fizeram-se amigos, o prestígio do randevu cresceu, freqüentar o Refúgio dos Lordes tornou-se privilégio mais disputado do que ser sócio do Jóquei Clube, da Sociedade Hípica, dos clubes mais fechados de São Paulo. No apartamento reservado, com o máximo conforto, aos pés do leito, os chinelos de Felipe, sob o travesseiro, o pijama. Envelhecera, enviuvara, o Papa agraciara-o com o título de comendador, viajava pouco, apenas superintendia as múltiplas empresas, cada vez mais presente à cama e ao riso cálido de Tieta.

— Para Felipe não mudei de nome, fui Tieta do Agreste até o fim.

Para os demais, Madame Antoinette, francesa nascida nas Antilhas do casamento de um General de La Republique com uma mestiça. Educada em Paris, desperdiçando charme, mestra no ofício de escolher mulheres, especiarias para o gosto caro dos fregueses, os mais ricos de São Paulo, Dieu Merci. Para as duas ou três raparigas que, como Leonora, habitam permanentemente no Refúgio dos Lordes, é Mãezinha, exigente e generosa, temida e amada.

DO RECADO URGENTE

No melhor da festa, chega o recado urgente. Devorado o almoço, repetida a sobremesa, dona Laura, Elisa e Leónora servem o cafezinho. Rega-bofe grandioso, com variado fundo musical: o moderníssimo som do toca-fitas competindo com a harmônica de Claudionor das Virgens. O trovador possui extraordinário faro para detectar odores culinários, perfume de batida, aroma de cachaça. Sem esperar convite, aparece de sanfona em punho, o sorriso aberto, caradura simpático e bem-vindo: com vossa permissão!

Enquanto Elisa, Aminthas, Fidélio, Seixas e Peto curtem o rock-and-roll, os demais aplaudem Claudionor e Elieser. O repertório do trovador dá preferência à música sertaneja enquanto o dono da lancha, habitualmente casmurro, de pouca conversa, animado pelos tragos, solta a voz agradável e, atendendo às sugestões saudosistas de Tieta e de dona Carmosina, canta esquecidas melodias. Tieta, sentada numa esteira, enorme chapéu de palha a defender-lhe o rosto, pede:

— Toque aquela que Chico Alves cantava, Claudionor.

— Qual?

— Uma que começa: *Adeus, adeus, adeus, cinco letras que choram...*

Elieser abre o peito, Claudionor acompanha na sanfona. Tieta deixa-se levar pela música, está distante, não participa das conversas. Leonora inquieta-se. Conhece Mãezinha: quando está assim, calada, é porque algum problema a preocupa, uma chateação qualquer. O que será? Não se anima a perguntar, não vale a pena, melhor é deixá-la em paz até o riso voltar. Quando estou de calundu, me larguem de mão, não se metam, recomendava ela no Refúgio. Em silêncio, senta-se a seu lado.

Tieta percebe a presença de Leonora, volta-se, acaricia-lhe a face. A moça toma-lhe da mão e a beija, com ternura. Cabrita sem juízo, reflete Tieta, corre o risco de se apaixonar, de perder a cabeça. Somente ela, de cabeça oca? Mais ninguém?

Que espécie de obrigação inapelável exigira a presença de Ricardo ao lado do padre na devoção de Rocinha? Obrigação, coisa nenhuma! O sobrinho estava fugindo dela, isso sim; fora com o padre para não vir a Mangue Seco, não manchar os olhos castos — castos?, carolas! — na nudez da tia, soberba no reduzido biquíni, bestalhão! Nos últimos dias sentira a ausência do rapaz, no banho do rio, nos passeios. Até a hora da banca ele mudara, sem dúvida para não lhe fazer nova massagem. E Tieta, burra velha, a sonhar com o sobrinho, a vê-lo noite e dia com asas de anjo e aquele pé de mesa. Jamais se interessara por jovens, muito menos por meninotes de dezessete anos, preferindo homens feitos, sempre mais idosos do que ela. Fizera-se necessário voltar a Agreste para desejar um rapazola, sentir frio na espinha ao pensar nele, ficar mal-humorada, desagradável, vazia devido à sua ausência. Triste, irritada, em pleno calundu. Com essa não contava. Ainda por cima sobrinho e seminarista. Vendo-a tão longe, perdida em pensamentos, Leonora levanta-se, vai ao encontro de Ascânio. Tieta toca-lhe novamente a face, num afago.

— Sabe *Foi tudo um sonho*, Elieser?

— Sei mais ou menos, dona Antonieta. Mete os peitos, Claudionor!

Tieta veleja na música, conduz Ricardo pela mão. Osnar, encharcado de cerveja, acomodou-se na sombra, mamando um charuto. Barbozinha ressona debaixo de um coqueiro, esquecido dos projetos de declamação no alto dos cômoros. O cansaço começa a se fazer sentir, no crescer da tarde, após a maratona de dendê e pimenta, coco e gengibre, batidas, cachaça, cerveja. A manhã fora fatigante: banho de mar no embate das ondas bravias, escalada das dunas sob o sol de verão. Ainda assim, Ascânio e Leonora projetam uma fuga para a praia. Quando o calor diminua, antes da volta marcada para o pôr-do-sol.

Inesperado, o barulho de um motor na distância. Comandante Dário, a quem todos os ruídos do mar e do rio são familiares, decreta:

— É o barco de Pirica.

Pirica vem em busca de Ascânio, trazendo recado do coronel Artur da Tapitanga e notícia sensacional: os engenheiros da Hidrelétrica de Paulo Afonso encontram-se em Agreste e querem falar com alguém responsável pela Prefeitura. Foram à casa do prefeito, deu a maior confusão. Doutor Mauritônio não diz coisa com coisa, vive num mundo de fantasmas, agrediu o engenheiro-chefe, confundindo-o com o agrônomo Aristeu Regis, responsável pela deserção de Amélia Doce Mel. Insultados e expulsos, foram parar na fazenda do coronel Artur de Figueiredo, presidente da Câmara Municipal. O octogenário enviara Pirica a Mangue Seco com ordens de trazer Ascânio.

Há uma animação geral, querem saber mais, reclamam detalhes, mas Pirica, além do já contado, acrescenta apenas uma informação: o Coronel estava muito contente quando o encarregara do recado:

— Diga a Ascânio que os homens da luz estão aqui, que ele venha imediatamente, não perca um minuto.

Fidélio exclama:

— Vão instalar a luz, ganhei a aposta. Viva dona Antonieta!

O primeiro viva, seguido de outros ali mesmo, sob os coqueiros. Prólogo às comemorações da cidade, Agreste vai vibrar com a notícia. Ascânio, empertigado, encaminha-se para Tieta:

— Permita, dona Antonieta, que eu lhe antecipe a gratidão do povo de Agreste.

Tieta estende a mão a Ascânio para que ele a ajude a levantar-se:

— Ainda não, Ascânio. Não arrote antes de comer. Atenda ao chamado do Coronel, tire o assunto a limpo, por hora não se sabe de nada certo. Eu aprendi a não soltar foguete antes do tempo para não queimar a mão. Se for verdade, quem mais merece parabéns é você que lutou tanto. Eu pouco fiz, só fiz pedir.

— As intenções, os gestos não valem nada quando não trazem resultados, foi a senhora mesma quem me disse — retruca Ascânio.

— Você brigou, se bateu, não ficou na intenção. Vá saber o que há e, se for verdade, comemoraremos juntos.

— Nós e o povo todo, dona Antonieta. Vai ser a maior festa de Agreste.

O entusiasmo domina a alegre comitiva. Tieta, queira ou não, é abraçada, beijada, felicitada. Barbozinha ameaça discursar, fará um poema à luz de Paulo Afonso, luz nascida dos olhos de Tieta; Osnar propõe que a carreguem em triunfo — solte minha perna, seu aproveitador!; Aminthas promete a Fidélio pagar a aposta assim a notícia se confirme. Afetuoso abraço do Comandante; solenes felicitações de Modesto Pires, impressionadíssimo com o prestígio da conterrânea; nunca acreditara que os pedidos feitos por ela dessem resultado positivo; nem vão tomar conhecimento dos telegramas, jogam no lixo, garantira a dona Aída e a alguns amigos. Perpétua empina o peito: as relações da irmã na cúpula da política e do governo são um orgulho para a família, sua posição social eleva todos os parentes. Se não estivesse tão amuada, ao ouvir a palavra cúpula, Tieta abriria num frouxo de riso; ainda assim sorri nos braços de Perpétua. Elisa, emocionada, não contém o choro, cobre a irmã de beijos. Dona Carmosina e dona Milu jamais duvidaram, contavam as horas na espera da resposta. Agora, diante da presença dos engenheiros em Agreste, que dirão os incrédulos? Terão de dar a mão à palmatória. Tieta gostaria de participar da alegria geral mas aquele por cujo beijo anseia não está presente, não veio, não quis vir, preferindo seguir atrás do padre no lombo de um burro, o idiota! Que espécie de dor-de-cotovelo mais absurda! Seu rival é Deus. Pois Deus que se cuide, no particular Tieta do Agreste não costuma perder.

Por proposta de dona Carmosina, unanimemente aprovada, decidem voltar em seguida, acompanhando Ascânio, ninguém se sente capaz de demorar--se o resto da tarde em Mangue Seco, esperando o pôr-do-sol, com tamanha novidade em Agreste. Todos desejam ver os engenheiros.

Todos, menos Tieta. Anuncia sua decisão de aceitar o convite de dona Laura e do Comandante, de ficar na praia até quarta-feira quando, em companhia de Modesto Pires, voltará a Agreste para a escritura do terreno.

Enquanto os demais se arrumam, leva Perpétua à Toca da Sogra, entrega--lhe um molho de chaves:

— Quero que você me faça um favor. Abra a mala azul, repare na chave, pegue aquela maleta onde guardo dinheiro, a que você viu, abra com essa chave pequena, e retire... — calcula a quantia em voz alta, o necessário para dar um sinal a Modesto Pires, assegurando a compra do terreno, e para as despesas iniciais da construção.

— Você vai fazer casa? Em seguida?

— Imediatamente. Vou demarcar o terreno e começar uma casinha, pequena, o Comandante se ofereceu para tomar conta da obra, em Saco tem tudo que se precisa, em material e mão-de-obra, é só ter dinheiro para pagar. O Comandante disse que a construção pode andar depressa. Quero ver minha casinha de pé, pelo menos as paredes, antes de regressar a São Paulo. Quando eu não estiver, você e os meninos ficam usando. Elisa também. — Fita a irmã, adoça a voz. — Tenho vontade de fazer alguma coisa por meus sobrinhos, Perpétua, já que não tenho filhos.

— Ah!, Mana, que alegria você me dá dizendo isso. — Brilham os olhos gázeos, tremula a voz esganiçada. O acordo com o Senhor, apenas estabelecido e já em pleno andamento.

— Em Agreste, a gente conversa sobre isso.

— Por quem mando o dinheiro e as chaves?

— Pelo Comandante, ele vai com a canoa, levando gente.

O Comandante não precisou ir, couberam todos na lancha de Elieser e no barco de Pirica onde se acomodarão, além de Ascânio, Leonora e Peto. Tieta se aflige:

— E eu que preciso desse dinheiro amanhã bem cedo. Mande por qualquer um que venha para cá.

— Deixe comigo, eu dou jeito — garante Perpétua.

Tieta confia, já alegre, sorrindo. O calundu passou, constata Leonora ao despedir-se. No momento do embarque, na praia, a caravana improvisa ruidosa manifestação, sob a batuta de dona Carmosina:

— Então, como é que é?

O coro responde:

— É!

— Para Antonieta nada?

— Tudo!

Dona Carmosina junta-se aos demais:

— Hip, hip! Hip, hip! Hurra! Antonieta! Antonieta!

Modesto Pires repete:

— O povo de Agreste, se essa história da luz for verdade, como parece, vai lhe entronizar no altar-mor da Matriz, junto da Senhora Sant'Ana, dona Antonieta. Eu já lhe disse e repito.

Tieta desata em riso: mundo mais divertido.

DA PERGUNTA MAL-HUMORADA

Na Prefeitura, de bastante mau humor, o engenheiro-chefe informa ao ansioso Secretário da mudança havida no plano de extensão dos fios e postes da Hidrelétrica: Agreste fora incluído inesperadamente na relação de municípios a serem beneficiados com luz e força da usina. Não apenas isso, já de si incrível absurdo, tinha mais. As ordens, vindas do alto, da própria presidência da Companhia, urgentes, eram de conceder a Agreste prioridade absoluta, iniciando-se imediatamente as obras necessárias para que fossem concluídas em tempo mínimo. Inconcebível decisão a trazê-los ali, a esses quintos do inferno, num domingo, dia de descanso, cobertos de poeira, putos da vida. Perdendo tempo, ainda por cima, pois há horas buscam um funcionário responsável com quem conversar.

Antes de informar sobre prazos e datas, existe uma coisa, uma única, que o engenheiro-chefe e seus subordinados desejam saber: como se explica que um município tão pobre e atrasado, cujo prefeito é maluco, precisando de camisa-de-força e internamento, o Presidente da Câmara de Vereadores um macróbio, houvesse conseguido modificar planos aprovados, definitivos, ordens de serviço em andamento, passando à frente de comunas ricas, prósperas, protegidas por políticos de renome, ocupando altos postos? Quem pedira por Agreste? Pedira, não, impusera! Por favor, o nome desse líder de tamanha força, dessa personalidade assim eminente, desse prepotente mandachuva, do potentado capaz de tal proeza? Tem de ser realmente alguém de muito poder, com certeza general.

Osnar, distribuidor de patentes, dizia-a Generala. Mas Ascânio silencia, para não aumentar o mau humor dos engenheiros. Sorriu modesto, vamos ao que interessa, às datas e aos prazos.

DO MEDO E DA VONTADE DISSOLVIDOS EM LUAR

Generala? Sozinha, deitada no alto das dunas, moleca de Agreste, pastora de cabras. O marulho ingente das ondas, o odor de maresia, música e perfume dos começos do mundo. No céu, a lua e as estrelas, eternas.

Nos cômoros, ouvindo as vagas, nos oiteiros de terra pobre, no contato com o rebanho indócil, fizera-se forte e decidida, aprendera a desejar com intensidade e a lutar para conseguir. Mar bravio, terra árida, faces de um mesmo mundo agreste, duro, pobre e terrivelmente belo. Sentia-se plantada nas

214

pedras onde as cabras saltavam e nas areias movidas pelo vento. Tinha da terra e do mar, da água doce e da salgada, correnteza de rio, ressaca de oceano. Aprendeu a não ter medo, a não fugir, a olhar de frente, a assumir a iniciativa. Tantas estrelas, incontáveis; quantos amores, o desejo preso na garganta, na ponta dos dedos, no fundo do estômago? Amores de fugidio instante, amor da vida inteira, o de Felipe. Ninguém conta as estrelas, para que contar as ânsias, a boca seca, a necessidade urgente? O número não importa e sim o beijo, a morte e a vida juntas, uma coisa só. Em Mangue Seco, sobre a areia, em Agreste, nos esconsos do rio, cabra montês. Em cama de casal, somente Lucas, quando ela deixou a aridez dos oiteiros e descobriu os atalhos do prazer. Ei-la de novo ali, nos cômoros, como da primeira vez. Tensa, pronta, à espera.

Longe, no rio, a luz; pode ser apenas o reflexo de uma estrela. Qualquer ruído se perde no rebentar dos vagalhões contra as montanhas de areia. Mas a lua cheia ilumina as dunas, suave claridade, macia. O vulto indeciso, no sopé dos cômoros, por qual se decidir? Tieta levanta-se, olha, adivinha, reconhece. Modula o chamado da cabra, doce convocação de amor, berro ligeiro, sussurrado. Indicando rumo e desembarque.

Frente a frente, a tia e o sobrinho. Cardo veste o calção e a camisa do Palmeiras que Tieta lhe enviou. Sorri sem jeito:

— A bênção, tia. Mãe mandou que eu viesse lhe trazer uma encomenda, deixei na mão do Comandante, lá embaixo.

— Foi só?

— Disse para eu ficar com a senhora, lhe ajudando.

— Mas tu não queria vir.

Atrapalha-se o rapazinho, tenta esboçar um gesto, baixa os olhos. A evasiva, entre gaguejada e orgulhosa:

— Está uma festa por lá, por causa da luz. O povo todo na rua, dando vivas pra tia. Diz que a tia...

— Tu tem medo de ficar, não é?

A resposta se espelha na confusão do rosto aberto ao luar, franco, sem malícia. Tieta prossegue:

— Me conte. É comigo que tu sonha aquelas coisas? Não minta.

O adolescente baixa os olhos:

— Todas as noites. Me perdoe, tia, não é por meu querer.

— E tu tem medo, foge de mim?

— Não adianta de nada. Nem me esconder nem rezar. Até na reza, penso e vejo.

— Tu me acha bonita?

— Demais. Bonita e boa. Eu é que não presto, sou ruim de natureza ou bem é castigo de Deus.

— Castigo? Por quê?

— Não sei, tia.

— Se tu não quer ficar, pode ir embora. Em seguida, neste instante.

Aponta para baixo, deita-se de novo sobre a areia, o corpo exposto: a saia aberta, a blusa desatada. A voz de Ricardo chega de longe, do fundo do tempo:

— Estou com medo de ofender a Deus e de lhe ofender, tia, mas tenho vontade de ficar.

— Aqui, junto de mim?

— Se a tia deixar. — Os olhos incendeiam.

Na lonjura, espoca o clarão dos foguetes subindo ao céu, estrelas acendidas pelo povo de Agreste em honra e louvor da filha ilustre, da viúva rica e poderosa, da paulista com voz e mando no governo.

Tieta sorri, estende a mão:

— Tenha medo, não. Nem de mim nem de Deus. Venha, se deite.

Os corpos flutuam no luar, na música das vagas. Lua, estrelas, mar, os mesmos do passado, iguais. Que importam idade, parentesco, batina de seminarista? Uma mulher, um homem, eternos. Aqui, nas dunas, chiba em cio, um dia distante ela começou. Tieta toca seu princípio. Hoje, cabra de ubre farto, cansada do bode Inácio, defloradora de cabritos.

Intermezzo

À Maneira de Dante Alighieri, Autor de Outro Famoso Folhetim (em Versos) ou O Diálogo nas Trevas

Já ia distante a lua no caminho da África, pejada de ais de amor, quando por fim houve pausa e respiração. Desamarradas as coxas, separaram-se a vida e a morte, cada uma para seu lado, deixando de ser uma única coisa o ato de morrer e o de ressuscitar. Antes compunham um corpo único, um só foguete explodindo no alto dos céus, desfazendo-se em luz sobre as vagas do mar. Antes, a noite de luar foi ao mesmo tempo dia de sol; sol e lua, dia e noite acontecendo juntos sem distâncias nem intervalos.

Quando por fim houve pausa e respiração, desapareceram o sol e a lua, as trevas cobriram o mundo, a noite despiu-se de calor e brilho, fez-se fria inimiga, ouviu-se na ressaca do oceano contra as dunas, na insana ventania transportando areia, a ata de acusação e a sentença. Mais além da vida, mais além da morte, ele pôde medir a extensão do crime. Para o castigo não havia medida humana, não se mede a eternidade. Num esforço que lhe rompeu a garganta e o peito, reencontrou o exercício da palavra:

— Ai, tia! O que foi que a gente fez? Que é que eu fiz?

Um dia, em voto solene, jurara castidade, consagrara-se a Deus. Prometera renegar os prazeres da carne, casto filho de Maria e de Jesus. Traíra o voto.

— Me desgracei e desgracei a senhora, tia. Me perdoe...

Escuta sons de riso, em surdina, nascente de água em meio à tempestade. Mão de areia e vendaval toca-lhe a face culpada, dedos de unhas longas roçam-lhe os lábios, contendo o soluço: um homem não chora e a partir dali, do sucedido, que era ele senão um homem igual aos outros, cravada no coração a marca do pecado? Igual aos outros? Pior, pois os demais não tinham assumido compromisso e o sangue de Cristo derramado na Cruz os resgatara a todos, até o fim dos séculos. Mas ele fizera voto, prometera, jurara, assumira compromisso. Traíra a confiança de Deus. No negrume enxerga as chagas se abrindo em pus no corpo perverso, a lepra. Dedos pressionando a pele dos lábios impedem o grito e o espanto.

— Tia, só quando houver gente, tolo. Não tendo, sou Tieta, tua Tieta. — Está rindo a infeliz, inconsciente, condenada por ele às penas do inferno. Rindo, alegre; não se dá conta do horror que cometeram.

O demônio o possuíra, o mais perigoso, o mais sagaz e sutil, o pior de todos, o demônio da carne. Não se contentando em levá-lo à perdição, utilizara-o como instrumento para tentar e corromper a tia, para perverter viúva honrada, fiel à memória do marido, e transformá-la em fêmea enlouquecida, animal em cio, a gemer e a ganir, a berrar como as cabras nos oiteiros de Agreste. Ai, tia, que desgraça! A mão percorre os lábios, as unhas arranham a pele, ameaçando pausa e distância.

Possuída pelo cão, ela também. Excomungada por culpa dele, exclusiva, que tanto lhe devia: gratidão, respeito e puro amor de sobrinho e protegido. Não lhe mandara presentes de São Paulo, não trouxera vara de pesca e molinete, não lhe dera dinheiro, camisa nova, pijamas que a mãe guardara para o seminário, não ofertara imagem e ostensório à Igreja, piedosa criatura? Alegre, informal, arrebatada, sim, mas generosa ovelha do rebanho de Deus, como a classificara padre Mariano. Alma pura, inocente coração, digna da estima do Senhor, da recompensa divina, proclamara o padre no sermão, durante a missa. Merecedora de todo respeito e de muita gratidão, para pagar o terno afeto, a bondade, as generosas dádivas. A mãe recomendava cuidasse da tia, ficasse às suas ordens, fosse seu amigo. Por acaso obedecera? Buscara aproximá-la ainda mais de Deus e da Igreja, como era sua obrigação de sobrinho e seminarista? Falara-lhe dos santos e dos milagres, contara os prodígios da Virgem e do Senhor, descrevera as maravilhas do reino dos céus? Nada disso cumprira. Ao contrário, pusera-se às ordens de Satanás na conquista da alma da tia, solerte instrumento do maldito. Antes servo de Deus, anjo consagrado, depois escravo do cão, obediente comparsa, cúmplice ativo, anjo decaído.

— Me perdoe, tia...

A mão se alonga, cobre a boca inteira, a palma comprimida sobre os lábios, trincando os dentes.

— Não diga tia, diga Tieta.

Depois da morte próxima do leproso — primeira demonstração da ira divina —, o castigo eterno, as chamas do inferno, para todo o sempre, sem apelo, sem repouso, sem intervalo, sem direito à contrição, sendo demasiado tarde para o arrependimento. Arrependimento? A mão rodeia a boca, as unhas raspam de leve.

No inferno, para toda a eternidade, a carne pecadora e podre queimando e jamais acabando de queimar — salva ou condenada, a alma é imortal. Ouve o riso suave, nascido da ignorância, riso de quem não sabe da violência da cólera de Deus. Por detrás do manso balido satisfeito, ele escuta a gargalhada do diabo, sinis-

tra, vitoriosa, insultante: duas almas ganhas de uma vez, numa só parada, duas a mais para a prática do pecado e para as chamas do inferno, boa colheita.

Tantos dias, tantas noites de batalha. Porque ele lutara e resistira; com pequenas forças e armas mínimas, não possuía a estatura dos santos verdadeiramente dignos de servir a Deus, fortaleza da lei, dos mandamentos. Ainda assim resistira, lutara, erguera trincheiras: na banca, curvado sobre os livros; nas águas do rio, mergulhando quando Peto, instruído pelo cão, dirigia-lhe a vista na Bacia de Catarina; nas orações, antes de deitar-se na rede; em rogo e promessa, na missa — se a Virgem o salvasse, comprometia-se a dormir estendido sobre grãos de milho durante todo o ano letivo. Trincheiras conquistadas, destruídas uma a uma pelo Coisa Ruim. Nos problemas de álgebra, nas páginas impressas, saltavam inteiros os seios entrevistos pela metade no decote do penhoar; os fios de pêlo apontados pelo irmão na fresta do biquíni alongavam-se rio adentro, atando pulsos e tornozelos, trazendo-o de retorno às pedras onde ela descansava, descontraída, as pernas abertas, inocente de tanta cobiça e ousadia. Até mesmo durante o sagrado sacrifício da missa, a fumaça do turíbulo ao evolar-se traçava a curva e o balouça da bunda, redonda, solta, morena, percebida sob a curta camisola.

Labutara nas noites inquietas, a adivinhar devassidões quando se esforçava por enxergar no sonho castas imagens, vidas santas, alegrias puras. Antes de perder-se por completo ali, em Mangue Seco, esteve à beira do pecado todas as noites, ora adormecido, ora acordado, e se jamais o completou foi por não saber como fazê-lo. Mal terminava as orações e cerrava os olhos, ainda com o nome de Deus nos lábios e o pensamento na salvação da alma, e já o Amaldiçoado enchia a rede de seios e coxas, de bundas e pêlos, a tia inteira e nua.

Nem os rogos, nem as preces, nem as promessas, nem a fuga. Transtornado, abrira o livro santo na página da fuga para o Egito, conselho de Deus. Montou no burro e se tocou no rastro do padre Mariano para Rocinha em vez de tomar a lancha para Mangue Seco onde poderia vê-la quase desnuda na praia, acompanhá-la mar adentro, salvando-a de morte certa quando a arrebentação da barra a estivesse afogando. Heróico, lutaria contra as vagas, tomando-a finalmente nos braços, trazendo para a praia o corpo inerte apertado de encontro ao peito.

Montado no burro, fugira da tentação. De que adiantara? Durante todo o percurso para Rocinha ele a teve nos braços, apertada contra o peito no trote do animal. Ao roçar o cabeçote da sela, comprimia entre as coxas as ancas da tia.

221

Débeis forças, vontade fraca, armas frágeis para enfrentar o poder e as tramas do Cão. Para tentá-lo na beira do rio, Belzebu utilizara Peto; para enviá-lo a Mangue Seco, por mais incrível possa parecer, servira-se da mãe, devota e rígida. Ele deveria ter se oposto, discutido, alegando a hora tardia, fingindo-se doente. Não o fez. A mãe não precisou repetir a ordem: saíra correndo em busca de Pirica para contratar o barco. Compreendeu que o Tinhoso escolhera Mangue Seco para local do crime e não obstante para ali partira de livre vontade. Durante a travessia, dava pressa a Pirica apesar de saber que, se lá desembarcasse, estaria perdido. Assim aconteceu: em Mangue Seco o Cão o derrotara e possuíra.

Os dedos rumam para o queixo, deixando na boca um gosto de polpa fresca. As palavras, arrancadas do estômago, cortam o pulmão, estranguladas:

— Estou condenado e levo a tia comigo para o fogo do inferno. Sou ruim demais, me perdi e arrastei a tia.

A mão se espalma, toda ela de fogo, vindo do queixo para o pescoço. Na hora do pecado, até as labaredas são deleite, ninguém sente a dor das queimaduras. Mas outro é o fogo do inferno, tia, outro e eterno.

— Me leve, sim, cabrito. Novinho como os que eu carregava ao colo.

Viúva honesta, ele a fizera renegar o recato e a virtude da cativa condição, manchar a memória do marido, enlouquecer a ponto de dizer coisas assim, sem pé nem cabeça, murmurar frases sem nexo, aberta em riso de contentamento, não se dando conta do mal praticado, indiferente ao castigo.

Ele fora o único culpado mas a condenação atingia os dois, sobre a cabeça da tia cairá igualmente a cólera de Deus. Sobre as duas almas que não souberam resistir aos corpos vis, à carne podre. Ele, o único culpado. A tia lhe dissera que fosse embora, se quisesse, apontara para baixo dos cômoros, ele não quis, preferiu ficar. Consciente de que, se ficasse, iria desrespeitá-la, ofender a Deus, prevaricar, entregando-se de vez a Satanás, servindo-lhe de agente na degradação da alma da viúva, responsável por sua perdição.

— Quem me dera morrer.

— Nos meus braços.

A mão desce dos ombros para o peito. Ai, tia, não. Não vê que o Demônio está solto, sobrevoa dunas e mar, morcego imenso a tapar a lua, a impor a noite negra e fria? O tentador está ali, presente, como sempre esteve, desde o momento em que a tia surgira na porta da marinete de Jairo. Fora ele, o demônio, quem falara pela

222

boca de Osnar comparando-a a uma fruta madura, sumarenta. Naquela hora começara o combate, lá mesmo perdido. Perdido a cada momento mais, nos passos noturnos soando no corredor, nas rendas esvoaçantes do negligê, no biquíni minúsculo, na minúscula camisola, nas mãos untadas de creme, nas palavras truncadas do padre-nosso, nos sonhos prenhes de desejo quando a tinha nua junto a si, na rede, e não sabia o que fazer. Agora sabe e por isso pagará durante a eternidade. Pagarão os dois, o culpado e a vítima, ele e a tia. Quem sabe, Deus é justo, terá piedade da tia e lhe reduzirá a pena a um tempo de purgatório. Por mais longo seja, ainda que se estenda por milhões de anos, é tempo e não eternidade, tem limite e fim. Um dia a sentença termina, liberta-se o condenado, mas as penas do inferno, essas não acabam jamais. Nunca jamais, repete a cada segundo o relógio do inferno. Assim contara Cosme ao falar do castigo eterno.

— Deus é bom e sábio, terá piedade, sabe que a tia não teve culpa.

Cresce o riso alegre e inconsciente, a mão desce pelo peito agoniado.

— Não diga tia, diga Tieta.

A mão no peito sufocado de vergonha, de remorso, roto de medo; como fitar a face de Deus na hora do juízo final? A mão acalma o pesadelo, transforma os sentimentos, desata o nó, rompe a treva, mas não apaga as fogueiras da ira celeste pois toda ela, palma, punho e dedos, é brasa ardida, calor divino. Divino? Assim Satanás engana e condena os homens. Esse calor divino se transformará em dor insuportável nas profundas dos infernos, consumindo lenta e eternamente os pecadores.

— Só eu tenho culpa, Deus há de lhe perdoar, tia.

— Tia, não. Tieta, sua Tieta.

Como não percebera a voz de Deus na voz da tia apontando-lhe a descida, o caminho certo, o sendeiro a conduzi-lo à salvação, ao sacerdócio, ao paraíso?

Paraíso? Qual deles? A mão conduz ao paraíso: ainda há pouco ele enxergara a beleza, a doçura do céu em cada detalhe do corpo exposto ao luar. A mão brinca com os cabelos nascendo no peito jovem e másculo. O Major orgulhava-se do tronco cabeludo, peito e costas, prova de macheza. Um macho, o pai. O filho, castrado pelo voto feito, pela promessa da mãe, impedido. Mas o Demônio o levara a levantar-se contra a lei, despertara-lhe a carne morta, pervertendo-o. Fizera do mancebo casto, que desconhecia desejos e maus pensamentos, macho impuro sem controle sobre o corpo e a alma, um bode.

Não apenas: utilizara-o para conquistar a tia, perdê-la, condená-la.

223

— O purgatório dura uns tempos e acaba, tia. A culpa é minha, somente minha; Deus é justo, não mandará a tia para o inferno.

— Cabrito tolo, sou cabra velha. Me chame de cabra, diga minha cabra.

Jamais, mesmo se quisesse; nem sequer na hora do pecado, quando a cabeça não pensa e a boca geme e grita. Cabra dissera Osnar, voz do Demônio, quando a vira deslumbrante na porta da marinete de Jairo, acrescentando indecente comentário sobre a fartura do ubre, o Imundo. E ele? Onde mergulhara a cabeça, pousara os lábios, onde, desvairado, mordera?

— Me perdoe, tia. Jure que me perdoa.

— Diga Tieta.

Na barriga de músculos rijos navegam os dedos em descoberta. O dedo mínimo enfia-se no umbigo, faz cócegas, a brasa cresce em labareda, consumindo o pecado, cobrindo o crime, acendendo o luar.

— Quero lhe dizer, tia...

— Tieta.

— Quero lhe dizer que mesmo tendo de pagar durante a eternidade no fogo do inferno, ainda assim...

— Diga, meu cabrito...

— ... ainda assim, não me arrependo. E se o castigo pudesse ser pior, mesmo assim...

— Diga...

— ... mesmo assim eu queria...

Onde a mão? A chama queima da ponta dos pés à ponta dos cabelos, percorre o corpo, a testa lateja, abre-se a boca, cresce o Cão.

— Queria o que, cabrito? Me diga...

— Estar aqui com a tia.

— Tieta.

A mão procura, encontra, apalpa, empunha. Desmedido Demônio.

— Tieta, não me arrependo, ai não, Tieta!

— Diga cabra, meu cabrito.

Onde estão as trevas e o inferno, o temor de Deus? Sob o luar, o paraíso se abre para o Cão, estreita porta de mel e rosa negra. Vale o inferno e muito mais. Vem, meu cabrito! Ai, cabra, minha cabra, sou bode inteiro, em fogo me consumo.

224

Terceiro Episódio

O Progresso Chega aos Cafundôs de Judas ou A Joana d'Arc do Sertão

COM MARCIANOS E VENUSIANAS, SUPER-HERÓIS, AERONAVES ESPACIAIS
E FÊMEAS SUBLIMES; ONDE SE TRATA DA PRODUÇÃO DE DIÓXIDO DE TITÂNIO
E DA SORTE DE ÁGUAS E PEIXES, COLOCANDO-SE OS TERMOS DO DEBATE A
DIVIDIR AGRESTE E A TERMINAR COM O MARASMO E A PAZ, ASSISTINDO-SE AO
NASCIMENTO DA COBIÇA, DA SEDE DE PODER, DA AMBIÇÃO DE MANDO E AO
FLORESCER DO AMOR; ACRESCENTANDO-SE AINDA REISADO, BUMBA-MEU-BOI
E OUTROS DETALHES FOLCLÓRICOS DE QUE SE ENCONTRAVA CARENTE ESTE
PATÉTICO FOLHETIM

DA PRIMEIRA APARIÇÃO DOS SUPER-HERÓIS INTERROMPEN-
DO PECAMINOSA E AGRADÁVEL PRÁTICA NA HORA
CÁLIDA DO MORMAÇO

A primeira aparição de seres de outros planetas, dos super-heróis, no território de Agreste, deu-se num começo de tarde, na hora do mormaço quando ninguém perturba a paz dos habitantes.

No comércio aberto por força do hábito, para cumprir o horário — das oito às doze, das quatorze às dezoito — só no armazém de Plínio Xavier há certo movimento, aliás suspeito. Duas ou três vezes por semana, na mesma hora vazia de fregueses, o comerciante de secos e molhados, cidadão respeitável, casado e pai, escondido por detrás dos fardos de carne-seca, ocupa-se em meter as mãos sob a saia da solteirona Cinira, tocando-lhe as partes com a ponta dos dedos. Voltada para as prateleiras, ela faz como se não visse nem sentisse mas abre as pernas para facilitar. Plínio Xavier também age em silêncio, o suor pinga-lhe do rosto. De repente Cinira suspira fundo, estremece, leva a mão onde sabe estar fora das calças a ansiada arma, aperta-a forte e sai escarreirada e furtiva.

Naquele dia, quase ao chegar ao suspiro e ao estremeção, um abominável, sinistro ruído ecoou na rua, interrompendo bruscamente a deleitosa prática. Ao ver-se em fuga na calçada, Cinira não pode conter o terror e sufocar o grito: a máquina desconhecida e monstruosa vinha sobre ela, rugindo, imensas rodas afundando o chão. Lançava ao ar negra fumaça pestilenta através dos canos e orifícios e de súbito emitiu lancinantes sons, jamais ali ouvidos. Fechando o último botão da braguilha, Plínio Xavier chegou à porta a tempo de observar o estrambótico veículo passando em frente ao armazém, conduzindo no bojo os indescritíveis seres, ao parecer macho e fêmea, se bem não se diferenciassem muito um do outro nos atributos e nos trajes espaciais, idênticos.

Dias antes, haviam circulado rumores, trazidos de Mangue Seco, onde os pescadores afirmavam ter visto objeto não identificado, faiscante contra o sol, vindo do mar e nele desaparecendo após haver sobrevoado a praia e o coqueiral. Nem por isso o burgo estava preparado e a comoção foi imensa.

DA NAVE NA PRAÇA DA MATRIZ, QUANDO SE ESTABELECEM OS PRIMEIROS CONTATOS ENTRE OS SUPER-HERÓIS E OS HUMANOS, COM REFERÊNCIAS A HOTÉIS E ASFALTO, ENQUANTO MISS VÊNUS FRETA CADA UM DOS HOMENS, INCLUSIVE SEU MANUEL PORTUGUÊS

Deserta e silenciosa a praça da Matriz quando a nave, num espaventoso clamor de gases soltos, ali se deteve e o ser provavelmente macho — em razão dos cabelos longos, sobrando do capacete, e das olheiras violetas, houve quem lhe discutisse o sexo — saltou por cima da porta da extravagante máquina, circulou o olhar em torno, não enxergou ninguém. Nas mãos, exibia grossas luvas de exótico material. Envergava flamante vestimenta, espécie de macacão azul com zíperes e bolsos nas pernas e braços, ilhoses e tachas de metal, a fulgurar. Observação mais detalhada, demonstrava tratar-se de calça e blusão, os bolsos repletos de objetos estranhos, armas mortais, imprevisíveis. Vestido de maneira absolutamente igual, sem outra diferença além do volume do busto, o ser fêmea suspendeu o capacete e revelou-se ótima. Retirando as luvas, com os longos dedos afofou a cabeleira ruiva — não mais longa que a do companheiro — com uma faixa platinada ao centro a denunciar-lhe a origem venusiana ou carioca, de qualquer forma apaixonante.

Do escondido do bar, Osnar observava, estupefacto; presentes apenas ele e seu Manuel Português.

— Oh! Luso Almirante! Venha ver e me diga se é verdade ou delírio alcoólico o que estou vendo. Ontem bebi demais em casa de Zuleika.

Seu Manuel abandonou os copos nos quais passava água — também não precisa abusar da imundície, Vasco da Gama, dizia-lhe Aminthas apontando as marcas de sujeira em pratos, copos e talheres —, veio até a porta. Abriu a boca, coçou o queixo:

— Quem são esses valdevinos?

— De tanto Ascânio falar em turistas, eles apareceram... — arriscou Osnar. — A não ser que sejam os tripulantes do disco voador de Mangue Seco.

Constatada a ausência de terráqueos, o ser provavelmente macho retornou à nave, a venusiana enfiou as luvas; os abomináveis sinistros ruídos recomeçaram, a negra fumaça soltou-se pelos canos e orifícios, o veículo decolou num salto e se perdeu num beco. Durante certo tempo ouviu-se na cidade a barulheira, acordando em susto os que tiravam uma pestana como Edmundo Ribeiro, o coletor, e o árabe Chalita; trazendo à porta das casas os surpresos, assombrados habitantes. Houve comerciante a fechar portas de loja e de armazém, quem sabe Lampião voltara dos infernos, motorizado. Lampião nunca chegou a Agreste mas certa feita estivera perto, a três léguas de marcha, ainda hoje o fato é recordado.

Quando os super-heróis, percorridas ruas e becos, retornaram à praça da Matriz e outra vez aterrissaram, já Ascânio Trindade que os vira da janela do sobrado da prefeitura, descia a escada a correr, vindo-lhes ao encontro. Osnar falara em turistas gozando o amigo, mas Ascânio, se o tivesse ouvido, aprovaria: turistas, por que não? Os primeiros a atender ao convite redigido por ele (com a preciosa ajuda de dona Carmosina) e enviado ao jornal *A Tarde*, da Capital, sugerindo aos turistas *esticar de Salvador até a mais saudável cidade do Estado, Sant'Ana do Agreste, para conhecer a mais bela praia do mundo, a praia das dunas de Mangue Seco.* A gazeta publicara a carta na coluna dos leitores, lastimando, em pequena nota da redação, o péssimo estado da rodovia a impedir na prática a aceitação do convite. Ninguém de bom senso se disporia a jogar a sorte de seu automóvel nas crateras da estrada cada vez mais esburacada somente para conhecer Agreste, *recanto realmente paradisíaco.* Quem escapasse ileso da buraqueira da via principal teria de enfrentar ainda os *indescritíveis cinqüenta quilômetros de barro, a partir de Esplanada.*

Ascânio arvora vitorioso sorriso no rosto em geral sério: mesmo assim, com a estrada de crateras e de sobra os quarenta e oito quilômetros — quarenta e oito e não cinqüenta — fatais, surgiam corajosos dispostos a atender ao chamado.

Empoeirados, suarentos, os estranhos seres acenaram gestos cordiais e sequiosos. A fêmea deu pressa, com a enorme pata de couro.

— Boa tarde... Sejam bem-vindos a Agreste! — saudou Ascânio alegremente.

— Bonjour, frère! — respondeu o espacial, tirando a luva para tomar de um lenço lilás e limpar a testa. — Que calorzinho, hein!

— Daqui a pouco refresca. As tardes, a partir das quatro, são fresquíssimas, de noite chega a fazer frio. Clima seco, ideal. — Ascânio Trindade inicia sua pregação.

— Vou acreditar em tudo que você me disser, paixão, se me arranjar alguma coisa para beber... — a voz do ser fêmea desmaia em promessas.

— O que quiserem, com prazer. Vamos até o bar.

Da mesa, Osnar constata:

— Estão vindo para cá, Almirante. Me segure pois sou capaz de perder o juízo e agarrar essa visão aqui mesmo. Sempre tive vontade de comer uma marciana na falta de uma polaca, pois igual a uma polaca não existe em nenhum planeta. — A célebre história da polaca de Osnar.

O grupo aproxima-se, boas-tardes de lado a lado, tomam mesa. Manuel atende, solícito, enquanto Osnar não desgruda os olhos do ser fêmea que, à falta de água-de-coco — não pode faltar coco mole no bar, anota Ascânio —, aceita guaraná.

— Para mim uísque on the rocks... — pede o ser provavelmente macho. — Scotch, naturalmente... Quero dizer, escocês.

— Só tenho nacional mas é do legítimo — orgulha-se seu Manuel.

— Não, por favor, não! Traga-me então uma mineral sem gás. Bem gelada.

— A água daqui é melhor do que qualquer mineral, já foi examinada na Bahia e aprovada com os maiores elogios — esclarece Ascânio.

— Desde que seja gelada...

Seu Manuel serve o guaraná com canudinho, um requinte, e o copo com água e gelo. O marciano aprova: realmente muito boa água, dê-me um pouco mais, por favor, e diga quanto lhe devo.

A um sinal de Ascânio, seu Manuel curva-se:

— Não é nada... Foi um prazer...

— Muito obrigado… Aceito por essa vez mas de futuro… É o único bar da terra?

— Bem, no Beco da Amargura tem uma espécie de boteco, do negro Caloca. Mas em qualquer armazém se pode beber um trago de cachaça.

— Precisa melhorar o sortimento, my friend… Boas marcas de uísque, bons vinhos… E hotel, frère — frère era Ascânio, caíra-lhe na simpatia —, tem algum bom? Com banho privativo?

— Hotel propriamente não. Mas tem uma pensão muito boa, a de dona Amorzinho, comida de primeira, quartos limpos. Não tem banho privativo. Mas o torneirão do banheiro vale uma ducha.

— Vai ser preciso construir logo um bom hotel… — Falou o ser macho e o dizia como se construir ali, em Agreste, um hotel de primeira, fosse a coisa mais simples do mundo. Exatamente a partir dessa afirmação — dessa decisão do super-herói — Ascânio Trindade começou a divagar.

— O pior é a estrada — constatou o ser fêmea, miando. — Esse último pedaço, então… Nunca levei tanto tranco nem engoli tanta poeira… — afofa os cabelos poeirentos, ruivos com aquela mecha platinada. — Chego em Salvador, vou direta ao salão de Severiano lavar os cabelos e pentear…

— É só alargar e asfaltar, darling. Quantos quilômetros, frère?

— Daqui à Bahia, à capital?

— Não, só o último trecho, o carroçável.

— Quarenta e oito quilômetros…

— Amorzinho, não minta! — rogou Miss Vênus a Ascânio. — Tem mais de cem… Estou descadeirada. — Levou a mão à bunda espacial.

— Ai! — gemeu Osnar, mas se alguém ouviu não demonstrou.

— Deve ser isso mesmo, darling, uns cinqüenta quilômetros. Num instante se asfalta.

Hotel, estrada asfaltada, o sonho prossegue, o coração de Ascânio se dilata.

— Me diga uma coisa, frère: uma lancha para descer o rio até a praia de… Como é mesmo o nome?…

— Mangue Seco…

— C'est ça… É fácil alugar uma?

— Bem… Tem a lancha de Elieser. Não é de aluguel mas eu falo com ele, peço para levá-los. É um bom sujeito.

— Pode dizer que eu pago bem...

Ascânio sai em trote rápido em busca de Elieser. Terá de convencê-lo: em matéria de bom sujeito, Elieser é exemplo discutível, mas Ascânio tem prestígio. Nada dirá sobre hotéis e asfalto, o outro pode considerar tais planos grave ameaça a seus legítimos interesses. Ascânio já compreendeu que não se trata de simples visitantes ocasionais e sim de empresário estudando a possibilidade de inverter dinheiro grosso para fazer de Agreste o almejado centro turístico, projeto tantas vezes discutido na Agência dos Correios e Telégrafos. Falta infra-estrutura, dizia dona Carmosina. Falta alguém com dinheiro para estabelecê-la, o Município não tem condições, completava Ascânio. Pelo jeito, dinheiro ia sobrar.

Calados, sem tema de conversa, Osnar e seu Manuel sorriem bestamente para os estranhos. Não tarda, Aminthas se junta a eles, interrompera um concerto dos Rolling Stones. A rainha do planeta Vênus freta com o olhar os três humanos, um a um, e a cada um sorri em particular, a revelar que teria prazer enorme em dormir com ele — só com você, amorzinho, e mais ninguém no mundo. Osnar está em vias de perder o fôlego, Ascânio volta a tempo. Elieser passou direto para o pequeno ancoradouro onde a lancha espera.

— Thanks! Andiamo, bela, não temos muito tempo. Arrivederci...

Quantas línguas falam no espaço? Osnar se engasga em português. O marciano estende a mão, Aminthas ainda está em dúvida se ele desmunheca ou não.

— É melhor deixar o veículo na praça, ir a pé, o caminho é ruim. Eu os acompanho...

Todos acompanham, mesmo seu Manuel, o bar vazio.

— Quanta gentileza... — agradece Miss Vênus num gemido.

No caminho, Ascânio busca comprovação:

— Diga uma coisa... O senhor pretende estabelecer-se aqui?

— Quem sabe? Vai depender dos estudos... É possível.

— Com um hotel? Pode-se explorar a água mineral, não há melhor.

— Hotel? Também. Vai ser indispensável. Água? Talvez. Mas serão apenas inversões secundárias, diversificação de capital. Água, depois pode-se pensar nisso.

Chegam ao ancoradouro. Projetos ambiciosos, reflete Ascânio, grande empreendimento turístico, está na cara. Os seres magníficos embarcam na lancha, Elieser ao leme.

— Mais uma vez, merci, frère. Ciao! — acena adeus.

— Ascânio Trindade, secretário da prefeitura, às ordens.

— Secretário da prefeitura? E o prefeito, quem é?

— Doutor Mauritônio Dantas. Está enfermo, eu respondo pelo expediente. Qualquer coisa, pode conversar comigo.

— OK. Iremos conversar, com certeza. Brevemente e muito.

A lancha parte, a da ruiva crina, da mecha platinada, lança um beijo, com o olhar se entrega; Elieser nem assim desamarra a cara. Ascânio Trindade sorri, parece um sonho: finalmente eles haviam desembarcado.

DOS COMENTÁRIOS E DA PRIMEIRA DISCUSSÃO, AINDA AMÁVEL

Cresce a concentração na praça, pequena multidão acotovelando-se em torno ao veículo.

— Veja os pneus. Que brutalidade!

— Que beleza!

— Você ouviu a buzina? Tocou o começo de *Cidade Maravilhosa*.

— Cada coisa!

No bar, é grande o movimento. Os comerciantes abandonaram lojas e armazéns. Plínio Xavier orgulha-se de ter sido o primeiro a ver a máquina e a perceber os pilotos.

— Estava bem do meu, fazendo contas de uns fiados...

O riso de Osnar, ri de quê? Os olhares se desviam: na porta da igreja, Cinira conversa com as beatas. Ainda não assentou praça no batalhão mas não vai tardar.

— ... quando ouvi aquele barulho horrível, larguei tudo ...

Astério e Elisa somam-se ao grupo. Na hora do perigo, ele fora correndo para casa, preocupado com a esposa: Elisa, na lua-de-mel da chegada da irmã, anda nervosa, aflita, num pé e noutro. Juntos vieram para a praça, espiar a máquina, ela tão nos trinques a ponto de quase botar no chinelo a Rainha do Espaço de mancha platinada nas ruivas melenas. A mancha platinada alucina Osnar que confidencia a Seixas e a Fidélio:

— Eu juro a vocês que se eu pegasse aquela marciana, começava a lamber da ponta do dedo grande do pé. Levava bem três horas até chegar no umbigo... Dava-lhe uma surra de língua...

— Porcalhão!

Seu Edmundo Ribeiro não é exatamente um puritano mas certos hábitos sexuais lhe parecem indignos de homem macho e honrado. Pegar mulher na cama, montá-la, muito que bem. Mas pôr a língua... Beijos, só na boca, e em boca limpa.

— Edmundinho, meu filho, não venha me dizer que você nunca fez um minete na vida... Nunca chupou um favo...

— Me respeite, sou homem sério e asseado.

Na Agência dos Correios e Telégrafos, ferve a discussão. Ascânio Trindade apresenta minucioso relatório a dona Carmosina, na presença do comandante Dário de Queluz que prevê, a voz de lástima:

— Você, meu querido Ascânio, com essa mania de turismo em Agreste, ainda vai pagar caro, você e todos nós. Um dia, um maluco qualquer lê essas bobagens que você e Carmosina mandam para os jornais, leva a sério, bota de pé um negócio para explorar a praia de Mangue Seco, a água e o clima de Agreste e nós vamos terminar mal. Em dois tempos, isso vira um inferno.

— Um inferno, por que, Comandante? Nunca ouvi dizer que uma estação de águas fosse um inferno. Ao contrário, é um lugar de descanso, de repouso — intervém dona Carmosina. — Você bem sabe que ninguém defende mais do que eu a natureza, a atmosfera, a beleza de Agreste. Mas que mal existe numa estação de águas?

— Uma estação de águas na cidade, vá lá. O pior é a praia que Ascânio quer entupir de gente, de toda espécie de porcaria...

Salta Ascânio:

— Que porcaria? Casas de veraneio para turistas, hotel, restaurantes. A praia de Acapulco, a de Saint-Tropez, a de Arembepe, são por acaso porcarias, infernos? O futuro de Agreste, Comandante, está no turismo.

— São infernos, sim, são porcarias. Ainda outro dia *A Tarde* publicou uma reportagem sobre Arembepe: virou a capital dos hipies, a capital sul-americana da maconha. Você já pensou Mangue Seco repleto de cabeludos e maconheiros? Deixe nosso paraíso em paz, Ascânio, pelo menos enquanto a gente viver.

— Quer dizer que o senhor prefere, Comandante, que Agreste continue a ser um bom lugar para se esperar a morte?

— Prefiro, sim, meu filho. A morte aqui tarda e retarda, não desejo mais do que isso. O ar puro, sem contaminação. A praia limpa.

Ascânio olha para dona Carmosina, aliada, ela toma a palavra:

— Quem falou em contaminar? Hipies não digo, se bem a filosofia deles seja também a minha, paz e amor, a coisa mais bonita que se inventou nesse século! O diabo é a droga. Mas turistas com dinheiro, não vejo o mal, Comandante. Boas casas de veraneio, comércio animado, bons filmes, e então? Ninguém pode ser contra.

— Arranha-céus, hotéis, a corrida imobiliária, o fim do coqueiral, das árvores, do sossego, da paz! Deus me livre e guarde! Felizmente isso não passa de delírio de vocês...

Peto chega correndo, a lancha está de volta. Antes de ir, Ascânio convida, contente:

— Pois eu creio, Comandante, que muito em breve teremos o turismo implantado em Agreste. O maluco já apareceu. Venha comigo, vamos conversar com ele.

— Vamos lá... — concorda o Comandante.

Mas quando chegam à praça, já o casal de super-heróis, cercado de curiosos, está de partida, na máquina refulgente. Ascânio ainda tenta dialogar mas eles levam pressa, vão chegar a Salvador tarde da noite.

— Em breve voltarei e aí então conversaremos. Quero tomar nota de seu nome. — Extrai uma caderneta de misterioso bolso na perna da calça, a caneta pendurada no pescoço parece um microfone de romance de espionagem. A máquina de retrato, pequeníssima e potentíssima, funciona nas mãos finas, de dedos longos, libertas de luvas, de Miss Vênus.

— Meu nome? Ascânio Trindade. Este aqui é o comandante Dário de Queluz.

— Comandante?

— Sim, da Marinha de Guerra.

— Reformado — esclarece o Comandante.

— Ah! — depois de uma pausa, credencia-se: — doutor Mirko Stefano. A bientôt. So long.

— Adeus, paixão! — chora Miss Vênus, os olhos em orgasmo.

Parte a máquina, levantando poeira, o ruído estourando os ouvidos mais sensíveis. Doutor? Parece um astronauta, um capitão de nave espacial, um moderno empresário desses que transformam a terra e a vida. Sobre o veículo, a informação exata foi dada por Peto — ainda não conseguiu terminar o primário, não tem pressa, já sabe tudo sobre carros e pistas. Trata-se de um Bug, com rodas de magnésio, tala larga, kits 1600, dupla carburação, a buzina incrementada. Todo incrementado, aliás, motor envenenado, o entusiasmo de Peto não tem limites. Corre para casa, vai contar as novidades a tia Antonieta e a Leonora.

Sobre os seres superiores, souberam pela boca de Elieser, de mau humor.

— O tipo estava interessado era nas áreas da beira do rio, no coqueiral, nas terras devolutas. Me perguntou de quem eram, eu disse que ninguém nunca soube que tivessem dono. Fizeram fotografias às pampas. Em Mangue Seco, tiraram a roupa e tomaram banho nus...

— Nus?

— Os dois... Como se eu não estivesse ali. A tipa é ousada, enfrentou a arrebentação.

— Vê você, Ascânio? Nudismo, para começo de conversa. Graças a Deus eu não estava lá, não iria permitir. — Igual a Edmundo Ribeiro, o comandante Dário também não é puritano mas nudismo em Mangue Seco, ah!, isso jamais! Não, enquanto ele viver!

Ascânio vai responder mas Elieser não lhe dá tempo:

— O tipo perguntou quanto me devia, eu disse que não era nada, como você mandou. Quem vai pagar meu trabalho e a gasolina, Ascânio? Tu ou a prefeitura?

Osnar, a ouvir em silêncio, comenta escandalizado:

— Tu vê um mulherão daquele nua em pêlo e ainda quer dinheiro, Elieser? Pois eu pagava para espiar... Tu é um degenerado!

236

DA LUZ E DAS VIRTUDES DE TIETA, COM CITAÇÕES EM LATIM

Plantadores de mandioca, criadores de cabras, os pescadores e os contrabandistas, na cidade de Agreste e nos povoados vizinhos, das margens do rio às encapeladas vagas da barra, ninguém deixou de tomar conhecimento do espantoso evento e o beato Possidônio, em Rocinha, anunciou o apocalipse e o fim do mundo, assuntos de sua particular predileção. Apoiava-se nas escrituras, no Velho Testamento.

Eis que de repente, conforme constataram os habituês no Areópago, começavam a suceder coisas em Agreste, arrancando o burgo da pasmaceira habitual, provocando agitados comentários, suscitando discussões.

Os fios elétricos, suspensos sobre postes colossais, caminhavam pelo sertão no rumo do município e, em obediência às ordens superiores, o faziam com rapidez anormal em obras públicas. De quando em quando um jipe com engenheiros e técnicos desembocava nas ruas tranqüilas, o bar de seu Manuel ganhava animação. O engenheiro-chefe garantia que dentro de mês e meio, dois meses no máximo, os fios chegariam à cidade, trabalho concluído, podendo-se marcar a data para a festa de inauguração. Em se tratando de município de tanto prestígio federal, talvez comparecessem figuras da alta direção da Companhia do Vale de São Francisco, quem sabe até o diretor-presidente vindo especialmente de Brasília.

Já não duvidava de nada o engenheiro-chefe depois que lhe informaram ter sido uma viúva em férias na terra natal quem obtivera, por intermédio de amigos do finado, em vida milionário e influente, as ordens preferenciais mandando reformar o projeto para que nele coubesse, com prioridade absoluta, o município de Sant'Ana do Agreste. Difícil de acreditar mas sendo a afirmação unânime, o engenheiro terminara demonstrando interesse em conhecer e saudar a ilustre dama capaz de modificar projetos aprovados, removendo postes, determinando rotas para luz e força.

Pessoa dada e simples, conforme lhe informou Aminthas. Nem por ser riquíssima viúva de comendador do Papa e freqüentar a alta sociedade do Sul, possuindo as melhores relações — das quais a prova mais concreta era o falado engenheiro estar ali no bar do lusitano, bebericando cerveja —, nem por tudo isso carrega o rei na barriga. Com dois telegramas resolvera o assunto, dera uma fubecada no diretor cheio de si que tratara o representante da cidade, Ascânio Trindade, secretário da prefeitura, como se ele fosse um joão-ninguém e Agreste não passasse de terra esquecida por Deus. Sem levar em consideração as credenciais de Ascânio, o fato do moço encontrar-se em Paulo Afonso em defesa de interesses legítimos de sua terra, o diretor-presidente deixara-o mofar à espera antes de despachá-lo com redonda negativa, recusando-se a ouvir seus argumentos. Agreste, para ele, não passava de árido pasto de cabras e assim o disse. Indignou-se dona Antonieta ao saber do acontecido, telegrafou. Foi tiro e queda.

Aminthas enfeitara a história ao contá-la ao engenheiro-chefe, rindo-lhe nas fuças:

— Dona Antonieta Esteves Cantarelli, é o nome dela. Naturalmente o amigo já ouviu falar no Comendador Cantarelli, grande industrial paulista. Empacotou recentemente.

O engenheiro, vencido, escondeu o desconhecimento: o nome lhe soava, disse, com o mesmo acento dos Matarazzo, dos Crespi, dos Filizzola. Ergueu o copo de cerveja, em respeitoso brinde à senhora Cantarelli. Não só Aminthas o acompanhou, todos os presentes associaram-se à homenagem. O povo, agradecido, ainda no espanto da dádiva inesperada, ao referir-se à nova iluminação não a designava *Luz de Paulo Afonso*, *Luz da Hidrelétrica* ou *Luz da Companhia do Vale do São Francisco*, como seria justo e correto e em toda parte se dizia. Para a gente de Agreste era a *Luz de Tieta*.

Quando, na quarta-feira seguinte aos festivos acontecimentos do domingo, Tieta viera de Mangue Seco para assinar no cartório a escritura dos terrenos, fora surpreendida com uma faixa colocada na praça da Matriz, entre dois carunchosos postes da iluminação antiga, nas proximidades da casa de Perpétua: O povo de Agreste saúda agradecido dona Antonieta Esteves Cantarelli. Apenas um senão: a palavra Esteves havia sido acrescentada, por exigência de Perpétua e Zé Esteves, depois da faixa concluída. Colocaram-na entre os dois outros nomes mas acima deles, defeito pequeno, não empanava o efeito impressionante das letras vermelhas sobre o fundo branco do madrasto.

Idéia de Ascânio, contara com o apoio geral, na boca do povo Tieta era a heroína da cidade. Não a tinham colocado ainda no altar-mor da Matriz, ao lado da Senhora Sant'Ana, como previra Modesto Pires, mas pouco faltava. Ao passar na rua, no princípio da tarde, em companhia de Leonora e de Perpétua, em caminho do cartório onde marcara encontro com o dono do trapiche, das casas saíam pessoas para cumprimentá-la, para lhe agradecer: houve quem lhe beijasse a mão. Ao sabê-la em Agreste, o coronel Artur da Tapitanga abandonou a casa-grande da fazenda, andando o quilômetro a separá-lo da rua, veio abraçar a benemérita cidadã:

— Minha filha, Deus escreve certo por linhas tortas. Quando Zé Esteves lhe tocou daqui, era porque Deus queria fazer você voltar como rainha. — Punha-lhe uns olhos de bode velho e lúbrico, já sem forças nos ovos mas ainda com apetite no coração. — Quando vai me visitar, ver minhas cabras?

Também Bafo de Bode a homenageou à sua maneira, ao vê-la na porta do cinema:

— Viva dona Tieta que manda um bocado e é um pedaço de mau caminho!

Tieta, ao passar, colocou-lhe na mão negra de sujo o necessário para uma semana de cachaça farta e ao adiantar-se, na intenção de alegrar-lhe os olhos, soltou as cadeiras em requebro de proa de barco em meio a vendaval.

Concluída a escritura, lavrado o termo da compra do terreno, completado o pagamento em moeda viva, Tieta, antes de voltar para casa, passou na Agência dos Correios para abraçar dona Carmosina e despachar uma carta. Já agora acompanhada também por Ascânio e pelo bardo De Matos Barbosa, atacado de saudade e reumatismo: tua presença, Tieta, é sol e medicina, basta-me fitar teu rosto para me sentir curado.

Dona Carmosina anunciou:

— De noite, vou lhe ver para a gente conversar. Tenho muitas novidades... — os olhos indicavam Leonora e Ascânio, assunto predileto.

— Não estarei. Volto hoje mesmo, daqui a pouco, para Mangue Seco. Passei para lhe ver e saber notícias de dona Milu.

— Volta hoje? Por que toda essa pressa?

— Estou levantando minha choupana, já comecei. Tu me conhece: quando quero uma coisa, quero logo, tenho pressa. Desejo ver as paredes de pé antes de ir embora.

— Você não pode ir embora tão cedo. Nem fale nisso.

— Por que não?

— Antes da inauguração da luz? O povo não vai deixar.

Tieta riu:

— Até me sinto candidata a deputado... Você me representa na festa. — Refletiu durante uns segundos, o olhar perdido. — Mas, quem sabe, talvez eu fique, prolongue as férias, não tanto pela festa mas para ver minha casinha de pé, em Mangue Seco.

— Fica, sim, com certeza. Ficam as duas... — Fitando a face melancólica de Leonora, dona Carmosina não resistiu: — Sei de alguém que talvez fique para sempre. — Os olhos miúdos faiscavam malícia.

Em casa, a sós com Perpétua, Tieta dera-lhe notícias de Ricardo: menino bom, sobrinho querido, estava sendo de inestimável ajuda. Sob a orientação do Comandante, tomava iniciativas e providências, atravessara duas vezes para o arraial do Saco onde contratara o pessoal necessário, pedreiros e carpinas, mestre-de-obra, gente habituada a trabalhar com troncos de coqueiros sobre a areia movediça. Adiantara todos os detalhes, a construção iniciara-se na véspera. Ela o prenderia em Mangue Seco ainda uns dias, nomeara-o seu lugar-tenente.

— O tempo que você quiser, mana, ele está de férias.

Por falar em férias, Ricardo mandara pedir os livros de estudo, nem na praia se descuidava dos deveres escolares. Dormia na sala da Toca da Sogra, numa rede. Menino de ouro, Tieta queria ajudá-lo e para tanto decidira abrir uma caderneta de poupança em nome dele, num banco de São Paulo. Na carta que deixara na Agência dos Correios, dava ordens à sua gerente para abrir a caderneta em nome do sobrinho com considerável depósito inicial — Perpétua estremeceu ao ouvir a quantia — ao qual todos os meses ela acrescentaria determinada importância, ainda não decidira quanto. Assim, quando Ricardo se ordenasse padre, somando capital, juros e correção monetária, teria um bom pecúlio. Perpétua elevou os olhos gratos para o céu, o Senhor começava a cumprir sua parte no trato feito. Depois de agradecer a Deus, fitou Tieta e a ela se dirigiu:

240

— Não sei nem o que lhe dizer, mana. Deus há de lhe pagar. — Tomou, num gesto inopinado, da mão da irmã, levou-a ao peito, apertando-a contra o coração. Usava corpete de tecido grosso, duro como um peitoril. Com o lenço negro enxugou os olhos lacrimosos.

Antes de regressar no fim da tarde a Mangue Seco, fugindo às manifestações de seus conterrâneos, cercada pela família, Tieta ainda recebeu a visita do padre Mariano. O reverendo agradeceu-lhe, em nome dos fiéis, a graça da iluminação nova que ia modificar a fisionomia da cidade, mudar-lhe os hábitos, imenso serviço prestado à comunidade. Beneficiando a todos, dona Antonieta criara, no entanto, sério problema para a paróquia, pois a instalação elétrica da Matriz encontrava-se em petição de miséria, incapaz de suportar o impacto da energia de Paulo Afonso. Um engenheiro da Hidrelétrica a quem ele consultara dissera-lhe ser absolutamente necessário mudar toda a instalação para impedir curto-circuito, evitar grave perigo de incêndio. Onde buscar o dinheiro necessário? A quem recorrer senão a ela? Muito já lhe devia a Matriz, a começar pela imagem nova da Padroeira, o ostensório trazido de São Paulo, o padre era quem mais sabia mas sabia também da generosidade de dona Antonieta, alma de escol, ademais, viúva de comendador do Papa, ou seja, pessoa graduada na hierarquia da Igreja. Com um sorriso ambíguo, Tieta ouviu em silêncio, na presença do pai, da madrasta, das irmãs e de Leonora. Perpétua repetiu as palavras do pároco, pensando na caderneta de poupança:

— Alma de escol, o senhor disse tudo, padre Mariano.

O reverendo não conseguia ler resposta positiva no sorriso equívoco a entreabrir os lábios carnudos; apenas podia constatar que Tieta remoçara nesses dias em Mangue Seco, o ar satisfeito, bonita como nunca, o sol pusera tons de ouro no cobre da pele.

— Não se aflija, Padre, pode mudar os fios.

Tranqüilizado, ia o cura agradecer quando ela prosseguiu, a voz se abrindo em riso, em tom de brincadeira:

— Faço isso em pagamento à Senhora Sant'Ana por lhe ter roubado o sacristão por alguns dias, meu sobrinho Ricardo que está em Mangue Seco me ajudando.

Estremeceu Perpétua dentro do vestido negro, do luto fechado, da compostura devida ao sacerdote, não conseguindo esconder a satisfação de súbito

241

refletida do rosto carrancudo, num olhar de vitória. Ligando o sobrinho aos donativos feitos à igreja, designando-o intermediário nas suas relações com Deus e os santos, Tieta dava largo passo no caminho a conduzir à adoção e à herança. Deus acabara de passar à categoria de devedor, ao receber, pela mão de Ricardo, a doação das novas instalações elétricas da Matriz.

Igualmente radiante, padre Mariano ergueu a voz, escolhendo os termos do louvor:

— Deus não esquece quem ajuda a Santa Madre Igreja, multiplica cada óbolo em perenes benesses. As bênçãos da Virgem, dona Antonieta, protegerão a si e aos seus familiares — elevou a mão, abençoando os Esteves e as Cantarelli, sorriu beatificamente. — De parte da Senhora Sant'Ana, posso adiantar que ela lhe cede de bom grado o escudeiro. Estando Ricardo em companhia tão sacrossanta, só poderá aprender a praticar o bem.

Ao despedir-se, o reverendo referiu-se à aparência de Tieta: louçã, garbosa. Os dias na praia, disse, tinham sido para ela um verdadeiro tônico, ressumbrava saúde e júbilo, aprazimento, a beleza do rosto refletindo a pureza da alma, tota pulchra, benedicta Domini. Que Deus assim o preserve.

Zé Esteves foi o único a demonstrar insatisfação, remoendo críticas ao peditório e ao atendimento!

— Esse urubu de batina é um sabido: com a língua doce e o latinório vai arrecadando um dinheirão para a igreja, os tolos caem como patinhos. Me perdoe, minha filha, mas você precisa prestar mais atenção a seu dinheiro. Não se esqueça que vai comprar casa, não pode estar desperdiçando.

Somente uma semana depois Tieta regressou a Agreste, atendendo exatamente a um chamado de Zé Esteves, transmitindo apelo urgente de dona Zulmira disposta a rebaixar o preço da casa, a entrar em acordo. Deixara Ricardo à frente das obras, as paredes subindo, sozinho na Toca da Sogra pois havia três dias o Comandante voltara com dona Laura para o bangalô na cidade. Três dias, ou melhor, três noites durante as quais a tia e o sobrinho trocaram o romântico areal das dunas pelo conforto do colchão de crina da cama de casal no quarto do marujo.

Prosseguindo na educação do sobrinho, a lhe ensinar o bem — o bem e o bom —, o colchão chegara na hora exata, quando atingiam um estágio superior no estudo da matéria em que Tieta era mestra competente, emérita catedrática, doctor honoris causa, como diria em latim o padre Mariano. Ensinava-lhe em aulas práticas e intensivas quanto sabia, ou seja, tudo, o alfabeto inteiro, incluindo o indescritível ipicilone.

Tieta voltou a Agreste na manhã do dia do primeiro desembarque dos seres de espanto projetados do espaço, mas não os viu e deles só veio a ter notícias no fim da tarde por Ascânio exaltado, no auge do entusiasmo:

— Capitalistas do Sul, estudando as possibilidades de empregar capital aqui, no município, em empresa de turismo, coisa de grande vulto, querem asfaltar a estrada e construir hotéis. Que lhe parece, dona Antonieta? Que diz a isso, Leonora?

Empresa de turismo? Em Agreste, aproveitando a água, o clima, a praia de Mangue Seco? Quem sabe, tudo é possível, por que não? Fizera bem em comprar o terreno na praia, devia aceitar a proposta de dona Zulmira, abandonando a posição intransigente, os preços da terra e dos imóveis podem sofrer súbita valorização, em São Paulo Tieta assistiu a coisas de espantar. Com seu faro único, Felipe adquirira a preço de banana terrenos e mais terrenos em áreas pelas quais ninguém oferecia nada. Poucos anos depois, ganhava fortunas na revenda. Tieta pediu a Perpétua papel e caneta, escreveu um bilhete a dona Zulmira fechando o negócio, mandou Peto levar.

Decidiu demorar-se em Agreste o tempo necessário para concluir o trato, lavrar escritura, tomar posse da casa. Mesmo sentindo o apelo ardente do corpo a reclamar urgência no retorno, sabendo que o moço sofreria o fogo do inferno na noite insone, ainda assim resolveu cuidar antes do negócio. Aprendera a não perder a cabeça, a não permitir que xodó por mais forte e exaltante lhe cause prejuízo.

Ascânio prosseguia a traçar as vias do radioso futuro de Agreste. A mudança começara com a chegada das duas paulistas à cidade, tudo se fazendo agora mais fácil, devido à decisão da Companhia do Vale do São Francisco de incluir Agreste entre os municípios com a energia de Paulo Afonso, a Luz de Tieta.

CAPÍTULO ONDE TIETA BUSCA DEFINIR O AMOR
E NÃO CONSEGUE

Tieta deixa os namorados na porta da rua, sozinhos, livres para a despedida. Da sombra do corredor, porém, espicha o olho para ver o que se passa, onde as mãos vão parar, a força dos beijos, os lábios vorazes, as línguas se enrolando, aqueles primeiros passos no caminho do resto. Decepção completa e inquietante. Viu apenas um roçar dos lábios de Ascânio na face de Leonora, receoso e apressado, aquilo não era beijo coisíssima nenhuma, perdera o tempo a espionar o mais completo e acabado par de idiotas. Da porta, onde demora até perdê-lo de vista, Leonora acena longo adeus, certamente respondido por Ascânio. Mau sinal, não agrada a Tieta o rumo do idílio.

Leonora não correrá perigo maior se terminarem, ela e Ascânio, na Bacia de Catarina, em noite sem lua, por entre a penedia, no bem-bom. Depois, é lavar o xibiu bem lavado, acabou-se. Quando chegar a hora do retorno a São Paulo, derramará algumas lágrimas de tristeza e saudade no ônibus de volta — c'est finie la comédie, como dizia Madame Georgette e Madame Antoinette repete quando enfrenta xodós e rabichos das meninas.

O perigo reside exatamente nos leves beijos medrosos, nesse namoro tonto, de caboclo, que já não se usa mais. Em Agreste, quando se namora assim, no respeito, contendo os impulsos, é porque se tem em mira noivado e casamento. Casamento, vida em Agreste: ilusões absurdas, sonhos delirantes. Em tais casos, não basta lavar a xoxota bem lavada. A separação custa duro sofrimento, não se reduz a umas poucas lágrimas no ônibus de volta.

Naquele dia, quando Tieta chegara de Mangue Seco, estuante de vida, vibrando de animação ao falar do terreno e da casa na praia, mais magra, o corpo no ponto exato, Leonora caíra-lhe nos braços, murmurando-lhe ao ouvido, ansiosa:

— Preciso muito conversar com você, Mãezinha.

Durante o dia não tiveram ocasião, porém, de ficarem a sós. Perpétua sempre presente, a adular a irmã, já não lhe regateava louvores. Antigo poço de iniqüidades, Antonieta passara a ser poço de Jacó, misericórdia dos sedentos, turris eburnea. Para gabá-la gastava até as poucas expressões latinas que decorara em tantos anos de sacristia, antes reservadas à exaltação do Senhor e dos san-

244

tos, sendo turris eburnea exclusiva da Virgem Maria. Agora tudo era pouco para as virtudes de Tieta.

Na hora do almoço, a mesa completa: Zé Esteves e Tonha, Elisa e Astério, Peto a pedir a bênção à tia, a regalar os olhos saudosos da carnação morena e farta. Fazendo-lhe companhia na praia, quem estava bem situado para brechar até fartar-se, para bispar os mínimos detalhes, a tia à la vontê no biquíni ínfimo, despreocupada, era Ricardo; mas o idiota do irmão desviava a vista para não enxergar, tirado a ermitão, a místico. Devia estar de venda nos olhos em Mangue Seco, o bobalhão; Deus dá nozes a quem não tem dentes, queixara-se Osnar. Falou, pô!

À tarde, foram à casa de dona Zulmira para confirmar o acerto e de lá ao cartório, deixar os dados para a escritura e marcar o dia de assiná-la — quanto antes melhor, pedira Tieta, com pressa de voltar a Mangue Seco. As paredes da choupana — assim designava a pequena casa da praia — começavam a subir, ela curtia cada tijolo, cada pá de massa, em companhia do sobrinho contagiado por seu entusiasmo. De noite, a sala de visitas se enchera: dona Carmosina, dona Milu, Barbozinha, a tropa do bilhar escoltando Astério; Ascânio tinha aparecido no fim da tarde, ficara para jantar, não desgrudava de Leonora.

Também dona Carmosina anunciara necessidade imperiosa e urgente de longa conversa reservada com Tieta. Marcaram para o dia seguinte. Amanhã sem falta! — recordara a agente dos Correios, ao despedir-se. — Mil coisas a comentar. Com os olhos apontava o par de namorados no sofá, distanciados um do outro pelo menos um palmo, a paulista com um sorriso babado de admiração, ouvindo o discurso de Ascânio sobre o radioso futuro de Agreste.

Ascânio, o último a sair, quando já Perpétua se recolhera: às seis em ponto, ajoelhada na primeira fila, a devota ouve missa na Matriz, não pode dormir tarde. Tieta abandona-os na porta, à vontade para a despedida apaixonada. Que fracasso!

Leonora vem sentar-se na cama da alcova, enquanto Tieta desfaz a maquiagem. Abre o coração: apaixonada, que fazer? Paixão roxa, não banal aventura, simples chamego, ela não era disso, Mãezinha a conhecia, nesses três anos de Refúgio jamais tivera um caso. Amor, pela primeira vez.

— Me diga como agir, Mãezinha. Contar a verdade, não posso.

— Não pode mesmo, nem pense nisso. Só se ficasse doida e me tivesse ódio.

— Nunca pensei, como poderia contar? Mas estou desarvorada, sem saber o que fazer. Me ajude nesse transe, Mãezinha. Só tenho você no mundo.

Tieta abandona os cremes de limpeza e o espelho, toma das mãos da moça, acaricia-lhe a crina loira, nem às irmãs queria tanto quanto àquela desditosa recolhida no trotoar, a pequena Nora, marcada pela má sorte e todavia capaz de sonho e esperança.

— Eu sei que tu nunca vai contar, conheço minhas cabritas, ai de mim se não as conhecesse. O que tu deve fazer? Aproveitar as férias, divertir-se. Namore o rapaz, ele é simpático e bonitão, um pedaço de homem. Um pouco ingênuo para meu gosto mas direito. Durma com ele se tiver vontade. Tu deve estar morta de vontade, não é?

Leonora abana a cabeça afirmativamente e logo esconde o rosto nas mãos, Tieta vem sentar-se a seu lado na cama, prossegue:

— Durma com ele, passeie, namore, goze a vida mas não se prenda. Tome cuidado para evitar escândalo. Só não entendo por que tu ainda não dormiu com ele.

— Ele pensa que sou virgem, Mãezinha. Nunca vi ninguém tão crédulo e respeitador. Não tenho coragem nem palavras para contar que não sou donzela. Tenho medo que ele se desiluda, não queira mais me ver.

— É capaz. Agreste não é São Paulo, é o cu do mundo, parou no século passado. Aqui, ou bem se é moça cabaçuda ou rapariga de porta aberta. Não viu o que se passou comigo? Pai me mandou embora, me mandou ser puta longe daqui. Faz muito tempo mas continua sendo a mesma coisa hoje. Quem sabe, com jeito...

— Que jeito, Mãezinha? Ele pensa que sou donzela e que sou rica, filha e herdeira do Comendador Felipe. Fica inibido até para me pegar na mão porque ele é um pobre de Jó e eu sou milionária. Sabe que ele ainda nem se declarou? Insinua umas coisas, suspira, parece que vai falar, engole em seco, fica calado, segura em minha mão, não sai disso. Em Mangue Seco fui eu quem beijou ele. Fora daí, roça os lábios no meu rosto quando se despede e nada mais.

— Eu vi, estava espiando, é de não se acreditar. Coitado do rapaz, deve estar desperdiçando o ordenado na casa de Zuleika para se desforrar, ou gastando a mão se lhe faltar dinheiro. — Sorri para Leonora: — Siga meu conselho: deixe o barco correr, dê tempo ao tempo, vá se divertindo. Pelo menos assim você não se chateia.

— Me chatear? Mãezinha, vou lhe dizer: esses dias aqui foram os únicos felizes de minha vida. Estou amando. Pela primeira vez, Mãezinha. Com Pipo e Cid foi outra coisa, nem de longe se parece. Já lhe contei, se lembra?

Diante da adolescente massacrada no sórdido cortiço, Pipo, com o nome repetido nos rádios de pilha, a fotografia nos jornais, aparecia como a personificação dos invencíveis heróis das histórias de quadrinhos, dos filmes de aventuras, das séries de televisão. Ser sua garota causava inveja a todas as demais chivetas da rua. Quando ele a chutou, sofrera principalmente na vaidade. Vez por outra podemos dar uma metida, se quiser, dissera Pipo, cheio de si. Isso jamais. Não aceitara a humilhação, pretendendo-se a única, a inspiradora dos gols marcados pelo craque nos matches de futebol. Chorara a semana inteira com a gozação da vizinhança mas dele mesmo não sentira falta.

Quando, no inferninho asqueroso onde caçava o michê que lhe garantisse a comida do dia seguinte, encontrou Cid Raposeira na solidão, na droga, no abandono, amarfanhado rosto de Cristo, tão necessitado de companhia e ajuda, vibrara o coração de Leonora, sensível e solidário. Iniciou-se o trajeto do interminável desespero, alternando-se os raros dias de carinho e humildade, com os de loucura e violência desatadas. Menos que companheira e amante, sentira-se enfermeira, samaritana, irmã a cuidar de alguém ainda mais desgraçado do que ela. Casal de párias perdido na metrópole fechada em pedra e em fumaça, sem condições de alegria e felicidade. Um e outro, o glorioso Pipo e o contraditório Cid, nada tinham a ver com o renitente sonho de lar e paz, de carinho, de amor.

— É amor, sabe, Mãezinha? Uma coisa diferente. Tudo que eu queria era poder ficar aqui, com ele, nunca mais ir embora.

Comove-se Tieta, pobre Leonora, escorraçada cabrita. Afaga-lhe os cabelos, belisca-lhe a face:

— Não é que eu seja contra, minha filha, é que não vejo jeito.

No jantar em casa de dona Milu, observando Leonora e Ascânio em idílio, Tieta já se preocupara. Fosse simples aventura, beijos, apertos, umas quedas na beira do rio, nos esconsos das rochas, nas areias cálidas de Mangue Seco, bons lugares para descarregar a natureza, não teria maior importância, bastando manter discrição para evitar a língua do povo de Agreste, longa e afiada. Se caísse na boca do povo, paciência. Nora partiria em breve para nunca mais voltar, pouco lhe interessava a imagem que dela guardassem aqueles tabacudos. Mas a moça pretende vida em comum, lar estabelecido, filhos. Ouvindo certa vez Tieta relatar os problemas da protegida, a insatisfação, o desejo de largar o ofício, trocando as larguezas do Refúgio dos Lordes por medíocres limites de casa e marido — de amor, como ela repetia exaltada —, Felipe, experiente e blasê, a classificara de pequeno-burguesa delirante, sem solução.

— Do meio dessa pequena burguesia desesperada é que surgem os marginais, os drogados, os que matam sem razão e os que se matam, os suicidas. Não provocam minha simpatia.

Tieta ouvira a explicação, balançara a cabeça, tolice discutir com Felipe, homem de saber e entendimento, merecedor de crédito — não por acaso subira tão alto. Nem por isso deixava de simpatizar com o sonho de Leonora, romântico e piegas. Não chegava a entender inteiramente a ânsia a consumir a rapariga, esse arrebatamento, a inconformidade com a situação — aliás privilegiada — em que vivia. Tais problemas jamais se haviam colocado para Tieta, pelo menos de idêntica maneira. Mas, ao contrário de Felipe, sentia ternura e simpatia pela insatisfação da moça, dava-lhe atenção e afeto. Entre as colaboradoras da casa — cabritas escolhidas a dedo para alegrar o ócio de bodes ricos, poderosos, exigentes, muitos deles cheios de manias e taras —, Leonora era a sua predileta. Talvez porque sobrasse a Tieta carinho a dar, devotamento disponível, tinha para com a infeliz rapariga desvelos de mãe para filha. Ao ver de Felipe, pequeno-burguesa desesperada, sem solução, na opinião de Tieta, tola, sonhadora, sentimental. Como jamais conseguira ser sentimental e tola, apesar de sonhadora, por isso mesmo estimava a atitude da moça agarrada à ilusão de um dia poder mudar a vida, construí-la conforme seus modestos desejos.

Quando, ainda há pouco, da sombra do corredor, espionava a frustrada despedida, Tieta deixara escapar um suspiro: Deus do Céu, por que tanta tolice, tanta ânsia inútil? A vida pode ser simples e fácil, agradável, excitante, quando se sabe levá-la com audácia e prudência: um marchante, um protetor para companhia permanente, para fornecer dinheiro à farta, para garantir sólido pecúlio na velhice, e xodós para a cama, quantos o corpo reclamar, a boa vida, alegria e riso que tristezas não pagam dívidas.

248

Na Bacia de Catarina ou nos cômoros de Mangue Seco, no escuro das grutas ou diante da imensidão do mar, poderia Nora saciar a sede de amor nos braços de Ascânio. Assim Tieta estava fazendo nos braços de Ricardo, no areal, na cama do Comandante. A seu modo, também ela andava apaixonada, e como! Apenas, ao contrário do que sucedia com Leonora, a paixão pelo sobrinho não a perturbava, dando-lhe apenas alegria. Paixão roxa, também: estava devorando o seminarista, esfomeada, sequiosa — não era amor, por acaso?

Mas, depois, quando passasse a fúria do desejo, bastaria lavar o xibiu bem lavado para esquecer, até que novamente crescesse em labareda dentro dela a brasa acesa, inapagável, da paixão. Paixão, amor, que diferença existe? Com Felipe fora diferente. Durara tantos e tantos anos, felizes sempre, ele superior e generoso, ela dedicada e sabida, ternos amigos, cálidos amantes, senhor e serva. Serva ou rainha? Seria isso o amor tão falado. Provavelmente. Não impedira, não obstante, as paixões, nem sabe quantas. Mundo complicado, difícil de entender, uma confusão.

Acarinha Leonora, a cabeça da moça repousando em seu colo, a cabeleira desnastra rolando sobre o lençol. Tieta necessita tomar providência rápida para colocar nos trilhos certos a vida de Leonora, para que as férias terminem alegremente como começaram, para que esse namoro bobelo se transforme em arrebatada paixão, saia do atoleiro onde se afundou para erguer-se em chamas na beira do rio, nos cômoros de Mangue Seco. Para que o amor, como deseja Barbozinha, seja motivo de vida e não de morte.

A mão materna nos cabelos e a voz de acalanto nos ouvidos acalmam a agitação de Leonora.

— Pode dormir tranqüila, cabrita, que eu vou cuidar de tua vida.

DA FAMÍLIA REUNIDA NO CARTÓRIO PARA A SOLENIDADE DA ESCRITURA

Para assistir à solene cerimônia da escritura definitiva de compra e venda da casa antes de propriedade de dona Zulmira, que passará a pertencer, após tais formalidades e o respectivo pagamento, a dona Antonieta Esteves Canta-relli, a família Esteves encontra-se reunida no cartório do doutor Franklin Lins, à exceção do moço Ricardo, seminarista em férias em Mangue Seco, ocupado com encargos da tia paulista e rica (e louca).

Apoiado no bordão, a mascar fumo de corda, de tão contente, o velho Zé Esteves não cabe no larguíssimo terno de festa, feito sob medida nos distantes tempos de abastança, cortado em boa casimira azul de contrabando, mandado tingir de negro para o casamento de Elisa, retirado do baú para a chegada de Tieta. Pela segunda vez o veste em poucos dias, volta a ser alguém. Muito em breve estará habitando casa de qualidade, em artéria central, retirado pela filha pródiga do casebre de canto de rua, de moradia e endereço desmoralizantes.

Se dependesse dele, mudaria hoje mesmo, apenas dona Zulmira acabasse de retirar seus teréns. Antonieta, porém, decidira fazer alguns reparos na casa, consertar banheiro e latrina, pintar as paredes, retelhar, luxos de paulista; ele resmungara mas não discutira: quem paga, manda.

Sob o comando da filha, sua vida se refaz. No cartório, ouvindo doutor Franklin ler os termos da escritura, controlando as horas no relógio de ouro, marca Omega, sinal de sua restaurada importância, Zé Esteves escuta berro de cabras que se aproximam aos saltos sobre os cabeços dos morros, enxerga terra e rebanho. Junto a ele, humilde sombra do marido, Tonha, silenciosa e conformada. Casebre acanhado e pobre, vivenda ampla e rica, rua de frente ou beco lamacento, tudo lhe serve e basta, desde que esteja em companhia do amo e senhor. Há muito aprendeu a obedecer e conformar-se.

Perpétua, rígida no luto inapelável, traja vestido caro, reservado para a festa da Senhora Sant'Ana; na cabeça a mantilha trazida por Leonora. Atenta, disposta a impedir que na escritura seja introduzida cláusula capaz de prejudicar os interesses de seus filhos, sobretudo os de Ricardo, herdeiro presuntivo. Com o Velho, todo cuidado é pouco: passa o tempo bajulando Tieta, insinuando misérias contra as duas outras filhas, pedinchando. Ainda na véspera, a arrastara para um canto da casa, fora murmurar segredos, intrigas certamente, na tentativa de jogá-la contra as irmãs. Perpétua não perde uma palavra sequer das cláusulas e adendos..

Pela mão, mantém seguro o filho Peto. Esgrouvinhado, maldizendo os sapatos — usa alpargata aberta quando não pode andar descalço —, o menino não entende por que motivo a mãe o obriga a estar ali, parado, envergando meias, camisa limpa, a ouvir o doutor Franklin ler, com a voz mais descansada do mundo, um rol de páginas de nunca acabar. Se a tia e a prima Nora ao menos estivessem à vontade, nos robes colantes, mal fechados, a vista ajudaria a passar o tempo. Mas uma e outra puseram-se nos trinques, tão compostas nunca as vira. Um saco!

Elisa e Astério escutam, reverentes; ela, o olhar de adoração posto em Tieta; ele, de cabeça baixa, fitando o chão. Nem mesmo Leonora, semi-escondida no fundo da sala, pode competir com o porte majestoso de Elisa: a massa de cabelos negros, o busto erguido, as ancas altaneiras, elegante como se fosse desfilar numa passarela, o ar entre modesto e altivo, um deslumbre. Casa em Agreste, tenha quem quiser, ela não. Da generosidade da irmã rica, aguarda mercê muito diferente: convite para acompanhá-la a São Paulo, para ir de muda, para irem ela e o marido, pois sozinha Tieta não a levará. Emprego para Astério numa das empresas da família Cantarelli; para Elisa, um lugar no coração e no apartamento da irmã, se possível o ocupado até agora pela enteada Nora.

Tudo quanto Elisa deseja é dar as costas a Agreste, limpar no caminho a poeira dos sapatos, nunca mais voltar. Há de conseguir: Tieta veio para ajudar a todos eles, transbordante de bondade e compreensão. Ademais, Elisa recorrera aos bons ofícios de dona Carmosina, amiga provada, a protegê-la desde menina, e íntima de Tieta. Pedira-lhe para interceder junto à irmã, possibilitando a realização do projeto de mudança. Em São Paulo a vida a aguarda, a verdadeira, repleta de acontecimentos e sensações, não essa apatia de Agreste, esse cansaço do sem jeito. O doutor Franklin emposta a voz nos termos jurídicos, Elisa ouve o excitante rumor das ruas atulhadas de automóveis luxuosos, num frêmito escuta a fala cariciosa dos homens elevando-se à sua passagem quando à tarde comparece à Rua Augusta, indo de compras com Tieta.

Astério ouve pensativo, um tanto contrafeito. O sogro vai ter onde habitar com decência e conforto, na casa da filha; será como se possuísse casa própria. Filha magnânima, Tieta. Outra qualquer guardaria ressentimento do pai que a pusera no olho da rua, da irmã que a delatara. Ela, não. Regressara com as mãos pejadas de dádivas para cada pessoa da família. Durante dias e dias, Astério se perguntara por que, na distribuição dos benefícios, naquele esbanjamento, a cunhada ainda não se fixara na irmã mais moça e no cunhado, reduzidos aos presentes da chegada. Sendo eles os mais precisados, no entanto, pois Zé Esteves, se nada tinha de seu, recebia farta mesada e praticamente não gastava dinheiro, barraco e comida custando-lhe ninharia, enquanto ele e Elisa viviam em eterno aperto, a loja e a ajuda dando na exata. Perpétua não precisa de auxílio, tem de um tudo, mansão onde residir, casas de aluguel, pensão do marido, dinheiro na Caixa Econômica, em Aracaju, e a proteção de Deus. A proteção de Deus, sim, ria quem quiser — não lhe tem faltado. Ao que Elisa soube e lhe contou, a ricaça abrira em banco de São Paulo caderneta de poupança para os dois sobrinhos. Ele e Elisa nem filhos possuem, sobrinho a merecer a proteção da tia milionária, Toninho morrera e, não fosse dona Carmosina gostar tanto de Elisa, não se sabe como teria terminado aquele assunto: a mentira vil, a notícia surrupiada, chantagem suja.

Há algum tempo, no começo das prolongadas negociações para aquisição da casa de dona Zulmira, a cunhada propusera que, realizada a compra, ali fossem morar juntos, os dois casais, o Velho e mãe Tonha, ele e Elisa: na residência vasta e confortável cabiam os quatro e sobrava espaço. A idéia não o seduzira, agradando ainda menos a Elisa; Tieta ouvira as razões da recusa e com elas concordara. Diante disso, Astério ficara à espera de uma palavra da caridosa parenta referente à aquisição de casa própria para a mana mais moça, a quem dava mostras de tanta estima. Espera vã, jamais a cunhada voltara a conversar com eles sobre moradia. Somente na véspera Astério descobrira o motivo desse silêncio. Ao voltar do bilhar, à noite, comentando a escritura a ser assinada no dia seguinte, a compra da casa de dona Zulmira finalmente decidida, Astério previra, esperançoso: quem sabe, agora vai chegar a nossa vez. Em resposta, ouvira a espantosa revelação, tomara conhecimento dos alarmantes planos de Elisa. A esposa lhe explicara dever-se a reserva de Antonieta ao desinteresse demonstrado por ela, Elisa, a respeito de casa própria em Agreste. Do meio dos lençóis, a voz fustigara, decidida, insensível, quase agressiva:

— Eu disse a Tieta que não queria ter casa própria aqui, em Agreste. Se ela quiser fazer alguma coisa por nós dois, que nos leve para São Paulo, arranje para você um bom emprego numa das fábricas, nos ceda um quarto em seu apartamento, é um apartamento enorme, duplex. Duplex quer dizer que tem dois andares, um sobrado.

252

Astério respondera com um gemido: a dor no estômago, ressurgindo, repentina e violenta. As palavras de Elisa soaram-lhe como um cantochão de funeral. Rasgaram-lhe as entranhas. Emprego em São Paulo, no escritório de uma indústria? Monstruosa perspectiva! Sair da vida tranqüila de Agreste para enfrentar a correria da cidade imensa, sentar-se diante de uma escrivaninha a fazer contas ou a anotar relatórios, das oito da manhã às seis da tarde, sem liberdade de ir e vir na hora que bem entendesse, sem amigos, sem o bar de seu Manuel, sem a mesa do bilhar, desgraça maior não podia ameaçá-lo. Em Agreste, a vida do casal decorria na pobreza, é verdade, a loja mal dava para o essencial, quando dava, mas com a ajuda de Antonieta iam atravessando sem problemas, havia o suficiente para a casa, a comida e ainda sobrava para o cinema e para as revistas de Elisa. Ademais, à exceção de meia dúzia de privilegiados, todos na cidade eram remediados ou pobres e a vida transcorria sem percalços, na maciota. Tinha o moleque para ajudá-lo na loja, Elisa tinha a moleca para ajudá-la em casa. Apenas o estômago o aperreava todas as vezes que o movimento comercial decrescia e um título a pagar começava a contar juros mas o médico, na Bahia, lhe garantira não ser câncer e sim nervosismo, não havia por que preocupar-se. Fora disso, vivia satisfeito, na boa companhia dos camaradas, das partilhas no bilhar Brunswick, com as apostas, as disputas, as vitórias, taco de ouro, a prosa agradável, poucos afazeres e a mulher bonita, a mais bonita de Agreste, à espera na cama, à disposição para as noites em que se punha nela, sempre na mesma clássica posição, quase respeitosamente, como devem praticar tais atos esposos que se prezam.

Quando solteiro, fora freguês assíduo da pensão de Zuleika Cinderela, amarrando rabichos, sempre por mulher de traseiro atrevido, de ancas bem torneadas, vistosas. Na cama, não recusava variações; constando inclusive ser por demais chegado a comer bunda de mulher; rapariga que dormisse com ele, se já não sabia, logo ia ficar sabendo dessa sua preferência. Quando ele aparecia na sala da pensão, onde dançavam, corria a voz entre as pequenas: segurem o cu, Astério está na casa. Ao que consta, não se reduzira a subilatórios de mulheres-da-vida, descadeirando igualmente várias solteironas, tendo merecido em priscas eras o apelido de Consolo do Fiofó das Vitalinas.

Casado, jamais lhe passara pela cachola possuir Elisa senão como conveniente, no buraco próprio e com decência, ele por cima, ela por baixo, papai e mamãe, como classificam as putas na pensão, posição de fazer filho, ou seja, própria para esposo e esposa. Tampouco lhe aflorara o pensamento montá-la por detrás, indo-lhe às traseiras magníficas, ancas de égua, sem igual em toda a redondeza. Não que lhe faltasse vontade: fosse ela rapariga ou moleca, roceira ou solteirona, e ele não perderia pitéu assim apetitoso, aquela suntuosa bunda, motivo fundamental da paixão a dominá-lo, levando-o a noivado e casamento. Mas esposa não é para descaração, a mulher da gente deve ser respeitada, posta entre as santas, num altar. Quando muito, uma vez na vida outra na morte, na hora do gozo, elevando-o ao infinito, dando-lhe nova qualidade, Astério corre a mão nas ancas da mulher, em furtivo agrado.

Leitora das revistas de fofocas nas quais são cantados os feitos dos galãs de rádio, televisão, cinema, Elisa ressente-se do aparente desinteresse sexual do esposo, de fornicação escalonada, burocrática — burocrata do sexo, assim a fogosa atriz classificara o ilustre comediante do qual vinha de se desquitar, em sensacionais declarações prestadas à revista *Amiga* —, da maneira única, repetida, sem as variações tão badaladas. O próprio Astério, de quando em vez, relatando a última de Osnar ou de Aminthas, de Seixas ou de Fidélio, se refere a outras curiosas formas e maneiras, sobre as quais tudo sabe dona Carmosina —ah!, infelizmente apenas na teoria, minha Elisa, quem me dera a prática! Quem lhe dera também a Elisa, talvez por isso injusta com o marido. Desinteresse da parte dele não existe e sim a convicção de que amor de esposo e esposa tem de exercer-se pudico, isento de arroubos, de maus pensamentos e de extravagâncias, respeitoso. Represado, Astério contenta-se em ser proprietário daquele rabo, de espiá-lo quase às escondidas, enquanto Elisa muda a roupa, de sentir-lhe a proximidade na cama. Digno, contido esposo.

Bastavam-lhe Agreste, a vida pacata da cidade, os prazeres, mínimos, a boa companhia, não queria mais. São Paulo? Emprego em escritório, bom ordenado, horário rígido? Quarto em casa da cunhada? Deus o livre e guarde. Noite de discussão áspera e desagradável, Elisa perdera a cabeça e o acusara de indiferente e molengas, de egoísta a pensar unicamente nos próprios interesses, sem ligar aos dela. Para ele, um pamonha, o marasmo de Agreste podia ser o ideal de vida, mas ela, moça e viçosa, tinha ambições maiores: a cidade grande, plena de possibilidades, vida digna de viver-se. Onde, aliás, Astério, se quisesse, poderia progredir, tornar-se alguém, ganhar dinheiro, afirmar-se. Mas ele não a compreendia, não fazia caso dela, tratando-a como se ela fosse um pedaço de pau, um animal sem serventia, um trapo.

Segurando a barriga para conter as dores, Astério fugira para a sala. Elisa terminou vindo buscá-lo, ao ouvir-lhe os gemidos pungentes. Encontrou-o esvaído, pálido, cor de cera, numa daquelas violentas crises de estômago. Dera--lhe remédio, pedira desculpas pelas más palavras, da exaltação passou às lágrimas. Não recuara no entanto da disposição de usar de todos os recursos junto à irmã para que ela os levasse a viver em São Paulo. Verde, a boca de fel, ele nada respondera mas entre os engulhos decidira tomar medidas urgentes para impedir a concretização do projeto, sem que Elisa viesse a saber e a responsabilizá-lo pelo fracasso dos monstruosos planos. Enquanto ouve doutor Franklin, medita e resolve.

Discreta, junto a uma estante onde se acumulam papéis, encontra-se a formosa Leonora Cantarelli, enteada da promitente compradora. Um sorriso suave no rosto delicado, talvez, entre todos os presentes, seja ela quem mais deseja possuir casa em Agreste, mesmo modesta, em rua sem calçamento, mas com um pequeno jardim plantado de cravinas e resedás, um coqueiro carregado no quintal, varanda onde estender a rede no calor da tarde. Ninho para ela e seu marido, marido com ou sem papel passado, não impunha exigências desde que fosse Ascânio Trindade. Mãezinha prometera se ocupar do caso, dar jeito em sua vida, Madame Antonieta não é mulher de falar em vão. Leonora sente-se confortada, espera; escuta a leitura com paciência, virtude obtida em duro aprendizado.

Do outro lado da barricada, ouvindo a interminável lengalenga da escritura, dona Zulmira, velhíssima, ar de ave de rapina, óculos fora da moda escanchados no nariz adunco, o terço enrolado no punho magérrimo, no pescoço um medalhão com o retrato do finado marido quando jovem e noivo. Sorri contente, a casa, convertida em dinheiro, servirá à salvação de sua alma e à glória da Senhora Sant'Ana, não irá parar nas mãos excomungadas de João Felício, amaldiçoado sobrinho. O coisa ruim não poderá fazer com suas últimas vontades o que estavam fazendo com o testamento de seu Lito os maus parentes, discutindo-lhe a validade na justiça, tentando roubar a Santa Madre Igreja. Acolitando-a, padre Mariano: o dinheiro resultante da venda da casa destina-se a missas no altar-mor da Matriz diante da imagem da padroeira e em benefício da alma da doadora, mas somente após sua morte. Antes, depositado em mãos de Modesto Pires, renderá juros mensais que ajudarão às despesas de dona Zulmira, servirão para médico e remédios, conforme consta de documento anexo à escritura que o doutor Franklin está terminando de ler.

Emboscado no passeio em frente, o sobrinho João Felício espia. Pequeno comerciante de secos e molhados, o rosto semelhante ao da tia, nariz curvo, queixo duro, gavião pronto a atacar a presa. A presa acaba de lhe escapar, levada céu afora pela santa, ídolo e superstição dos católicos romanos. Na casa confortável que esperara ocupar em breve — a Velha não pode durar muito — com a mulher e o filho pequeno, irá viver Zé Esteves, com a presunção, a arrogância e a mulher, pobre infeliz. Também de quem a culpa se ele, João Felício, se casara contra a vontade da tia com moça protestante, filha do pastor da Igreja Batista de Esplanada? Católica à maneira antiga, desconhecendo as teses ecumênicas, para dona Zulmira protestante é sinônimo de herético, inimigo, raça perdida e condenada, com pés de bode. Os crentes são filhos do demônio aos quais os bons católicos devem negar pão e água, já que infelizmente se acabou a Santa Inquisição.

Terminada a leitura, doutor Franklin convida as partes interessadas, para o ato da assinatura. Como testemunhas, apõem suas firmas Astério e o Padre e depois apertam-se as mãos, em mútua felicitação. Dos fundos bolsos da saia negra de gorgorão de seda, Perpétua, depositária provisória, saca rolos e rolos de dinheiro, entregando-os ao doutor Franklin, todos os olhos acompanhando a operação. O tabelião conta nota por nota, antes de passá-las às mãos de dona Zulmira.

Sorridente, Tieta remói uma apreensão: terreno e casa, comprados e pagos, escriturados em nome de Antonieta Esteves Cantarelli, pertencem sem sombra de dúvida e discussão a Antonieta Esteves, simplesmente? O advogado consultado em São Paulo, antes da viagem, garantira que sim, desde que existissem testemunhas de compra e pagamento, tratando-se então de simples engano de nome, facilmente corrigível. Quem o dissera não fora um corrigível qualquer, de porta de xadrez, e sim o Procurador-Geral do Estado, freguês constante do Refúgio, consultor jurídico de Madame Antoinette.

256

DO FIM DA TARDE NO AREÓPAGO

Tieta, depois de se despedir dos parentes e de ter contratado os serviços do mestre-de-obras Liberato, recomendado como excelente por Modesto Pires, consegue chegar sozinha à porta da Agência dos Correios para a conversa reservada, conforme prometera na véspera a dona Carmosina. Finalmente as duas amigas irão passar em revista os últimos acontecimentos; as duas interessadas em ouvir e contar, ruminando idéias e planos, escondendo, uma e outra, segundas intenções. Ao ver Tieta subindo o degrau da porta, dona Carmosina larga o jornal e exclama:

— Enfim, sós! — ri, estendendo os braços para acolher a visita ilustre, figura importante. — Salve a minha líder!

Por demais ilustre e importante. Não demoram sem companhia nem por cinco minutos. Ainda ajeitam cadeiras, trocam palavras de afeto, Tieta perguntando como vai passando mãe Milu — costuma dizer que dona Milu é sua segunda mãe —, quando surgem os primeiros conhecidos e na porta do Areópago juntam-se os curiosos. Todos querem ver e saudar a conterrânea donatária da capitania de São Paulo, mandachuva no país. Ficam parados, sorrindo para ela. Pedintes que não a encontraram em casa, de faro aguçado pela necessidade, descobrem-na na Agência, cada qual recita história mais triste. Triste e verídica. Com dois deles, Tieta marca encontro para a manhã seguinte, em casa. Dona Carmosina abana a cabeça, assim não dá. Ao mesmo tempo, deixam-na alegre a gentileza e a paciência de Tieta a ouvir e ajudar os pobres, a dialogar com os ociosos que apenas desejam falar com ela, felicitá-la pela luz. Rindo. Antonieta desabafa:

— Essa história da luz já está me enchendo...

— Não fale assim, minha negra. O povo manifesta sua gratidão, é uma gente boa, ainda não está corrompida pela civilização.

Do passeio, a voz do comandante Dário vem liquidar as últimas esperanças de dona Carmosina. Ainda não será desta vez que conversarão a bâtons rompus — de quando em quando Tieta emprega uma expressão francesa; no Sul, conquistou, certamente sob influxo do marido, nível de cultura desabitual nos cafundós destes sertões, fez-se realmente uma senhora, não apenas pela elegância e riqueza, também pelo intelecto; dona Carmosina sente-se orgulhosa da amiga e assim devem sentir-se todos os cidadãos de Agreste.

Tomando de uma cadeira e nela escanchando as pernas, o Comandante demonstra sua decisão de ali se demorar batendo papo. Deseja saber quando Tieta pretende voltar a Mangue Seco. Ele e dona Laura regressarão no dia seguinte, logo depois do almoço, não quer aproveitar a canoa? Aproveitará, sim. Concluída a compra da casa, assinada a escritura, efetuado o pagamento, nada de especial a prende a Agreste. O Velho se encarregará de dirigir a limpeza e a pintura da vivenda, alguns consertos indispensáveis, antes de tudo a construção de banheiro e latrina decentes. Os que existem estão inservíveis. Há muito dona Zulmira toma banho em bacia, faz cocô em penico. O Comandante escuta a relação das obras, dos tais pequenos consertos, prevê:

— Um mês de trabalho, daí para mais... Liberato é descansado.

— Não com Pai de fiscal, em cima dele... — garante Antonieta. — O Velho está doido para mudar-se, seu Liberato vai andar de rédea curta.

— Fez empreitada ou vai pagar pelos dias de trabalho?

— Comandante, pelo amor de Deus, não se esqueça que nasci aqui. Empreitada, é claro.

— Nesse caso, um mês. E Liberato, o que tem de descansado tem de competente. Nesse particular, pode ficar tranqüila.

— Veja como são as coisas, Comandante. Considero que fiz uma boa compra, adquirindo a casa de dona Zulmira...

— Cara para os preços daqui...

— Ainda assim. Custou um bocado de dinheiro, é uma casa ótima, vai entrar em obras, mas eu só penso na cabana de Mangue Seco. Minha cabeça está lá. Essa sim, me apaixona. Não quero viajar sem que ela esteja de pé.

— O povo de Mangue Seco ainda é mais descansado do que o daqui. Praia, sabe como é. Com aquele ventinho, não dá mesmo para se trabalhar muito...

— Por isso quero voltar logo, para dar um empurrão. Cardo não é o Velho, não é de dar bronca em ninguém... O pobre deve estar pensando que a tia o abandonou e foi embora para São Paulo. Menino de ouro, esse meu sobrinho, Comandante.

Os olhos brilham quando ela fala do sobrinho. Dona Carmosina e o marujo concordam com o elogio. Deus fora extremamente generoso com Perpétua: não apenas a retirara do barricão, milagre considerável, dera-lhe bom marido e bons filhos. Exercendo a arte sutil de falar da vida alheia, dona Carmosina e

258

o Comandante regalaram-se durante alguns minutos considerando a bondade de Deus na premiação das virtudes eclesiásticas de Perpétua. Eclesiásticas? O adjetivo para as virtudes de Perpétua devia-se a Barbozinha e dona Carmosina o encontra poético e perfeito. Assim, em prosa e riso, corre o tempo. Não adianta Tieta dizer que viera por uma noite e já se encontra há três dias — e ainda, imagine!, não tivera tempo para conversar uns assuntos urgentes com Carmô. Para fazê-lo se encontra ali, na Agência, mas amanhã retornará sem falta a Mangue Seco.

O Comandante nem parece ouvir a insinuação, explicando que Ricardo, estando onde está, em férias no próprio paraíso terrestre, só tem razões para sentir-se feliz. Enquanto ouve o Comandante, empolgado, a perorar sobre seu tema predileto, a beleza da praia de Mangue Seco, Tieta pensa no pequeno Ricardo abandonado no colchão de crina, na imensidão selvagem das dunas sobre o mar. No paraíso, Comandante, mas curtindo as penas do inferno! Deve estar plantado no cômoro mais alto, buscando descobrir nas lonjuras do rio sinal de lancha, ouvir ruído de motor. Ela tampouco deseja outra coisa senão descer a correnteza, atravessar a arrebentação da barra, desembarcar em Mangue Seco, correr para os braços de seu menino, sentir-lhe os pêlos arrepiados nas pernas e braços musculosos, no peito adolescente, o calor, a vibração do corpo, a timidez ainda não de todo vencida, o ímpeto, o mastro do saveiro erguido, as velas desatadas. As últimas noites, rolando sozinha no leito da alcova, tinham sido insones e agoniadas. Para acalmar-se, findara por deitar-se na rede, no antigo gabinete do doutor Fulgêncio, onde Ricardo dormira. Buscando a lembrança do sobrinho, encontrou sinais evidentes da batalha travada com o Demônio na rede onde ele a desejara contra a própria vontade, onde a tivera nua, em sonho voluptuoso, e não conseguira possuí-la por não saber como agir, pesadelo horrendo. Ali o donzelo seminarista começara a perder a castidade. Tieta espojou-se na rede, tocou a mancha branca, gemeu, cabra em cio.

Outro a aparecer para a prosa regalada, impedindo a conversa íntima e essencial: Ascânio. Chega acompanhado por Aminthas e Seixas. O Comandante não perde a ocasião de criticar as iniciativas do patriótico secretário da prefeitura, ameaçadores projetos turísticos, felizmente mirabolantes.

— Mirabolantes, uma conversa — protesta Ascânio. — A qualquer momento, o homem volta...

— Com a boazuda, espero... — corta Aminthas.

— ... para definir os planos, tenho certeza.

Comandante Dário eleva as mãos aos céus:

— Para terminar com o sossego da gente. Vou cavar trincheiras em Mangue Seco, armar barricadas. Quando esses nudistas aparecerem lá, recebo à bala, como Floriano ameaçou receber os ingleses.

— Nudistas? — interessou-se Tieta.

— Exatamente, não soube?

— Soube do casal que esteve aqui e foi a Mangue Seco...

— ... e lá chegando, tiraram a roupa e bumba! Na água, nuzinhos como Adão e Eva. Correndo praia afora...

Irreprimível frouxo de riso sacode Tieta, não se contém. Pensa em Ricardo já tão violentado, ainda por cima às voltas com nudistas. Era capaz de confundi-los com diabos, vindos dos infernos, para sacrílegas bacanais em Mangue Seco, missas negras, para consumar a definitiva condenação de sua alma. Reduzindo a zero os efeitos da longa pregação da tia, empenhada em acalmar seus temores, restaurando-lhe o ânimo e a confiança.

— Será que Ricardo viu essa gente nua? — pergunta, quando consegue controlar o riso.

Ao imaginar o seminarista em companhia do incrementado casal, todos riem, inclusive Ascânio. Comandante Dário conclui, vitorioso.

— É o que eu digo: Perpétua e os padres, o bispo Dom José, você, Tieta, todo mundo cuidando da inocência do menino e os amigos de Ascânio liquidam todo esse esforço numa tarde. De que adianta você zelar pela castidade de seu sobrinho? Ascânio importa a devassidão, entrega Mangue Seco aos proxenetas, nosso destino é o lenocínio...

Ascânio não se comove com o trágico panorama traçado pelo Comandante.

— Quando os terrenos valorizarem, a Toca da Sogra valer uma fortuna, o Comandante vai me agradecer e a senhora também, dona Tieta. Fez negócio na hora certa, os preços dos terrenos vão subir.

— Não há preço que pague minha paz! — conclui, insensível, o Comandante. Volta-se para Tieta. — Então, amanhã logo depois do almoço, aí por volta de uma da tarde, de acordo? Vamos aproveitar esses últimos dias, antes que Ascânio transforme Mangue Seco em Sodoma e Gomorra.

— Vai amanhã, dona Antonieta? — pergunta o acusado secretário da prefeitura. — Não esqueça que no outro sábado é a inauguração da praça e a senhora é a madrinha da festa.

— Não esqueço, não. Pode contar, não faltarei. Volto a tempo.

Se não voltar, irão buscá-la à força, anuncia Aminthas. Ele e Seixas ali presente, com Astério, Osnar e o grumete Peto estão armando uma expedição punitiva para raptá-la na praia, trazê-la de volta. Mangue Seco é aquela maravilha, ninguém pode negar a evidência, praia ótima para passeios, piqueniques, uiquiendes, o banho de mar, a barra, as dunas, a vista, mas daí a demorar-se lá semanas inteiras quem vem a Agreste com tempo medido, isso seus concidadãos não podem tolerar. Dona Carmosina concorda e aplaude a idéia: uma expedição, quem sabe, no próximo domingo? Que diz a isso, Seixas?

— Bom, muito bom. Vou e levo minhas primas — aprova Seixas, opinando pela primeira vez na discussão.

A conversa reservada fica para a noite. Dona Carmosina suspira: mas, sem falta, heim! Se houver outro adiamento ela vai espocar, está inflada de assuntos, graves e excitantes. Não lhe passa pela cabeça, porém, que a maior interessada na conversa é Tieta, apenas não demonstra.

DA CONVERSA NO CAMINHO DO RIO

Tieta passeia os olhos pelo céu, convertera-se em minguante a lua cheia que iluminara o areal de Mangue Seco mas faíscam estrelas aos milhares, inumeráveis, ela não se cansa de contemplá-las, de admirar esse firmamento como já não existe nas cidades do Sul. Na cidade de São Paulo, onde vive e labuta, encoberto pela fumaça da poluição, é negrume o firmamento.

— Estou fartando a vista no céu de Agreste, Carmô. Lá, não tem nada disso. Lá o céu acabou.

Para conversarem a sós, o único jeito foi fugir da casa repleta enquanto Barbozinha, invencível, atravessava o pantanal de Mato Grosso à frente de um regimento da Coluna Prestes, após haver sido um dos Dezoito do Forte, o único a escapar miraculosamente: um a mais, um a menos não aumenta o número, continuarão dezoito, essa a grandeza das legendas. Aminthas advertiu o bardo heróico:

— Cuidado com a língua, meu poeta. Que você seja o décimo-nono ou o vigésimo-terceiro dos Dezoito, não vejo mal além dos arranhões na verdade histórica. Mas, ao se meter na Coluna Prestes, passa a correr perigo de cadeia. Por muito menos, andaram encanando gente em Esplanada.

Quando dona Carmosina chegou para a conversa reservada, encontrou a sala de visitas cheia de amigos, a varanda ocupada por Leonora e Ascânio, sobrando apenas o recurso da fuga. Aproveitando a deixa de dona Carmosina: aqui a gente não vai poder conversar, tenho muita coisa a lhe falar mas não na vista desse povaréu, como se há de fazer?, Tieta propôs a retirada. Haviam escapado pelos fundos da casa, sem que ninguém se desse conta. Agora, andam no caminho do rio:

— Só que lá, Carmô, se ganha dinheiro. Quem quiser trabalhar, tiver disposição, pode fazer seu pé de meia. Aqui, a pobreza é demais, eu já tinha me esquecido do tamanho.

Tieta toma o braço de dona Carmosina, as duas amigas marcham em direção ao ancoradouro, ouve-se na sombra o rumorejar ainda distante da correnteza do rio. A brisa da noite as envolve, chegada do mar, das bandas de Mangue Seco onde Ricardo espera, certamente postado no alto das dunas, buscando enxergar sinal de luz na distância, crucificado em medo e desejo, em pecado e saudade, dilacerado.

— Aqui a pobreza é por demais, a começar por minha gente. Vivem tão apertados...

— Perpétua até que não... — retifica dona Carmosina. — Todo mês coloca dinheiro na Caixa, em Aracaju, não é nenhuma tola.

— Não pense que não sei, Carmô, não nasci ontem, conheço as cabras de meu rebanho e a que mais conheço é Perpétua. Sei que Ricardo estuda de graça, o Padre arranjou com Dom José, sei que Peto está no Grupo Escolar, não paga nada, sei mais do que ela e você podem imaginar. Mas, nem por isso, nego minha ajuda. Afinal, o que ela tem é tão pouco, só é alguma coisa em comparação com a pobreza dos outros, mas para o futuro dos meninos não é nada. Os meninos são uns amores, Ricardo é estudioso, compenetrado, sério, vestido de batina fica tão engraçado, parece um anjo torto. — Fita a velha amiga. — Mandei abrir uma caderneta de poupança em São Paulo em nome dele, como aliás você sabe...

— Eu sei? Que história é essa? Não sei de nada, você não me falou, como havia de saber? — dona Carmosina reage nervosa, quase insultada com a indireta.

Tieta enche o caminho com uma risada alegre, divertida, aperta o braço da companheira, afetuosamente:

— Sabe porque leu a carta que eu escrevi à gerente do meu negócio mandando ela ir ao banco, abrir a caderneta, fazer o depósito. Não me diga que não leu, Carmô, porque eu não acredito. Se eu fosse você, também lia.

A princípio confusa, sem resposta, dona Carmosina termina contagiada pelo riso da amiga, reclama:

— Também nunca vi cartas mais discretas, mais reservadas que as suas. Não contam nada, nem as que você escrevia para a família nem as que escreve para São Paulo. Nunca vi tanta avareza de palavras: faça isso, faça aquilo, como vão as coisas, a clientela, firme? E as meninas, como se comportam? Até agora não descobri que espécie de negócio você tem, além das fábricas. Dessas todos sabem.

— Não há segredo, Carmô, apenas sou ruim de escrita, quanto menos escrevo menos erro. Além disso, não gosto que meus assuntos andem na boca do povo, ninguém precisa saber dos ganhos da gente; eu acredito em mau-olhado. Mas a você, não tenho por que esconder. O que eu possuo em São Paulo é uma butique de luxo, com preços muito caros, para gente da alta sociedade, a clientela é de primeira ordem, rende um bom dinheiro. As meninas são as vendedoras, bonitas, elegantes, ganham bem. Por isso mesmo, por causa da freguesia tão chique, não quero gente de Agreste aparecendo por lá. Imagine só, Carmô, a loja cheia, aquela nata de São Paulo, tudo podre de rico, e me aparece o pessoal daqui... Por isso nunca mandei endereço. Nas fábricas não me importo que falem, que inventem o que quiserem, sabe por quê? Porque nas fábricas nada tenho, nem participação. Quando Felipe morreu, eu fiquei com os apartamentos, os imóveis e a butique que, aliás, já era minha, estava em meu nome. — No caminho mal iluminado, busca enxergar na fisionomia da amiga se a explicação fora convincente ou nao.

263

Dona Carmosina bebera-lhe as palavras, uma a uma. Assídua leitora de romances policiais, admiradora de Agatha Christie, sentia-se a própria Miss Marple perdida em Sant'Ana do Agreste. De dedução em dedução, espremendo as células cinzentas, partindo de pistas mínimas, tinha chegado à verdade: nada do que Tieta agora lhe contara constituíra surpresa para a presidenta do Areópago:

— Exatamente o que eu imaginava, butique de alto luxo, preços de arrancar o couro e a fidalguia toda de São Paulo deixando o dinheirinho lá. Você faz muito bem em guardar reserva sobre seus negócios e sua vida. Creio que, se Elisa soubesse de seu endereço em São Paulo, teria arranjado maneira de se tocar para lá. Não sonha outra coisa, a pobrezinha.

Tieta riu:

— Você já pensou a parentada toda de Agreste, a começar pelo velho Zé Esteves, de cajado, cuspindo fumo, em minha porta em São Paulo, invadindo a butique? Até que ia ser engraçado, só que estragava meu negócio para sempre.

Não fez referência a Elisa, como se não houvesse escutado o nome da irmã, mas dona Carmosina insiste, volta à carga:

— Você pensa levar Elisa para São Paulo, ela e Astério? É tudo o que ela deseja na vida, e me parece que...

Tema do desagrado de Tieta. Interrompeu a amiga antes que tomasse a peito a defesa da causa de Elisa:

— Levar, para quê? Aqui, eles vivem direitinho com a renda da loja e a ajuda que eu dou. Sem que eu lhe perguntasse nada, outro dia ela me disse que não quer ter casa própria em Agreste. Vive falando em São Paulo, insinuando um convite, não tem outro assunto. Posso até aumentar a ajuda que dou a eles, mas levá-los para São Paulo, isso não.

— Posso perguntar por quê? Gosto de Elisa e queria vê-la feliz.

— Eu também desejo que ela seja feliz, também gosto dela, é minha irmã e sei que ela gosta de mim, não é hipócrita como Perpétua. Mas eu gosto dela e gosto também de Astério, Carmô. Aqui Astério vive contente, para ele São Paulo ia ser um degredo. Adoro ver pessoas felizes, é tão raro no mundo. Sei o que é ser infeliz, roí beira de penico quando fui embora. Tive sorte, encontrei um homem bom, o meu marido. Família sortuda, Carmô: Perpétua, com aquela cara, arranjou marido, milagre considerável, não foi o que o Comandante disse ontem? Milagre maior aconteceu comigo: eu era uma reles empregadinha no escritório de Felipe, acabei de aliança no dedo. — Exibe a aliança de ouro, diferente, trabalhada peça digna de antiquário. — Também Elisa deu sorte, casou, Astério é um bom rapaz, gosto dele. Em São Paulo, Astério ia ser mais infeliz do que Elisa é aqui.

— Será?

— Tenho certeza. Aqui, ele tem amigos, de quem iria ser amigo em São Paulo? Não é homem para aquela correria, aquele Deus nos acuda. E ela, ia ser feliz em São Paulo, tua amiga Elisa? Tu conhece ela melhor do que eu, tu viu ela nascer, nós duas vimos, se lembra? Tu acha que Elisa, em São Paulo, vai agüentar o marido ganhando ordenadinho pequeno, que grande coisa ele não sabe fazer, vida modesta, com a estampa de rainha que ela tem? Me diga, Carmô. Com aquela beleza? Sabe onde ela ia terminar? Num randevu, fazendo a vida. Será essa, a felicidade que ela procura?

Dona Carmosina estremece, as palavras de Tieta ressoam-lhe no crânio, marteladas na cabeça. Desiste de lutar pela protegida. Prometera fazê-lo quando Elisa, quase chorando, lhe suplicara: fale com Tieta, Carmosina, diga que eu quero ir com ela, peça um emprego na fábrica para Astério, um cantinho no duplex para nós.

— Você tem razão, não dá pé. Ia terminar mal. Como não pensei nisso, meu Deus? Você é ainda melhor irmã do que parece.

— Conheço minhas cabras. Foi bom você ter me falado nisso, eu estava mesmo querendo lhe pedir para tirar essas idéias da cabeça de Elisa, ela lhe ouve muito. Aqui, ela e Astério podem contar comigo. Fora daqui, nada.

— Vou falar com ela, não vai ser fácil. Mas você tem toda razão, não se pode arriscar. Já pensou? Ai, meu Deus!

— A vida é uma confusão, não dá para se entender. Elisa só pensa em ir para São Paulo, Leonora, agora, deu para falar que quer viver em Agreste, não quer sair daqui, nunca mais.

Um sorriso aparece, clareando o rosto anuviado de dona Carmosina, aquele era um tema exaltante. Aproximou-se do rio, cresce o rumor da correnteza sobre as pedras, rolam estrelas do céu, desfazem-se nas sombras.

— É verdade, ela me disse que já decidiu não ir mais embora. Conversamos muito, Nora e eu, nesses dias que você passou em Mangue Seco. Ela está gamada, morta de paixão. Coisa mais linda, Tieta. Dois desiludidos, dois... — busca na memória a palavra moderna, lida há poucos dias no artigo da revista — ... carentes que se encontram, dão-se as mãos e se completam. Está disposta a ficar aqui.

— E você pensa que ela vai se acostumar nesses confins? Por ora, está feliz porque no namoro com Ascânio esquece o que sofreu e ela sofreu como cabrito desmamado. Mas, depois? Eu nasci aqui e aqui quero terminar meus dias mas só voltarei de vez quando estiver velha, coroca. Antes, só a passeio. Para quem chega de cidade grande, acostumar em Agreste não é fácil. Mesmo quem nunca arredou os pés daqui se queixa da pasmaceira, veja Elisa. Se eu imaginasse o que ia acontecer, não teria trazido Nora. É uma tolona, sentimental, acaba perdendo a cabeça, afeiçoando-se a Ascânio, vai dar problema.

— Eu sei. — Dona Carmosina suspira, dramática que nem autor de folhetim em cena culminante, de novela de rádio em fim de capítulo. — Ela é milionária, ele é pobre! Mas...

— Não é por isso, Carmô, todos os dias a gente assiste a casamento de rico com pobre. Você pensa que eu ia me preocupar se o problema fosse esse? Já estaria cuidando do enxoval.

— Qual é, então?

Tieta detém-se na beira do caminho para dar maior ênfase à confidência, persiste o clima de melodrama, o suspense. Dona Carmosina espera, tensa, incapaz de esconder a impaciência:

— O quê?

— Você sabe que ela foi noiva de um vigarista que só queria o dinheiro dela. Botou máscara de engenheiro, fachada não lhe faltava mas era tudo. Ela, cega de paixão, querendo financiar uns projetos do tipo, só não largou o dinheiro porque eu manjei a coisa e manerei. Foi quando a polícia apareceu atrás dele e se ficou sabendo da ficha completa do patife. A pobre caiu de cama, quase morreu. A mim não me surpreenderam as revelações da polícia, não me engano com as pessoas, bato os olhos num fulano e já sei o que vale, a qualidade do caráter e o tamanho do cacete...

Dona Carmosina, descontraindo-se, explode numa gargalhada:

— Mulher mais maluca, nem depois de morta vai tomar jeito. Inventa cada uma: a qualidade do caráter, o tamanho do cacete... Essa é boa! — perdida em

266

riso, refaz-se aos poucos, volta ao amor de Nora e Ascânio. — Disso tudo eu já sabia, você mesma tinha me contado. E é por isso que eu digo: dois feridos que convalescem, dois carentes — Dona Carmosina aproveita para repetir a palavra recém-aprendida — que se completam. Se o problema da diferença de fortuna não atrapalha, então...

— Acontece que ela foi noiva desse tipo uns bons seis meses, Carmô. Noivado em São Paulo não é como em Agreste. Lá, namorados e noivos têm muita liberdade, saem sozinhos para festas, para boates, fazem passeios que duram dias e dias... noites e noites... As moças andam com a pílula na bolsa, junto do batom.

— Estou entendendo...

— Pois é. Esse negócio de moça casar virgem, já era, como dizem os cabeludos. Só vigora em Agreste. O fato dele ser pobre não tem nenhuma importância, Nora não liga a mais mínima para isso. Nem ela, nem eu. Mas você acha que nosso amigo Ascânio... — uma pausa. — É por isso que estou preocupada, Carmô.

— Agora, quem fica ainda mais preocupada, sou eu. Preocupadíssima. Por que a vida é tão complicada, Tieta?

— Sei lá! E podia ser tudo tão fácil, não é? Porca miséria!, como dizem meus patrícios, os italianos de São Paulo.

Voltam a andar, dona Carmosina digerindo a incômoda revelação, ai, meu Deus, o que fazer? Tieta completa, antes que alcancem as margens do rio:

— Agora que comprei a casa, mandei arrumar e pintar, instalo os velhos, deixo dinheiro com Ricardo para acabar de construir o barraco em Mangue Seco, pego Leonora e vou embora.

— Você não pode ir embora antes da inauguração da luz, já lhe disse. De jeito nenhum.

— Tinha pensado em ficar mas não posso. Não é tanto por mim, se bem não deva me retardar demais, deixei em São Paulo tudo que é meu na mão dos outros...

— Na mão de gente de confiança...

— Mesmo assim. Quem engorda o porco é o olho do dono. Eu ficaria para a festa, se não fosse por Nora. Preciso tirar ela daqui enquanto é tempo. Ela não aguenta outro baque, pode até morrer...

— Não se precipite. Espere uns dias, quando você voltar de Mangue Seco eu lhe direi alguma coisa.

— Sobre?

— Ascânio e Leonora...

— A vida pode ser tão fácil, a gente mesmo é quem complica tudo.

Atingem a beira do rio, as canoas descansam no ancoradouro. Um pouco além, na Bacia de Catarina, os pés de chorão debruçam-se sobre os penedos, aumentam a escuridão. A brisa traz um leve gemido, vem daquelas bandas. As amigas avançam uns passos com pés de lã. Vultos nos esconsos; sussurros, ais, sob os chorões. A vida pode ser tão fácil, repete Tieta. Sorriem as duas comadres, a bonita e a feia, a que conhece o gosto e a carente (para usar a palavra da moda, tão de agrado de dona Carmosina). Tieta anuncia:

— Já escolhi o nome para minha cabana em Mangue Seco.

— E qual é?

— Curral do Bode Inácio. Era o garanhão do rebanho do Velho, um bode que mais parecia um jegue de tão grande. O saco arrastava no chão. Com ele aprendi a querer e a conseguir.

Multiplicam-se os ais de amor na ribanceira. Apressadas, as duas amigas retomam o caminho da casa cheia em cuja sala de visitas o vate Barbozinha, em encarnação anterior, à frente do povo de Paris, assalta e conquista a Bastilha, liberta milhares de patriotas aprisionados. Magnífico episódio, com espadas e arcabuzes, fidalgos, tribunos, a carmanhola e sem perigo de cadeia.

ONDE O LEITOR REENCONTRA O SEMINARISTA RICARDO, ANJO DECAÍDO, SOBRE O QUAL HÁ BASTANTE TEMPO SÃO FEITAS APENAS VAGAS REFERÊNCIAS (QUASE SEMPRE ELOGIOS NA BOCA LASCIVA DA TIA) E DE COMO ELE SE ATIRA AO MAR

Do alto dos cômoros, Ricardo observa o rio na impaciência de assinalar a lancha de Elieser ou o barco de Pirica, talvez a canoa a motor do Comandante, e vislumbrar o vulto de Tieta. Como prosseguir ali sem ela, tendo o pecado por única companhia? Assim os viu desembarcar de uma canoa que eles próprios manobravam. Não estavam todos os que haviam acampado nas proximidades do arraial do Saco, apenas dois casais e uma criança pequena, de dois anos quando muito.

Curioso, Ricardo acompanha cada movimento. O rapaz escuro, de cabelo esgrouvinhado, levanta a improvisada âncora, pedra disforme, amarrada a uma corda, atira-a ao mar, prendendo a canoa. Toma a criança ao colo. O outro, magro e alto, segura um violão. Das duas moças, uma exibe longos cabelos doirados escorridos sobre as costas, provavelmente a mãe da menina pois desce junto com o rapaz que leva a criança; a outra, com flores nos cabelos, é miúda e ágil, atravessa correndo entre as casas dos pescadores, perseguida pelo moço do violão. O som do riso sobe os cômoros e chega até Ricardo. Estão descalços os cinco e andam para a parte mais bela da praia, a que fica exatamente embaixo da duna mais elevada, de onde Ricardo espia. A mais bela e a mais perigosa, a arrebentação violenta impedindo o banho de mar. Somente quem nasceu e se criou em Mangue Seco atreve-se a nadar naquele trecho de mar erguido em fúria contra as montanhas de areia.

Nas férias anuais em Mangue Seco, quando o Major era vivo, Ricardo acompanhara algumas vezes os filhos de pescadores, aventurando-se entre os vagalhões, mas o pai, tendo-o pegado em flagrante, proibira tal loucura, sob ameaça de castigo severo. Mais de um banhista ali deixara a vida por ignorância ou por desejo de exibir-se, derrubado e arrastado pela violência das ondas, massacrado de encontro aos cômoros. Bravio mar de tubarões, sombras cor de chumbo em meio à água revolta. Inesperados e soberbos, alçam-se em meio às vagas, rondam a praia, esfomeados, multiplicando o perigo. Pouco antes, Ricardo enxergara os vultos de um bando ameaçador, saltando na tormenta. Foram-se mar afora, já não se distinguem as manchas de chumbo e morte.

Do alto, Ricardo vê os dois casais e a menina correndo pela praia, brincando. Sentam-se depois na areia e logo ressoa o som do violão, trazido pelo vento. Trechos rotos de melodia, parece música religiosa, lembra cantochão ouvido no convento dos franciscanos em São Cristóvão. Na véspera, tendo ido ao arraial do Saco tratar de compra e transporte de material para a construção,

Ricardo soubera do acampamento dos hipies. Um grupo de mais de vinte moças, rapazes e crianças, novidade recente e provocante.

Os dois filhos do dono da cerâmica onde adquirira os tijolos — o pedreiro errara no cálculo, levando a tia a comprar quantidade bem menor que a necessária —, rapazolas mais ou menos de sua idade, convidaram-no a ir espiar, ele aceitou.

No Seminário e em Agreste escutara muita coisa sobre os hipies, opiniões as mais contraditórias, a maioria de virulenta crítica. Ascético e feroz, Cosme, comentando notícias dos jornais, condenara os hábitos indecentes, perniciosos, desses inimigos da moral, entregues à libertinagem e à droga, refugando a lei e os princípios sacrossantos, monstros da pior espécie. Dias depois, por acaso, quando no pátio buscava entender a Imitação de Cristo, preparando-se para a meditação espiritual da manhã seguinte, Ricardo surpreendera singular conversa, as vozes em discussão se elevando na roda próxima, formada por alguns padres, entre os quais o próprio Reitor, o reverendo ecônomo, o padre Alfonso — o reverendo Alfonso de Narbona y Rodomon — e Frei Timóteo, frade franciscano, vindo de São Cristóvão, para dar a aula semanal de Teologia Moral no Seminário Maior, cuja sapiência e santidade corriam mundo. Parecendo um caniço de tão magro, os cabelos revoltos, a barba rala, os olhos de água pura e a voz mansa, defendera os hipies dos ataques de Dom Alfonso de Narbona y Rodomon, a vociferar em dura mescla de espanhol e português. Nobre castelhano, guarda-costas de Deus e da pureza da fé, leão-de-chácara dos bons costumes, vigário da Catedral de Aracaju e professor de Teodicéia no Seminário Menor, Dom Alfonso era conhecido entre os fiéis pela alcunha de Labareda Eterna devido à virulência dos sermões repletos de ameaças aos pecadores.

Indiferente à veemência da condenação total aos hipies, enunciada em rude portunhol pelo fidalgo de Castela, Dom Timóteo os considerou não apenas filhos de Deus, como nós todos, mas os promoveu a filhos bem-amados pois renegam a hipocrisia, refugam a mentira, levantam-se, pacíficos, contra a falsidade, contra o cinismo anti-humano da sociedade atual, enfrentam a impiedade e a corrupção do mundo, suas armas são flores e canções, sua bandeira a de Cristo: paz e amor. Condenável a maneira como agem? Que desejava Dom Alfonso? Que eles tomem das armas, das bombas, das metralhadoras? Vão pelo mundo dando o bom exemplo da alegria de viver. Perseguidos como sempre o foram todos os reformadores, os rebeldes, os contestatários da ordem vigente e podre. Os padres ouviram sem vontade ou sem coragem de contestar; o renome de Frei Timóteo, sábio e santo, fazia-o carismático, os reverendos curvavam-se à sua passagem e o bispo Dom José o tratava de meu pai. Opiniões contraditórias, polêmica desatada, mas nos ouvidos de Ricardo ficara ressoando a voz serena do franciscano a repetir as palavras paz e amor, divisa de Cristo, saudação dos hipies.

Demorou-se com os dois companheiros espiando de longe o acampamento, onde rapazes e moças pareciam indiferentes ao tempo, sentados em grupo a conversar. Alguns trabalhavam metal e couro, um magricela tocava violão, outro descansava a cabeça no colo de uma jovenzinha, todos vestidos com aquelas roupas mal cuidadas, com rasgões e remendos, colares nos pescoços, multicores, símbolos místicos. Alguns descalços, sobretudo entre as mulheres. Ricardo viu de longe e pouco; quando um dos rapazes propôs chegarem até lá, recusou, necessitando voltar a Mangue Seco onde os operários esperavam material para as paredes da casa de veraneio da ingrata.

Agora, do alto dos cômoros, ele observa os dois casais e a menina. Reconhece o magricela que dedilha o violão, vira-o na véspera. Deitaram-se na areia os quatro, a criança recolhe conchas, vem trazê-las para a mãe.

Os olhos de Ricardo voltam-se para a lonjura do rio nas primeiras sombras do crepúsculo. Que faz a tia, por que não volta? Por que o deixa ali, sozinho, sem a presença, a voz, os confusos argumentos ainda assim consoladores, a mão, os lábios, o seio acolhedor, o ventre em febre onde todos os problemas se resolvem, as dúvidas se desfazem, a aflição e o tormento transformam-se em alegria e exaltação? Estaria ausente apenas uma noite, uma, tão-somente, garantira. Duas já ele atravessara, insone e desolado.

Talvez porque a música houvesse cessado, Ricardo retorna o olhar vazio de esperança e fita a praia. Os casais despiram-se, o jovem do violão e a rapariga risonha trocam um longo beijo, estreito abraço. O rapaz escuro e a moça loira, com a menina, adiantam-se para o mar, quem sabe na intenção de banhar-se. Os cabelos da mulher rolam pelas espáduas, tocam-lhe as ancas. Ricardo põe-se de pé, grita, avisando do perigo. Para enfrentar as vagas que retornam enfurecidas da luta contra as dunas e se preparam para novo embate, é neces-

271

sário ter nascido e crescido em Mangue Seco, na selvagem violência do oceano e do vento desatados. O perigo é mortal, sem falar na sombra fatídica dos tubarões.

O grito perde-se na ventania, não alcança a praia, pai, mãe e filha adentram-se no mar, Ricardo dispara cômoro abaixo, nem repara no outro casal a fazer amor, joga-se na água exatamente quando o vagalhão descomunal encobre os banhistas, derruba o rapaz e a moça, arranca a menina da mão da mãe e a arrasta para longe. Uns minutos mais e o pequenino corpo será lançado pelo mar contra a montanha de areia transformada em pedra.

Ricardo mergulha, desaparece sob as ondas, quando surge mais adiante traz a criança presa contra o peito. Utiliza apenas o braço livre para nadar. Recordando conhecimentos adquiridos na infância, submerge outra vez para aproveitar a força da vaga no retorno. Durante um instante infinito, da praia enxergam-lhe apenas o braço erguido, sustentando a menina fora da água. E se não conseguir retornar, se perder a força e arriar o braço? Só respiram quando ele se alça em meio à espuma, liberto das vagas.

A mãe atraca-se com a filha, buscando sentir-lhe a respiração, treme da cabeça aos pés. O pai tenta dizer alguma coisa, não consegue, a voz estrangulada. O outro casal já não faz amor; estão os quatro de pé, unidos na angústia e no alívio; nus, de corpo e alma.

Ricardo apenas os enxerga. Ouve por fim o choro da criança, sorri e sai correndo enquanto a noite tomba de vez, sem prévio anúncio, noite de quarto minguante, dunas fantasmagóricas. Nas trevas da noite acorrem os demônios.

DO VERDADEIRO INFERNO

Nas trevas da noite acorrem os demônios. Durante o dia, atendendo e ajudando os operários, trabalhando como se fosse um deles, serrando troncos de coqueiros, revolvendo a massa de barro, areia e cimento, transportando tijolos na canoa do velho Jonas, na qual atravessa a arrebentação da barra para ir ao arraial do Saco, Ricardo esquece a chaga exposta no peito, o pecado e a condenação. Chega a conceber esperança de perdão como se nada de grave houvesse sucedido.

Na canoa, durante a breve travessia, ao fitar a face plácida de Jonas, ouvindo-lhe a voz monocórdia, de imutável diapasão, acontece-lhe por vezes sentir repentino interesse pela vida. Pitando o cachimbo de barro, dominando a embarcação, mantendo-lhe o rumo, Jonas desenrola o novelo das histórias por ali acontecidas, casos de tubarões, aventuras de pesca e contrabando, atrapalhados, equívocos amores de Claudionor das Virgens. Sempre que o trovador aparece por aquelas bandas, pode-se apostar sem medo de perder: vai acabar em arrelia e confusão, mulherengo como ele não há outro. Jonas puxa fumaça do cachimbo, compara:

— Femieiro que nem padre cura...

Que nem um padre cura? E por quê? Jonas ri, um riso descansado, ao recordar a condição de Ricardo, aprendiz de padre, fornece explicação e conselho, envelheceu no mar, perdeu o braço esquerdo pescando cações, recolhendo contrabando, nada da vida lhe é estranho e indiferente:

— Tu vai ser padre, pois fique logo sabendo que padre sem catinga de mulher não presta. Como há de entender o povo se não sabe fazer menino? Andou um desses no arraial, de nome Abdias, não se deu com ninguém, as mulheres tinham medo dele, a igreja ficou vazia. Já no tempo do padre Felisberto, que viveu no Saco uns cinco anos, por causa do reumatismo, um padre direito com comadre e sete filhos, a devoção era grande, até nós, de Mangue Seco, vinha pra missa, para ouvir ele falar, cada sermão mais desenvolvido, contando como o céu é bonito, com música e festa todos os dias. Não era como o outro que, por desconhecer mulher, vivia no inferno, só sabia da maldade. Padre que não cheira a xibiu, cheira a cu, não presta.

Sem se importar com o escândalo a refletir-se no rosto de Ricardo, Jonas manobra a canoa e conclui sua filosofia:

— Nenhum homem pode viver sem mulher, é contra a lei de Deus. Para que Deus fez Adão e Eva senão para isso? Me responda, se puder.

O moço não responde mas da mesma maneira que a labuta na construção da casa, a tosca visão de Jonas lhe dá ânimo e esperança de desatar o nó do desespero.

Desatá-lo ou cortá-lo com o fio agudo do desejo quando ela, a tia, alegre e aloucada, rompe as comportas do medo e da contenção em que ele se afoga. Na presença de Tieta, esquece a chaga aberta no peito, o pecado, o voto rompido, a condenação, mesmo sendo noite e estando os demônios soltos. A presença, o riso, a voz morna, o amplexo, a boca, as mãos, as coxas, o ventre aceso valem lepra, estigma e inferno.

Na ausência da tia, porém, permanece leproso, marcado com o ferrete dos malditos, em danação, sem instância de saúde, pois ela não estando, os demônios se apossam dele e o revestem inteiro de pecado, exibindo-o indigno e perdido.

Na rede, Ricardo a procura, por que ela demora tanto? Abandonara o colchão de crina da cama do Comandante e de dona Laura, como deitar-se ali sem a ingrata? Em Agreste, quando ainda lutava para conservar a castidade, nas noites de tentação, na rede pendurada no gabinete do doutor Fulgêncio, na insônia ou no sonho, ele a enxergava e sentia nua, a perturbá-lo até que aflito se esvaísse na tentativa de possuí-la sem saber como. Durante todas aquelas noites, a tivera a seu lado, não adiantando prece e promessa, nem o decidido propósito de repelir a visão satânica a torná-lo possesso. Agora, no entanto, quando conhece a rota e o porto, nem em sonho ela aparece e se ele tenta imaginá-la na rede estendida, nua, vê apenas Satanás e o fogaréu.

Que faz a desalmada em Agreste que não vem em seu socorro, libertá-lo? Quase o ofende sabê-la na cidade, longe dele. Lá, todos os homens vivem de olhos postos nela; se atravessa a rua, as miradas e os comentários seguem-lhe o rastro das ancas em balouço. Cercada por um halo de desejo reprimido, ciranda de fogo da qual todos participam: de Osnar, com boca suja e a língua solta, a Barbozinha, cujos versos descrevem-na nua e impudica na espuma das ondas; do árabe Chalita, que a conheceu mocinha, a Seixas, que a prefere às primas; de Aminthas, metido a engraçado, a Bafo de Bode, em destempero e afronta. Ricardo, acompanhando a tia, vestido de batina, ouvira, ao passar, a frase infame do mendigo: ai, quem me dera morrer na sombra desse copado buceteiro! Em lugar de zangar-se, Tieta sorrira enquanto o seminarista virava o rosto para esconder a confusão. Aprisionada nesse círculo de desejo, distante de seus braços, quem sabe se, leviana, não sorrira para algum outro? Qual? Ricardo não personaliza, todos lhe parecendo indignos dela, não merecendo sequer fitá-la, quanto mais recolher sorriso, olhar, gesto de interesse e atendimento.

Quem mais indigno, todavia, do que ele próprio, Ricardo, por menino, sobrinho e seminarista, com votos jurados e ignorância completa? Não obstante, ela atentara em sua presença, sentira-se perturbada com a ânsia a devorá-lo, correspondera-lhe ao desejo. É verdade que, nesse estranho caso, Satanás encontrava-se envolvido, diretamente interessado na conquista de duas almas puras: a dele e a da tia. Os outros, eram todos uns perdidos, do bêbado imundo a Peto, com treze anos incompletos e desregrados.

Com qual deles? De repente, na noite aflita, de demônios soltos, Ricardo esquece o pecado, o medo do castigo, o temor de Deus, o sentimento de culpa, preso a um pensamento apenas, único e terrível, que se apossa dele e o mortifica, aperta-lhe o coração, sufoca-lhe o peito: imaginar que ela, Tieta, sua Tieta, sua mulher, sua amante, possa estar gemendo em outros braços, beijando outra boca, resvalando a mão por outro peito, enrolando as coxas noutras coxas. Com outro a enxerga, a suspirar e rir; será Ascânio, tio Astério, o Comandante, quem?

Ricardo não suporta pensar nisso, fecha os olhos para não ver. Não existe lepra, estigma, fogo do inferno que se compare a esse sentimento a afogá-lo em raiva, destroçando-lhe as entranhas, pondo gosto de fel na saliva entre seus dentes, uma dor aguda a lhe atravessar os ovos. Em cama ou rede, em chão de terra ou de areia, com outro a desfalecer, a nascer e a morrer, ah, não! Se tal desgraça acontecesse, aos crimes contra a castidade ele acrescentaria crime de morte, de assassinato e suicídio. Somente Deus que dá a vida, pode dar a morte, Ricardo sabe. Mas se levantaria contra Deus, preferindo vê-la defunta do que em desmaio noutros braços e, sem ela, não deseja a vida e sim a morte.

A lua se desfaz em minguante na noite de destroços, Ricardo desce aos infernos, se consome no ciúme, como pode sofrer tanto? Salta da rede, corre para o mar, o camisolão o atrapalha, ele o arranca e joga longe, atira-se na água, nada até cansar, até o completo esgotamento. Adormece na praia, nu em pêlo.

DA MEDITAÇÃO ESPIRITUAL

Ainda adormecido, percebeu um rumor de risos alegres, som de violão e a melodia de um acalanto tão bonito e apaziguante que nele se embalou, encontrando por fim Tieta num extenso e tranqüilo território de campo e praia, morros e dunas; nua, com um bordão de flores retirado do altar de São José, ela conduz irrequietas cabras, leva-as a pastar nas ondas. Os pés alados não tocam a areia, tampouco os de Ricardo. Dão-se as mãos e se encaminham, limpos de corpo e alma, inocentes, para a mão de Deus aberta para recebê-los. Deus contém o mundo em seu regaço: o campo, a praia, o mar, as cabras e os amantes. Soam então as trombetas do juízo final, terna cantiga de ninar, e o profeta Jonas, velho pescador de contrabandos, eleva-se das águas, cavalgando um tubarão, e proclama a verdade inconteste do Senhor: nenhum homem, seja rico ou pobre, velho ou moço, forte ou fraco, pode viver sem mulher, nem mulher sem homem, é contra a lei de Deus. Ruem as muralhas do mar, quando Jonas, estendendo o cotoco do braço, ensina que o amor não é pecado, nem mesmo de tia com sobrinho, de viúva com seminarista. Uma menina vem e orna de flores os cabelos de Tieta e os de Ricardo e diz paz e amor, numa voz de passarinho.

Música e canto prosseguem além do sonho e, ao toque dos dedos da criança, Ricardo descerra os olhos. Recorda-se do desvario da noite de ciúme, da desesperada prova de natação, da queda, exausto e nu, sobre a areia onde dormira e ainda se encontra. A menina lhe entrega a última flor, açucena do campo; ele está cercado por uma roda de moças e rapazes, algumas crianças, todos igualmente nus e sorridentes, a cantar para ninar seu sono. Acalanto a aquietar-lhe o coração, uma canção estranha, portadora de paz e alegria, música celeste. O violão que o magricela tange sobre o peito é harpa de anjo. Ricardo senta-se devagar, sorri.

Não se importa de estar completamente nu, nem repara, admirado ou curioso, com malícia ou cobiça, na nudez em torno, olha simplesmente e vê as moças belas, algumas quase meninas de tão jovens, os rapazes barbudos ou imberbes. Cabelos compridos, por vezes rolando sobre os ombros, não eram assim os cabelos de Jesus? Noutros, as crespas cabeleiras desabrocham em grandes flores desfiadas ou em emaranhados ninhos de pássaros. A roda prossegue em canto e dança, ciranda cirandinha vamos todos cirandar. Ricardo põe-se de pé.

Encontra-se completamente livre do medo, da servidão, do pecado. Na barra da manhã, a dança e o canto, o sorriso, a tranqüila face das moças e dos rapazes restituem-lhe a alegria e a paz perdidas.

Libertos do tempo, sem pressa e sem horário, cantam e dançam para ele na atmosfera azul onde nasce o dia. Uma das moças, a mãe da menina resgatada das ondas, na véspera, deixa a roda, se aproxima e o beija na face e sobre os lábios e Ricardo conheceu então a fraternidade, soube-lhe o significado e o gosto. Depois, correram todos para o mar e as crianças, tomando-o pelas mãos, o conduziram.

Tudo era mistério, sonho, fantasia. Sobre as águas serenas a manhã desponta, enquanto moças e rapazes cortam as ondas mansas e as crianças recolhem conchas azuis, vermelhas, brancas, cor-de-rosa. Alguns casais amam-se na madrugada mas Ricardo não procura ver nem saber, estendido entre eles na praia, em silêncio, cercado de conchas que as crianças lhe oferecem.

Depois, tomando das roupas velhas, desbotadas, rotas, poucas e precárias, reunindo a meninada, rapazes e moças se dirigem para as canoas. Não perguntaram o nome de Ricardo, não lhe disseram nada, nada lhe pediram e sim lhe deram alguma coisa grande, antes desconhecida para ele, uma pureza nova, não aquela do seminário dependente do medo e do castigo; agora o pecado já não existe. Nem o demônio, nem a maldade, nem o desespero, varridos da face da terra. Para sempre.

Da fímbria da praia, do começo do mar, gritam em despedida: paz e amor; e vão-se embora. Paz e amor, irmão. Ricardo ficou parado, quieto e redimido.

DA INESPERADA CONFISSÃO

Ao se dirigir à praia para tomar a canoa onde Jonas o espera para levá-lo de volta a Mangue Seco, nas mãos os embrulhos com o serrote novo e os quilos de pregos, Ricardo enxerga, sentado numa espreguiçadeira, à sombra de um pé de tamarindo de tronco secular, silhueta muito sua conhecida. Apesar da calça de brim e da camisa esporte, reconhece Frei Timóteo e se recorda que os franciscanos de São Cristóvão possuem uma casa de veraneio no arraial do Saco.

Aproxima-se e lhe pede a bênção. O frade busca reconhecê-lo, onde viu aquele rosto adolescente? Ricardo explica: no seminário, meu pai. Não é seu aluno, ainda está terminando o seminário menor, o curso secundário, somente depois vai realmente começar; contudo, já chegou à fronteira da decisão. E chegou não em tranqüila caminhada mas em desesperada luta com o demônio.

— Meu pai, quando posso vir me confessar?

— Quando quiser, meu filho, quando sentir necessidade.

— Pode ser agora mesmo, meu pai?

— Se deseja, meu filho.

Ricardo fica parado, esperando, certamente Frei Timóteo vai vestir a sotaina e levá-lo ao confessionário na capela do arraial. Mas o frade aponta a outra espreguiçadeira:

— Descanse os embrulhos, sente aqui junto de mim, primeiro vamos conversar, depois eu lhe confesso. A tarde está bonita, vamos aproveitá-la, Deus a fez assim gloriosa para que os homens fiquem felizes. A felicidade dos homens é a maior preocupação de Deus. Você está aqui de férias?

— Estou, sim, meu pai. Quer dizer, aqui não, em Mangue Seco.

— Mangue Seco é o lugar mais belo do mundo. Não é verdade que Deus tenha descansado no sétimo dia, como rezam as escrituras. — O frade riu, como se achasse graça no absurdo que vinha de pronunciar. — No sétimo dia o Padre Eterno estava inspirado, resolveu escrever um poema, fez Mangue Seco. Aliás, até hoje ele continua fazendo Mangue Seco, com a ajuda do vento, não é mesmo? Você está com sua família?

— Só com minha tia mas há três dias estou sozinho, ela foi até Agreste, eu sou de lá. Minha tia mora em São Paulo, veio passear, tinha ido embora há muito tempo. Eu nunca tinha visto ela, antes.

Como o frade não comentasse, prossegue:

— A tia está fazendo uma casa em Mangue Seco, comprou terreno, é rica. Eu estou tomando conta da obra. Vim buscar material. O pedreiro, o carpinteiro, os serventes são daqui.

— O povo de Mangue Seco não exerce esses ofícios, quem nasce ali só sabe lidar com o mar e não é pouco. Raça forte, meu filho.

278

— Meu pai, um dia no seminário ouvi o senhor falando dos hipies para os reverendos padres, dizendo bem deles, dizendo que não são ruins.

— Não me lembro desse dia especialmente mas só digo bem dos hipies, são pássaros do jardim de Deus, todos eles, os místicos e os ateus.

— Os místicos e os ateus, como pode ser isso, meu pai? Não cabe em meu entendimento.

— Não é o rótulo que dá qualidade à bebida, meu filho. Para Deus o que conta é o homem e não o rótulo. Você está com vontade de deixar o seminário e seguir com os hipies?

— Não, meu pai. Não sei se tenho vontade ou não de ir com eles, nunca pensei nisso. Mas, se tivesse, acho que não ia porque minha mãe era capaz de morrer. Para ela, os hipies são demônios, encontrou alguns em Aracaju, ficou horrorizada. Tem medo que meu irmão, se deparar com eles, vá atrás. Meu irmão menor, Peto. Ainda não fez treze anos e não gosta de estudar.

— Por isso você quis saber dos hipies, por causa de seu irmão?

— Não, meu pai. É que, ontem, eu estava de coração pesado, na certeza de ter ofendido a Deus e posto fim à minha vocação, estava cheio de raiva e de ciúme, como um amaldiçoado; só consegui dormir na praia, depois de nadar muito. Quando acordei, os hipies me cercavam e cantavam para mim. Eles sossegaram meu coração, me deram a paz que eu procurava.

— Paz e amor, são palavras de Deus as que eles usam. Pássaros do jardim celeste, eu não lhe disse? Você sente vocação para o sacerdócio ou foi mandado para o seminário?

Ricardo medita, se interroga, antes de responder:

— Mãe tinha feito uma promessa, acho que pela saúde de meu pai. Mas quando ela me contou, eu mesmo quis ir, desde pequeno Mãe me ensinou a temer a Deus.

— A temer ou a amar?

— E se pode amar a Deus sem ter medo dele? Não sei separar as duas coisas, meu pai.

— Pois deve separá-las. Nada do que faça por medo é virtude. Nada do que faça por amor é pecado. Deus não preza o medo nem os medrosos. Você deseja mesmo ser padre?

— Desejo, sim, meu pai, mas não posso mais.

— E por que não pode, se deseja?

— Não mereço. Pequei, violei a lei de Deus, desfiz o trato, rompi o voto.

— Deus não é homem de negócios, meu filho, não faz tratos de toma e dá e quando um filho seu viola a lei, tem o remédio à mão, a confissão. Você pecou contra a castidade, não foi?

— Foi, meu pai.

— Com mulher?

— Sim, meu pai. Com...

— Não lhe perguntei com quem, isso não muda a qualidade da culpa.

— Pensei, meu pai.

— Diga-me apenas uma coisa: apesar do medo do castigo, você detestou o pecado ou acha que valeu a pena, mesmo tendo de pagar no inferno?

— Apesar do medo, não me arrependi, meu pai. Não vou mentir.

Sorriu o frade com ternura e disse:

— Agora se ajoelhe para receber a penitência e a absolvição.

— Mas, meu pai, como vou receber a absolvição se não me confessei ainda?

— O que você vem de fazer, senão se confessar? Reze três padre-nossos e cinco ave-marias e, se pecar de novo, não fuja de Deus com medo como se ele fosse um carrasco. Se confesse, a um padre ou a Deus diretamente.

Ajoelhou-se Ricardo, recebeu bênção e absolvição mas ainda quer saber se deve ou não continuar no seminário, alcançar o seminário maior preparando--se para a santa missão de levar a palavra de Deus aos homens.

— Meu pai, depois do que eu fiz ainda posso aspirar ao sacerdócio? Ainda sou digno?

— Por que não? Há quem diga que os padres devem casar, há quem diga que não, essa é uma discussão difícil que não cabe aqui. Eu não sei lhe dizer qual o melhor padre: se aquele que castiga o corpo, deixando-o amargar-se no desejo, aquele que se oprime para assim servir a Deus, macerando a própria carne, violentando-se, ou o que sofre por ter pecado, aquele que não resiste ao apelo, se entrega e se levanta para cair de novo. Um se martiriza, inimigo do próprio corpo, é forte, se santifica talvez. O outro peca, é fraco, mas ao pecar se humaniza, abranda o coração, não vive em luta com o próprio corpo. Qual deles pode melhor servir a Deus e aos homens? Não posso lhe dizer, sabe por quê?

Ricardo fita o velho sacerdote, frágil carcaça, olhos de água, luminosos, a mão ossuda que o abençoara e absolvera do pecado:

— Por que, meu pai?

A voz de Frei Timóteo é cálida e paterna:

— Quando eu me ordenei já era um velho. Velho e viúvo. Fui casado, sou pai de quatro filhos, tenho o corpo em paz. Procure servir a Deus, servindo aos homens, não sinta medo nem de Deus nem da vida; agindo assim será um bom pastor.

— E o Demônio, meu pai?

— O Demônio existe e se revela no ódio e na opressão. Antes de ter medo do pecado, meu filho, tenha medo da virtude, quando ela for triste e quiser limitar o homem. A virtude é o oposto da tristeza, o pecado é o oposto da alegria. Deus fez o homem livre, o Demônio o quer vencido pelo medo. O Demônio é a guerra, Deus é a paz e o amor. Vá em paz, meu filho, volte todas as vezes que quiser e, sobretudo, não tenha medo.

Ricardo beija a mão de Frei Timóteo, recolhe os embrulhos:

— Obrigado, meu pai, vou em paz. Agora, eu sei.

Da canoa se volta, para novamente ver na tarde luminosa o frade tão frágil e tão forte. Ainda em vida e já em odor de santidade.

ONDE O AUTOR, ESSE CALHORDA, METE-SE COM ASSUNTOS QUE NÃO SÃO DE SUA CONTA E DOS QUAIS NADA ENTENDE

Ainda em vida e já em odor de santidade — retomo o pensamento do seminarista Ricardo, ao voltar à presença dos leitores para alguns rápidos e indispensáveis comentários com os quais busco fornecer base ideológica e conseqüência aos fatos e às reações dos personagens. Assim evito que me acusem de não estar engajado, de não ser participante, de fugir a comprometimento.

Não podem os senhores me culpar por metido, importuno e maçador: a quantas páginas já andamos no terceiro episódio desse arrastado relato, sem que eu haja interrompido a narrativa? Afinal, cabe-me o direito de fazê-lo, sou o autor e não posso permitir que os personagens se dêem ao luxo de conduzir sozinhos os acontecimentos, ao sabor de emoções e ponto de vista nem sempre os mais convenientes à mensagem desejada.

Desta vez, quem me faz tomar da máquina de escrever é Frei Timóteo, frade franciscano, ao que tudo indica um desses muitos sacerdotes progressistas que estão tentando reformar a igreja, partindo de teorias ditas ecumênicas. Reclamam, exigem um cristianismo militante, situado ao lado dos explorados contra os exploradores, da justiça contra a iniqüidade, da liberdade contra a tirania. Querem limpar a igreja de antiga incriminação: a de servir aos interesses das classes dominantes, dos aristocratas e dos burgueses, sendo ópio do povo, quando não é Santa Inquisição em caça às bruxas.

Contra tais avançados sacerdotes que estão rompendo preconceitos e reformulando teses, quem sabe reconduzindo a fé cristã às suas origens, levanta-se grita violenta e agressiva, formulam-se libelos provocadores, acusações perigosas, são tachados de subversivos e, por vezes, vítimas de processo e de cadeia — padres na cadeia por subversivos, onde já se viu tal coisa depois de Nero e de Calígula?

Na discussão de dogmas não me envolvo, por não ser causa minha, se bem em princípio a polêmica travada contenha interesse geral. Em matéria de religião mantenho-me neutro por não possuir nenhuma, a todas respeitando. Reportando-me, porém, a conceitos expressos pelo frade e a casos narrados pelo canoeiro Jonas, quero dar meu testemunho sobre o problema em causa: as relações entre castidade e santidade, tão discutidas, e o faço com o espírito livre de prejuízo de qualquer ordem, apenas no interesse gratuito de concorrer para completo esclarecimento do assunto.

Durante séculos e séculos, a castidade constituiu elemento indispensável, ou quase, à produção de um santo ou de uma santa. Quanto mais flagelada a carne, maior a possibilidade de beatificação. Assim consta, ao que parece, do direito canônico.

Não aprovo o profeta Jonas, duvidoso profeta de contrabando surgindo sobre o dorso de vorazes tubarões em lugar de sair do ventre da bíblica baleia, quando afirma, em frase chula, eivada de palavrões, que padre se não cheira a vagina, cheira a ânus, tentando sem dúvida estabelecer discutível conotação entre o celibato clerical e a pederastia. Ora, isso nem sempre acontece, a cono-

282

tação é imprópria e forçada. Sobra razão, não obstante, ao rude marujo ao garantir a Ricardo que o pecado contra a castidade não impede o sacerdote de atingir a bem-aventurança e o milagre.

Não me proponho analisar teses morais, preceitos religiosos, quem sou eu? Apenas desejo constatar a evidência acima enunciada, citando exemplos e apresentando provas. Posso começar pelo próprio Frei Timóteo, em odor de santidade ainda em vida, pois foi casado e é pai de filhos, provou do fruto e isso não impede que entendidos e leigos o considerem um eleito de Deus, e como tal o proclamem e venerem. Casamento e filhos aconteceram antes da ordenação? É certo, não discuto. Não serve o exemplo, portanto? Eu o retiro, não preciso dele, existem muitos, passo a outro.

Passo ao padre Inocêncio, falecido há pouco mais de um decênio, na avançada idade de noventa e seis janeiros, ainda lúcido, capaz de distinguir uns dos outros seus tataranetos. Vigário por mais de cinqüenta anos na cidade de Laranjeiras, enterrou, com devoção e lágrimas, três concubinas, que lhe deram um total de dezenove filhos. Cinco, Deus levou na primeira infância, padre Inocêncio criou e educou quatorze, oito varões, todos direitos, e seis moças, todas bem casadas — exceto Mariquinha, muito dada a homens a ponto de Rubião perder a paciência e requerer o desquite. Essa saiu a mim, disse o bom padre na ocasião, inocentando-a, tomando a si as culpas da filha: para quem já tinha tanto pecado, uns quantos a mais não aumentariam a pena. Na casa espaçosa cresceram netos e bisnetos, todos portando o honrado sobrenome do reverendo, Maltez, todos por Deus abençoados. Já avô de vários netos ainda fazia filhos, e quando lhe trouxeram o primeiro tataraneto, para que ele lhe deitasse a bênção e o batizasse, deu graças ao Senhor e louvou seu santo nome, não o fazendo em vão.

Certa feita um missionário, desses que vão de cidade em cidade pelo interior do Norte e do Nordeste, assustando o povo, e que não era outro senão o nosso conhecido Dom Alfonso de Narbona y Rodomon, cuja pronúncia da língua portuguesa já era prenúncio de condenação, ao vê-lo, patriarca no recesso do lar, em companhia da terceira e derradeira amásia, a mais linda das três, jovem de vinte e poucos anos — curimã digna de um rei, no verso do violeiro Claudionor das Virgens, que rimou sua face de romã com a luz da manhã —, ao vê-lo rodeado de filhos e netos, apontou-lhe um dedo acusador e apostrofou:

— Não tem vergonha, padre, de levar vida assim licenciosa, e, não contente de pecar, exibir publicamente as provas do pecado, escandalizando os fiéis?

— Deus disse: crescei e multiplicai-vos — respondeu padre Inocêncio Maltez, a voz pacata e o sorriso ameno. — Eu cumpro a lei de Deus. Não vi, em parte nenhuma, notícia de que Deus houvesse dito que padre não pode ter mulher nem fazer filho. Muito depois é que inventaram essa lorota, obra de algum capado como Vossa Reverendíssima.

Quanto ao escândalo dos fiéis, para mortificação do missionário, ele próprio constatou não existir. Ao contrário, o que havia era certo gáudio, dir-se-ia mesmo certo orgulho do vigor do santo varão, aos oitenta anos se gabando de ainda cumprir as obrigações inerentes ao seu estado de mancebia. Não sendo padre Inocêncio homem de mentiras, os fiéis viram na potente façanha por ele revelada aspecto milagroso, evidente sinal da graça divina.

Aliás, ao que parece, os primeiros milagres o padre Inocêncio os realizou ainda em vida, antes de Deus o chamar ao paraíso onde o esperavam as três mulheres e nove filhos, os cinco mortos cedo, quatro adultos e alguns netos e bisnetos, um pequeno clã. Não foram, no entanto, grandiosas essas primeiras provas de santidade: pequenas curas, feitas à base de simples aplicação de água benta, de moléstias de pouca gravidade. Fez chover por duas vezes quando a seca ameaçou o povo de Sergipe.

Apenas faleceu, porém, e já no mesmo dia do funeral, acompanhado por toda a população da cidade e das vizinhanças, começou a safra dos prodígios, cada qual mais impressionante. Logo depois que o corpo do padre baixou à terra, ali mesmo junto ao jazigo perpétuo onde repousa ao lado dos restos mortais das três saudosas, uma paralítica invocou seu nome, largou as muletas e saiu andando com passo firme. A notícia se espalhou.

Depois desse espetacular começo, nunca mais se deteve o padre-mestre e até hoje as curas se sucedem, cada vez mais numerosas e extraordinárias. Laranjeiras, cidade da maior beleza, esperara durante anos, inutilmente, igual a Agreste, os turistas que não vieram admirar-lhe o casario deslumbrante antes da completa destruição, obra do tempo e do descaso. Em troca, com os milagres do padre Inocêncio, há uma romaria permanente de enfermos e aflitos a acender velas na igreja e no cemitério, junto à campa onde atende o boníssimo e viril pastor de almas. Para mulher estéril, basta rezar um terço e fazer o pedido, é tiro e queda; se forçar a reza, nascem gêmeos.

Na data aniversária de sua morte, a romaria cresce em santa missão e os peditórios somam milhares, a cidade ganha movimento, comércio e alegria. Para acolher os peregrinos, além dos descendentes do reverendo, encontram--se gratos miraculados, à frente dos quais a hoje beata Marcolina, a que largou as muletas no dia do enterro do padre Inocêncio, a primeira agraciada.

Cito um exemplo, poderia citar vários, deixo de fazê-lo por não querer tomar mais tempo aos senhores. Antes de despedir-me, lastimo apenas que não exista em Agreste padre assim perfeito como o reverendo Inocêncio Maltez, o santo de Laranjeiras, para promover o turismo religioso na cidade. Padre Mariano não dá asa a falatórios, por incorruptível ou discreto, não sei. Não pretendo me imiscuir em sua vida, não o acompanho quando vai à capital, resolver assuntos da diocese, certamente; para dar vazão à natureza, segundo a má língua de Osnar e de outros debochados. Pelo menos escândalos não provoca, capazes de desencadear a ira de missionários em busca de pecados; em Agreste jamais deu o que falar. As beatas, a começar por Perpétua, estão de olho em cima dele, permanentemente, não afrouxam a vigilância.

Fugindo à tal vigilância, me despeço. Preparo-me para ir a Laranjeiras, muito em breve. A idade está chegando, sabem como é. Dizem que, com um óbolo para os pobres de padre Inocêncio, se obtêm surpreendentes resultados, tanto mais rígidos e duradouros quanto maior o óbolo. Assim seja.

DA SEGUNDA APARIÇÃO DOS SUPER-HERÓIS, DESTA VEZ VINDOS DO MAR, CAPÍTULO RECHEADO DE PERSPECTIVAS E PROJETOS, ENVOLVENDO DIVERSOS CIDADÃOS: DO MAGNÍFICO DOUTOR A OSNAR, DE PETO A ASCÂNIO TRINDADE

Quando os seres luminosos anunciados na profecia do beato Possidônio surgiram novamente em Agreste, vindos do Oceano Atlântico em potente lancha a motor, moderníssima, aumentados em número e em sexo pois aconteceram machos, fêmeas e andróginos, já se haviam extinguido os ecos do escândalo provocado pela minissaia de Leonora. A formosa paulista, com a compostura demonstrada no correr do tempo, silenciara os comentários e caíra nas boas graças das devotas. Elisa desistira de desobedecer ao marido, guardando o seu polêmico saiote para usá-lo em São Paulo, em breve, se Deus quisesse. Não se atrevera a afrontar o deboche e a condenação de Agreste. Com a segunda aparição dos seres extraterrenos, porém, a minissaia tornou-se objeto familiar aos olhos de toda a população da cidade.

Desabalado, Peto chega da beira do rio, a notícia empolga o bar: está desembarcando um batalhão de gringas. Mal acaba de falar e a praça se enche de marcianos. Ascânio Trindade despenca-se da prefeitura. Todas as fêmeas vestem minissaias de tecido xadrez — escocês graúdo, reconhece dona Carmosina —, blusa amarela, de malha, altas botas de pelica negra. Nem que fosse de propósito, com o objetivo de redimir Leonora por completo, a cidade é invadida por aquele desparrame de coxas e ancas expostas à brisa e aos olhares ávidos da multidão que acorre de todos os lados.

Idênticas no uniforme, devem ser parte de um exército ou de uma seita religiosa. Verdadeiramente lastimável a ausência do beato Possidônio, perde farta matéria para indignação e pragas, seria um pagode. Voltara para Rocinha onde medita e cura.

Veterana, pois vinha pela segunda vez, pernalta e flexível, comandante do batalhão ou sacerdotisa, assistente do guru, a ruiva acena com a mão e retira os óculos, oferecendo à admiração geral os olhos de rímel. Minissaia de boneca a revelar tudo, constata Osnar:

— Não mede um palmo dos meus...

E avança para saudar a viandante do espaço, para reatar antigo conhecimento:

— Por aqui, de novo? Uma honra para o condado de Sant'Ana do Agreste.

— Vá, lindo, me ofereça um guaraná, uma coca-cola, vá. Morro de sede. Eu e todo o staff aqui presente.

Os demais membros do staff aproximam-se álacres, efervescentes. Nos machos poucos reparam, os olhos não bastam para as fêmeas. Alguns seres deixam em dúvida atroz os tabacudos cidadãos, confundidos, sem saber o que pensar: aquele ali será macho ou fêmea, mulher ou homem? E aquela figura estranha, será hermafrodita?

Abre-se a janela da casa do prefeito, aparece o rosto aflito, a barba de três dias do dentista Mauritônio. O sucesso da minissaia de Leonora na feira provocara assovio, gargalhada, troça e trova; tantas minissaias reunidas na praça provocam pasmo e silêncio. Entupida a calçada em frente ao bar, esvaziam-se as lojas e os armazéns.

— No bar já tem água-de-coco — anuncia Ascânio Trindade convidando o Ente Excelso e seus companheiros. Seu Manuel curva-se para recebê-la.

— Que eficiência! — Miss Espaço eleva a voz, consulta os demais. — Quem gosta de água-de-coco?

— Só com uísque, filha — responde Afrodite, a longa cabeleira batendo no rego da bunda, calça bem colada, blusão hindu, uma cascata de colares.

— Por que ela não está de minissaia? — pergunta Osnar, sentindo-se lesado por não poder admirar coxas e ancas tão prometedoras.

— Porque não é ela, lindo. É ele... Quer dizer... mais ou menos... É Rufo, nosso decorador. Tem um sucesso!...

— Negativo. O lindo aqui não aprecia, que se há de fazer?

Demoram pouco, estão de passagem, vindos de Mangue Seco onde outros ficaram, engenheiros e técnicos, conforme revela a nova Barbarela. Os que estão curtindo as paisagens são publicitários, assistentes, secretárias, relações-públicas, contatos: competentíssima equipe. Desalteram-se no bar antes de voltar à lancha e seguir rio acima no rumo de Sergipe.

— O queima-rodinha é Rufo, e vós, Princesa, quem sois e donde vindes? Por acaso polaca?

— Elisabeth Valadares, Bety para os amigos, Bebé para os íntimos. Carioca da gema, garota de Ipanema. Morou na rima?

Sorri com inúmeros dentes, alvíssimos, bem tratados, boca de anúncio de pasta dentifrícia:

— Trago um recado para você, amor. — Amor é Ascânio Trindade para desaponto de Osnar. — Do Magnífico Doutor.

— De quem? — Ascânio, num pé e noutro. — Repita, por favor.

— Do doutor Mirko Stefano, darling, não sabe? Tratam ele de Magnífico Doutor e é mesmo. Você vai se dar conta sozinho, amor. É aquele pão doce que veio comigo da outra vez, se lembra? Sou secretária dele, secretária executiva, sabe? Mandou dizer a você que não pôde vir hoje, teve de ir a São Paulo para uma entrevista importante, mas dentro de poucos dias aparecerá para conversar com você e acertar tudo.

— Tudo?

— Tudo, sim, honey. Tudinho.

— Mas tudo o quê?

— Ah!, isso não sei, quem sabe é o Magnífico, é assunto dele e seu, não me meto. Discrição é o meu lema. Agora, adeusinho, sonhe comigo, petit amour. Adeus para você também, lindo. — Lindo é Osnar, ele se regala: se pego essa boa no escuro, vai sair faísca, Bebé vai saber o valor do pau de um sertanejo.

— Vamos, patota! — comanda a mítica secretária.

— Não tem mais nada para se ver aqui? — pergunta o nervoso Rufo, abanando a cabeleira de Mona Lisa.

— Nada.

— Que saco!

Decorador enfadado mas atento, o esteta Rufo passa em frente a Osnar sem o notar sequer. Mede, porém, o garoto Peto e o aprova mordendo o lábio, lânguido. Osnar acompanha-lhe olhar e gesto: xibungo sem-vergonha, bicha louca, não respeita nem mesmo uma criança. Criança? O corneta cresceu, espichou, certamente de tanto bater bronha, está chegando a hora de Osnar cumprir a promessa feita e levá-lo à pensão de Zuleika.

— Com quantos anos você está, Sargento Peto?

— Vou fazer treze no dia oito do mês que vem.

— Oito de janeiro! Muito que bem.

Treze anos, a idade exata, Osnar vai combinar a festa com Zuleika e Aminthas, com Seixas e Fidélio. Na surdina, escondido de Astério, senão ele conta a dona Elisa e dona Perpétua acaba por tomar conhecimento, o mundo vira abaixo. Osnar sorri consigo mesmo, vai ser uma pândega, um rebucetê.

Ao cair da noite, chegando de Mangue Seco na canoa a motor, comandante Dário disse ter sido vista uma escuna ancorada na barra, dela haviam baixado ao mar duas lanchas, uma das quais a que subira o rio, escalando em Agreste; a outra desembarcara indivíduos e instrumentos na praia. Andaram fazendo perguntas aos pescadores, internaram-se, depois, no coqueiral. Ao Comandante todo esse movimento parece suspeito.

Ascânio Trindade, agora inteiramente certo de que se trata do estabelecimento de uma empresa turística na região, promete ao Comandante notícias concretas nos próximos dias. O mandachuva enviou a secretária executiva com recado, virá em breve para conversar, na certa para anunciar os projetos e obter apoio da prefeitura. Apoio que não faltará, Comandante. Com o turismo reerguendo Agreste, Ascânio, timoneiro a comandar o progresso do município, poderá ter esperanças de transformar o sonho em realidade. Depois de tantos anos, pela primeira vez Ascânio Trindade sente-se mordido pela ambição, pelo desejo de ser alguém. Alguém com possibilidades de lutar por Leonora Cantarelli, bela e rica. Antes completamente inacessível, uma quimera. Agora conquista a ser realizada, meta a ser cumprida por um batalhador com os pés na terra, ideal de quem provou, em transe difícil, em duro desafio, coragem e competência capazes de superar os obstáculos e ir em frente, aspiração de um jovem temerário e lúcido a vencer as provações. A mais difícil, a que o virara pelo avesso, a essa Ascânio já vencera, falta-lhe tão-somente melhorar de vida, ser alguém, para poder aspirar à mão de Leonora, pedi-la em casamento. Ela rica, ele pobre. Não importa mais. Porque, se ele não tem fortuna a oferecer-lhe, em compensação ela já não possui o bem mais precioso que a noiva deve trazer para ofertar ao noivo na noite do matrimônio, o sangue da virgindade. Na face de Ascânio espelha-se a vitória mas não a paz, constata o comandante Dário.

DO SUICÍDIO DO PREFEITO MAURITÔNIO DANTAS E DOS CONSELHOS DO CORONEL ARTUR DA TAPITANGA

Impossível negar-se ligação imediata entre a presença em Agreste dos pioneiros comandados por Elisabeth Valadares, a última verdadeira Garota de Ipanema, e o suicídio do cirurgião-dentista Mauritônio Dantas, prefeito de Agreste, a horas tardias daquela mesma noite encontrado morto, a língua de fora, nu e feio. Usara o pijama para enforcar-se no banheiro.

Quando os desbravadores atingiram o bar e desfalcaram os estoques de coca-cola, guaraná e cerveja do honrado português, o dramático prefeito foi visto na janela de sua casa, brechando as exibidas coxas marcianas e cariocas, rosnando nomes, bastante agitado. Mirinha, irmã e enfermeira, não conseguiu levá-lo para o quarto onde, durante dia e noite, entregava-se, ansioso e eficiente, ao exercício da masturbação. Naquela tarde, comprovando haver chegado finalmente a safra de mulheres solicitada, de há muito, ao bom Deus, exercitara-se à janela, à vista daquele mar de coxas, prova da magnanimidade divina.

Na opinião geral, doutor Mauritônio Dantas começara a ficar tantã quando a esposa, Amélia, na intimidade Mel, juntou os trapos e foi encontrar-se com Aristeu Regis em Esplanada, dali tomando o casal rumo ignorado. Aristeu Regis visitara Agreste na qualidade de enviado da Secretaria da Agricultura para estudar problemas ligados ao cultivo da mandioca. Amélia não agüentava mais viver ali, nem mesmo ostentando o título de Primeira Dama do Município, título e merda sendo a mesma coisa, segundo ela. Aristeu ofereceu-lhe o braço e o desconforto, ela não vacilou. Algumas senhoras, amigas de Mel, confidentes de seus desgostos, afirmam ter o delírio do prefeito começado muito antes pois sujeitava a esposa a desregramentos e abusos insuportáveis, sendo esse o motivo real da fuga. Fosse assim ou assado, o processo de esclerose acentuou-se visivelmente após a partida da infiel. No dizer de Aminthas, nosso prezado Governador Civil administrara os chifres com perfeita honorabilidade e discrição enquanto Amélia derramou o mel de sua graça ali no município. Quando preferiu fazê-lo longe das vistas e das atenções do cônjuge, o Digníssimo Chefe da municipalidade não resistira a tanta ingratidão: jamais se opusera às folganças da esposa, por que ela o abandonara?

A demonstração inicial da demência deu-se poucos dias após a deserção de Mel: o prefeito decidiu, no sábado, atender os solicitantes, vindos das roças e povoados com reclamações e pedidos, em estado de completa nudez e, para tal fim, despiu-se, retirando inclusive os sapatos. Manteve-se de meias, no entanto, para não pisar descalço o frio assoalho da sala. Qualquer cochilo de Mirinha e o dentista vinha para a rua ou a praça, de cuecas ou sem, a masturbar-se em público para júbilo dos moleques. Durou meses essa penosa situação comentada aos cochichos.

290

Quando, da janela, doutor Mauritônio Dantas constatou o movimento de retirada das celestes minissaias, não se conformou. Atendendo à contínua e fervorosa solicitação, Deus as enviara para consolo de seu sofrido servo, como ousavam partir? Interrompendo a solitária e deleitosa prática, saiu porta afora, aos gritos, tentando apoderar-se de pelo menos meia dúzia, necessitando delas para esquentar-lhe o leito gélido com a ausência de Mel, suavizar as perfurantes molas do gasto colchão em que rolava insone. Molas e chifres, segundo o implacável Aminthas.

Seminu e atrasado, decadente campeão, chegou ao bar quando o onírico batalhão já se desvanecia no caminho do rio. Seu Manuel Português, Astério e Seixas sujeitaram o prefeito, o mais delicadamente possível, e o restituíram à irmã em pranto.

No cemitério, Ascânio Trindade, herdeiro certo do posto, fez o elogio póstumo do *saudoso chefe e amigo*. Se bem nascido na capital, Mauritônio Dantas, nos dezoito anos de residência em Agreste, tornara-se estimado de todos e prestara reais serviços à coletividade, profissional competente e administrador dedicado. Além dos benefícios devidos à diligente atuação de Amélia, que tantos eleitores conquistara para o marido antes de desertar da política, como murmurou Aminthas a dona Carmosina, em fúnebre aparte. Padre Mariano aspergiu o caixão com água benta, terminando de vez com a principal diversão dos moleques de Agreste.

De conformidade com a lei, o Presidente da Câmara Municipal, coronel Artur de Figueiredo, assumiu o posto. Mas o senhor de Tapitanga, marchando com passo firme para os noventa anos, assumiu apenas para constar. Ninguém mais indicado do que Ascânio Trindade para dirigir os destinos, gloriosos e decadentes, de Sant'Ana do Agreste.

— Ascânio, meu filho, confio em você. No próximo pleito, a gente lhe elege de uma vez, acabou-se. Enquanto isso, vá conduzindo o barco que eu já estou mais para lá do que para cá, só sirvo para cuidar de minhas cabras e assuntar a lavoura de minhas roças.

Com a bengala aponta para fora da janela:

— Agreste foi terra de muito cabedal e muito fausto. Teve até mulher-dama francesa fazendo a vida nessas bandas. Mais de uma. Tudo se consumiu na fumaça do trem, até o contrabando e as gringas. Só ficou a medicina das águas, o clima salubre, sem falar na boniteza.

Encarou Ascânio com afeto:

— Você é meu afilhado e podia ter sido meu filho se, em vez de se meter com uma lambisgóia na Bahia, tivesse casado com Célia.

Referia-se à filha mais moça, nascida quando o coronel já comemorara sessenta e cinco anos e seis netos. Dos dois casamentos tivera quinze filhos, na rua não sabe quantos.

— Não quis e por isso tenho de sustentar um vagabundo que passa o dia tocando bumbo, esse tal marido de Célia...

— Bumbo, não, coronel. Bateria. Xisto Bom de Som é considerado um dos melhores bateristas de Salvador...

— Isso é lá profissão de homem...

Por um momento pensou na filha, tinha-lhe apego e a quisera na fazenda. Terminara sozinho com as cabras, esparramados pelo mundo os onze filhos vivos.

— Você vai ser o prefeito de Agreste, seu avô foi intendente, eu fui intendente e prefeito. Só lhe recomendo uma coisa: mantenha a cidade limpa. Essa terra sempre primou pela limpeza e pelo clima, desde os tempos de antanho, de dinheiro sobrando e muita animação. Conserve Agreste assim, já que não se pode trazer de volta a animação.

Engano do coronel da Tapitanga: a animação ia voltar inesperadamente, ameaçando saúde, limpeza e clima.

DO HÍMEN NA GARUPA DO CAVALO

Por uma porta saía das profundas dos infernos o seminarista Ricardo, por outra nelas penetrava, atravessando as chamas eternas, desvairado, Ascânio Trindade, secretário da prefeitura do município de Sant'Ana do Agreste, amoroso votado à decepção. Liberto de condenação e pena, ressuscitado no canto dos hipies, na aura da santidade do frade, na força dos remos de Jonas, o seminarista cedeu sua vaga nos infernos ao amargurado sofredor, reincidente vítima dos descabaçadores profissionais.

Para quem fora mais difícil a conversa? Para ele, sobre cuja cabeça ruiu o mundo pela segunda vez, ou para dona Carmosina, aplicada e atenta estudiosa das reações dos seres humanos, mas não fria, insensível analista. Sofrera com a dor do amigo, dilacerando-se ao dilacerá-lo, prendendo as lágrimas nos olhos úmidos ao revelar a verdade sobre as conseqüências físicas do infeliz noivado de Leonora. Desejara ser sutil e delicada, escolher as palavras, explodiu brusca e aflita:

— Seja homem!

Foi tudo quanto disse num arroubo infeliz. Explicação difícil, mesmo para dona Carmosina, de verbo fácil e eloqüente. Quando Ascânio a viu cheia de dedos, vacilante, gaguejando, sem rumo para a confidência, pedira numa voz de condenado à morte:

— Diga de uma vez, seja o que for.

Pensava saber do que se tratava desde a tarde, quando dona Carmosina lhe avisara, em segredo, no Areópago:

— Tenho um assunto a falar com você. Passe lá em casa hoje à noite. Aqui, não pode ser.

Certamente, ante as visitas diárias, as conversas na varanda da casa de dona Perpétua, a presença imposta a qualquer pretexto, as flores, o pássaro sofrê, o casal de noivos montado num burro, evidente insinuação em barro cozido, a noiva em branco, o noivo em azul, dona Antonieta ou a própria requestada tinha mandado dona Carmosina chamar sua atenção para a desagradável inutilidade de tamanha insistência. Não se dava conta do abismo a separá-lo da moça paulista? Um pobretão de Agreste, reduzido a ínfimo salário de servidor municipal de prefeitura sem rendas, não tem direito a aspirar à mão de herdeira milionária, cobiçada por potentados e lordes do Sul. Não podia ser outro o tema da conversa.

Restava-lhe saber de quem a iniciativa. De dona Antonieta? De Leonora? Idêntica na terrível conseqüência, a punhalada causaria maior ou menor sofrimento, dependendo no entanto de quem a vibrasse. Ascânio esperava partisse o recado de dona Antonieta, madrasta preocupada com o futuro da enteada, adotada e amada como filha nascida de seu próprio ventre. Não nega razões ao amor materno: ele as compreende e agirá como homem de bem, afastando-se; antes de tudo, a felicidade de Leonora.

Talvez ela também sofresse com a drástica medida e esse sofrimento da bem-amada ajudá-lo-ia a suportar a provação, a cumprir o sacrifício. Podia acontecer também — e por que não? — que Leonora se revoltasse contra a madrasta dinheirista e resolvesse lutar ao lado dele pela continuação do idílio. Caber-lhe-ia então mostrar dignidade e desprendimento, renunciando, imolando-se, já que nada pode oferecer a quem tanto tem a dar. Exaltantes pensamentos a consolá-lo durante a desassossegada tarde de espera.

Apesar do corajoso apelo para desembuchar tudo de uma vez, fosse o que fosse, dona Carmosina continuou buscando forças, reunindo coragem, um nó na garganta. Não suportando mais tanta demora, Ascânio resolveu colocar as cartas na mesa, a voz lúgubre:

— Dona Antonieta mandou pedir que eu deixe Nora em paz, não foi?

Antes fosse tarefa assim tão fácil: junto com o recado, dona Carmosina daria opinião, conselho para que continuasse a luta, não abandonasse o campo de batalha. Vendo-a ainda calada, Ascânio adiantou a pior hipótese:

— Então, foi Leonora mesmo quem mandou dizer... — voz de condenado à morte após a denegação do pedido de graça.

Dona Carmosina tenta falar, emite apenas um som gutural, Ascânio entra em pânico:

— Pelo amor de Deus, fale alguma coisa, Carmosina. Ela é doente? Pulmão? Já pensei nisso, não tem importância. Tuberculose, hoje, não mete medo a ninguém...

Dona Carmosina faz das fraquezas força:

— Nora foi noiva, você sabe.

— De um canalha, sei. Queria avançar no dinheiro dela mas dona Antonieta o desmascarou, você me contou. Mas eu não quero dinheiro de ninguém, só lastimo que ela seja rica. Tem muita gente que casa com separação de bens.

— Também tem homens que casam com viúva...

— Com viúva? A que vem isso? Não entendo.

Tendo começado, dona Carmosina foi em frente:

— Namoro em São Paulo, Ascânio, não é como aqui, noivado, muito menos — recordava as palavras de Tieta e as repetia. — Lá os noivos vão a festas sozinhos, a boates, voltam pela madrugada, até viajam juntos. No Sul,

294

moça para casar não precisa ser virgem. O preconceito da virgindade, porque é simples preconceito... É como se ela fosse viúva...

— Leonora? O tal do noivo? Não é mais...

Leu a resposta nos olhos mínimos de dona Carmosina. Cobriu o rosto com as mãos, de súbito esvaziado e inerme. Um desejo único o assaltou: matar o canalha que conspurcara a pureza de Nora e, que ao fazê-lo, destruíra o mais belo dos sonhos. Dona Milu vinha da cozinha com uma bandeja, cafezinho acabado de coar, bolos de milho e puba. Ascânio levantou-se e partiu, sem uma palavra.

Sabê-la deflorada foi dura prova. Atravessou os quintos do inferno e não pôde conter as lágrimas por mais se acreditasse macho, infenso ao choro. Quando recebera a carta de Astrud, rompendo o noivado e comunicando o próximo casamento, e logo depois a soube grávida do outro, sofrera como um cão danado mas nem assim chorara. Na noite indormida porém, após a notícia pungente, o ardor dos olhos fixos dissolveu-se em pranto. Noite de pesadelo, de lágrimas e meditação, de luta consigo mesmo. Antes de ouvir a sentença de morte da boca de dona Carmosina, Ascânio deixara Leonora na porta, a acenar adeus da casa de Perpétua, íntegra, pura, perfeita. Imagem para sempre perdida, jamais a reverá assim completa. Agora, manchada, penetrada, rota, desonrada, nem por inocente vítima menos deflorada. Noite em que o amor foi medido, pesado, confrontado, sujeito a todas as provas de uma vez, noite da batalha inicial contra o preconceito. Preconceito, simples preconceito, dissera dona Carmosina e tinha razão. Muitas vezes, na faculdade, Ascânio participara de discussões sobre o candente tema: virgindade e casamento. Teoricamente, tudo simples e fácil: mero preconceito feudal.

Citando o exemplo dos Estados Unidos e dos países mais adiantados da Europa: França, Inglaterra, Suécia, Dinamarca, Noruega, sem falar nos países socialistas onde, segundo os reacionários, campeava o amor livre, os estudantes progressistas, entre os quais Ascânio, defendiam o direito da mulher à vida sexual antes do matrimônio. Por que apenas o homem tem esse direito? Preconceito patriarcal, machismo, opressão do homem sobre a mulher, atraso social, os argumentos sucediam-se esmagadores mas, ainda assim, a maioria se mantinha apegada à exigência secular: a mulher deve chegar virgem ao leito conjugal, deixar sobre o alvo lençol as gotas de sangue, dote do marido. Não adiantavam sequer as perguntas irônicas dos mais exaltados e cáusticos, querendo saber a diferença entre a cópula e as desenfreadas sacanagens de todo tipo empreendidas por namorados e noivos, a bolinação levada aos últimos extremos, dedo e língua, pau nas coxas, na bunda e etecetera e tal. Que adianta respeitar o hímen e conspurcar o resto? Argumentos todos eles irrespondíveis mas nem por isso convincentes para a maior parte dos universitários. Exaltadas e inconseqüentes, as discussões terminavam descambando para o relato de anedotas frascárias sem que chegassem a acordo.

Ao rememorar na noite interminável de amargura e indagação os debates com os colegas, Ascânio lembrou-se da surpreendente declaração de Máximo Lima, tanto mais inesperada por ser o colega líder incontestável da esquerda estudantil, celebrada pelo radicalismo de suas posições ideológicas, expostas em inflamados discursos contra a economia e a moral burguesas. Amigos fraternos desde os tempos de ginásio, Ascânio via em Máximo a expressão mais alta e sincera do revolucionário, liberto de abusões e convencionalismos, lúcido e consciente. Ele próprio, Ascânio, se bem solidário com as reivindicações do movimento estudantil, não se comprometera com nenhuma organização ou grupo político, nem sequer apoiava todas as posições de Máximo, contentando-se em admirá-lo e defendê-lo quando a direita atacava, acusando-o de inimigo de Deus, da Pátria e da Família.

Haviam saído juntos de acalorado debate sobre divórcio, virgindade, direitos da mulher, Máximo ainda exibia nos olhos um resto da exaltação com que defendera a igualdade dos sexos em todos os domínios humanos.

Rindo, em tom de pilhéria, para divertir-se, Ascânio lhe perguntara:

— Me diga a verdade, mano velho. Se um dia você viesse a saber que Aparecida — Aparecida era a noiva de Máximo, colega de faculdade e de ideário político — não era virgem, tivera um caso antes, assim mesmo você casava com ela?

— Se casaria com ela, sabendo que não era virgem? É claro que sim. — Respondera sem vacilar. Em seguida, porém, deixando cair os braços e a exaltação, honradamente confessou. — Para falar a verdade, não sei. Nunca pensei no assunto em termos pessoais. Uma coisa é certa, Ascânio: o preconceito vive dentro da gente. Você pensa uma coisa, defende seu pensamento, ele é correto, você sabe disso, mas na hora de aplicá-lo... Casaria mas, antes, teria de esmagar o preconceito...

— E conseguiria?

— Não sei, não posso te dizer. Só poderia tirar a limpo se a coisa acontecesse e eu tivesse de resolver, de enfrentar o problema.

Acontecera com ele, Ascânio, tantos anos depois, quando não tem Máximo a seu lado para o debate, a conversa, o conselho. Formados, Aparecida e Máximo já não são os radicais de ontem, se bem não houvessem renegado os dias da juventude; ele se acomodara na Justiça do Trabalho, advogado de sindicatos e de operários, ela pendurara o diploma para dedicar-se ao marido e aos filhos. Sozinho, Ascânio deve enfrentar e resolver o problema.

Na noite sem descanso, em nenhum momento culpou Leonora, a seu ver incauta vítima do canalha. Não a julgando culpada ou indigna, sofria tão-somente pelo fato de sabê-la deflorada, incompleta. Dilacerado pela dúvida: prosseguir desejando-a como esposa, sonhando noivado e casamento ou desaparecer para sempre de sua frente? Terá forças para fitá-la, sabendo que ela foi possuída por outro, desonrada?

Nesse dilema debateu-se noite afora, o coração opresso, as lágrimas impondo-se sobre o orgulho masculino, vacilando entre a força do preconceito e a força do amor. Uma única solução não lhe ocorreu em momento algum, exatamente a desejada por Tieta: transformar o idílio casto em agradável aventura casual, trocar o sonho do casamento pela possibilidade de dormir com Leonora enquanto ela permanecesse em Agreste, aproveitando-se do conhecimento de seu estado, encerrando o caso na porta da marinete, num rápido ou prolongado beijo de despedida.

Quando a madrugada nasceu sobre o rio, o amor vencera a primeira batalha: Ascânio não conseguira arrancar Leonora do coração, nem a ela nem ao propósito de tê-la como esposa, senhora de seu lar. Não obstante, a ferida estava aberta, sangrando, e ele temeu encontrá-la imediatamente. Talvez não conseguisse esconder o sofrimento; sobretudo, não desejava que ela o soubesse a par da verdade. Não era homem de dissimular seus sentimentos, não sabia usar máscara, tudo que ia por dentro dele se refletia no rosto. Não estando certo de poder controlar face e coração, guardando ainda nos olhos lágrimas por chorar, decidiu ir fiscalizar algumas obras da prefeitura em Rocinha, pontilhões e mata-burros. Acordou o moleque Sabino que dormia na sala do cinema, numa cama de vento, deixou com ele um recado para Leonora: chamado urgente obrigava-o a afastar-se da cidade por um ou dois dias; partindo ao romper do sol, não pudera despedir-se. Apenas voltasse, iria vê-la.

Iria vê-la ou não, tudo dependendo da reflexão e da decisão dela decorrente. Selou o cavalo — dádiva do coronel Artur da Tapitanga à prefeitura — e tocou-se para os matos, levando na garupa o hímen roto de Leonora. Ia com ele, no passo lento do cansado animal, levantando detalhes, dúvidas, indagações.

Uma única vez ou muitas vezes? Muitas não teriam sido pois o embusteiro fora desmascarado e expulso; talvez algumas poucas, mais de uma, porém. Que importa quantas vezes? O terrível é ter ela se dado a outro, não se haver conservado íntegra e pura.

Fizera-o todavia antes de conhecer Ascânio, nada a assemelhava à traidora Astrud, a escrever-lhe cartas de amor enquanto se rebolava com outro e dele engravidava. Leonora apenas se entregara em momento de desvario, quando a paixão falou mais alto que a decência.

Teria apenas se deixado possuir, enganada pela lábia do miserável ou, no prosseguimento dos embates, conhecera a violência e a doçura do prazer, desmanchando-se em gozo?

No dorso do cavalo, no meio das plantações de mandioca ou do verde milharal, ouvindo queixas e pedidos dos roceiros, as indagações o perseguiram e revolveram, o hímen de Leonora atado à garupa do cavalo, mil vezes deflorado na viagem lenta, no combate longo.

Do dilacerado hímen o amor cresceu vitorioso. Ascânio, aos poucos, sem a ajuda de hipies, de padres progressistas e de proféticos canoeiros, acalmou o coração, reteve as lágrimas e enterrou o preconceito. Passou a imaginá-la viúva, uma jovem, formosa e infeliz viúva. Imbatível dona Carmosina, cabe-lhe sempre a derradeira palavra. A uma viúva não se reclama virgindade, apenas decoro e amor. Decidiu prosseguir no sonho — de tão difícil consecução — de um dia pedir a mão de Leonora em casamento. Sabê-la enganada e violada fez com que a sentisse ainda mais próxima e querida, mais amada.

De regresso a Agreste, foi em seguida visitá-la em casa de Perpétua. Leonora achou-o abatido, sem dúvida cansado da viagem, tantas léguas a cavalo, sob o sol ardente, cuidando dos interesses do município. Passou-lhe a mão na face, brandamente, em inocente agrado. Violada, sim, porém perfeita de candura e de pureza, casta mais que qualquer virgem.

298

Depois, com o recado do magnata do turismo e o suicídio do prefeito, a certeza da eleição próxima para o cargo, as novas perspectivas abertas para o município e para ele próprio, Ascânio sentiu-se com esperanças válidas. O fato de Leonora não ser mais virgem facilitava, inclusive, a boa solução. No mercado do matrimônio, o valor da jovem... Meu Deus, como pensar em termos de mercado quando se trata de amor, tão forte amor a ponto de matar e enterrar o mais antigo e arraigado preconceito?

Vitorioso, sim, mas não em paz, tinha razão o Comandante. Ainda não, pois a película do novo hímen na chaga aberta no peito de Ascânio renasce pouco a pouco, lentamente.

ONDE O AUTOR PROCURA E NÃO ENCONTRA TERMO JUSTO PARA DESIGNAR O REFÚGIO DOS LORDES

Não, não deverei usar nenhuma das palavras clássicas: prostíbulo, lupanar, bordel, serralho, alcoice, conventilho, pensão de mulheres, casa de putas, nem mesmo randevu, para classificar o Refúgio dos Lordes, na capital do glorioso Estado de São Paulo, abrigo luxuoso, discreto, fechadíssimo. Maison de repos, talvez, não fosse o termo servir também para designar sanatório destinado a malucos endinheirados e enrustidos. Enrustidos, os selecionados fregueses do Refúgio, mas dificilmente fracos da cabeça, quase sempre cérebros privilegiados, de elevadíssimo QI, sagazes financistas quando não prudentes e esclarecidos pais-da-pátria. Funcionasse na Bahia, seria castelo, a designação soa bem, recorda nobreza e fausto. Em São Paulo, o Refúgio dos Lordes participa da medicina e da bolsa de valores, não se reduzindo a satisfazer as necessidades sexuais dos ricos e dos poderosos — dos mais ricos e dos mais poderosos — pois atende e trata com terapêutica própria melindrosos complexos, atende a graciosas taras, indo da massagem sueca ou nipônica ao divã de irresistíveis psicanalistas com escola completa, faculdades nacionais e por vezes estrangeiras, ditas BBC: boca, boceta e cu. Serve também, quando necessário, como local de encontro o mais conveniente pela discrição, para o trato e a conclusão de assuntos reservados, referentes à economia, às finanças e à política. Ali discutem-se superiores interesses, fundam-se bancos, erguem-se indústrias, escolhem-se candidatos a governador.

Ao abandonar a simplicidade de Agreste, onde a casa de Zuleika Cinderela é apenas puteiro e nada mais, para envolver-me com os grandes do Sul, com a intelectualidade dos tecnocratas, empresários, homens de Estado, altas patentes, os dirigentes dos destinos pátrios, sinto-me acanhado, faltam-me conhecimento e inspiração à altura do nobre tema. Como designar o pequeno império dirigido em francês com competência, dedicação e toute la delicatesse por Madame Antoinette?

Perdoem-me se não encontro a palavra justa, sinto-me embaraçado, temo cometer imperdoável erro, rude narrador habituado a chão árido e a vidas modestas, de dinheiro parco e duro trabalho. Aliás, para que classificar esse aprazível local de relax, onde os grandes do mundo distendem os nervos e recuperam as forças? Nesse bendito recanto, segundo consta, figurões já de todo impotentes se reerguem pururucas e obtêm satisfação nas mãos sábias e belas das meninas, quando não nos lábios de carmim. Ah!, quanto custa ser pobre e inédito. Digo inédito pois sei que as portas do Refúgio dos Lordes excepcionalmente se abrem para aqueles escribas de fama e glória, uns poucos privilegiados. Um dia lá chegarei, quem sabe, se a sorte ajudar. Poderei então encontrar a designação exata. Por ora, não.

DA PRIMEIRA CONVERSA ONDE SE DECIDE DO DESTINO DAS
ÁGUAS, DAS TERRAS, DOS PEIXES E DOS HOMENS — COM
A GENTIL ASSISTÊNCIA PROFISSIONAL DAS COMPETENTES
MENINAS DE MADAME ANTOINETTE

O Jovem Parlamentar faz um gesto, as meninas levantam-se nuas e obedientes, abandonando os primeiros excitantes toques, sorriem e se afastam.

Esperarão na sala ao lado, sabem guardar as conveniências, uma loira e a outra ruiva. O Jovem Parlamentar, ainda não tão rico ou poderoso quanto desejaria, confidenciara ao Magnífico Doutor a possibilidade de trocarem as parceiras após a primeira etapa. Antes de sair, a loira observou a reserva de uísque na garrafa, seria suficiente? Também os dois cavalheiros estão nus, como convém, mas o Magnífico Doutor guarda a negra pasta 007 a seu lado.

Quarentão bem cuidado, o Jovem Parlamentar não possui no entanto a classe do Magnífico Doutor, que é um galã de novela, se quisesse poderia ganhar a vida exibindo-se no vídeo. Certa tendência a engordar, um começo de barriga que a sauna não consegue controlar, nos olhos a cobiça e a manha, o Jovem Parlamentar possui reputação duvidosa, discutida nos bastidores da Câmara Federal. Nos bastidores, jamais em público, quem se atreveria a acusá-lo? Passa por bem visto nos altos escalões e sobretudo nos reservados círculos que realmente dispõem do poder. Seu nome começa a repontar no noticiário como candidato a elevados cargos; o mandato parlamentar, ultimamente bastante desacreditado, já não basta para conter-lhe o prestígio em ascensão. Obtivera promessa firme de ser incluído na próxima turma a cursar a Escola Superior de Guerra.

O Magnífico Doutor, habituado ao trato com os grandes, em nenhum momento pronunciou-lhe o nome por desnecessário e imprudente. Tampouco durante a conversa citaram quantia ou falaram em pagamento. Apenas, em certo instante, abriu-se um sorriso amplo no rosto calculador do Jovem Parlamentar: nem sempre aparece nos tempos atuais transação assim rendosa. Em termos de legítimo patriotismo, o Jovem Parlamentar desenvolve cauteloso trabalho de contatos e acertos, com reconhecida habilidade. Propina seria palavra escandalosa e indigna para designar a expressiva gratidão daqueles que lhe utilizam os méritos e as relações. Se respeitável bolada lhe advém, trata-se de merecida pecúnia — finalmente a palavra certa! — pois um passo em falso, um erro de pessoa, pode custar mandato e carreira: os da linha-dura são infensos à corrupção e vivem de olho atento, desconfiadíssimos. Tarefa delicada, exige alta recompensa.

É reconfortante vê-los ali, no fim da tarde, estendidos nus e cômodos em amplos divãs em uma das salas à prova de som reservadas por Madame Antoinette para ruidosas surubas, mandando as meninas embora, adiando o delei-

301

te, sacrificando o tempo de lazer ao trato de superiores interesses, conscientes ambos de seus graves deveres.

— Aqui, estamos a coberto de curiosidade e indiscrição. — Freguês recente e vaidoso, o Jovem Parlamentar louva as virtudes do Refúgio.

Essas salas destinadas antes de tudo à confraternização sexual, em moda desde os banhos romanos, servem igualmente para importantes conversas de negócios entre magnatas desejosos de sossego e reserva. Como bem diz o Jovem Parlamentar, no Refúgio dos Lordes estão a coberto da curiosidade e da indiscrição.

O Magnífico Doutor abre a pasta, retira um estojo de couro, oferece charutos. Conhece hábitos e preferências dos parceiros, estudou, entre divertido e enojado, a biografia do Jovem Parlamentar.

— Cubanos... — esclarece a sorrir pois, sendo Cuba matéria proibida em qualquer setor da vida nacional, a oferta ganha importância.

O Jovem Parlamentar não se contenta com um, empalma três:

— Antes, só fumava cubanos. Agora andam difíceis, culpa da canalha comunista. — Aspira o olor do charuto. — Sublime! Precisamos libertar Cuba das garras de Fidel Castro, varrer do continente essa ameaça vil e constante de subversão. — Um pouco retórico, fala como se estivesse na tribuna da Câmara.

— Mais dia, menos dia, os americanos acabarão com ele. — O Magnífico Doutor estende o isqueiro de ouro, acende o charuto do interlocutor. — Mas, quando quiser charutos cubanos, não faça cerimônia, tenho sempre um bom estoque.

O Jovem Parlamentar não pode esconder o laivo de inveja nos olhos gulosos: esses tipos sabem gozar a vida, nada lhes falta, dão-se a todos os luxos. E esse é apenas um testa-de-ferro, imagine-se os outros, os patrões. Decide fazer o trato mais difícil, aproveitar a oportunidade:

— Obrigado. Mas, vamos ao que importa, não devemos deixar as garotas esperando por muito tempo. Devo lhe dizer que as coisas não se apresentam fáceis, há obstáculos sérios, diria mesmo: quase intransponíveis. O nosso amigo declara que não deseja envolver-se no caso.

— Mas, há poucos dias as notícias eram outras.

— Os jornais ainda não haviam falado no assunto. Leu o que andaram escrevendo?

— Ora, os jornais… Sempre sensacionalistas.

— Dizem que só existem cinco empresas dessas em todo o mundo, que nenhum país autoriza. Poluição, palavra suja, amedrontadora. Tremenda.

— Apenas cinco? Exagero dos jornais — rebate vitorioso. — Posso lhe citar pelo menos seis.

— A diferença não é grande. Temo que… Os argumentos têm de ser de peso, sem o que não conseguiremos mover nosso amigo e, se ele não se mover, não vejo como obter autorização para o registro.

O Magnífico Doutor não é pastor de cabras mas também ele conhece seu rebanho, para tanto é pago e bem pago. Para mercadejar, sabendo, quando indispensável, aumentar a parada e sabendo também até onde ir:

— Compreendo. Todavia não falta peso aos argumentos que já oferecemos à sua compreensão e à de nosso ilustre amigo.

— Insuficientes. Argumentos ridículos, disse-me ele. Ridículos, foi a palavra que ele usou. Mesmo porque, como é do seu conhecimento, não lhe cabe a decisão final, ele próprio deve argumentar, e para isso precisa de argumentos que convençam. — Serve-se de nova dose de uísque. — Apenas cinco, cinco ou seis, no mundo inteiro… Está nos jornais. Apodrece a água, mata os peixes, envenena o ar. Leu o artigo de *O Estado de São Paulo*? Na Itália, dá cana.

— Lança ao ar a fumaça azul do charuto cubano, subversivo porém inigualável.

O Magnífico Doutor baixa a voz apesar de estarem a sós na sala reservada do Refúgio dos Lordes onde não há perigo de ouvidos indiscretos, tampouco de microfones secretos como acontece nos romances de aventuras sobre petróleo árabe e contrabando de armas com espiões multinacionais e espiãs fabulosamente sexys.

— Os meus amigos estão dispostos a reforçar os argumentos. — A voz amaneirada torna-se quase ininteligível: — Quanto?

O Jovem Parlamentar pensa, faz imaginárias contas nos dedos, calca no preço, pede alto. O Magnífico Doutor balança a cabeça negativamente.

— Metade.

— Metade? É muito pouco.

— Nem um centavo a mais. — A voz ainda mais afetada: — Tenho quem faça por menos.

303

— Vá lá... De acordo. Afinal os jornais mentem tanto e o *Estadão* com essa mania que o Julinho Mesquita tem de democracia se coloca contra tudo que nos interessa. Vai acabar se dando mal...

Da pasta, o Magnífico Doutor extrai um talão de cheque.

— Ao portador — recomenda o Jovem Parlamentar, revelando inexperiência. O Magnífico Doutor esconde um sorriso de debique.

O Jovem Parlamentar recebe, levanta-se, vai ao armário, guarda o cheque no bolso do paletó. Servem-se de mais uma dose, erguem os copos, num brinde mudo. Marcam novo encontro, em data próxima, ali mesmo, impossível local mais discreto, agradável e apropriado para assuntos de relevante importância para o desenvolvimento nacional. O Jovem Parlamentar bate palmas, a porta se abre, as meninas retornam. Afinal, a vida não se resume a cuidar dos interesses da pátria.

O Magnífico Doutor não aceita a gentil oferta de troca de parceiras. Apressado, reduz-se a coito rápido, deve pegar o avião, tem encontro marcado no Rio. Demora-se o Jovem Parlamentar, satisfeito da vida. Peixes, águas, caranguejos, ostras, algas marinhas... Tudo isso no Nordeste, vagamente. Existirá mesmo o Nordeste ou se trata de invenção subversiva de literatos e cineastas? A rapariga a seu lado é loira como uma escandinava. No Nordeste, uma sub--raça escura. O Jovem Parlamentar sente-se redimido, em paz com a consciência.

Na saída, a gerente vem despedi-lo: satisfeito, Deputado? O Deputado, cliente novo, ainda não um habituê, agradece e solicita notícias de Madame Antoinette. A gerente explica:

— Madame está em Paris, visitando a família. O senhor sabe que Madame Antoinette é filha de um General da França? La mère est de la Martinique. Très chic! — Começa a treinar seu francês para um dia suceder a patroa atual na propriedade da casa. Quando Tieta se cansar e resolver se mudar de vez para o sertão de Agreste.

304

A PROPÓSITO DE MICROFONES E ESPIÕES

Uma rápida palavra, apenas, um pedido de desculpas. Vem de se ler, nas páginas precedentes: ...*não há perigo de ouvidos indiscretos, tampouco de microfones secretos como acontece nos romances de aventuras sobre petróleo árabe e contrabando de armas, com espiões multinacionais e espiãs fabulosamente sexys.* É verdade, nada disso existe no Refúgio dos Lordes, local do encontro secreto do Magnífico Doutor com o Jovem Parlamentar.

Lamentável deficiência, a enfraquecer a trama, diminuindo a intensidade do enredo, limitando grandemente a emoção e o interesse. Mas, que fazer? Tenho de me reduzir ao contexto de modesto folhetim cuja ação transcorre em país subdesenvolvido. Não me cabe culpa se o leitor não encontra na travessia dessas páginas ferozes xeques, românticos beduínos, frios espiões de diversas nacionalidades e ideologias, alguns pertencendo ao mesmo tempo a serviços secretos opostos e inimigos, ingleses loiros e impassíveis, potentes americanos que derrubam seis fêmeas de uma só vez e cobrem todas elas, restando-lhe ainda a esposa a criar filhos no lar texano, russos barbudos mastigando crianças regadas a vodca. Nada disso, uma pena! Devo me contentar com sorridentes testas-de-ferro e alguns corruptos nacionais.

Quanto a árabes, personagens no momento em alta voga nas páginas dos best-sellers, além de Chalita, envelhecido leão do deserto, não me resta nenhum outro já que o mascate morreu de tiro, dignamente, como compete a um bom contrabandista. Mais não posso fazer, peço desculpas.

DO REGRESSO A AGRESTE, CAPÍTULO NOTICIOSO POR EXCELÊNCIA NO QUAL TIETA CITA O EXEMPLO DO VELHO ZÉ ESTEVES

Ao regressar a Agreste para a festa da inauguração das benfeitorias na praça do Curtume, acompanhada pelo sobrinho Ricardo, Tieta quis saber de Leonora notícias de seus amores. A moça sorriu, embaraçada, tomou das mãos da protetora:

— Não sei o que se passou, Mãezinha. Ascânio esteve fora durante dois dias, vendo uns trabalhos da prefeitura, voltou diferente. Sempre entusiasmado com a história de turismo, sempre terno, porém menos reservado. Me disse que, com a morte do prefeito, vai ser eleito para o cargo, a situação dele vai mudar. Está exaltado, nem parece o mesmo. Até me beija, sabe? Outro dia, dona Perpétua deu um flagra na gente... Estou tão contente, Mãezinha!

— Ainda bem. Pelo jeito, você não demora a estrear a margem do rio. Vai gostar da novidade. Aproveite enquanto é tempo, mais dia menos dia a gente arruma as malas e capa o gato.

— Ai, Mãezinha, nesse dia vou morrer.

— Ninguém morre de amor, como é mesmo que Barbozinha diz? De amor a gente vive.

Boa, devotada Carmô! Com todo seu diploma de sabida, deixara-se enrolar pela trama de Tieta e, para impedi-la de apressar a data da partida, revelara a Ascânio a situação de Leonora, deflorada pelo calhorda do noivo. Acontecera exatamente o que Antonieta desejava. Ascânio, a par do acontecido, mudara imediatamente de conduta, tornando-se audacioso e beijoqueiro. Não tardará a perder o resto do acanhamento e a chamar a namorada aos peitos, arquivando os planos de casamento e lar, interessado tão-somente em cama. Na cama tudo se resolve.

Tudo. Basta citar o exemplo do sobrinho Ricardo, quase louco de remorso e medo, apavorado, querendo desistir do seminário, sentindo-se leproso e condenado às penas eternas após ter dormido com a tia no areal de Mangue Seco. Agora, não quer outra ocupação, se pudesse passaria o dia no fuque-fuque, adolescente deslumbrado, força estuante, potência sem limite, desejo infinito, ilimitada, dulcíssima estrovenga. Um temporal, um terremoto, uma festa! A qualquer momento, nas dunas, no banho de mar, onde quer que seja e possa, ele a derruba e monta. Tieta está quebrada, moída, mordida, sugada, satisfeita, trêfega menina em férias, saltitante cabrita. Cabrita? Cabra velha que antes jamais recebera bode novo, de trouxa apenas desatada, insaciável garanhão. Fogoso e exigente, meigo e exultante, Ricardo também mudara. Perdera o medo, enterrara o remorso mantendo, ao mesmo tempo, a vocação sacerdotal. Descobrira a bondade de Deus.

306

No sábado, no fim da tarde, quando os operários regressaram ao arraial do Saco, Ricardo os acompanhou na canoa de Jonas. De volta, irradiava serenidade no rosto juvenil e, encontrando Tieta na praia, oferecida no maiô a mostrá-la mais que a vesti-la, desviando os olhos, informara:

— Hoje vou dormir em Agreste, Jonas me leva na canoa.

— Hoje, por quê? Daqui a mais uns dias, a gente vai para ficar. O principal está feito, do resto o Comandante se ocupa, basta a gente vir uma vez ou outra, passar um dia e uma noite. Hoje, por quê? Já se fartou de mim?

— Não diga isso nem por brincadeira. É que hoje me confessei, amanhã vou comungar, e se dormir aqui... Volto amanhã mesmo. Me dê licença, me deixe ir.

Pedido, súplica, queixume, a voz trêmula do menino dividido entre ela e Deus, cabrito no pasto de Tieta, levita do santuário. Bastaria uma palavra, um gesto, um olhar para retê-lo a seu lado, para impedir igreja e sacramento. Um menino, um levita, eleito e pecador, casto e lascivo, forte e frágil. Um menino de Deus. Dela, o Deus Menino.

— Vá e rogue a Deus por mim. Vou me roer de saudade, na tua ausência. Te quero aqui amanhã.

Falta e ausência iria sentir, a roê-la por dentro, quando embarcasse na marinete para São Paulo; com certeza não bastariam algumas lágrimas nem lavar a xoxota bem lavada. Ai, meu menino, levita de Deus! Ensinara-lhe o amor, o gosto de mulher, as delícias, os sabores requintados, fizera-o homem. Quando ela for embora, Ricardo buscará noutros braços, noutro colo, noutro regaço as sensações, a exaltação e a alegria aprendidas em Mangue Seco. Tieta sente uma raiva súbita, decide em definitivo demorar em Agreste até pelo menos a inauguração da luz. Para gozar durante mais umas semanas esse desperdício de prazer, esse mar revolto, essa ventania desvairada. Depois, ela o deixará para Deus, livre do medo e dos perigos da castidade que conduz à tristeza e ao mal, quem bem sabe é Tieta, vítima da conspiração das beatas, bruxas fedendo a donzelice encruada. Frustradas e amargas, as solteironas odeiam o próximo. Assim era Perpétua antes de casar-se, antes do Major.

No domingo pela manhã, a exposição punitiva descera da lancha de Elieser, enchendo de risos a praia de Mangue Seco. Juntaram-se todos diante das erguidas paredes da biboca de Tieta, as ripas para o telhado começavam a ser colocadas, num tronco de coqueiro o habilidoso comandante Dário gravara o nome escolhido: Curral do Bode Inácio. Fizeram coro ao merecido elogio do ausente seminarista, pronunciado pelo Comandante: Tieta devia a Ricardo a rapidez do andamento da obra.

Mais tarde, andando para os cômoros, Antonieta ouvira o relato de dona Carmosina.

— Falei com Ascânio sobre o que você me contou a respeito de Leonora... Essa história de noivado no Sul, as viagens, a pílula, você sabe...

Tieta afetara surpresa e inquietação:

— Você disse a ele que Leonora não é virgem? Meu Deus, Carmô! — mas logo concordara. — Pensando bem, acho que assim é melhor, que ele saiba a verdade. Eu te agradeço, Carmô. Deve ter sido desagradável.

— Se foi... Mas estou contente: pensei que ele ia romper com Leonora, desistir, não querer mais ver a cara dela, mas Ascânio superou o preconceito, Tieta. Um cara direito. Não quer que ela saiba que eu contei, é um cavalheiro.

Tieta aprovara com a cabeça, rindo por dentro. O que o cavalheiro deseja, ela sabe demais: sem cabaço a contê-lo, Ascânio vai tratar de dormir com Nora, passar-lhe a vara, exatamente como Tieta previra. Se antes, apaixonado, sonhara noivado e casamento, desistiu ao saber da verdade, nenhum homem de Agreste casa com moça deflorada. Mas nem por isso é tolo a ponto de largá-la de mão quando nada o impede de levá-la aos esconsos do rio, sob os chorões em noite sem lua. Com o que estariam resolvidos os problemas de Leonora. Depois, lavar o xibiu, derramar algumas lágrimas na partida. Por que diabo Ricardo demora tanto a voltar, ela se perguntara olhando o rio do alto das dunas sem descobrir sinal da canoa de Jonas. Na igreja, na missa das oito, talvez o coroinha houvesse se dado conta dos olhares lúbricos, da boca aberta, ávida a exibir a ponta da língua, de dona Edna, putíssima e vulgar. Audaciosa.

— Está aborrecida, Tieta? Se fiz mal em contar, me diga.

— Fez muito bem, Carmô. Estava pensando no cachorro do noivo. E com Elisa, você falou também?

Não, com Elisa dona Carmosina não conversara, tentando tirar-lhe da cabeça a louca idéia de partir com Tieta para São Paulo, levando Astério na bagagem. Depois do difícil diálogo com Ascânio, ainda não tomara fôlego, não reunira coragem suficiente para vibrar novo golpe. A decepção de Elisa ia ser terrível, ela não tinha a fibra de Ascânio, provado pela doença do pai e pela traição de Astrud. Tieta devia pacientar um pouco, dona Carmosina falaria quando se apresentasse a ocasião, quando a própria Elisa puxasse o assunto. Deixasse a pobre conservar por mais uns dias suas ilusões paulistas.

Quem primeiro tocou nesse assunto, porém, foi Astério, e o fez com Tieta quando ela voltou a Agreste. Ficou de tocaia no bar, sonsando, até Perpétua dirigir-se para a igreja em companhia do filho seminarista, na hora da bênção. Aproveitou a folga:

— Queria falar com você, cunhada. Um assunto de meu interesse, meu e de Elisa. Mas, antes, me prometa guardar reserva dessa nossa conversa.

— Toque em frente, cunhado, sou boa de segredo, nem imagina quantos guardo no meu peito, por isso é que tenho esse ubre grande. — Ri alegremente, anda satisfeita.

— É a propósito de uma idéia de Elisa. Ela, se ainda não lhe falou, vai lhe falar para pedir que você leve a gente para São Paulo. Que me arranje um emprego e ceda um cômodo para nós em seu apartamento.

— Falar, ela ainda não falou mas já insinuou. Você quer ir?

— Deus me livre! — Arrepia carreira, não vá Tieta se ofender: — Quer dizer: eu teria muito prazer em morar em sua companhia, você é mais que uma irmã, tem sido nossa providência. Mas, eu não quero viver em São Paulo, não vou me dar bem. Elisa tem vontade de ir embora daqui para que a gente melhore de vida mas eu sei que não vai dar certo. É pior ser pobre lá do que aqui.

— Você tem razão, cunhado, é isso mesmo. Mas pode ficar descansado, não vou levar vocês comigo. Você ia se dar mal e lugar de mulher é ao lado do marido. Se Elisa me falar, tiro essa idéia da cabeça dela.

— Não sei como lhe agradecer, cunhada.

— Não agradeça. Elisa é minha irmã, tenho obrigação de cuidar dela, de ajudar vocês no que puder. Mas aqui, lá não.

Em toda sua vida, poucas vezes Tieta vira pessoa tão contente quanto Astério ao fim da conversa. Fitou o cunhado com afeto:

— Ouça, Astério, você precisa não deixar Elisa fazer tudo que deseja. Se ela lhe falar em São Paulo, diga que você não quer ir, que daqui vocês não saem. Ponha rédea curta em sua mulher.

— Se eu disser isso, só vou é botar ela contra mim. Vai bater o pé, chorar, falar nisso o dia inteiro, até me obrigar. Como é que posso convencer ela?

— Pergunte ao velho Zé Esteves e ele lhe explica. Pergunte como é que ele ensinou a mãe de Elisa a obedecer. Quem sabe, ele lhe empresta o bordão. A receita é boa, cunhado. Bem aplicada, basta uma vez. Nunca mais mãe Tonha levantou a voz para o Velho. Quanto a essa história de São Paulo, deixe comigo.

De noite, Tieta teve Ricardo na rede conforme planejara. Ali, onde em sonhos o rapazola a desejara e não soubera possuí-la, ela o cavalgou e por ele foi montada, cruzando a noite no rumo da aurora. Contendo a respiração, sufocando os ais de amor enquanto juntos praticavam o ipicilone. Ah!, o ipicilone!

DE COMO, PREMIDO PELAS CIRCUNSTÂNCIAS, O IMPOLUTO ASCÂNIO TRINDADE, APÓS SECRETA ENTREVISTA COM O MAGNÍFICO DOUTOR, INICIA A PRÁTICA DA MENTIRA E, NA AURORA DOS NOVOS TEMPOS, ENTREGA-SE À SOBERBA, INCORRENDO DE UMA SÓ VEZ EM DOIS PECADOS CAPITAIS

Ao término da conferência com o doutor Mirko Stefano, Ascânio Trindade sente-se outro homem. Uma hora de conversa bastara ao carismático relações-públicas para conquistar a confiança e a admiração do probo funcionário municipal. Probo e sonhador. O Magnífico exibira plantas e desenhos devidos a competentes e imaginosos arquitetos, engenheiros e urbanistas; citara números e fórmulas esotéricas; empregara termos mágicos: organograma, know-how, insumos, mercado de trabalho, marketing, status — a prefeitura de Sant'Ana do Agreste terá status de município industrial. Ascânio deslumbrou-se.

Na porta do velho sobradão colonial, sede da municipalidade, despedindo o visitante, Ascânio Trindade assume nova condição, a de empresário. O termo é falso, correto será dizer-se estadista. Administrador de comuna destinada a glorioso futuro de riqueza e progresso — futuro ou presente? Por ora, apenas secretário da prefeitura com plenos poderes. Em breve, prefeito: os plenos poderes confirmados pelo voto do povo, unânime segundo tudo indica.

Em determinado ponto da conversa pareceu-lhe perceber, nas discretas e sibilinas palavras do enviado da Diretoria, insinuação suspeita, referência a pagamento de serviços prestados. Não entendera bem mas, por via das dúvidas, foi logo esclarecendo que seu apoio ao grandioso projeto se devia exclusivamente aos superiores interesses do município e da pátria. Verdade cristalina: nenhum baixo sentimento, nenhuma pretensão pouco louvável na sua maneira de agir. Apenas o amor à terra natal, a seu desenvolvimento, fizera-o vibrar de entusiasmo durante a exposição do doutor Mirko Stefano, técnico, poliglota e convincente. Valia a pena ouvi-lo.

Conhecedor da natureza humana, hábil negociador, o Magnífico recuou. Sabia recuar, há tempo e ocasião para cada coisa. Por favor, caro Senhor Prefeito, please, não me entenda mal. Referia-se a formas de pagamento da empresa ao município, diretas e indiretas, considerando serviços remuneráveis a colaboração da prefeitura ao sucesso do projeto, ao conceder a necessária autorização para que num de seus distritos, o de Mangue Seco, se instalasse o complexo industrial, duas grandes fábricas interligadas.

Além dos benefícios diretos, arrecadação de consideráveis impostos, crescimento da renda bruta per capita, empregos para naturais do lugar, a empresa tomaria a seu cargo providenciar melhoramentos necessários e urgentes: asfaltamento da estrada, por exemplo. A empresa pressionará o Governo do Estado, o Ministério competente, se necessário, não falta prestígio aos Diretores, digo-lhe em confiança, Senhor Prefeito. Construção de hotel, estabelecimento de linha de ônibus, serviço de lanchas no rio. Sem falar na área de Mangue Seco, onde se ergueriam as fábricas dando nascimento à moderna cidade operária, dezenas de residências destinadas aos trabalhadores, técnicos e funcionários. Para todo esse mundo de progresso a empresa concorrerá, graciosamente. Antes de visar lucros, os dignos Diretores desejam contribuir para a construção de um Brasil poderoso, à altura de sua gloriosa missão no mundo. E viva!

Preso aos lábios do doutor Stefano, Ascânio enxergou Agreste reerguido da decadência, colocado na vanguarda dos municípios do interior baiano. Nos céus, a visão da fumaça das chaminés, pagando com juros o atraso devido à ausência da fumaça do trem-de-ferro, trazia ao mesmo tempo a riqueza para Agreste e um laivo de soberba a instalar-se no coração de Ascânio: à frente do progresso, a comandá-lo, o jovem prefeito, incansável batalhador.

Ao final da conversa com o enviado da Diretoria Provisória, quando, em nome da prefeitura, autorizou a Sociedade a examinar as possibilidades de estabelecer suas indústrias em terras do município, Ascânio sentiu reviver aquela antiga ambição do estudante de Direito, do noivo de Astrud, planos de triunfo. Interesse pessoal somando-se a elevado sentimento cívico. Pessoal, não mesquinho ou desonesto.

Vislumbrou a possibilidade de construir, à base do novo progresso de Agreste, carreira de administrador e político, a levá-lo e a elevá-lo até Leonora. Carreira vitoriosa, dando-lhe as credenciais exigidas a quem deseje candidatar-se a marido de herdeira paulista, grã-fina e milionária.

Até então, julgara-a inatingível, vivendo no pavor do anúncio de data de partida, do fim do acanhado idílio de silêncios e expectativas, de meias palavras e gestos imprecisos. Agora, tinha um horizonte, campo de luta, já não se sentia mísero funcionário de um burgo nas vascas da agonia pois, como afirmara poeticamente o Magnífico Doutor, raiava sobre Agreste a aurora de grandes eventos, a manhã do progresso.

Pena não poder contar o milagre a Leonora, nem a ela nem a pessoa alguma. O doutor Mirko Stefano exigira a máxima discrição, segredo absoluto até nova ordem. Somente após a conclusão dos estudos preliminares, apenas iniciados, poderia a empresa dar publicidade à notícia auspiciosa. Uma palavra dita antes do momento exato pode botar tudo a perder.

Se bem, à primeira vista, a região de Sant'Ana do Agreste, nas proximidades de Mangue Seco, parecesse o local ideal para a instalação das fábricas, os relatórios conclusivos dependiam ainda de um levantamento completo de possibilidades e vantagens, de análises diversas, indo da profundidade do mar na barra do rio Real ao apoio da administração. Novos técnicos desembarcariam logo após o Natal. Para o complicado trabalho que iriam realizar o doutor Stefano solicitou reserva e boa vontade ao Senhor Prefeito, além da necessária autorização. Eram propriedade da prefeitura as terras à margem do rio? A quem pertenciam? A discrição impunha-se inclusive para evitar uma alta exagerada nos preços dos terrenos, tornando antieconômica a utilização da área. Por ora, silêncio; depois, os foguetes.

Colaboração, toda a que se fizer necessária. Silêncio, mais difícil. O povo da terra é perguntador, o que não sabe, inventa. Se Ascânio nada disser sobre a entrevista, o fuxico vai crescer, será pior. Não pode fazer referência a um projeto de turismo? As cogitações são nesse sentido; ele próprio, Ascânio, assim imaginara.

A idéia pareceu extremamente divertida ao Magnífico Doutor, não conteve o riso. Os olhos postos nas ruas pacatas de Agreste, através das janelas do primeiro andar da prefeitura, concordou, jovial:

— Turismo... Boa bola. Bem achado, Senhor Prefeito. C'est drôle.

Ascânio não perguntou o motivo do riso, do ar zombeteiro do ilustre visitante, do mote em francês. Ajudou-o a enrolar plantas e projetos, a colocá-los num tubo longo, de metal, a reunir os papéis, a fechar a elegante pasta negra, de executivo. Na porta da saída, doutor Mirko Stefano confiou pasta e tubo ao peso-pesado postado de sentinela; notava-se-lhe o volume do revólver no cinto. Um segundo campeão, de idêntico peso, medida e carantonha, chegou correndo do bar, onde degustava uma bramota em companhia do chofer, o paletó aberto, a arma exposta.

O doutor viera desta vez acompanhado apenas de chofer e do par de alagoanos. Para desolação de Osnar e Fidélio, presentes ao desembarque, nem uma só marciana ou garota de Ipanema descera da Rural, apenas o Grande Chefe Espacial, o motorista e os dois pistoleiros. Não deixara de ser, no entretanto, matéria para assombro e comentário pois há anos não se via em exibição nas ruas de Agreste outras armas além dos facões dos roceiros na feira do sábado, e das maldições e pragas do profeta Possidônio, sendo os primeiros simples instrumentos de trabalho e servindo as últimas apenas contra o demônio e a impiedade.

Além de armados, de pouca conversa. O que veio desalterar-se no bar não despregou os olhos da porta da prefeitura onde deixara o colega. Osnar não se atrevera a pedir notícias de Bety, Bebé para os íntimos. Reagiu, indignado, à sugestão de Fidélio, gozador:

— Por que você não bate um papo com ele? Conte a história da polaca, conquiste-lhe as graças, descubra o que veio fazer. Mostre que é o tal.

— Vá à merda.

A mal-encarada dupla embarcou na Rural, no banco traseiro, guardando os documentos. O Magnífico Doutor apertou a mão de Ascânio, abriu-se num sorriso de velho amigo:

— Até breve, caro prefeito. Merry Christmas! Aliás, se me permite mandarei uns brindes para o Natal das crianças pobres.

Partiu a Rural, o pequeno grupo de basbaques ainda demorou-se a olhar para Ascânio, ele também ali parado, meditando em tudo que lhe fora dito e a Agreste prometido. Brindes de Natal para as crianças pobres, um festivo começo. Osnar se aproximou:

— Então, Capitão, a que veio o Astronauta?

Avesso a embustes, considerado por todos um cidadão íntegro, de rígidos princípios, Ascânio viu-se de repente obrigado a mentir, a abandonar sua maneira de ser. Seja tudo pelo bem de Agreste! Embaraçado e sem jeito, respondeu:

— Que pode ser, senão turismo? — Adianta detalhe que não lhe parece matéria secreta: — Está interessado em comprar terras em Mangue Seco. O coqueiral...

— Terras do coqueiral? Puta merda, Capitão Ascânio. Vai dar uma confusão dos diabos. Até hoje não se tirou a limpo quais são os donos...

Atrapalhado, Ascânio avista Leonora na porta da casa de Perpétua, os olhos na prefeitura. Ficara de ir buscá-la, a ela e a Tieta, para o banho na Bacia de Catarina, está na hora. Despede-se às pressas.

Osnar estranha as maneiras do secretário da prefeitura: Ascânio está escondendo leite. Empresa de turismo, muito dinheiro, novidades às pencas. E se esses caras comprarem o coqueiral e a praia de Mangue Seco? Se fundarem um clube exclusivo, reservado para os sócios? Não, não podem fazê-lo, é impossível, as praias são propriedade do povo, inalienáveis, não é? Talvez comprem terrenos, construam hotéis, lojas, armazéns modernos... Quem sabe, Bebé virá passar uns tempos no coqueiral para estudar na prática o interesse turístico das dunas e dirigir a publicidade: aproveitem nossa oferta e venham praticar o coito carnal nas alvas areias de Mangue Seco, pagando depois em módicas prestações mensais. Mesmo não sendo polaca, Bety parece-lhe capaz de audazes cometimentos.

DA INAUGURAÇÃO DA PRAÇA COM DISCURSOS E DANÇAS, CAPÍTULO EUFÓRICO

Excetuando-se parte da meninada ainda na matinê, no Cine Teatro Tupy, praticamente todo o resto da população da cidade reuniu-se, às cinco da tarde do último domingo antes do Natal, na antiga praça do Curtume, de agora em diante praça Modesto Pires. O jardim, o passeio que o circunda, o obelisco ao centro, o calçamento de pedras, benfeitorias devidas à ação de Ascânio Trindade na prefeitura, merecem o elogio geral.

— Esse Ascânio é um retado.

— Imagine quando ele for prefeito de verdade.

— Agreste vai virar um jardim.

Um estrado de madeira, armado para a cerimônia e para a exibição dos ternos de reis e do bumba-meu-boi; no obelisco, a placa de concreto, coberta com a bandeira brasileira. Na esquina, na parede da casa de Laerte Curte Couro, de propriedade de Perpétua, placa de metal igualmente coberta. Pena a Lira Dois de Julho ter-se dissolvido havia cerca de trinta anos, com a morte do obstinado Maestro Jocafi que a dirigiu e regeu durante mais de meio século. Ascânio sonha com a reorganização da Lira cuja fama repercutira em todo o sertão da Bahia e de Sergipe. Difícil é encontrar quem empunhe a batuta, no município não há quem possa fazê-lo.

Madrinha da inauguração, cercada pela família e pelos amigos mais próximos, majestosa e sorridente, verdadeira rainha ou melhor, plagiando o vate Barbozinha, Madona transportada da Renascença para os oiteiros de Agreste, dona Antonieta Esteves Cantarelli, pelo braço do coronel Artur da Tapitanga, seguida por Ascânio Trindade, Modesto Pires, dona Aída, a filha Marta e o genro, engenheiro da Petrobrás, avança em direção ao singelo monumento. Silêncio e atenção, pescoços esticados. Dona Antonieta estende a mão, puxa a fita verde e amarela descerrando a placa de concreto onde se lê a data festiva e o nome do benemérito coronel Artur de Figueiredo, prefeito em exercício. Cerimônia simples, saudada por palmas, emocionante, no entanto, pois Perpétua saca de negro lenço do bolso da saia negra e enxuga uma lágrima — lágrima negra, de luto, segundo sussurra ao ouvido de dona Carmosina o irreverente Aminthas, em dia de humor igualmente negro.

Os meninos do Grupo Escolar atacam o hino. Vivas ao coronel que acena com a mão, agradecendo. Todo satisfeito, de braço com Tieta: a cabrita montês virou cabra de qualidade, úberes fartos e expostos. Ah!, seus tempos!

Zé Esteves, no cúmulo da satisfação com a proximidade da mudança para a nova residência, suspende o bordão e a voz:

— E viva minha filha, a senhora dona Antonieta Esteves Cantarelli!

Entusiasmo geral, nova lágrima de Perpétua, Elisa aberta em sorriso de vedete, desperdiçando beleza, Leonora, a mais animada, comandando as palmas. Por que não dão vivas a Ascânio Trindade?

Aplausos para dona Aída: a ela coube descobrir a placa na parede da esquina com o nome do logradouro reformado: praça Modesto Pires (cidadão eminente).

— Viva Modesto Pires! — grita Laerte Curte Couro, da porta da casa, ao lado da mulher e dos filhos, puxando o saco do patrão.

Dona Preciosa e dona Auta Rosa, diretora e secretária do Grupo Escolar, tentam conter a indisciplinada e incompleta turma, recrutada à força. Devido às férias fora difícil reunir mesmo aquele punhado de alunos, mais difícil ainda mantê-los em ordem. Vamos, o hino, seus rebeldes! A professora Auta Rosa, loira, nervosa e bonita, conta com admiradores fanáticos entre os discípulos. Dona Preciosa impõe-se a muque, a berruga no nariz, a voz de cabo de esquadra:

— Um, dois, três, agora!

Cresce o hino sobre a praça e o casario na voz das crianças e dos populares. Se ninguém der um viva a Ascânio, eu perco a vergonha e dou! — ameaça Leonora em pensamento, revoltada com tanta ingratidão.

Chega a vez de padre Mariano, acolitado por Ricardo em vermelho e branco, galante e piedoso. Bendito seja Deus!, suspira dona Edna, ao lado de Terto, seu marido (não parece mas é). Os olhos de Cinira pregados no coroinha, nas partes aquela comichão. Também Tieta contemplou o sobrinho e sorriu.

316

Não teme as rivais, seu único rival é Deus e entraram em acordo, para Deus a alma, o corpo, para a piedosa tia.

Padre Mariano benze o jardim, o obelisco, a praça, todos os presentes. Reserva bênçãos especiais para o nosso ínclito chefe, o coronel Artur de Figueiredo, para o benemérito munícipe Modesto Pires, para a generosa, exemplar ovelha de nossa paróquia, dona Antonieta Esteves Cantarelli, e para sua gentil enteada. Que não lhes falte jamais a graça do Senhor, amém. Ricardo, na mão a caldeirinha de água benta, estende o aspersório ao reverendo. Gotas sagradas sobre as cabeças mais próximas, adianta-se Perpétua para merecê-las.

O engenheiro da Petrobrás, doutor Pedro Palmeira, usa da palavra para agradecer, em nome do sogro. Refere-se à paz e à beleza de Agreste: que jamais sejam conturbadas pelos horrores de um mundo de violência, poluição e guerras. A barba negra, os cabelos longos, na moda, também ele provoca olhares, apetites e frustrações. Ao lado, de sentinela, a esposa, filha do lugar, conhecedora.

Por fim, discursa Ascânio Trindade, em representação do coronel Artur da Tapitanga, cuja voz não mais alcança as alturas indispensáveis aos tropos oratórios. Inflamado, buscando inspiração nos olhos de Leonora, prevê dias de glória, grandiosos e iminentes, para Sant'Ana do Agreste. Os prezados concidadãos podem se alegrar, está próximo o fim do marasmo e da pobreza, das dificuldades, da pasmaceira. É possível que se localize em Agreste a sede de um novo pólo industrial a ser implantado no Estado da Bahia, a competir com o Centro Industrial de Aratu, nas proximidades da capital. Volverão os tempos de fartura e movimento, novamente teremos motivos de orgulho, nosso rincão bem-amado resplandecerá, luminosa estrela no mapa do Brasil.

— Que diabo o Capitão Ascânio está arquitetando? — pergunta Osnar.

— Ele está escondendo leite.

— Escondendo? Bem, Ascânio ainda não quer divulgar os planos da empresa de turismo, parece que são formidáveis — retruca dona Carmosina.

— Ele se referiu a pólo industrial.

— Força de expressão. Você não vai negar que o turismo hoje é uma indústria da maior importância. — Dona Carmosina explica: — O que acontece é que Ascânio está apaixonado.

— Baratinado... — concorda Aminthas.

317

Com um brado vibrante: Salve Sant'Ana do Agreste!, Ascânio encerra a fogosa e confusa oração. Do fundo da praça Modesto Pires, chega a voz de cachaça de Bafo de Bode no tardio viva:

— Viva Ascânio Trindade e viva sua namorada! Quando é o casório, Ascânio?

Leonora enrubesce em meio aos risos de Elisa e dona Carmosina. Livres dos discursos, moças e rapazes aos pares, de mãos entrelaçadas, circulam no passeio, inaugurando-o de fato. Leonora fita Ascânio, estende-lhe a mão, mais um par de amorosos a contornar a praça. Dona Carmosina suspira, comovida. Da casa de Laerte Curte Couro saem improvisadas garçonetes, funcionárias do Curtume, com bandejas de pastéis, empadinhas e cálices de licor. Servem aos convidados de honra, oferta de Modesto Pires. O coronel Artur da Tapitanga senta-se num dos bancos verdes, de ferro, confidencia a Antonieta, enquanto lhe alisa a mão e examina os anéis — serão verdadeiros ou falsos os brilhantes? Se verdadeiros, valem uma fortuna:

— Meu afilhado Ascânio vai acabar maluco com essa história de turismo. Imagine que apareceu lá em casa, na fazenda, para dizer que vão montar fábricas aqui, construir uma cidade em Mangue Seco. Anda de juízo mole, acho que é devido à sua enteada. — Muda de assunto: — Você ainda não foi me visitar na fazenda, ver minhas cabras; o rebanho dá gosto a gente olhar. Vá e leve a moça. Tenho um bode inteiro que é um portento, paguei um dinheirão por ele; se chama Ferro-em-Brasa.

À noite, os ternos de reis e o bumba-meu-boi exibem-se no estrado. Os ternos, em número de três, dois da cidade, o terceiro vindo de Rocinha, o mais bonito, o Sol do Oriente. Uma dúzia de pastoras, enfeitadas de papel de seda, conduzindo lanternas vermelhas e azuis, as vozes soltas, os pés na dança:

Somos pastoras
Das estrelas do céu
Chegamos do Oriente
Para saudar o Deus menino
Neste dia diferente

Tieta acompanha o canto do reisado, tomada de emoção. Menina de pés descalços, fugindo de casa para acompanhar os ternos nas ruas de Agreste. Tanto sonhara empunhar uma lanterna, pastorear estrelas! Somente cabras e cabritas lhe couberam, vida afora. Valera a pena voltar para ver e ouvir.

Somos as pastoras
Da lua e do sol
Somos as pastoras
Do arrebol.

Para assistir o bumba-meu-boi de Valdemar Cotó, com o boi e a caapora, o vaqueiro em seu cavalo, dançando no tablado, espalhando a meninada pela praça. Uma única perna, um único braço, esvoaçante, branco lençol, agilíssimo, alegre fantasma, a caapora vem pedir a bênção a dona Antonieta, é o moleque Sabino. Depois, o bumba-meu-boi e os ternos de reis descem a rua principal, param de porta em porta, saudando os moradores, pedindo permissão para entrar. Dançam e cantam na sala em louvor dos donos da casa. Cálices de licor, copos de cerveja, goles de cachaça são servidos ao vaqueiro, ao boi, à caapora, às pastoras do arrebol.

Improvisada orquestra, paga pela prefeitura, composta da harmônica de Claudionor das Virgens, do cavaquinho de Natalino Preciosidade, da viola de Lírio Santiago, toma lugar no estrado, ocupando cadeiras emprestadas por Laerte, ataca músicas de dança, variadas, para todos os gostos, logo surgem os pares.

— Olhem quem está dançando! — Astério aponta Osnar que comprime nos braços de macaco uma cabocla esfogueada, novinha, a saia no joelho, as pernas grossas.

— Sujeito mais sem-vergonha — rosna dona Carmosina, furiosa por não ser ela a felizarda comprimida contra o peito do debochado, ai!

O assustado se anima, vários pares rodopiam no estrado. O cavaquinho chora num convite. Leonora olha para Ascânio, ele sorri, ela murmura, a voz rompendo cristais:

— Vamos...

Sobem ao tablado, a harmônica ataca a marchinha carnavalesca, Leonora desliza, os olhos semicerrados. Ascânio conduz o corpo leve da moça preso ao seu, os cabelos soltos tocam-lhe o rosto, sente-lhe o hálito cálido, noite gloriosa. A dança conquista a praça, generaliza-se. O engenheiro da Petrobrás, doutor Pedro e dona Marta, a esposa, incorporam-se aos dançarinos. Dona Edna aceita o convite de Seixas com o consentimento de Terto — e ele que se fizesse de besta e não consentisse! Dona Edna exige do marido compreensão e cortesia. Seixas a enlaça, ela adianta a coxa, mais audaciosa a cada rodopio. Quem acha, encaixa, diz Osnar e Seixas executa.

Cerimonioso e grave, o vate Barbozinha estende a ponta dos dedos a Tieta, solicitando o prazer da contradança. Diante do que, Elisa consegue decidir Astério e dona Carmosina exige de Aminthas o sacrifício:

— Me tire para dançar, seu mal-educado.

— Vamos, Elizabeth Taylor, mas tenha piedade de meus pés.

— Cretino!

Os ternos de reis voltam à praça, dissolvem-se no estrado, Fidélio dança com a porta-bandeira do Sol do Oriente em busca do arrebol. O vaqueiro em seu cavalo zaino, o boi, a caapora, correm atrás do bando de meninos chefiado por Peto. Ricardo ficou em casa, fazendo companhia à mãe. Depois do rosário, na rede, esperará a volta da tia.

Esgotadas as possibilidades de cachaça, Bafo de Bode retira-se da praça cada vez mais animada, a dança pegando fogo!

— Eta-ferro! Hoje vai ter movimento na beira do rio... — equilibra-se para aconselhar: — Mete os peitos, Ascânio, seja homem!

Desaparece no beco mas ainda se lhe escuta a voz podre e moralista:

— Toma cuidado, Terto, para não arrancar os fios da luz com os chifres...

Para o que diz Bafo de Bode, ninguém liga, advertência e sugestões perdem-se na música da harmônica, do cavaquinho e da viola, no júbilo da festa, na paz da noite de Agreste.

DAS CHAMAS MORAIS ÀS CHAMAS VERDADEIRAS, CAPÍTULO EMOCIONANTE NO QUAL TIETA EXIBE UM RESPLENDOR DO FOGO

Liberto das penas do inferno, nas chamas do ciúme se consome o seminarista Ricardo, na noite da festa. Às nove horas em ponto, a luz do motor se apagou dando por findas as danças no tablado armado na praça do Curtume (perdoem: praça Modesto Pires) mas dona Carmosina inventou um passeio até o rio, espécie de piquenique noturno. No bar de seu Manuel abasteceram-se de cerveja e guaraná, de bolinhos de bacalhau, especialidade do lusitano.

Da rede onde se recolhera à espera, o seminarista ouve o grupo na calçada, reconhece vozes, a de Leonora, a de Aminthas, a de Barbozinha em galanteio, esse velho ridículo não se assunta!, o riso de Tieta. Pensou que iam se despedir na porta mas os passos prosseguem pela praça e se perdem, ninguém entra em casa. Ricardo salta da rede, penetra na alcova, abre a janela sobre o beco, avista o grupo álacre no escuro da esquina, a caminho do rio. Sente-se enganado, traído, miserável.

Outra coisa não deseja Tieta senão voltar para casa, cansada do dia festivo, iniciado com a missa das oito e longo sermão do padre Mariano. Quando enxerga a magnânima ovelha na igreja, entre os fiéis, o grato reverendo supera-se, estende a prédica, servindo latim e citações da Bíblia. Tieta anseia reencontrar a ternura e a violência de seu menino, apenas entrevisto à tarde na hora da cerimônia, deslumbrante nas vestes de coroinha, a oferecer ao padre o aspersório. Indiferente às exibições folclóricas, tendo de rezar o rosário quotidiano, egoísta, Perpétua retivera o filho em casa para lhe fazer companhia. Rodopiando nos braços de Barbozinha, de Osnar, de Fidélio — todos disputando a honra de dançar com ela —, o pensamento de Tieta estava em Ricardo, ajoelhado diante do oratório a debulhar o terço com Perpétua. Insensata imagem, sonhara-se enlaçada pelo sobrinho vestido de batina; deslizavam no tablado, romântico e apaixonado par. Assim como estavam Leonora e Ascânio: a moça de olhos semicerrados, descansando a cabeça no ombro do rapaz.

Tieta aprovara a idéia de dona Carmosina e acompanhara o grupo na esperança de rapidamente desviar a quadrilha para outros rumos, deixando a sós Leonora e Ascânio, livres para os beijos e as juras de amor. Na Bacia de Catarina, sob o negrume dos chorões, o namoro poderia desenvolver-se como devido, ao gosto de Mãezinha: ardente xodó e nada mais.

Sentam-se sobre as pedras, Osnar empunha um abridor de garrafas, dona Carmosina desfaz o embrulho de bolinhos de bacalhau, comem e conversam. De mãos dadas, Ascânio e Leonora permanecem alheios ao mundo em redor, sorriem abobados. Tieta se impacienta, levanta-se:

— Estou caindo de sono. Proponho...

Não chegou a propor deixarem ali o casal de namorados, tomando o rumo de suas casas os dispostos a dormir, mergulhando na escuridão dos becos os caçadores noturnos, porque Barbozinha, a seu lado, aponta para a cidade e pergunta:

— Que é aquela luz ali? Parece fogo.

Não parece, é um fogaréu. Elevam-se labaredas, um clarão se abre no negrume.

—Incêndio! — anuncia Aminthas.

— Onde será?

Também Ascânio se põe de pé, tem o mapa da cidade na cabeça:

— É no Buraco Fundo.

— Ai, meu Deus! — geme dona Carmosina.

No Buraco Fundo moram os mais pobres entre os pobres, os que nada possuem, os mendigos, bêbados sem ocupação, velhos que se arrastam para esmolar um pedaço de pão nas ruas do centro.

— Vamos lá. — Ascânio ajuda Leonora a levantar-se.

Tieta já partira, sem esperar convite. Quando mocinha, estando certa noite nos esconsos da Bacia de Catarina com um caixeiro-viajante, ouvira gritos e percebera a claridade das labaredas. Quando chegaram, porém, ao lugar do incêndio, as chamas terminavam de devorar a casa de dona Paulina, vitimando três dos cinco filhos da viúva, os menores. Incêndio em Agreste é raridade mas quando acontece deixa sempre um saldo de mortes, por falta de qualquer recurso para extinguir o fogo.

Dissolve-se o piquenique, o grupo sai no encalço de Tieta mas ela se distancia, o passo rápido em seguida se transformara em correria. Surgem pessoas nas esquinas, atraídas pelo clarão nos céus.

Tieta é dos primeiros a chegar ao Buraco Fundo, as chamas envolvem uma das casas, por sorte isolada das demais. Alguns populares, moradores do local, cercam uma rapariga gorda que grita e arranca os cabelos:

— Ela vai morrer, ai minha avozinha!

Bafo de Bode, a voz pastosa, as pernas trôpegas, explica que Marina Grossa Tripa, lavadeira de profissão e, se encontra freguês, meretriz de baixo preço, acordada pelo fogo em sua casa, fugira porta afora, esquecendo no quarto dos fundos a velha Miquelina, sua avó. Com a violência do fogo na madeira velha, nas palhas de coqueiro do teto, a anciã, praticamente incapaz de andar, a essas horas deve ter virado torresmo.

Uma vintena de vizinhos e curiosos assiste ao espetáculo da neta aos gritos suplicando que, por caridade, pelo amor de Deus, lhe salvem a avó, sua única parenta. Ninguém se oferece: se a própria Grossa Tripa, a quem cabe obrigação de neta, não é tão louca a ponto de enfrentar o fogo, de penetrar naquele inferno, não serão estranhos que irão fazê-lo. Consolam-na recordando a longa existência da avó Miquelina, de cuja idade se perdera memória. Vivera tempo suficiente para o bom e o ruim, vamos deixá-la descansar. Não paga a pena correr perigo mortal para tentar prolongar-lhe a vida por uns meses, umas semanas, uns dias.

Sem esperar o fim da explicação de Bafo de Bode, indiferente aos argumentos dos vizinhos, Tieta se atira em direção ao fogaréu, não atende a gritos e conselhos. Quando Osnar e Aminthas despontam no imundo canto de rua, ela acaba de desaparecer nas chamas. De toda parte, apressados, afluem homens, mulheres, meninos, pois o sino da igreja está badalando, fúnebres sons de desgraça e morte.

Aumenta o burburinho quando Leonora aparece amparada por Ascânio, seguidos por dona Carmosina que põe a alma pela boca.

— Dona Antonieta está lá dentro...

Ao saber que Tieta invadira o incêndio, Leonora solta-se da mão do namorado, tentando segui-la, mas Aminthas a sustém a tempo. Ascânio, pálido, vem e a toma nos braços.

Rui o telhado, cresce imensa labareda, espalham-se milhares de faíscas crepitantes. Ricardo, descalço e de batina, atravessa o povo a tempo de ver Tieta surgir das chamas, trazendo nos braços o corpo mínimo da velha Miquelina, viva, incólume e furiosa, a praguejar contra a neta desalmada que a abandonara na hora do perigo, te arrenego, maldita! O fogo respeitara o catre onde jazia, esperou que a viessem recolher para, de uma lambida, reduzi-lo a cinzas. Sobem chamas pelo vestido de Tieta e os anelados cabelos exibem uma auréola de fogo, um halo, um resplendor.

Tais foram o espanto e a comoção que os assistentes emudeceram, ficaram parados. Somente Bafo de Bode teve raciocínio e ação. Surgiu com uma lata cheia de água e a despejou sobre Tieta.

DA TROVA POPULAR E DA POESIA ERUDITA

Ao vê-la estendida sobre o lençol, as feias queimaduras, pernas e braços em carne viva, os cabelos chamuscados, Ricardo engoliu o soluço mas não pôde impedir a lágrima. No sal da lágrima havia sabor de orgulho. Quando, obedecendo às ordens do doutor Caio Vilasboas, todos se retiraram para que Tieta pudesse repousar, o sobrinho ficou de sentinela. Ela lhe disse:

— Venha e me dê um beijo.

Se o assunto da luz da Hidrelétrica, cujos fios e postes se aproximavam velozmente da cidade, fizera de Antonieta Esteves Cantarelli cidadã benemérita, figura ímpar entre os filhos de Agreste, o salvamento da velha Miquelina, abandonada no fogo pela neta e lá deixada à espera da morte pelos curiosos aglomerados diante do incêndio, elevara-a à categoria de santa. Entronizada no altar-mor da Matriz, ao lado da Senhora Sant'Ana como previra Modesto Pires, um dos primeiros a visitá-la no dia seguinte.

Os poetas acertam sempre, deles é o dom divinatório. Gregório Eustáquio de Matos Barbosa, o vate De Matos Barbosa, versejador elogiado nas colunas dos jornais da Bahia, reconhecido nos cafés de literatos da capital, apaixonado antigo de Tieta, compôs uma ode em seu louvor, exaltando-lhe a beleza e a coragem, beleza deslumbrante, indômita coragem; em versos de rigor clássico e rimas ricas a comparou àquela guerreira e santa que um dia tomou das armas, salvou a França e enfrentou as chamas da fogueira com um sorriso nos lábios. Joana d'Arc do sertão, assim escreveu, impávida vencedora das trevas e do fogo, desafiando a morte, resgatando a vida.

Por coincidência, também o trovador Claudionor das Virgens, ao inspirar-se no incêndio para compor versos de cordel, canonizara-a em rimas pobres:

>Da neta escutou o rogo
>Trouxe a velhinha nos braços.
>Vinha vestida de fogo:

Pelos dons do coração
Pela beleza dos traços
Santa Tieta do sertão

Durante o dia inteiro, na porta, uma romaria de viventes querendo notícias, mandando recados, abraços, amizade. À cabeceira da cama, ao lado de Leonora, o poeta Barbozinha, o ex-boa pinta, murcho e reumático mas fiel à paixão da mocidade, declamando a ode consagradora. Aos pés do leito, junto a Elisa, o sobrinho Ricardo, robusto e terno, ansiando beijar cada queimadura, pedir perdão dos maus pensamentos, tê-la nos braços. Peto trouxera-lhe uma flor colhida nos matos.

Na cama de casal do doutor Fulgêncio e de dona Eufrosina, na lembrança imperecível de Lucas, ouvindo o rumor do povo na praça a lhe pronunciar o nome, entre o gasto poeta e o ardente seminarista, Tieta, santa pelos dons do coração e pela beleza dos traços, impávida Joana d'Arc do sertão, navega em mar de amor.

QUARTO
EPISÓDIO

DAS FESTAS DE NATAL E ANO-NOVO
OU A MATRIARCA DOS ESTEVES

COM PAPAI NOEL DESCENDO DOS CÉUS EM HELICÓPTERO, POEMAS DE
LOUVAÇÃO E MALDIÇÃO, TE DEUM E FOGUETÓRIO, UM GRITO DE ALERTA
ABALANDO A CIDADE, INSTRUTIVA POLÊMICA NA IMPRENSA SOBRE OS PERIGOS
E VANTAGENS, OS BENEFÍCIOS E MALEFÍCIOS DA INDÚSTRIA DE DIÓXIDO
DE TITÂNIO, QUANDO NO MUNICÍPIO INAUGURAM JORNAIS MURAIS E BOLSA
DE IMÓVEIS E SE FICA SABENDO DA IMPORTÂNCIA DO SOBRENOME
ANTUNES — DOS RITOS DA MORTE E DAS AFLIÇÕES DA VIDA

DE COMO PELA PRIMEIRA VEZ PAPAI NOEL DESCEU
EM AGRESTE

Sentado à mesa de despachos do prefeito, Ascânio Trindade estuda o programa de festejos da inauguração da luz da Hidrelétrica, a ser apresentado à Câmara Municipal para a devida aprovação, em sessão próxima. Cabos e fios devem chegar a Agreste dentro de um mês, mais ou menos, segundo o cálculo dos engenheiros. Ascânio pretende celebração à altura do evento — os postes de Paulo Afonso representam o primeiro, histórico passo do município no caminho de volta à prosperidade. Quem sabe, além dos engenheiros, comparecerá algum diretor da Companhia do Vale do São Francisco, um bam-bambam da política, do governo federal? Primeiro passo também na afirmação pública do jovem administrador, futuro prefeito, subindo o degrau inicial de uma carreira fulgurante. Festa similar àquelas antigas, quando se deslocavam para Agreste caravanas de ricaços e de políticos, vinham autoridades da Capital: discursos, banquetes, bailes, foguetórios, o povo dançando na rua.

Onde buscar dinheiro para tamanha despesa? Vazios, como sempre, os cofres da Prefeitura, Ascânio deve sair mais uma vez rua afora, de lista em punho, a solicitar contribuições. Fazendeiro, criador de cabras, plantador de mandioca e milho, Presidente da Câmara Municipal, indiscutido dono da terra há mais de cinqüenta anos, o coronel Artur de Figueiredo encabeça todas as listas, seguido por Modesto Pires, cidadão rico e praça pública. Únicos donativos dignos de consideração, os demais revelam apenas a pobreza do comércio, a decadência da comuna.

Ascânio, porém, deseja e há de marcar com inesquecíveis comemorações a noite em que a luz ofuscante da Hidrelétrica de Paulo Afonso substituir a mortiça eletricidade do fatigado motor inaugurado por seu avô quando Intendente. Talvez possa, finalmente, em meio à alegria e ao entusiasmo, declarar-se à bela Leonora Cantarelli, pedindo-lhe a mão em casamento, noivo oficial. Des-

de o regresso de Rocinha, quando, no lombo de cavalo, amargou a notícia comunicada por dona Carmosina e digeriu o hímen da paulista, Ascânio vive em permanente exaltação. Calcado o preconceito, reduzido a dormente espinho, a mau pensamento afastado de imediato todas as vezes em que nele reincide, a paixão crescera em incontrolável ternura pela inocente vítima do monstruoso sedutor. Crescera também a intimidade dos namorados, em repetidos e prolongados beijos, na chegada e na despedida. Acendendo o desejo, dando ao amor dimensão nova e maior.

Para a declaração, Ascânio espera contar com a boa vontade da madrasta, de coração abrandado pelas homenagens que lhe serão prestadas na festa. Um dos itens do projeto elaborado por Ascânio manda batizar com o nome da filha pródiga a via de entrada da cidade pela qual chega e parte a marinete de Jairo e por onde ingressarão igualmente os fios do progresso, a Luz de Tieta, na consagração do povo. Denominado Caminho da Lama, desde tempos imemoriais, será a rua dona Antonieta Esteves Cantarelli (cidadã benemérita). A placa já encomendada na Bahia, antes mesmo dos vereadores tomarem conhecimento do plano: existirá alguém tão ingrato a ponto de opor-se? Desta vez, Ascânio não esqueceu o Esteves, exigido por dona Perpétua e pelo Velho, insolente e cheio de si. Mas o dinheiro para o banquete, o baile, a música, as bandeirolas nas ruas, as faixas, os fogos? Para as pedras do calçamento? Quem poderia ajudar o financiamento da festa, concorrendo com os gastos, se por ali aparecesse, seria o doutor Mirko Stefano, empresário interessado em erguer uma grande indústria nas imediações de Mangue Seco, representante legítimo do progresso. Após a conferência onde expôs planos e exibiu plantas, o ilustre paredro ficara de voltar em breves dias. A esperança de Ascânio reside naquela empolgante figura: para o doutor Mirko nada parece ser difícil, lembra um gênio das histórias de mil e uma noites, saído da lâmpada de Aladim. Ah!, se ele se manifestasse de repente...

E eis que de repente ele se manifesta, gênio risonho e todo-poderoso, baixando dos céus em companhia de Papai Noel. A imponente nave sobrevoa a Prefeitura, a Matriz, o jardim: visão alucinante, espantoso barulho, até então desconhecidos aos olhos e ouvidos tacanhos do povo de Agreste.

Sol forte e brisa amena, vinda do mar Atlântico, um dia aprazível, típico do verão sertanejo. A cidade parece adormecida quando, pelo meio da manhã, o ruído surge e cresce, insólito, e Peto atravessa a rua, os olhos postos no alto, reconhecendo e proclamando o helicóptero, máquina nunca enxergada antes em Agreste mas numerosas vezes admirada por Peto nas revistas que dona Carmosina lhe permite folhear na agência dos Correios. Comerciantes aparecem nas portas das lojas. No bar deserto, seu Manuel suspende a desagradável tarefa da lavagem de copos, espia e exclama: que os pariu! Ascânio, interrompido pelo barulho assustador, abandona papel, lápis e devaneio, chega à janela e assiste ao pouso do aparelho no centro da praça, entre a Prefeitura e a Matriz. Padre Mariano, acolitado por beatas que se benzem apavoradas, mostra-se no alto da escada que conduz ao adro.

Do helicóptero, cujos motores continuam a trabalhar, as hélices rodando lentamente para a admiração dos primeiros curiosos abobados, desembarcam o Magnífico Doutor, esportivamente vestido de calça jean e colorida camisa da praia do Havaí, com mulheres sensuais e flores exóticas, e o próprio Papai Noel, o mais belo entre quantos existiram pois quem porta as barbas brancas e enverga a roupa vermelha não é outrem senão a figura eficiente, executiva e excitante da nossa conhecida e tão apreciada Elisabeth Valadares, Bety para os colegas, Bebé para os íntimos. Uma secretária realmente competente é pau para toda obra e em vésperas de Natal se transforma, se necessário, em Papai Noel, sob a direção do inventivo gênio da lâmpada de titânio, o Magnífico Doutor.

Ascânio, ao enxergar helicóptero, Papai Noel e o doutor Mirko indicando ao embasbacado Leôncio a carga no interior do aparelho, não contém um grito de entusiasmo, um sonoro viva! O Magnífico Doutor suspende a vista, acena com as mãos para o Secretário da Prefeitura.

— Fiz questão de trazer pessoalmente os brindes de Natal para as crianças pobres — explica o mago, apertando calorosamente as mãos de Ascânio que desceu a escada de quatro em quatro para receber e saudar os visitantes.

Deixando a cargo de Papai Noel o transbordo de coloridas sacolas do bojo do aparelho para a Prefeitura, gratificante tarefa que o capenga Leôncio executa com surpreendente rapidez, o Magnífico Doutor acompanha o jovem funcionário para dois dedos de conversa. Apenas para lhe dizer que os resultados dos estudos realizados até o momento pelos técnicos e peritos em Mangue Seco são extremamente satisfatórios e positivos.

Apesar de regiões mais ricas, mais bem servidas de vias de comunicação e de conforto, mais bem aparelhadas materialmente, como Valença, no recôncavo, Ilhéus e Itabuna, no sul do Estado, e até mesmo Arembepe, junto à Capital, se encontrarem empenhadas na disputa, oferecendo facilidades de toda ordem para a instalação em seus limites da magna indústria, as preferências dos empresários tendem a inclinar-se para Agreste. O Magnífico Doutor influi nesse sentido, cativo da beleza e do clima, da gentileza da população.

Impressionado, quase comovido, Ascânio bebe-lhe as palavras de bom presságio e pergunta-lhe se ainda é necessário manter o assunto em reserva. Após a descida do helicóptero com a carga de brindes, vai ser difícil, praticamente impossível, esconder a verdade.

Em dia de francês, o Magnífico concorda:

— Alors, mon cher ami... Pode adiantar que existe a perspectiva da instalação no município, nas vizinhanças da praia de Mangue Seco, das duas fábricas integradas da Brastânio — Indústria Brasileira de Titânio S.A. Mais do que perspectivas, possibilidades concretas.

Explica que todavia a decisão final se encontra na dependência de conclusões e acertos:

— Estamos em fase de estudos, com mais de um local à vista, como já lhe disse. As chances de Agreste, porém, são muito grandes. Personnellement, je suis pour... Mas a solução não depende somente de votre serviteur.

Eleva os braços num gesto oratório que lhe enfatiza as palavras grandiloqüentes:

— A presença da Brastânio em Agreste transformará o município em poderoso centro industrial, fervilhante de vida, magnifique!

Ascânio reforça a candidatura de Agreste com a notícia de que daí a alguns dias, um mês no máximo, a eletricidade e a força de Paulo Afonso serão inauguradas, postas a serviço da Brastânio. A Prefeitura tinha intenções de organizar uma festa de arromba, para comemorar os novos tempos, mas a pobreza franciscana do município...

O Magnífico Doutor não o deixou terminar, quis detalhes da festa e concretamente o montante da nota de despesas. Naquela mesma manhã, Ascânio fizera e refizera cálculos, traduziu-os timidamente em contos de réis. Para ele alta soma, ninharia desprezível para doutor Mirko Stefano, cujas verbas de relações-públicas para contatos e providências iniciais, em moeda forte, eram praticamente inesgotáveis. Com um gesto liquidou a preocupação principal de Ascânio: o calçamento da rua, despesa maior e indispensável.

— Deixe comigo, mando calçar a rua. A Brastânio se sentirá honrada em colaborar para o maior brilho dos festejos. Passadas as festas de Natal, estarei aqui de novo. Para uma conversa definitiva, para acertarmos nossos relógios e dar o sinal de partida. Assim espero.

Ascânio não sabe se ele fala da instalação da fábrica ou dos preparativos da festa da luz de Tieta:

— De qual partida?

— Da partida para o progresso e a riqueza de Agreste! — A voz cálida, afirmativa, inspira confiança. — Quanto à inauguração da luz, a Brastânio se responsabiliza pelo calçamento e concorrerá para as demais despesas, participando da alegria do povo do município e eu farei o possível para estar presente. Servir é o supremo objetivo da Brastânio; servir à pátria. Brasil ubber alles — tratando-se de dinheiro, o Magnífico abandona o diplomático idioma francês por línguas mais concretas: o alemão e o inglês. — Auf Wiedersehen. Merry Christmas, my dear.

Cresceu a aglomeração na Praça Desembargador Oliva. Nomeando-se embaixador dos meninos da cidade, Peto aproximou-se do aparelho, puxou conversa com o piloto, sorriu para Bety Papai Noel, veio ajudá-la no desembarque das sacolas. Ao apertá-las, curioso, sente bonecas, automóveis de lata, percebe brinquedos miúdos para crianças pequenas, desinteressa-se — em breve cumprirá treze anos, será um rapaz e Osnar o levará à primeira caçada.

Da porta da Prefeitura, ao lado de Ascânio, o Magnífico Doutor contempla as velhas casas da Praça, a gente pobre reunida no assombro do helicóptero, pronuncia:

— Amanhã, com a Brastânio, aqui se erguerão arranha-céus!

Baba-se Ascânio, santas palavras, que os anjos digam amém, é quanto deseja. Não resiste, transforma o aperto de mão em cordial e grato abraço:

— Muito obrigado, doutor. Fico à espera.

— Imediatamente após as festas de fim de ano.

Antes de reentrar no helicóptero, Papai Noel acolhe de encontro ao peito o indócil representante das crianças pobres, nem tão criança nem tão pobre, beija-o na face. Lábios macios e quentes, perfumado hálito, gostosura! Peto retribui-lhe os beijos, achega-se mais, sente o volume do busto, os seios soltos sob a túnica vermelha de cetim.

O bojo do aparelho está repleto de sacolas idênticas às que ficaram na sala do andar térreo da Prefeitura, onde se reúne o Conselho Municipal quando raramente o coronel Artur da Tapitanga o convoca, sempre a pedido de Ascânio, um formalista. Reuniões inúteis, nas quais os edis aprovam por aclamação o que o coronel decidiu, exatamente como o faz o Parlamento Nacional em relação aos projetos do Executivo.

As hélices ganham velocidade, eleva-se a nave, ruma em direção ao mar. O Magnífico Doutor prossegue a viagem natalina, levando para Valença, Ilhéus e Itabuna, em nome da Brastânio, Papai Noel, sacolas e promessas de futuro grandioso. Não irá, no entanto, a Arembepe. Para cada local e ocasião, uma estratégia.

DO CONTEÚDO DAS SACOLAS, CAPÍTULO NO QUAL A BRASTÂNIO COLOCA JESUS A SEU SERVIÇO

Meia centena de sacolas de papel, com as cores e a insígnia — Ordem e Progresso — da bandeira brasileira, contadas e acumuladas na sala de reuniões do Conselho Municipal; separadas em dois grupos de vinte e cinco. No primeiro, destinado às meninas, predomina a cor amarela e cada sacola contém uma pequena boneca de plástico, um fogãozinho de lata, duas bolas de ar, um saco de balas, uma língua-de-sogra, um reco-reco de madeira. Nas outras, a cor dominante é o verde; a boneca e o fogão foram substituídos por um automovelzinho (de plástico) e uma cornetinha (de lata). Em todas as cinqüenta, idêntica estampa com a efígie de Jesus de um lado, e do outro uma inscrição onde se lê em caracteres dourados: *Deixai vir a mim as criancinhas. Oferta da Brastânio — Indústria Brasileira de Titânio S.A., uma empresa a serviço do Brasil.*

Peto, perdidas as últimas ilusões, abandona a Prefeitura:

334

— Que zorra! Um lixo...

Em compensação, Leôncio freme de entusiasmo:

— Viva Deus! Sete mimos em cada saco, que fartura! Vou querer para meus três netos, as duas meninas e o menino. Não me falte, por favor, doutor Ascânio.

Ascânio concede as três sacolas ao ex-soldado e ex-cangaceiro, fiel auxiliar da Prefeitura, salário-mínimo nem sempre pago em dia. Naquela hora alegre e luminosa não pode negar-se a nenhum pedido, estando ele próprio cumulado, tendo recebido de uma vez e inesperadamente tantas mercês.

O Natal das crianças pobres. A solução do problema a afligi-lo, o financiamento da festa de inauguração da luz da Hidrelétrica: a benemérita Brastânio paga tudo, calçamento e bandeirolas, foguetes e música e o doutor Mirko Stefano honrará a cidade com sua presença. Mais ainda, porém, excitam-no as notícias sobre as perspectivas da instalação em Agreste da monumental indústria: o doutor praticamente garantiu o feliz resultado dos estudos. Nem Itabuna, nem Ilhéus, nem Valença, nem Arembepe...

Ascânio fica em dúvida: teria o doutor Mirko citado Arembepe entre os locais possíveis? Guarda a impressão de haver escutado o nome da praia famosa, atração turística internacional, apesar de não chegar aos pés de Mangue Seco. Mas não tem certeza pois, ao repetir o nome das cidades concorrentes, o magnata os reduzira às duas do sul do Estado e à terceira, do recôncavo. Enfim, não importa, pois as preferências dos responsáveis pela Empresa fixam-se em Agreste.

Para fechar sua visita com chave de ouro o doutor Mirko liberara Ascânio da obrigação de sigilo: pode comunicar a boa nova ao povo. Ele o fará durante a distribuição dos brindes de Natal.

Mentir não é o forte de Ascânio Trindade, não sabe fazê-lo, comete indiscrições, escapam-lhe detalhes, revela pistas. Assim aconteceu no discurso pronunciado na Praça do Curtume (retificando em tempo: Praça Modesto Pires) quando levianamente anunciara para breve grandes novidades, dando a entender a existência de projeto muito mais considerável do que simples empreendimento turístico, fazendo referência, imagine-se!, a pólo industrial. A maioria não maliciou mas alguns ficaram de orelha em pé. Osnar o interpelara no caminho do rio:

— Que conversa é essa, Capitão Ascânio, de pólo industrial? Nessa história tem gato escondido...

De braço com Leonora, fugira à pergunta com uma pilhéria:

— Com o rabo de fora... Adivinhe, se puder.

Ao coronel Artur de Figueiredo, por motivos óbvios — mandachuva, prefeito em exercício, além de padrinho e protetor — expusera em detalhes a conversa anterior com o *grande empresário*, planos e plantas. Fora à fazenda Tapitanga a propósito. Mas o coronel anda meio broco, já não se interessa por nada tirante terras e cabras. Considerara o projeto pura maluquice, se não fosse pior, tenebroso plano de vigarista:

— Grande empresário, meu filho? Esse tipo não passa de um gatuno. Só que ele não sabe que é mais fácil tirar leite do saco de um bode do que arranjar verba em Agreste. Tomou o bonde errado. Ladrão e doido.

Discutir com o padrinho? Inútil, não o convenceria. Mas agora ali estavam os brindes, cinqüenta sacolas contendo brinquedos para as crianças pobres, o coronel terá de render-se à evidência. Grande empresário, sim. Nem maluco nem vigarista, representante de imensos capitais, falando em nome da Brastânio, indústria para a produção de dióxido de titânio, básica para o desenvolvimento nacional. Situada em Agreste, cujo prefeito é o dinâmico e competente Ascânio Trindade. Se ainda não é, será, assim que haja eleição, cuja data o Tribunal Eleitoral do Estado deve marcar em breve.

Faz-se absolutamente necessário assinalar com solenidade significativa a entrega dos brindes, a dádiva da Empresa. Ascânio decide constituir uma comissão de senhoras e senhoritas gradas para a comovente cerimônia da distribuição, na véspera de Natal, daí a dois dias. Vai ser um sucesso, um Natal inesquecível, graças à Brastânio. Sorri sozinho, imaginando Leonora, fada a repartir brinquedos e alegria entre a meninada.

Convocará Barbozinha para agradecer em nome das crianças aos generosos industriais da Brastânio. Nessas ocasiões ninguém o iguala, sabe como atingir o coração dos ouvintes, arrancando lágrimas e aplausos. Também ele, Ascânio, dirá umas palavras: para anunciar aos povos o começo de uma nova era para Sant'Ana do Agreste — a era da Brastânio e — por que não? — de Ascânio Trindade. Sim, Leonora, de Ascânio Trindade, não mais um pobretão, reles funcionário municipal pouco acima de Leôncio, igual a Lindolfo. Um administrador, um político, um estadista. Merecedor de tua mão de esposa. Calca o espinho aos pés: a virgindade não passa de tolo preconceito. Uma jovem viúva, paulista, bela e rica.

Deixa as sacolas sob a guarda de Leôncio, duplamente feroz, jagunço e praça de pré. Dirige-se à casa de dona Perpétua, para comunicar a chegada dos brindes a Leonora e a dona Antonieta, esta última ainda recolhida ao leito onde as queimaduras cicatrizam sob a terna vigilância do sobrinho seminarista, um menino de ouro.

DE COMO O VATE DE MATOS BARBOSA COMPÕE E DECLAMA UM POEMA QUE NÃO É OUVIDO EM RAZÃO DO EXAGERADO SUCESSO DA FESTA ONDE FORAM DISTRIBUÍDOS OS BRINDES DA BRASTÂNIO ÀS CRIANÇAS POBRES, CAPÍTULO POR ISSO MESMO AGITADO E CONFUSO, COM DONA EDNA EM PLENA AÇÃO

A verdade deve ser dita e proclamada: a distribuição dos brinquedos superou todas as previsões; mais do que animado rebuliço de moças e senhoras, de crianças felizes, foi um deus-nos-acuda, um pandemônio, desbordando de todos os limites da ordem e da boa educação.

Em Agreste, terra falta de recursos e de distrações, qualquer cerimônia, de missa a enterro, congrega o povo ávido de entretenimento. A notícia da chegada dos brindes na máquina-voadora, conduzidos por Papai Noel em pessoa, correu mundo. Assim, na manhã da véspera de Natal, a carantonha e a fama de valentia de Leôncio não conseguem conter a massa infanto-juvenil, comandada por adultos, na maioria do sexo feminino, reunida em frente à Prefeitura, cuja porta de entrada ele mantém fechada à chave.

Nem mesmo Ascânio Trindade, conhecedor, por ofício e devotamento, dos problemas e realidades do município, jamais imaginara existissem tantas crianças em Agreste. Ao que se vê, todas paupérrimas, pois até os filhos de Agostinho Pão Dormido, dono da padaria, apatacado cidadão, candidataram-se aos regalos da Brastânio: um menino e uma menina, gordos, bem alimentados, nos trinques. Encontram-se entre os primeiros da fila mandada organizar por Ascânio, ali deixados pela mãe, dona Dulcinéia Broa Azeda. Fila interminável a desfazer-se e refazer-se, não pára de chegar gente. A molecada corre, grita, levanta poeira, rola no chão, uma bagunça generalizada.

— Que esporro medonho! — comprova Aminthas, espiando da porta do bar, o taco na mão. — Não vai ajudar, Osnar? Ascânio pediu...

— Desatino só cometo por causa de mulher. Vá você, se quiser. — Osnar passa giz no taco, admirando-se da inesperada presença de Peto que chega e se acomoda numa cadeira, disposto a acompanhar a partida de bilhar. — Por aqui, Sargento Peto? Pensei que você fosse o número um da fila...

— Para ganhar aqueles bagulhos? Eu, hein? Fico na minha, pô! — Tendo feito tão longo discurso, estendeu os gambitos, chamou seu Manuel, ordenou uma Coca-Cola na conta de Osnar.

Na sala da Prefeitura, desfalcada da insubstituível dona Carmosina, presa ao leito com um resfriado fortíssimo, febre, dor de cabeça, tosse e catarro, a numerosa e galharda comissão de honra coloca-se sob o comando de dona Milu e entrega-se afobada à tarefa de dividir o conteúdo das sacolas para atender ao maior número possível de crianças.

Alguns rapazes ajudam, vieram acompanhando namoradas; entre eles o filho de seu Edmundo Ribeiro, coletor, o jovem Leléu de quem já se teve notícia anterior e venérea. Universitário, segundanista de Economia, magricela, prafrentex, cabeludo, no rigor da moda, calça Lee desbotada, camisa aberta, as fraldas fora das calças, as mangas arregaçadas, a barba por fazer, é o ai-jesus das moças, não chega para as encomendas. Seixas também está presente, combóia um batalhão de primas.

— Nem assim vai dar... — declara Elisa, voltando da janela de onde fez um balanço da situação, calculando o número de crianças.

Elisa e Leonora, elegantíssimas, são as duas estrelas da comissão, formosuras que se completam e se opõem, a loira paulista, filha de imigrantes italianos, a morena sertaneja, brasileira de muitas gerações e muitos sangues misturados. Os olhos ladinos de Leléu pousam numa e noutra, a compará-las. Ambas lhe apetecem, mas têm dono: uma é esposa séria de comerciante ainda moço, a outra namora o secretário da Prefeitura, uma lástima. Ao desviar o olhar, encontra o de dona Edna a fitá-lo, dolente, derramado em sombra e insistência. Leléu responde ao sorriso, dona Edna se aproxima, seguida de Terto, que não parece ser seu marido mas com ela casou no juiz e no padre.

Entra na sala padre Mariano, veio benzer os brindes. Vavá Muriçoca, sacristão idoso e ranheta, carrega o repositório de água benta e o aspersório, enquanto Ricardo, de sobrepeliz branca debruada de vermelho, conduz o turíbulo e o incenso. Dona Edna vacila. Primeiro a devoção, depois a diversão: dirige-se ao padre, beija-lhe a mão, devora Ricardo com os olhos. Ai que o amoreco não afasta a vista, como antes! Pela primeira vez enfrenta o cúpido olhar e mira o rosto da oferecida, sorrindo levemente ao dizer bom dia, dona Edna. Anjo sem mácula mas homem feito. Bom dia, meu coroinha. Ai, quem lhe dera as primícias!

Tendo cumprido a devoção, dona Edna ruma para Leléu que busca conquistar as graças do marido Terto. Tolo, não há necessidade de amaciar-lhe os cornos.

Ante a declaração de Elisa, logo confirmada por Seixas, dona Milu, após breve conferência com Ascânio, ordena sejam todos os brinquedos retirados das sacolas, acumulados atrás da mesa da presidência do Conselho Municipal, em cujos lados são dispostas as cadeiras de espaldar dos vereadores, formando uma espécie de barricada a defender os brindes e as senhoras e moças encarregadas da distribuição. Cada criança receberá um presente.

— Nada de proteção! — recomenda Ascânio Trindade, meio a sério, meio em brincadeira.

Dona Milu não ri, dá ordens:

— Boneca, automóvel, corneta, fogão e reco-reco só para os necessitados. A fila está cheia de filhos de gente que não precisa, uma vergonha. Para esses, uma bola de ar ou um queimado, e olhe lá! Estão aqui porque os pais não têm brio na cara.

Para que não haja dúvidas, exemplifica:

— Está ouvindo, Dulcinéia? Teus filhos estão na fila, como se a padaria não desse dinheiro. Teu irmão também, Georgina, um moleque grande daqueles. Só quero ver.

Apenas Leôncio destranca a porta e permite a entrada, a fila se desfaz, a meninada avança em bloco, mães e pais postam-se diante da mesa de mãos estendidas, empurram as cadeiras.

A poder de gritos e de alguns puxões de orelha, padre Mariano contém a avalancha durante os minutos necessários à cerimônia da bênção. Ao terminar, ainda tenta cometer pequeno sermão mas desiste diante da gritaria e da balbúrdia que, de imediato, se estabelecem. Padre Mariano, Vavá Muriçoca e Ricardo são envolvidos pela leva de candidatos aos donativos da Brastânio. Indiferente aos brindes mas amiga da confusão, dona Edna se aproveita e, em meio à água benta e ao incenso, consegue ao mesmo tempo apertar a mão de Leléu em doce promessa e roçar a bunda na batina de Ricardo, façanha limitada, porém divertida e grata.

Torna-se impossível qualquer espécie de controle, fracassam as tentativas de distribuir bonecas e fogões às meninas, automóveis e cornetas aos meninos, bolas de ar e caramelos aos filhos de gente endinheirada. Um tumulto, um motim: a comissão imprensada contra a parede, as cadeiras derrubadas, mãos maternas arrancando os brindes. A donzela Cinira tem uma tontura e desmaia, Elisa sai à procura de um copo com água. Falta de homem, diagnostica dona Milu desistindo de distribuir brindes para aplicar beliscões e cascudos nos moleques mais ousados.

Desaparece rapidamente o monte de brinquedos. Os retardatários recebem tão-somente a estampa colorida com a efígie de Jesus e a frase de oferenda da Brastânio.

Na rua, estouram discussões entre mães e pais, duas mulheres do Buraco Fundo se agarram pelos cabelos, crianças se batem entre choros e xingos. Vencidas, arrasadas, desfeitos os penteados, amarrotados os vestidos, senhoras e moças da comissão de honra ameaçam chiliques. Dona Dulcinéia retirou-se às pressas, após entregar aos filhos corneta, boneca, fogão e automóvel, levando ela própria reco-reco e língua-de-sogra, balas para o marido; para isso aceitou participar da comissão, dona Milu que vá pregar sermão em outra freguesia. Georgina afoga os soluços no lenço, o irmão a ameaçara: vou contar a papai que você não quis me dar nem o automóvel nem a corneta, sua burra.

Em meio à barulheira dessa algazarra festiva e rude, do intolerável som de vinte abjetas cornetas de lata, o vate Barbozinha, na tribuna do conselho, declama o poema composto especialmente para a ocasião, comovente, bíblico e louvaminheiro. Em vão Ascânio, Seixas, Leléu e outros rapazes reclamam silêncio. Também Leonora e Elisa, duas formosuras raras, erguem as vozes e suplicam, por favor, um minuto de atenção. Do poema, ali pouco ou nada se pôde ouvir, para tristeza do bardo insigne que passara dois dias e duas noites escolhendo rimas, contando sílabas e buscando informações sobre dióxido de titânio.

— Me diga, mestre Ascânio, que diabo é isso?

O que fosse, exatamente, tampouco Ascânio o sabia. Importante, importantíssimo produto, cuja fabricação vai significar grande economia de divisas ao país, passo fundamental para o desenvolvimento pátrio. Em que consiste, porém, disso não tem a mais mínima idéia, confessara um tanto encabulado.

Ascânio resolve adiar para melhor ocasião o discurso anunciando aos povos a nova era: os povos, em bulha e correria, se retiram com os brindes, desinteressados de poesia e oratória. Mulheres pobres com os filhos escanchados nas ancas, homens mal vestidos levando crianças pela mão, molecotes soltos nas esquinas, rapidamente a multidão se desfaz. Largadas nos caminhos, atiradas fora, as estampas com a efígie de Jesus, a frase do Novo Testamento e o nome da Brastânio. Não possuem valor de compra e troca.

Tendo Bafo de Bode pedido um brinde ou um trago de cachaça a Leôncio, este lhe ofertou uma estampa, único brinde a sobrar.

— Por que não oferece à senhora sua mãe? — perguntou o mendigo, ofendido.

O capenga Leôncio considera a festa um sucesso sem exemplo e a Brastânio organização digna dos maiores elogios. Único a receber sacola íntegra — não uma, três e com antecedência, sem empurrões nem briga — ainda conseguira surrupiar uma corneta que termina dando a Bafo de Bode para se ver livre dele.

Pequena corneta de lata, vagabunda mas barulhenta. Bafo de Bode desce a rua a soprá-la, produzindo um som incômodo, arrepiante, medonho. Com ele obtém o silêncio necessário para perguntar aos povos onde Terto irá pendurar os novos chifres se já não tem lugar no corpo que não esteja ocupado. Resta-lhe enfiá-los no cu, são chifres de menino, maneiros, não doem. O que diz Bafo de Bode, podre de bêbado, não se repete, muito menos se escreve.

ONDE FINALMENTE BARBOZINHA DECLAMA COMO DEVIDO SEU POEMA E ASCÂNIO TRINDADE LANÇA PROCLAMAÇÃO AOS POVOS DE SANT'ANA DO AGRESTE

Soldados de derrotado regimento da caridade, batendo em retirada, atravessaram a praça e refugiaram-se em casa de Perpétua, onde, na varanda, estendida na rede, Tieta convalesce. Animada curriola, repartida entre a indignação e o riso, ainda sob o comando de dona Milu, demissionária:

— Ai, Tieta, minha filha, não tenho físico para agüentar uma tareia dessas. Para outra igual, Ascânio não conta comigo.

Arrastam cadeiras, colocam-se em torno à rede. Tieta reclama detalhes, enquanto beija a mão de padre Mariano e se regala a admirar Ricardo, ainda de sobrepeliz branca, levita do santuário. O reverendo veio apenas dizer-lhe bom dia mas aceita um copo de suco de cajá antes de retornar à igreja, arrastando consigo o seminarista. Tieta prende um suspiro, sócia de Deus, cada qual com seus horários.

Elisa, mancando, vai à cozinha preparar um cafezinho bem forte para o ofendido Barbozinha. A pequena Araci equilibra nos braços magros pesada bandeja com copos de sucos de frutas: de manga, de mangaba, de cajá, de umbu. As primas de Seixas espiam para o interior da casa onde penetram pela primeira vez, desejando bispar o máximo. Cutucam-se, maliciosas, envesgam os olhos para a rede onde as carnes rijas de Tieta se exibem no decote e no abandono do negligê de náilon, amarelo com rendas brancas, o fino.

Perpétua escolta o padre até à porta da rua. De regresso, elogia o gesto dos industriais, a valiosa oferta de brindes de Natal às crianças da cidade. Tentara convencer Peto a entrar na fila mas o peralta sumiu de suas vistas. Da janela, espiara o movimento, condena a má-educação do povo.

— Essa gentinha não merece a caridade de ninguém. Então, os homens mandam um avião de presentes e o resultado é essa vergonheira... Até dá nojo.

Tieta toma a defesa do povo de Agreste, humanidade sofrida, condenada à miséria, cujos filhos não conhecem outros brinquedos além de bruxas de pano e caminhões feitos com restos de madeira, tampas de cerveja no lugar das rodas.

— Eles são pacientes demais.

Dividem-se as opiniões, a discussão ameaça pegar fogo, a atmosfera guerreira da Prefeitura invade a pacífica varanda da mansão onde as paulistas se hospedam. Seixas, por uma vez exaltado, a favor de Tieta, defendendo o direito dos pobres à revolta. Elisa, exibindo o pé inchado, conseqüência do pisão de potente lavadeira disposta a obter bonecas e cornetas para os oito filhos, não encontra desculpas, nem para a má-educação do zé-povinho nem para a ausência da malta do bilhar.

Não se refere a Astério, de plantão na loja, sem poder abandonar o balcão, na véspera de Natal sempre se vende alguma coisa. Mas Osnar, Aminthas, Fidélio, eles e outros, deixaram-se ficar no botequim, de taco e giz na mão, em vez de atender ao pedido de Ascânio comparecendo à Prefeitura para ajudá-las a conter as feras, porque não passam de feras...

Presidente da Comissão de Honra, dona Milu devia ser a mais indignada, a primeira a condenar a grosseria geral. Muito ao contrário, defende os canibais:

— Feras coisa nenhuma! Pobres, somente pobres e nada mais. Brigando, se atropelando por uma bonequinha de plástico que não vale dez réis de mel coado, por uma corneta de latão, para dar aos pobrezinhos dos meninos. Por falar nisso, que idéia péssima, essa de oferecer cornetas... Não podiam escolher outra pinóia qualquer?

Observação com a qual todos estão de acordo; o vibrante concerto de cornetas, tantas e tão estridentes, sopradas em conjunto, fora o pior da festa. Dona Milu volta-se para o poeta que ainda não abriu a boca:

— Tenho de ir embora, deixei Carmô na cama, com febre; quando se resfria fica enjoada como ela só, vira um alfenim. Mas antes quero ouvir os versos de Barbozinha. Lá não deu jeito. Por causa das cornetas.

Em geral, o vate não se faz de rogado para declamar seus poemas mas está de calundu, a vaidade ferida com a falta de respeito de seus concidadãos; pede desculpas, mas... Tieta intervém:

— É claro que você vai dizer a poesia, não guarde agravo. De qualquer maneira tinha de recitar para mim que não pude ir, não é mesmo? — os olhos marotos postos em Barbozinha. — Então, meu velho? Estamos esperando, lasque o verbo...

Barbozinha obedece. Amoroso trovador, submisso às ordens de sua musa, põe-se de pé, retira do bolso de dentro do paletó duas folhas de papel, caprichada caligrafia, sonoros alexandrinos. Pigarreia, solicita um gole de pinga para lavar a garganta, Araci corre a buscar. O poeta emborca a cachaça, estala a língua, estende a mão e desfralda a voz.

Arauto da boa nova, anuncia o nascimento de Cristo, pobre e nu, na manjedoura em Belém. Que venham as crianças de Agreste, todas, sem exceção de nenhuma, participar da alegria universal, pois à infância pertence essa festa de Natal por decisão da benemérita Brastânio, cujos proprietários, nobres e magnânimos construtores da pátria grandiosa e justa, atiram braçadas de brindes valiosos no regaço da pobreza, transmudando as lágrimas das crianças desprovidas em risos álacres, em pipilar de pássaros, em gorjeio de aves felizes.

Buscara inspiração na Bíblia e na beleza do chão, do rio, do mar; molhara a pena nos profundos sentimentos de solidariedade humana. Assim iluminou obscuros lares com estrelas-d'alva, comparou os diretores da Brastânio a novos Reis Magos descobrindo os ásperos caminhos de Agreste, trazendo, nas mãos de bondade, ouro, mirra e incenso. Rimou a pobreza do povo com a grandeza nacional, o infeliz menino dos outeiros de Agreste com o infante divino, rei da Judéia, rimou titânio com Ascânio. Ascânio Trindade, capitão da aurora, a romper os muros do atraso, a abrir as comportas do progresso.

Leonora, empolgada, ergue-se em aplausos, os demais a acompanham: palmas e exclamações entusiásticas. Triunfo completo a compensar a decepção anterior.

— Chegue aqui, quero te dar um beijo! — exige Tieta e beija o vate na face maltratada, imprimindo-lhe nas rugas a marca dos lábios, em batom cor de vinho.

— Bravos, Barbozinha, gostei muito. Merecido, esse elogio a Ascânio — considera dona Milu. — Ascânio não desanima e se um dia Agreste voltar a valer alguma coisa, a ele se deve. A ele e a você, Tieta. Foi você chegar e tudo mudou: foi como um clarão nos iluminando. Não falo da eletricidade de Paulo Afonso, falo de qualquer coisa que eu mesma não sei explicar, não passo de uma velha boboca. Uma coisa que a gente não vê, não toca mas existe, uma luz que veio com você, minha filha, Deus lhe abençoe.

Aproxima-se da rede e beija Tieta com carinho maternal. Despede-se:

— Vou embora, Carmô deve estar sobre brasas, vai me dizer muitas e boas. Com razão.

Ascânio pede-lhe mais um minuto, um minuto apenas, por favor. Pondo-se também de pé, faz sua proclamação aos povos, anuncia a nova era, a era da Brastânio. Não acrescentou seu nome ao da grande indústria de dióxido de titânio, por desnecessário. Merecendo apoio e aplauso de dona Milu, já o fizera De Matos Barbosa em versos que Leonora decorou e repete baixinho, entreabertos os lábios de carmim.

TEU PARAÍSO, POETA, ESTÁ AMEAÇADO!, CAPÍTULO ONDE A BOMBA EXPLODE

A crônica de autoria de Giovanni Guimarães explodiu em Agreste no dia seguinte ao Natal. Bomba de retardamento, pois o número de *A Tarde* em que foi publicada datava de três dias atrás, da antevéspera de Natal, quando o vate Barbozinha não havia ainda cometido seu poema para a festa das crianças pobres.

A culpa cabe por inteiro à gripe que, retendo dona Carmosina febril sob os cobertores do leito, em suadouro, não apenas desfalcou a Comissão de Honra da dita festa, como impediu o comparecimento da exemplar funcionária à agência dos Correios em dia de distribuição de correspondência. Substituiu-a dona Milu, cansada da maratona da manhã na Prefeitura, com pressa de voltar para junto da filha enferma. Entregou as poucas cartas àquelas pessoas que acorreram após a chegada da marinete, naquele dia atrasadíssima, deixou o resto, inclusive os jornais, para distribuir após o feriado.

A Tarde possuía cinco assinantes em Agreste mas o pacote continha sempre seis exemplares, sendo o sexto destinado a dona Carmosina Sluizer da Consolação, representante do jornal no município. Todos os seis ficaram na Agência, atados com um barbante, como chegaram. Dona Carmosina se encontrava de tal maneira tomada pela gripe a ponto de não se interessar sequer pelos acontecimentos da festa na Prefeitura, quanto mais pela cansativa leitura dos jornais.

Amanheceu melhor no dia de Natal, sem febre mas ainda fraca, o corpo pedindo cama e repouso, dormiu quase toda a manhã. À tarde, recebeu a visita de Tieta e Leonora, acompanhadas do comandante Dário e dona Laura, além de Ricardo, que ostentava no dedo largo anel de ouro, com uma pedra de jade, de raro verde-escuro, oval e lisa, peça de valor.

Tieta saía de casa pela primeira vez após a noite do incêndio. Algumas marcas das queimaduras, vermelhas, desagradáveis de ver-se, resistiam às pomadas e ungüentos. Outra, que não fosse ela, esperaria a cicatrização completa antes de exibir-se em público, mas Tieta já não suporta permanecer em casa, deitada na rede, sobretudo em dia festivo.

Na véspera organizara uma ceia à maneira do Sul para a família e os amigos, após a missa do galo. Vieram Barbozinha, Ascânio Trindade, padre Mariano, Osnar, Aminthas e Fidélio. Seixas tinha compromisso com as primas. O Comandante e dona Laura tampouco puderam comparecer. Todos os anos, desde que voltou a Agreste, o Comandante promove na véspera de Natal uma festa para os pescadores de Mangue Seco: a população não chega a quarenta pessoas, contando homens, mulheres e crianças. Reúnem-se todos numa espécie de bródio comunal que se prolonga em animado arrasta-pé. Modesto Pires contribui para os gastos mas não participa da comilança, vai à missa do galo no arraial do Saco. Em compensação, a filha Marta e o genro Pedro confraternizam com os pescadores. Por esse motivo o Comandante não aceitou o convite, prometendo, porém, vir com a esposa para Agreste na manhã do dia de Natal, a tempo de saborear, no almoço, em casa de Perpétua, os restos do peru, as sobras da ceia. Nem isso Carmosina e dona Milu podem fazer; o máximo que Carmosina se permite é deixar o leito, estender-se na espreguiçadeira.

Tieta, precavida, trouxera de São Paulo pequenos presentes de Natal para a família mas, além disso, agradecida pela forma como a receberam e tratam, deu dinheiro a Zé Esteves e Tonha, a Astério e Elisa e cadernetas de poupança a Ricardo e Peto, abertas em nome dos sobrinhos em banco de São Paulo. Ademais, a Ricardo, pela inestimável ajuda que lhe está prestando na construção do Curral do Bode Inácio, ofertou aquele anel, jóia do acervo do finado

Comendador Felipe. As mãos carregadas, chegam, ela e Leonora, à casa de dona Milu.

— Mais presentes? Não se contenta com os que nos trouxe de São Paulo? — dona Milu abana a cabeça ao receber o leque japonês. — Você não toma jeito, Tieta.

— Até melhorei da gripe... — declara, animada, dona Carmosina admirando o broche de fantasia, vistoso.

Não se demoram. Leonora tem encontro marcado com Ascânio, vão à matinê, e dona Carmosina, o rosto abatido, a voz rouca, ainda não está em condições de prosa longa.

— Volte para a cama — ordena Tieta. — E não pense em sair amanhã. Se quiser, eu fico de plantão no correio.

O Comandante propõe uma comissão de pelo menos cinco pessoas para assumir a responsabilidade de substituir a boa Carmosina:

— Uma só não chega...

— Não é necessário ninguém; amanhã é dia de pouco movimento, só tem mala depois de amanhã. Mãe dá um pulo lá, não precisa mais.

No dia seguinte, depois do almoço, dona Milu foi entregar o resto da correspondência e os jornais, demorou-se a ver se aparecia alguém com cartas a enviar, matando o tempo a conversar com Osnar e Aminthas até por volta das quatro horas, quando fechou a porta e, levando consigo o exemplar de *A Tarde*, voltou para casa. Quem por acaso precisasse enviar telegrama, sabia onde encontrar a agente dos Correios e Telégrafos.

Bem mais disposta mas ainda guardando o leito, dona Carmosina ajeita os travesseiros, pondo-se cômoda para a leitura da gazeta. Relanceia os olhos pelos títulos da primeira página, reportagem sobre a carestia da vida, as dificuldades da população praticamente impedida de comemorar o Natal devido à alta dos preços. Não somente das castanhas, das avelãs, das nozes, das amêndoas, do queijo de cuia, do bacalhau; também do feijão, do arroz, da carne-seca, tudo pela hora da morte. Virando a folha, na página nobre de *A Tarde*, a do editorial, dos tópicos, das crônicas e artigos importantes, matéria de sua especial predileção: a coluna diária de Giovanni Guimarães. Ao ver de dona Carmosina, ninguém supera esse cronista na graça do comentário galhofeiro ou no ferrete da crítica aguda às mazelas da sociedade de consumo.

Bate os olhos miúdos no título da matéria e o que vê? Carta ao poeta De Matos Barbosa, em letras negras e gordas, encimando as duas colunas em grifo, assinadas por Giovanni. O rosto da enferma se ilumina, exclama: oba! Mas a alegria de ver o nome do amigo no alto da página transforma-se em agitada agonia apenas lê a primeira linha da crônica: *Teu paraíso, poeta, está ameaçado!*

DO GRITO DE ALERTA,
CAPÍTULO ONDE SE RESUME A FAMOSA CRÔNICA

Em capítulo anterior, o nome de Giovanni Guimarães foi referido na condição de amigo do poeta Barbozinha, parceiro de boemia, de vida airada nos castelos e nos cafés de subliteratos, sem que houvesse no entanto alusão às qualidades e ao conceito do foliculário, redator de *A Tarde* desde os tempos distantes de calouro na faculdade de Medicina, assinando há vários anos na popular gazeta da capital baiana, quotidiana e quase sempre risonha coluna, muito lida e apreciada. Por vezes, o tema tratado levava o articulista sem maldade mas enfurecido a trocar a leveza e a graça do comentário pela áspera denúncia das injustiças sociais, substituindo o sorriso trocista e bonachão por impetuosa ira. Quando apontava violências e dizia da opressão e da miséria.

Teu paraíso, poeta, está ameaçado! Com essa frase de advertência, o articulista inicia a dramática missiva dirigida ao *poeta e cidadão do município de Sant'Ana do Agreste, Gregório Eustáquio de Matos Barbosa.* Dona Carmosina tenta adivinhar: o que será, meu Deus? Recorda a gostosa gargalhada do jornalista, ecoando na agência dos Correios quando visitara Agreste. Homem mais alegre, logo amigo de todos, sobretudo de Osnar.

No começo da crônica, Giovanni Guimarães reporta-se exatamente à visita a Agreste, havia alguns anos, a convite do poeta que *ao aposentar-se de função pública exercida com exemplar dedicação na Prefeitura de Salvador, abandonara a vida agitada da capital, os hábitos notívagos de boêmio, os círculos*

literários, retornando aos ares saudáveis, ao clima admirável do torrão natal.
Recorda os dias, poucos, porém felizes, de permanência na *bucólica cidadezi-*
nha, reino feliz da paz, recanto idílico e os passeios no rio, o banho na Bacia de
Catarina, as idas à praia de Mangue Seco, *obra-prima da natureza, paisagem do*
começo do mundo, única e incomparável. Em companhia de Barbozinha, cicerone perfeito, Giovanni pudera conhecer e desfrutar as delícias desse *paraíso na*
terra, éden de beleza e harmonia, onde o homem — *em que pese a língua ferina*
das beatas — *ainda é o próximo do homem.*

Durante a curta estada em Agreste, escandalizava as beatas fazendo, no
adro da igreja, na hora da bênção, o elogio do pecado e do inferno, repleto de
mulheres belas e dadivosas, enquanto o céu não passa de uma chatice eterna
de santos barbudos e hinos monótonos. Mas, nem mesmo as velhas xeretas
resistiam ao riso comunicativo, ao calor humano que se desprendia do estrói-
na, riam com ele. O único céu onde vale a pena viver é Agreste, paraíso na terra, concluía. Ali, ao respirar aquele ar fino e puro, sentia-se rejuvenescer, limpos os pulmões e o coração. Um pândego, cutucavam-se as comadres.

Pois bem: *Teu paraíso está ameaçado de morte, poeta, a Magra busca instalar-*
-se nas águas do rio Real, nas ondas de Mangue Seco, corveja sobre campos e dunas.
Para transformar o diáfano céu azul em poluída mancha negra, para envenenar
as águas, matar os peixes e os pássaros, reduzir os pescadores à miséria, substituir a
saúde por enfermidades novas de imprevisíveis conseqüências. Dona Carmosina
suspende a leitura para respirar: ai, meu Deus, por que tão terrível profecia?
Uma vez, na prosa no Areópago, Giovanni perguntara-lhe por quantos anos
ainda o povo de Agreste gozaria em paz a delícia do clima perfeito, a doce convivência, distante dos males da sociedade de consumo? Mais dia menos dia, ele
mesmo respondera, os horrores da civilização aportariam na Bacia de Catarina, nos cômoros da praia, adeus felicidade!

Sabes tu, meu poeta, que no mundo inteiro existem apenas seis fábricas de dió-
xido de titânio? Que recentemente um juiz condenou à prisão os diretores de uma
delas, na Itália, pelo mal causado ao Mediterrâneo, pela poluição das águas e des-
truição da flora e da fauna marítimas? Sabes que nenhum país civilizado aceita
em seu território essa monstruosa indústria? Que a empresa, cuja presença ameaça
o Brasil, não obteve autorização para erguer suas chaminés malditas na Holanda,
no México, no Egito? Vade retro!, exclamaram os governantes recusando os imen-

349

sos capitais, não somente por estrangeiros mas sobretudo por assassinos da atmosfera e das águas. Dona Carmosina descansa o jornal sobre o lençol, de algumas dessas coisas ela sabe, delas tomara conhecimento, lera nos jornais, mostrara inclusive ao comandante Dário artigo em *O Estado de São Paulo* e juntos aplaudiram a sentença ditada pelo juiz italiano, um porreta.

Teus maravilhosos versos, poeta, sobre a praia de Mangue Seco, serão amanhã os únicos testemunhos da beleza das límpidas águas, da areia fina, da riqueza dos cardumes de peixes, da valentia dos barcos de pesca, quando a Megera, elevando-se das chaminés das fábricas ali construídas, estender seus gadanhos de fumaça sobre as dunas. Toda a paz e a beleza que cantaste em tantos poemas de amor vai apodrecer e acabar nos efluentes de sulfato ferroso e do ácido sulfúrico, nos gases do dióxido de enxofre, na poluição desmesurada. Meu Deus!, sussurra dona Carmosina, sentindo um peso no peito, falta de ar.

Apesar de ainda não terem obtido a necessária autorização do Governo Federal para o estabelecimento de tal indústria no país, os diretores da recém-organizada Brastânio: Indústria Brasileira de Titânio S.A. — de brasileira bem pouco ela tem, meu poeta, afora os testas-de-ferro — sabem de antemão que não lhes será permitido erguer suas fábricas nos estados do Sul. Voltam-se para o desditoso Estado da Bahia, onde quatro zonas estão sendo objeto de estudo da Empresa, em busca de local onde instalar suas fatídicas chaminés. Técnicos e agentes espalham-se nas plagas grapiúnas, entre Itabuna e Ilhéus, no Recôncavo, para as bandas de Valença e há quem diga que até os subúrbios da capital, nas imediações de Arembepe, estão sob sua mira. Tudo indica, porém, que as preferências dos reis da poluição pendem para a região do litoral norte do estado, a foz do rio Real, os coqueirais de Mangue Seco. Todo o calor da tarde cai sobre dona Carmosina, lá fora o céu escurece. Pobre Barbozinha: seu amigo Giovanni Guimarães a alertá-lo publicamente enquanto ele rima louvores aos donos da Brastânio, aos reis da poluição. Suprema ironia do destino!, clama dona Carmosina espantando as moscas.

— Precisa de alguma coisa, Carmô? — a voz de dona Milu da porta da rua.

— Nada, Mãe.

A região grapiúna é rica, meu poeta, pesa nos destinos da economia nacional, tem forças para impedir a ameaça a seu mar, ao rio Cachoeira, à própria lavoura do cacau, fonte importante de divisas. O mesmo pode-se dizer do Recôncavo, menos rico mas defendido pelos restos do prestígio político dos barões da cana-de-açúcar,

350

decadentes porém barões. Quanto a Arembepe, seria sem dúvida o local perfeito do
ponto de vista dos empresários, devido à proximidade da capital, às vias de comu-
nicação, ao lado do Centro Industrial de Aratu, mas nenhum governo, por mais
discricionário, se atreverá a conceder autorização para que seja poluída a cintura
da cidade, acabando-se com a pesca, tornando as praias impraticáveis, expulsando
os turistas, empesteando a própria capital do Estado. Ah!, meu poeta, resta apenas
o município de Agreste, esquecido de Deus e dos homens, desprotegido da sorte.
O habitat da Maldita será Mangue Seco. Atenção, poeta! Vão aparecer por aí, se
já não apareceram, os emissários da poluição, prometendo mundos e fundos, falan-
do em progresso e riqueza, mas é a morte que eles conduzem em sua pasta repleta
de moedas estrangeiras.

Empapada de suor, dona Carmosina chega ao fim da crônica de Giovanni
Guimarães. Escuta ao longe a voz de dona Milu conversando na porta com
uma vizinha. Lê as últimas linhas: *Ergue a voz, poeta, toma da lira e desfere um*
grito de protesto, defende a paz e a beleza de teu rincão de sonho, desperta a cólera
do povo e impede que a poluição se instale sobre colinas e praias, desça ao fundo
das águas, cubra de negro o céu diáfano de Agreste. A crônica termina repetindo
a mesma grave, tenebrosa advertência do começo: *Teu paraíso está ameaçado de*
morte, poeta!

Dona Carmosina, as mãos trêmulas, o coração descompassado, levanta-se,
esquecida da gripe, veste-se às carreiras e, sem dar qualquer explicação a dona
Milu, além do aviso: volto logo, sai porta afora, o jornal em punho, em busca
de Barbozinha. A essa hora da tarde o poeta costuma estar no bar, peruando o
jogo de bilhar ou a partida de gamão entre Chalita e Plínio Xavier. Mas quem
ela encontra no começo da rua da Frente é o comandante Dário que pergunta ao avistá-la:

— Onde vai assim correndo, minha boa Carmosina? — aproximando-se
constata a alteração da amiga, lembra-se de que ela devia estar na cama, se
assusta. — Sucedeu alguma coisa?

Dona Carmosina estende-lhe o jornal:

— Leia.

Ali mesmo, parado no meio da rua, o Comandante devora a crônica. Interrompe a leitura, pragueja:

— Com mil demônios!

351

DE NOVA E DISCRETA CONVERSA NO ELEGANTE AMBIENTE DO REFÚGIO DOS LORDES, DISCRETA APESAR DA GROSSURA (EM TODOS OS SENTIDOS) DE SUA EXCELÊNCIA

— Meus caros, o que vocês estão pleiteando é de lascar. O que eu devia fazer, era mandar meter vocês na cadeia.

Assim falou, para começo de conversa, Sua Excelência. Havia retirado o paletó; a rapariga nua, sentada sobre suas pernas, brincava com os suspensórios negros que sustentavam as calças do eminente estadista, resguardando-lhe as banhas da barriga. No rosto avelhantado de Sua Excelência, placas vermelhas. Os olhos astutos, os gestos lassos, a voz arrastada, a vulgaridade e a prepotência.

O Magnífico Doutor não responde, apenas sorri, espera que as meninas acabem de servir as bebidas e se retirem. Uma delas lembra Bety, toda ruiva, desperta-lhe o apetite. Quem sabe, ao fim da entrevista.

Tampouco o Velho Parlamentar se sente confortável na presença das raparigas. Nada tem contra elas nem contra o fato de estarem nuas, o Velho Parlamentar freqüenta a casa há séculos, habituê desde os tempos de Madame Georgette, quando o atual Refúgio dos Lordes ainda se chamava Nid d'Amour. Gosta de raparigas e de vê-las nuas, não existe melhor colírio para vista cansada, segundo afirma. Mas tudo tem sua hora e seu lugar e se o lugar é adequado para o nu artístico, o assunto não o é para ouvidos estranhos, não se devendo misturar alhos com bugalhos.

Uma das nudistas apóia-se no elegante guarda-chuva negro de propriedade do Velho Parlamentar. Educado em Oxford, o Velho Parlamentar adquiriu hábitos e feições de lorde inglês: alto e magro, bem escanhoado, bigode branco e altivo, traje cortado em alfaiate londrino, roseta na lapela, a aparência fleumática. Os modos populacheiros de Sua Excelência certamente lhe desagradam. Sua Excelência é o oposto de um lorde inglês e não fora a posição alcançada — pobre São Paulo! — dada de mão beijada por Vargas nos tempos da outra ditadura, posição renovada e mantida à custa dos mais variados e discutíveis recursos e alianças, jamais lhe seria permitida a entrada em círculo tão distinto e reservado.

Tendo Sua Excelência falado em cadeia, o Velho Parlamentar permite-se tossir, para adverti-lo da inconveniência de tratar assuntos de monta, de altos interesses e patrióticas ilações, na presença de garotas de indiscutível graça e tentador apelo mas decididamente impróprias para a ocasião e o elevado debate sócio-econômico. Pigarreia com cautela, a medo: Sua Excelência, impulsivo, ao ser interrompido, por vezes reage com ofensiva brusquidão. Costuma tratar os auxiliares diretos, secretários, oficiais de gabinete, de ladrões — empregando aliás termo próprio pois o são e como! — e não respeita nem idade provecta nem mandato parlamentar dos correligionários, sobretudo agora com o poder legislativo tão por baixo.

Ao ouvir o tímido pigarro, Sua Excelência faz uma careta, a pique de abrir a boca para dizer o que pensa do Velho Parlamentar e de sua mania de prudência e discrição, mas se contém. De fato, o gracioso gesto da menina sentada em suas pernas, a lhe massagear sabiamente o cangote, é incompatível com reunião de trabalho: um estadista nem sequer num randevu pode se entregar ao necessário relax. Tratará de fazer a conversa concreta e breve. Com uma palmada no doce traseiro, desaloja a menina e a despede, recomendando:

— Esperem no quarto. — Sorri para a outra, a picante ruiva que despertou o interesse do Magnífico Doutor, a seguir a cena, conformado. Nem tudo na vida são flores, não é mesmo? Muitas ruivas existem por aí. Seja tudo pelo bem da Pátria!

Saem as raparigas, garrido séquito, deixando as garrafas e os copos servidos. Uísque daquela marca não existe no Palácio dos Campos Elíseos, somente encontrado no Jóquei Clube e no Refúgio dos Lordes. Sua Excelência saboreia, conhecedor:

— Isso, sim, é uísque, o resto é porcaria. Mando comprar do melhor, os ladrões compram uísque falsificado, embolsam o troco. Devia meter todos na cadeia. Vocês também. A diretoria inteira.

O Audacioso Empresário, orgulhosa e árdega juventude, saído de famosa Escola de Administração e Economia onde hoje dita conferências, após brilhante curso de executivo nos Estados Unidos, competentíssimo tecnocrata, um dos cérebros mais bem dotados da nova geração, ameaça abrir a boca para replicar mas o Magnífico Doutor o impede com um gesto quase imperceptível. Se ele protestar, vai pôr tudo a perder: assusta-se o testa-de-ferro pago também para evitar impensadas gafes dos senhores diretores, técnicos formidáveis, políticos desastrados. Não são do ramo, como diz Sua Excelência, quando se refere aos empresários e — muito em particular — aos militares.

Ao ver Sua Excelência sorrir, baixando os suspensórios, num gesto bonacheirão, parecendo um caipira, o Audacioso Empresário reconhece a experiência e a habilidade do Magnífico Doutor; para tais missões, imbatível em esperteza e tino. Sua Excelência inicia a cobrança:

— O Senador pode dizer o trabalho que tivemos.

O Velho Parlamentar, tranqüilizado com a retirada das moças, mas sempre contido como compete a um britânico (*seu ar britânico, sua elegância londrina*, definira um cronista parlamentar que lhe devia pequenos favores), concordou com um aceno de cabeça e reforçou a afirmação de Sua Excelência:

— Uma trabalheira.

Sua Excelência ia falando e despindo-se ao mesmo tempo, as meninas à espera no quarto:

— O Senador pode dizer também quanto tivemos de gastar...

Um gesto apenas, mas significativo, do Velho Parlamentar para demonstrar a enormidade da quantia despendida. Sua Excelência, de camisa e cuecas, a cinta dobrada sob o volume da barriga, levanta o copo, os demais o acompanham no brinde:

— Hoje ninguém faz favores de graça, tudo é muito arriscado. Na situação atual ninguém pode se considerar seguro. — Conta nos dedos: — Trabalho, dinheiro e risco. Muito risco. Apesar disso obtive a autorização para o funcionamento da indústria de vocês. Mas, já sabem: vão poluir longe daqui, São Paulo não agüenta mais tanta fumaça. — Os olhos gananciosos passam do Magnífico Doutor para o Audacioso Empresário. — Outro não conseguiria, só mesmo eu. Sabem o que isso significa?

— O país há de agradecer a Vossa Excelência — pronuncia afoito e ingênuo o Audacioso Empresário.

— O país uma porra! — impulsivo, como se sabe, Sua Excelência. Fita o Audacioso Empresário: esse sujeitinho pretende por acaso gozá-lo? Desaparece a figura de caipira bonachão, ergue-se novamente o maioral, senhor de bara-ço e cutelo, aquele que põe e dispõe.

Imóvel, britânico, o Velho Parlamentar pousa o olhar confiante no Magní-fico Doutor cuja voz melíflua, em tom menor porém audível, coloca a grati-dão em seus devidos termos:

— O país e a Brastânio, Excelência. O Natal das crianças pobres de São Paulo a quanto subiu? Recorda-se, Excelência?

O Audacioso Empresário estremece ao ouvir a quantia absurda. Quer falar, obter uma redução, mais uma vez o gesto quase imperceptível do Magnífico Doutor o retém: com Sua Excelência não paga a pena pechinchar, é perigoso; a concessão da licença ainda não foi publicada e certamente não o será antes de tudo estar em ordem, a maquia depositada no banco, na Suíça, como nos folhetins sobre vendas de armas e poços de petróleo. Adianta-se o Magnífico Doutor, numa pergunta cuja resposta conhece:

— Como sempre?

— Exato.

Ao sair pela porta que leva ao quarto onde as duas moças o aguardam, resignadas, Sua Excelência, dirigindo-se ao Magnífico Doutor, aponta o Auda-cioso Empresário:

— Mudo, ele é melhor do que falando. Quando abre a boca, caga tudo. Mas você, no dia que deixar esses ladrões, me procure, tenho colocação para você no meu gabinete.

Apressada, uma das raparigas volta à sala em busca da roupa de Sua Exce-lência. Apenas ela fecha a porta, o Velho Parlamentar eleva o guarda-chuva e pigarreia. O Magnífico Doutor entende, estende a mão para a pasta. Não per-gunta o custo do Natal dos pobres do Senado, acertara preços e valores com o Jovem Parlamentar, no início da longa e custosa operação, ali mesmo, no Refúgio dos Lordes.

Abre a pasta, preenche um cheque (ao portador, naturalmente). Para cada situação, um lance, para cada parceiro, uma gorjeta, mais gorda ou menos gor-da, sempre ponderável. O Magnífico Doutor pensa em termos de gorjeta, gorje-ta é o que se dá a um criado mesmo se ele enverga esmôquingue, fraque ou casa-ca. Excitante partida de xadrez. Algumas vezes, raras, terminando em escândalo, em processo. Em xadrez, medíocre jogo de palavras. Suspende os ombros: no

Brasil, ao que se lembre, nunca. De qualquer maneira, há sempre um risco a correr quando se deseja gozar a vida ao máximo. Além de ser estimulante diversão, empregar a inteligência que Deus lhe deu a mover as peças: a calhordagem de Sua Excelência, a hipocrisia do Velho Parlamentar, a presunção do Audacioso Empresário. Tudo perfeito, não fora ter perdido a ruiva, jogada suja de Sua Excelência.

O Velho Parlamentar embolsa o cheque, depois de constatar-lhe o montante: apenas o combinado, nem um centavo a mais, corretos porém avaros. O rosto impassível não demonstra a decepção. Afinal, quem se empenhou, correndo risco, foi Sua Excelência, por isso mesmo recebe aquela imensa bolada, em divisas, a salvo na Suíça. Belo país a Suíça, longe todavia da perfeição da Inglaterra. Vai levantar-se — há uma menina, uma só, a mais novinha de todas, a esperá-lo — quando o Magnífico Doutor coloca outra questão, abrindo inesperadas perspectivas:

— Sua Excelência retirou-se antes que pudéssemos tratar do problema da localização...

— Em São Paulo, já sabem, não pode ser. Aliás, em todo o Sul.

— Já nos decidimos pela Bahia. O problema é onde, na Bahia... — o Magnífico Doutor expõe os dados do que ele chama de *pequeno porém importante detalhe*.

O Velho Parlamentar permite-se sorrir britanicamente, no fleumático rosto de lorde uma nuança de satisfação. Ah!, os poderosos e necessitados empresários terão de pagar caro, desta vez não tratam com a sôfrega inexperiência do Jovem Parlamentar. Preço elevado, sirs. Para começar, pela informação confidencialíssima, ainda circunscrita aos altos escalões: consta que estão pedindo a cabeça de Sua Excelência. Falam em cassação, nada mais nada menos. Sim, exatamente por corrupto. Depois, o estabelecimento de novos contatos para resolver o *pequeno porém importante detalhe*, importante e grande problema, nem pequeno, nem detalhe, God save the King!

Tudo tratado com discrição e finura, entre cavalheiros. Sua Excelência é um grosso, um porcalhão, um asco, o oposto de um lorde.

DE ASCÂNIO TRINDADE ENTRE A CRUZ E A CALDEIRINHA

No auge da discussão, falto de argumentos, imprensado contra a parede, Ascânio Trindade perde a cabeça, abandona a amabilidade habitual e, mandando para o inferno o respeito devido à situação social, patente e idade dos interlocutores, grita para quem queira ouvir, no Areópago e na rua:

— Não é porque o Comandante tem uma casa em Mangue Seco e quer gozar sozinho as delícias da praia que Agreste vai fechar as portas ao progresso. Não será por causa de meia dúzia de privilegiados que recusaremos as indústrias que desejam se instalar em nossa terra. Agreste se redimirá, doa a quem doer.

Quase um discurso, sem falar na exaltação. Criatura de entusiasmo fácil mas de trato lhano e convivência agradável. Patriota às voltas com quiméricos projetos para reerguer o decadente burgo, abarrotando de cartas as sessões de turismo dos jornais da capital, Ascânio reunira até então a estima, o apoio e os aplausos unânimes de seus conterrâneos.

O apoio e o aplauso dos importantes, pela cordialidade e deferência com que os acolhe quando têm algo a tratar na Prefeitura e pelo esforço desprendido em prol de Agreste. Secretário da Prefeitura há seis anos, Ascânio realizara milagres, entre os quais o de colocar em dia o recebimento dos impostos municipais, pequenos, poucos e, ainda por cima, sistematicamente sonegados. Enfrentando o compadrio dos prefeitos, o total desinteresse do tesoureiro Lindolfo Araújo, galante presença a enfeitar o próprio da Municipalidade, funcionário relapso e nulo, a relutância de comerciantes e fazendeiros mal-acostumados, Ascânio conseguira pôr ordem nas magras finanças da Prefeitura, sem se atritar com ninguém — contado não se acredita.

A estima dos pobres, da cidade e do interior, pela atenção que dispensa a cada um dos numerosos e atrapalhados problemas trazidos ao chefe da comuna, em realidade a seu preposto, na esperança de solução ora simples, ora difícil, quando não impossível. Reivindicações, reclamos, queixas, desavenças, brigas de vizinhos, cercas movidas durante a noite modificando limites e rumos de sítios e posses, animais invadindo terreno alheio, um mundo de mesquinhas questões próprias à vida de um município paupérrimo, na maioria pessoais, sem nada a ver com a administração pública. Nem por isso Ascânio dei-

357

xa de escutá-las e, freqüentemente, de resolvê-las. Faz as vezes de prefeito, conselheiro e juiz, solucionando litígios, reconciliando desafetos, esclarecendo dúvidas, conduzindo ao casamento relutantes sedutores responsáveis pelo ventre inchado de incautas ou apressadas tabaroas, chega a receitar remédios para soltura dos intestinos, prisão de ventre e barriga d'água. Ouve com atenção infindáveis lengalengas de roceiros a propósito das manhas de um maldito jegue ou das desventuras de um setuagenário abandonado pela mulher e pelos filhos, sozinho a lavrar árido e ingrato pedaço de terra. Sendo, quando preciso, veterinário e agrônomo.

Para os assuntos de atendimento impossível, encontra uma palavra de ânimo, de consolo. Se bem o cargo de secretário da Prefeitura lhe especifique limitado número de obrigações, o fato de Ascânio funcionar como representante ou substituto permanente do prefeito não lhe deixa tempo livre. Sobretudo aos sábados quando infindável romaria demanda a sede do executivo municipal, durante e depois da feira. Ele atende a todos, sem exceção.

Assim age sem nenhum interesse pessoal, gratuitamente, sem nada pedir em troca. Não pede porém recebe. Recebe consideração e víveres. Tratam-no de doutor, não porque houvesse cursado três anos de faculdade, mas por considerarem-no como tal, sapiente, sem particularizarem o título concedido, doutor disso ou daquilo. Doutor, simplesmente. Trazem-lhe pequenos presentes, mesmo quando não necessitam consultá-lo.

Vale a pena vê-lo ao fim da tarde dos sábados, a caminho de casa onde, pitando o cachimbo de barro, a velha Rafa o espera: leva matalotagem com que se alimentar durante a semana. Dádivas trazidas pelos roceiros e sitiantes, farto e variado mafuá: pernis de porco e de cabrito, gordos capões — cevei bem cevado para o senhor mandar fazer uma canjinha e ganhar sustância, explica a velha vendedora de puba e mandioca —, olorosas jacas, cachos de bananas amarelecendo, raízes de inhame e aipim — aipim-cacau, doutor, mole de desmanchar na boca, garante o caboclo risonho e desdentado —, a fina farinha de mandioca, beijus molhados em leite-de-coco, quiabos, maxixes, chuchus e jilós, tudo escolhido para o moço paciente e bondoso. Fartura de mantimentos, servindo a quatro casas pois Ascânio divide carnes, farinha, espigas de milho, frutas, raízes e legumes com o capenga Leôncio e o sonhador Lindolfo — um dia se armará de coragem e embarcará na marinete de Jairo para enfrentar em Salvador os microfones de uma estação de rádio ou as câmeras da televisão — o qual, por sua vez, reparte a quota que lhe coube com a família do amigo Chico Sobrinho, em cujo lar acolhedor janta aos sábados e almoça aos domingos.

É necessário levar em conta, para explicar o destempero de Ascânio, que, a partir da tarde anterior, quando a notícia da crônica de Giovanni explodiu na cidade, sua vida não tem sido fácil. Encheram-lhe o saco, essa a expressão justa.

Jamais a popularidade de *A Tarde* atingira índices tão altos na região. Todos queriam tomar conhecimento da crônica, onde encontrar exemplares do jornal? Habitualmente, o único à disposição do público é o de propriedade de seu Manuel, colocado sobre o balcão do bar, folheado pelos fregueses, lido por Aminthas e Fidélio. Nessa tarde, disputado quase a tapa, andou de mão em mão antes de sumir misteriosamente. A conselho de Aminthas, seu Manuel, baseado nas leis da procura e da oferta, tentara cobrar aluguel pelo empréstimo da gazeta, provocando revolta geral. O mesmo Aminthas propôs, em revide, a imediata socialização de todo o estoque de bebidas do bar, castigo para a ganância do mondrongo. A atmosfera, entre jocosa e inquieta, participava do pânico e da galhofa.

Quantas vezes, naquele fim de tarde e princípio de noite, Ascânio tivera de repetir a mesma explicação: parecia-lhe prematuro qualquer julgamento. Prematuro e injusto pois somente conheciam — quando conheciam — os argumentos do jornalista adversário da Brastânio, fazendo-se necessário, antes de expressar opinião, de tomar partido, conhecer também as razões dos diretores e técnicos da Empresa.

À noitinha, quando se dirigia para o encontro sagrado com Leonora, na porta da casa de Perpétua — costumavam andar em volta da praça, de mãos dadas —, caiu-lhe em cima o poeta De Matos Barbosa, exaltado, empunhando um exemplar de *A Tarde*, cedido pelo árabe Chalita, um dos cinco privilegiados assinantes. Durante horas, à tarde, Ascânio fugira dele, sabendo-o em lastimável estado de ânimo.

A princípio, o vate se considerara desmoralizado para sempre, coberto de opróbrio devido ao poema perpetrado em louvor da monstruosa indústria denunciada à nação por seu querido e grande amigo Giovanni Guimarães, excelso cronista, em carta aberta dirigida a ele, De Matos Barbosa, poeta e filósofo, através das colunas ilustres de *A Tarde*. Honra imensa apenas superada pela desonra ainda maior resultante dos repudiados alexandrinos. Por sorte, a criançada enlouquecida com os brindes — brindes vagabundos, diga-se de passagem, abaixo da crítica, umas merdolências, qualificava o bardo, um tanto quanto tardiamente — haviam impedido a audição dos renegados versos, ouvidos e aplaudidos no entanto pelos amigos presentes à tertúlia em casa de Perpétua.

Correra para junto de Tieta ao ver-se envolto em vergonha e ela, a rir e pilheriar, levantara-lhe o ânimo, reerguendo-o das cinzas, levando-o a superar o abatimento e a partir para outra. Refeito vinha informar a Ascânio, a quem não culpa pelo terrível quiproquó, na certa tão inocente das criminosas intenções da Brastânio quanto ele próprio que, atendendo ao grito de alerta de Giovanni Guimarães, convertera a lira em arma de combate e estava produzindo a toque de caixa uma série de poemas satíricos e coléricos, à maneira de Gregório de Matos, os *Poemas da Maldição*, com os quais pensa concorrer de maneira decisiva para impedir a concretização dos maléficos planos da excomungada Brastânio, arrancando a máscara, expondo a hipocrisia e a vileza dos criminosos diretores. Pelo próximo correio, enviará a Giovanni, para publicação em *A Tarde*, os primeiros poemas. Desfraldara a bandeira da guerra. Quanto à execrável composição anterior já não existe: Barbozinha destruíra os originais e desejava pedir a Leonora o favor de queimar em fogo purificador a cópia feita logo após a leitura.

Cansado, em atraso para o encontro com Leonora, Ascânio não tentou demovê-lo da denúncia poética, seria perder tempo e latim. Prometeu-lhe a destruição da cópia mas não o enganou: reservava sua opinião sobre o assunto para quando possuísse maior soma de informações. Mais informações, para quê? Inúteis, fossem quais fossem, considerou o poeta, diante dos argumentos de seu excelso amigo Giovanni Guimarães, irrespondíveis.

Nesse estado de ânimo, após uma noite de mal dormir, com pesadelos onde admirou arranha-céus magníficos erguidos nas dunas de Mangue Seco e reconheceu cardumes de peixes mortos, sem possuir ainda argumentos com que enfrentar e refutar as afirmações do cronista, Ascânio ouviu a leitura do malfadado artigo na íntegra, como se não o houvesse lido e relido na véspera. Ainda mais funéreo na voz encatarroada de dona Carmosina, entrecortada de tosse e de sarcásticos e corrosivos apartes; dela e do Comandante. Ao terminar, dona Carmosina lhe oferece uma cópia datilografada, fizera três: uma para ele, outra para o Comandante, a terceira para qualquer emergência.

A princípio, cauteloso, disse que ia tirar o assunto a limpo, não podendo devido a uma simples crônica, mesmo assinada por Giovanni Guimarães, condenar projeto assim vital para a comunidade: a implantação em terras do município de fábricas de uma indústria cuja importância é inegável. No distante e abandonado coqueiral, em Mangue Seco, em terras desabitadas, sem nenhuma espécie de serventia.

Distante e abandonado? Sem qualquer serventia? Cresceu a indignação do Comandante: para Ascânio os pescadores de Mangue Seco não existiam, nem eles nem os cidadãos de Agreste que possuíam casas de veraneio na praia.

Impacientou-se Ascânio. Não se referira à praia de Mangue Seco e sim ao coqueiral. O projeto da Brastânio — ele vira plantas e desenhos — localizava-se bem mais abaixo e mais para dentro e não ao lado da praia. Mesmo se alguma poluição pudesse haver — e não existe indústria sem poluição — não atingiria nem os pescadores nem os veranistas.

Pouco a pouco, curiosos foram se juntando na porta e no passeio da agência, a ouvir o empolgante debate. Dona Carmosina, animada com a presença de público, retrucou com cerrada argumentação, superando as ânsias da gripe: não se trata de uma indústria qualquer, de tolerável porcentagem de poluição. Estava em jogo a produção de dióxido de titânio, Ascânio sabe por acaso o que isso significa? Convidou-o a ler o artigo publicado em *O Estado de São Paulo*, a sentença do juiz Viglietta, o Comandante guardara o recorte. Uma fábrica situada no coqueiral não somente atingiria a praia, tornando impraticáveis a pesca e o banho de mar, como destruiria a povoação de Mangue Seco ao envenenar as águas e o ar, transformando, como escrevera o juiz italiano na corajosa sentença, o oceano numa lata de lixo.

Ascânio revidou já esquentado, reduzindo às devidas proporções os evidentes exageros de dona Carmosina. Para começar, disse, não existe em Mangue Seco nenhuma povoação de pescadores, apenas um aldeamento composto de meia dúzia de casas de desocupados a serviço do contrabando, puníveis por lei se a lei fosse cumprida. Os veranistas não passavam de quatro ou cinco casais, a maioria preferindo ir para o arraial do Saco onde o banho de mar não oferece perigo e existe muito mais conforto, inclusive armazém e igreja. Quanto ao volume da poluição, compete aos técnicos opinar e não a um simples jornalista sem categoria científica.

De tão ofendida, dona Carmosina curou-se da gripe: Giovanni Guimarães, ficasse Ascânio sabendo, não era um simples jornalista e sim um grande jornalista, homem probo e culto, com um nome a zelar. Ascânio andava pela faculdade quando ele ali estivera em inesquecível visita, por isso não o conhece. Dona Carmosina não admite que se tente diminuir-lhe a figura, pôr em dúvida a capacidade e a honradez de um amigo sincero de Agreste. Reafirmou, veemente, sua disposição, a dela e a do Comandante, de lutar por todos os meios contra o que haviam passado a denominar de *a fumaça da morte*, que, aliás, conforme esclarece, douta e precisa, a própria dona Carmosina, é amarela e não negra, nisso Giovanni se enganara.

Logo se arrependeu do desastrado exibicionismo pois Ascânio montou no erro do jornalista, apontado por quem? Por um adversário? Não. Por sua maior admiradora e amiga. Se até a cor da fumaça ele desconhece, imagine-se o resto. Onde melhor prova da incapacidade científica de Giovanni, ótima pessoa, agindo de boa fé, acredita Ascânio, mas em matéria científica um perfeito ignorante? Não basta ser autor de crônicas brejeiras...

A história da cor da fumaça provocou risos, Ascânio marcara um ponto. Dona Carmosina ficou uma fúria. Ao apegar-se a detalhe sem importância, em meio à volumosa massa de dados concretos apresentada por Giovanni em sua crônica, Ascânio age de forma desonesta. Acusou, repetindo violenta e ofensiva:

— Você está sendo desonesto! — soletrava a palavra rude: — de-so-nes-to!

Ao ver do Comandante, havia pior. Apontou algo que lhe parecia imperdoável atitude de Ascânio: sabedor, há muito, dos projetos da Brastânio, devido à sua condição de secretário da Prefeitura, escondera-os da população, mentira, referindo-se a planos turísticos, fazendo-se assim cúmplice do crime projetado. Atitude que lhe parecia realmente pouco compatível com o exercício de um cargo de confiança. Uma traição à comunidade.

Foi demais. Levantando-se, Ascânio despejou o saco cheio até a borda, lançou as citadas frases sobre a meia dúzia de privilegiados e as delícias que o Comandante deseja gozar sozinho, tentando egoisticamente impedir o progresso do município, a instalação da indústria redentora. Estende o braço e o dedo:

— O progresso de Agreste passa por cima seja do que for, seja de quem for! — afirmação solene e agressiva.

Atravessa por entre os curiosos, dirige-se para a Prefeitura. Aminthas, espectador mudo e aparentemente respeitoso, define a frase e a situação:

— Uma declaração de guerra! — Volta-se para Osnar: — Começou a guerra da fumaça, mestre Osnar. Em que batalhão você se alista? No da fumaça amarela ou no da fumaça negra?

Osnar não ri, apenas abana a cabeça, aquele assunto não lhe agrada.

ONDE O COMANDANTE DÁRIO DE QUELUZ RECRUTA VOLUNTÁRIOS

Ao leme da canoa a motor, comandante Dário espera que Tieta conclua a leitura da crônica de Giovanni Guimarães. Ele e dona Laura passarão em Mangue Seco o Ano-Novo e as festas de Reis. Tieta e Ricardo aproveitam a condução e a companhia: vão dar o empurrão final nas obras do Curral do Bode Inácio, certamente atrasadas devido ao Natal, qualquer pretexto serve aos praieiros para não trabalhar. Tieta deseja inaugurar a biboca — assim a designa — antes da volta para São Paulo, marcada para imediatamente após a instalação da luz da Hidrelétrica; não pensara prolongar por tanto tempo a estada. Viera por um mês, terminará passando dois; para quem tem negócios a cuidar, um absurdo. Para o Curral, mandou fazer em Agreste uma cama larga, colchão de lã de barriguda: nela se despedirá de Ricardo quando chegar a hora de partir. Por intermédio de Astério encomendou cadeiras e mesas dobradiças, camas de campanha; comprou redes na feira. Para os hóspedes: o Velho e mãe Tonha, as irmãs, os sobrinhos, os amigos que utilizarão o Curral em sua ausência.

A primeira reação de Tieta, após a leitura, deixou o Comandante alarmado. Devolvendo-lhe as páginas datilografadas, ela comentou:

— Há um dinheirão a ganhar, Comandante, nesta história.

— Dinheirão a ganhar?

— Não foi o senhor mesmo quem me disse que essas terras do coqueiral não têm dono, são devolutas?

— Não é bem assim. Donos elas têm, mas quais são ninguém sabe direito. Modesto Pires comprou uma parte, a que era do pessoal do povoado. Foi ele quem me disse não ter comprado mais devido à confusão, o coqueiral tem não sei quantos donos, o que é o mesmo que não ter nenhum.

— Pois então: a gente compra esses terrenos para vender ao pessoal da Companhia. Compra por um, vende por dez, por dez ou vinte. Felipe era um craque nessas operações.

— Deus me livre, Tieta. Não quero ganhar dinheiro à custa da desgraça de minha terra.

— Comandante, se a gente não pode impedir, se não tem jeito a dar, pelo menos ganha um dinheirinho. Quando Ascânio começou com essa história de turismo, eu pensei em comprar terrenos por aqui.

— Primeiro, eu não tenho com que comprar um gato morto; segundo, vai ser a maior dificuldade localizar os donos; terceiro — fez uma pausa antes de enunciar: — não vou cruzar os braços, Tieta, vou partir para a briga. Sou o homem mais pacato do mundo, mas essa gente não vai poluir Agreste sem meu protesto. Isso não.

A canoa pesada, impelida pelo motor de pouca força, desce o rio sem pressa. A voz apaixonada do Comandante conquista a atenção de Ricardo. A princípio, o seminarista seguira a conversa de ouvido distraído, o pensamento vagando na correnteza. Esses dias em Agreste, as festas de Natal, deixaram lembranças e marcas tênues mas persistentes. Ficaram-lhe na cabeça, fazem-se presentes e ele encontra sabor em recordá-las. Pela primeira vez, dera-se conta do interesse com que, na rua e na igreja, certas mulheres o fitavam. As moças, debruçadas nas janelas, seguiam-no com os olhos, quando passava de batina, indo ajudar padre Mariano na missa ou quando atravessava a praça, shorte e camiseta, a caminho do rio. Cinira mordia os lábios ao vê-lo, suspirava; dona Edna, essa nem se fala; comia-o com os olhos mesmo na vista do marido. Na festa dos brindes de Natal, Ricardo sentira o contato das ancas redondas de dona Edna abalroando-o, na confusão. A lembrança mais pertinaz e grata, porém, é a de Carol, semi-escondida atrás da janela, segurando a cortina e sorrindo para ele, os lábios abertos, carnudos, os olhos úmidos. Ao percebê-lo vindo no passeio, Carol retirara-se da janela para melhor poder espiá-lo e para lhe sorrir — coisas defesas ao seu estado de amásia do ricalhaço. Mais moça e mais escura que a tia, possuía o mesmo busto farto, idênticos quadris, poderosos e maneiros, igual exuberância de carnação, quem sabe a mesma alegria?

Em Agreste, Ricardo não se demorara a pensar naqueles meneios e sorrisos, lábios mordiscando-se, ancas em navegação sutil. Desfaziam-se na fumaça do incenso. Retornam na canoa, e no espelho do rio ele enxerga faces e gestos, não lhe desagradam. À noite terá Tieta nos braços, sobre as dunas, como da primeira vez. Na presença do Comandante e de dona Laura, eram tia e sobrinho comportados. Ela dormia na cama de solteiro, ele na rede. Nas areias, no alto dos cômoros, porém, sumia o parentesco, o vento levava os ais de amor para o outro lado do oceano. Há pouquíssimos dias começara tudo aquilo, parecia uma enormidade de tempo, pois Ricardo, nesse ínterim, fizera-se outro. Quantos dias? Quantos anos? Curioso que jamais se houvesse sentido tão próximo de Deus, tão convicto da vocação sacerdotal. Por quê? Ao dizê-lo a Frei Timóteo, o franciscano não percebera contradição no caso, ao contrário.

— Você pôs à prova sua vocação. Agora, está em paz consigo mesmo.

Ricardo emerge desses pensamentos para escutar a veemente declaração do Comandante, a voz em crescendo:

— Vou brigar e quando eu brigo é de verdade.

— Pensa que vale a pena, Comandante? — ceticismo na interrogação de Tieta.

— É o que eu também pergunto — intervém dona Laura, preocupada.

— Mesmo que não sirva de nada, não vou deixar que destruam Mangue Seco sem que eu proteste.

A canoa corta a água, margeando o rio que se alarga à aproximação da foz. A paisagem ganha em beleza, avista-se ao longe o oceano, a correnteza torna-se mais rápida, a embarcação mais leve. A voz do Comandante baixa de tom mas conserva o acento de paixão, busca convencer:

— Escute, Tieta, pense no que vou lhe dizer. Se eu abrir a boca em Agreste para protestar, não vou conseguir nada, é a pura verdade. Vão me ouvir porque me respeitam, alguns ficarão de acordo, ninguém fará nada. O mesmo acontece com Barbozinha, não vai adiantar nada ele escrever tanta poesia. Talvez *A Tarde* publique algum poema, qual a serventia? Nenhuma. É capaz até que haja quem venha se divertir à custa dele, acusando-o de vira-casaca: primeiro elogiou, chamou os homens da companhia de Reis Magos, depois, quando seu nome apareceu no jornal, mudou de lado. Você sabe como é a língua do povo.

— Coitado de Barbozinha! Está tão magoado. Quando soube da crônica, ficou feito doido, disse que estava desmoralizado, me deu um trabalhão...

— Foi atrás de Ascânio, está aí o resultado.

— Ascânio não tem culpa, ele também não sabia nada dessa tal... Como é mesmo o nome?

— Brastânio.

— Falaram em progresso, mandaram brindes, Ascânio vibrou, podia acontecer o mesmo com qualquer um.

— Não nego. Ascânio meteu na cabeça que tem de reerguer o município, repetir a administração de seu avô que foi o melhor Intendente de Sant'Ana do Agreste no tempo da carochinha. Botou luz na cidade, calçou as ruas, construiu o ancoradouro, o sobrado da Prefeitura. Basta ouvir falar em progresso, Ascânio fica maluco, com isso pode botar a perder tudo quanto nós temos: o clima, a beleza, a paz. Uma coisa eu lhe digo, Tieta: meu voto ele não terá para prefeito.

— Não diga isso, Comandante. Ascânio, com o amor que tem a Agreste, pode fazer muita coisa boa...

— ... e muita coisa ruim. Antes, eu não duvidava da honradez de Ascânio. Mas ele praticou um ato muito feio.

— E qual foi?

— Ele sabia dos planos dessa gente, viu as plantas, os projetos, estava a par de tudo e calou a boca, ficou tapeando todo mundo com histórias de turismo...

— O coitado não sabia do perigo da tal indústria... Parece que é o fim, não é? Pelo que diz o jornal...

— Se é... Não pode haver nada pior. Vamos dar por certo que ele não soubesse do perigo. Mas como explicar que continue a defender a Brastânio mesmo depois do artigo de Giovanni Guimarães? Hoje mesmo, de manhã, na agência dos Correios, ele disse as últimas a mim e à Carmosina. Conheço o mundo, Tieta, aprendi que a pior coisa para um homem é a ambição do poder. Não há honradez que resista.

Aponta para os cômoros de Mangue Seco que surgem em meio à arrebentação, erguidos diante do mar; do embate com os vagalhões eleva-se uma cortina de água. A voz do Comandante, ardente :

— Já pensou, tudo isso coberto pela poluição? O progresso é uma boa coisa mas é preciso saber que espécie de progresso. — Pousa os olhos em Tieta.

— Voltando ao que eu dizia: se formos apenas eu, Barbozinha, Carmosina, uns dois ou três mais, a protestar, pouco vai adiantar. Mas se você, Tieta, se juntar a nós, levantar a voz, tomar a frente, aí a coisa muda...

— Eu? Por quê?

— Porque, para o povo de Agreste você é a tal. Com razão: a luz da Hidrelétrica, a velhinha salva no incêndio, sua figura, a bondade, a franqueza, seu amor à vida. Para a gente de Agreste, depois da Senhora Sant'Ana, está você. O que você diz faz lei. Não se deu conta disso?

— Sei que gostam de mim, sempre gostaram. Quem me botou para fora de Agreste foi o Velho, com medo da língua das beatas, não foi o povo. Gostam de mim, mas daí... Por que hei de me meter, me diga Comandante? Adoro minha terra, penso vir acabar meus dias aqui, quando a idade chegar. Mas, daí a me meter numa briga dessas...

— É sua obrigação, permita que eu lhe recorde. Você diz que adora Agreste e é verdade: comprou casa na cidade, está construindo outra em Mangue Seco, só lastimo que não fique de vez, sem esperar a velhice. — Sorriu para Tieta com amizade. — Você já pensou que, se cruzar os braços agora, quando quiser voltar, nada disso existe, acabou tudo, Mangue Seco virou um esgoto da fábrica de titânio? Já pensou no motivo por que nenhum país do mundo quer essa indústria em suas terras?

Tieta não responde, os olhos fixos na paisagem que vai se ampliando diante dela, a imensidão do mar de Mangue Seco. Sua terra, seu princípio, ali começou. Nos outeiros de Agreste, pastoreando cabras, nas dunas de Mangue Seco, coberta pela primeira vez. Sua terra? Seu começo, sim. Sua terra, porém, é São Paulo, a cidade imensa, afarista, poluída, solitária. Lá estão plantados seus interesses: o negócio rendoso, o mais fechado e caro randevu do Brasil, o

Refúgio dos Lordes, os apartamentos, a loja no andar térreo, um dinheirão mensal, cada vez maior, por que há de se envolver com as encrencas de Agreste? Antes foi Tieta, a pastora de cabras, a soltar o berro de desejo nos cômoros de Mangue Seco. Agora é Madame Antoinette, patroa de raparigas, cafetina a serviço de milionários. Nada lhe cumpre fazer ali, nesses confins do mundo. Se poluírem as águas e os céus de Agreste, a beleza de Mangue Seco, tant pis.

Na voz do Comandante, uma súplica desesperada:

— Só você, com seu prestígio, pode salvar Agreste.

Endurece a face de Tieta, Madame Antoinette. Nada mais tem a fazer em Agreste, é tempo de retornar a São Paulo. Visitou a família, desfrutou da paz da terra, beneficiou os seus e a comunidade, atendeu aos pobres, basta. Nada mais lhe cumpre fazer, repete para si mesma.

Apenas deixar que as águas corram. Um dia voltará e, se valer a pena, retirada dos negócios, velha e respeitável senhora, ali passará os últimos anos de sua vida. Bom lugar para esperar a morte, dizia o caixeiro-viajante responsável pela surra e pela expulsão. Não fosse para vê-la e tê-la nos braços, nos esconsos do rio, fugiria do caminho que conduz aos infelizes limites de Agreste. Tinha razão: isso aqui só serve para se esperar a morte, clima de sanatório, tranqüilidade e paz, paisagem incomparável. Vai responder um não redondo ao Comandante quando uma dúvida a atravessa: será que no mundo já não se tem direito à existência de um lugar, um único que seja, bom para nele se esperar a morte?

— Se você disser não, Tieta, acabou-se Agreste, é o fim de Mangue Seco.

Antes que ela abra a boca, a voz de Ricardo chega do fundo da canoa, imperativa:

— A tia vai dizer sim, Comandante. Não vai deixar que arrasem Mangue Seco. Senão, por que havia de fazer o Curral do Bode Inácio?

Tieta volta-se, seu menino cresceu, de repente virou homem feito. Num espanto o escuta, acento decidido, inflexível:

— Li o artigo do jornal, Comandante, seu Barbozinha me mostrou. A tia não vai deixar que acabem com os peixes e com os pescadores. Nem ela, nem eu. Se achar que eu sirvo para alguma coisa, pode contar comigo, Comandante.

DA INAUGURAÇÃO DA BOLSA DE IMÓVEIS EM MANGUE SECO, QUANDO O JOVEM SEMINARISTA RICARDO DESATA O NÓ GÓRDIO

Em Mangue Seco, o dia esplêndido de sol, a imensidão do mar, as dunas de areia, o infindo coqueiral, aparentemente a paz mais completa. Aparentemente, constataram pouco depois.

Acompanhados pelo Comandante — dona Laura ficara na Toca da Sogra com Gripa, nas arrumações —, Ricardo e Tieta examinam os progressos da construção da pequena casa de veraneio. O Comandante sorri ante o espanto da tia e do sobrinho: não esperavam encontrar o telhado pronto e terminado. Os operários não folgaram na semana de Natal, fosse pela fama, fosse pelo dinheiro de Tieta, pelas duas coisas juntas e sobretudo pela assistência do Comandante que substituíra Ricardo no controle das obras e lhes quisera fazer uma surpresa. Enquanto Tieta coberta de ungüentos e Ricardo de cuidados permaneciam em Agreste, ele oferecera aos trabalhadores a cervejada comemorativa da cumeeira e prometera em nome da apressada proprietária um bom agrado se antes do Ano-Novo o telhado estivesse colocado. Agora falta apenas cimentar o chão, pintar as paredes, aplicar as portas e janelas e cercar o terreno onde, numa esquina, o providencial e habilidoso comandante Dário havia fincado na areia o tronco em que gravara o singular nome da casa de veraneio de Tieta. Dali se vê a Toca da Sogra e o Nosso Cantinho, a ampla e confortável vivenda de Modesto Pires. Distante da praia, nas margens do rio, avista-se a casa do doutor Caio Vilasboas, cercada de varandas, sem nome a designá-la.

Estão acertando com os mestres pedreiro e carpina o andamento dos trabalhos finais, quando aparece o engenheiro Pedro Palmeira. Vestido apenas com uma sunga de banho, queimado de sol, um filho escanchado no pescoço. Rapagão jovial, de prosa animada e riso fácil, bom companheiro de veraneio

— disputa peladas na praia com os moleques e os pescadores jovens, carteia animado biriba, após a sesta, com a esposa, o Comandante e dona Laura —, naquela tarde parece preocupado. Sua primeira pergunta, mesmo antes de desejar bom dia, revela o motivo:

— Leram a crônica de Giovanni Guimarães? Que me dizem? — Pousa o menino no chão.

— Estamos ameaçados do pior — responde comandante Dário.

— Não é mesmo? Hoje estive discutindo com seu Modesto sobre isso. Ele pensa de maneira diferente da minha, vê um dinheirão a ganhar.

Escondendo um sorriso, Tieta olha para o Comandante a lembrar-lhe o começo da conversa na canoa. O rapaz, esgaravatando a areia com um talo de palha de coqueiro, prossegue:

— Foi desagradável. Evito conversar sobre certos assuntos com seu Modesto, nossos pontos de vista raramente coincidem. Mas hoje não pude evitar, foi chato. — Corre a retirar o filho que mergulha nas sobras da massa de reboco. — Marta terminou chorando, seu Modesto, quando se exalta, não escolhe palavras. Para ele, o dinheiro passa antes de tudo. Antes dos valores fundamentais que estão ameaçados pela poluição da Brastânio, a isso não dá importância.

Tieta sente-se corar. Não pensara ela também, antes de tudo, no dinheiro a ganhar? Não propusera ao Comandante a aquisição das terras à margem do rio onde a fábrica pretende se instalar para revendê-las com lucro? Fizera-se necessário o Comandante falar em paz, em beleza, no clima de sanatório, na felicidade do povo para que ela refletisse e pensasse naqueles outros valores, maiores — fundamentais, no dizer do engenheiro barbudo e preocupado —, o direito à saúde, à beleza, à paz, a um lugar bom para esperar a morte. Somente após Ricardo, seu menino de ouro, de ouro e diamantes, proclamar, em nome deles dois, militante solidariedade à causa de Agreste, ela se decidira.

— Seu Modesto interrompeu o veraneio, foi para Agreste, futucar no cartório as escrituras antigas para tirar a limpo a quem pertence o coqueiral.

— Não vai ser fácil descobrir. Uma vez, ele já andou querendo saber, quando comprou a parte que pertencia aos pescadores e pensava fazer um loteamento. Não conseguiu nada.

— Porque desistiu, Comandante. Como o loteamento não foi para a frente, ele desistiu. Mas agora disse que não volta sem ter descoberto quais são realmente os proprietários — informa o genro. — Pelo que ele soube por um dos técnicos da Brastânio que apareceram por aqui, antes de eu ter chegado, o local ideal para a fábrica, aliás as fábricas pois são duas, interligadas, fica um pouco mais abaixo dos terrenos dele, nas margens do rio. O tal cara queria saber a quem pertenciam para informar os diretores com vistas a negócio. Seu Modesto fez boca-de-siri, é claro.

— Se andaram se informando na cidade devem estar certos que o coqueiral pertence aos pescadores ou que não tem dono, é o que todo mundo pensa em Agreste.

— Seu Modesto me disse que comprou toda a área de propriedade dos pescadores.

— É verdade.

— Agora quer o resto, para revender à Brastânio. A essas horas, deve estar no cartório, infernando doutor Franklin.

Entretidos na conversa, não repararam na aproximação do austero doutor Caio Vilasboas. No veraneio, o médico abandona o formalismo habitual, despe-se do colarinho duro, passa o dia de pijama e, se é obrigado a sair de casa, acrescenta o guarda-pó azul que usa quando toma a marinete de Jairo. Ao passar por eles, cumprimenta mas evita parar, leva pressa, anda em direção à praia. Seguem-no com os olhos, curiosos.

— Será que tem alguém doente? — preocupa-se o Comandante ao ver o médico desviar o rumo para as casas dos pescadores. — Doutor Caio nunca vem por essas bandas.

O engenheiro palpita:

— Não será outro candidato a comprar o coqueiral? Pensando que pertence aos moradores?

— É isso, não é outra coisa, você acertou em cheio. A corrida está começando. Sabe, doutor Pedro, na canoa eu vinha dizendo a Tieta que a gente precisa reagir, protestar, impedir essa monstruosidade.

— De acordo, mas de que jeito? Como diz Giovanni Guimarães, o pessoal do cacau tem força política, o do Recôncavo também. Mas aqui todo mundo vai achar que pode ganhar dinheiro com a instalação da fábrica.

— Se Tieta tomar a frente, o povo fica do nosso lado.

O engenheiro concorda, sorri para Tieta:

— Isso é verdade. Seu Modesto diz que o povo botou dona Antonieta no altar, junto da Senhora Sant'Ana. E teve por quê.

O ruído de um motor, descendo o rio.

— É o barco de Pirica — reconhece o Comandante.

O barco enfrenta a arrebentação, traz um passageiro. Olho de marujo, comandante Dário o identifica:

— Edmundo Ribeiro, por aqui? Não me diga que...

O coletor, acompanhado do filho Leléu, desembarca na praia, em frente às cabanas para as quais se encaminha, os pés afundando na areia. O engenheiro completa a frase do Comandante, deixada pelo meio:

— ... veio em busca dos proprietários do coqueiral, sim, senhor. Com certeza.

— Mais um. Vai ser uma loucura. Temos de fazer alguma coisa, logo.

— O que é que se pode fazer? — pergunta o barbudo: — Se fosse em Salvador, a gente mobilizava os estudantes, ia aos jornais, ameaçava com uma passeata. Mas aqui...

O Comandante coça a cabeça, pensativo. Protestar, sim, era indispensável. Mas, como? Que diabo podiam fazer mesmo com Tieta à frente, obtendo o apoio do povo?

— Fazer o quê? — também Tieta deseja saber.

Vestido de calção de banho, descalço, torso nu, cor de bronze, parecendo mais um jovem pescador do que um levita do santuário, Ricardo volta a se fazer ouvir, voz sem apelação:

— No dia que esses sujeitos aparecerem de novo em Agreste ou em Mangue Seco, a gente bota eles pra correr.

— Hein? — exclama o Comandante antes de explodir de entusiasmo.

— Cardo! — exulta Tieta voltada para o sobrinho, seu menino, bode inteiro e macho, bodastro.

— Toque aqui — o engenheiro estende a mão ao seminarista.

Por entre a meia dúzia de choupanas, os vultos do doutor Caio Vilasboas e do coletor Edmundo Ribeiro cruzam-se, inaugurando a bolsa de imóveis na praia de Mangue Seco.

ONDE O AUTOR, UM SACRIPANTA, A PRETEXTO DE FORNECER DISPENSÁVEL INFORMAÇÃO, DEFENDE-SE DE SEVERAS CRÍTICAS

Não, não pensem que quero me meter na briga recém-iniciada, quem sou eu? Já defini minha posição de completa neutralidade, narrador objetivo e frio, expondo fatos concretos. Não venho tampouco comentar a visível mudança operada na maneira de ser do moço Ricardo. Apenas, mais uma vez constato a influência de uma perfumada e gostosa — como direi? —, de um perfumado e gostoso favo de mel, inebriante rosa negra. Transforma gelo em fogo, carneiro em leão, seminarista devoto em estudante subversivo e arruaceiro.

Outro dia, escandalizado, meu amigo e companheiro de lides literárias, Fúlvio D'Alambert (José Simplício da Silva, bancário, na mediocridade da vida civil e burguesa; se por acaso já forneci essa explicação, aqui a repito, antes ser acusado de redundante do que de omisso), revelou-me que, em certos seminários, atualmente, os estudantes lêem e analisam Freud e Marx e não o fazem para negá-los, refutando-lhes as heréticas teorias, denunciando-os à polícia política à falta da Santa Inquisição; uma vale a outra. Muito ao contrário, comentam-lhes os escritos entre elogios e aplausos. Não obstante a presença de Frei Timóteo no corpo docente, penso que os alunos do seminário de Aracaju não conheciam Marx e Freud nos idos de 1965 — data tão próxima, ainda ontem, parecendo contudo distante passado ante as transformações do mundo; ocorrem elas com tal rapidez que o tempo é jogado para trás, o presente se reduz a breve, fugaz instante. O encontro com os hipies, as repetidas conversas com Frei Timóteo, uma e outra coisa concorreram para a inesperada evolução do jovem mas, em definitivo, o que o fez outro, virando-o pelo avesso, foi a olente rosa negra, o suculento favo de mel onde sequioso e faminto mergulhou e renasceu.

Emprego muito a propósito as imagens acima, rosa negra, favo de mel, metáforas destinadas a evitar palavras exatas e justas, seja por pernósticas, incompletas e feias as que não ofendem o pudor: vagina e vulva, por exemplo, terríveis palavrões; seja por criticáveis e condenadas as que exprimem com vigor, exatidão e poesia, a doçura, a graça, o calor, a eternidade, a perfeição: xoxota, xibiu, boceta. No texto anterior — ai de mim! —, utilizadas e repetidas.

Meu confrade e crítico Fúlvio D'Alambert, a quem entrego as páginas escritas para correção gramatical, conselhos estilísticos e acentos, recriminou-me asperamente pelo uso e abuso de tais termos, por colocá-los na própria escrita literária, enfeando a linguagem, emporcalhando a frase. Por que tanto repetir palavras obscenas, por que voltar seguidamente ao maldito tema em copiosas referências àquilo que ele trata pudicamente de aparelho genital da mulher?

Mas pergunto eu: como não falar de coisa tão importante na vida do homem? Por que lhe dar nomes ásperos e agressivos, poluindo-lhe a beleza e a graça? Por que lhe negar os doces apelidos nascidos da língua grata do povo? Na mesa do bar, quando Aminthas, Fidélio, Seixas, o vate Barbozinha, o diligente Ascânio começam a discutir altas filosofias, a desovar conhecimentos em maratonas intelectuais, Osnar, chateado, a bocejar, protesta:

— Como vocês perdem tanto tempo discutindo essas besteiras, quando se pode falar de boceta, coisa adorável?

Osnar, afirma dona Carmosina, e nisso concordo com a sabichona, por vezes nos lava a alma.

Aproveito, aliás, a referência à malta do bilhar para responder a outra restrição feita pelo caro e meticuloso Fúlvio D'Alambert à presente narrativa. Chama-me a atenção para o fato de não ter sido o leitor informado da profissão de três dos quatro compadres de contínua presença nas páginas deste melodramático folhetim. De Osnar se sabe a condição invejável de cidadão apatacado, vivendo de rendas; e os demais? Falou-se da tendência a humorista de Aminthas, do fanatismo pelo som moderno e do parentesco com dona Carmosina, nada disso definindo profissão ou fonte de receita. Sobre Seixas, apenas referências às primas, um rol delas; de Fidélio, nada se conta, fugidio indivíduo. Concordo com a crítica, confesso o erro, dou a mão à palmatória. Tem razão o amigo Fúlvio D'Alambert ao apontar-me a grave lacuna, a falta de informação assim importante, direi mesmo fundamental: o meio de vida de certos personagens. A economia condiciona o mundo e dirige as ações humanas, ensina Marx aos seminaristas. Ou é o sexo, como aprendem em Freud? Confusão medonha. Aproveito-me dela para fornecer a informação, redimindo-me da negligência. São os três, Aminthas, Seixas e Fidélio, funcionários públicos. O primeiro, federal, os dois outros, estaduais. A par da condição de servidores da Nação e do Estado dos três rapazes, o leitor não mais os pensará desempregados, troca-pernas, boas-vidas. Troca-pernas, boas-vidas, de acordo; desempregados, não.

Chego por fim ao motivo único dessa minha intervenção. Desejo apenas informar os nomes dos cinco assinantes de *A Tarde*. São eles: Modesto Pires, o árabe Chalita, Edmundo Ribeiro, doutor Caio Vilasboas e seu Manuel Português. O sexto exemplar, como se sabe, vem, gratuito, para dona Carmosina, oferta da gerência. Após a publicação da *Carta ao Poeta De Matos Barbosa*, a explosiva crônica de Giovanni Guimarães, o número de assinaturas passou de cinco a nove, dona Carmosina — ela sempre sai ganhando — embolsou polpuda comissão. Polpuda em termos de Agreste, naturalmente... Tudo no mundo é relativo, como diria Einstein, desconhecido dos seminaristas de Aracaju.

DA FORMOSA LEONORA CANTARELLI, ESTENDIDA NA REDE, ENTRE CABRAS E BALEIAS, SOB UM SOL AZUL

A formosa Leonora Cantarelli, estendida na rede, na varanda da casa de Perpétua, recolhe o apressado beijo de despedida de Peto, cujas obrigações de torcedor, acrescidas do receio de sofrer castigo devido a imprudentes palavras, chamam-no ao bar onde, a partir das cinco, começa um torneio de bilhar disputado pelos melhores tacos da cidade. Peto não dispensa o beijo da prima quando chega e quando se despede. Leonora diverte-se com as manhas do garoto, a esperteza e os olhos astutos. Fora disso, terno e solícito, sempre às ordens das parentas paulistas, pronto para qualquer serviço. Pela tia Antonieta tem verdadeira idolatria, o que não o impede de brechar-lhe os decotes, de alegrar a vista nos detalhes expostos.

Após a partida de Barbozinha para a agência dos Correios Peto permanecera fazendo companhia a Leonora, narrando-lhe peripécias de pesca. Saíra rio abaixo naquela manhã, com Elieser, na lancha. O peixe mordia que dava gosto, carapebas enormes; o molinete e a vara trazidos de presente pela tia Antonieta para Cardo revelaram-se legais paca. Voltara com o samburá cheio de carapebas e robalos deste tamanho — marcava o tamanho com as mãos —, dera à tia Elisa, comeriam no jantar peixe pescado por ele, Peto, rei da isca e do anzol. Tia Elisa é legal no tempero, de se lamber os beiços. Bonita também, a mulher mais bonita de Agreste, para comparar-se com ela só mesmo Leonora.

— Entre a tia e a prima, o páreo é duro. Se eu tivesse de escolher, ficava com as duas.

As antenas sempre ligadas, Perpétua escuta ao passar, repreende:

— Que falta de respeito é essa, moleque? Isso é coisa que se diga? Quer ficar de castigo?

Peto capa o gato antes que a mãe decida mandá-lo fazer uma hora de banca ou o obrigue a acompanhá-la à igreja para a chatice das devoções vespertinas; no bar os campeões devem estar se reunindo. Pisca o olho para Leonora, rouba-lhe o beijo, e quando Perpétua o procura — cadê esse endemoninhado? — não lhe percebe nem o rastro. Queixa-se do filho mais moço enquanto explica a Araci como arear os talheres para deixá-los reluzindo; aproveita a presença da moleca para uma faxina geral, a casa anda um brinco.

— Esse menino me consome a vida. Ricardo não me dá trabalho mas Peto não sei a quem saiu. Parece filho de Tieta... — tapa a boca com a mão, arrependida, não vá a sirigaita contar à madrasta.

— É um menino ótimo — elogia Leonora.

— Você é que é boa, fecha os olhos para as bobagens dele. — Desaparece no quarto do oratório.

A sós, Leonora retoma os livros de autoria do poeta De Matos Barbosa, emprestados pelo autor: dois de versos, um de pensamentos filosóficos. Empréstimo feito debaixo de muitas recomendações. Tomasse cuidado pois ele possui apenas aqueles únicos volumes e as edições estão há muito esgotadas. De uma delas o exemplar vale hoje verdadeira fortuna, e ainda assim quem possui não quer se desfazer. Tiragem limitada, fora de comércio, ilustrada com dez gravuras de Calasans Neto, a cores e em preto-e-branco, financiada por amigos do poeta, fora vendida a subscritores quando a embolia o ameaçou de morte ou, pior, de mudez, cegueira, paralisia, cadeira de rodas. Com o produto da venda direta, obtivera dinheiro para pagar quarto particular em hospital e as contas de farmácia. Médicos, tivera dos melhores, de graça; quem, em Salvador, não conhecia e estimava o poeta De Matos Barbosa e sua mansa loucura?

Ao entregar os envelhecidos tomos, folheando com Leonora a bela edição dos *Poemas de Agreste*, revendo as ilustrações, Barbozinha filosofara sobre a vida, os caprichos do destino. Aquele fora o último livro que conseguira publicar. Recuperado porém marcado pelo derrame, a voz presa, o passo tardo, aposentado da função pública, partira para o voluntário exílio na placidez da terra natal, distante das portas de livraria, dos animados cafés e das tertúlias, das colunas dos jornais, do sucesso e do renome. Enquanto isso, daquelas primeiras cabras e baleias, talhadas na madeira há onze anos, para ilustrar poemas sobre os outeiros de Agreste e os cômoros de Mangue Seco, inesperadas baleias vindas do mar, em navegação no rio Real, cabras com dengues e meneios de mulher, alteando-se sobre as rochas, disparara o jovem gravador Calasans Neto — o caboclo Calá, um porreta, assim o trata e define o vate Barbozinha — para rápida e gloriosa carreira, hoje nome nacional, com exposições inclusive no exterior, em Nova Orleans e em Londres, sim senhora, minha gentil amiga. Assim é a vida, uns subindo, outros descendo a rampa, constata ele sem amargura: tendo vivido numerosas existências, encarnado tantas e tantas vezes, esses altos e baixos não o apoquentam. Muito menos agora quando o fraterno Giovanni Guimarães, glorioso e popular cronista de *A Tarde*, o retira do ostracismo para lhe entregar o estandarte da luta contra a poluição.

Compusera, em duas noites de inspiração e raiva, cinco *Poemas da Maldição* para marcar com o ferrete candente da poesia a face podre dos vendilhões da morte. Viera com idéia de os ler para Tieta, musa eterna e singular dos livros publicados, braço e coração a sustentá-lo quando o raio o atingiu e o vate encontrou-se soterrado sob a humilhação da versalhada em louvor à Brastânio, aquela abjeção por ele produzida devido ao engano em que lamentavelmente incorrera em companhia de Ascânio, ambos inocentes vítimas da perfídia. Aproveitou para agradecer à encantadora sílfide ter destruído, nas chamas purificadoras, a cópia do corpo de delito, apagando-se assim, para todo o sempre, a lembrança da infâmia; os originais ele os havia igualmente transformado em cinzas.

Não encontrando Tieta, a ingrata não o informara da ida para Mangue Seco, declamou para Leonora dois dos cinco poemas redentores: os outros três, ele os considerava impublicáveis em jornais ou revistas, impróprios para recitativo, defesos a ouvidos inocentes. Para Tieta, viúva, íntima e velha amiga, musa permanente, se animaria a dizê-los. Para Leonora, não, pois retomando o estro de Gregório de Matos, ele, De Matos Barbosa, baixou o pau com vontade, em linguagem vigorosa e áspera, nos criminosos diretores da Brastânio. Em certos versos, como negros e brutos diamantes, cintilam palavrões — a imagem é do próprio Barbozinha.

A chegada de Peto, com o ruidoso entusiasmo de pescador bem sucedido, apressou a partida do bardo para a agência dos Correios onde ia postar os poemas e longa carta para Giovanni Guimarães. Antes, porém, declamaria poemas e carta para a amiga Carmosina. Essa, se bem donzela, pode ouvir qualquer barbaridade, não se escandaliza.

Lá se foram, primeiro o poeta, cachimbo apagado, passo lento, ardente coração; depois o garoto, sem-vergonha e afetuoso, no espanto da primeira adolescência. Leonora contempla as gravuras, cabras e baleias, pedras e montes, a moça com o bastão e um estranho sol azul a nascer sobre as águas ribeirinhas, extravagância ou insolência do artista. Não a surpreendeu, porém, aquele sol azul, era-lhe familiar. Desde o desembarque em Agreste, Leonora se sentia cercada por uma atmosfera diáfana, em tons celestes, um mundo mágico, irreal, onde não cabe a maldade; nem a maldade nem a desgraça. Os lábios murmuram as duas estrofes do repudiado poema de Barbozinha, aquelas onde o vate se referiu a Ascânio Trindade, capitão da aurora.

Encurralado capitão, há dois dias e duas noites sem repouso, a face intranqüila, os olhos injetados, as marcas da insônia. Na primeira noite, quase mudo. Andando com Leonora em torno à praça, tomara da mão da moça e a prendera entre as suas, em busca de apoio e segurança. A crônica no jornal deixara-o doente. Pouco a pouco, talvez porque ela não houvesse feito comentário nem perguntas, ele falou do problema. O destampatório de Giovanni Guimarães deve possuir alguma base concreta — disse —, uma parcela de verdade mas ele, Ascânio, sem querer adiantar nenhuma afirmação, tem quase certeza de haver imenso exagero na exaltada diatribe do jornalista, resultante quem sabe de que obscuras razões. Alguma poluição há de decorrer da indústria de titânio, todas as fábricas poluem, umas mais, outras menos. Não acredita, porém, naquela apavorante história de perigo mortal para a flora e a fauna, para o rio e mar. De qualquer maneira, antes de tomar posição, devem esperar que a denúncia do jornalista se confirme ou se reduza, colocada nos devidos termos pelos especialistas competentes. Leonora suspendeu-lhe a mão e a beijou: Ascânio tem razão, é preciso esperar, talvez tudo isso não passe de tempestade em copo d'água.

Na noite seguinte, a da véspera, fora ainda mais difícil. Habitualmente, Ascânio arranja no decorrer do dia pelo menos dois ou três motivos para aparecer em casa de Perpétua, pedindo licença para entrar por um momento ou chamando Leonora à janela, ela dentro da sala, ele no passeio: um dedo de prosa, um sorriso, um beijo. Naquele dia, porém, não aparecera. Leonora tivera notícias, por dona Carmosina, da violenta discussão travada pela manhã na agência dos Correios. Depois, o Comandante passou com dona Laura para buscar Mãezinha e Ricardo mas não fez referência ao incidente. De Ascânio, nem sinal.

Após o jantar, na hora sagrada, ele chegou, sério e triste. Leonora esperava-o na porta, Ascânio não quis entrar nem mesmo para dizer boa noite a Perpétua. Atravessaram para o jardim da praça onde moças e rapazes namoram, circulando aos pares. Houve um tempo de silêncio, pesado, depois ele perguntou:

— Já soube?

— Da discussão? Já.

— Horrível. Perdi a cabeça, destratei o Comandante, uma pessoa muito mais velha do que eu, um homem de respeito. Mas ele me acusou de desonesto.

— O Comandante? Pensei que tivesse sido Carmosina.

— Ela só me xingou, no ardor da discussão, não tem importância. Mas o Comandante falou que eu menti, que, estando a par dos planos da fábrica, nada disse, enganei todo mundo. Para ele, eu me revelei indigno da confiança depositada em mim. Não sei se isso é verdade, mas o resto é: menti, escondi o

379

que sabia, procurei tapear os outros. Mas eu juro que só fiz isso para o bem de Agreste. O doutor Mirko, você sabe quem é, me pediu segredo pois nada estava ainda decidido e se a coisa viesse a público podia botar tudo a perder. Para mim, o interesse de Agreste passa por cima do que quer que seja.

Como o fizera na véspera, Leonora levou a mão de Ascânio aos lábios e a beijou. O rapaz sorriu, um sorriso tão triste que ela pode medir quanto ele estava magoado e temeroso. Então, ali mesmo em plena praça, sob uma árvore, sem se preocupar com a presença dos casais de namorados, ela se deteve e, tomando-lhe do rosto, o beijou na boca. Para que ele e todos a soubessem solidária incondicional.

Na rede, admirando as gravuras, as altivas cabras, as pacíficas baleias, o grande sol azul, sonho e realidade, Leonora conta os minutos. Pela manhã, Ascânio mandara Leôncio com um recado: tem pela frente um dia muito ocupado com os problemas do calçamento da rua da entrada da cidade — Leonora se encontra a par do complô festivo, da projetada homenagem à Joana D'Arc do Sertão — mas se conseguir tempo passará a vê-la, a qualquer hora. Nos lábios de Leonora esvoaçam os versos de Barbozinha sobre o capitão da aurora.

Badala o sino da Matriz anunciando cinco horas da tarde. O capitão da aurora está cercado de ameaças e perigos. Apenas ele ou ele e ela, o idílio de Ascânio e Leonora, o sol azul de Agreste? Onde a altivez, o entusiasmo, a certeza de triunfo do Capitão Ascânio Trindade a comandar o progresso, derrubando os muros do atraso, acendendo esperanças no burgo morto e no peito de Leonora? Murcho, inquieto, triste, quase derrotado. Vencido ou vitorioso, pouco importa, meu amor.

Ei-lo que irrompe porta adentro, sem sequer pedir licença, de novo altivo, entusiasta, triunfante, nas mãos um maço de jornais, a notícia de asfalto próximo no Caminho da Lama e a placa com o nome da rua dona Antonieta Esteves Cantarelli (cidadã benemérita).

DO CALÇAMENTO DA RUA, DA PLACA E DA MANCHETE NO JORNAL, QUANDO ASCÂNIO TRINDADE REASSUME A AMEAÇADA FUNÇÃO DE LÍDER, CAPÍTULO TODO EM FLASHBACK

Encontra-se Ascânio Trindade na entrada da cidade, entre a Praça do Mercado e a curva da estrada, acertando com o mestre-de-obras Esperidião do Amor Divino detalhes do calçamento da rua, por onde fios e postes da Hidrelétrica penetrarão em Agreste, quando a atrasadíssima marinete buzina — espantoso som! — e logo surge numa nuvem de poeira, aparição ao mesmo tempo familiar e surpreendente, fulgurante. Ao perceber o secretário da Prefeitura, Jairo freia o veículo, ouvem-se guinchos e explosões, a marinete estremece, salta, dança, ameaça derrapar, desconjuntar-se, partir-se ao meio, estanca. O velho e indomável coração do motor prossegue descompassado a pulsar — Jairo não é besta de desligá-lo; quem garante que ele voltará a pegar? Naquele dia já lhe fez poucas e boas.

Até aquele momento, quando Jairo usou os freios provando-lhes não apenas a existência mas também a qualidade das peças de fabricação antiga, as de hoje não valem nada, o dia fora extremamente desagradável para Ascânio. Desde a primeira leitura da crônica de Giovanni Guimarães sua vida tem sido um pesadelo. A partir da conversa com doutor Mirko Stefano, o Magnífico Doutor — assim o designara a secretária executiva, a mesma que depois apareceu vestida de Papai Noel, na ocasião em que viera à frente do batalhão de técnicos —, até a explosão da crônica, Ascânio erguera maravilhoso, imenso castelo, prevendo sensacional futuro para Agreste e para ele próprio. As chaminés das fábricas construídas em Mangue Seco propiciam o progresso: estrada asfaltada, larga, quem sabe de duas pistas, quase auto-estrada, cidade modelo, no coqueiral, para operários e empregados, moderno hotel em Agreste em edifício de vários andares, comuna próspera e rica. A Brastânio, pioneira, abre o caminho para várias outras indústrias desejosas todas de se beneficiarem das condições ímpares do município. À frente de tudo isso, comandando, administrador competente, profícuo, incansável, pleno de idéias e capaz de executá-las, um estadista, Ascânio Trindade, prefeito de Sant'Ana do Agreste, ora marido, ora noivo da bela e virginal, virginal, não, da bela e cândida herdeira paulista Leonora Cantarelli. Por vezes prolonga o tempo de noivado, período de doçuras quando o desejo vai conquistando direitos e territórios corpo afora, pouco a pouco; por vezes casa logo, na urgência de enxergá-la no lar e de imaginá-la grávida, o ar angelical amadurecendo com o crescer do ventre.

Castelo de cartas, a explosão o levou pelos ares, a ele e à segurança do moço. Viu-se de súbito em meio a um vendaval igual aos que se abatem em certas ocasiões sobre Mangue Seco, arrancando coqueiros pela raiz, desfazendo as cabanas dos pescadores, revolvendo o oceano, levantando incríveis redemoinhos de areia, mudando a posição e a altura das dunas. Quando termina e a paz retorna, a paisagem modificou-se, lembra a anterior mas já é outra, diferente.

Ascânio recusa-se a aceitar as afirmações de Giovanni Guimarães sobre os malefícios resultantes da indústria de dióxido de titânio, apegando-se à condição do jornalista, leigo na matéria, incompetente a respeito de questões científicas. Mas, se for verdade o que ele assegura e denuncia, assessorado quem sabe por físicos e químicos? A crônica ressuma extrema segurança, como se o autor tivesse absoluta certeza de tudo quanto afirma. Tudo não, pois a própria dona Carmosina, apaixonada partidária do artigo, nele descobrira erro primário, relativo à cor da fumaça. Se errou nesse detalhe, pode ter Giovanni errado em todo o resto. Mas, se à parte a cor da fumaça, no restante ele tiver razão? Sendo assim tão perigosa essa indústria, mortal para os peixes, acabando com a pesca e os pescadores? A verdade é que atualmente há uma verdadeira mania de se ver poluição em toda parte, de se atribuir às chaminés das fábricas as desgraças do mundo.

Que posição deve ele tomar, em definitivo? Se ficar provado exagero de Giovanni Guimarães, o problema será de fácil solução. Mas se, ao contrário, os entendidos vierem em seu apoio? Romperá Ascânio com o Magnífico Doutor, recusando-lhe a autorização e as facilidades prometidas para a instalação da Brastânio no município ou enfrentará o perigo da poluição, considerando mais importante para o futuro de Agreste a transformação econômica da zona, a riqueza resultante da industrialização do que a escassa pescaria da reduzida colônia de Mangue Seco, a limpidez das águas, a beleza do rio? Como agir, que posição, que partido tomar? Abrir mão de tudo, dos projetos administrativos e dos sonhos de noivado e casamento, para garantir a permanência do clima puro, da beleza clara, da modorrenta paz? A que servem o céu puro, a água clara, a beleza, a paz? Bom lugar para esperar a morte; com o correr do tempo a frase do caixeiro-viajante torna-se repetido lugar-comum, verdade patente. Antes de enfrentar o perigo, sacrificar uns poucos pescadores — e com isso pôr fim ao contrabando na barra do rio Real, que há quase um século resiste às espaçadas incursões da polícia —, sujar as águas, em troca de riqueza, do movimento, do incontido progresso. São poucos e contrabandistas os pescadores de Mangue Seco; são numerosos, sérios e trabalhadores os do arraial do Saco, do outro lado da barra, e a morte dos peixes, o envenenamento das águas atingirá toda a foz do rio, o mar em frente. Meu Deus, é de enlouquecer qualquer cristão ou marxista o contraditório universo das razões em causa. Ascânio, farto, exausto, os nervos em ponta, tenta liquidar o último argumento a perturbá-lo recordando que, localizados a praia e o arraial do Saco em terras de Sergipe, o destino dos pescadores que ali vivem não é problema dele, administrador de município baiano. Não se convenceu.

A prova de que não se convenceu foi a decisão tomada na Prefeitura, pela manhã, em relação ao indispensável calçamento do Caminho da Lama, na entrada da cidade, para as festas da inauguração da luz da Hidrelétrica. Urge dar início ao trabalho, dentro de um mês os postes chegarão às ruas de Agreste e se acenderá a luz de Tieta. Por via das dúvidas, fazendo das tripas coração, Ascânio resolve deixar de lado as mirabolantes promessas do doutor Mirko Stefano e retomar o plano anterior, modesto calçamento de pedras — pedras sobrando no rio e nas colinas, a única coisa realmente barata em Agreste além de mangas e cajus — financiado pelos apatacados da terra; correrá a lista, mendigo público, mais uma vez.

Decidido mas esmagado, desabitualmente irascível e ranheta, mantém longa e difícil conversa com mestre Esperidião, acertando prazo e preço para a empreitada. Ascânio a deseja rápida e barata, Esperidião considera inaceitáveis as magras propostas do secretário da Prefeitura, levando em conta sobretudo a limitação do tempo: deverá contratar quantidade de trabalhadores, entrar pela noite adentro trabalhando, e ainda assim vai ser dureza entregar a obra na data precisa. Terminam por ir ao local, examinar de perto.

Conseguem chegar por fim a um compromisso sobre o orçamento quando Jairo freia a marinete e a poeira sufoca Esperidião do Amor Divino, magricela e esporrento. Voltando a respirar, o mestre-de-obras reclama:

383

— Estão falando por aí em poluição, como se essa desgraçada marinete não estivesse acabando com os pulmões da gente há mais de vinte anos.

Jairo desce, segurando dois pacotes, descansado, indiferente às três horas de atraso, às paradas, à volubilidade do motor naquele dia de humor bastante instável:

— Duas encomendas para você, Ascânio. Essa, foi Canuto quem mandou.

— Um embrulho largo, ainda na embalagem original, endereçado a Canuto Tavares por uma firma da capital.

Ao recebê-lo, Ascânio apalpa o pacote:

— Sei de que se trata.— Volta-se para Esperidião: — É a placa da rua. Chegou mais cedo do que eu esperava.

— Esse outro, foi Miroel, da agência de passagens, quem me deu, dizendo que era urgente. Parece ser coisa importante, veio no ônibus que faz a linha direta de Salvador a Aracaju. Parou em Esplanada, só para deixar esse troço. Está entregue. Rapidez e eficiência. — Ri.

Entrega, ri e fica à espera. Roído de curiosidade, aguarda a abertura dos embrulhos. O primeiro, como Ascânio previra, contém a placa para nova rua, com o nome de dona Antonieta em letras brancas sobre fundo azul. Jairo e Esperidião aproximam-se para admirá-la, Ascânio a encomendara na Bahia, em firma especializada, por intermédio de Canuto Tavares. O funcionário relapso da agência dos Correios e Telégrafos é uma espécie de correspondente de Agreste em Esplanada, a cujos préstimos Ascânio recorre com freqüência.

Apressada e decidida passageira, dona Preciosa, diretora do Grupo Escolar, levanta-se e toca a extraordinária buzina da marinete, espantando pássaros — Jairo não se enxerga: indiferente ao atraso enorme, ainda salta para conversar, quando estão, finalmente, na reta da chegada. O pacote, dirigido a Ascânio Trindade, Dinâmico Prefeito de Sant'Ana do Agreste, URGENTE, assim em maiúsculas e ainda por cima em vermelho, contém jornais e uma carta. Enquanto a poluição sonora da buzina põe calangos em fuga, Ascânio abre um dos jornais e seu rosto se descontrai, desaparecem a irritabilidade, a fadiga, a amargura, ao ler, em letras garrafais, manchete em primeira página: A BRAS-TÂNIO DESMASCARA UM IMPOSTOR e ao constatar, num relance, não ser outro o impostor desmascarado senão o cronista de *A Tarde*, Giovanni Guimarães.

Surgindo na porta da marinete, dona Preciosa ergue a voz ácida e ameaçadora, habituada a ralhar com meninos, reduzindo-os ao silêncio e à obediência, a verruga a tremer, indaga:

— O bate-papo vai demorar muito, Jairo?

— Já estamos indo, dona Preciosa. — Quem respondeu foi Ascânio, andando para a marinete, seguido por Jairo e Esperidião. Segura os jornais como quem segura ouro, pedras preciosas, remédio contra a morte.

DAS RAZÕES A FAVOR

Irrespondíveis argumentos, os de Giovanni Guimarães, na opinião do vate Barbozinha, em conversa com Leonora. Não há mais o que discutir, disseram dona Carmosina e o Comandante: o cronista de *A Tarde* pusera o preto no branco, os pontos nos ii. Não pensavam assim proprietários e diretores de outros jornais, a prova está em frente a Ascânio Trindade, sobre a mesa do prefeito. Exemplares de dois diários da capital nos quais, em fartas matérias, as opiniões negativas do articulista em sua *Carta ao poeta De Matos Barbosa* viram-se sujeitas a completa revisão, áspera crítica e desagradável confronto com as responsáveis declarações de cientistas de peso e de administradores conscientes de seus deveres.

Um desses jornais estampa a manchete agressiva, vista por Ascânio antes de embarcar na marinete onde, excitado, a releu, constatando a violência do tratamento aplicado a Giovanni: impostor, nem mais nem menos. A gazeta não levou em conta o renome do articulista, a simpatia e a consideração a cercá-lo.

Longo editorial, em negrita e corpo doze, canta loas à Brastânio, em frases e adjetivos junto aos quais os louvores de Barbozinha no excomungado poema empalidecem. No momento em que o Governo do Estado conclui as obras do Centro Industrial de Aratu, criando as condições para um surto novo na vida da Bahia, a localização na Boa Terra de uma indústria da importância da

Brastânio, fundamental para o desenvolvimento do país, é a mais auspiciosa notícia do ano que termina, um inigualável presente de Natal à população do Estado — afirma o artigo-de-fundo. Pode-se proclamar ter sido a Bahia contemplada com a sorte grande ao ser escolhida pela ilustre diretoria da Empresa que se propõe aplicar em nosso Estado capitais de vulto antes aqui desconhecido em se tratando de empreendimentos privados. Há quem fale, naturalmente, em perigo de poluição, mas os negativistas sempre existiram, em qualquer parte e ocasião, opondo-se ao progresso, pregoeiros da desgraça. São vozes isoladas e de duvidosa procedência, servindo a escusos interesses. Se, por simples curiosidade, nos detemos a examinar a biografia política dessas aves de agouro a grasnar infâmias, localizaremos de imediato ranço ideológico suspeito, a marca registrada de Moscou. Nesse tom, todo o editorial. Não cita o nome de Giovanni Guimarães mas está na cara.

Cita-o, porém, na entrevista concedida ao mesmo jornal, um dos *dinâmicos diretores da Brastânio — Indústria Brasileira de Titânio S.A., o jovem vitorioso empresário Rosalvo Lucena, economista de reputação nacional, diplomado pela Fundação Getúlio Vargas, da qual logo se tornaria professor, Managerial Sciences Doctor pela Universidade de Boston.* Começou o titular de tantas excelências levando Giovanni na gozação, *ameno cronista sem nenhum conhecimento científico, deveria manter-se nos limites dos fúteis acontecimentos quotidianos, no comentário de casos de polícia e de vitórias e derrotas no futebol, ao que sabe, seus temas prediletos, não se metendo a dar palpite naquilo que ignora, transformando-se de cronista em impostor, tentando lançar a opinião pública contra um empreendimento de alto teor patriótico que significará para o Brasil economia de divisas, ampliação do mercado de trabalho, riqueza. Sobre o imaginado e inexistente perigo mortal que as fábricas da Brastânio representariam, segundo o odioso foliculário, melhor será ouvir a opinião de um técnico de competência indiscutível, o doutor Karl Bayer, nome familiar a todos quanto se interessam pelos problemas do meio ambiente.* Num retrato em três colunas Ascânio vê, no centro da página, o *dinâmico doutor Rosalvo Lucena, o ilustre cientista Bayer e o simpático doutor Mirko Stefano ao lado do nosso diretor quando da visita realizada à redação desta folha.*

O ilustre técnico, em texto extremamente científico e ininteligível, por isso mesmo de muita força de convicção, respondendo a três perguntas — por ele mesmo redigidas pois esses repórteres são uns analfabetos em matéria de problemas ecológicos —, liquidou o assunto. Com grande gasto de elmenita, cloreto, Austrália, catalisador, pentóxido de vanádio, necton e plâncton, efluentes, provou por a mais b não passar de balela toda essa conversa de perigo de poluição, de morte de peixes e contaminação das águas, *desprezível demagogia.* Quem há de duvidar, diante de tanta ciência?

No outro jornal, não menos entusiasta da instalação da Brastânio, *indústria de salvação nacional, primordial, fator de reerguimento da economia baiana,* o engenheiro Aristóteles Marinho, da Secretaria de Indústria e Comércio, deu sua penada a favor da Empresa. Perigo nenhum, garante o técnico, despojado de termos difíceis e de efluentes, competência modesta se comparada à do germânico Bayer. Importante, porém, pois reflete o pensamento da administração estadual que, tendo, segundo ele, estudado acuradamente o assunto, levando em conta os interesses vitais da população, concluíra pela *perfeita inocuidade e pela extrema importância da indústria a ser implantada no Estado pela Brastânio.* Termina afirmando que os baianos podem dormir descansados, o governo está vigilante e não permitirá ameaças às terras, às águas e ao ar nos limites da Bahia. Quando fala em governo, refere-se ao Estadual e ao Federal, *indissolúveis na defesa dos recursos naturais e da saúde do povo.*

Os jornais — alguns exemplares de cada um dos dois — vieram acompanhados de uma breve carta do doutor Mirko Stefano, dirigida ao caro amigo doutor Ascânio Trindade, na qual lhe informa ter a Brastânio contratado os serviços de uma empresa de viação e obras para realizar estudos e apresentar projeto para o alargamento e a pavimentação dos cinqüenta quilômetros da estrada a ligar Agreste a Esplanada. A mesma empresa asfaltará, por conta da Brastânio, a rua da entrada da cidade, conforme o prometido. Em breves dias, as máquinas e os técnicos chegarão. Não se refere nem aos jornais nem a Giovanni Guimarães.

REFLEXÃO DO AUTOR A PROPÓSITO DE NOMES E TÉCNICOS

Cansado do esforço feito para manter incólume minha propagada e prudente posição de narrador objetivo, evitando envolver-me na polêmica ao resumir e transcrever opiniões divergentes, expostas em crônicas, editoriais, tópicos e entrevistas, permito-me curta reflexão sobre nomes de família e maneiras de agir de técnicos fora de série, famosíssimos, cujas conclusões ditam lei. Faço-o no desejo de evitar ao leitor engano e confusão.

Em tempos bicudos, quando o livro se transforma em artigo de luxo em lugar de ser, como deveria, objeto de primeira necessidade igual ao pão e à água (aliás, também absurdamente caros, não existe mais nada barato a não ser aporrinhações e tristezas), não posso permitir que o leitor, tendo empregado seu rico dinheirinho na compra de exemplar deste empolgante e volumoso folhetim — duas qualidades intrínsecas aos bons folhetins — seja levado a conclusões errôneas. O que poderia suceder se não for esclarecido de imediato detalhe referente ao cientista Karl Bayer, cuja entrevista a uma folha de Salvador teve o essencial de seu profundo conteúdo incluído em capítulo anterior. Sintetizado, pois sendo a entrevista longa e prenhe de ciência física, química, ecológica e quejandas, sua transcrição na íntegra não me pareceu recomendável. Para dizer a verdade, a ciência do doutor Bayer, de tão volumosa e maciça, torna-se massuda e enfadonha. Deixemos, porém, esse detalhe de lado e falemos do nome de família do doutor, assunto primeiro desta reflexão. Bayer — sobrenome famoso, ostentado por Herr Professor Karl.

Famoso, conhecidíssimo, por isso mesmo dando facilmente lugar a confusões de perigosas conseqüências. Apresso-me assim a dizer que, até onde posso assegurar, não é o professor membro da família de nacionalidade alemã, proprietária de grandes indústrias e empórios químicos espalhados pelos quatro cantos do mundo. Nacionalidade significando, no caso, capital, capital social e de giro; em tempo de multinacionais, ainda mais do que o lugar do nascimento e o sangue, o dinheiro determina a nacionalidade.

Ao topar com Herr Professor Karl Bayer ditando regras no capítulo anterior, gritei aleluia, sonhei imortalidade acadêmica e prêmios literários (em pecúnia, se possível), pensando estivesse nosso folhetim cumulado de honra devido à presença entre a pobre humanidade de Agreste de um dos grandes do mundo, um Bayer. Nas páginas iniciais deste fiel relato das aventuras de Tieta, expressei a esperança de que, no decorrer da narrativa, nela surgisse, para glória de quem a redige (mal e porcamente), a figura de um magnata, de um dos verdadeiros donos da Brastânio. Um grande patrão, não um borra-botas qualquer, Magnífico Doutor, Managerial Sciences Doctor, Moço ou Velho Parlamentar, Sua Excelência, todos assalariados, ocupando altos postos, muito bem pagos, em certos casos pagos em divisas, mas nenhum deles um verdadeiro patrão. Ao ler o nome Bayer encimando a entrevista, pulsou-me disparado o coração, imaginando estar diante de um dos legendários reis da indústria mundial. Fatal engano: trata-se apenas de mais um testa-de-ferro, técnico reputado e alemão porém Bayer bastardo, não passando de simples coincidência.

Busco esclarecer o detalhe pois, segundo li alhures, estão os Bayer legítimos associados à indústria de dióxido de titânio em mais de um país. A transcrição da entrevista do Bayer espúrio poderia sugerir, por conseqüência, solerte e malévola intenção de caracterizar a existência na Brastânio de capitais germânicos, majoritários e colonizadores. Ora, o caráter nacional e patriótico da Brastânio tem sido repetidas vezes afiançado e eu não pretendo discutir tal afirmação. Nem retificá-la, nem ratificá-la. Mantendo-me à margem, apenas esclareço, cumprindo obrigação de autor imparcial, ser o Bayer da entrevista um Karl qualquer, técnico de renome e nada mais: não possui ações na companhia. Se os outros Bayer, donos de meio mundo, têm dinheiro e mandam na empresa, não sei nem desejo saber. Meta a mão em cumbuca quem quiser, não eu, macaco velho.

Evitando assim qualquer confusão no espírito do leitor, antes de retornar ao folhetim propriamente dito, gostaria de acrescentar uma palavra sobre a atuação desses capacitadíssimos técnicos, pagos a peso de ouro. Palavra de pouca valia por ser de leigo em matéria científica — mais leigo ainda do que o cronista Giovanni Guimarães, cujas boas intenções estão dando nesse bode todo — não obstante capaz, quem sabe, de revelar curiosa circunstância na aplicação dos incomensuráveis conhecimentos desses senhores cuja opinião, como se disse atrás e em seguida se provará, dita leis e orienta governantes.

O Herr Professor Karl Bayer foi categórico: nenhum perigo de poluição. Com isso liquidou os últimos escrúpulos de certos homens de governo aparentemente receosos da propalada capacidade poluidora da Brastânio. A segurança expressa pelo competente técnico não significa no entanto inflexibilidade; tudo no mundo depende de hora e lugar e de quantia em jogo. Amanhã Herr Bayer pode mudar de opinião, afirmar exatamente o contrário e nisso reside a grandeza (e a fortuna) dos técnicos fora de série.

Sou levado a essa conclusão lendo nos jornais notícia da chegada ao Brasil de outro técnico ilustre e infalível. Vem por conta de multinacional com matriz nos Estados Unidos negociar contrato de risco para prospecção de novos campos petrolíferos garantindo, no maior entusiasmo, possuir nosso subsolo incomensuráveis reservas do cobiçado ouro negro. Trata-se do mesmo competente especialista outrora contratado por governantes nacionais para tirar a limpo de uma vez por todas a existência ou não de petróleo no Brasil. Foi ele ainda mais categórico, explícito e peremptório em sua resposta negativa do que, na polêmica sobre a Brastânio, o conclusivo Bayer. Após meses de estudo, pesquisas, prospecções, banquetes, garantiu, sob palavra de honra, a total, absoluta ausência de petróleo no subsolo brasileiro: nem uma gota para remédio, na terra e no mar. Não passando toda e qualquer afirmação em contrário de agitação subversiva, a serviço de Moscou, merecedora de severa repressão. Embolsou régio pagamento e, se não me engano, recebeu de lambugem magna condecoração pelos serviços prestados ao Brasil. Sua opinião fez lei e vários indivíduos foram trancafiados no xadrez, entre os quais um certo Monteiro Lobato, escritor de profissão, teimoso brasileiro irresponsável a ver petróleo onde petróleo não havia; inexistência provada e comprovada pelo relatório de Mister... Como é mesmo o nome do porreta?

O nome o leitor pode vê-lo nos jornais, onde brilha de novo, agora afirmando exatamente o contrário sobre a existência do petróleo no subsolo brasileiro, na terra e no mar, pago dessa vez por seus patrícios. No caso, nascimento e dinheiro coincidem para lhe dar a nacionalidade norte-americana, uma das melhores entre as atuais.

Quem sabe, com o passar do tempo, nosso Herr Professor Bayer mudará também de opinião. Quanto aos outros Bayer, os magnatas, a esses pouco importa se a indústria de dióxido de titânio polui ou não. Se polui, o faz bem longe deles, em ignotas terras da Bahia. A fumaça mortal, amarela ou negra, não os alcança, cabe-lhes apenas recolher os lucros do capital aplicado e das gorjetas pagas a sabichões e a excelências.

DA MORTE E DO BORDÃO

O velho Zé Esteves morreu de alegria, conclui Tieta ao tomar conhecimento dos detalhes finais. Caíra morto, envolto em riso quando, tendo fechado negócio para a compra da terra e do rebanho, voltou ao curral com Jarde Antunes e seu filho Josafá. Não fizera por merecer morte assim tão leve, segundo o comentário do genro, em cuja casa se realiza o velório. Astério murmura a medo aos ouvidos do amigo Osnar:

— Ruim como a peste. Botou fora tudo que tinha mas nem com a pobreza baixou a crista, vivia dando esporro em todo mundo. De repente, esse farturão. Tieta lhe satisfazendo todas as vontades e ainda por cima as cabras, deu nisso.

Conversam no passeio, a sala repleta. Pela janela, enxergam Tonha, numa cadeira ao lado do caixão. Ali sentada, obediente, silenciosa, às ordens do marido como durante toda a vida. Astério Simas conclui, olhando a sogra:

— Um carrasco. Perto dele ninguém levantava a voz. Nem Perpétua.

— Retifica: — Só Antonieta. Dizem que desde menina.

Do outro lado do esquife, Perpétua leva o lenço aos olhos secos, arfa o peito em inexistentes soluços, enquanto na cozinha, assistida por dona Carmosina, Elisa prepara café e sanduíches para ajudar a travessia da noite.

Acontecera no caminho de Rocinha, em terras de Jarde Antunes, nas encostas de um morro, cabeços de capim ralo, figos-da-índia, penhascos, paisagem agreste e áspera, própria para os pés e os olhos de Zé Esteves, nativo daquele chão. O rebanho bem tratado, dando gosto ver. Zeloso, Jarde cuida pessoalmente dos bichos e da mandioca desde o raiar do sol. Seu pedaço de terra limita com a propriedade de Osnar, onde a mandioca, o milho, o feijão, as cabras, as ovelhas e os trabalhadores são administrados pelo compadre Lauro Branco, que com certeza o rouba nas contas mas lhe dá descanso e despreocupação, uma coisa pagando a outra e, ao ver de Osnar, por preço ainda assim barato.

Josafá, caboclo forte, de olhar arteiro, ouve o pai falando das cabras e do bode, sabe quanto lhe custa a decisão finalmente tomada, e se pergunta a razão por que homens como Jarde e Zé Esteves são de tal maneira apegados a uma terra sáfara e ingrata, de áridos outeiros carecas, a uns bichos ariscos. Ainda adolescente, a exemplo dos demais rapazes de Agreste, Josafá abandonara os pais e a casa de barro batido, rumando para o Sul. Começara varrendo o armazém de seu Adriano, em Itabuna; em dez anos chegara a sócio e realizou o sonho de sua vida: adquiriu uma roça de cacau, pequena ainda, produzindo por volta de quinhentas arrobas, mas um bom começo. Isso, sim, valia a pena, lavoura de rico. Cultivar cacau era o mesmo que plantar ouro em pé para colher em barras, duas vezes por ano. Mandioca e cabras, labuta de pobretões.

Todos os anos, por ocasião das festas de Natal e Ano-Novo, Josafá, bom filho, visitava os pais. Há dois anos a mãe morrera e desde então tenta convencer Jarde a vender posse e rebanho e ir com ele para Itabuna; se não pode viver longe do campo, venha ajudá-lo na roça de cacau, nas terras fartas de Itabuna. O pai resistia, não desejando mudar de chão mesmo por outro mais fértil, cacau em lugar de mandioca, bois e vacas em lugar de cabras. Mas desta vez, ao chegar, Josafá ouve notícias das transformações e novidades de Agreste. Armou-se então de tais argumentos que Jarde não teve como contestá-lo, inclusive porque lhe fez ver ser ele, Josafá, proprietário de metade daqueles bens, herança da mãe. Fê-lo a contragosto mas não podia perder aquela oportunidade de ganhar um dinheiro realmente grande para aplicar em novas roças de cacau. Curvou-se o velho, na casa do sem-jeito.

Ao saber da decisão de venda, anunciada por Josafá no Bar dos Açores e transmitida ao sogro por Astério, Zé Esteves se pôs imediatamente a caminho, percorrendo os três quilômetros e meio a separar as terras de Jarde das ruas da cidade. O preço não lhe pareceu alto, apenas o pagamento tinha de ser à vista. De volta a Agreste, Zé Esteves contou e recontou o dinheiro escondido, pé-de-meia acumulado em cerca de doze anos, a partir do primeiro cheque enviado pela filha rica de São Paulo. Tem para pagar mais de metade mas ainda falta um bocado de dinheiro.

No mesmo passo, retornou à presença de Jarde e Josafá. Propôs entrar com a maior parte e completar o restante mês a mês. Josafá recusou: quer o dinheiro todo de uma vez, não se dispondo a financiar nem um tostão. Por que não pede à sua filha? Para ela não é nada, uma ridicularia — perguntou, enquanto o velho Jarde, calado, se retirava, deixando a conversa por conta dos dois. Foi ver as cabras sob o sol, por seu gosto morreria ali, nos outeiros calvos, perto dos bichos indóceis.

Pedir à filha, fácil de dizer, difícil de fazer. Zé Esteves coça a cabeça. Tieta, no pouco tempo que leva em Agreste, comprara a mansão de dona Zulmira, uma das melhores residências da cidade, onde ele e Tonha vão viver como lordes, mandara nela fazer obras — na opinião de Zé Esteves dispensáveis, onde já se viu em Agreste moradia com dois banheiros, cada qual maior? — adquirira terreno em Mangue Seco onde construía casa de veraneio, gastos enormes, um dinheirão e tudo pago no contado. Tieta não mede despesas para ter conforto; toca o bonde para a frente, exigindo o melhor: móveis, utensílios, banheiras mandadas vir da Bahia. Banheiras, imagine-se! Para que diabo? Essa gente do Sul não sabe mais o que inventar.

Quando Tieta quer uma coisa, não discute, vai pagando. Mas Zé Esteves nunca soube que ela quisesse encostas de morro plantadas de mandioca, outeiros de figos-da-índia e pedras onde saltam cabras. Josafá deu-lhe prioridade até o dia seguinte. Não vendo outra solução, Zé Esteves almoça às carreiras, aluga o bote de Pirica, desce o rio para Mangue Seco.

— Por aqui, meu Pai? Que foi que deu em vosmicê? — Tieta leva-o a ver a casinha quase pronta onde Ricardo, de brocha em punho, ajudando na caiação, lhe pede a bênção. O velho repara no neto: o corneta desasnou, nem parece o rato de sacristia do começo das férias.

Tieta prossegue, enquanto visitam a obra:

— Alguma novidade nos trabalhos da casa? Aperte seu Liberato, tome o exemplo de Cardo que botou o pessoal daqui para trabalhar a toque de caixa. Quero dormir em nossa casa em Agreste, antes de ir embora.

— E tu está querendo ir?

— Assim liguem a luz nova. Só espero a festa. Vim por um mês, vou passar quase dois. Já pensou?

— Para a festa tu tem de ficar pois foi tu, minha filha, quem botou essa luz em Agreste. A quem se deve agradecer o benefício?

Tieta sente por detrás do elogio, a agitação e o acanhamento do pai:

— A que veio, Pai? Me diga.

393

— Quero tratar um assunto com você.

— Pois fale que eu lhe ouço.

— Aqui não — diz em voz baixa, apontando com os olhos Ricardo, os trabalhadores, a Toca da Sogra onde o comandante Dário, que o acolheu à chegada, está estirado na rede, lendo.

— Então venha comigo, vamos ver se vosmicê ainda tem pernas para subir um combro.

O minúsculo maiô deixa à vista mancha escura e recente na parte interna da coxa de Tieta, que explica: pancada de um caibro, ali, na obra. Ela e Ricardo, para dar o exemplo, trabalham de operários. Ouvindo a explicação, Ricardo sorri à socapa. Sorte o maiô cobrir a bunda, o ventre, o entre-pernas. Recorda a voz da tia, entre gemidos:

— Doido, tu vai acabar me obrigando a andar de calças compridas aqui, na praia.

Também Tieta esconde um sorriso ao contar do caibro escapando-lhe das mãos. Adorado caibro, além dos lábios e dentes vorazes; a juventude, a areia e as ondas. Ah!, o amor na praia, na fímbria do mar, carícia de espumas. Anjo revel, terei forças para desprender-me de teus braços e partir?

Sob a canícula do começo da tarde, pai e filha sobem as dunas, em silêncio, ela pensando nas sublimes estrepolias de Ricardo, ele buscando a palavra precisa para colocar a premente questão. Resolve-se:

— Tenho um pedido a te fazer, minha filha.

— Peça, meu Pai, que, se eu puder, atendo, vosmicê sabe.

— É a coisa que mais desejo no mundo mas tu tem sido tão boa comigo, tem me dado tanta satisfação que fico com medo de abusar.

— Ora, Pai, deixe disso que vosmicê nunca foi dessas cerimônias. Quando vosmicê queria uma coisa só não pedia se pudesse tomar. Vá, peça.

Diante deles se abre passo a passo a paisagem violenta, fascinante e infinita. Naquele mar-oceano pai e filha temperaram a alma, crestaram a pele ao contato do vento de areia, cortante fio de punhal. O cajado, inútil no chão movediço, atrapalha mais do que ajuda na subida. O Velho sente o esforço, já não possui a agilidade e a resistência de antes quando, atrás de raparigas, escalava os cômoros a correr e saltava sobre as pedras dos cabeços para segurar e montar cabras em cio, não lhe bastando a mulher jovem e bonita trazida dos

394

roçados. Ainda assim avança sem se queixar do escaldante sol de verão, o pensamento no pedido e na resposta.

Lá em cima, depois de contemplar por um instante o panorama insólito, sentam-se sobre uma palma de coqueiro. Tieta se ajeita para encobrir outra mancha ainda maior. Felizmente a ventania varreu a marca dos corpos sobre a areia e na praia o mar lavou a lembrança noturna dos embates. Imagine vosmicê, Pai, sua filha e seu neto na descaração. Assim como eu vi vosmicê se pondo nas cabras.

— Tu bem sabe, minha filha, que passei a vida criando cabras. Depois que tu partiu as coisas desandaram, acho que foi castigo de Deus — coça a cabeça, a areia incrusta-se nos cabelos brancos e crespos, duros capuchos de algodão — por minha ruindade te botando para fora de casa. Só pode ter sido.

— Não fale nisso, Pai. Ninguém se lembra mais, esqueça também.

— Castigo, sim. Acabei perdendo tudo e se tu não tivesse vindo em meu auxílio, ia acabar mendigando porque se dependesse de Perpétua eu morria de fome e Elisa não tem onde cair morta. Tu me deu de um tudo mas, antes que Deus me chame, queria ainda ter uma alegria, além dessa de te ver, que eu não merecia.

— Pai, pare com essas galantezas, não são de seu feitio nem precisa me gabar tanto. Diga logo qual é essa alegria que vosmicê tanto deseja. Se eu puder, lhe satisfaço.

— Poder, você pode, não sei se vai querer. Como lhe disse, dou a vida por meio metro de terra e um casal de cabras. Um casal, três ou quatro, meia dúzia e já é demais, dá para ocupar meus dias.

— Se bem entendo, vosmicê quer ter outra vez uns alqueires de terra e umas cabeças de cabras, é isso?

— E mais um bode, um bodastro bem inteiro, parecido com Inácio, tu te recorda dele? Nunca mais houve um bode igual aqui em Agreste.

— Se me recordo? Botei o nome dele em minha biboca: Curral do Bode Inácio. Ele não atendia a ninguém, nem a vosmicê, mas vinha comer na minha mão. Então, o Pai quer ter terra e rebanho, de novo. A gente pode pensar nisso. Ou vosmicê já tem alguma coisa em vista e veio de trato feito?

— Ninguém pode lhe esconder nada, minha filha, você nasceu inteligente, saiu a mim. Elisa é tola, saiu a Tonha. Perpétua é enrolona e tratante…

O Velho ri, riso encatarrado, de fumo de corda, cavo e grosso, satisfeito e cúmplice. A areia voa sobre eles, entranha-se nos cabelos anelados de Tieta, na crespa carapinha de Zé Esteves.

— Guardei todos os meses uma parte do dinheiro que tu mandava, tirando o bastante para o aluguel e para a comida, juntando o resto na idéia de um dia comprar uma nesga de terra e um par de cabras. O que juntei dá para pagar bem mais da metade do que Josafá está pedindo pela criação de Jarde. Mas ele quer tudo à vista, não fia nem um vintém. — Acrescenta, para animá-la: — Vendo o dinheiro vivo, é capaz de fazer uma redução.

— Quanto falta, Pai?

Tieta pensa na maleta, entupida de notas quando desembarcou, agora quase vazia. Fizera despesas grandes em Agreste, comprara uma casa, construíra outra, adquirira móveis, encomendara na Bahia banheiras, latrinas e espelhos, ajudara meio mundo. Um pedaço de terra, cabras e um bode inteiro para alegrar os últimos anos da vida do velho Zé Esteves, dinheiro jogado fora. Não já lhe deu segurança na velhice, não vai tirá-lo do buraco em que vive para residir em casa confortável, para Agreste luxuosa? Ainda quer mais? Um abuso. Tieta não gosta de abusos nem é de desperdícios.

Reflete-se a aflição no rosto súplice do Velho, ali parado, à espera da resposta, no alto das dunas de Mangue Seco, nas mãos o bordão do tempo em que possuía rebanho grande e impunha sua vontade às filhas baixando-lhes nas pernas e nas costas a taca de couro cru e aquele mesmo cajado de pastor. Ao senti-lo agoniado, Tieta recorda Felipe a lhe explicar quanto é mais profunda e pura a alegria de dar do que a de receber, quando, para satisfazer-lhe a fantasia e a vaidade, comprava-lhe caras e absurdas inutilidades. Felipe lhe ensinara o gosto singular de fazer os outros felizes. Se fosse necessário, descontaria um cheque com Modesto Pires, o dono do curtume se pusera às ordens para o caso dela vir a necessitar de dinheiro líquido.

— Pois vá e feche o negócio, Pai.

Zé Esteves ficou mudo e por um átimo a face se lhe contraiu num ríctus doloroso, tanta alegria semelhando dor aguda. Empunha o bordão, num esforço levanta-se e desce das dunas com a filha ao lado, ela sorrindo contente ao vê-lo sem palavras. Andam juntos até a praia onde o barco de Pirica estava à espera. Antes de embarcar, o Velho tenta beijar as mãos da filha mas Tieta não consente. O ruído do motor dando a partida foi abafado por outro muito maior: um helicóptero, vindo do mar, sobrevoa o coqueiral, tão baixo a ponto de se poder ver três pessoas na cabina, duas delas de binóculo examinando os arredores.

Ao chegar a Agreste, Zé Esteves não parou sequer em casa, tampouco na casa nova para ver o andamento das obras, nem no bar para contar do helicóptero. Do desembarcadouro saiu direto para a estrada de Rocinha, tomando pela terceira vez no mesmo dia o caminho das terras de Jarde. Apoiava-se no cajado, a subida das dunas deixara-lhe as pernas trôpegas e a respiração curta.

Antes de entrar no assunto, relatou a Jarde e Josafá a aparição da máquina voadora, os homens de binóculo especulando os terrenos do coqueiral de Mangue Seco. Josafá ouviu atento mas não comentou, Jarde disse:

— É o pessoal da tal fábrica que acaba com os peixes. Não soube?

Mas Zé Esteves nem respondeu, ocupado em regatear o preço com Josafá; obteve pequena redução. Acertados os detalhes — ainda naquela tarde mandaria Pirica novamente a Mangue Seco com um recado para Tieta por causa do dinheiro a completar — sem poder esconder a satisfação foi com Jarde e Josafá ver as cabras no cercado. Enquanto discutiram, haviam tomado uns tragos de cachaça para cortar o cansaço de Zé Esteves e desanuviar o rosto triste de Jarde.

No curral, voltou a admirar o pai do rebanho, bode novo e bonito, de avantajado porte e berro forte, de nome Seu Mé. Josafá puxou o animal pelos chifres para que Zé Esteves melhor o observasse. Ao comentar-lhe as trouxas, quimbas de respeito, o novo dono abriu na gargalhada, o homem mais feliz do mundo. Tão feliz que lhe faltou a respiração; não cabendo no peito a alegria, o coração falhou sob o peso imenso.

Rindo estava, rindo arriou no chão, a mão estendida para o bode, apontando-lhe os bagos; assim contara Jarde a Astério Simas ao lhe entregar o corpo do sogro.

Ia o velório em meio, entupida a pequena sala da casa de Astério, gente conversando na calçada, quando, acompanhada por Ricardo, pelo comandante Dário e por dona Laura, Tieta chegou de Mangue Seco onde a tinham ido prevenir.

— Teve o troço no meio da gaitada, nem sentiu. — Astério repete à cunhada os detalhes ouvidos de Jarde e Josafá.

397

— Morreu de alegria... — diz Tieta.

Naquela hora não sabia ainda da participação — indireta — da Brastânio na morte do velho Zé Esteves. Precedida pelo cunhado, anda para o caixão, se abraça com Tonha. As irmãs acorrem, alguém acorda Peto. Também Leonora se aproxima do grupo familiar e beija Mãezinha.

Para os parentes de Agreste a morte de Zé Esteves é uma carta de alforria. Tieta, porém, reencontrara o Pai há apenas um mês. Durante vinte e seis anos não o vira, dele não sofrera agravo desde a surra e a expulsão distantes e, nesses dias em Agreste, divertira-se com seus repentes, alegrando-se ao vê-lo chegar mascando fumo, ranzinza e implicante, mas ainda capaz de ambição, de projetos e de alegria, sabendo rir, insolente comandante de cajado em punho. Reconhecia-se no Velho, tanto se pareciam pai e filha.

Astério enverga cara compungida, Elisa chora aos soluços, Perpétua enxuga os olhos com o lenço negro, clama aos céus a dor de filha inconsolável. Tieta não chora nem eleva a voz. Passa de leve a mão no rosto do pai, adusta face de pedra, escura. Das três irmãs, somente ela perdera bem precioso, ente querido, somente ela está órfã. Ela e Tonha, a desvalida Tonha.

Morrera rindo para o bode, feliz com suas novas cabras, em seu reconquistado pedaço de terra. Tieta se apodera do bordão abandonado a um canto da parede, anda para o passeio onde a conversa corre animada como convém a uma boa sentinela.

ONDE SE ENTERRA O VELHO ZÉ ESTEVES, LIVRANDO DE SUA RÚSTICA E INSOLENTE PRESENÇA AS APRAZÍVEIS PÁGINAS DESTE EMOCIONANTE FOLHETIM

O enterro de Zé Esteves serviu para provar o prestígio de Tieta. Tivesse o Velho batido as botas antes dela voltar à cidade, paulista, viúva e rica, e, além da família, talvez o acompanhamento não reunisse sequer uma dúzia de pessoas.

Devido à estada de Tieta transformou-se num acontecimento. Antes da saída do féretro, padre Mariano celebrou missa de corpo presente em casa de Elisa, rogando a Deus receber em seu seio aquela alma, amparando-a com sua infinita misericórdia. De muita misericórdia precisa a alma de Zé Esteves, pensa o padre enquanto pronuncia palavras de louvor e sentimento. Buscou qualidades do finado a elogiar e, não as encontrando, elogiou as filhas, possuidoras as três de virtudes peregrinas, citando a devoção de Perpétua, um dos pilares da paróquia, modelo de mãe católica, a modéstia de Elisa e seu devotamento ao marido, esposa exemplar e, por fim, os excelsos predicados de Antonieta, cujo *cônjuge portara, devido a méritos excepcionais, título e consideração do Vaticano, concedido pelo Pai da Cristandade, Sua Santidade o Papa,* o que a fazia pessoa da Igreja. Com sua frutuosa visita, propiciara a Agreste benfeitoria de incalculável valor, a luz de Paulo Afonso, e à Matriz concedera a nova instalação elétrica. Dera, ademais, heróica prova de dedicação e amor ao próximo, atirando-se às chamas, com risco de vida, para salvar de morte horrível uma pobre anciã. Pouco faltou para os assistentes aplaudirem a eloqüência do reverendo na exaltação das virtudes das irmãs Esteves, a Batista, a Simas e a Cantarelli, da última, as virtudes e os feitos.

A população compareceu em massa. Nas alças do caixão, além de Astério, os notáveis da cidade: o vate Barbozinha, Modesto Pires, o Comandante, Doutor Vilasboas, Osnar, Ascânio Trindade. Ascânio apresentara pêsames em nome do padrinho, coronel Artur de Figueiredo, prefeito em exercício que se deixara ficar na Tapitanga. Não comparece a enterro de velho. Morte e funeral de menores de sessenta anos não lhe fazem mossa. Mas falecimento de ancião deixa-o amofinado. Manda pedir desculpas às irmãs e a Astério, aparecerá depois para as condolências.

Do bolso de Ascânio, sobram as páginas dos jornais enviados pelo doutor Mirko Stefano. Pretende esfregá-los nas fuças do Comandante, fazendo-o engolir o insulto, a acusação de desonestidade. Esfregar, engolir: força de expressão. Tais pretensões não implicam em violências físicas e sim em reparação moral. Segurando a alça do caixão, ajudando a depositar na cova o corpo de Zé Esteves, Ascânio Trindade estufa o peito, eleva e exibe o altivo penacho de capitão dos mosqueteiros de Agreste, D'Artagnan da aurora.

DA PRESSA E DA AMBIÇÃO DE LUCRO,
CAPÍTULO ONDE O COQUEIRAL SE VALORIZA

Em casa, apenas chegam, antes mesmo de trocarem de roupa, Tieta com urgência de tirar o vestido negro e quente, Perpétua, fazendo uma pausa nas lamúrias, afirma:

— Agora, temos de tratar da herança.

— Herança? — surpreende-se Tieta. — O Velho não deixou nada.

— Não deixou? É o que você pensa. Todo mês ele encafuava o dinheiro mandado por você, menos um pingo de nada para a feira e o aluguel. Dava sumiço no resto. Nunca tirou um tostão para oferecer um presente a mim ou a Elisa, aos netos. Só fazia visita na hora do almoço ou do jantar, você não reparou? Deve ter muito dinheiro escondido.

Economia de mais de dez anos, uns doze, bolada respeitável. Para fazer o que, com tanto dinheiro? Perpétua se exalta ao contar, a voz desagradável, sibilante, ainda mais ríspida devido ao tema da conversa:

— Várias vezes perguntei a ele o que pensava fazer com esse dinheiro, me respondia que eu fosse me meter com minha vida. Aconselhei a colocar na Caixa Econômica ou a botar na mão de seu Modesto, rendendo juros. Não quis, não tinha confiança em ninguém, muito menos em banco. Penso que guardava sem necessidade — baixa a voz —, de ruim que era, Deus me perdoe.

— Tenha piedade, Perpétua. Não faz ainda uma hora que acabamos de enterrar o Velho; antes de pensar nos defeitos dele, a gente deve se lembrar que era nosso pai.

Perpétua recua, não deseja desagradar Tieta:

— Você tem razão. Padre Mariano também diz que me falta o dom da misericórdia. Meu dever é estar chorando, eu sei. Mas, o que é que você quer? Quando penso no que a gente curtiu na mão dele... Tu é quem bem sabe.

— Sei, sim. Mas assim mesmo sinto a morte dele, era meu pai, tinha defeitos e qualidades, boas qualidades. Era franco e quando queria uma coisa sabia brigar para obtê-la.

— Qualidades? Te esconjuro. Mas morreu, acabou-se. Voltando ao que interessa, é preciso descobrir onde ele escondia o dinheiro. Talvez mãe Tonha saiba. Encontrando, a gente retira uma parte para as despesas feitas com a sentinela e o enterro, tu não estava, tive de pagar tudo; outra, para mandar dizer as missas de sétimo e de trinta dias. O resto se divide entre mãe Tonha e nós três. Metade para ela, metade para nós. Se alguém quiser outras missas que pague de seu bolso.

No receio de escandalizar a irmã rica, a tia generosa, anuncia soberba prova de amor filial:

— Eu mesma vou mandar rezar mais três: uma em meu nome, duas em nome de cada um dos meninos. E todos os anos, enquanto Deus me der vida, farei celebrar missa no dia da morte dele. — Não resiste e acrescenta: — Creio que isso é melhor do que inventar qualidades que o Pai não tinha.

Tieta sente-se cansada e farta. Não adianta discutir, tempo perdido: nenhum argumento mudará a opinião de Perpétua. Retira-se:

— Vou trocar de roupa, tomar banho e dormir, estou exausta.

Portador do recado de Astério, Pirica viera encontrá-la à noite nos cômoros, em desatada festa com Ricardo. Sorte o Comandante ter gritado para localizá-la. Pirica comenta a morte do Velho, após dar a notícia:

— Indagorinha trouxe e levei ele no barco. Ia tão contente que até me deu um agrado.

Passara o resto da noite na sentinela, recebendo pêsames, repetindo as mesmas palavras, ouvindo histórias acerca de Zé Esteves, algumas engraçadas, outras bravias, do tempo de prosperidade. Depois, a manhã do enterro, metida naquele vestido apertado, feito para o clima de São Paulo, a caminhada para o cemitério, a encomendação do corpo, o desfile do povo em condolências, a volta melancólica. Tieta quer dormir, não pensar em nada, nem sequer em Ricardo, de repente sentindo-se estranha a Agreste. Rompera-se uma das amarras a prendê-la à terra natal e pela primeira vez desde que chegara teve realmente vontade de voltar para São Paulo.

Estava tirando a roupa para tomar uma chuveirada, cair na cama e dormir sem hora de acordar, quando, falando da sala de jantar, Perpétua anuncia-lhe a visita de Jarde e Josafá: queriam vê-la com urgência, motivo sério. Tieta enfia um robe-de-chambre e vem atendê-los, levando-os para a varanda. Perpétua fica por perto, rondando.

Sentam-se. Jarde roda o chapéu na mão, baixa os olhos deslumbrados com a visão do busto da paulista, mal coberto pelas rendas do desabiê. Josafá toma a palavra.

— Desculpe, dona Antonieta, a gente vir lhe incomodar numa hora tão ruim mas o assunto é urgente por isso nós não tivemos outro jeito, o Pai e eu.

— É sobre a compra da posse?

— E do rebanho, sim senhora. Seu Zé Esteves disse que tinha falado com a senhora e que a senhora ia pagar o restante.

— Mas agora ele morreu.

— Por isso mesmo a gente está aqui. É que ele, quando voltou de Mangue Seco, depois de pedir um abatimento, que nós fizemos porque estávamos com pressa de fechar o negócio, deu logo uma parte do pagamento, de garantia, mais da metade. — Enfia a mão no bolso da calça, puxa um maço de dinheiro amarrado com uma fita cor-de-rosa desbotada, deposita-o numa cadeira ao lado de Tieta. — Está aqui o dinheiro que seu Zé Esteves deixou conosco, em confiança. Não quis receber papel nenhum...

— Maluco! — pensa Perpétua ao ouvir tal absurdo. Aproximara-se, apenas percebera o motivo da conversa: o Velho comprando terras e cabras sem nada lhe dizer, na surdina, para isso economizara durante todos aqueles anos.

Jarde se distrai, os olhos fogem para o decote do robe, Tieta se compõe: tem de tomar cuidado devido às manchas escuras nos seios, nas coxas, na barriga; em todo o corpo a marca e o gosto dos lábios de Ricardo. Ali, naquela hora, recém-chegada do enterro, flagrando Jarde a lhe brechar o decote, conversando negócios, sente um frio de prazer a percorrê-la. Ao cansaço, mescla-se o desejo, uma doce lassitude. Josafá prossegue:

— A gente veio lhe trazer o dinheiro. Pena seu Zé Esteves ter morrido, ele queria a todo custo a roça e as cabras, ficou doido por Seu Mé.

Ante o olhar de Tieta, de incompreensão, explica:

— Seu Mé é o pai do rebanho, um bodastro de dar gosto.

Levanta-se, caboclo alto e disposto; Jarde o imita, ainda encabulado. Josafá lastima, antes de estender a mão na despedida:

402

— Para a gente, a morte de seu Zé Esteves também foi um golpe, a venda já estava feita, agora se desfaz. Vamos oferecer a seu Osnar, cuja propriedade é vizinha da nossa, só que a dele é um colosso, só perde para a do coronel Artur. Se seu Osnar não se interessar, vamos ter de nos mexer para conseguir comprador e quando a gente tem pressa, a senhora sabe como é...

— Por que corre tanta pressa, seu Josafá? Foi essa pressa, essa correria que abalou o coração do Velho.

— Precisamos desse dinheiro, meu pai e eu, para contratar um advogado em Itabuna, doutor Marcolino Pitombo; não tem outro que se compare com ele em questão de litígio por posse de terra.

— O senhor está em questão por lá?

— Lá não. Aqui. Vou trazer doutor Marcolino a Agreste, é para isso que preciso do dinheiro e quero vender os roçados e o rebanho. Tenho alguma coisa em Itabuna mas preciso de um dinheiro maior, disponível, para contratar o doutor e trazer ele até aqui.

— Aqui? E por que, se mal lhe pergunto?

— A senhora conhece o coqueiral de Mangue Seco, comprou um terreno na parte que é de seu Modesto Pires, seu Zé Esteves me disse. Sabe quem é o dono do resto, das terras que vão do Quebra Pedra até os limites de seu Modesto? Essas terras que agora a tal companhia quer comprar para botar a fábrica? Pois são da gente, de meu pai e desse seu criado.

— O coqueiral? Me disseram que ninguém sabe direito quais são os donos, ainda outro dia o Comandante falou nisso.

— Se tem mais alguém com direito, não sei. Possa ser que sim. Se tem, que apareça, constitua advogado como eu vou fazer e apresente as provas porque eu vou apresentar as minhas. Herança antiga, dona Antonieta, consta dos livros do cartório. Só que meu pai e meu avô nunca ligaram, quem dava valor ao coqueiral, mais mangue do que terras? Eu mesmo só vim ligar importância agora, aqui chegando. Meu pai me falou na história da fábrica, lembrou que esses terrenos são da gente. Assuntei o zunzum, soube que os engenheiros andam por lá. Ontem mesmo seu Zé Esteves me disse que tinha um helicóptero voando por cima dos coqueiros, que ele e a senhora tinham visto.

— É verdade. O senhor precisa mesmo andar depressa porque tem muita gente graúda interessada no coqueiral.

— E não havia de ter, com os alemães querendo comprar?

— Os alemães?

— Foi o que eu ouvi dizer em Itabuna, eles andaram sondando por lá também; procurando lugar para a fábrica no rio Cachoeira mas houve uma grita danada, e ainda está havendo, porque diz que esta tal de fábrica acaba com tudo que é peixe e marisco e bota veneno no ar. Até eu assinei um papel protestando contra essa idéia deles se instalarem ali. Mas aqui, eu sou a favor. Lugar bom para uma fábrica dessas, não tem lavoura que pague a pena e cabra é um bicho que não morre mesmo.

— Cabra pode ser que resista. Mas os peixes se envenenam e morrem, a pescaria se acaba.

— Ora, dona Antonieta, em Mangue Seco o que tem é meia dúzia de preguiçosos, vivendo do contrabando. Com a instalação da fábrica vão ser operários, aprender a trabalhar, vão virar gente.

— Mas no Saco a pesca é o único sustento do povo. E lá a colônia de pescadores é grande.

Josafá ri, matreiro, pela boca e pelos olhos astutos, repete em voz alta o argumento que Ascânio Trindade pensara sem ousar dizer:

— O povo do arraial do Saco? Mas isso é lá com os sergipanos, o Saco fica do outro lado da barra, eles que se arranjem. Por mim, quero é vender meus terrenos aos alemães. Nós temos um papel.

Estão conversando de pé, Jarde não resiste, espicha os olhos para as rendas do negligê, pele mais bonita, redondos úberes de cabra feita. Josafá mete a mão no bolso interno do paletó, tira a carteira e dela uma folha de papel amarelado, estende a Tieta. Uma carta velhíssima, a tinta desbotada, onde há referências às terras na beira do rio, no rumo do mar, pertencentes à família Antunes.

— Antunes em Agreste, que eu saiba, só eu e meu pai, não existem outros. Fui saber no cartório, doutor Franklin me disse que o nome de Manuel Bezerra Antunes, meu tataravô, está lá, na escritura. Com a história da fábrica, tem não sei quantos se dizendo dono. É por isso que vou constituir advogado, entrar logo com uma ação de posse. Para isso preciso trazer doutor Marcolino; para questão de terra não há igual a ele. Começou a carreira como advogado do coronel Basílio, já pensou?

— Coronel Basílio? Não sei quem seja.

— Um bam-bam-bam lá do sul do Estado, desbravador de matas, homem valente e direito. Teve uma questão de terras que nem à bala resolveu. Pois doutor Marcolino, novinho ainda, deslindou o caxixe, ganhou na justiça, de cabo a rabo. Imagine agora que está velho e cuidou durante a vida inteira desses enredos. É para trazer ele que preciso vender os outeiros e as cabras. Depois, negocio o coqueiral com os alemães, compro roça de cacau.

— Já entendi.

Antes de apertar a mão que Josafá lhe estende, de tocar a ponta dos dedos de Jarde, Tieta demora um segundo pensativa, pergunta:

— Essas suas terras são vizinhas das de Osnar, não foi isso que o senhor disse?

— Exatamente. São pegadas uma na outra, a propriedade dele e a nossa.

— Ouça, seu Josafá. Se o senhor não encontrar comprador até amanhã pela manhã, volte aqui para falar comigo.

— Se a senhora pensa em comprar, não procuro mais ninguém.

— Seu Josafá, vim ontem de Mangue Seco quando soube da morte de Pai, não dormi um minuto a noite inteira, cheguei do cemitério ainda há pouco. Não gosto de tomar resolução sem pensar. Não lhe prendo: se encontrar comprador, pode vender. Se não encontrar, venha me ver amanhã cedo e eu lhe digo o que decidi.

— Se tratando da senhora, dona Antonieta, vou esperar, não falo com ninguém antes de ter sua resposta. Para mim, aqui, em Agreste, acima da senhora, só Sant'Ana. Em Itabuna me contaram da luz da Hidrelétrica, quase não acredito, parece milagre. Aqui soube do incêndio, benza Deus!

O aperto de mão, forte e caloroso, do caboclo franco e decidido. A ponta dos dedos de Jarde, baixando a vista. Tão rica, tão heróica, quase santa e que pedaço de mulher.

Perpétua acompanha-os até a porta. Volta, a voz ainda mais acre:

— Então era para isso que o Velho escondia o dinheiro, para comprar terras e cabras. Na idade dele, maluquice! — toma do maço de dinheiro, sopesa-o.
— Vivia passando miséria, comendo na casa dos outros, com essa dinheirama toda guardada. E tu ia pagar o resto, dar essas terras a ele, por quê?

— Porque quando ele queria uma coisa, queria por cima de tudo. Igual a mim, Perpétua. Igual a você, nós somos iguais. Tenho saudades dele.

— Por isso tu vai comprar o rebanho e a terra de Jarde? Ou tu vai te associar com ele e Josafá nos terrenos do coqueiral? É isso, não é?

Tieta deixa a pergunta sem resposta, dirige-se ao quarto. Perpétua a observa de costas, andando, o passo firme, as ancas em meneio, indiferente à opinião dos demais, recorda-se do pai na força da idade. Cabrita louca, violento bode, os dois da mesma raça caprina e demoníaca, comprazendo-se em pasto de iniqüidades. Iguais os três, afirmara Tieta. Perpétua balança a cabeça, discordando. Na ambição talvez, duros e obstinados como as pedras dos outeiros de Agreste. No mais, imensa distância a separá-la deles, a distingui-la. É uma senhora, recatada viúva, serva de Deus. Em seu devoto peito cabem saudades apenas do Major, inesquecível poço de virtudes, tão garboso ao envergar a farda de gala ou o pijama de listas amarelas.

O pensamento ainda no Major, de repente estremece: e o relógio Omega, de ouro, trazido de São Paulo por Tieta, presente para o Pai? De ouro, relógio e pulseira, valiosos. Vira quando Astério o retirara do pulso do Velho. Esquecera-se de falar sobre isso. É preciso vendê-lo para dividir o dinheiro. A não ser que Tieta o queira guardar, recordação do Pai. Nesse caso, deve pagar a parte da viúva e das órfãs.

Outra vez a lembrança do Major: bonitão, galhardo militar, em seu pulso forte iria bem relógio assim, de qualidade, combinando com a farda de gala ou com o pijama de listas amarelas. Metido no pijama, um homem e tanto; nunca mais haverá outro.

DOS RITOS DA MORTE E DAS AFLIÇÕES DA VIDA

No fim da tarde daquele trinta e um de Dezembro, repousada, Tieta vestiu-se discretamente e, após conversar em casa com Osnar e no curtume com Modesto Pires, tomou de dona Carmosina na agência dos Correios e Telégrafos e com ela dirigiu-se à casa de Elisa. Do balcão da loja onde demora na esperança de algum freguês retardatário para a derradeira compra do ano, Astério as vê passar, adivinha-lhes o destino: vão fazer companhia a Elisa, consolar mãe Tonha. Lança um olhar em direção do Bar dos Açores, hoje não tem direito à diversão costumeira; ainda bem que as partidas decisivas do campeonato de bilhar que designará o Taco de Ouro de 1965 foram adiadas devido à morte do velho Zé Esteves, sogro de um dos quatro semifinalistas: Astério Simas, José da Mata Seixas, Ascânio Trindade e Fidélio Dórea A. de Arroubas Filho. Logo no último dia do ano: haviam previsto uma bramota comemorativa para festejar o campeão. Há três anos Astério detém o cetro, arrebatado a Ascânio Trindade cujas obrigações na Prefeitura o trazem afastado da mesa de bilhar, aparecendo apenas uma tarde ou outra. Ultimamente, salva-se uma alma do purgatório quando ele empunha taco e giz: ao cargo somou-se o namoro para deixá-lo sem tempo para o esporte. Astério suspira: adiada a disputa, suspensa a festa, o demônio do Velho até depois da morte o persegue e chateia.

Elisa atira-se nos braços da irmã, em renovada tribulação. A morte deve ser honrada, o sentimento dos parentes do defunto, proclamado em ais e soluços, lágrimas e lamentos, sinais de dor visíveis e constatáveis. Assim se demonstra a consideração dispensada ao finado, em provas públicas de afeto e saudade. Além e acima da mágoa e da dor, situam-se os ritos da morte, obrigatórios, dos trajes negros ao clamor das carpideiras.

Num canto da sala, silenciosa, apagada, de repente velha sem idade, mãe Tonha, os olhos vermelhos. Apesar de todo o despotismo, Zé Esteves fora tudo o que possuíra. Ele a tirara da casa dos pais, roceiros pobres e, sendo homem de posses, um senhor da cidade, com terras e cabras, quase um coronel, a desposara após havê-la derrubado nos matos. Casara no padre e no juiz quando podia tê-la abandonado de bucho cheio, ao deus-dará; assim costuma acontecer em Agreste com freqüência e impunidade.

Junto ao marido Tonha viveu, silenciosa e obediente, quase trinta anos. Tomando esporros, sofrendo maus tratos, ouvindo xingos, mas tendo calor de companheiro a acalentá-la, rude mão de amparo, e vez por outra um beijo, uma carícia, o fogo do bode velho persistindo no vício até à véspera da morte. Zé Esteves gabava-se de feitos de cama e se alguém punha em dúvida tamanho vigor em sua idade, apelava para o testemunho de Tonha:

— Estou mentindo, mulher? Diga pra ele.

Piscava o olho, ria o grosso riso de fumo-de-corda, cuspindo negra cusparada. Tonha baixava a vista, um sorriso fugaz, entre envergonhado e afirmativo.

A chegada de Tieta e dona Carmosina aciona o aparelho da aflição, mergulha a sala em trevas. Ao vê-las, Tonha levanta-se, rompe em soluços. Elisa a acompanha, passa dos braços da irmã para os da amiga e protetora. Tonha repete, em monótono cantochão:

— Que vai ser de mim, agora?

Tieta prende a madrasta contra o peito, em silêncio, antes de reacomodá-la na cadeira e sentar-se a seu lado, junto à mesa:

— Fique descansada, mãe Tonha, nada há de lhe faltar. Vosmicê vai morar com Elisa e Astério e todo mês eu mando um dinheirinho para suas despesas.

Tonha tenta lhe beijar a mão, igual a Zé Esteves na hora de embarcar no bote de Pirica, em caminho da morte. Houvesse Tieta nascido de seu ventre e não seria filha melhor, mais dedicada. Pouco tempo Tonha a tivera em sua companhia, dois anos se muito; eram então da mesma idade, duas adolescentes.

— Quando o velho me botou para fora de casa — lembra Tieta —, na hora que eu estava arrumando minha trouxa, vosmicê me deu um dinheiro, pensa que me esqueci? Se não fosse por vosmicê e por mãe Milu eu saía daqui para enfrentar o mundo sem um vintém furado.

Tinham as duas a mesma idade naquela madrugada da partida de Tieta na boléia do caminhão. Tieta a tratava de vosmicê e de mãe, exigência do Velho ranzinza. Agora o faz de moto-próprio, já não são da mesma idade; moça, louçã e vistosa, a alegre viúva do comendador paulista; velha e definhada, magra e sofrida, a viúva do arruinado criador de cabras, encolhida na desolação do vestido barato e negro, de chita.

— Agora prestem atenção, vamos conversar uns assuntos. — Deposita em cima da mesa o maço de dinheiro recebido de Josafá, reduzido da parte de Perpétua e do pagamento das despesas feitas e das missas a rezar. À vista do dinheiro, Elisa estanca o choro, Tonha olha, curiosa:

— São as economias do Velho — diz Tieta.

Tonha reconhece a fita cor-de-rosa ainda a atar o pacote:

— Até tinha me esquecido. Você encontrou dentro do colchão, não foi? Ele fez um buraco no pano, todo mês botava mais, amarrado com essa fita, embrulhado num pedaço de jornal. Me fez jurar, pela alma de minha mãe, nunca dizer nada a ninguém. Todo dia tirava para ver; acordava de noite, se punha a contar.

— Foi Pai quem retirou antes de morrer, daqui a pouco explico para quê. Antes, quero dar a vosmicê a sua parte.

— Minha parte?

— Metade do dinheiro que ele deixou é seu, é da esposa. A outra metade é das filhas, Perpétua, Elisa e eu. Paguei a Perpétua as despesas que ela fez com o funeral: caixão, cova, padre, os gastos com a sentinela, os guaranás e os sanduíches. Já dei também a parte dela, o que está aí é o que sobrou. — Com a minúcia de quem está habituada a fazer contas, a manobrar crédito e débito, informa sobre o total do pé-de-meia, o montante das despesas, as divisões feitas e quanto cabe a Tonha e a cada irmã. Conta as notas sujas e gastas, muitas vezes manuseadas, entrega uma parte à viúva. — Esse dinheiro é seu, mãe Tonha, não dê a ninguém, guarde para alguma necessidade urgente. Depois que se vender o relógio, vai ter um pouco mais.

Separa o resto em dois montes, sua quota e a de Elisa, deixa-os sobre a mesa, ignorando a mão estendida da irmã:

— Um momento, Elisa, ouça primeiro o que eu vou dizer. O Pai morreu quando tinha acabado de fechar negócio com Jarde Antunes para comprar a terra e o rebanho dele, uma propriedade que não é grande mas, pelo que sei, é muito bem cuidada e dá uma boa renda. Faz divisa com a fazenda do Osnar. O Velho me pediu para completar o pagamento, queria ter um pedaço de terra e umas cabras. Acho que não era tanto pelo lucro, era mais pela satisfação. Gostava dos bichos e gostava de ter importância.

— Se gostava... — concorda dona Carmosina até então ouvinte silenciosa. Para ela, a existência de dinheiro escondido por Zé Esteves não constituíra surpresa.

— Sabia disso, Elisa? Dessa compra?

— Astério me contou, seu Jarde disse a ele.

Tieta estende a mão, afaga os cabelos da irmã, quem lhe dera possuir aquela crina negra.

— Então, ouça: o preço que Jarde e Josafá estão pedindo pela propriedade é bem convidativo, eles precisam de dinheiro contado. Até seu Modesto Pires

409

achou barato e Osnar me aconselhou a fechar o negócio sem discutir. — Assume um ar executivo, acostumada a lidar com dinheiro, a resolver negócios.

— Meu plano é o seguinte: juntamos as duas partes, a tua e a minha, eu boto o que falta e compramos para tu e Astério, a escritura passada em nome de vocês. Para não continuarem a viver nesse aperto, contando os níqueis. Com a loja e o criatório, vai dar de sobra. A propriedade dá uma boa renda e ainda por cima é vizinha da de Osnar, ideal para Astério. Estou ajudando os meninos de Perpétua, quero ajudar vocês também. Com a morte do Velho, quando a casa ficar pronta, vocês vão morar lá, com Tonha. Era o que eu queria dizer. — Na voz, aquela satisfação provinda da alegria de dar, de concorrer para melhorar a vida da irmã e do cunhado.

— Feliz de quem possui uma irmã como você, Tieta. Você é a maior. Coração de ouro igual ao seu, não existe — exalta-se dona Carmosina, comovida; a amiga cresce em seu conceito a cada dia.

Elisa, porém, guarda silêncio, os olhos fixos no chão. Certamente emocionada a ponto de não saber como expressar sua gratidão. Num esforço, começa a falar, sem suspender a cabeça, nervosa, gaguejante:

— Carmosina tem razão, tu é boa demais, Tieta. Antes de te conhecer, em pensamento eu te imaginava uma fada e tu é mesmo. — Levanta a vista e pousa em dona Carmosina a lhe pedir apoio para o que vai dizer: — Agradeço muito o que tu quer fazer por mim e por Astério, a compra da roça e a casa para morar de graça. — Uma pausa para tomar fôlego e coragem. — Mas não aceito. O que eu quero te pedir é outra coisa, até tinha conversado com Carmosina para ela falar contigo...

Uma sombra cobre o rosto de Tieta, sabe de antemão o que Elisa deseja:

— Tu não precisa de intermediário para falar comigo. Diga o que é que quer. — Faz-se distante e fria.

Elisa eleva os olhos medrosos para a irmã poderosa e rica. Decide-se, a voz vibra na sala:

— Só quero uma coisa: ir contigo para São Paulo. Quero que tu me leve, arranje um emprego para Astério, me...

Não consegue concluir a frase, Tieta a interrompe, brusca:

— Tu quer ir para São Paulo. Fazer lá o que, me diga? Botar chifre em teu marido? Ser puta?

O soluço irrompe do peito de Elisa, as lágrimas saltam-lhe dos olhos. Estremece como se houvesse levado uma bofetada, cobre o rosto com as mãos. Esses soluços, essas lágrimas nada têm de comum com as choradas há pouco, na obrigação do nojo, no ritual da morte. É um pranto sincero, verdadeiro, produto de duro e inesperado golpe, de um desgosto real, de um sonho roto. Arreia a cabeça sobre os braços, na mesa, geme baixinho num choro de criança, os cabelos se espalham.

Ergue-se Tieta, aproxima-se da irmã mais moça, dezessete anos mais moça. Levanta-a, toma-a nos braços e a consola. Beija-a nas faces, limpa-lhe as lágrimas, acaricia-lhe os cabelos, chama-a de Lisa, de minha filha, a voz doce e terna, maternal:

— Não chore, Lisa, minha filha. Se nego, é para teu bem. Lá não ia prestar para vocês. Ruim para ti, pior para Astério. Um dia, eu te prometo, quando for fazer uma viagem, me badalar de férias, mando buscar vocês para irem passear comigo. Tu sabe que quando eu prometo, cumpro. Mas agora, o que tu vai fazer é ajudar teu marido na loja, que ele precisa de tempo livre para o criatório. — Levanta a voz de novo: — E nunca mais me fale em ir para São Paulo. Nunca mais.

Dona Carmosina não pode conter a emoção, enxuga os olhos miúdos com um lencinho bordado. Tonha assiste, apalermada, sem conseguir entender aquela confusão. Tieta, deixando Elisa, vem abraçá-la, repetindo, ao despedir-se, a recomendação sobre o dinheiro:

— Guarde seu dinheirinho com cuidado. Não empreste nem dê a ninguém. Nem a Elisa, nem a Astério, nem a Perpétua, mesmo que lhe peçam. Eles não precisam. — Acena para dona Carmosina: — Vamos, Carmô?

Ainda afogada na decepção, Elisa volta a se abraçar com Tieta, no desejo, quem sabe, de arriscar uma última súplica apesar da proibição terminante. Não chega a fazê-lo. Passos ressoam no corredor, Astério entra na sala, estranha o desespero da esposa, crescendo em choro convulso, em altos soluços à sua aparição. Qual a causa desse pranto ardente, de ais tão sentidos? Pela morte do Velho não há de ser.

— Aconteceu alguma coisa? — já lhe arde o estômago.

Dona Carmosina explica:

— Elisa está chorando de contente e agradecida. Tieta vai comprar uma fazenda para vocês.

DA IMAGEM DE TIETA REFLETIDA NO ESPELHO EM NOITE DE ANO-NOVO

O enterro do velho Zé Esteves, a conversa com Perpétua sobre herança, com o mesquinho complemento do relógio, a pungente cena com Elisa refletem-se na face de Tieta, sentada diante do espelho, limpando a pele, sozinha no silêncio da casa e da rua. Partiram todos para o Te Deum na Matriz. O mundo de Agreste, aparentemente simples e pacífico, revela-se mais difícil e convulso do que o mal-afamado universo do meretrício onde ela se movimenta entre putas, rufiões, cáftens, gigolôs, patroas de randevus, desde a partida na boléia do caminhão há vinte e seis anos. Mais fácil defender-se e comandar no Refúgio dos Lordes. Lá, os sentimentos, como os corpos, estão expostos. Aqui, a cada passo, ela tropeça em simulação, engano e falsidade; ninguém diz tudo o que pensa nem demonstra por inteiro seus desígnios; todos encobrem algo por interesse, medo ou pobreza. Mundo de fingimento e hipocrisia, em acirrada luta por ambições tacanhas, minguados interesses.

Às nove horas, ao toque do sino da igreja, toque de recolher para a maioria da população, a luz do motor extinguiu-se, voltando no entanto a funcionar às onze, iluminando a cidade para a passagem do ano, as comemorações da igreja e da Prefeitura, o Te Deum e os fogos. Quando as filhas de Modesto Pires ainda eram solteiras, vindas em férias do colégio de freiras na Bahia, havia baile em casa do dono do curtume. Hoje, unicamente na pensão de mulheres de Zuleika Cinderela a festa se prolonga pela madrugada, iniciando-se após o Te Deum e o foguetório pois as raparigas, sendo filhas de Deus e cidadãs da comuna, comparecem à igreja e à Praça, para render graças ao Senhor e aplaudir com entusiasmo o capenga Leôncio, coadjuvado pelo moleque Sabino, no fulgor do espetáculo pirotécnico, com rojões, morteiros e foguetes, encerrando-se aquela modesta maravilha com uma única porém sensacional chuva-de--prata.

412

Depois do jantar, juntaram-se visitas na varanda: coronel Artur da Tapitanga, dona Milu, dona Carmosina, o vate Barbozinha, além de Elisa e Astério, do inconformado Peto, de meias e sapatos, roupa limpa, e de Ascânio Trindade, cuja presença, de tão constante, perdera a condição de visita. À luz das placas conversaram sobre o Velho; o coronel e dona Milu recordaram acontecidos antigos, dona Carmosina bordou comentários inteligentes. Esgotado o assunto principal, falaram da chuva e do bom tempo, ou seja: comentaram a prenhez de Sátima Farath, filha de seu Abdula e dona Soraia, levantinos de ferrenhos hábitos feudais, mantendo a filha única e atrativa trancada a sete chaves e de repente descobrindo-a de barriga inchada de quase quatro meses, produto das últimas chuvas de setembro, e se referiram a seu próximo casamento com Licurgo de Deus, modesto e retinto empregado para todo o serviço do armarinho, sem outro dote além da escura beleza de homem, do riso claro, da doçura dos modos, sendo o inesperado matrimônio um jubiloso acontecimento do bom tempo do verão. Exercendo a arte sutil de comentar a vida alheia, esquadrinharam o armarinho procurando saber onde se dera o fato principal, se em cima ou embaixo do balcão, entre botões, agulhas, dedais e fitas, remexeram nas finanças dos Farath e saudaram com simpatia a sorte do moleque Licurgo, a comer quibe cru em prato de ouro, imagem de dona Carmosina encerrando a discussão sobre o local do feito. Por duas vezes, o tema da poluição e da Brastânio aflorou aos lábios da agente dos Correios e do secretário da Prefeitura mas, ameaçando polêmica, não obteve seguimento na conversa infensa a debates por ocorrer ao mesmo tempo em visita de pêsames e em noite festiva. Quando a luz voltou, todos partiram para a igreja. Cansada, Tieta preferiu ficar, desejosa de solidão, nunca pensara pudesse a morte do pai afetá-la tanto.

Sozinha em noite de Ano-Novo, numa casa vazia! Não acreditaria, se lhe contassem. Enquanto dona Olívia viveu, antes de se reunir com ela e com os filhos para o reveíon, Felipe vinha, infalível, ver Tieta, trazendo-lhe um presente, quase sempre jóia de preço. Morta a esposa, rompia o ano em companhia da rapariga, em boate de luxo, onde, às felicitações e aos votos de feliz Ano-Novo, sucedia-se alegre carnaval. Na animação da champanhota e dos brindes, a renovada ternura.

Ainda há um ano, a noite começara de idêntica maneira, numa boate elegante. Discutiram finanças e recordaram os dias iniciais daquela irremediável

413

(adjetivo de Felipe) ligação. De lembrança, ele lhe ofertara a escritura de ampla loja no andar térreo do Edifício Monteiro Lobato — homenagem do empresário ao escritor paulista com quem convivera —, prédio monumental no centro da cidade, em rua de intenso comércio. Como obter maior renda? Alugando a loja ou nela instalando butique grã-fina, de luxo? Com a butique, naturalmente, se pudesse ficar à frente do negócio. Mas onde arranjar tempo, se o Refúgio a ocupava o dia inteiro? Melhor alugar, aconselhara Felipe, embolsando, sem trabalho nem preocupação, invejável bolada mensal.

Enternecida, Tieta lembrou o dia em que o conhecera, recém-chegado da Europa. Na véspera, Madame Georgette lhe dissera: Demain tu connaîtras le vrai patron du Nid, Monseigneur Le Prince Felipe. Também Felipe se recordava. Madame Georgette informara: Une petite mulâtresse, comme vous les aimez; ancienne bergère de chèvres, fraîche, tendre mais aussi sauvage comme un chevreau. Ficou a taquiná-la, enquanto dançavam, ameaçando casar-se ou amigar-se com menina bem moça, velho coroca necessita de broto novinho. Velho coroca? Tão rijo ainda, ainda bom de cama, o aplomb de sempre, uma resistência de cavalo. Ao beijá-la, na hora da meia-noite, falou da irremediável, definitiva e maravilhosa aventura que era a ligação deles dois:

— E se eu te dissesse que tu foste a única mulher que amei em minha vida?

A partir dessa frase mudara de sentido aquela convencional noite de Ano-Novo, para fazer-se inesquecível noite de amor. Apenas finda a gritaria, as felicitações e votos, ele a tomara pela mão, levando-a embora. Apesar de dona Olívia estar morta e enterrada havia seis anos, pela primeira vez Felipe convidou Tieta a visitar o palacete na Avenida Paulista. De sala em sala a conduziu, sob o reflexo dos burilados lustres de cristal, pisando tapetes persas, encandeando os olhos nas alfaias de ouro e prata, nos objetos de arte, colocados sobre os móveis negros, nos quadros dos mestres modernos, Picasso, Chagal, Modigliani, cujos nomes ela aprendera ouvindo-os da boca dos ricaços, no Refúgio, seguidos sempre da cifra astronômica com a qual reduziam-lhes a beleza a investimento. Uma riqueza diferente, pesada, nobre, quase solene, desconhecida para Tieta. Habituada ao luxo, ao convívio dos grandes das finanças e da política, todavia se sentiu enleada. Ao vislumbrar a grandiosidade do outro lado da vida de Felipe, não entende por que ele se prendera a uma simples pastora de cabras.

Dispensada a criadagem para festejar a noite de augúrios, o palacete estava vazio como hoje está a casa de Perpétua, onde um dia Tieta dormiu com Lucas e agora dorme com Ricardo. Felipe exibiu-lhe a adega, as prateleiras de garrafas, os rótulos ilustres, escolheu o champanha — champanha, não, le meilleur champagne du monde, ma belle — pondo a garrafa a gelar num balde de prata. Buscou as taças mais finas e raras da Boêmia. Assim carregados, penetraram na alcova; deitados no leito do casal beberam e se amaram. Velha cepa, bom vinho, Felipe compensa com erudita sabedoria a diminuída violência. De começo intimidada, Tieta recupera-se lentamente, numa estranha emoção: pela primeira e única vez na vida sente-se esposa.

Somente então, deitada ao lado de Felipe no leito colonial da alcova do palacete da família Camargo do Amaral, deu-se conta da exata significação do sentimento a ligá-la ao milionário comendador do Papa. Ainda há pouco parecera-lhe absurda aquela ligação na qual interesse, amizade, compreensão, desejo e prazer se misturavam. Sobre os lençóis de cambraia de dona Olívia, entendera enfim o significado da palavra amor, tão gasta e repetida, tão jogada fora na agonia das paixões e dos rabichos. Amor, sim, singular e exclusivo.

Muitas paixões, tantas, tão diversas. Passageiras ou renitentes, todas impetuosas, possessivas. As da menina-moça ávida de homens; abrindo-se nos esconsos do rio, nos altos dos cômoros de Mangue Seco, as da mulher-dama em trânsito do sertão para São Paulo. Durante o tempo longo de Felipe, rapariga às ordens, despesas por conta dele, sua propriedade pessoal, o pijama sob o travesseiro, os chinelos aos pés do leito, repetidas.vezes se apaixonara, a cabeça virada, doidinha. Nunca, porém, deixara de ser a terna amante, companheira e amiga do poderoso cinqüentão — quando o conheceu, Felipe completara quarenta e nove anos, aparentava quarenta — a envelhecer nos seus braços.

Desconfiaria Felipe das aventuras da protegida, desvairados xodós? Tieta jamais recebera homem no Nid d'Amour, nem Madame Georgette permitiria tal leviandade, tampouco no Refúgio dos Lordes, desde o dia em que ele comunicara a decisão de mantê-la com exclusividade. Encontrava-se com os eventuais amantes em apartamentos, garçonieres ou em randevus bem mais modestos. Apesar das precauções tomadas, Felipe, experiente e arguto, devia dar-se conta do fogo a consumi-la, exibindo-se no brilho dos olhos, no nervosismo dos gestos, no assanhamento na cama pois, quanto mais enrabichada por outro, com maior ardor e ofício a ele se entregava como a compensá-lo.

Jamais Felipe demonstrara a menor suspeita. Nos últimos meses, porém, quando os sinais da velhice começaram a lhe marcar a face bem tratada, mais além da fleuma e da sobranceria, Tieta percebera ou pensara perceber uma ponta de tristeza no olhar do Comendador, ao senti-la vibrante e incontida. Para não magoá-lo cuidou de reservar-se, controlando a ânsia e o apetite. Para não magoá-lo ou porque, de tão presa ao marchante, sentia-se menos necessitada?

Por ocasião da morte de Felipe achou-se tão sozinha e perdida, a ponto de romper a jura feita na hora da partida de Agreste — nunca mais porei os pés aqui — e vir buscar segurança e forças, renovar o gosto de viver, no meio da família, no chão onde nascera e se criara, nos outeiros a tanger cabras, aprendendo ser a vida dura prova, nos cômoros de areia fazendo-se mulher sob o peso do mascate com cheiro de alho e de cebola. Buscava respiração de ar puro, visão de céu límpido, noite de estrelas inumeráveis, banho de luar. Fugitiva da poluição de São Paulo, do deprimente comércio do Refúgio, da ausência de Felipe, inútil pijama, abandonados chinelos.

Nessa outra noite de Ano-Novo, tão diversa da última, sozinha em casa da irmã mais velha, diante do espelho, Tieta se interroga: valera a pena vir?

Sim, valera a pena, apesar do fingimento e da hipocrisia, da ambição e das discórdias da família Esteves, escondidos sob o manto da modéstia e da paz. Fosse apenas pelo encontro com Ricardo e já teria pago o sacrifício da viagem. Puro, inocente, franco, sem malícia, sem maldade, íntegro. Nada nele era dúbio, nem palavras, nem pensamentos, nem gestos. Seu menino, seu menino de ouro. Nunca antes se apaixonara por um adolescente, quase uma criança. Preferira sempre homens mais idosos, agora morre e renasce por amor a um rapazola.

Está na igreja o seu dividido menino, metade dela, metade de Deus. Vestido de coroinha, a batina negra, a sobrepeliz branca, a estola vermelha, envolto em incenso, anjo mais revel! A bruaca da Edna, montada nos chifres do marido, espichara a vista prenhe de cobiça, mordera os beiços na intenção do lindo querubim. Vai morrer de fome a peste, pois ele nem sequer percebera a tesão a maltratá-la pois não tem olhos, riso na boca ou pensamento na cabeça

416

senão para a tia sabidória que colheu a flor da donzelice do sobrinho e lhe ensina o bom da vida.

Voltará após o Te Deum e os fogos, acompanhando Perpétua e Leonora. Ao pensar na pseudo-enteada, Tieta balança a cabeça, descontente.

Trouxera-a consigo para lhe proporcionar uma trégua na vida sem alegria, limpar-lhe os pulmões com o ar saudável de Agreste, abrir-lhe em riso a boca amarga. Fizera bem? Tudo indica que sim pois ela anda feliz, parece outra. Mas, e depois? É preciso fazer com que Leonora e Ascânio se decidam a ir aos barrancos da Bacia de Catarina, inaugurando as grutas sob os chorões. A data da partida se aproxima, Leonora necessita e merece deitar com um homem por amor, até agora só o fez por ofício ou engano. Tieta terá de cuidar desse problema, resolvê-lo. Na próxima semana, o Curral do Bode Inácio estará pronto para ser habitado, ocasião propícia para levar o casal a Mangue Seco, onde, no deslumbramento da noite marítima e mágica, naufragam escrúpulos e timidez, que o diga Ricardo.

Antes, porém, precisa convencer Ascânio a abandonar essa infeliz idéia de abrir as portas de Agreste à tal fábrica de dióxido de titânio, capaz de envenenar o ar puro, de ofuscar a limpidez do céu, capaz de degradar o rio e o mar, terminando com os peixes e os pescadores. Contrabandistas? Sempre o foram mas não existem marujos mais valentes e audazes do que os de Mangue Seco, enfrentando os tubarões e as vagas do mar em fúria. De súbito imensa piedade, incomensurável ternura a invade, esquece agravos, fingimentos, mentiras familiares. Gente pobre, pobre e adorável gente de Agreste! Todos lhe querem bem, sem exceção, os bons e os ruins. Fizeram-na heroína e santa enquanto ela não passa de uma reles puta, pior ainda, de patroa de randevu, cafetina, exploradora de putas.

Diante do espelho, Tieta se prepara para a cama. Perfuma-se, embeleza-se para Ricardo. Na véspera não o teve; entre o gabinete e o quarto, no corredor, a lembrança do pai e avô, recém-falecido e enterrado. Mas hoje ela espera seu menino. Luto de xibiu é curto, segredou-lhe de passagem.

Ao regressar a São Paulo já não haverá Felipe. A prosa incomparável, o riso divertido, a prudência e a audácia, o saber sem medidas. Foge dessa ausência definitiva para a fugaz ausência de Ricardo. Pouco falta para o rapaz vir a seu encontro na cama de dona Eufrosina e do doutor Fulgêncio, de Perpétua e do

417

Major Cupertino. Ali os dois casais se deram e se possuíram, também ela e Lucas, quando o jovem médico lhe revelou os requintes do prazer, as loucas e absurdas regras do ipicilone. Nada se compara, porém, às noites de Tieta e Cardo, o fogo do sobrinho adolescente, a ardida fogueira da tia em plena madurez.

Virá após o Te Deum e o foguetório; deve esperar na rede que Perpétua e Leonora se recolham e durmam para somente então cruzar numa passada o corredor e vir aninhar-se em seu regaço. Tieta chega à janela aberta sobre o beco, dali não enxerga a Matriz mas distingue o distante rumor das rezas. O povo de Agreste agradecendo a Deus. Também ela deveria fazê-lo mas nunca foi chegada a orações e missas, pouco sabe de religião. Padre Mariano, interesseiro e adulador, declara que ela, Tieta, viúva de comendador do Papa, é parte integrante da Igreja de Roma. Devido a Felipe, reverendo? Não era seu marido, apenas seu marchante, ilícita relação. Talvez devido a Ricardo, levita do santuário, menino de Deus, seu menino. Ligação pecaminosa também, padre, em Tieta tudo é espúrio, tudo é farsa.

Volta ao espelho, examina o rosto em geral alegre, nesse instante melancólico. Como acusar os demais de hipocrisia e fingimento? Ela, a viúva Antonieta Esteves Cantarelli, não passa de uma invenção, de uma intrujice armada peça a peça. Em Agreste houve Tieta, pastora de cabras, cabra ela própria, em cio. Em São Paulo, existe, famosa e rica proxeneta, Madame Antoinette, francesa da Martinica. Antonieta Esteves Cantarelli não existe.

Será que não existe, que não serve para nada? Ricardo lhe fizera desprezar o lucro de um bom investimento nos terrenos do coqueiral para sair em defesa do clima, do céu, das águas de Agreste, dando realidade e vida a Antonieta Esteves Cantarelli, ao lhe dar uma causa e uma bandeira. Seu menino. Sorri para a imagem no espelho, nem triste nem cansada.

Despe a camisola, estende-se nua na cama para esperá-lo, vestida apenas com as marcas roxas dos lábios e dos dentes de Ricardo e vagos vestígios das queimaduras. Estará dormindo quando ele entrar, acordará em seus braços, juntos romperão o Ano-Novo. Com atraso e sem champanha, detalhes de pouca importância se comparados à ternura e ao desejo desmedidos. Acenderão os fogos da madrugada para saudar o Ano-Novo e, na barra da manhã, em homenagem, praticarão o ipicilone duplo. O duplo, não o simples. Para executá-lo como devido, na exatidão das regras absurdas, loucas e no entanto rígidas e inalteráveis, necessita-se de matrona experiente de cama, da máxima competência, e de adolescente ávido de gozo. Ou vice-versa, um veterano de mil batalhas e uma recruta apenas púbere. Em qualquer dos casos, no desvario da paixão.

ONDE, NESTA ALTURA DA NARRATIVA, APRESENTA-SE PERSONAGEM NOVA, MAIS UMA PUTA, POR SINAL, NUM LIVRO EM QUE JÁ EXISTEM TANTAS

Na mesma hora em que Tieta estende-se nua na cama para esperá-lo a dormir, Ricardo, por entre a fumaça do incenso, vê pela primeira vez Maria Imaculada e leva um susto. Muito moça, ainda menina, não deve passar dos quinze anos. Vestido de organdi azul-celeste, branca flor nos cabelos crespos, jasmim-do-cabo, cheia de corpo, os olhos duas brasas, a boca a sorrir. A sorrir para ele.

Durante a cerimônia festiva do Te Deum, muito do agrado do seminarista devido à pompa e ao júbilo das vestes e dos cânticos, Ricardo sentira-se cercado pela admiração e pela cobiça de pelo menos três mulheres, todas lhe parecendo de interesse. Próximas do altar, uma na primeira fila da direita, outra na primeira fila da esquerda, Cinira e dona Edna.

Na primeira fila da direita e nos limites do barricão das vitalinas, sentada no banco, Cinira revira os olhos, abre a boca súplice e ameaça desmaiar ante a visão divina, quando ele se adianta portando o incensório. Na primeira fila da esquerda, ajoelhada no pequeno e baixo genuflexório, ao pé de Terto que não parece ser mas é seu marido de papel passado, dona Edna, magra e nervosa mas não a desprezível bruaca das injúrias de Tieta, os olhos de verruma, morde os lábios, arrisca acenos. Ah!, se pudesse pegá-lo num canto da sacristia e cobri-lo de beijos! Ricardo atravessa em frente ao altar, detém-se à direita e à esquerda, ante a semivirgem e a adúltera, na direção e na intenção de uma e de outra e lhes envia o aroma do incenso, quase uma mensagem.

Gostaria de poder atravessar a nave e chegar aos últimos bancos, num dos quais, contrita e recatada, Carol, os olhos postos no altar, segue cada passo, cada gesto do altivo coroinha. Tendo Modesto Pires voltado para Mangue Seco, para o seio da família, ela necessita ser duplamente discreta, vigiada que é pela população, amásia do ricalhaço. Não podendo ir até onde Carol se encontra, Ricardo ergue bem alto o incensório e o agita no ar, a fitá-la sorrindo, ofertando-lhe olorosa nuvem de fumaça branca. Percebe ela a significação do gesto? Provavelmente, pois baixa os olhos e coloca a mão aberta sobre o coração, comprimindo o seio arfante.

Ricardo percorre com os olhos a nave da Matriz completamente cheia. Quantidade de mulheres sentadas ou ajoelhadas. Ao fundo, de pé, os homens, exibindo roupas domingueiras, à exceção de uns poucos maridos mais ciosos e devotos, postados próximo às esposas; Terto, por exemplo, que assim prova aos incrédulos ser o feliz consorte da apetitosa dona Edna. Em face do altar, Perpétua e Peto ajoelhados lado a lado em vistosos genuflexórios que exibem placa de metal com os nomes dos proprietários: dona Perpétua Esteves Batista e Major Cupertino Batista, para que neles não se dobrem joelhos estranhos e indignos. Nem a honra de substituir o pai comove Peto, fazendo-o contrito e satisfeito. Queria estar entre os homens, ao fundo ou, melhor ainda, no átrio animado de comentários, Aminthas destilando veneno, Osnar alardeando patifarias.

Ricardo esconde um sorriso ao ver o irmão a se coçar, irrequieto, a cara de desgosto, de infinita chateação. Detalha os bancos onde o mulherio reza. De pé, junto à parede, quase ao fundo, reconhece Zuleika Cinderela, algumas vezes a vira na rua, fazendo compras. Meia dúzia de raparigas a seu redor, nenhuma delas ousara sentar-se, grupo isolado, à parte. Foi então que Ricardo pousou a vista em Maria Imaculada e a reconheceu pois não era outra senão a tia Antonieta mocinha, como se por milagre da Senhora Sant'Ana houvesse voltado à adolescência quando, segundo ela mesma lhe contara, ia encontrar-se com namorados na beira do rio, na sombra dos chorões, cabrita árdega. A face aberta e franca, o fulgor dos olhos, o corpo esbelto mas não magro, os anéis dos cabelos negras serpentes, a boca de gula.

Olhando para ele e rindo. Ricardo ergue mais uma vez o turíbulo, acompanhando o gesto do padre Mariano a abençoar, dá um passo em frente querendo ir ao encontro da inesperada aparição para a dádiva do incenso.

Terminada a cerimônia, todos tomam o caminho do ancoradouro onde Leôncio e Sabino já se encontram com os fogos e as achas de madeira, acesas. Demora-se Ricardo na sacristia a retirar a sobrepeliz e a estola, ajudando Vavá Muriçoca e padre Mariano na limpeza e arrumação dos objetos do culto. O padre estranha: dona Antonieta não comparecera ao Te Deum, por quê? Não estava se sentindo bem, ainda no abalo da morte do pai, explica Ricardo.

— Pessoa distinta e generosa, pilar da igreja — define o reverendo. — Leve para ela a bênção do Senhor que eu lhe envio.

Ao dar a mão a beijar ao seminarista, recorda-se:

— Nunca mais você veio se confessar, qual o motivo?

— Estive em Mangue Seco esse tempo todo, tenho me confessado no Arraial do Saco com um professor do seminário que está veraneando lá.

— Qual?

— Frei Timóteo.

— Está em boas mãos, nas mãos de um santo.

Na esquina da praça, embuçada na sombra da mangueira, Maria Imacula-da espera. Ricardo não se surpreende, adivinhando-a próxima; ao cruzar a por-ta da sacristia a buscara com a vista. Ao se encontrarem frente a frente, fitam--se sorrindo, ela pergunta:

— Já está livre, bem?

— Vou ter de encontrar a Mãe e a prima no ancoradouro.

— Também vou pra lá.

Estava vazia a praça, apenas por detrás da igreja o vulto do padre, reco-lhendo-se à casa paroquial. Vavá Muriçoca partira apressado, antes de Ricar-do, para não perder nem um único foguete. Andam uns passos em direção às margens do rio. Apenas deixam a rua e penetram no escuro, ela lhe estende os braços. Ricardo a acolhe, prendem-se num beijo e nele permanecem. O gosto da tia mas outro perfume, cheiro agreste de mato. Ricardo toca-lhe o seio e o modela na mão: um dia será igual ao de Tieta, quando de todo se formar no correr do tempo; agora é fruta verde, ubre de cabrita. As bocas se separam num suspiro para novamente se fundirem, ela amolece nos braços de Ricardo.

— Tenho de ir.

— Demore mais um pinguinho só, bem.

Abrem-se em oferenda os lábios da menina:

421

— Me beije de novo, bem.

Bocas de fome e sede e o roçar da língua. A mão de Ricardo desce do botão do seio para as ancas recentes, altaneiras proas de barco em começo de navegação; ao chegar ao porto de destino alcançarão a grandeza da bunda da tia. Sucedem-se os foguetes, explodem morteiros e rojões.

— Preciso ir. Como a gente faz para se ver?

— Amanhã te espero, bem, quando a luz apagar.

— Onde?

Ela ri, gaiata:

— Tu é aprendiz de padre não pode ir em casa de dona Zuleika. Vou esperar no mesmo lugar de hoje.

O beijo de despedida, prolongado na saudade, sob o foguetório. Os dentes da menina marcam o lábio do seminarista, ai.

— Doeu, bem? Perdoe, Ricardo.

— Tu sabe meu nome?

— Sei, mas tu não sabe o meu. — Ri novamente, vitoriosa.

— E como é que tu se chama?

— Maria Imaculada, bem.

— Feliz entrada de ano, Imaculada.

Parte correndo e ali a deixa na feliz entrada de Ano-Novo. Volta-se na curva do caminho a tempo de vê-la coberta e iluminada pela chuva-de-prata. Até amanhã, meu bem.

DA IMPORTÂNCIA DO SOBRENOME ANTUNES
E DA PROMOÇÃO DE ASTÉRIO
AO POSTO DE MAJOR

— Estou virando o maior freguês de seu cartório, doutor Franklin — pilheria Tieta ao cumprimentar o tabelião, na tarde do dia dois de janeiro. Chega acompanhada de Astério para ali encontrar-se com Jarde e Josafá.

— Será que a senhora também quer saber se é herdeira das terras do coqueiral? Quase meia cidade já desfilou nesta sala nos últimos dias pedindo para examinar os livros antigos, tive de trancá-los no cofre com medo que rasurassem as folhas ou as rasgassem. Nunca vi uma coisa assim em toda minha longa vida de tabelião.

— Olhe que sua pergunta não deixa de ter propósito, doutor. Não vim ver se meu nome está nos livros mas estou comprando uma propriedade dos Antunes, do velho Jarde e do filho Josafá, para minha irmã e meu cunhado, e eles estão vendendo por causa dessa questão do coqueiral.

Doutor Franklin, a par do assunto, concordou num aceno de cabeça enquanto sorria para Astério: felizardo, beneficiando-se da cunhada milionária, presente de terras e cabras, bendito seja! O mundo é assim: uns nascem empelicados, de bunda para a lua, encontram o prato feito, a papa dada na boca. Para os demais, é o que se vê e sabe.

— É, o nome dos Antunes consta dos livros, eu disse a Josafá, mas avisei logo que ele não está sozinho, tem muita gente...

— Antunes aqui, em Agreste, seu doutor Franklin, nunca ouvi falar que houvesse outros, fora de mim, de meu pai e de minha falecida mãe que Deus haja.

Interrompendo o tabelião, ressoa na porta a voz potente de Josafá. Atravessa o batente, Jarde a reboque:

— Nós temos um papel, lhe mostramos e foi o senhor mesmo quem falou do nome nos livros. Telegrafei para Itabuna ao meu advogado, ontem de manhã, assim dona Antonieta me deu sua palavra. Fui incomodar dona Carmosina em casa dela no dia de ano. Comigo é assim, na rapidez, na cadência grapiúna, não é essa leseira daqui. Lá, se o fulano dormir no ponto, quando acordar está sem sua roça de cacau. Tomara que a fábrica venha logo, para mudar esses usos daqui, para dar pressa no povo.

— Você teve foi sorte de dona Antonieta manter a palavra dada por José Esteves. Não fosse assim, muito havia de penar para conseguir comprador e, se conseguisse, o negócio ia se arrastar na malemolência de nossa batida descansada.

O tabelião retira os óculos, limpa-os no lenço, sem pressa, tem todo o tempo do mundo diante de si, prossegue:

— Vou lhe dizer uma coisa, meu amigo. Pode ser que, com a vinda dessa indústria tão falada, meu cartório, que é um dos menos rendosos do Estado, aumente o movimento e eu ganhe um pouco mais de dinheiro, de que bem preciso. Contudo, prefiro que essa tal de Brastânio não se instale aqui. Li o artigo de *A Tarde*, a carta ao nosso poeta, me arrepiei todo. Antes já tinha ouvido falar na poluição causada pelas fábricas de titânio, o Comandante me contou do acontecido na Itália, na Itália ou na França, não me lembro mais. Prefiro nossa cadência, devagar e sempre, a água pura, o bom peixe, os usos daqui. — Repondo os óculos, faz um gesto com a mão para impedir qualquer réplica, terminara com aquele assunto: — Vamos à vaca-fria: Bonaparte, tome nota. Escritura de compra e venda da propriedade de nome...

— Vista Alegre... — murmura Jarde, taciturno. No cartório não tem sequer o consolo da visão das mamas de dona Antonieta, opulentas nas rendas abertas do quimono.

Josafá retira do bolso pequena agenda de capa azul, dita medidas, demar-cações, datas, números, entrega as públicas-formas do inventário dos haveres de dona Gercina da Mata Antunes, reduzidos aliás a um único bem, a Vista Alegre, plantação de mandioca e milho, criatório de cabras. Bonaparte, filho do doutor Franklin, cabeçorra e baixote, uma pipa de banha, escrivão jura-mentado, anota os dados, recebe os documentos. Doutor Franklin marca a data da assinatura e do pagamento para daí a três dias; feliz ou infelizmente, caro Josafá, Bonaparte não lavra um termo de compra e venda na cadência gra-piúna. Tieta paga o sinal, Josafá trouxe o recibo pronto: a filha sabe onde pisa, não é como o velho tonto a largar dinheiro em mãos alheias recusando com-provante. Tieta guarda o papel, dirige-se ao tabelião:

— Minha presença não vai mais ser necessária pois a escritura é passada em nome de Astério e Elisa, são eles que têm de assinar. Me toco amanhã para Mangue Seco, estou dando a última demão de cal na choupana que construí.

— Ouvi falar. Bonaparte, que é muito de Mangue Seco, me disse que dos milagres que a senhora praticou aqui, nesses poucos dias, e foram vários, o maior de todos foi a rapidez com que levantou essa casa de veraneio. Botou aquela gen-te da praia, preguiçosa como quê, na cadência do nosso Josafá, a de Itabuna.

— De Itabuna, doutor? A cadência de dona Antonieta é a de São Paulo, com ela é a jato. — A risada forte de Josafá.

— Devo a meu sobrinho Ricardo, ele tomou a frente, tacou fogo no pessoal, um menino que vale seu peso em ouro. A ele e ao comandante Dário, um amigão.

Ainda bem que Bonaparte não vale seu peso em ouro, seria soma considerável; nem por isso é mau rapaz, apenas não quer nem pode correr. E para que correr? — pergunta-se o tabelião.

Em passadas largas, aberto em riso, Osnar invade o cartório à frente da malta do bilhar, Aminthas, Seixas e Fidélio, e de quebra seu Manuel:

— Cadê o fazendeiro? Capitão Astério, agora que você é proprietário de terras e criador de cabras, eu lhe promovo a major.

Cercam o amigo e companheiro, o campeão, o Taco de Ouro — manterá o título no atual torneio? Jarde e Josafá despedem-se, Josafá aperta a mão de Tieta:

— Fique sabendo, dona Antonieta, que tive muito prazer em lhe conhecer pessoalmente. Se tem uma pessoa direita em Agreste, é a senhora. Com a senhora é pão pão, queijo queijo.

—É verdade — concorda doutor Franklin. — Dona Antonieta é um exemplo de bondade e correção. Mas antes de sair, Josafá, ouça a resposta a uma pergunta que vou fazer aqui a nosso amigo Fidélio. — Retira os óculos, volta-se para os rapazes em torno a Astério: — Fidélio, como é mesmo seu nome?

— Fidélio de Arroubas Filho.

— O nome completo, por favor.

— Fidélio Dórea A. de Arroubas Filho.

— E o A o que é?

— Fidélio Dórea Antunes de Arroubas Filho.

— Obrigado — agradece o tabelião e, brandindo os óculos, se dirige a Josafá, que espera parado na porta. — Está vendo, Josafá? Outro Antunes. Ainda tem mais: dona Carlota Alves… Sabe quem é? A diretora da escola particular. Ela não assina mas também é Antunes. Pelo lado da mãe.

Josafá não se altera, solta uma risada de quem nada teme:

— Uns Antunes que nem usam o nome. Não são como meu pai e eu, Jarde e Josafá Antunes, só e com muita honra!

Para não expor publicamente seu maior trunfo, controla a vontade de repetir alto e em bom som o nome e as manhas do advogado a quem telegrafara e com cujo concurso espera contar: doutor Marcolino Pitombo, especialista máximo em litígios de terras na região cacaueira, famoso em Itabuna e Ilhéus desde tempos imemoriais, quando Uruçuca se chamava Água Preta e Itajuípe era a famigerada vila de Pirangi, onde se matava gente por um dê cá aquela palha. Doutor Marcolino Pitombo ganha no direito e, se necessário, no caxixe.

Grapiúna esperto, Josafá está certo de obter-lhe a aquiescência pois, sabendo-o sergipano, em atenção à idade avançada e ao lugar de nascimento do causídico, mandara pôr à sua disposição passagens aéreas de Ilhéus a Aracaju e vice-versa. Agreste encontra-se mais próximo da capital de Sergipe do que de Salvador, menor quilometragem a enfrentar de carro. Josafá irá receber o advogado em Aracaju, assim, além dos honorários, doutor Marcolino ganhará provas de consideração e, de lambujem, visita gratuita aos parentes e à terra natal.

Pensa em tudo, o diligente Josafá. Jarde pensa apenas nas cabras, em Seu Mé e nos entrevistos ubres de dona Antonieta, preciosos haveres perdidos para sempre.

ONDE, COM A CHEGADA DO PROGRESSO, INSTALA-SE EM AGRESTE UM JORNAL MURAL; COM BREVE NOTÍCIA SOBRE A COMPOSIÇÃO E O COMPORTAMENTO DA TORCIDA NO CAMPEONATO DE BILHAR

Não conseguira Ascânio Trindade esfregar os doutos argumentos de Herr Professor Karl Bayer nas fuças do Comandante, fazendo-o engolir o insulto e oferecer reparação. Comboiando dona Laura, o exaltado marujo, após o enterro de Zé Esteves, saíra diretamente do cemitério para a canoa. Rompe o ano com os pescadores de Mangue Seco, fazendo honra à saborosa moqueca de cação e arraia com a qual os moradores lhe retribuem a ceia de Natal. Delicados, rigorosos ritos de amizade, exigem estrita observância.

Enquanto aguarda a ocasião de exibir entrevistas e editoriais ao Comandante, Ascânio pensa na melhor maneira de levar o desmascaramento do cronista de *A Tarde* à população abalada com a leitura da *Carta ao poeta De Matos*

Barbosa, seguida do incontrolável disse-que-disse incentivado pela diabólica dona Carmosina e pelo vate Barbozinha elevado aos píncaros da glória. Nem a morte de Zé Esteves, com a pompa do enterro de primeira classe, conseguira diminuir a comoção provocada pelo dramático grito de alerta lançado por Giovanni Guimarães.

Aqueles que conheciam o jornalista pessoalmente, tendo privado com ele durante sua recordada visita a Agreste, tomavam de imediato partido a seu favor, saíam em missão de catequese, aliciando os demais, levantando a opinião pública contra a Brastânio. Ascânio quebra a cabeça: como colocar ao alcance da população os artigos e as declarações, as páginas esclarecedoras dos jornais, pondo a questão em pratos limpos, demonstrando o exagero da crônica, a inexistência de perigo maior, nada além da poluição normal, reduzindo às suas verdadeiras proporções o problema da instalação da fábrica de titânio — afinal que espécie de merda era esse tal de dióxido de titânio? Procurara informar-se na entrevista do professor Bayer, não conseguira. Tudo quanto sabe refere-se à importância do produto, indispensável ao desenvolvimento pátrio, e isso basta. Precisa levar a verdade a todos, convencê-los das vantagens da Brastânio, do que ela significa em termos de riqueza e de progresso para o Brasil e para Agreste. Como fazê-lo?

Sair mostrando os jornais pessoa por pessoa, impraticável. Deixá-los no Bar dos Açores, à disposição dos fregueses, não resolve, pois somente uma parte dos habitantes, intelectualmente ponderável, numericamente desprezível, os lerá, sem contar o perigo das gazetas sumirem ou serem rasgadas, destruídas. Convocar o povo para lhes dar conhecimento do conteúdo da matéria publicada, em praça pública, numa espécie de leitura coletiva? Idéia tentadora mas complicada, difícil e perigosa. Em se tratando da Brastânio, os pobres — e os outros também, conforme experiência anterior — poderiam pensar em nova distribuição de brindes e não os recebendo, se decepcionarem, saindo o tiro pela culatra.

Por fim, recordando os tempos da faculdade, decide-se pelo jornal mural, exposto na Prefeitura. Pela primeira vez, em vários anos de sinecura (mal paga), o tesoureiro Lindolfo revela-se de real utilidade. Habilidoso proprietário de uma bateria de lápis de cor, colou os recortes e, em vistosas letras, reproduziu as principais afirmações das entrevistas e dos editoriais, tudo encimado por um dístico indo de uma extremidade a outra da cartolina: A BRASTÂNIO É PROGRESSO E RIQUEZA PARA AGRESTE! Culminando a obra de arte, desenhou enorme fábrica no centro de um panorama de felizes cidadãos empunhando festivas bandeirolas e de prodigiosas benfeitorias: arranha-céus, vila operária, hotel magnífico, cinema digno da capital, ônibus luxuoso e moderníssimo. Primitivo ou primário, ao gosto e à cultura do freguês, o painel de Lindolfo ocupa a base da cartolina; entre ele e o elogio da Brastânio, os recortes esclarecedores.

Penduram o jornal mural na parede da sala do andar térreo onde se reúne o Conselho Municipal quando dá na cachola do coronel Artur da Tapitanga convocá-lo. Urge, aliás, fazê-lo, pois certamente vai ser necessário que os vereadores aprovem o pedido de instalação da Brastânio no município. Ascânio conta como certa a apresentação do requerimento pela Empresa, dando por descontado o resultado dos estudos efetuados pelos técnicos. Se a Brastânio não fosse se estabelecer em Mangue Seco, por que iriam os diretores contratar companhia de terraplenagem para traçar planos de alargamento e pavimentação da estrada que liga Agreste a Esplanada?

Nem sequer a insolente declaração de dona Carmosina, feita após a leitura dos jornais — na falta do Comandante, Ascânio esfregara entrevistas e artigos nas fuças da agente dos Correios —, alterou as convicções, o entusiasmo e o bom humor do secretário da Prefeitura, em estado de euforia desde a chegada da carta e dos materiais enviados pelo Magnífico Doutor. Vazia de argumentos com que refutar a ciência de Herr Professor e o patriotismo dos proprietários das gazetas, dona Carmosina contentara-se em afirmar, categórica e depreciativa:

— Tudo isso não passa de matéria paga. Está na cara. É preciso ser muito tolo ou muito safado para não ver.

Tão eufórico, o progressista Ascânio, a ponto de cobrir Leonora de beijos quando lhe exibiu os jornais e a placa da rua Antonieta Esteves Cantarelli, em fogoso descontrole. Cobriu Leonora de beijos, modo de dizer, sapecou-lhe quatro ou cinco beijos nas faces, não passou daí o fogoso descontrole, ainda assim imprevisto em quem vive a se cuidar para não parecer cínico aproveitador, da mesma indigna casta do vilão que a enganara e seduzira. Ao vê-lo em tal contentamento, ressuscitado, Leonora sente vontade de sair pela rua cantando Aleluia, para saudar o renascido sol dos namorados.

Refletiram-se euforia e veemência na brilhante atuação de Ascânio no campeonato de bilhar. Apesar do pouco treino — ultimamente abandonara por completo a verde mesa dos brunswicks — estava fazendo boa figura, colocara-se entre os quatro semifinalistas. Nas quartas de finais, conseguira derrotar Osnar em sensacional partida, enquanto Fidélio, jogador calmo e ardiloso, batia o impulsivo Leléu. Permaneceram na disputa apenas Astério, Seixas, Fidélio e Ascânio, que convida Leonora para assistir às próximas partidas:

— Venha torcer por mim. Todo mundo tem torcida, menos eu.

Realmente, para a fase decisiva do torneio anuncia-se a presença no Bar dos Açores de numeroso e inabitual público feminino. Somente em ocasiões excepcionais as mulheres freqüentam o bar de seu Manuel, em geral abandonado à clientela masculina. A presença de moças e senhoras obriga a incômodo controle de linguagem e gesticulação, transformando a atmosfera do recinto, habitualmente debochada, sem eias nem peias. Para o campeonato anual de bilhar, porém, quando é proclamado o Taco de Ouro do ano, tornou-se tradição o gracioso desfile de esposas, noivas, namoradas, parentas e admiradoras dos disputantes.

Elisa, por exemplo, não falta. Elegantíssima, aparenta ar distante e indiferente como se comparecesse apenas para cumprir dever de esposa incentivando Astério. Em realidade aproveita a ocasião para sentir o odor pecaminoso do bar onde, na parede principal, entre garrafas de bebidas, foram coladas as folhas de um calendário de mulheres nuas, loiras, nórdicas, morenas, orientais, mulatas, uma para cada mês, oferta de Aminthas ao amigo Manuel, lusitano viúvo, lúbrico e esteta, conforme se lê na dedicatória. Segundo Osnar, o sargento Peto comeu as doze, uma a uma, na punheta. Ele e seu Manuel.

Comparecem as primas de Seixas, rebanho garrido e alegre. Dona Edna não perde uma só partida, nem mesmo agora quando seus campeões já se encontram fora do páreo: o moço Leléu, que mais parece seu marido, e Terto que, como se sabe de sobejo, sendo esposo de papel passado, não convence. Derrotados os dois, vacila dona Edna na escolha de um novo predileto entre os quatro semifinalistas. Talvez se decida por Astério, para aperrear Elisa, metida a esnobe e a rainha da elegância — elegância de segunda mão, de vestidos usados, de refugos.

Vacilam igualmente algumas outras espectadoras. A maioria, porém, constitui a imbatível torcida de Fidélio, animadíssima, formada por donzelas de diferentes idades, indo de jovens alunas do colégio de dona Carlota (Antunes) Alves à quase solteirona Cinira. Calado, enrustido, na aparência um monge e cheio de admiradoras: um tipo surpreendente esse Fidélio A., ou seja Antunes.

Ascânio estende o convite a Tieta. Ela recusa: acertada a escritura da propriedade de Jarde e Josafá, pouco lhe resta a fazer em Agreste. No dia seguinte, sem falta, irá para Mangue Seco. Não vai pela manhã porque prometera a dona Milu almoçar com ela. Imediatamente depois enfrentará o solão do começo da tarde na lancha de Elieser, levando Ricardo consigo para a arrancada final na construção do Curral do Bode Inácio: a pintura e o pavimento.

— Torneio de bilhar? Não, meu filho, prefiro o banho de mar na praia e o banho de lua nos combros de Mangue Seco. — Espreguiça-se a prelibar tais delícias. — Ademais, quero gozar de minha biboca antes de ir embora.

— Ir embora? Só depois da inauguração da luz, não se esqueça. — De tão eufórico, Ascânio solta a língua: — Estou preparando uma surpresa para a senhora.

— Para mim? Diga logo o que é.

— Me desculpe, dona Antonieta, mas não posso. Penso que a senhora vai gostar.

Gostaria, isso sim, que ele perdesse o acanhamento e agarrasse Leonora, levando-a para a cama. O jeito é empurrá-lo, precipitando os acontecimentos.

— Mais uns dias e a biboca estará pronta, mando buscar Nora para ficar lá, comigo.

— Para ficar em Mangue Seco? — empalidece Ascânio, treme-lhe a voz, de súbito esvaziado de euforia e entusiasmo.

Exatamente como previra Tieta. Em Mangue Seco, no fim da semana, ela tirará da cabeça quente do rapaz a funesta idéia de permitir a instalação no coqueiral de indústria recusada em todas as partes do mundo, rechaçada com horror, ameaça mortal para o clima e as águas de Agreste. Em troca, o colocará no leito de Leonora, o leito mais suntuoso do mundo, as dunas de Mangue Seco, livres da poluição.

— Venha você também, o Curral é pequeno mas se dando um jeitinho cabem as cabras e os bodes.

DE COMO DEUS ATENDE A UM PEDIDO SACRÍLEGO

Ainda bem que Deus veio em seu auxílio, o Deus dos namorados, atualmente o preferido de Ricardo, segundo tudo indica. E o fez de forma aparentemente violenta, a ponto de se poder considerar, em julgamento apressado,
cruel e injusta a ação da Divina Providência. Para logo constatar-se a precisa
sabedoria da medida posta em prática. No caso, vale a pena repetir o refrão
popular, citado por dona Milu a propósito da expulsão de Tieta: Deus escreve
certo por linhas tortas.

Refletia o esforçado aprendiz de padre e de homem sobre a empreitada em
que se metera, buscando maneira de resolvê-la, saindo airosamente da difícil
encruzilhada, trilhando caminhos a conduzi-lo primeiro aos braços juvenis de
Maria Imaculada, depois aos balzaquianos de Tieta. Não via jeito, beco sem
saída.

Na noite passada, ao voltar dos fogos, acompanhando a mãe e Leonora,
quando reinou silêncio na casa, transpusera o corredor e tocara o corpo nu da
tia. Com os primeiros beijos, Tieta acordou e o prendeu nos braços, cingindo-
-lhe a cintura:

— Cabrito!

— Minha cabra!

Disse cabra com o pensamento na cabrita a pedir: me beije de novo, bem.
A voz desfalecendo em dengue ao tratá-lo de bem, e ele se esvaindo ao ouvi-la
pronunciar. Se pudesse, contaria a Tieta: hoje te encontrei, tia, no tempo de
antanho, molecota, de tocaia sob a mangueira, no escuro. Me perdoa mas preciso saber como era teu gosto de pastora, sem perfume francês, sem cremes
nem ungüentos, sem perucas, negligês, colares de ouro, anéis de brilhantes,
quando cheiravas a jasmim-do-cabo e vestias organdi azul-celeste.

Naquela noite, rompendo com atraso o Ano-Novo, Ricardo conheceu o
singular prazer de possuir uma mulher pensando noutra. Melhor ainda do que

o ipicilone duplo, executado por Tieta, com sua colaboração, quando a primeira claridade da manhã penetrou pela janela aberta. Foram três no leito de dona Eufrosina e do doutor Fulgêncio: ele, Tieta e Maria Imaculada.

Como fazer para ir ao encontro da menina quando, às nove da noite, a luz se apagar? Mesmo nas suarês de visitas demoradas, não tinha pretexto para tocar-se rua afora, a mãe não fazia concessões em matéria de horários. Pensou em mil desculpas, inventou dezenas de razões, todas inconsistentes. O tempo passando e ele sem saber como agir. Disposto a inventar qualquer mentira, fosse qual fosse. Aliás já mentira à tia naquela manhãzinha, pois ela notara a marca da mordida e o interrogara. Mordera-se ele próprio, ao cobri-la de beijos e dentadas na hora extrema do ipicilone duplo.

Por cúmulo do azar, além do inevitável Ascânio, a rodear a praça com Leonora, e do vate Barbozinha, na varanda a mentir para Tieta e Perpétua, nenhuma outra visita aparecera. Ao soar das nove, Ascânio trará Leonora de volta; descerão a rua, juntos, ele e Barbozinha. Perpétua se recolherá para as orações noturnas. Tendo acenado da porta o último adeus, Leonora beijará Tieta desejando-lhe boa noite. Então a tia, após a longa toalete — demora o tempo da irmã e da enteada se entregarem ao sono — deitar-se-ia para gozar a boa noite em companhia dele, Ricardo.

Espia o relógio, falta pouco mais de meia hora para as nove e ele nada inventa, capaz de lhe permitir a escapada. Uma angústia atroz o possui, daqui a pouco Maria Imaculada estará atrás do tronco da mangueira, a esperá-lo. Largando a gramática da língua portuguesa em que se recolhera para melhor pensar, Ricardo eleva o pensamento a Deus numa súplica desesperada e ímpia: Ajudai-me, Senhor Deus, nesse terrível transe!

Tiro e queda pois em seguida soam passos na calçada, ouve-se a voz do padre Mariano a chamá-lo pelo nome:

— Ricardo! Ó Ricardo! Já está dormindo?

Acorre Perpétua a receber o reverendo, querendo saber o motivo da visita e do apelo. Motivo triste, cara filha: levar a extrema-unção à velha Belarmina, viúva de seu Cazuza Bezerra, paroquiana muito da igreja, andando a passos firmes para os noventa anos. Acometida por um banal resfriado há poucos dias, piorara inesperadamente, tivera uma vertigem. Estando doutor Caio ausente, a veranear, foi chamado a atendê-la seu Aloísio Melhor, substituto eventual do facultativo devido à sua condição de dono da Farmácia Sant'Ana, laço comercial e único a ligá-lo à medicina. Ao vê-la largada na cama e não tendo conseguido encontrar-lhe o pulso, o boticário mandara um recado urgente ao pároco: a anciã agonizava sem sacramentos. Vavá Muriçoca, metido a fogueteiro, queimara a mão na véspera, ao soltar um rojão; o reverendo vinha em busca de Ricardo para o exercício da caridade, ajudando a velhinha a morrer em paz com Deus. Obrigado, Senhor!, agradece o beneficiário em pensamento, enfiando a correr a batina sobre o shorte. Afinal, dona Belarmina já vivera quase um século.

Viverá alguns anos mais, com certeza, pois a visão do padre e do seminarista conduzindo os santos óleos para a extrema-unção pregou-lhe tal susto que de estalo lhe curou gripe e desmaio. Levanta-se lépida e para provar saúde, de camisola de algodão com florinhas azuis bordadas na gola, executa uns passos de dança e mostra a língua para o farmacêutico, o demônio da velha. Esclerosada, sim, agonizante, uma ova!

Apagavam-se as luzes quando o farmacêutico, o padre e Ricardo abandonaram a casa de dona Belarmina que os conduziu até a porta:

— Seu Aloísio, quando quiser agourar alguém, vá agourar sua mãe!

Acompanhando o reverendo à igreja para guardar os santos óleos e a água benta, Ricardo percebeu Maria Imaculada atrás da Mangueira e foi visto por ela. Ainda levou o padre à casa paroquial, ouvindo-o trancar a porta. Na rua da Frente, Ascânio e o poeta se distanciam. Veio então.

— Você é tão bonito de batina, bem.

Ricardo está leve e feliz, Deus lhe dera o bom pretexto sem causar mal a ninguém, apenas a caminhada noturna de padre Mariano, obrigação do ofício de pastor.

Maria Imaculada não veste organdi azul-celeste, está de saia negra e blusa estampada mas traz nos cabelos, como ontem, jasmins-do-cabo e na boca o mesmo riso fresco e claro. Foram se beijando pelo caminho; ao chegar à beira do rio, vendo-o indeciso, ela o toma pela mão e o conduz ao mais recôndito esconderijo sob os chorões na Bacia de Catarina. Deitou-se, abriu a blusa, suspendeu a saia, nada por debaixo, apenas o corpo arrepiando-se ao correr da brisa.

— Vem depressa, bem, que estou com frio.

Ricardo empunha a batina, desabotoa o shorte, Maria Imaculada ri:

— Tu vai me santificar, bem.

Juntos voltam para a Praça. Ricardo, rindo à-toa, toca-lhe o rosto, beija-lhe os olhos, enfia a mão nos crespos cabelos, guarda no bolso da batina o jasmim do cabo. Despedem-se ao lado da mangueira.

— Amanhã venho de novo lhe esperar, bem. Na mesma hora.

— Amanhã vou para Mangue Seco.

— Vai demorar lá, bem? — a voz ansiosa.

— Sábado estou aqui, tu pode me esperar.

— Não deixe de vir senão vou morrer de tristeza.

— Venho como sem falta. Até sábado, Imaculada.

— Espere mais um pouquinho, bem. Me beije outra vez.

No melhor do beijo, surge um vulto na Praça. Ricardo se desprende, Maria Imaculada dissolve-se na escuridão. Caindo de bêbado, Bafo de Bode se aproxima, vem da beira do rio, fala aos arrotos mas o faz em voz baixa, evitando os gritos costumeiros. Não em respeito ao sono dos demais e, sim, porque também ele tem seus protegidos:

— Castigue o pau, padreco, e viva Deus que é nosso Pai.

ONDE O AUTOR INFORMA E DOUTRINA SOBRE
SUSCEPTIBILIDADES REGIONAIS, CITA NOMES FAMOSOS NO
MUNDO DAS LETRAS E DAS ARTES, BUSCANDO CERTAMENTE
COM ELES MISTURAR-SE, COM OCASIONAL REFERÊNCIA
ÀS ELEIÇÕES PARA A PREFEITURA DE AGRESTE

Em momento crítico, quando ainda carecido de respostas positivas às questões colocadas com o anúncio da próxima instalação da Brastânio no coqueiral de Mangue Seco, ao pensar na população do Saco, arraial de pescadores ameaçados em sua atividade, Ascânio Trindade recusara tomar conhecimento do problema, recordando a posição geográfica do povoado, erguido na margem esquerda da foz do rio Real, no Estado de Sergipe. Em voz alta, Josafá Antunes proclamou o mesmo raciocínio regionalista em conversa com Tieta: os sergipanos que se cocem.

Coçaram-se, pois *A Tarde*, em quadro na primeira página, reclama a atenção dos leitores para candentes matérias impressas no corpo do jornal, referentes ao perigo da poluição: notícia sobre as anunciadas eleições para a Prefeitura de Sant'Ana do Agreste, telegrama do senhor Raimundo Souza, prefeito do município de Estância, no Estado de Sergipe, e entrevista de *Carybé, artista de fama internacional que tanto tem elevado o nome do Brasil no estrangeiro.*

Sobre as eleições, breve grifo na coluna de Notas Políticas: circulam rumores segundo os quais a prioridade consentida na pauta dos trabalhos do Tribunal Eleitoral para a marcação da data do próximo pleito para a escolha do novo prefeito de Agreste deve-se à manobra da Brastânio, interessada em colocar à frente da comuna, onde pretende instalar a indesejável e condenada indústria de dióxido de titânio, homem de sua inteira confiança.

O telegrama do prefeito de Estância ressuma indignação: *O ignóbil projeto da Brastânio de situar suas fábricas em Mangue Seco significa inqualificável ameaça para o litoral sul de Sergipe, para os bravos e honrados pescadores e toda a ordeira e laboriosa população do arraial do Saco, para a rica fauna piscatória da região, do mar e dos rios, o Piauí e o Piauitinga, que se juntam para formar o rio Real, pouco acima de Estância, município cuja ecologia e economia serão violentamente afetadas assim como as dos municípios vizinhos, tanto os de Sergipe quanto os da Bahia, Estados irmãos, cujas vozes e forças devem se unir em defesa da integridade do meio ambiente.*

Não fosse o prefeito de Estância conhecido por sua fina educação, poder-se-ia pensar que, ao classificar de honrados os pescadores do arraial do Saco, agisse na oculta intenção de opor sua honesta atividade à faina ilegal de contrabando exercida pela duvidosa colônia de Mangue Seco. De idêntica maneira, colocando o acento sobre o fato dos projetos da Brastânio ameaçarem igualmente a sã ecologia dos dois Estados, apelando para as relações fraternas que devem unir os membros de nossa vacilante federação, sobretudo quando vizinhos, tem-se a impressão de que o autor do telegrama responde com acerba crítica ao pensamento de Ascânio Trindade e à frase infeliz de Josafá Antu-

435

nes. Não tinha conhecimento, porém, o eficiente e popular prefeito de Estância nem da cínica declaração de Josafá, muito menos do desesperado recurso de Ascânio, que não chegara a se expressar em palavras. Devemos atribuir tais intenções, se em verdade existiram, a velhas queixas sergipanas contra certa tendência colonialista dos baianos, verdadeira ou não.

Ao transcrever das colunas de *A Tarde* o enérgico protesto do digno prefeito de Estância, não posso perder a ocasião de render pública homenagem aos seus méritos. Disseram-me ser ele proprietário de tradicional indústria de charutos, infensa a qualquer tipo de poluição, fabrico de trato artesanal onde as folhas do tabaco são enroladas sobre as coxas das exímias operárias, ganhando perfume e sabor especiais. Quem sabe, tratando-o bem como aqui o faço, receberei algumas caixas do estimado produto. Em tempo de magros direitos autorais, preciosa oferta.

Quanto à entrevista daquele a quem a redação do jornal, num desparrame de elogios, trata de pintor notável, de fama internacional, fazendo-lhe, ao que me consta, justiça à obra vasta e bela é, como se depreende do texto, a segunda por ele concedida a propósito da Brastânio e o faz na qualidade de *baiano ilustre e de proprietário de encantadora e rústica vivenda de veraneio em Arembepe.* Começa por se referir a uma primeira entrevista quando, antecipando-se a Giovanni Guimarães, condenara indignado a *Brastânio, monstruosa ameaça à praia de Arembepe, a toda a orla marítima da Capital, à população trabalhadora, aos peixes e mariscos, ao mar de Yemanjá.* A referência fetichista denota a estreita ligação do artista com os candomblés, num dos quais concederam-lhe um posto, não sei se de babalorixá ou de iaô. Na segunda entrevista, felicita-se e felicita o povo da cidade da Bahia pelo fato de que, ante a onda de protestos provenientes de todo o país, inclusive de admiradores da beleza de Arembepe do porte de Rubem Braga e Fernando Sabino, a Brastânio parece ter renunciado ao propósito inicial de *cavar em Arembepe seu esgoto de fezes mortais.* Vitória considerável mas, nem por isso, a luta contra a Empresa deve sofrer solução de continuidade, prosseguindo para impedir que a *indústria assassina se instale em terras da Bahia ou em qualquer outra parte do território brasileiro.*

Entrevista retada, de repercussão garantida, devido à projeção e popularidade do senhor Carybé. Aliás, se até aquele momento apenas Giovanni Guimarães, o prefeito de Estância e o poeta De Matos Barbosa, em dois poemas publicados no Suplemento Literário do mesmo jornal, haviam elevado a voz em defesa de Agreste, do rio Real, da costa de Mangue Seco, dos municípios vizinhos, os protestos contra a instalação da fábrica em Arembepe sucediam--se cada vez mais numerosos.

Praia de pescadores conhecida pela abundância e qualidade da fauna marítima, pela extrema beleza da paisagem, pela quieta e pitoresca aldeia de casario alegre, celebrada em reportagens e artigos no Sul do país, tendo servido mais de uma vez de cenário para filmes, proclamada em certo momento e por curto tempo capital dos hipies da América Latina, como lembrou certa feita o comandante Dário, Arembepe teve inúmeros campeões a defender-lhe a beleza e a paz, todos eles importantes, a começar pelo egrégio pintor acima citado.

Por coincidência, trata-se do mesmo dúbio personagem que já cruzou as páginas deste folhetim com o aleivoso intento, coroado de êxito, de adquirir a preço vil, ao ingênuo padre Mariano, a imagem em madeira da Senhora Sant'Ana, obra de santeiro do século XVII, de inestimável valor.

Na ocasião, a quantia paga parecera enorme ao pacato reverendo, que entregou de mão beijada a carcomida santa ao espertalhão. Pobre cura sertanejo! Encheu-se de remorso, anos depois, quando dona Carmosina lhe mostrou numa revista do Rio fotografias em vários ângulos da imagem restaurada, *peça maior na notável coleção de mestre Mirabeau.* Somente então deu-se conta do logro e desde aquele dia passou a existir um segredo tumular entre ele e a agente dos Correios e Telégrafos. Se bem pouco afeita à igreja, proclamando--se ao mesmo tempo agnóstica, incrédula e atéia, prometeu dona Carmosina dar fim ao exemplar da revista e esquecer o incidente, sensível à ignorância artística de um humilde sacerdote perdido nos confins de Judas.

Aproveito para contar haver dona Carmosina respondido ao mural de Ascânio Trindade, pendurado na parede da sala do Conselho Municipal na Prefeitura, com outro, maior e ainda mais chamativo, com frases tiradas de todas as matérias aqui citadas e da crônica de Giovanni Guimarães, tudo em letras garrafais. Completado com macabra ilustração: a fumaça amarela saindo das chaminés da Brastânio, pavorosa mancha de dióxido de enxofre a degradar para sempre o azul do céu, os efluentes gasosos; rio de peixes mortos no esgoto podre onde escorrem os detritos assassinos do sulfato ferroso e do ácido sulfúrico, os efluentes líquidos — dona Carmosina sabe tudo sobre o dióxido de titânio e sua produção. O coqueiral de Mangue Seco reduzido à mísera tapera onde uma população de mendigos agoniza asfixiada.

Obra de arte igualmente primitiva ou primária, nada fica a dever à do tesoureiro Lindolfo; ao contrário, a supera pois, ao realizá-la, o artista usou tintas de aquarela e não simples bateria de lápis de cor. Trabalho de Seixas, amador que, nas horas vagas deixadas pelo bilhar e pelas primas — e pela repartição, acrescentamos, onde ele faz diário ato de presença —, pinta seus quadrinhos em segredo para evitar a gozação da malta. Segredo, é claro, do conhecimento de dona Carmosina.

Colocado entre as duas portas de entrada do Areópago, o jornal mural de dona Carmosina, em cujo centro estão a crônica de Giovanni Guimarães, os dois *Poemas da Maldição* do vate Barbozinha, glória local, e o retrato do pintor Carybé, glória nacional, é muito mais lido e comentado do que o de Ascânio Trindade, posto na sala da Câmara Municipal — a freqüência de público às duas repartições não admite termo de comparação. Na Prefeitura aparece apenas quem tem assunto a tratar, pedido a fazer; ali se vai exclusivamente por necessidade ou obrigação. À agência dos Correios vai-se por necessidade e prazer, para bater papo, ouvir os notáveis em erudito cavaco, informar-se do que ocorre pelo mundo, as poucas alegrias, as desgraças tantas, os perigos inúmeros.

QUINTO
EPISÓDIO

DO SOL AZUL E DA LUA NEGRA
OU A RIVAL DE DEUS

COM MÁQUINAS DESCOMUNAIS, ASFALTO ESCORRENDO SOBRE RUA, MANGUE,
PRAIA E CARANGUEJOS, APRESENTANDO-SE DESLUMBRANTE VISÃO DO FUTURO;
ONDE SE ASSISTE À FORMAÇÃO DE UM DIRIGENTE A SERVIÇO DO PROGRESSO
E SE ERGUE UM BRINDE À AMIZADE E À GRATIDÃO; QUANDO EXPLODE
EM MANGUE SECO IMPETUOSO MOVIMENTO DE MASSAS, AGRESTE IMPORTA
ADVOGADOS E MÉTODOS JURÍDICOS, PERSONAGENS SECUNDÁRIOS TORNAM-SE
IMPORTANTES; COM OS ESPONSAIS DE UM DONZEL, ENRUSTIDOS SONHOS,
REVELAÇÕES FAMILIARES, IMPRUDÊNCIAS, AUDÁCIAS, RANGER DE DENTES
E UMA PALAVRA PRONUNCIADA EM LÍNGUA ALEMÃ — VENDO-SE TIETA
SUFOCADA DE AMOR, AUSÊNCIA E MORTE

DO RÁPIDO ASFALTAMENTO DO CAMINHO POR ONDE PENETRARÃO EM AGRESTE OS POSTES DA HIDRELÉTRICA, MELHOR DITO, DA RUA POR ONDE PENETRARÁ A LUZ DE TIETA OU DA MUDANÇA DE RITMO NA VIDA DA CIDADE

Tudo o que até então fora letra impressa em colunas de jornais, bate-boca nas esquinas, confusas aparições de seres de difícil identificação, mesmo para Barbozinha, íntimo do sobrenatural, concretizou-se em realidade tangível e imediata com a presença matinal nas ruas de Agreste das pesadas e potentes máquinas da Companhia Baiana de Engenharia e Projetos — CBEP. Atravessaram com grave lentidão a rua da Frente. Cavernoso ruído, formas excêntricas e grandiosas, o progresso em marcha.

Botando os bofes pela boca, os olhos arregalados, o moleque Sabino as precedera, vindo a toda dos campos da Tararanga onde dava abasto ao corpo aproveitando-se da viciosa docilidade da cabra Negra Flor, flor do rebanho do coronel Artur de Figueiredo. Na permissiva e gentil alimária, o rapazola resume o mulherio de Agreste a povoar-lhe as noites adolescentes: Elisa, esposa do patrão, Carol, manceba do ricalhaço, Edna, que não parece mas é casada com Terto, duas das primas de Seixas: a ligeiramente estrábica e a peituda, o resto um bagulho, a pequena Araci em cuja bunda se roça ao passar. Virente ramalhete, enriquecido com a chegada das paulistas, exóticas e sensacionais. Sabino esforça-se para respeitar dona Antonieta mas que fazer se, ao ajoelhar para lhe pedir a bênção, aprecia o cinema inteiro na transparência dos tecidos, nos descuidados decotes dos quimonos? Sem fôlego, o moleque atinge a loja de Astério, onde Osnar conversa agricultura e veterinária com o novo vizinho de terras. As palavras irrompem da boca de Sabino:

— Estão chegando uns tanques de guerra com canhão e tudo.

Aparece primeiro um jipe grande e veloz, passa em disparada em frente à loja. Surgem depois as lerdas máquinas e um caminhão transportando homens de

macacão e capacetes, as mãos calçadas com grossas luvas de trabalho. Nada têm a ver com os veículos da Hidrelétrica que de quando em vez trazem à cidade engenheiros e técnicos, em repetidas comprovações de cálculos para o itinerário dos postes.

Uma poderosa máquina com lâmina dianteira, uma dessas motoniveladoras que raspam o chão e aplainam a estrada, um rolo compressor e um carro químico, espalhador de asfalto. Excitado, Osnar levanta-se da cadeira onde estava escanchado, acena para Astério, toca-se em grandes pernadas para o sobrado da Prefeitura. Uma leve esperança o conduz: quem sabe não estará no jipe a recordada Elisabeth Valadares, Bety para os colegas, Bebé para os íntimos? Na véspera de Natal, Osnar a perdera por questão de segundos. Ao chegar à Praça, apenas pôde bispá-la no helicóptero, de onde, vestida de Papai Noel, acenava às massas com a mão. Acenara ele também e a ruiva miss, parecendo reconhecê-lo, lhe atirou um beijo.

Se bem toda essa história da Brastânio lhe desagrade ao extremo por vir perturbar os hábitos da cidade, tão caros a quem jamais quis sair dali, desejoso de viver tranqüilo, Osnar excetua Bety da maré da poluição. Competente e apetecível, ela lhe parece ser, sobretudo, uma vítima do sistema. Esperando seu retorno, tomara uma resolução extrema e se dispõe a cumpri-la agora mesmo, se por acaso a secretária-executiva fizer parte do grupo embarcado no jipe: contar-lhe a história da polaca.

A famosa história da polaca de Osnar, como a experiência comprova, é chave mestra, abre o cadeado de qualquer xibiu, não falha. Nessa certeza marcha Osnar para a Praça: pode ser que um dia essa fábrica de bosta se instale mesmo no coqueiral de Mangue Seco e, antes de tudo apodrecer, Bebé, proclamada Rainha do Agreste, o coração e os baixios sensibilizados com os emocionantes detalhes da história sem igual, queira experimentar a rigidez e o sadio sabor do pau não poluído de um sertanejo, gulodice de apetite.

Aproxima-se a tempo de ver um sujeito vestido de brim cáqui, empunhando uma pasta, saltar do jipe e encaminhar-se para a porta de entrada da Prefeitura, deixando dois outros tipos no veículo. Resfolegam atrás as grandes máquinas, em respiração de pedra, truculenta. De Bety, nem sinal. Nem dela nem do cordial vigarista, falastrão e poliglota a cujas ordens obedece a incrementada ruiva. Desiludido, Osnar retira-se para o bar, dedicando-se, em companhia de seu Manuel, a azedos comentários em torno da Brastânio:

— Antes, pelo menos, mandavam umas fêmeas vistosas para a gente olhar. Agora, só dá macho.

— E esses trambolhos — seu Manuel aponta as máquinas — para que servem? A que se destinam?

— A nos fuder a vida, Almirante, tu vai ver.

Na Prefeitura, o indivíduo desembarcado do jipe entrega a Ascânio uma carta do doutor Mirko Stefano na qual o Magnífico, extremamente gentil, depois de cumprimentar seu *simpático amigo Ascânio Trindade*, apresenta-lhe o doutor Remo Quarantini, engenheiro-chefe da Companhia Baiana de Engenharia e Projetos — CBEP que, à frente de um grupo de técnicos, vai a Agreste fazer o levantamento dos dados referentes à estrada, com vistas às obras indispensáveis: retificação do traçado, alargamento, pavimentação. Aproveitando a circunstância, leva com ele máquinas e operários para o asfaltamento da rua, cumprindo assim a Brastânio promessa feita à comuna por intermédio dele, Mirko. Termina convidando o prezado amigo a comparecer com a maior urgência à capital baiana para importante conferência com elementos da diretoria da Empresa sobre os problemas relativos à instalação da indústria de dióxido de titânio na região. Tem boas notícias a dar, quer fazê-lo pessoalmente. Antes de assinar a carta, com abraços cordiais, avisa que as despesas de viagem correrão por conta da Brastânio, desejosa de não pesar no orçamento da Prefeitura. *Até breve, caro amigo, conto com sua presença. Aproveite a condução e a companhia e venha com o doutor Remo que, além de tudo, é um emérito contador de anedotas.*

Olhando-o, ninguém diria tratar-se de emérito contador de anedotas: careca, barbas loiras, longas e emaranhadas, cara típica de quem comeu merda e não gostou, silencioso. Nem por isso Ascânio deixa de lhe apresentar calorosas boas-vindas em nome das autoridades e do povo do município, de colocar-se às suas ordens prevenindo-lhe, ao mesmo tempo, da intenção de acompanhá-lo na viagem de volta, disposto a regalar-se com o hilariante repertório. Enquanto no interior da Prefeitura sucedem essas etiquetas, na Praça, curiosos e desocupados examinam os Caterpillars, boquiabertos. Peto, a quem viaturas e máquinas interessam quase tanto quanto os mistérios do sexo, descreve-lhes a utilidade e cita-lhes apelidos. Patrola, melosa e rolo compressor destinam-se a abrir ruas e a pavimentá-las. Não com as pedras desiguais com que o avô de

443

Ascânio, em tempos prósperos, calçara a Praça da Matriz, a rua da Frente, a Praça do Mercado (desde então Praça Coronel Francisco Trindade) mas com negro asfalto, calçamento conhecido apenas por aqueles que já viajaram pelo menos até Esplanada, Peto entre eles: três vezes acompanhara Perpétua à cidade vizinha e uma a Aracaju, quase um globe-trotter. Começam a acontecer novidades de monta, não há dúvida. Não se trata mais de conversa fiada.

O engenheiro faz perguntas sobre a estrada. Desculpe-lhe a franqueza: aquele caminho de mulas não merece ser tratado sequer de estrada carroçável. Trilha incerta, estreita picada repleta de lombadas, lamaçais, cacundas, valetas, crateras, em suma, uma escrotidão. Será necessário refazê-la por completo, modificando-lhe talvez o traçado, considerável mão-de-obra. Ascânio fornece alguns dados mas somente Jairo, proprietário da marinete, familiar da travessia, pode dar informação precisa, quando chegar de Esplanada.

Um sorriso zombeteiro desenha-se no rosto macambúzio do doutor Quarantini: na saída de Esplanada haviam deixado para trás o extraordinário veículo, tão obsoleto a ponto de ser ultrapassado pelas máquinas de marcha reduzida. Realmente, quem a leva e traz deve conhecer aquela buraqueira palmo a palmo. Ascânio recomenda-lhe prudência no trato com Jairo: o dono da marinete anda de mau humor desde que vira no jornal mural da Prefeitura o desenho dos magníficos ônibus previstos para o serviço de passageiros na nova estrada, essa que o engenheiro vai traçar e construir.

Falando nisso, solicita ao engenheiro um minuto de seu precioso tempo para admirar o jornal mural, antes de ir ver o trecho a asfaltar pelo qual, aliás, vem de passar pois fica na entrada da cidade. O barbudo, diante do desenho, concede outro sorriso, dúbio. Ascânio fica sem saber se devido à discutível vocação artística de Lindolfo ou ao entusiasmo, demonstrado no mural, pela Brastânio e seus efluentes progressistas. O visitante não comenta nem os desenhos nem as afirmações em letras coloridas:

— Vamos indo. Quanto antes se comece, melhor.

Tem pressa. Excetuando-se doutor Mirko Stefano, pausado e calmo, todas as demais pessoas ligadas ao progresso não admitem perder tempo, estão sempre correndo, impacientes. Seguindo o careca para o jipe, Ascânio comprova que ele próprio deve mudar de ritmo. Distante da capital, habituara-se, nos últimos anos, ao lento compasso das horas de Agreste.

444

Jipe, caminhão e máquinas descem a rua, acompanhados pela massa crescente de basbaques. Na entrada da cidade param, despejando técnicos, capatazes e operários. Ascânio, os dois engenheiros e o fiscal da Companhia percorrem o trecho de caminho a ser pavimentado, a futura rua Antonieta Esteves Cantarelli.

— Esse pedacinho, só? — doutor Quarantini dirige-se aos capatazes: — Não precisa armar as tendas, essa bobagem a gente fatura hoje mesmo. Pensei que fosse coisa de vulto. — Fala para Ascânio: — Muito bem, meu caro, vamos meter mãos à obra. Quem sabe o amigo pode providenciar a gororoba para o pessoal e uns cascos de cerveja? E almoço para nós. Tem algum restaurante que preste? Pelo jeito... — Um desanimado gesto de resignação: — Qualquer coisa serve.

— Fique descansado, cuidarei disso. Que horas pensa voltar?

— No fim da tarde. Vamos fazer o possível para terminar antes do pôr-do-
-sol. Dá, não dá, Sante?

Sante, possante mulato a mastigar uma ponta de charuto, confirma:

— Demais. — Ordena aos homens: — Toca o bonde.

Cavaletes pintados de amarelo demarcam os limites onde o trânsito torna-
-se proibido, os curiosos são afastados, as grandes máquinas entram em ação. Acotovelando-se por detrás dos cavaletes, sob o sol intenso, o povo acompanha atento o desenvolvimento do trabalho. A patrola levanta, espalha a terra e a aplaina, sua pá enorme causa admiração. Ainda mais o rolo compressor, indo e vindo nos cem metros do caminho, sujeitando a terra solta, transformando-a em sólido leito de rua. Da rua Antonieta Esteves Cantarelli, curta mas asfaltada, primeira beneficiária do progresso trazido pela Brastânio. E ainda há quem fale mal da grande indústria, reflete Ascânio, revoltado com as injustiças do mundo. Percorre com o olhar os curiosos, constata a admiração geral. Caloca, dono do Bar Elite, cacete-armado onde vende cachaça no Beco da Amargura, sintetiza a opinião geral:

— Porreta! Vá trabalhar depressa assim na puta-que-pariu!

Vitorioso, o coração aos pulos, o secretário da Prefeitura de Agreste retira-
-se para tomar outras providências. Passa na pensão de dona Amorzinho, encomenda comida para toda a equipe. Ele e mais três virão almoçar na sala da pensão, os trabalhadores comerão no próprio local de trabalho — faça um

bom feijão e cabrito assado. Quem paga é a Prefeitura, não vá cobrar aos homens. Dirige-se, a seguir, à casa de Perpétua para contar as novidades a Leonora, comunicar-lhe a inesperada ida à capital. Dar-se-á ela conta da importância dessa viagem que poderá transformar o namoro sem perspectivas, um sonho absurdo, em exaltante realidade de noivado e casamento? Voltará trazendo o requerimento da Brastânio dirigido à Prefeitura, solicitando autorização para se instalar em Agreste. Somente isso? O horizonte é amplo em sua frente.

Em companhia de Ascânio, ao meio-dia, os dois engenheiros e o fiscal da obra comem o melhor almoço de suas vidas: pitus fritos, aferventados, escalfados com ovos, moqueca de peixe, galinha de molho-pardo, cabrito assado, carne-de-sol com pirão de leite. Doces de sabores raros: de jaca, carambola, groselha, araçá-mirim. Passas de caju e jenipapo. Refrescos de mangaba e de cajá. O sorumbático engenheiro-chefe comeu tanto, com tal disposição, a ponto de aflorar-lhe às faces desbotadas um ar de viço. Deixando o calçamento por conta do colega, estende-se numa rede para só acordar no fim da tarde, a tempo de assistir à conclusão dos trabalhos.

Quando, depois da bóia, a marinete de Jairo buzinou na curva, os operários ainda no prazer do feijão e da cerveja — o feijão de dona Amorzinho, não um feijão qualquer — acabavam de passar a primeira camada de piche grosso e reluzente sobre o aplainado terreno. Retiraram os cavaletes para abrir caminho à resfolegante viatura, saudando-a com assovios e dichotes: ferro-velho, calhambeque podre, sobra de guerra, lixo; imensa vaia a acompanha.

Por volta das seis horas, maleta em punho, Ascânio aparece, de braço dado com Leonora. O calçamento chega ao fim. Brilha o betume, úmido e negro. Saindo do carro químico, um tubo asperge uma última camada de asfalto fino. Está pronta para ser inaugurada, a rua Antonieta Esteves Cantarelli.

Caloca aproxima-se de Ascânio, pede, provocando risos:

— Seu Ascânio, aproveite e mande eles calçar o meu beco, fazem num minuto.

Ainda sonolento, o engenheiro Remo Quarantini ordena a partida, que almoço! Ascânio despede-se de Leonora, beijando-a na face diante da multidão. Deixa-a junto de dona Carmosina, na primeira fila dos curiosos. Não resiste e provoca a adversária e amiga:

— Conheceu, papuda?

Não espera a resposta. O engenheiro, no jipe, pede pressa, toca a buzina. De agora em diante faz-se necessário correr, terminaram-se os tempos de leseira. De leseira ou de lazer?

ONDE SE SABE DAS MÁQUINAS NA ESTRADA OU JAIRO, O JUBILOSO

Pois assim é: um dia da caça, outro do caçador ou ri melhor quem ri por último. Extinta a luz do motor ao toque das nove no sino da Matriz, acionado por Vavá de mão ainda enfaixada, soam palmas insistentes na porta da casa do humilhado Jairo.

Apresenta-se um ajudante de chofer, membro da equipe de asfaltadores, bons de vaia e de achincalhe. Solicita ferramentas emprestadas e, se possível, a presença de Jairo, seu precioso auxílio. Duas das máquinas encontram-se quebradas na estrada, apenas o rolo compressor prosseguira a marcha para Esplanada. Quanto ao jipe e ao caminhão com os operários, ao sair de Agreste tocaram-se na frente e a essas horas já devem estar próximos à Bahia. O moço veio a pé, está morto de sede, aceita um copo com água. Desculpe o incômodo.

— Onde se deu?

— Pertinho daqui, todas duas. Uns sete ou oito quilômetros. Naquela lombada, sabe, onde tinha um mata-burro meio rebentado. Acabou de rebentar com o peso da patrola que afundou. A outra nem chegou lá. Deu galho antes.

Cabe aos vitoriosos a generosidade. Magnânimo, Jairo coloca-se às ordens:

— Vamos ver isso. Não há de ser nada. Dá-se um jeitinho.

Dirige-se à garagem. Acaricia a marinete, murmura-lhe palavras de carinho e confiança:

— Vamos socorrer os ricos, meu Disco Voador, eles te chamaram de lixo, de ferro-velho, agora chegou nossa vez. Veja como se comporta, esqueça as manhas. Não vá fazer feio, me deixar na mao, prove seu valor, minha sensual.

447

A manhosa e sensual comporta-se à altura. Desenvolve apreciável velocidade, o motor não rateia nem uma só vez. Bichinho bom, constata o ajudante de chofer ao vê-la prosseguir, indiferente a crateras, atoleiros, cacundas, abismos. Impávida e serena, ao som de música pois, por incrível que pareça, até o rádio russo funcionou.

Jairo presta a ajuda solicitada, sobra-lhe competência. Postas as máquinas em ordem, meia-noite passada, sem esperar agradecimentos, limpa as mãos na estopa, sobe o degrau da porta, liga o motor, a marinete parte soltando a descarga de despedida. Beleza de descarga!

Obrigado, Estrela do Sertão; vamos em frente, minha picurrucha.

DAS PREOCUPAÇÕES DO NOVO-RICO

Cresce o movimento, modifica-se a cadência. No caso concreto de Astério, promovido de modesto comerciante a novo-rico, de capitão a major, a responsabilidade cabe à cunhada rica de São Paulo e, se intervenção houve da Brastânio, foi indireta e casual. De qualquer maneira, também para ele o ritmo da vida acelerou-se.

Antes, passava manhã e tarde na loja, despachando reduzida freguesia, vendendo uns poucos metros de fazenda, uma camisa de homem, uma saia de mulher, uma dúzia de botões, agulhas e carretéis de linha, quinquilharias, bagatelas. Sobrando-lhe tempo para transar com os amigos, sobretudo com o indefectível Osnar, ouvindo fuxicos, comentando acontecidos, saboreando histórias da *trepidante vida noturna de Agreste* (como diz o sarcástico Aminthas) pondo-se a par das qualidades das últimas raparigas recrutadas por Zuleika Cinderela. Dias antes, lhe haviam falado de uma novata, moderninha, quinze anos incompletos, dona de um traseiro que, a continuar se desenvolvendo, será, em breve, o mais vistoso de Agreste; viera do arraial do Saco e se chama Maria Imaculada.

No começo da tarde, hora morta, deixava o moleque Sabino tomando conta do balcão, ia dedicar-se a longos treinos nos dois brunswicks do bar. Agora, tem de se desdobrar, dividindo-se entre a loja e as terras e as obras da casa de Tieta.

Ida matinal a Vista Alegre, para fiscalizar rebanho e plantação, colocados sob os cuidados imediatos de Menininho, filho de Lauro Branco, arranjo de Osnar:

— Roubado, major, você vai ser de qualquer maneira, bote quem botar, então, é melhor que seja pelo compadre Lauro que a gente sabe que rouba sem exagero e, tirante isso, é homem sério e trabalhador. Menininho é bom de enxada, sabe cuidar das cabras e tem o compadre ao pé para aperrear. Desde que você controle, como eu faço, a coisa anda.

Corre da loja para as obras em vias de acabamento, na casa comprada a dona Zulmira. O velho Zé Esteves plantava-se ali o dia inteiro, azucrinando mestre Liberato, dando esporro nos operários, ameaçando Deus e o mundo. Astério precisa impedir que, com a falta do Velho, o trabalho se arraste justamente quando chega ao fim. Prontos os sanitários, os melhores de Agreste, com chuveiros e banheiras, latrinas de luxo, bacanérrimas, começada a pintura, pouco falta para a casa estar habitável. Aliás, o plano de Astério é efetuar a mudança quanto antes, mesmo não estando completa a reforma. Duas vantagens: deixará logo de pagar aluguel e com eles dentro de casa as obras andarão mais depressa. Já deu ordens a Elisa para arrumar os teréns.

A morte do velho Zé Esteves viera abrir-lhes o caminho da prosperidade. Mandioca e cabras, terras. Quem possui terras é dono de um pedaço do mundo, repetia o sogro, lastimando o perdido patrimônio. Casa porreta, senão própria pelo menos gratuita, uma das melhores residências da cidade. Digna moldura para a beleza e a elegância de Elisa.

Elisa o preocupa. Anda de cabeça baixa, lacrimosa, pelos cantos. Nem parece haver recebido tantos e tamanhos benefícios, provas de amor fraterno poucas vezes vistas em Agreste. Nunca vistas. Tieta é mão aberta, mais do que generosa, perdulária. Não obstante, Elisa se comporta como se houvesse sido ofendida ou maltratada. Astério não lhe vira mais um único sorriso nos lábios desde aquela tarde, no dia seguinte ao enterro do Velho, quando Tieta anunciou a compra da Vista Alegre em nome do casal. Por mais de uma

449

vez Astério lhe perguntou o que tem, qual o motivo dessa tristeza, Elisa respondeu que não tem nada, tristeza nenhuma, não se preocupe com ela. Não rira nem mesmo quando ele lhe comunicou estar Osnar disposto a propor à secretária-executiva do tal homem da Brastânio, aquela de faixa prateada na cabeleira ruiva, se lembra?, o mesmo que propôs à polaca, imagine o despropósito!

Inacreditável: Elisa ficara arrasada com a morte do Velho. Enquanto ele viveu, em nenhum momento Astério percebera qualquer demonstração de amor profundo, entre filha e pai. O medo, isso sim, Elisa não conseguia esconder. Confusamente Astério se dá conta de que ela se casara sobretudo para libertar-se da tirania paterna, da prisão familiar, do cajado e da taca de uso permanente. Mesmo depois de casar as filhas, o Velho se impunha, a elas e aos genros. Jamais Astério o ouvira pronunciar uma palavra de carinho, esboçar um gesto de ternura, nem sequer para confortar Elisa quando do passamento de Toninho. No velório do Major, Perpétua por uma vez desfeita em lágrimas, inconsolável, Zé Esteves escarnecera:

— Nunca mais arranja outro, perca a esperança. Idiota dessa espécie aparece um em cada século e olhe lá.

Vivia a acusar Astério devido ao assunto do cheque usado para descontar a duplicata. Transcorriam os anos e o carrasco continuava a lançar na cara da filha, quando não do genro, aquela falcatrua, ameaçando de cadeia se a repetisse.

Meu Deus, como é difícil entender as pessoas! Pensou que Elisa fosse respirar, finalmente liberta do medo, medo do pai e da miséria. Feliz com o presente da irmã, solução para os problemas de dinheiro a agoniá-los, além da nova residência a lhes dar status de ricos, lugar proeminente na sociedade de Agreste. Ao contrário, Elisa parece inconsolável como se, ao perder o pai, houvesse perdido qualquer esperança de felicidade.

Astério não é exatamente um psicólogo apesar das demonstrações intelectuais fornecidas nas carambolas ao bilhar, cálculos exatos, milimetrados, perfeitos; certas tacadas suas são obras de arte. Mas as complicações no comportamento das pessoas, calundus, choradeiras, fossas, o perturbam e o apoquentam. Talvez dona Carmosina, tão inteligente e lida, possa entender e explicar. Tieta também, nada lhe escapa.

Quando conversaram, ele e Tieta, a propósito do desejo de mudança para São Paulo, expresso por Elisa, a cunhada o aconselhara a botar rédea curta na esposa, a seguir o exemplo do velho Zé Esteves e até falara no bordão.

Tão bondosa, coração de ouro, todavia, em certos instantes, Tieta se parece com o Velho. Erguer a voz contra Elisa? Trazê-la de rédea curta? Mas por que, se ela é tão direita e dedicada, dona-de-casa cuidadosa, sem falar na beleza e na elegância?

Recordando tais virtudes da esposa, comove-se Astério. Que mal existe em choro e tristeza de filha, lastimando perda de pai? Com o tempo passará. Mais dia menos dia voltará a ser a mesma Elisa, ostentando o ar distante e um pouco esnobe, um tanto melancólico que lhe vai tão bem. A mulher mais bela e elegante da cidade; outrora pobre, hoje proprietária de terras, quem tem terras é dono de um pedaço do mundo, frase do Velho excomungado. Dona de uma senhora bunda. Falaram a Astério de uma tal Maria Imaculada cujo traseiro, sendo cuidado, um dia... Tolice. Igual ao de Elisa, nenhum, por mais se esforce a natureza.

ONDE SE ERGUE UM ÚLTIMO BRINDE À AMIZADE E À GRATIDÃO

Voz de galhofa, Aminthas pergunta, ao ver passar, apressado, suando em bicas, pasta negra sob o sovaco, a potente figura do doutor Baltazar Moreira, bacharel em direito com escritório em Feira de Santana.

— Será que escolheram Agreste para sede de algum congresso de juristas? Onde a gente chega, tropeça num advogado.

Osnar descansa o taco, constata a diferença de pontos a separá-lo de Fidélio, já não vê possibilidade de recuperação e vitória, assume o papel de hierofante em geral exercido pelo poeta Barbozinha:

— Quando os urubus aparecem, é sinal de carniça. Isso aqui vai feder.

Adiadas as partidas decisivas do campeonato, devido à viagem de Ascânio à Capital, os candidatos ao Taco de Ouro contentam-se com desafios amistosos, à base de apostas de garrafas de cerveja. De pé para melhor observar o jogo de Fidélio, seu próximo adversário nas semifinais, Seixas intervém:

— Ainda bem que vai feder. Vamos sentir o cheiro do petróleo, do enxofre, dos gases das indústrias químicas. Fedor de progresso, Osnar. Não é mesmo, Fidélio?

No espanto da pergunta inesperada, Fidélio reage:

— Que é que eu tenho a ver com isso?

— Você não é um dos Antunes, um dos herdeiros do coqueiral? Todo mundo ouviu o doutor Franklin dizer, no cartório. Ou você pretende esconder sua riqueza da gente? Está aí, está milionário, sócio da Brastânio, pronto para poluir Mangue Seco. Garanto que um desses advogados veio a seu pedido, não é? Qual deles? Solte a língua, conte a seus amigos.

Fidélio suspende a tacada, fala sério, sem achar graça na provocação do parceiro:

— Não preciso de advogado. — Volta à tacada e à habitual reserva.

— Se você quiser, eu posso me ocupar de seu caso. — Seixas persiste na pilhéria sem ligar para a tromba do companheiro: — Para começar, lhe aconselho juntar seus trapinhos com os de dona Carlota que é outra candidata ao coqueiral, casamento com comunhão de bens, Antunes com Antunes. Além de tudo, você pega um cabaço enrustido, de antiquário, digno de museu.

Fidélio liquida a partida, uma última carambola, tenta liquidar também com a zombaria que evidentemente não lhe agrada:

— Não preciso nem de advogado nem de conselheiro. Meta-se com sua vida... Sua intenção, eu sei qual é: me irritar, me pôr nervoso para eu perder quando jogar com você. Isso é uma safadeza.

Abespinha-se Seixas:

— Só estava fazendo uma brincadeira, sem nenhuma intenção. Para ganhar de você, não preciso disso, já ganhei muitas vezes. Não admito que me chame de desonesto.

Osnar, tendo guardado o taco, corta a discussão:

— Que besteira é essa? Vamos acabar com isso. Deixem que a carniça apodreça longe da gente. Eu disse que vai feder e ajunto: vai feder e ferver. Mas quem quiser discutir sobre essas porcarias, vá discutir longe daqui. Nossa chacrinha não tem nada a ver com isso. Há quantos anos somos amigos? — Muda de assunto: — Se vocês garantem não falar a Astério, conto uma surpresa que estou planejando fazer.

Seixas ainda resmunga, Fidélio mantém silêncio, Osnar continua:

— Vocês sabem que o Sargento Peto vai completar treze anos por esses dias? Estou acertando com Zuleika uma grande festa para o sábado que vem, para comemorar a data.

— Com Zuleika? Por que com ela? — espanta-se Seixas, um resto de mágoa na voz: — Aniversário de garoto, se festeja em casa dos pais com guaraná, coca-cola, mesa de doces, umas festinhas que são o fim da picada. Mas se dona Perpétua comemorar, tenho de ir para levar Zelita, minha prima mais moça, de onze anos. Ela adora.

Osnar sorri para Seixas, agradecido. A conversa toma rumo a seu gosto. Está cansado de ouvir bate-boca sobre fábrica e poluição, atualmente não se fala de outro assunto em Agreste. Nem o rápido avanço dos postes da Hidrelétrica do São Francisco, tema de entusiásticos comentários ainda havia uma semana, consegue agora desviar as atenções do problema a dividir a cidade desde que as máquinas da CBEP, a mando da Brastânio, asfaltaram num piscar de olhos o antigo Caminho da Lama, futura rua Antonieta Esteves Cantarelli. Segredo mal guardado, a programada homenagem anda na boca do mundo, diversas pessoas viram a placa na mão de Ascânio. Somente Tieta, veraneando em Mangue Seco, ignora a próxima consagração oficial de seu nome, dos projetos atuais da Municipalidade, o único a reunir aplausos e aprovação unânimes. No mais, reina a discórdia, a cidade dividida.

Nas ruas antes tão pacatas, travam-se polêmicas, trocam-se desaforos. Argumenta-se a favor ou contra a instalação da fábrica. Deve-se ou não permitir, saudar com entusiasmo ou repelir com indignação, significa vida ou morte? Uma parte da população mantém-se indecisa, sem saber em qual dos murais acreditar. No da Prefeitura, onde se afirma a completa inocuidade da indústria de dióxido de titânio e são prometidas mirabolantes maravilhas ao município e ao povo? Ou no da agência dos Correios, a proclamar a extrema periculosidade da Brastânio e o perigo que correm o céu, a terra, o mar e a atmosfera de toda a região, desgraças mil devidas à indústria de dióxido de titânio? Dióxido de titânio, nome sugestivo, apaixonante, ameaçador, misterioso.

453

Existem alguns ecléticos que misturam alegações dos dois murais ou seja: acreditam haver muita verdade nas afirmativas sobre a terrível porcentagem de poluição causada pela discutida indústria mas acham que nem por isso se deve impedir sua instalação no coqueiral de Mangue Seco ou em outro ponto qualquer de Sant'Ana do Agreste. Segundo eles, não existe progresso sem poluição e citam o exemplo dos Estados Unidos, do Japão, da Alemanha, de São Paulo, quatro colossos.

Debate altamente intelectual a ganhar a rua, extralimitando das fronteiras do Areópago, do Bar dos Açores, da pensão de Zuleika, da Matriz, centros culturais de Sant'Ana do Agreste, sendo o último especializado em questões de liturgia, nas quais as beatas são peritas dando, por vezes, quinaus no próprio padre Mariano. Passou-se a discutir nas lojas, nos armazéns, na feira, nas casas e nas esquinas. Até no Beco da Amargura, no boteco de Caloca. Com ardor, por vezes apaixonadamente. Aqui e ali, aconteceram as primeiras desavenças sérias. Bacurau e Carioca (devia o apelido a ter residido no Rio durante uns anos e ser metido a letrado), ambos empregados no curtume, foram às vias de fato quando Bacurau tratou Carioca de pestilento e este, em troca, o ofendeu acusando-o de medieval, xingo grave pois desconhecido para Bacurau, homem de poucas luzes. Dióxido de titânio tornou-se expressão popular, signo ao mesmo tempo do bem e do mal. Como sempre sucede em se tratando de símbolos místicos, sobre esse reverenciado e temido totem, nada sabiam, nem sequer seu aspecto: se gasoso, líquido ou sólido. Certamente, sendo uma divindade, participa dos três estados. Gasoso, empesta o ar; líquido, envenena as águas; sólido, sua presença se impõe concreta sobre a população dominando-a. Tem razão Osnar: o dióxido de titânio fede e ferve na cidade. Que não o faça na rodinha diária do bar, na mesa de cerveja e na verde cobertura dos brunswicks! Sorri para Seixas, agradecido. Para Osnar a amizade é bem precioso, faz-se necessário preservá-la da poluição. Estendendo a mão comprida e magra toca o joelho do parceiro, num gesto de afeto:

— Eu lhe disse que o sargento vai completar treze anos, Seixas. Ou você não sabe que aos treze anos o cidadão brasileiro adquire a maioridade sexual? Teria sido você um retardado? Porque, além dos normais, existem os retardados e os precoces. Exemplo de precocidade, o porreta aqui presente: antes de completar os doze dei a primeira pitocada, iniciando a vitoriosa carreira de campeão de que vocês são testemunhas.

Num riso geral distende-se a atmosfera, a cordialidade reassume o comando da conversa. Fidélio reencontra a voz sossegada:

— A primeira, com quem foi? Com ela?

Seixas, superando por completo a altercação, esquece a zanga:

— E com que outra havia de ser, Fidélio? Lembra de nós dois? Foi no mesmo dia, você primeiro, seu velhaco; me tomou a frente, na surdina.

Fidélio repõe a verdade histórica:

— Conte a coisa como aconteceu. Você pediu para eu ir primeiro, estava tremendo.

Sorriem recordando. Seixas se enternece:

— É verdade, eu estava me borrando de medo. Quando tu saiu e me disse que era batuta, nem assim me controlei. Mas, no quarto, ela logo me pôs à vontade e tudo correu na perfeição.

Aminthas divaga:

— Quantos ela já terá iniciado? Não há nenhuma que se compare com ela para tirar o cabaço de um menino. Nos modos, na delicadeza das maneiras. Conheço alguns caras que estrearam com umas vagabundas, saíram com péssima impressão, decepcionados. Levaram meses para se refazer e começar a usufruir. Há quem não se refaça nunca. Com ela, é logo de primeira.

— Proponho um trago em homenagem — diz Seixas novamente alegre.

— Salta quatro puras, Almirante, para a gente selar um trato entre nós e fazer um brinde a quem nos deu à luz pela segunda vez — ordena Osnar: o trato da amizade, o brinde da gratidão. Enquanto esperam, ele volta à iniciação de Peto: — Devemos fazer uma festa do barulho, como o sargento merece. Já tem tempo que a gente não arma um bom pagode e olhe que estamos precisando. Em Agreste agora só se fala de coisas ruins e feias: poluição e dinheiro.

Seu Manuel serve a cachaça, quer saber que mãe é essa que pariu tantos filhos e por que pela segunda vez.

— Foi a luz do entendimento que ela nos deu, Almirante. — Para o bravo luso, misteriosas palavras que logo se esclarecem pois Osnar levanta o copo barato e grosso, aspira o odor da límpida cachaça, completa: — À saúde de Zuleika Cinderela e à sua estreita porta onde entramos meninos e saímos homens. E à nossa amizade que nenhum titânio há de apodrecer.

Também Osnar tem seus lampejos, podendo na mesma ocasião, por coincidência ou necessidade, retirar do predestinado Barbozinha os privilégios da vidência e da poesia.

CAPÍTULO NO QUAL AGRESTE IMPORTA MÉTODOS JURÍDICOS DE REGIÕES PROGRESSISTAS E ONDE SE TEORIZA SOBRE DINHEIRO E PODER

Dos três causídicos, o primeiro a chegar e o único a permanecer durante algum tempo na cidade, hóspede da pensão de dona Amorzinho — os demais iam e vinham, transitando entre Agreste e Esplanada —, travando conhecimento com os habitantes, foi o doutor Marcolino Pitombo, velhinho simpático, bem apessoado e bem vestido, terno branco de linho, chapéu panamá legítimo, charuto Suerdieck, bengala de castão de ouro, vindo da legendária, rica e progressista região cacaueira.

Josafá Antunes o recebera no aeroporto de Aracaju e alugara um carro para transportá-lo da capital sergipana ao sertão de Agreste, apreciável delicadeza condenada a parcial fracasso pois o automóvel, moderno e de bela aparência — entre os táxis que faziam ponto diante do hotel, Josafá escolhera o mais aparatoso e refulgente — ficou a menos de metade do caminho de Esplanada a Agreste, com o motor fundido. Dando lugar a posterior e execrável trocadilho de Aminthas: fundido e fudido, perpetrou ele, estaria o egrégio jurisconsulto, não ocorresse a providencial passagem da marinete de Jairo, ultimamente apelidada de Samaritana das Estradas pelo orgulhoso proprietário, na qual o advogado e seu constituinte terminaram a viagem em marcha vagarosa porém segura.

Temeu Josafá se tomasse de cólera o ancião, arrepiando carreira, abandonando a causa. Doutor Marcolino, porém, demonstrando senso de humor, interessou-se vivamente pelo veículo de Jairo, pedindo sobre ele variadas informações, atento ao som do rádio russo, elogiando a personalidade do aparelho. Quando, finalmente, atingiram a entrada da cidade, aquele recente e curto porém magnífico trecho de asfalto, aplaudiu e comentou:

— Bravos, meu amigo! Os motores de hoje não valem nada. — Apertou a mão de Jairo: — Nem o motor das máquinas nem o caráter dos homens.

Alojado na pensão de dona Amorzinho, no melhor quarto, com direito ao urinol de louça da proprietária, concessão extrema, logo se tornou figura bem vista, devido à idade, aos modos polidos e ao donaire. Admiravam-lhe a procedência grapiúna, a fama, a cordialidade e a bengala, em cujo castão de ouro via-se esculpida a cabeça de uma serpente, símbolo provável da venenosa argúcia do eminente causídico, habilíssimo caxixeiro, conforme consta. Ao vê-lo desfilar na rua da Frente (rua Coronel Artur de Figueiredo, não há jeito do povo se desligar dos nomes tradicionais) em caminho do cartório, os cidadãos de Agreste sentem uma ponta de orgulho: não há dúvida, a cidade civiliza-se e prospera, evidência constatada e comprovada pela presença do preclaro bacharel.

No cartório, assessorado pelo próprio tabelião, estudou livros, analisou os velhos documentos, usando inclusive uma lente, em busca de inexistentes rasuras. Fez questão de ir pessoalmente ver as terras em demanda, aproveitando o passeio de lancha para conhecer a praia de Mangue Seco de cuja beleza ouvira falar, menino em Aracaju. Ficou boquiaberto:

— É ainda mais fascinante do que me disseram. Nenhum pintor seria capaz de criar uma paisagem tão bela, só mesmo Deus.

Tendo concluído os estudos preliminares, manteve reservada conferência com Josafá, trancados no quarto da pensão:

— Quem são os outros pretendentes, os outros Antunes?

— Até agora, sei de dois. Uma professora, diretora da Escola Ruy Barbosa.

— Casada? Viúva?

— Vitalina. Deve ter uns cinqüenta anos ou mais. O outro é um rapaz novo, funcionário da Coletoria Estadual.

— Um rapaz moço? E os pais?

— Mortos, os dois. O pai no Rio, a mãe aqui, deixaram ele pequeno. Foi criado por uma tia, irmã do pai. É Antunes pelo lado da mãe.

— É verdade, o tabelião me falou. Você pensa entrar em composição com eles?

457

— Se não houver outro jeito. Mas quem decide é o senhor, foi para me aconselhar que pedi que o doutor viesse.

— Sei disso mas preciso conhecer sua tendência, seu pensamento, para poder agir de conformidade.

— Doutor, me desfiz de umas plantações e de umas cabras, únicos bens que eu e o Pai tínhamos aqui, para botar questão por essas terras e depois vender elas à fábrica e aplicar o lucro em roça de cacau. Se puder ganhar tudo, melhor. A gente deve ir para as cabeceiras, é isso que eu penso. Composição, acordo, só se não tiver outro jeito.

— Outro jeito, sempre há. Se fosse nas nossas bandas, a gente podia arrumar as coisas com facilidade; aqui é mais difícil. Existe apenas um cartório e o tabelião foi logo me dizendo, em tom de pilhéria mas na intenção de me fazer saber, que caxixe com ele não tem vez. Parece que também não se usa por aqui o argumento tiro e queda, de todos o mais seguro. — Imita com os dedos o gesto de atirar: — Corta o mal pela raiz.

Josafá dá largas ao riso divertido:

— Nem por lá se usa mais, doutor, foi coisa de outro tempo. Aqui, nunca se usou.

— Que lástima! Como último recurso, é de bom conselho. — Um brilho de malícia nos olhos azuis, cansados, inocentes: — Um tabelião, metido nessas brenhas, que diabo pode saber sobre caxixe? — Ele mesmo responde: — Nada, três vezes nada. Será incorruptível?

— Doutor Franklin? Penso que sim, doutor. Por ele, sou capaz de botar a mão no fogo.

— E o filho? O barril de chope? Pergunto, se por acaso houver necessidade. É sempre bom saber.

— Do filho, não sei nada. Era menino quando me arranquei.

— Tiraremos a limpo, não faltará ocasião. Agora, vou lhe dar minha opinião e explicar meu plano. Mas antes me responda a outra pergunta: tem algum agrimensor por aqui?

— Em Agreste não sei de nenhum. Deve ter em Esplanada.

— Foi o que pensei. Ouça, então. Vamos, de hoje para amanhã, reunir toda a documentação que prova seus direitos. Já encomendei ao tabelião um traslado da escritura antiga e a autenticação dos documentos de seu pai e seus.

Vou voltar ao cartório para prometer ao gorducho um dinheirinho por fora. Assim o traslado anda depressa e a gente fica sabendo se o nosso jovem escrivão é ou não sensível a um agrado. Na idade dele e gordo como é, uma ajuda de custo sempre é bem-vinda, para gastar com as raparigas. Tendo os documentos nos tocamos para Esplanada, você contrata o agrimensor, volta com ele para fazer a medição do coqueiral. Eu fico por lá, assuntando o ambiente, conversando com os colegas, estudando as reações do juiz, do promotor, sabe como é, formando minha opinião, vendo como o carro marcha. Quando você chegar com a medição, entro com o mandado de posse para a totalidade da área, já com os homens amaciados, trabalhados por mim.

— Para a totalidade? Porreta. Assim, quando esses tais Antunes de meia-pataca acordarem para a coisa, nós já estaremos de dono. Imagine, doutor, que eles nem constituíram advogados. Nem a velhota, nem o folgado que só pensa no campeonato de bilhar.

Doutor Marcolino contempla com os olhos azuis e sensatos o ardoroso litigante, contendo-lhe o entusiasmo:

— Se ainda não constituíram, vão constituir, não se iluda. Meta na cabeça que eles têm tanto direito quanto você, se são realmente descendentes de Manuel Bezerra Antunes. Vou requerer a posse de toda a área mas não acredito que a obtenhamos, se eles questionarem, e eles vão questionar. Mesmo que a gente obtenha uma primeira decisão favorável, como espero, devemos estar preparados para o caso mais que provável de ter de dividir a terra escriturada em nome de seu tataravô. O importante é saber exatamente com que parte devemos ficar.

— Não percebo.

— Vai perceber, mas antes me responda outra pergunta: alguém por aqui sabe em que trecho do coqueiral a fábrica deve ser instalada?

— Ao que parece, Ascânio sabe. Ascânio Trindade, o secretário da Prefeitura, o tal que está namorando a paulista milionária, falei dele ao senhor, se lembra? Vai ser eleito prefeito mas já é como se fosse, é afilhado do coronel Artur e protegido dele.

— Lembro-me. Pelo que você me disse, ele é o homem da Brastânio aqui, é quem se bate pela instalação da fábrica no município, não é?

— Ascânio quer ver Agreste prosperar. Para isso tem lutado como um herói.

Animam-se de malícia os olhos do velho, tão inocentes na aparência:

— Um herói? Pois esse herói é nosso homem, caro Josafá. Precisamos que ele nos faça saber, a nós e a mais ninguém, onde a fábrica vai se localizar, o ponto exato. Esse dado é de fundamental importância. Provavelmente... Provavelmente, não, certamente vamos ter de soltar uma boa grana na mão desse funcionário para ter a informação com exclusividade. Talvez até lhe dar uma comissão no negócio.

— O doutor está dizendo que a gente deve comprar a informação a Ascânio? Pagar para ele não dizer aos outros?

— Acho que falei em português, meu filho.

— Negativo, doutor. Ascânio não é homem disso. A informação, eu penso que a gente pode obter sem gastar um centavo, é só perguntar a ele. Mas conseguir que diga somente a nós, sonegue dos outros, por dinheiro, nem pensar. Se a gente propusesse, ele ia se ofender, seria pior.

Os olhos tranqüilos e cansados do advogado consideram o constituinte quase com piedade:

— Você nem parece um homem que vive no Sul, meu caro Josafá.

— Ascânio é homem de bem, doutor.

— Como é que sabe? Em que se baseia para afirmar com tanta segurança? Tendo saído de Agreste há muitos anos, como se atreve a garantir pela honestidade de pessoas que mal conhece? Para você, todo mundo em Agreste é incorruptível. O tabelião, esse rapaz... Como você sabe?

— Bem, venho aqui todos os anos ver o velho, ouço o que o povo diz. Nunca escutei a menor alusão à honra de Ascânio.

— Examinemos os fatos, são eles que contam. Estamos diante de um indivíduo que está fazendo o jogo da Brastânio, um jogo sujo, meu bom amigo. E que, ainda por cima, pretende dar o golpe do baú numa paulista rica. Para exemplo de honestidade, me desculpe, não me parece o melhor.

— Mas... Ele deseja o progresso...

— Vamos acreditar que tenha sido assim, que ele fosse muito honesto como o povo diz e você repete. É até possível. Mas, meu filho, no momento em que se meteu nesse assunto, mesmo sem querer, ele mandou a honestidade pra cucuia. Mesmo que ele fosse de aço, enferrujava, sendo de carne e sangue, apodrece. Quanto você imagina que a Brastânio está pagando a ele? Se fosse um dinheirinho, ele poderia recusar. Mas se trata de dinheiro grosso, meu caro, grossíssimo. Apresente-me a esse Ascânio, eu sondo o bicho com jeito e agirei em conseqüência.

— Ascânio está na Bahia. Foi tratar dessa história da fábrica, os homens mandaram um jipe buscar ele.

— Que homens?

— Um chefão da Brastânio. Me disseram que foi ver também se o Tribunal marca logo as eleições. É o que ouvi falar na rua.

— Ora, aí está, tudo claro como água e você a querer me vender o homem como o rei da honestidade! O indivíduo viaja a chamado da Brastânio que com certeza está mexendo os pauzinhos para fazer dele prefeito e você a dizer que o fulano não come bola. Ora, seu Josafá...

Abalado com a argumentação do advogado, Josafá reflete e admite:

— Pensando bem, talvez o doutor tenha razão: debaixo da capa de honesto, o cara está se enchendo. Me lembro de ter lido num jornal que os donos da Brastânio estavam tratando de apressar a eleição. Vai ver...

— Fora de São Francisco de Assis, não sei de ninguém, meu filho, capaz de resistir ao poder do dinheiro. Menos ainda ao poder, puro e simples. O desejo de mando vira qualquer um pelo avesso. Tenho visto muitas e boas. Santos e ateus, para mandar um pouco, são capazes de vender mãe e filho, Deus e o povo. Pai, nem se fala.

— Cada uma... Parecia tão direito.

— Talvez fosse. Mas voltemos ao nosso plano de ação. Parto do pressuposto de que, sendo imenso o areal, a Brastânio vai adquirir apenas uma parte, aquela onde irá instalar sua indústria. Correto? E essa parte, meu caro, é a única a ter valor, um grande valor de revenda. A Brastânio pagará por ela o que o dono pedir. Mas o resto, por mais extenso e belo que seja, não vai valer nem dez réis de mel coado. Terras situadas nas vizinhanças de uma indústria de dióxido de titânio, não possuem nenhum valor, o mais mínimo. Nem para a instalação de outras indústrias nem como local de veraneio. Dadas de graça, ninguém vai querer. O que interessa é o pedaço onde a fábrica vai ser construída. Só esse, mais nenhum.

— Quer dizer, doutor, que essa tal fábrica é mesmo uma desgraça como estão espalhando por aí?

461

— Tudo que disserem, por pior que seja, é pouco. Estudei o assunto, a Brastânio andou pensando em se estabelecer em nossa região.

— Ouvi falar, até assinei um papel contra.

— Um memorial ao Presidente da República. Foi redigido por mim e sem vaidade lhe digo: um documento irrespondível. Está saindo como matéria paga nos jornais do Sul e da Bahia. — Uma sombra obscurece-lhe o rosto satisfeito: — Tenho pena dessa gente daqui, um lugar tão aprazível. Vão acabar com Mangue Seco, vão borrar a pintura de Deus. — Faz com as mãos um gesto de impotência: — Enfim, antes aqui do que lá.

Verdade evidente, dessa vez Josafá balança a cabeça num gesto afirmativo, concordando. O advogado finaliza:

— Estamos de acordo, não é? Recapitulemos. — Conta nos dedos: — Primeiro, documentos e medição do coqueiral; segundo, requerer o mandado de posse e, enquanto se espera a decisão do juiz, a conversinha com o nosso amigo da Prefeitura, o sabidório. Deixe ele por minha conta. Assim, quando os outros herdeiros acordarem e aparecerem de advogado em punho, nós estaremos montados na lei, com mandado de posse, em ótimas condições para negociar, ouvir propostas e impor condições. Uma única condição, meu caro amigo: o pedacinho do coqueiral onde a Brastânio vai erguer sua fábrica de podridão. Entendeu?

Josafá esfrega as mãos: acertara em cheio ao contratar doutor Marcolino Pitombo. Proventos altos, viagens de avião, táxi de luxo — porcaria de carro, fachada e nada mais. Mas o advogado importado, perito no direito grapiúna, compensa qualquer despesa, mesmo o dinheiro posto fora com o táxi, lucrativa aplicação do capital obtido com a venda das encostas de mandioca, dos calvos outeiros de cabras. Para não entender a excelência do investimento, não alegrar-se, é preciso ser um velho tabacudo, sem interesse pela vida, sem ideal, mais para lá do que para cá, como Jarde. O pai, metido num quarto da pensão, longe das cabras, definha a olhos vistos — parece envenenado pelos gases dos efluentes da indústria de dióxido de titânio. Josafá ouviu dizer que, ao aspirá-los, as pessoas vão amarelecendo e ficando tristes, cada vez mais tristes e mais amarelas, ao fim de pouco tempo viram defuntos magros e feios. Uma lástima, mas que jeito?

DE COMO UM PERSONAGEM ATÉ AGORA SECUNDÁRIO DESEMBARCA DA MARINETE DE JAIRO DECLARANDO-SE ANTUNES E HERDEIRO; NO QUAL SE FAZ IGUALMENTE REFERÊNCIA ÀS ASPIRAÇÕES SECRETAS DE FIDÉLIO E A UM PLANO DE AMINTHAS

Enganava-se o otimista Josafá ao afirmar que as outras partes ainda não haviam constituído advogado. Na mesma tarde daquela conversa, para ser exato, no começo da noite, atraso devido a entupimento do carburador, desembarcaram da marinete dois outros bacharéis e ocuparam aposentos na pensão de dona Amorzinho, aliás os últimos quartos vagos, transformando-a num repositório de cultura jurídica, dando lugar e validade à gozação de Aminthas acerca de Congresso de Mestres de Direito.

A presença simultânea nas ruas de Agreste de três cultores das ciências legais, aves raras em terras do município há muitos e muitos anos — o único bacharel em direito a viver na cidade era o doutor Franklin; exercendo função pública, nunca praticara a advocacia —, colocou em evidência a abundância de problemas provenientes da simples possibilidade de instalação, em comuna pobre e atrasada, de indústrias, poluidoras ou não. Não existe indústria que não seja poluidora, seu ignorante. Viram? Já começa a discussão!

Dando razão aos que defendem o progresso a todo custo, imediatamente as terras se valorizaram uma enormidade. Senão as de todo o município, pelo menos as das margens do rio, próximas ao coqueiral de Mangue Seco, local previsto para a construção do complexo industrial da Brastânio. Especulação nascida de uma onda de boatos, anunciando o interesse de várias e diferentes fábricas que viriam transformar em realidade aquele pólo industrial referido por Ascânio Trindade em histórico discurso quando da inauguração dos melhoramentos da Praça do Curtume (Praça Modesto Pires, a população não se habitua aos novos nomes).

A discutida propriedade do coqueiral, que trouxera à cidade o ilustre doutor Marcolino Pitombo com a bengala de castão de ouro, a astúcia e a envolvente simpatia, trouxe também o emproado doutor Baltazar Moreira e o galante doutor Gustavo Galvão, pelo qual suspiraram as moças do lugar.

Doutor Baltazar Moreira, gordo, respeitável papada, voz grave, estampa arrogante, veio de Feira de Sant'Ana a chamado de dona Carlota Antunes Alves — assim passara a se assinar, com nome completo. Quem diz dona Carlota quer dizer Modesto Pires, a quem ela se associara, não tendo dinheiro com que sustentar causa na justiça. A Escola Ruy Barbosa, onde aprendem as primeiras letras os filhos dos abastados, rende-lhe o necessário para viver e a prudente professora não se dispõe a negociar sua casa própria para pagar advogado. Alguns amigos apontaram-lhe o exemplo de Jarde e Josafá, que se desfizeram de terras e rebanho; ela, porém, manteve-se firme. Mas tendo sido procurada por Modesto Pires, entrara em acordo com o dono do curtume sobre despesas e lucros. Em caso de lucros, o usurário ficaria com a parte do leão; em troca, concorreria com as despesas. De qualquer maneira, para dona Carlota, bom negócio: aquelas terras semi-alagadas do coqueiral jamais lhe haviam rendido um único tostão. Nem ao menos sabia possuir direitos sobre elas. Fora o doutor Franklin — grato à professora paciente, capaz de interessar Bonaparte no abc e na tabuada e de lhe dotar daquela caligrafia extraordinária — quem a informara, exibindo-lhe a vetusta escritura. Não o houvesse feito, dona Carlota continuaria a ignorar.

Quanto ao doutor Gustavo Galvão, procedente de Esplanada, jovem e incrementado, camisa-esporte, largas costeletas, com pouco tempo de formado, desembarcou em companhia de Canuto Tavares e a seu serviço pois o competente mecânico e relapso telegrafista também descende de Manuel Bezerra Antunes, para surpresa geral. Nem doutor Franklin, que sindicara em torno à família daquele famigerado Antunes da escritura, deparara com Canuto Tavares. Não obstante, descendente e dos bons, em linha direta e duplamente, pois era rebento da união de Pedro Miranda (Antunes) Soares com Deodora Antunes do Prado, primos entre si, ele falecido, ela ainda viva, residindo com o filho. Existia um irmão, gerente de uma sapataria na capital.

E o esquivo Fidélio, Antunes ele também, com indiscutíveis direitos, segundo o doutor Franklin, onde anda seu advogado? No incidente com Seixas, falara a verdade ao dizer que não tinha advogado. Quanto a conselheiro, não precisava pois já o possuía e excelente. Talvez devido à identidade de gosto musical e à admiração que Fidélio votava à inteligência sarcástica de Aminthas, este era o seu predileto na roda dos cinco amigos íntimos, diariamente juntos, havia muitos anos, no bar para os tacos, a cerveja, o trago de cachaça, o riso inconseqüente; na pensão de Zuleika para as noitadas com vitrola, dança e mulheres. Deste último e freqüente pouso desertara Astério após o casamento; muito de raro em raro, numa tarde de domingo, quando o vício aperta, surge por lá, às escondidas, em busca de um rabo em condições, traindo a esposa. Traição, realmente? Mesmo contra sua vontade e seus princípios, é na bunda de Elisa que ele pensa quando, no bordel, se esvai no traseiro da rapariga.

Os Mosqueteiros de Agreste, apelidara-os dona Carmosina, leitora de Alexandre Dumas na distante juventude; seu primo Aminthas era Aramis, cínico e cético. Mas Fidélio sabe que, por trás do humor sarcástico, da permanente dúvida, encontrará o amigo leal e de bom conselho. Assim, foi a ele que se dirigiu quando o problema colocado pelo sobrenome Antunes o agoniou fazendo-o perder o sono e um encontro com Ritinha. Com Ritinha o prazer é duplo pois ela é roliça e esperta e ao passá-la nos peitos Fidélio corneia ao mesmo tempo dois bestalhões: Chico Sobrinho e Lindolfo, um metido a nobre, o outro a galã.

A confusão começou exatamente quando Seixas, funcionário da Coletoria, veio procurá-lo de parte de seu chefe, Edmundo Ribeiro, com uma proposta. Sabendo-o pobre, de minguado salário — não fosse ter quarto e comida de graça na casa da tia, o ordenado não chegaria para as apostas no bilhar e as farras na pensão de Zuleika —, incapaz portanto de enfrentar questão na justiça, o Coletor candidatava-se a adquirir seus direitos de posse, sua parte na herança do coqueiral. Em se confirmando o interesse da Brastânio pela área, é claro. Desejoso de agradar o chefe benevolente e camarada que lhe permitia horário folgado na repartição, Seixas aconselhara o amigo a aceitar a oferta, insistira, não entendendo o porquê da resposta negativa. Ao saber, depois, da existência de novos interessados, Modesto Pires, doutor Caio Vilasboas, o primeiro propondo sociedade, o segundo compra imediata, preço baixo, dinheiro batido, uma coisa compensando a outra, Seixas atribuiu o aparente desinteresse de Fidélio — não quero saber dessa história de herança —, a hábil jogada para levar os concorrentes a uma disputa capaz de elevar as propostas, deixando-o em posição de escolher depois a mais favorável. Magoou-se Seixas: não negava ao amigo o direito de defender seus interesses, aproveitando-se das leis da oferta e da procura. Mas por que esconder o leite, não lhe dizer a verdade? Se o tivesse feito, Seixas não apareceria diante de seu Edmundo Ribeiro com uma seca negativa e sim com a possibilidade de prosseguimento das negociações em novas bases. Como se vê, a provocação feita no bar não acontecera por acaso. Mesmo entre os Mosqueteiros de Agreste infiltravam-se os gases da Brastânio, afetando relações de amizade nascidas na infância, solidificadas no passar do tempo.

De natural enrustido, Fidélio não costuma falar a ninguém de seus assuntos e, agindo assim, sempre se derá bem. Sem cantar glórias, ia ganhando dos parceiros no bilhar, tendo chances de vencer o atual torneio, arrebatando de Astério o cobiçado título de Taco de Ouro. Sem jactar-se de dom-juan, comia as melhores; quando os outros descobriam a boazuda ele já a chamara a si, na discrição. Mas dessa vez não tinha jeito, recorreu a Aminthas, expôs o drama ao amigo. Procurou-o em casa, ouviu em silêncio parte de um tape de rock, não o deixou botar nova fita no gravador.

— Tenho um particular, um conselho a lhe pedir.

— Mande brasa.

— Outro dia você quis apostar com todo mundo, no bar, dizendo que garante que essa tal de fábrica nunca irá se estabelecer aqui. Tu está certo disso ou é mais uma brincadeira tua? Me diga a verdade.

— Por que você quer saber?

— Como tu sabe, tenho parte no coqueiral, pelo menos é o que o doutor Franklin garante e ele entende dessas coisas. Parece que estão botando questão na justiça: Josafá, dona Carlota, até Canuto Tavares. Cada um puxando a brasa pra sua sardinha. Eu estou de fora mas recebo todos os dias propostas para vender minha parte. Seu Modesto não quer comprar, quer se associar comigo, já está de meia com dona Carlota. Os que querem comprar são seu Edmundo Ribeiro e doutor Caio, sendo que o último paga à vista.

— Hum! Hum! Você quer saber qual o melhor negócio? Explique cada um detalhadamente para eu...

— O que eu quero saber é se a merda dessa fábrica vai vir para Mangue Seco ou não. Tu disse que tinha certeza que não.

— Agora entendo. Você quer saber porque, se a fábrica vier, você tem possibilidade de ganhar um dinheiro grande vendendo sua posse diretamente à Brastânio, correto? — Com um gesto, impede que Fidélio o interrompa: — Se não vem, você vende agora ao imbecil do doutor Caio e embolsa o dinheirinho, deixa para ele o pantanal. Aliás, nem isso. Deixa pra ele o hipotético direito à parte do pantanal. Correto? — Aminthas se sabe inteligente e gosta de demonstrá-lo.

— Não. Tudo ao contrário.

— Tudo ao contrário? Passei a não entender nada.

— Se eu tivesse certeza, mas certeza mesmo, que essa fábrica não virá nunca, como tu disse, aí podia vender a doutor Caio e esse dinheiro ia me servir demais, tu nem sabe. Mas, sem ter certeza, não vendo.

— E por quê? Para esperar e vender melhor, como eu já disse?

— Não, não vendo de maneira nenhuma. Não quero que essa fábrica se instale aqui e esculhambe tudo. — Toma fôlego, não está habituado a falar muito: — Tu sabe que eu não nasci aqui, nasci no Rio mas vim menino quando minha mãe voltou, viúva; o velho morreu por lá, coitado. Ele só pensava em juntar algum dinheiro para regressar, não deu tempo. — Fez uma pausa, o pensamento no pai, calado como ele, desterrado no Rio: — Daqui não quero sair a não ser a passeio. Tenho vontade de ir ao Rio, a São Paulo, conhecer o Sul, se um dia tiver oportunidade. Ir e voltar, para isso ia me servir o dinheiro do doutor Caio. Mas prefiro perder qualquer fortuna para não deixar que filho-da-puta nenhum venha acabar com a praia de Mangue Seco. Quando me vejo lá, não sou um pobre empregadinho público, um merda, me sinto um homem, dono do mundo.

Aminthas coloca um tape no gravador, ouve o som de uma música brasileira, conhecida: *pescador quando sai nunca sabe se volta*; baixa o volume, a melodia persiste como um fundo musical. Estaria por acaso comovido?

— Pensar eu penso, que essa fábrica não se instalará jamais aqui. Para que isso viesse a suceder, seria necessário que não houvesse outro lugar no Brasil que oferecesse melhores condições. Agreste não tem nada, eles serão obrigados a fazer tudo. Por isso acho que não virão. Mas, ao mesmo tempo, tenho de

467

convir que talvez Agreste seja, por essas mesmas razões, o único lugar do Brasil onde permitam que eles se instalem. Porque, Fidélio, essa tal de indústria de titânio acaba com tudo. Quem tem razão é Osnar: fede. Fede e apodrece.

— Quer dizer...

— Que se você pensa como eu e Osnar, então não venda, em vez de ir passear no Rio, vá à casa de Zuleika que lá também tem o que se ver. Tem uma novata, menininha, uma tal de Maria Imaculada...

— Já comi. É um tesouro.

Aminthas aumenta um pouco o volume do gravador, peixes e mar, jangadas enfrentando temporais.

— Me diga, Fidélio, você pensa mesmo assim, está disposto?

— Penso. Estou.

— Então, meu velho, vamos enfiar no cu desses advogados todos e estourar a merda dessa fábrica. Ouça.

Expôs seu pensamento, a idéia lhe ocorrera ouvindo a frase de Fidélio sobre Mangue Seco, a melodia e o verso sobre o mar, fonte de vida, onde os homens se elevam sobre os elementos. Fidélio escuta em silêncio, quando o amigo termina, diz apenas:

— Tu é um porreta. Só que o Comandante está em Mangue Seco...

— Eu o vi hoje, no Areópago, conversando com Carmosina.

— Pois vou falar com ele agora mesmo. — Sai, satisfeito, mas em seu contentamento perdura uma ponta de tristeza, a sensação de quem vai abrir mão da única oportunidade de realizar projeto concebido e acalentado em estrito sigilo, jamais revelado a quem quer que fosse — dele nem dona Carmosina tem conhecimento. Projeto múltiplo e por isso mesmo caro, fora de qualquer possibilidade de concretização por quem recebe do Estado diminutos proventos, pouco mais do que o salário mínimo.

Trata-se de uma viagem ao Sul para conhecer as grandes capitais, Salvador, Rio de Janeiro, São Paulo, durante as férias. Viagem de turismo mas com objetivos precisos; o primeiro e principal, a aquisição de uma bateria das mais completas e um manual para aprender a utilizá-la. Quem sabe, um dia virá a tocar tão bem quanto Xisto Bom de Som, genro do coronel Artur da Tapitanga. Quando o percussionista, sobraçando Célia e os dois rebentos, aparece de visita ao sogro (em busca de numerário), Fidélio não desprega da fazenda. Uma

468

vez em que o músico demorou e trouxe a bateria — um assunto de maconha dissolvera o conjunto Itapuã's Kings levando o piston e o violão elétrico ao xadrez —, Xisto, após lhe dar algumas explicações, permitira a Fidélio experimentar o vistoso instrumental. *Você leva jeito, bicho*, dissera, animando-o. Com a bolada oferecida por doutor Caio poderia comprar uma bateria, trazê--la para Agreste, e realizar-se, dando sentido à vida, sendo por fim alguém.

Durante a viagem, poderá assistir a um show de Vinícius, outro de Caetano e Gil, seus ídolos. E, para concluir a transa, tirar a limpo certos detalhes, empolgantes porém inadmissíveis, da célebre história da polaca de Osnar. Como até mesmo em Agreste se sabe, no Rio e em São Paulo sobram polacas, dando sopa nas pensões. O bolso abarrotado de dinheiro, Fidélio poderá se regalar com uma e, ao que parece, também com mais de uma, desbancando Osnar, rindo dele à socapa quando o amigo começar a contar vantagem:

— Quem não comeu uma polaca, nada sabe de mulher...

Imutável início da narrativa, prendendo a atenção geral. Se fizesse a viagem, ao voltar, iria ser diferente: Osnar contando, Fidélio rindo para seus adentros.

ONDE SE PRONUNCIA A PALAVRA IÁ

— A última informação que recebemos é um tanto quanto pessimista.

A voz de Ângelo Bardi não revela inquietação ou temor. Acostumada ao mando, porém afável e cordial, conserva leve acento ítalo-paulista de filho de imigrantes nascido no Brás. Têmporas grisalhas, bem posto, nem gordo nem magro, cinqüentão, o ar sobranceiro, a figura de Ângelo Bardi infunde confiança. Atento às suas palavras, Rosalvo Lucena, Managerial Sciences Doctor, a quem os jornais qualificam de audaz e vitorioso empresário, parece um estudante recém-saído da universidade. Ângelo Bardi parece exatamente o que é, um magnata.

Estão sentados numa das pontas da grande mesa de reuniões, na sala a prova de som, climatizada, na sede da Indústria Brasileira de Titânio S. A. Além dos dois, o doutor Mirko Stefano e, na cabeceira, a presidir, o senhor idoso de cabelo cortado à escovinha e olhos baços.

Doutor Mirko chega a abrir a boca mas não a falar, pois, pedindo licença, Bety penetra na sala, seguida pelo bói que conduz uma bandeja com café, açúcar, três outros tipos de adoçantes, xícaras e colheres. Ela mesma serve, com graça e desenvoltura, um sorriso de quem está plenamente feliz por encontrar--se diante daqueles senhores. O de cabelo cortado à escovinha descansa os olhos baços no busto altaneiro da secretária-executiva, na longa linha das pernas.

Precedida pelo bói, Bety retira-se em silêncio, sentindo nas ancas o peso em ouro dos olhos baços, fecha a porta. Então o Magnífico Doutor traduz a frase. Acontece um diretor de relações públicas ver-se obrigado a exercer funções de tradutor. Quando a reunião é de tal monta a ponto de não admitir a presença de qualquer estranho. Apenas os quatro.

— Não devemos nos impressionar demasiado — prossegue Ângelo Bardi.
— Sem dúvida, as resistências a vencer são grandes, os homens vacilam. Creio no entanto que, se persistirmos, obteremos a localização desejada, a ideal. Talvez...

O dos olhos baços corta-lhe a frase com um gesto, olha para o doutor Mirko. O Magnífico traduz, palavra por palavra. Assim lhe foi ordenado: palavra por palavra. Outro gesto manda o magnata continuar. Diretor de relações públicas, vitorioso empresário, magnata, patrão, essa a escala.

— Talvez todas essas delongas não passem de uma tentativa para nos arrancar mais dinheiro, se bem eu pense que realmente existe quem se oponha. Sobretudo na área estadual.

Espera que a tradução seja feita antes de prosseguir: mesmo na voz blandiciosa de Mirko, parece-lhe rude o idioma, áspero a ouvidos latinos, viciados na sonora plasticidade da língua italiana.

— É preciso mais um empurrão, forte. Ou seja: mais dinheiro. Quero crer que por fim alcançaremos nosso objetivo.

Enquanto ouve a tradução, o dos olhos baços fita os três diretores em sua frente, um a um, repentina luz de aço nas pupilas. Pronuncia umas poucas palavras, o Magnífico traduz:

— É imprescindível que seja onde decidimos.

Pode-se traduzir murros, pedradas, metralha? A luz se extingue nos olhos baços. Ângelo Bardi volta a falar:

470

— De acordo, também acho. Devemos, contudo, estar preparados para qualquer emergência. Já concluímos que a zona cacaueira realmente não interessa. Quanto à região da foz do rio Real, apesar dos inconvenientes constatados nos relatórios, da falta de qualquer infra-estrutura...

O de cabelo à escovinha faz novo gesto, Bardi e Mirko obedecem, um se cala, o outro retoma a palavra, capaz e exato. Rosalvo Lucena ouve com tamanha inteligência que parece entender inclusive a tradução alemã. O magnata de São Paulo recupera a palavra:

— Eu dizia que a região do rio Real, apesar da falta de infra-estrutura, não pode ser ainda posta de lado. Já nos deram o sinal verde: lá podemos instalar a fábrica, não há objeções maiores.

Homem tão dotado — vindo do nada, pior, vindo do Brás, chegara ao topo —, não o é Ângelo Bardi para o estudo dos idiomas. Além do italiano familiar, aprendido em casa, fala francês, quem não fala?, o acento, aquela coisa. Adquiriu rudimentos de inglês, a duras penas; como tratar com os americanos sem conhecer a língua? Os gringos não falam nenhuma outra, não precisam; os demais que se esforcem em cima da gramática. Ângelo Bardi esforçara-se em cima da gramática e de uma raquítica Miss Judy, ninfomaníaca, a professora. Alemão, tenham paciência, nunca conseguira aprender. Sorri ao pensar que em breve terá de tratar com os japoneses.

— A meu ver, devemos investir um pouco mais nessa perspectiva. Por dois motivos. Primeiro, porque talvez tenhamos, em último caso, de nos instalar mesmo na foz do rio Real. Se não conseguirmos ganhar a outra batalha; segundo, por se tratar de um movimento diversionista de grande utilidade. Enquanto falam sobre Agreste, e sobre Agreste poucos falam, esquecem, deixam em paz...

Não conclui a frase, para quê? Mirko a completará na tradução. Palavra tão bonita, digna de um verso, Arembepe. Mas na pronúncia do Von na cabeceira da mesa soa inflexível.

Nas duas línguas, o Magnífico Doutor pergunta aos três diretores:

— Isso significa que posso pôr em marcha minha proposição?

Ângelo Bardi responde por ele e por Rosalvo Lucena, que sorri, mudo, aprovativo e competente.

— De nossa parte, de acordo. Mas cabe a ele a decisão final. O tal rapaz já está na cidade, não?

— Desde ontem, no mesmo hotel que nós e Ele. — Sente-se a letra maiúscula quando o doutor Mirko Stefano pronuncia, respeitoso, o vocábulo ele. A voz volta ao normal: — Um bom hotel e de muito auxílio.

Depois de ouvir, palavra por palavra, a pergunta do Magnífico Doutor e a opinião dos dois diretores brasileiros, Ele, o de cabelo à escovinha, o de olhos baços, autoriza:

— Iá!

ONDE O AUTOR, NÃO SATISFEITO COM A CRETINICE HABITUAL, EXIBE ESTULTA VAIDADE

Não resisto à emoção e interrompo o relato para perguntar: ouviram os senhores o que eu ouvi, naquela nobre língua? Áspera para os tímpanos delicados de Ângelo Bardi, habituado a la dolce vita, soa harmoniosa a meus ouvidos de autor inédito a lidar com acanhada humanidade de perdidos arraiais, incultos sertanejos, duvidosos pescadores. Soa e ressoa como heróica clarinada wagneriana, conclamando a conquista do mundo. Atrevo-me a pensar que um dos grandes da Europa, patrão de multinacional, herói de nosso tempo, desceu da grandeza onde habitualmente decide e comanda, para fazê-lo nas humildes páginas deste folhetim. Falou pouco, é verdade, mas ouviu com atenção. O pouco que falou foi definitivo, liquidou vacilações, esclareceu dúvidas.

Perdoem-me, necessito desabafar: encontram-se em festa estas páginas, cumuladas de honra e eu me sinto realizado. Com personagem de tal grandeza, não há de me faltar editor. Sobretudo se o grande homem ainda voltar, em outro capítulo, com seu soberbo cabelo cortado à escovinha e a magnífica luz dos olhos baços. Se acontecer, o editor será até capaz de pagar-me direitos autorais, não que eu os exija: contento-me com ver o volume nas vitrines das livrarias. De coração ao alto, bandeiras despregadas, trombetas e clarins, eu o saúdo e aguardo em ânsia seu retorno.

Com esse único objetivo interrompi a narrativa: para comunicar aos senhores minha emoção, para que dela possam participar. Mas já que interrompi, aproveito o ensejo para responder a novas restrições assacadas contra este agora orgulhoso folhetim por meu colega e amigo Fúlvio D'Alambert.

Desta vez, protesta ele contra a ausência de Tieta, cuja figura anda desaparecida. Esqueço-me que seu nome figura no título, ocupando o alto da página; abandono regra comezinha da novelística ao abandoná-la. Personagem principal não pode ser relegada a segundo plano, ensina-me Fúlvio D'Alambert.

Da ausência de Tieta, não me cabe culpa e, sim, a ela própria. Enquanto a discussão sobre a Brastânio pega fogo em Agreste, a cidade infestada de advogados, dona Carmosina recolhendo assinaturas em patético memorial às autoridades, protestando com vigor e pânico contra a instalação de uma fábrica de dióxido de titânio no município; quando o comandante Dário, contrariando arraigados hábitos de verão, abandona sua vilegiatura em Mangue Seco para colaborar com a agente dos Correios convencendo os indecisos, Tieta permanece na praia, bem do seu, entregue à devassidão. Palavra forte, sei, mas que outra empregar para caracterizar relações ilícitas de tia quarentona (quarenta e quatro, pouco falta para cinqüenta) com sobrinho menor de idade?

Osnar afirma que o cidadão brasileiro alcança a maioridade sexual aos treze anos mas os discutíveis valores morais do troca-pernas não devem prevalecer sobre a moral corrente, cristã e ocidental — dizem-me, aliás, que os orientais, se por orientais entendemos socialistas, são extremamente puritanos, não admitem tais libertinagens nem nas praias nem na literatura. Não tendo o que contar sobre Tieta, além do deboche, lúbrico e terno, voraz e lírico, permaneceu ela um tanto à parte mas nem por isso deixou seu nome de ser citado pois, como constatou o Comandante, em todas as conversas pergunta-se qual a posição assumida por dona Antonieta Esteves Cantarelli no debate em torno da instalação da indústria de titânio. Mais uma vez o Comandante comprova a importância da palavra e do gesto de Tieta junto à vacilante maioria. Ao regressar a Mangue Seco, o bravo marujo pretende falar a sério com Tieta: venha assumir, minha boa amiga, seu posto de combate, chefiar a campanha, impedir o crime.

Aí ficam explicação e notícias, sirvam-se. Ah!, não me referi a um último (último mas não derradeiro) reparo de Fúlvio D'Alambert, crítico minucioso a quem nada escapa. Não perdoa o menor cochilo.

473

Reclama a propósito da descrição, páginas atrás, da chegada a Agreste do doutor Marcolino Pitombo. Reportando o bom conceito por ele expresso sobre a marinete de Jairo, escrevi que, atento ao som do rádio russo, o causídico elogiara a firmeza de caráter do aparelho. Sem esclarecer — aí o erro — o motivo do louvor. Que forte caráter é esse, do tal rádio, capaz de merecer gabo e admiração do ilustre advogado, um dos mais doutos personagens deste folhetim? Na opinião de Fúlvio D'Alambert, deixei o leitor no ar, desinformado.

Não seja por isso a reprimenda, aqui vai o esclarecimento. Tendo sabido que o rádio era de fabricação soviética, made in URSS, curiosa coincidência despertou a atenção do velho bacharel. Ao retransmitir músicas de países do Terceiro Mundo, latino-americanas, brasileiras, sambas, tangos, boleros, rumbas, batuques, guarânias, o aparelho fazia-o com relativa limpidez e sonoridade. Tratando-se porém de melodias francesas, alemãs, italianas, inglesas, de nações desenvolvidas, o som piorava muito. Para tornar-se ininteligível, transformar-se em barulheira a doer nos ouvidos, intolerável estática, quando as estações de rádio obstinavam-se na difusão dos modernos rocks norte-americanos ou de qualquer outro som proveniente dos Estados Unidos.

Desterrado no sertão da Bahia, cruzando poeirento caminho de crateras e pedregulhos, a serviço da derradeira marinete do universo, mantinha-se fiel aos rígidos princípios antiimperialistas. Demonstrando, inclusive, se considerarmos a atual contingência política do mundo, acerbo sectarismo.

Mas que perfeição de som, que nitidez, que transparência quando uma estação de Ilhéus difundiu, no programa *Cantigas Inesquecíveis*, a canção intitulada *Olhos Negros*. Popular melodia russa — se não sabem, informo —, tocou as entranhas do aparelho, recordando-lhe a nacionalidade, transportando-o de volta à romântica nostalgia das estepes. Mais límpido do que qualquer som estereofônico, o do rádio soviético, ressoando alto e puro no agreste sertão da Bahia — indomável caráter!

EPISÓDIO INICIAL DA ESTADA DE ASCÂNIO TRINDADE NA CAPITAL OU DA FORMAÇÃO DE UM DIRIGENTE A SERVIÇO DO PROGRESSO: PISCINA, CENTRO INDUSTRIAL E PATRÍCIA, DITA PAT

Somente ao término da estada na capital, no terceiro dia, por ocasião da última conversa com o Magnífico Doutor, quando um certo calor humano se fez presente por entre os eflúvios do conhaque, deixou Ascânio Trindade de sentir-se incômodo, possuído por uma vaga impressão de dependência, de não se encontrar em plena posse de sua liberdade. Sensação em realidade indefinível e sem razão aparente, devida talvez ao ambiente para ele completamente estranho. De súbito hóspede de hotel de luxo, convivendo com pessoas de um mundo desconhecido, desconcertante e envolvente com o qual jamais mantivera qualquer espécie de contato.

No primeiro dia, chegara a pensar que doutor Mirko Stefano o fizera vir com tamanha urgência apenas para lhe oferecer drinques e moças à beira da piscina. Desembarcara do jipe à noite, mais fatigado talvez das anedotas do engenheiro Quarantini do que da sacolejante travessia. Cumprindo sem dúvida ordens anteriores, o chofer o conduziu a um grande hotel, onde lhe entregaram um recado do Magnífico Doutor: ocupe os aposentos reservados em seu nome, amanhã nos veremos.

Realmente encontraram-se, meio-dia passado, quando Ascânio já se preparava para ir almoçar, depois de ter ficado toda a manhã à espera, primeiro no quarto, na expectativa do telefone; em seguida, trocando pernas no saguão e nas imediações: admirando as butiques, a galeria de arte e antigüidades, as tapeçarias de Genaro, o painel em cerâmica de Carybé, esculturas de Mário Cravo em fibra de vidro, os turistas de bermudas e camisas floradas; arriscando olhadelas ao bar e à piscina onde mulheres lindas, em provocantes duas peças, tomavam banho de sol, corpos à mostra.

Vira o Magnífico Doutor desembarcar de um dos dois imponentes carros negros para os quais se precipitaram bóis e porteiros, disputando bagagens e gorjetas. Dos automóveis desceram três outros passageiros, sumiram como que por encanto, com pastas e valises, num dos elevadores. Doutor Mirko permaneceu no hall, e se dirigia à recepção quando enxergou Ascânio. De braços abertos marchou em sua direção, efusivo, a lhe pedir desculpas por havê-lo abandonado:

— Um dia terrível. O aeroporto de São Paulo fechado, o avião só pôde sair depois das nove, ou seja, na hora em que devia estar pousando aqui. Venha comigo.

Enquanto andava, o Magnífico ia apertando mãos, acenando com os dedos, dizendo uma palavra a esse e àquele. Ao chegarem à borda da piscina, três indivíduos os acompanhavam. Um deles, cego de um olho, perguntou, num sussurro de conspirador:

— Quem chegou?

— Doutor Bardi.

— Sozinho? E os outros, quem são? Vi um grupo na recepção.

Mentira, pois os viajantes não haviam parado na recepção, entraram diretamente no elevador, Ascânio os acompanhara com os olhos desde a descida do automóvel. O Magnífico Doutor sorriu para o bisbilhoteiro, passou-lhe a mão no rosto, de leve, num gesto quase feminino:

— Indiscretozinho…

Todas as moças — pelo menos um certo número — em mergulhos ou expostas ao sol eram propriedade do Magnífico Doutor (ou da Brastânio, ninguém pode ser tão poderoso a ponto de possuir tão variada coleção de vedetes; uma grande empresa, talvez). Precipitaram-se para a mesa que ele ocupou. Os três aderentes contemplaram Ascânio, curiosos, à espera quem sabe de apresentação ou notícia, mas como o doutor Mirko esqueceu ou fez-se de esquecido, logo se entregaram a tarefas bem mais agradáveis: uísque e garotas. Bebiam com valentia, namoravam com rudeza, modos grosseiros, descorteses, na opinião de Ascânio. Jornalistas, os três, soube depois pelo próprio Magnífico. Mas as moças pareciam gostar dos palavrões e das propostas realistas.

Durou pouco o encontro, o doutor levantou-se, ocupadíssimo, deixando com os três vorazes a nova garrafa quase cheia e o mulherio.

— Amanhã ou depois terei notícias para vocês. Antes, nem uma palavra. Ninguém chegou, reina a paz na City e em Wall Street.

— E se *A Tarde* der o furo? — reclama o zarolho.

— Melhor, assim vocês terão notícia e desmentido.

Tomou Ascânio pelo braço, arrastando-o consigo até os elevadores. Obedecendo a um gesto seu, uma das moças os acompanhou.

— Hoje estarei reunido a tarde toda. A você posso dizer: reunião decisiva da diretoria. Somente no fim da tarde, antes do jantar, poderei lhe ver e lhe falar. Mas vou lhe deixar em boas mãos. Patrícia vai ficar às suas ordens, vai lhe servir de secretária e de chofer. Passeie, divirta-se. Antes do jantar, conversaremos. — Da porta do elevador, dirigiu-se à moça: — Cuide dele, Pat, com carinho. Um dia você se orgulhará de tê-lo acompanhado, de ter sido sua cicerone.

Patrícia sorriu e tomou posse de Ascânio:

— Almoçaremos aqui no hotel ou quer ir a um restaurante? Vou enfiar o cafetã, volto num segundo.

Patrícia também era loira mas não se parecia com Leonora. O verso do trigal maduro não se aplica a seus cabelos. Barbozinha não a compararia a uma sílfide. Bonita, sim, porém não aquela formosura única, incomparável, aquela distinção a denotar classe e família, filha de pai milionário e comendador do Papa, nascida em berço de ouro, educada nos melhores colégios, flor da alta sociedade paulista. Elegância e finura reveladas não apenas no bom gosto dos trajes mas em cada gesto, na delicadeza, no recato, na graça infinita. Na boniteza chamativa de Patrícia há um quê de vulgaridade e em sua inegável gentileza transparece vestígio de serviço prestado, um toque profissional.

Depois do almoço, no luxuoso restaurante do hotel, Patrícia o deixou para que ele repousasse, tendo ela própria compromisso. Mas voltaria às três para levá-lo a passear ou às compras, conforme preferisse.

No fusca dirigido por Patrícia, Ascânio percorreu a cidade onde não punha os pés há mais de sete anos, agora cortada por novas avenidas, estendendo-se pela orla marítima, pululante de movimento, a população duplicada. Mudara demais nesses anos, transformara-se. Onde a velha urbe modorrenta dos seus tempos de universitário, vivendo das glórias do passado, da tradição de cidade histórica, célula mater, berço da nacionalidade e outras retóricas, capital de um Estado de economia atrasada, agropastoril? Para definir a estagnação, a decadência da Bahia, Máximo Lima vociferava na faculdade:

— Não tem sequer fábrica de cerveja e em breve não terá nem mesmo ruínas antigas para mostrar.

Precisava ver Máximo antes de regressar, comentar com ele a transformação que ia atingir agora o longínquo município de Sant'Ana do Agreste. Para isso viera, para a grande decisão.

De moto-próprio ou obedecendo ordens, após haver percorrido as novas avenidas, Patrícia dirigiu-se à rodagem e o conduziu ao Centro Industrial de Aratu, empreendimento tão badalado em todo o país, apontado como exemplo devido à infra-estrutura estabelecida à base de estudos de especialistas, planificada sob a direção de Sérgio Bernardes, nome famoso. Um imenso canteiro de obras, no qual algumas indústrias recém-instaladas começavam a produzir, enquanto muitas outras, em vias de instalação, levantavam blocos de fábricas.

Na véspera, Ascânio passara por ali no jipe mas, no escuro e no silêncio da noite, as grandes chaminés e as estruturas dos edifícios eram apenas vultos imprecisos. Agora, ele as via, as chaminés lançando fumaça, as estruturas crescendo em ritmo acelerado, um barulho de batalha. Na extensão de muitos quilômetros, enormes placas com os nomes das empresas anunciavam os produtos que estão sendo ou serão em breve manufaturados no pólo industrial de Aratu. Máquinas ciclópicas e centenas de homens removem toneladas de terra nas escavações, erguem paredes de tijolos e concreto, soldam e fundem metais brilhantes.

O fusca parou à margem da estrada. Ascânio, boquiaberto, sentiu a pressão da coxa de Patrícia contra a sua, desviou a vista das chaminés. A moça sorria:

— Mais adiante, no caminho para Camaçari, ficará a petroquímica. Um colosso, não é? — Uma afirmação, não uma pergunta.

Ascânio voltou-se para ela, os olhos brilhando de entusiasmo, Patrícia lhe ofereceu a boca. Ao beijá-la era como se beijasse a nova Bahia.

Retornaram pela orla marítima. Diante da beleza do mar e das praias, em terrenos anteriormente descampados, sucediam-se hotéis, restaurantes, bares, boates, clubes, residências faustosas e moderníssimas, um panorama novo e suntuoso. Pararam num bar. Alegre e sequiosa, Patrícia reclamou cerveja — de fabricação baiana com know-how dinamarquês, a melhor do mundo, esclareceu a informada cicerone —, comprou cigarros americanos. Quando Ascânio quis puxar a carteira para pagar a pequena despesa, ela já estendia uma cédula para o caixa, sem dar importância aos protestos do rapaz ofendido em seu amor-próprio masculino:

— Não seja machista, neném, isso caiu de moda e quem paga é a Brastânio.

Andaram até a praia, sentaram-se na areia, trocaram beijos.

— Você é um amor, neném.

Antes do jantar, aconteceu o anunciado contato com o doutor Mirko Stefano. Rápido e telefônico, porém extremamente cordial. O Magnífico continuava ocupadérrimo, pardon, mon cher ami, não ia poder reunir-se com Ascânio senão no dia seguinte, enquanto isso Pat se ocuparia dele. Quis saber como transcorrera a tarde, Ascânio contou-lhe a ida ao Centro Industrial, o impacto:

— Grandioso! Eu sabia que era uma realização importante, mas superou de muito a minha expectativa. É exaltante!

— Não é? Tudo aquilo ainda outro dia não passava de um matagal abandonado. Pior do que as praias de Agreste. Já imaginou como será o coqueiral de Mangue Seco muito em breve? Bem, divirta-se porque amanhã teremos muito que fazer. Esteja na portaria às dez em ponto da manhã, quero lhe apresentar a alguns amigos.

Patrícia deixara Ascânio na porta do hotel, fora em casa mudar de traje, iam jantar fora. Chegou tão chique a ponto dele sentir-se um pouco constrangido no batido e mal talhado terno azul, obra de seu Miguel Rosinha que corta e cose paletós e calças do coronel Artur da Tapitanga há mais de quarenta anos. Antes de saírem, Patrícia avisara que não se coçasse para pagar nenhum gasto, as despesas corriam por conta da Brastânio. Comeram num restaurante da orla, depois ela propôs uma boate onde dançaram de rosto colado até depois de meia-noite. As contas assombraram-no. Se lhe competisse pagar, não teria dinheiro suficiente, passaria vergonha.

Tendo estacionado o carro ao lado do passeio do hotel, Patrícia subiu no elevador junto com Ascânio, no quarto pediu-lhe que puxasse o zíper nas costas do vestido, um longo verde malva com aplicações de renda branca. De dentro dele saiu nuinha pois o tapa-sexo não tapava nada. Tinha um sinal de beleza no alto da coxa.

Depois da ducha, Pat o esperou na cama. Por conta da Brastânio, pensou o aprendiz de dirigente.

479

DA CAMPANHA DE ASSINATURAS E DO PREJUÍZO QUE ADVÉM DA AUSÊNCIA DE TIETA

O memorial, redigido por dona Carmosina com a assistência crítica porém útil de Aminthas, recolhe certo número de assinaturas, muito inferior contudo ao previsto e desejado pelos promotores da iniciativa. O comandante Dário veio expressamente de Mangue Seco, para ajudar, saiu pela rua de lista em punho, pondo em jogo o prestígio e a simpatia que o cercam. Sua presença concorre para a adesão de pessoas antes indiferentes ao problema: ouviram falar no assunto sem lhe conceder maior importância. Escutam a explicação do conterrâneo ilustre, portador de dragonas, aceitam a caneta:

— Se o Comandante pede, não me furto.

Muitos, porém, se furtam, desaparecem à sua aproximação. A par do significado polêmico daquelas folhas de papel, somem das vistas do Comandante ou claramente recusam-se a assinar, por se encontrarem convencidos das vantagens provenientes da instalação de uma grande fábrica nas vizinhanças da cidade, em terras do município. Os argumentos sobre os terríveis malefícios da poluição não os abalam nem comovem. Esperam, não sabem ainda de que maneira, obter proveitos, um lucro qualquer com a vinda da Brastânio; a palavra progresso significa com certeza melhoria de vida.

A grande maioria, não obstante, é composta de indecisos que se retraem. As duras frases do memorial onde predominam palavras assustadoras — podridão, crime e morte — são lidas, relidas, analisadas. Sucedem-se perguntas:

— Será mesmo assim? Nos jornais pregados na Prefeitura, a gente lê coisa muito diferente.

O Comandante argumenta, educado e paciente. Na agência dos Correios, dona Carmosina explode com facilidade quando encontra resistência, olhares de dúvida, interrogações:

— Quer viver na podridão, no chiqueiro? Pois que viva!

— Não é bem isso, dona Carmosina, não se exalte. É que uns falam umas coisas, outros negam. A senhora é instruída, sabe o que diz. O Comandante, que correu mundo, diz a mesma coisa. Já Ascânio, que ninguém pode negar ser devoto de Agreste e que não havia de querer um negócio tão ruim aqui, diz o contrário. Seu Modesto Pires, também. Dona Carlota, professora dos meninos, essa nem se fala. Fica braba, igual à senhora.

Tanto o Comandante quanto dona Carmosina ouvem, da boca dos indecisos, a mesma repetida declaração:

— Sei não... Se pelo menos soubesse o que é que dona Antonieta acha disso tudo... Ela é uma pessoa competente, o lado onde ela estiver, esse deve ser o lado certo.

Não adianta dona Carmosina garantir pela posição de Tieta, o comandante Dário afirmar-se conhecedor do pensamento da viúva paulista, tendo chegado de Mangue Seco onde ela é sua hóspede. Desejam ouvir dito por ela:

— Ela ainda não falou nada. Vou esperar o que ela vai dizer.

Na agência dos Correios, os dois líderes principais da campanha dão um balanço no trabalho, contam as firmas recolhidas, o número lhes parece insuficiente prova da afirmativa contida no memorial: todo o povo de Agreste repudia a pretensão da nefanda indústria de dióxido de titânio. Sentem um começo de desânimo.

A idéia do memorial foi de dona Carmosina, partidária da ação. Bate-boca oral ou através dos murais, não conduz a nada. Aminthas, apesar do ceticismo habitual, aprovou e colaborou na redação. O Comandante se encheu de entusiasmo, fez cálculos, tirou conclusões. Se recolhesse pelo menos mil assinaturas dentre os nove mil habitantes do município, levando em conta as crianças e a imensa maioria de analfabetos, poder-se-ia dizer que a quase totalidade das pessoas capazes de refletir sobre o problema tomara posição contra a Brastânio. Mas tinham coletado apenas pouco mais de uma centena de nomes, após um trabalho estafante. Nomes importantes, poucos. Os comerciantes, na previsão de bons negócios com a instalação da fábrica, reservaram-se. Padre Mariano declarara-se neutro, as funções de pároco não lhe permitindo tomar partido em tão melindroso assunto. Mas ele próprio perguntou:

— Não vejo aqui a assinatura de dona Antonieta Cantarelli. A assinatura dela deve abrir a lista, se o Comandante deseja que o povo assine.

481

Barbozinha compõe poema sobre poema, já possui matéria para um livro que pretende publicar na capital, os *Poemas da Maldição,* escreve cartas a Giovanni Guimarães mas como coletor de assinaturas é um fracasso. Em troca, dona Milu é de rara eficiência, até agora é seu o recorde da coleta. Imprevisto aliado, Osnar, de tocaia no botequim, faz um esforço. Tudo isso soma apenas cento e dezesseis nomes, trinta e sete obtidos por dona Milu. Para os mil previstos, uma derrota. O Comandante balança a cabeça, preocupado:

— Minha boa Carmosina, não sei, não... Ou Tieta se decide a tomar a frente ou não iremos muito além disso. Volto amanhã para Mangue Seco, vou tentar convencê-la a vir nos ajudar. Não vai ser fácil: o Curral está pronto, ela quer gozar um pouco da casa que lhe deu tanto trabalho e custou um bom dinheiro. Inclusive me encarregou de levar a enteada comigo. Me toco com Laura e Leonora amanhã cedo, vou suplicar a Tieta que venha nem que seja por uns dias e diga a todo mundo, espalhe pela cidade inteira, que é contra a fábrica, que se a Brastânio se instalar em Mangue Seco nunca mais porá os pés aqui.

Dona Carmosina concorda, o sucesso da campanha depende de Tieta:

— Domingo apareço por lá para reforçar seu pedido. Penso que entre nós dois, vamos conseguir.

— É lamentável. Com tanto advogado aqui, o cartório cheio de gente, todo mundo julga que vai se fartar de dinheiro com a Brastânio. Até em Rocinha o preço da terra subiu, imagine.

— Estive matutando nessa história dos advogados e dos herdeiros do coqueiral e cheguei à conclusão que tem um lado bom: enquanto eles brigam, a fábrica não tem onde se instalar. Até que o caso se resolva...

— Não se iluda, minha boa Carmosina. Esses advogados vão entrar em acordo logo, logo, você vai ver. Os herdeiros se unem e encarregam Modesto Pires, que é o mais sabido de todos os que estão metidos nisso, de negociar a venda do coqueiral à Brastânio. E não poderemos fazer nada...

— Nesse caso, nem Tieta.

Mostra-se, à porta da agência, a figura bisonha de Fidélio. A ele, nem tinham pedido para assinar o memorial, pois o sabem um dos herdeiros das terras onde a Companhia Brasileira de Titânio S.A. cogita instalar sua indústria, um dos que têm possibilidade real de ganhar dinheiro.

— Boa tarde, dona Carmosina. Boa tarde, Comandante. Queria trocar umas palavras com o senhor.

— Se é particular, vou lá pra dentro — declara Carmosina, morta de curiosidade.

— Que é particular, é, mas não para a senhora. — Devia ter pedido a Aminthas para acompanhá-lo. Calado de natureza, como há de se arranjar para expor assunto tão delicado? Não vá o Comandante se ofender: — É sobre essa história do coqueiral em que estou metido, sou um dos herdeiros, penso que o senhor sabe.

Curva-se dona Carmosina no balcão, para ouvir melhor.

SEGUNDO EPISÓDIO DA ESTADA DE ASCÂNIO NA CAPITAL OU DA FORMAÇÃO DE UM DIRIGENTE A SERVIÇO DO PROGRESSO: AMBIÇÃO, IDEALISMO, UÍSQUE E NILSA, A DOS PEITOS GRANDES

De prontidão desde as nove e meia, à espreita, Ascânio se aproxima quando o grupo sai do elevador. Apressado, um dos senhores passa diante dele, desaparece num dos dois automóveis negros. Ascânio jamais chegou a saber de quem se tratava, se diretor ou não da Brastânio, notando apenas, de relance, o cabelo cortado à escovinha como se usou há muito tempo atrás. Doutor Mirko Stefano apresenta-lhe os outros dois, ali mesmo, de pé. A cerimônia dura apenas um instante pois estão de partida para o aeroporto, em cima da hora.

— Doutor Ângelo Bardi, nosso diretor-presidente.

O magnata — evidentemente era um magnata — estende a mão, esboça um sorriso:

— É esse o nosso homem? Muito bem. — O sorriso se amplia, aprovativo, recomenda ao Magnífico: — Encarregue-se de que nada lhe falte, resolva de vez os problemas pendentes, veja essa história da eleição. Falei ontem por telefone com São Paulo. A essas horas, o Tribunal Eleitoral já deve ter recebido um telegrama. — Aperta novamente a mão de Ascânio: — Prazer. Passe bem.

O outro, ainda jovem — doutor Rosalvo Lucena, também diretor, um crânio, segundo doutor Mirko —, fica de vê-lo com mais tempo ao voltar do aeroporto para onde seguem todos, inclusive o Magnífico Doutor. Ascânio os acompanha até a porta, assiste à partida dos dois possantes automóveis negros.

Outra vez encontra-se no saguão suntuoso, sem saber o que fazer. Turistas saem para visitar as igrejas, o Pelourinho, gastar dinheiro no Mercado Modelo, bandos palradores e eufóricos, velhas espantosas, anciãos artríticos, balzaquianas indóceis, moças deslumbradas. Ascânio afunda numa das imensas poltronas de couro, dedica-se à leitura de um prospecto de propaganda do hotel, impresso em cinco línguas, fica sabendo que o design daquela poltrona e o dos demais móveis foram concebidos, sob encomenda, com exclusividade, por Lew Smarchewski — não sabe quem seja mas o nome do artista e a palavra design o impressionam. Relanceia o olhar em torno, enfia o prospecto no bolso, pensa exibi-lo no Areópago. Ultimamente nem tem comparecido à agência dos Correios. Para quê? Para ouvir desaforos de dona Carmosina? Vai estender a mão para um jornal quando Patrícia aparece — deixara-o por volta das oito, após café e ducha —, pendurada no braço de um dos três fulanos que, na véspera, estiveram bebericando com o Magnífico à beira da piscina. Dessa vez, houve apresentações:

— Doutor Ascânio Trindade, um amigo do doutor Mirko. Ismael Julião, o temido colunista dos grandes furos, com ele ninguém pode — declama, gaiata, conclui séria: — Meu noivo.

Estava Ascânio apertando a mão do rapaz, toma um susto. Noivo? Com certeza mais uma piada da jovem, mas Pat, muito romântica, encosta a cabeça no ombro do jornalista de barba por fazer, enfia-lhe os dedos na despenteada cabeleira e, como se adivinhasse a dúvida de Ascânio, comunica:

— Vamos nos casar daqui a pouco mais de um mês.

— Dois, benzoca. Depois do carnaval. — Adverte Ismael: — Lua-de-mel e carnaval, ao mesmo tempo, não dá pé.

— Carnaval, cada qual para seu lado — concorda Pat. — Ele é dos Internacionais, eu sou do Bloco do Jacu.

Ascânio não entende a graça nem ela explica, em compensação convida:

— Vá botar uma sunga e venha fazer um relax na piscina com a gente. Doutor Mirko não vai aparecer antes de meio-dia, isso se vier diretamente do aeroporto para aqui. Com ele, nunca se sabe.

— Je suis l'imprévisible! — O jornalista imita a voz afetada do diretor de relações públicas.

— É que eu não trouxe calção. — Ascânio tenta furtar-se ao convite.

— Por isso, não. Aqui alugam, venha comigo, vou lhe mostrar. — Pisca o olho para o noivo: — Te encontro no trampolim, carinho.

— É seu noivo, de verdade? — Ascânio ainda se imagina vítima de um gracejo.

— Havia de ser de mentira? Já tenho o vestido de noiva, presente do Magnífico. Ele trouxe do Rio, da Laís Modas, um barato! A grinalda é um luxo, só vendo.

— Véu e grinalda! — Nascida do espanto, a exclamação sai sem ele querer.

Pat ri, bem humorada:

— Véu, grinalda e flores de laranjeira, ao som da Marcha Nupcial, adoro! Tu é um atrasado, neném, um careta. Um careta mas um pão, um pão doce. Ismael também é um pão, não acha? Um pedaço de mulato de ninguém botar defeito, hein? — Morde o beiço, ao elogiar os predicados físicos do rapaz: — E tem a cuca limpa, não é cafona como você. Nós estamos em 1966, neném. Ou a notícia ainda não chegou em tua terra? Precisas atualizar o calendário.

Na piscina, bom nadador, saltando do trampolim, mergulhando, Ascânio se distende em companhia de Patrícia e Ismael, os noivos do ano, na escolha natalina de Dorian Gray Júnior, o trêfego cronista social. Bom relax, a moça tinha razão e ele estava necessitando, tenso e inseguro desde o desembarque do jipe na porta do hotel. Aos poucos, começa a sentir-se à vontade, descontraído. Ali é como se todos se conhecessem de longa data. Participa de um grupo que brinca com enorme bola de plástico, conversa com um casal de jovens cariocas encantados com a Bahia, troca impressões com estranhos; acontece-lhe não entender certas locuções, uma frase inteira, mas ninguém repara, tratam-no de igual para igual, ele é parte daquele mundo em férias, rapaz rico e simpático.

Ismael sai da água, vai se estender numa chaise-longue. Patrícia nada em torno de Ascânio, provoca-o, busca afundá-lo, dá-lhe caldos, agarra-o pelos ombros e pelas pernas, monta-lhe no cangote, embola com ele, mergulha sob seu ventre. Manhã agradável.

— Doutor Mirko já chegou. Com o doutor Lucena — avisa Pat.

Levanta-se Ismael Julião, vai saudá-los, serve-se de uísque, dose dupla, volta à piscina, com o copo na mão. Patrícia o acolhe, noiva terna. Ascânio correra a mudar a roupa, reaparece de paletó e gravata. A um aceno do Magnífico, toma lugar à mesa.

Rosalvo Lucena, cujos títulos universitários e empresariais Pat lhe soprara ainda dentro d'água, pois seu dever era informá-lo, conquista Ascânio Trindade. Diante do tecnocrata, cuja fisionomia transpira segurança e autoridade, quase tão jovem quanto ele e no entanto empresário empreendedor e arrojado, Ascânio sente-se um joão-ninguém. O relax obtido na piscina desaparece, encontra-se novamente tenso e inseguro. Aquele, sim, era um líder, um vitorioso, digno da mão de Leonora Cantarelli, para tanto possuía merecimentos, títulos e postos. Títulos em latim e em inglês, aos trinta anos diretor da Companhia Brasileira de Titânio S.A., um portento! Não obstante a diferença de status a separá-los, Rosalvo Lucena o trata com cordialidade e consideração, amável e interessado.

— Mirko falou-me muito bem do senhor, disse-me de sua luta em prol do progresso do município de Agreste. Espero que possamos concorrer eficazmente para que suas idéias se transformem em realidade. Estou encarregado dos problemas técnicos e econômicos relativos à instalação de nossas duas fábricas integradas, muito em breve irei conhecer sua cidade e a praia tão falada, perto da qual, ao que tudo indica, se levantará nosso conjunto industrial. No momento, deve estar chegando lá uma equipe nossa, encarregada de objetivos precisos. Passamos da fase dos estudos para a da implantação do projeto.

— Está chegando? Hoje?

— Saíram hoje pela manhã, em duas lanchas grandes e velozes. Se ainda não chegaram, devem estar chegando. Levam todo o material necessário para acampar durante uns dias na praia, quantos forem necessários. Vão resolver todos os problemas relativos à localização não só da fábrica como das residências do pessoal técnico e administrativo e da vila operária. Investimento imenso, meu caro. É necessário escolher o local ideal. Parece ser aquele onde há uma espécie de lago e um córrego, mais ou menos no centro do coqueiral. — Sorri, contente de si: — Nunca estive lá mas é como se houvesse nascido ali, conheço tudo sobre Agreste e Mangue Seco, incluindo o contrabando. Um dos mais antigos entrepostos de contrabando do Nordeste. Queremos trabalhar em estreita colaboração com o senhor e as demais autoridades do município.

— De minha parte, os senhores terão todo apoio. A instalação da Brastânio em Mangue Seco será a redenção de Agreste.

A frase merece o aplauso do Magnífico Doutor:

— Wonderful! Fine! Une trouvaille! Até parece uma frase minha. Não a esqueça, meu caro, vai ter de repeti-la em breve.

— Sim, esperamos ser úteis à sua região. Pensamos dar a maior cobertura, em todos os sentidos, às iniciativas que o senhor vier a tomar para levantar a economia e a cultura de Agreste. Infelizmente subsistem no Brasil grandes desníveis regionais, perduram ilhas de pobreza e atraso. Precisamos modificar rapidamente esse panorama, liquidar tais diferenças, entraves no caminho do desenvolvimento do país. — Bate com a mão na coxa de Ascânio num gesto amigável: — Homens como o senhor são preciosos para a comunidade. Nossa obrigação de idealistas é lhes dar todo o apoio de que venham a necessitar. Porque o senhor também é um idealista e o nosso ideal é comum, é o progresso!

Expressa essas brilhantes considerações, quase um discurso, com naturalidade, em tom de conversa mas de conversa convincente, ao mesmo tempo em que atende a uma loira e a uma morena, ambas de biquíni, cada uma sentada sobre os largos braços da cômoda cadeira de desenho moderno — design igualmente do citado Lew. A voz modulada e segura, a pronúncia clara, sem hesitação, não se modifica sequer ao reclamar do garçom a qualidade do uísque contido numa requintada garrafa de tons verdes, feita de reentrâncias e saliências. Tendo se servido e provado, Rosalvo Lucena deixa escapar educada porém viva indignação: uísque mais falsificado, que horror! Chama a atenção do Magnífico: é sempre assim, bebida servida em garrafa de cristal, semelhando escultura, bela e anônima não presta jamais, torpe engodo. Entre suas várias competências, o jovem tecnocrata inclui conhecimento profundo daquele sublime licor escocês, o único verdadeiro néctar dos deuses, em sua opinião. Da qual o doutor Mirko discorda: gosta de uísque mas prefere um vinho francês de qualidade, nada se compara a uma boa champanhota. Qual a opinião do amigo Ascânio? Não tem opinião formada, pouco sabe de uísque, menos ainda de champanha. Rosalvo Lucena devolve ao garçom o copo cheio e a garrafa verde:

— Jogue essa porcaria fora, companheiro, traga outro copo. Quanto à garrafa, diga ao barman para guardá-la para um bêbado qualquer, que não saiba distinguir uísque verdadeiro do falsificado. Quero scotch, e não esse vomitório. Traga-me uma garrafa de Chivas, fechada, para examiná-la e abrir aqui. E diga que vou me queixar ao maître dessa falta de respeito.

A tranqüilidade e a desenvoltura com que Rosalvo fala sobre o desenvolvimento do país e repudia o uísque conspurcado enchem Ascânio de admiração, culminando quando o ouve comentar:

— Repare, Mirko, com que prazer teu amigo Ismael saboreia essa zurrapa. Esse tem estômago para tudo. Repugnante!

Estômago e testa, pensa Ascânio, chifrudo antes de casar-se, ciente, sem dúvida, das distrações da noiva; quem sabe, conivente. Mais do que repugnante, abjeto!

O barman chega aflito, na mão a garrafa pedida, na boca desculpas humildes: se soubesse que era para a mesa do doutor... Afável e generoso, Rosalvo Lucena o despacha em paz, nada dirá ao maître.

Anima-se Ascânio e felicita o empresário pela entrevista magnífica com a qual arrasara o cronista de *A Tarde,* Giovanni Guimarães, possibilitando o esclarecimento da população de Agreste, afetada com a *Carta ao poeta De Matos Barbosa.* É que esse tal de Giovanni andara de visita à cidade, há alguns anos, fizera amizades, gozava de certo prestígio. Rosalvo responde, enquanto examina a garrafa de Chivas, antes de aprová-la e ele próprio abri-la, servir-se e servir ao Magnífico, a Ascânio e a uma das moças, a outra prefere campari:

— Giovanni? Um bom rapaz, inteligente, engraçado, sabe escrever. Mas nunca passará de um jornalista provinciano, com seu empreguinho público e o salário de repórter. Não tem estofo para mais. Faltam-lhe ambição e idealismo. — Prova a bebida, repete o trago: — Isso, sim, é uísque. — Pousa os olhos em Ascânio, toca-lhe novamente a coxa para chamar sua atenção para a importância do que vai dizer: — Sem idealismo e sem ambição, meu caro, ninguém pode ir adiante. Um ideal elevado: ser alguém na vida, um construtor de progresso. Servido pela ambição. A ambição é a mola do mundo.

Disse e mamou, com satisfação de expert, um trago largo de uísque, degustando-o. Por detrás do balcão, agitando a coqueteleira, o barman sorri, pensa no valor das aparências. Para os simplesmente vaidosos, a retorcida garrafa de cristal, em tons verdes, sinal de alta consideração. Para os suficientes e orgulhosos, a simples garrafa original do Reino Unido, fechada, selada, lacrada, sinal de respeito ainda maior. Numa e noutra, para uns e outros, idêntico uísque falsificado da reserva do hotel, diferença apenas de preço. Também, que gosto e refinamento pode ter um bebedor de uísque? Nenhum, na opinião do barman.

Durante a curta hora em que permanecem bebericando e trocando idéias à borda da piscina, em cuja água azulada e transparente os corpos das mulheres eram visão amena e grata, Ascânio foi apresentado a uma quantidade de pessoas, todas de evidente importância, que paravam para cumprimentar Rosalvo Lucena e trocar uma palavra com o Magnífico Doutor, por vezes segredar-lhe ao ouvido. Sem falar nas moças, algumas delas certamente a serviço da Brastânio, pois Mirko as encarregava de tarefas diversas: telefonemas, reserva de mesa no Chez Bernard para um jantar de seis talheres naquela mesma noite, compra de discos de Caymmi numa das butiques. Ao apresentar Ascânio, o Magnífico não informava sobre o cargo por ele exercido na Prefeitura de Agreste nem o dizia vindo de lá. Ressaltava, porém, sua condição de *dinâmico dirigente, de muito futuro, destinado a desempenhar importante papel na vida do Estado, quiçá do país. Un vrai conducteur d'hommes.*

Palavras agradáveis de ouvir, embalam como um acalanto, traçam uma perspectiva, dão força e ânimo. Idealismo e ambição, dissera o jovem e vitorioso empresário. Idealismo, Ascânio sempre teve, a ambição nasce e cresce à borda da piscina.

Manhã de sol, ambiente cordial, a graça das mulheres, a inteligência dos companheiros de mesa, a bebida cara, isso, sim, é uísque. Já não se sente tão mísero joão-ninguém ao lado de Rosalvo Lucena. Que por sinal se despede, tem almoço marcado com alta figura da administração estadual:

— Em breve, nos veremos em Agreste.

— Lá estarei às suas ordens.

Ouve a murmurada ponderação do doutor Mirko Stefano quando Lucena se levanta:

— O homem é uma parada difícil, vá com cuidado. Dele depende muita coisa. Diga-lhe que a encomenda já está a caminho.

O Magnífico ainda se demora a saborear o uísque, a roda crescendo em torno dele. Apesar de ter pela frente une journée terriblement chargée, não se apressa, preza e desfruta tudo aquilo: o dia claro de sol, o movimento da gente ociosa no bar e na piscina, a visão dos corpos seminus, as moças se oferecendo, o mexerico e a adulação dos ávidos foliculários. Levanta-se, finalmente, assina a nota, marca um encontro com Ascânio para as quatro da tarde. Pat o acompanhará à sede da Companhia:

— Temos muito a conversar. Bye bye.

Enfim, pensa Ascânio, a esperada conversa, motivo de sua vinda. Pat aproxima-se, comboiando outra moça, morena magra, de busto saliente:

— Esta dondoca é Nilsa, neném. Acaba de ser nomeada tua secretária. Não posso te acompanhar hoje, é folga de Ismael na redação, só tem de entregar a coluna, o dia é dele. — Olha com ternura para o noivo que, tendo se servido do fundo da garrafa, voltara à piscina: — Você compreende, né? Nilsa fará as minhas vezes. Você vai gostar dela e ela de você, neném.

Nilsa ri muito, fala pouco, usa qualquer pretexto para exibir o seio farto. Propõe almoço frio, é mais rápido e não pesa no estômago. Não houve sesta, ela o acompanhou diretamente ao quarto. Ao despir a cueca, contemplando os seios de Nilsa, grandes, redondos, túmidos e o pequeno ventre de espessa mata negra, Ascânio considera que o atraso na conversa que o trouxera à capital tinha suas compensações. Não fossem as saudades de Leonora, não se importaria de demorar mais alguns dias.

DAS CONTROVERTIDAS OCORRÊNCIAS DE MANGUE SECO, CAPÍTULO NO QUAL SE TEM NOTÍCIA DE VIGOROSO MOVIMENTO DE MASSAS TRABALHADORAS (EM TERMOS) E POPULARES, FORNECENDO-SE ASSIM A ESTE FOLHETIM INDISPENSÁVEL CONOTAÇÃO REIVINDICATIVA E MILITANTE

A gente corre com eles daqui, na primeira vez que aparecerem, ameaçara o jovem seminarista Ricardo em conversa com Tieta, o Comandante e o engenheiro Pedro Palmeira, referindo-se ao pessoal da Brastânio. A frase merecera solidário aperto de mão do engenheiro. Ricardo disse e cumpriu. Viram-no de batina, à frente da massa. Ele e Tieta que se divertiu às pampas. Era como se houvesse voltado à primeira juventude, quando escapulia dos outeiros, deixando as cabras entregues ao bode Inácio, e vinha, com algum parceiro, subir as dunas e se misturar à vida dos pescadores.

Ricardo cumpriu o prometido somente em parte, pois os primeiros enviados da Brastânio à região, após a peremptória jura, sobrevoaram a praia e o coqueiral em helicóptero, no dia fatídico da morte de Zé Esteves, armados de binóculos, máquinas fotográficas e de filmagem. Mesmo sendo um anjo do Senhor, na opinião praticamente unânime das mulheres de Agreste, em especial daquelas mais chegadas à prática do esporte incomparável, à frente das quais se coloca Tieta por ser quem melhor conhece as qualidades celestiais do sobrinho, ainda assim faltam-lhe asas, se bem lhe sobre o desejo de voar. Quem sabe, um dia o Senhor lhe concederá essa prerrogativa reservada aos anjos e arcanjos, premiando-lhe a vocação e a sinceridade.

Aquele aperto de mão marcara o início de crescente amizade entre o engenheiro e o seminarista; a diferença de idade — doze anos — não impediu que as relações se tornassem fraternas, consolidadas nos babas em companhia dos moleques da povoação; na travessia da barra para a pesca ao largo: Ricardo conseguira recuperar o molinete do qual Peto se apoderara; em longas conversas, algumas com frei Timóteo, no arraial do Saco. Antigo dirigente universitário, Pedro atuara no Rio de Janeiro antes de formar-se, de entrar para a Petrobrás e ser mandado para a Bahia onde lhe acontecera a felicidade de conhecer Marta e tê-la por esposa e, em conseqüência, a infelicidade de conhecer Modesto Pires e tê-lo por sogro. Sabe lá o que é isso, Cardo? Meu sogro é o atraso, o reacionarismo em pessoa. Há quem tenha o caralho na cabeça, me desculpe a expressão, seu Modesto tem na dele uma nota de mil cruzeiros. Pedro deleitara-se contando a Ricardo as heróicas trapalhadas das agitações estudantis pelas quais não perdera o interesse nem mesmo quando, formado, casado, pai de filhos, delas deixara de participar. De longe as acompanha, ajuda com dinheiro, assina protestos. Revela a Ricardo que até seminaristas comparecem às manifestações, envolvem-se em brigas com a polícia.

Iniciaram ampla campanha de esclarecimento junto às massas proletárias — classificação do engenheiro, antigo e dogmático redator de manifestos —

491

ou seja a dúzia e meia de famílias de pescadores, composta por rudes homens do mar curtidos pela ventania e por moleques bons de nado, pesca e futebol na areia. Um deles, Budião, ponta-de-lança com pinta de craque, tendo disputado uma partida em Estância, integrando o combinado do Arraial do Saco, foi notado por um dirigente do Sergipe Futebol Clube que lhe propôs mudar--se para Aracaju. Mas, quem nasce em Mangue Seco não emigra, não sabe viver longe das vagas sem tamanho e da ventania desabrida.

A pregação ideológica do engenheiro, expondo problemas graves e profundos, imperialismo, colonialismo interno, poluição, ameaça mortal à fauna marítima, apodrecimento das águas a fazer da pesca atividade condenada a desaparecer; denunciando a existência de capitais estrangeiros majoritários na indústria de dióxido de titânio, em realidade entrave e não estímulo ao desenvolvimento do país, canalizando para o estrangeiro lucros imensos, empobrecendo o povo — nada disso, diga-se com tristeza mas a bem da verdade, causou maior impressão sobre a reduzida massa à qual ele se dirigia, patético, veemente e honrado. Ricardo vibrava, férias sensacionais: ruem muros diante dele, abrem-se caminhos, Deus o ilumina.

Deus o ilumina a ponto de ter sido um argumento de Ricardo, sobre o aterro necessário à construção da fábrica e das casas de operários, provocando o fim do mangue e dos caranguejos, o único a causar certo abalo na indiferença geral. A notícia da provável extinção dos caranguejos, base da alimentação dos habitantes — as mulheres iam pescá-los no coqueiral enquanto os homens remendavam as velas dos barcos e pitavam seus cachimbos de barro —, suscitou interesse e debate. De curta duração, porém, pois o velho Jonas, cuja palavra todos respeitam, observou:

— Como é que vão acabar com o mangue e os caranguejos? Não tem dinheiro no mundo que chegue para uma despesona dessa.

Balançando a cabeça em sinal de aquiescência, ouviram com atenção as explicações do Comandante que renovou a gravidade da ameaça com palavras cruas: para ganhar dinheiro fácil, uns tipos sem entranhas queriam instalar no coqueiral uma fábrica de veneno, um veneno pior do que a estricnina, mata tudo, a começar pelos caranguejos.

— Caranguejo não morre fácil, não, seu Comandante. Nunca ouvi falar que veneno matasse caranguejo. Qual o quê!

492

O que os decidiu a apoiar Ricardo e o engenheiro no projeto de correr dali o pessoal da Brastânio, quando novamente aparecesse, foi a conversa mantida por Jonas, Isaías e Daniel, os três chefes incontestes da pequena comunidade, com Jeremias, na escuna, fora da barra, em madrugada tempestuosa. O Compadre — Jeremias era compadre de todos os chefes de família, em cada casa tinha um afilhado — lhes comunicou, pesaroso, que aquela secular atividade da qual viveram seus antepassados e agora viviam eles, os compadres e os afilhados, suas mulheres, os irmãos e irmãs, as tias e as avós, e mais um bocado de gente espalhada rio afora e nas cidades próximas, incluindo Elieser, estava ameaçada de findar-se ou melhor dito, deveriam as escunas e os navios procurarem outro ponto onde descarregar a mercadoria. Se a fábrica se instalar em Mangue Seco — e parece que termina por fazê-lo, pois nos outros lugares o povo se levanta e não permite enquanto aqui ninguém faz nada para impedir —, isso significa o fim do contrabando, pois desaparecerão as condições indispensáveis de segurança. Perderá Mangue Seco aquela situação ideal de isolamento, de praia desconhecida, um fim de mundo, própria para o desembarque e escoamento da moamba. Instalada a fábrica, o tráfico tornar-se-á impraticável.

Essa ameaça, sim, os decidiu. De quebra, perguntam ao Compadre se é verdade que a tal indústria produz veneno capaz de matar caranguejos. Jeremias tem uma profunda cicatriz no rosto e fala sem tirar o cachimbo da boca. Homem melhor não pode haver, igual só mesmo o Comandante, mas são diferentes os laços que ligam a gente de Mangue Seco a um e a outro. O Comandante é bom amigo; o Compadre é um deles, juntos arriscam a vida e a liberdade.

— Se mata caranguejo? Não vai sobrar nem um pra remédio. O titânio empesteia tudo, mata até cágado que é bicho teimoso demais pra morrer.

Jonas, o mais velho dos três, assegura:

— Faça caso não, Compadre, a gente não vai deixar eles se meterem aqui. A gente já botou polícia pra correr, quanto mais esses come-merda.

Isaías, o do meio, concorda:

— O engenheiro e o padrezinho já tinham dito que a gente devia dar uma lição neles. Vamos dar. Fique descansado, não mude o rumo, lugar como esse o Compadre não vai encontrar.

Daniel, o mais moço, recorda:

— Não esqueça o batizado do menino, Compadre, vai ser pro mês. Nunca pensei que matasse os caranguejos. O Comandante é homem sério, assim mesmo duvidei. Tenha medo não, Compadre. Esse lugar, abaixo de Deus, só tem um dono, que é a gente. Essa areia e esse pedaço de água pertence a nós, não é de mais ninguém. O resto, quem quiser pode usar e abusar, em Mangue Seco só planta o pé quem não bulir com a gente.

Cabe a Jonas a última palavra. Ergue o cotoco de braço:

— Vá com Deus, Compadre, e volte que nós damos fiança.

— Pois até o mês, meus compadres, vou sossegado. Abraços pras comadres e a bênção pros afilhados.

Noite ruim, o vento desatado, o mar raivoso, eles também: matar os caranguejos, onde já se viu? A escuna desaparece na escuridão, os barcos penetram em meio às vagas e aos tubarões. Por ali só eles passam, antes passaram os pais e os avós na mesma tarefa proibida. Na praia, silenciosos, os homens desembarcaram a mercadoria, guardaram-na bem guardada, à espera de Elieser e dos outros camaradas.

A equipe técnica da Brastânio chegou a Mangue Seco depois de uma travessia demorada, desagradável, em mar agitado e perigoso. Na foz do rio Real, a ressaca cresce em vagalhões, o vento faz redemoinhos na areia, transforma a geografia da praia. Tempo tão péssimo, os pescadores do arraial do Saco não saíram para a pesca naquele dia. Na entrada da barra, houve um começo de pânico, sobretudo entre as mulheres.

Vieram em duas potentes lanchas, moderníssimas, traziam de um tudo, desde cinco grandes barracas de campanha até abundante lataria, fartura de comestíveis, de água mineral e refrigerantes, colares do Mercado Modelo para presentes ao gentio. Apesar do cansaço e do nervosismo, mesmo em condições atmosféricas tão desagradáveis, ao se encontrarem ante a paisagem de Mangue Seco, a visão dos altos cômoros enfrentando a fúria do oceano, a imensidão da praia estendendo-se de lado a lado da península, o coqueiral prolongando-se nas margens do rio, a perder de vista, sentiram-se pequenos e consideraram que pagara a pena vir. O céu coberto ameaçava chuva.

Parados os motores, as lanchas permanecem a certa distância da praia. Um dos passageiros salta na água que lhe bate na cintura, anda, chega ao chão de areia, dirige-se às choupanas de troncos e palmas de coqueiro, meio soterradas, propõe a Isaías ocupado a remendar uma vela rota no temporal da outra noite:

— Ho! Você aí! Você e os outros. — Os outros estão muito ocupados em não fazer nada, conversam sentados numa roda larga, picam fumo, cachimbam: — Venham todos ajudar a desembarcar umas coisas. Depressa.

Isaías olha, não responde. O velho Jonas levanta-se, pergunta:

— O moço é da fábrica?

Quase arrastado pelo vento mas vaidoso de sua condição, o galhardo concorda e reclama:

— Somos da Brastânio, sim. O que fazem aí parados? Vamos, dêem-se pressa.

Jonas examina as duas lanchas ancoradas próximas à praia, joguetes na maré bravia, calcula o número de passageiros, as mulheres quantas serão? Mulher é um perigo. O velho pescador coça a barba rala. Recorda outras ocasiões, quando a polícia ainda se atrevia. Em geral, em começo de governo, os políticos roncando honradez, agitando a lei: vamos acabar de vez com o contrabando! Faz tempo que desistiram. Também, onde encontrar soldados ou secretas dispostos a vir a Mangue Seco?

Método usado apenas em último recurso, há muito não o utilizam, por desnecessário. Os mais jovens sabem somente de ouvir dizer, vão se divertir. Quem gostava era o mascate, participara em mais de uma expedição.

— Isaías, prepare os barcos. Daniel, reúna o povo. Budião, vá correndo avisar dona Tieta, diga que eles chegaram. Fale também com Cardo e com o engenheiro. Não demore que o homem está com pressa. — Volta-se para o emissário dos viajantes: — Vá indo que a gente já vai.

Enquanto observa o homem da Brastânio marchando curvado contra o vento, felicita-se pela ausência do Comandante, ocupado em Agreste. Um amigão, o comandante Dário. Fecha os olhos para as noturnas e clandestinas incursões, simula ignorar a presença de escunas, cargueiros e lanchas, o transbordo da muamba. Apesar, no entanto, da intransigente má vontade demonstrada para com a tal fábrica de veneno e a amizade que dedica ao povo de Mangue Seco, ainda assim talvez se opusesse à operação projetada, criando um problema dos demônios.

Não a praticam desde o acontecido com o sargento; nunca mais a polícia voltara, ainda bem. Agora tornou-se novamente indispensável, mas quando a decidiram Jonas recomendou a todos o maior cuidado. Tieta, o estudante de padre e o engenheiro ficarão na praia, não é coisa para eles.

Nem sequer para Tieta, tão disposta. Quando Jonas era o mais jovem dos três chefes, havia muitos e muitos anos, molecota atrevida, pastora de cabras nos outeiros de Agreste, Tieta costumava aparecer na praia, subindo os cômoros, sempre acompanhada, namoradeira como ela só; também, uma boniteza daquelas, tinha que ser. Em São Paulo dobrou a boniteza, se enfeitou, virou um pancadão, um pedaço de mulher. Antigamente, mocinha, andava sempre em companhia de homem feito, mais velho do que ela, agora está preparando o sobrinho para fazer dele um bom padre-mestre, cumprindo assim com a sua obrigação de tia.

Uma vez, tendo vindo se divertir na praia, coincidiu Tieta desembarcar no meio de uma briga feia: dois soldados, uns secretas e o delegado de Esplanada querendo apreender a mercadoria e encanar o velho receptador vindo de Estância. O acompanhante de Tieta, um almofadinha, ao saltar e deparar com o fuzuê, perdeu a animação e a cor, ficou de cera, enfiou o fogo no rabo e capou o gato, correu para o bote, se tocou a toda, sozinho, largando a namorada, coisa mais triste! Tieta nem ligou, olhou e riu, ergueu o cajado de pastora e se juntou aos pescadores, ajudando-os a botar a polícia para correr. Baixou o bordão no delegado, sem respeitar nem o revólver nem o apito com que ele transmitia ordens, uma novidade. Tieta não nascera em Mangue Seco mas merecia ter nascido. Quem sabe, Jonas será obrigado a levá-la para que ela cuide das mulheres.

Excetuando o fulano que fora convocar carregadores, os demais funcionários da Brastânio não chegaram a desembarcar. Formavam um grupo relativamente numeroso, umas vinte pessoas, entre as quais quatro mulheres: uma cartógrafa, duas secretárias e a esposa do chefe da equipe, robusta e romântica senhora, ciumentíssima, que se incorporara à caravana para não deixar o marido à mercê das secretárias, umas sirigaitas, e no desejo de tomar banho de mar em Mangue Seco. Desejo generalizado. Especialistas bem remunerados, técnicos competentes, vinham todos na doce esperança de unir o útil ao agradável: nas folgas do trabalho, o lazer na praia cuja fama corre na Companhia, levada pelos que ali estiveram antes para os estudos preliminares. Passado o susto da travessia da barra, encontram-se animados e alegres.

— Quando fizer sol, vai ser um esplendor! — exclama, feliz, Kátia, a esposa.

Jamais se viu no mundo pessoas tão assombradas. A princípio não se dão conta exata do significado do que está acontecendo. A primeira visão foi surrealista: de longe, por entre coqueiros, surge correndo uma mulher vestida de calça e capa de borracha negra, dessas de marinheiro, na mão um cajado longo. Não ouvem o que ela grita, devido ao vento, mas sentem no bastão erguido um gesto de ameaça. Seguem-na um padre e um tipo de barbas. Em seguida, os pescadores: velhos, moços e meninos. Logo depois a surpresa transformou--se em medo, susto sem tamanho.

Na praia, dando um balanço nas lanchas, contando as quatro mulheres, Jonas decide trazer Tieta:

— Venha com a gente, dona Tieta. Não tenha medo.

— Está me desconhecendo, Jonas?

— Me desculpe, não falei por mal.

Ricardo vai seguir a tia, o engenheiro também. Jonas impede:

— Vocês dois, não. — Explica ao engenheiro: — Seu Modesto, se vier a saber, vai ficar fulo, doutor Pedro. É melhor que o senhor espere aqui, a gente cuida de tudo. — Diz a Ricardo: — O que nós vamos fazer não é do agrado de Deus, meu padrezinho. — Não propõe, ordena; nem parece o mesmo Jonas bonachão, caçoando com o seminarista na travessia para o arraial.

Pedro concorda, afasta-se. Por amor a Marta e aos filhos, quer viver em paz com o sogro. Mas Ricardo replica, a voz tão firme quanto a de Jonas:

— Quem lhe disse que não é do agrado de Deus? Deus lança o raio quando é preciso. Quem mais vai, sou eu.

Jonas coça a barba:

— Pois venha, mas depois não se queixe. Quem sabe, assim tu vai acabar sendo um bom padre-mestre.

Embarcam nos saveiros, alguns levam rolos de corda. Aproximam-se das lanchas, saltam na água, sujeitam passageiros e tripulação — dois marinheiros em cada lancha — numa rapidez inacreditável para quem os viu somente na praia, na indolência, e ignora as travessias noturnas. Aproveitam-se da surpresa, não chega a haver luta tal o susto e o medo. Jonas assume o comando de uma das lanchas, Isaías o da outra.

— Todas as mulheres, nessa lancha aqui: — ordena Jonas: — Dona Tieta, fique de olho nelas. Ricardo, venha comigo.

As cordas servem para amarrar os pulsos dos homens, ligá-los uns aos outros, em duas fileiras, uma em cada lancha. Siderados, os funcionários da Brastânio protestam, reclamam, exigem explicações. Perguntas inúteis, inúteis os argumentos, as razões e ameaças. Ninguém parece ouvir. Apenas um jovem técnico em eletrônica, de olho numa das secretárias, tenta passar das palavras aos atos, demonstrar bravura para impressionar a moça: investe contra Isaías. É contido por Budião e pelo ponta-esquerda Samu (ruim de drible mas dono de um chute indefensável, um canhonaço) e amarrado aos outros. São levados para os passadiços onde ficam sob a guarda do pessoal mais jovem. Precisam sentir e ver bem de perto. Jonas dá o sinal de partida, as lanchas se movimentam lentamente, os saveiros acompanham.

Não tomam o rumo habitual da barra onde a arrebentação, mesmo quando muito forte em dias assim de mau tempo, não oferece maior perigo além do susto. Embicam em direção aos vagalhões, na esteira do contrabando. Fazem esse caminho nas noites de tráfico e o fizeram também conduzindo policiais de punhos atados. Um sargento perdera a cabeça de tanto medo, se soltara das mãos que tentaram retê-lo e se atirara na água, os tubarões o estraçalharam num minuto; o sangue durou pouco, varrido pelas vagas. Por isso Jonas mandara amarrar os homens uns aos outros em dois grupos, um em cada lancha, e colocou as quatro mulheres sob a ameaça do bastão de Tieta:

— Não se movam, cabritas, senão o pau vai cantar.

Nas lanchas, ouvem-se gritos, choros, pedidos de socorro, de piedade pelo amor de Deus. Indiferentes, os pescadores penetram por entre as ondas descomunais, atravessam no espaço mínimo onde elas se alteiam imensas e se rebentam furiosas contra as dunas. Encharcados, chegam com as embarcações onde só mesmo eles, os ali nascidos e criados, conseguem chegar. Eles e os tubarões.

Erguem os remos, silenciam os motores, estacionam na porta da morte. Lanchas e saveiros rodopiam, sobem e descem, ameaçam virar, emborcar, soçobrar, a duras penas os pescadores mantêm os lemes e o precário equilíbrio. Os vagalhões tentam atirar os barcos contra as montanhas de areia. Estão diante da morte. Da morte multiplicada, pois os vultos de chumbo se aproximam, sombras sob a água revolta. De repente um deles salta, não tem tamanho de tão grande, eleva-se no ar, a dois metros da lancha comandada por Isaías. Um grito uníssono e o choro das mulheres. Saltam mais três, juntos, e mais dois e outro mais, quantos serão? Abertas em fome as bocas monstruosas, exibindo os dentes pontiagudos, ávidos, sinistros. Jonas é cotó de um braço, não precisa contar como o perdeu, todos se dão conta. Ouvem e sentem o baque dos tubarões contra o costado das lanchas. Quanto tempo demoraram ali, diante da morte, face a face? Talvez apenas uns minutos, foi uma eternidade, espaço e tempo de pavor abissal e infinito.

Kátia grita para o marido: quero morrer contigo e desmaia nos braços de Tieta. Vários vomitaram e pelo menos dois fizeram feio, se borraram. Mesmo os mais valentes entenderam.

Lanchas e saveiros novamente em marcha, rompem os vagalhões, rumam para o largo, os tubarões os acompanham durante certo trecho, ainda na esperança; depois se vão. A chuva cai, começa a lavar o céu. Antes de devolver o comando da lancha e embarcar no saveiro, Jonas eleva a voz mansa e terminante de profeta pobre:

— Não voltem nunca mais e avisem aos outros.

A chuva lavou completamente o céu, amansou as ondas, a noite desce leve e cálida, noite para conversa sem compromisso, boas recordações e festejos. Reunidos em torno às choupanas, sentados na areia, emborcam uns tragos de cachaça. Não se referem ao acontecido, como se nada houvesse se passado. Apenas o engenheiro ri sozinho; contente, fortalecido em sua confiança nas massas: por um momento duvidara.

Daniel traz a harmônica, Budião é bom de bola e bom de dança; exibe-se com Zilda, sua prometida, nos passos do xaxado. O engenheiro rodopia com Marta. Pena seminarista não poder dançar, besteira, não é? Ricardo fita o céu, limpo de nuvens, pontilhado de estrelas: os caminhos do mundo estão abertos à sua frente, sabe do mal e do bem, atravessou a maldição e aprendeu a desejar. Ao lado de Tieta, atento à conversa com Jonas, sente o chamado que dela se evola e o cerca, exigente. Talvez por lhe restar pouco tempo em Agreste, pois partirá após a inauguração da luz nova, a tia o quer junto a ela, em permanência, noite e dia.

Jonas e Tieta recordam tempos passados. Histórias de conflitos com a polícia, detalhes, nomes, a valentia do mascate, lembra-se dele, dona Tieta? Era um macho. Na sombra dos cômoros, Tieta enxerga a figura do mascate, aspira na maresia seu cheiro forte de cebola e alho. Morrera de bala, na Vila de Santa Luzia, enfrentando os soldados.

TERCEIRO EPISÓDIO DA ESTADA DE ASCÂNIO TRINDADE NA CAPITAL OU DA FORMAÇÃO DE UM DIRIGENTE A SERVIÇO DO PROGRESSO: ELEIÇÕES, TRIBUNAL, INIMIGOS DO BRASIL, AGENTES ESTRANGEIROS, ARTE E BETY, BEBÉ PARA OS ÍNTIMOS

Na sede da Brastânio, espetacular, um andar inteiro num dos modernos edifícios da Cidade Baixa, temperatura primaveril, vidros reibam esfumaçados, uma deusa de peruca na mesa telefônica, Ascânio Trindade renova antigo conhecimento: Elisabeth Valadares, Bety para os amigos. Quando a deusa grega, tendo anunciado sua presença, indicou-lhe uma cadeira, ele não chegou a ocupá-la pois imediatamente Bety surgiu numa das portas. Demonstrando memória e eficiência, ela o recebe com efusiva simpatia:

— Alô, amor! Estou feliz de vê-lo aqui em nossa modesta tenda de trabalho. Venha comigo, o doutor o espera. E o lindo, como vai?

— O lindo?

— O varapau, aquele engraçado. Charmoso como ele só.

— Ah!, Osnar. Vai se roer de inveja quando souber que estive com você.

— Diga-lhe que mando um beijo e morro de saudades. — Fez um sinal a Nilsa ordenando-lhe esperar ali mesmo.

Sobre uma mesa de vidro, na sala do doutor Mirko Stefano, estende-se um grande desenho a cores, Ascânio reconhece a paisagem de Mangue Seco, as dunas, a foz do rio e o coqueiral. Parte do coqueiral desaparecera, substituído por imponente conjunto industrial, altas construções, da chaminé se eleva

reduzida e alva fumaça. Entre a fábrica e as dunas, umas duas dúzias de resi-
dênclas amplas, com varandas e jardins, para os administradores, engenheiros
e técnicos. Do outro lado, na direção de Agreste, uma pequena cidade, centenas de casas alegres, conjugadas duas a duas, todas iguais, moradias para os trabalhadores. Um ancoradouro moderníssimo, quase um porto, com grandes
lanchas a motor. Deslumbra-se Ascânio com aquela visão do futuro. A voz afetada do Magnífico o traz de volta ao presente.

— Está vendo essa casa separada de todas, a mais perto da praia? É a
minha. Aí irei descansar quando tiver tempo para o lazer. Adoro Mangue Seco,
é o lugar mais bonito do mundo. Vai continuar a ser o mais bonito, sendo,
igualmente, um centro de riqueza. C'est ça.

Senta-se à mesa de trabalho, aponta uma cadeira a Ascânio, em frente.
Esfrega as mãos uma na outra, satisfeito:

— Pedi que viesse até Salvador para lhe transmitir pessoalmente a grande
notícia, meu caro Ascânio. Permita-me que o trate por você, abandonando a
cerimônia.

— Pois não, doutor Mirko.

— Nem doutor, nem senhor. Seu amigo Mirko Stefano, seu admirador.
Mas vamos à notícia auspiciosa: a Brastânio decidiu em definitivo instalar em
Sant'Ana do Agreste sua indústria de dióxido de titânio que, como você sabe,
é uma das mais importantes entre quantas foram projetadas e criadas no país,
nos últimos anos. Do ponto de vista do desenvolvimento nacional e da economia de divisas. Uma indústria benemérita. Benemérita!

A voz amaneirada faz-se categórica, a afirmação é uma resposta, esmaga
dúvidas, ataques, condenação.

— A decisão foi tomada na reunião de diretoria que só terminou ontem ao
fim da tarde. Mas como eu sabia por antecipação qual o resultado, apressei-me
em pedir que viesse para conversarmos, acertarmos nossos relógios, c'est bien
nécessaire. Confio que a espera não lhe tenha sido pesada.

— Ao contrário, muito agradável. Só tenho a lhe agradecer.

— Rien, mon cher. Tornaremos pública nossa decisão em poucos dias.
Apenas terminemos uns últimos trâmites junto aos poderes estaduais, dos
quais o doutor Lucena está se ocupando, nos dirigiremos à Prefeitura de Agreste para dar conta oficialmente de nosso projeto e obter a necessária autoriza-

ção. Devo acrescentar que me bati por sua terra, gostei muito de Agreste, sobretudo da praia. Outros centros, dotados de maior infra-estrutura, tentaram ganhar nossa preferência, oferecendo vantagens diversas, inclusive isenção de impostos. Não é o que nos interessa. Sendo uma empresa pioneira, a Brastânio preferiu uma zona mais distante, desamparada até agora, da qual seremos a alavanca do progresso. Como você disse muito bem: a Brastânio será a redenção de Agreste. Custa-nos mais dinheiro porém atingimos o nosso maior objetivo: servir.

Toca o botão de uma campainha, em cima da mesa, levanta-se, vem até Ascânio, estende-lhe a mão:

— Em sua qualidade de prefeito, ou de representante do prefeito do município de Sant'Ana do Agreste, receba minhas calorosas felicitações.

Ascânio põe-se de pé, o aperto de mão parece-lhe insuficiente, parte para o abraço. Bety surge, seguida pelo bói: bandeja de acrílico, vermelha, taças de cristal, escura garrafa de champanha. Vendo apenas duas taças, o Magnífico ordena uma terceira, corre o bói a buscá-la. Enquanto desarrolha a garrafa, com extremo cuidado, quase devoção, doutor Mirko, em seu elemento, esclarece:

— Dom Perignon. Conhece, certamente...

Teve vontade de dizer que sim, mas confessa:

— Não. Dessa nunca bebi. Uma vez provei uma chamada... Viúva ...

— Veuve Clicquot.

A rolha salta no festivo ruído habitual, o Magnífico serve, entrega uma taça a Bety.

— Ela e eu fomos os primeiros a pisar em Agreste. Os descobridores.

— Houve quem pensasse que fossem marcianos, gente do espaço — conta Ascânio.

Riem, recordando o assombro do povo de Agreste. Bety tem boa memória:

— O lindo me perguntou se eu era marciana ou polaca. Uma graça.

— Boa gente — conclui doutor Mirko Stefano, erguendo a taça. — Bebo à prosperidade de Agreste e do homem valoroso que comanda seu destino, meu amigo Ascânio Trindade. Tchim-tchim.

Tocam-se as taças no brinde, sons de cristal. Assim é o riso de Leonora. Ela ficaria orgulhosa se estivesse ali, naquele momento, e modularia o verso do poema renegado de Barbozinha: Ascânio Trindade, capitão da aurora. Bety se aproxima e o beija nas faces: parabéns, amor. Depois, retira-se.

Doutor Mirko volta a servir, senta-se na borda da mesa, faz sinal para que Ascânio se acomode na cadeira. Expõe idéias e planos:

— Queremos que, quando entrarmos com nossa proposição, você já esteja eleito, se possível. Tratamos de apressar a data da eleição, doutor Bardi interessou-se pessoalmente, o Tribunal Eleitoral colocou em pauta, ontem doutor Bardi falou com amigos em São Paulo, por telefone, para garantir que a resolução fosse tomada sem falta na sessão de hoje — o Tribunal se reúne uma vez por semana. Tudo certo, tudo OK. Pois não é que o juiz presidente resolveu ter um enfarte hoje de manhã e capotar? Resultado: não há sessão hoje, agora só na próxima semana. Mas, viaje descansado: daqui a oito dias teremos a data.

Serve novamente com delicadeza; o champanha lhe merece respeito e estima. Realmente aprecia e conhece:

— Bebo uísque quando estou em companhia de amigos, num bar, numa festa. Mas do que gosto mesmo é de champagne. — Jamais pronuncia champanha, parece-lhe um palavrão grosseiro. — Como Rosalvo lhe adiantou, seguiu uma equipe de técnicos para Mangue Seco. Ao mesmo tempo, estamos preparando toda a documentação necessária para requerer ao Governo do Estado e, em seguida, à Prefeitura de Agreste, a autorização para dar início às obras. Pensamos em recrutar trabalhadores em toda a região, inclusive em Sergipe. Em breve, receberemos os estudos para a retificação e pavimentação da estrada que liga Agreste a Esplanada. Está tudo em marcha, mon vieux.

Olha através da taça, pensativo:

— Há quem se levante e proteste contra a instalação no país de uma indústria de dióxido de titânio, tachando-a de poluidora. Os motivos são vários, quase sempre inconfessáveis, mas os agentes estrangeiros que comandam essa campanha antinacional conseguem iludir e arrastar muitas pessoas honestas, que ficam alarmadas e se colocam contra nós. Não vou lhe dizer que a indústria de dióxido de titânio não polui. Polui, sim, tanto quanto outra qualquer, talvez um pouco mais. No entanto, ninguém se coloca contra uma fábrica de tecidos ou de eletrodomésticos. Mas, contra as indústrias fundamentais, os interessados em que continuemos subdesenvolvidos, dependentes, inventam os maiores absurdos. Dizem por exemplo que vamos destruir a fauna do rio e do mar. Não há nada disso. Teremos tubulações submarinas que levarão os rejeitos poluidores para lançá-los vários quilômetros adiante, onde já não oferecem nenhum perigo. Mandei preparar uma pasta onde todo esse problema da soi-disant terrível poluição da indústria de dióxido de titânio é completamente esclarecido, colocado nos devidos termos. Assim você ficará preparado para desmascarar os embusteiros e esclarecer os que se deixam enganar, todos os que tentam impedir o progresso agitando o fantasma da poluição. São Paulo não passaria até hoje de uma reles capital de província, se essa gente pudesse impor sua opinião. Você viu o Centro Industrial de Aratu. Que batalha, meu amigo, contra os imbecis! Por detrás dos imbecis, movendo os cordéis, os inimigos do Brasil. — Não esclareceu quais, não tendo ainda tomado o pulso político de Ascânio. Assim, se fosse de direita, pensaria na União Soviética, se fosse de esquerda, nos Estados Unidos.

O telefone soa, é Bety, do outro lado. O Magnífico Doutor ouve, desliga:

— Tenho de ir ao enterro do juiz. Não tenho jeito, vê a que você me obriga? — Ri, cordial: — Amanhã terminaremos esta nossa conversa. No hotel, na minha suíte, onde ninguém irá nos incomodar.

Ascânio abre a boca para falar, vacila, doutor Mirko o anima:

— Alguma coisa? Pode dizer, não se constranja. — No fundo do peito, uma esperança: quem sabe, ele vai pedir dinheiro?

Ascânio aponta o desenho sobre a mesa, maravilhosa visão do futuro:

— Se eu pudesse levar este trabalho para Agreste, seria ótimo. No jornal mural que coloquei na Prefeitura tem um desenho de Lindolfo mas este aqui é um quadro, uma obra de arte, um monumento!

Bety é convocada por telefone: venha e traga Rufo. Assim Ascânio não reviu apenas a ruiva de mecha agora azul, reencontrou também o mancebo de cabeleira caindo nos ombros à Jesus Cristo, autor do desenho. Caloroso, felicitou-o, o senhor é um grande artista, e agradeceu-lhe em nome de Agreste. No dia seguinte, promete o Magnífico Doutor, ele receberá no hotel, junto com a documentação, a obra-prima devidamente acondicionada em tubo adequado.

Para o jantar Nilsa escolheu um restaurante situado no Solar do Unhão, lugar belíssimo, junto ao Museu de Arte Moderna, no qual se realizava o concorrido vernissage de uma exposição de fotos, gravuras, quadros, objetos; o pátio repleto de automóveis.

Quando terminaram de comer, Nilsa o levou a visitar a mostra, Ascânio sente um choque, o que é isso? Esperava ver paisagens; nus artísticos, naturezas-mortas, pinturas bonitas, arregala os olhos diante de fotos absurdas, imorais, gravuras representando igrejas deformadas e umas maluquices feitas com pedaços de objetos inúteis, parece mais um bric-à-brac: até uma latrina fora usada pelo artista. Artista? Sim, confirma Nilsa, é renomado, gozando do maior prestígio não apenas na Bahia, no país inteiro, com certeza ele já ouvira falar de Juarez Paraíso.

Nilsa o aponta, cercado de gente a festejá-lo, mulato alto, de barbas, em frente ao cartaz da exposição: a foto de imensa bunda nua de mulher, que coisa!

— Espie aquele ali, junto do banqueiro Celestino. É Carybé, vive dando entrevistas nos jornais contra a Brastânio, falando misérias. Mas que é um coroa enxuto, isso ele é. Só pinta negras.

Acompanha-o até o hotel, na porta deserta pendura-se no pescoço de Ascânio, despede-se com um chupão daqueles:

— Não fico porque não posso chegar em casa tarde e já passa das dez. Meus pais são muito severos, vivo num torniquete.

Num torniquete. Outros são os valores das palavras, Ascânio dá-se conta. Severidade, arte, noivado. Outros valores, outro mundo em cuja porta se encontra, pronto para atravessá-la com o pé direito. Por que aquela sensação incômoda, aquele sentimento obscuro, a persistir? Como se não entrasse pelos seus próprios pés, como se estivesse sendo conduzido. No quarto vazio, deplora a ausência de Nilsa, em seus grandes seios encontraria segurança. O telefone soa:

— Alô!

— Amor?

— Aqui, Ascânio Trindade.

— Por que não veio falar comigo na exposição, amor?

Reconhece a voz em desmaio de Bety, Bebé para os íntimos:

— Não vi, me desculpe. Posso lhe servir em alguma coisa?

— Pode, sim, amor. Estou falando da portaria e vou subir. Deixe a porta aberta.

DO HERDEIRO IMPREVISTO E DE NOVA ENCOMENDA
DE POEMA AO VATE BARBOZINHA

Aproximadamente à mesma hora em que os pescadores de Mangue Seco, com o apoio de Tieta e Ricardo e o fundamento ideológico fornecido pelo engenheiro Pedro Palmeira, expulsavam os técnicos da Brastânio, reuniam-se no cartório do doutor Franklin os diversos interessados nos terrenos do coqueiral. Encontro promovido pelo tabelião, atendendo a pedido do doutor Baltazar Moreira, adiado mais de uma vez devido à ausência do doutor Marcolino Pitombo a tramar em Esplanada, por fim aconteceu.

Na sala do cartório juntaram-se, após o almoço, os três advogados e seus clientes: doutor Marcolino Pitombo, ladeado por Jarde e Josafá Antunes, o velho sentado, abatido, o moço de pé, exultante; doutor Baltazar Moreira, a oferecer a melhor cadeira a dona Carlota Antunes Alves, cochichando com Modesto Pires; doutor Gustavo Galvão, por uma vez de paletó e gravata, recomendando calma a Canuto Tavares. Como se prolonga a demora de Fidélio, também convocado em sua condição de Antunes e pretenso herdeiro, resolvem começar a reunião, mesmo em sua ausência, estranho litigante, até aquele momento sem advogado a representá-lo. Exatamente para comentar tal procedimento, Marcolino Pitombo inicia os debates:

— Esse moço está fazendo uma jogada que não deixa de ser inteligente. Está esperando que cheguemos a uma solução para intervir. Podem escrever o que estou dizendo.

Lápis em punho, o robusto Bonaparte, convidado a secretariar a reunião e estabelecer a ata dos trabalhos, prepara-se para anotar a intervenção numa folha de papel almaço, mas o causídico o impede:

— Não vale a pena colocar isso na ata, meu filho.

Bonaparte obedece. Apesar de contraditório — escreva o que estou dizendo, não coloque isso na ata —, o velho é simpático e solta uns cobres. Os outros, uns pães-duros, uns canguinhas.

— Pergunto se, nesse caso, vale a pena tratar alguma coisa sem sua presença — prossegue doutor Marcolino, interessado em transferir a reunião para depois da volta do secretário da Prefeitura, após ter com ele conversado e obtido a precisa informação sobre o local exato onde a Brastânio erguerá seus edifícios.

— Não vejo por que devamos ficar à sua mercê. Proponho que discutamos os problemas pendentes, sem esperar esse moço que me parece um leviano — declara doutor Baltazar Moreira do alto da papada, sorrindo ora para dona Carlota ora para Modesto Pires.

— Esse rapaz é serventuário da justiça, oficial do registro civil. Como tem muito pouco que fazer, passa o dia no bar quando não fica em casa ouvindo essa barulheira que os moços de hoje chamam de música. Não penso que ele vá aparecer. Mandei sondá-lo há dias a respeito dos terrenos, nem me respondeu. Não digo que seja mau rapaz, mas é um desses que não ligam para nada — informa o dono do curtume.

— Então, comecemos — diz doutor Franklin para ganhar tempo. — O senhor, doutor Baltazar, que pediu a reunião, abra a discussão dizendo o motivo que o levou a tomar essa iniciativa.

Doutor Baltazar Moreira tempera a garganta:

— Pois muito bem. Tendo me detido no estudo deste complexo assunto, cheguei à conclusão que se impõe um acordo entre as partes interessadas, ou seja, entre todos os pretensos herdeiros, os diversos descendentes de Manuel Bezerra Antunes, para que possamos ir juntos à justiça sem problemas, sem disputas entre nós.

— A idéia parece-me válida — apóia o doutor Galvão, a par da proposta e com ela de acordo desde a véspera, quando mantivera conversa reservada com doutor Baltazar. Repete os argumentos usados então pelo colega: — Afinal por que os herdeiros, tendo se desinteressado por completo dos terrenos durante todos esses anos, voltam-se agora para a defesa de seus interesses, para se integrarem na posse da herança? Por que existe um comprador valioso para essas terras, como é do domínio público, a Brastânio. Não é isso?

Doutor Baltazar Moreira aproveita para recuperar a palavra, afinal a idéia é sua e esse rapazola, mal saído da faculdade, está brilhando às suas custas. Ficara de apoiar e nada mais:

— Tem razão o doutor Gustavo. É diante desse comprador que temos de nos apresentar unidos, inteiramente de acordo. Se começarmos a lutar entre nós, teremos questão para muitos anos e a Brastânio, que não pode esperar, irá procurar noutra parte localização mais fácil para sua indústria.

— Por isso mesmo — interrompe doutor Marcolino Pitombo — não adianta nada discutir sem a presença de um dos herdeiros. Como saber sua opinião? Como conhecer seu pensamento?

Na porta do cartório, parado a ouvir sem que se dessem conta, o comandante Dário de Queluz eleva a voz:

— Vão saber agora mesmo, meus caros senhores. Boa tarde, doutor Franklin, permita-me tomar parte no debate.

Voltam-se todos, o Comandante não sendo nem bacharel em direito nem Antunes, que faz ali e por que deseja participar da discussão? Doutor Marcolino Pitombo conhece a posição do Comandante em relação à Brastânio: adversário militante da instalação da indústria de dióxido de titânio no município, anda exibindo pelas ruas o memorial das prefeituras de Ilhéus e Itabuna, publicado nos jornais do Sul. Felizmente não sabe quem o redigiu — e o advogado arvora um sorriso, cordial, surpreso e perspicaz.

— O prazer será todo nosso, Comandante, mas antes permita que por minha vez lhe pergunte em que qualidade deseja o senhor tomar parte nos debates?

Na face do doutor Franklin esboça-se também um sorriso, ele próprio lavrara o termo de opção de venda, não querendo deixar em mãos de Bonaparte assunto tão urgente, nem nas mãos, nem no conhecimento, pois Bonaparte anda muito amável com doutor Pitombo e tem chegado tarde em casa, mau sinal. Sorri igualmente o comandante Dário de Queluz:

— Na qualidade de herdeiro. Fidélio Dórea Antunes de Arroubas Filho concedeu-me uma opção de venda sobre sua parte no coqueiral, está registrada no cartório... — volta-se para doutor Franklin.

— É certo. Hoje pela manhã — confirma o tabelião.

— E posso desde já comunicar aos senhores que, de minha parte, não penso vender meus direitos, nem entrar em acordo, nem fazer sociedade, nada, três vezes nada. Agora, que já sabem, dêem-me licença, devo voltar para Mangue Seco. Passem bem, meus caros senhores.

Indo em busca de dona Laura e de Leonora, pára no bar onde a malta reunida ouve, entre gargalhadas e bravos, os detalhes do acontecido na reunião.

— Devem estar quebrando a cabeça para descobrir um jeito de deserdar Fidélio. Mas Franklin me disse, nos disse, aliás, hoje, de manhã, que de todos os herdeiros, Fidélio é o de linha mais direta, ele e Canuto Tavares. Não é isso, caro Fidélio?

Mesmo Seixas, apesar da decepção que a notícia causará ao coletor, pretendente à compra do terreno, se diverte. Diverte-se também Barbozinha que chega com novidades:

— Os jornais estão dizendo que as eleições para a Prefeitura vão ser marcadas hoje.

O Comandante já sabia, dona Carmosina mostrara-lhe o novo tópico de *A Tarde* reafirmando o interesse da Brastânio e a pressão sobre o Tribunal. Despede-se, no começo da semana voltará, em companhia de Tieta, se tudo correr como ele espera.

O poeta senta-se, pede um trago de cachaça com limão, não anda com a garganta boa, precisa limpá-la. Pergunta:

— E as eleições, que me dizem vocês?

— Você é meu candidato... — responde Osnar.

— A prefeito? Deus me livre e guarde...

— Não. A padrinho de Peto na cerimônia do descabaçamento. Vai ser sábado. Nós queremos lhe pedir para escrever um poema para a festa.

Barbozinha amarra a tromba: voltam os amigos a gozá-lo por causa da versalhada para a Brastânio. Nada disso, bardo! Queremos apenas que Peto tenha tudo do melhor pois bem merece. Zuleika Cinderela, uma ceia sensacional, música e flores e uns versos que imortalizem o acontecimento. Desanuvia-se o rosto de Barbozinha: é um tema novo, um tanto escabroso mas que, tratado com delicadeza, pode resultar num soneto em cujos versos se misturem a malícia e a inocência, vai pôr mãos à obra. Cobra direitos autorais:

— Outro trago, Manu, por conta do soneto.

EPISÓDIO FINAL DA ESTADA DE ASCÂNIO TRINDADE NA CAPITAL OU DA FORMAÇÃO DE UM DIRIGENTE A SERVIÇO DO PROGRESSO: O ANEL DE COMPROMISSO

Reservada permanentemente para ele, mesmo quando se demora no Sul, a suíte do doutor Mirko Stefano não é um frio apartamento, habitação impessoal de hotel para breve estadia. Sente-se em toda parte, em cada escaninho, a presença do homem cordial, civilizado — o bon vivant, como ele próprio se classifica.

Pontual, às nove horas, Ascânio empurra a porta semi-aberta, ouve um resto de frase na voz amaneirada do Magnífico:

— ... culpa sua, eu lhe avisei que o homem é parada.

Fisionomia preocupada, o diretor de relações públicas da Brastânio, vestido apenas com um robe-de-chambre de seda negra, e corte oriental, lembrando um quimono de campeão de judô, conversa com doutor Rosalvo Lucena diante da bandeja com os restos do café, do mamão, do suco de grape-fruit. Os rostos sérios se distendem, abrem-se em sorrisos.

— Desculpem ter entrado sem bater, a porta estava aberta.

Há um breve momento de indecisão, durante o qual Ascânio observa e compara os dois manda-chuvas da Brastânio. Doutor Rosalvo Lucena, pronto para a manhã afanosa no escritório, veste-se com esportiva elegância, como exige sua posição: calça cinza, blazer azul, camisa e gravata combinando, alegres. Ainda não chegou à seriedade dos ternos do doutor Bardi, à condição de magnata. À vontade no roupão japonês, os pés descalços, doutor Mirko Stefano não parece um homem de negócios e sim um maduro galã de televisão, desses pelos quais as mocinhas se apaixonam. Dois homens de peso, na opinião de Ascânio: simpatiza com Mirko, deseja parecer-se com Rosalvo.

— Fez muito bem em entrar, deixei a porta aberta de propósito. — Mirko aponta uma poltrona. Precisa chamar a atenção do garçom para fechar a porta cada vez que entre ou saia, o serviço nesses novos hotéis ainda deixa muito a desejar.

Rosalvo Lucena, antes de retirar-se, repete para Ascânio, que lhe bebe as palavras, argumentos gastos na véspera, sem resultado, no almoço com a prestigiosa figura da administração estadual. Toda a zona se beneficiaria com o estabelecimento da fábrica: asfalto, pistas duplas, mercado de trabalho, especialização de mão-de-obra, formação de novos técnicos, escola para filhos de trabalhadores, assistência médica, vila operária, comércio, empregos bem remunerados para especialistas.

Tudo isso acontecendo numa área morta, utilizada apenas para o ócio de uns poucos privilegiados, transformando-a em centro vital para a economia da região. Suprimiu, é claro, qualquer referência à candente questão da proximidade com a capital, pois não era o caso, não havendo por que falar ao representante da longínqua Agreste do ponto nevrálgico, fator da inabalável intransigência do ilustre companheiro de almoço: ali, jamais! Acrescentou, em troca, o problema da falta de infra-estrutura da zona de Mangue Seco e das despesas decorrentes, imensas. A Brastânio as assumirá de coração leve, por dever patriótico.

Dever patriótico, uma zorra! — pensa Rosalvo enquanto recita seu apurado texto para Ascânio, babado de admiração. Se o Velho Parlamentar não obtiver sucesso em suas démarches, o que bem pode suceder apesar do otimismo do doutor Bardi, eles serão obrigados a enfrentar os problemas colocados pela localização em Agreste: em matéria de perspectiva, puta-que-os-pariu! Sorri para Ascânio:

— Falei ontem a seu respeito a uma alta figura da administração, homem de força política. Disse-lhe de seu valor.

Despede-se, sabe que Ascânio viaja naquela tarde:

— Penso que só nos veremos agora em Agreste. Boa viagem e ganhe essa eleição. Já foi marcada a data, Mirko? — cobra ao Magnífico.

— Só para a semana. O juiz presidente empacotou ontem. Enfarte fulminante. Estive no enterro.

O sorriso cortês de Rosalvo Lucena cresce em riso zombeteiro:

— Cada qual carrega sua cruz, meu velho.

Acena da porta, vingado, bate-a com força para fechá-la bem e recordar a Mirko que deixá-la aberta é uma imprudência. Cada qual com suas leviandades e com seus recalques.

— Que deseja beber? — pergunta o Magnífico após digerir a batida da porta.

— Acabei de tomar café, não quero nada, não precisa se incomodar.

— Também eu venho de tomar café. Para depois do café, para começar bem o dia, nous allons prendre une goutte de Napoléon, une fine, mon cher, você me dirá.

Em cima de uma mesa, variedade de garrafas. Escolhe uma delas. Que diabo é Napoléon, une fine, pergunta-se Ascânio, tem muito o que aprender. Os copos grandes, bojudos, o esclarecem: isto ele conhece, são copos para conhaque. Mas nunca imaginou que o líquido doirado, colocado ao fundo, deva ser esquentado com as mãos. Com uma das mãos, aliás, pois com a outra o Magnífico cobre a boca do copo para evitar que se evole o aroma da bebida. Canhestro, Ascânio copia-lhe os gestos. O doutor destapa o copo, aproxima-o das narinas, aspira o olor, quelle délice! Ao imitá-lo, Ascânio entontece: as emanações do álcool penetram-lhe nariz adentro. Completa a gafe quando, emborcando num trago o conteúdo do copo, engasga-se, tosse; vá ser forte assim no inferno! Forte mas delicioso, de quanto lhe deram a beber nesses dias, incluindo a champanha, prefere o conhaque. O doutor volta a servi-lo, não comenta nem ri, não viu nem ouviu. Ascânio agora saboreia em pequenos goles como o faz o mestre do bem-viver.

— Veja, Ascânio: as obrigações de meu cargo levam-me a tratar com uma infinidade de pessoas, uma súcia por vezes difícil. Dou-me bem com todo mundo, é do meu temperamento e do meu ofício. Mas, no meio dessa máfia, de quando em quando deparo com alguém que me chama a atenção pelo talento, pela força interior, pela qualidade, pela fibra. Conheço os homens, não me engano, sei distinguir os que valem a pena, mesmo numa rápida convivência. Desde que conversamos pela primeira vez, na Prefeitura de Agreste, me fixei em sua personalidade: aí está um homem de verdade, un vrai homme, disse para meus botões. Naquela ocasião, ainda não tínhamos decidido escolher Agreste: ao contrário, nossas vistas estavam voltadas para o Sul do Estado, uma área entre Ilhéus e Itabuna, no rio Cachoeira: estrada, porto de mar, facilidades, as autoridades locais oferecendo mundos e fundos. Tomei uma decisão: se não nos instalarmos em Agreste, vou convidar esse moço para vir trabalhar conosco, na Brastânio. Ele tem fibra e competência.

Aspira o conhaque, duplo prazer, paladar e olfato. Ascânio modesto, agradece:

— Bondade sua.

— Disse para mim mesmo: se ele permanecer aqui, nessa terra decadente, sua flama se extinguirá, estiolada. Não posso permitir que isso aconteça, vou convidá-lo a vir colaborar conosco onde estivermos. Mas, tendo nos decidido, felizmente, por Mangue Seco, creio que a Prefeitura de um município industrial, poderoso, rico, pode ser o primeiro passo para a brilhante carreira política de um jovem homem público.

Nos eflúvios do conhaque Ascânio embarca nas palavras inspiradoras, inicia a marcha. O Magnífico Doutor toma da garrafa, a hora não é a mais própria mas a circunstância exige. Prossegue abrindo o caminho, despertando a ambição. Carreira política ou empresarial, pois, se após exercer a Prefeitura de Agreste, Ascânio preferir trocar a administração pública pela empresa privada, o convite que não chegou a ser feito permanece de pé: haverá sempre um posto de comando para ele na Brastânio. Homens inteligentes e trabalhadores existem muitos, homens capazes de comandar, são poucos.

Parecendo-lhe chegada a hora, oferece:

— Por isso mesmo, quero lhe dizer que estou, que estamos às suas ordens. Se necessita de alguma coisa, é só dizer, não guarde reserva, não se sinta acanhado, somos amigos.

— Basta a confiança que deposita em mim. Espero poder honrá-la.

— E para a eleição? Para a campanha eleitoral? A Brastânio gostaria de concorrer para as despesas da campanha eleitoral.

— Agradeço mas não é preciso. — Finalmente, encontra alguma coisa de que se ufanar: — Não haverá campanha eleitoral. Serei candidato único, isso é coisa acertada. Meu padrinho, o coronel Artur de Figueiredo, já decidiu e o povo todo está de acordo. Posso lhe dizer, sem vaidade: serei eleito unanimemente. Não preciso de ajuda, muito obrigado. E assim é melhor, ninguém vai poder dizer que apóio a Brastânio por interesse pessoal. Depois, se tudo der certo, se meu sonho se realizar, talvez venha precisar de sua ajuda. Por ora, não.

Aquela conversa, a última, a mais longa e íntima, transpôs os limites da indústria e do município para entrar pela vida pessoal de Ascânio:

— Falou em sonho. Adoro sonhar, qual o seu sonho?

Pouco habituado à bebida, um tanto eufórico devido ao conhaque e à estima e admiração demonstradas pelo Magnífico Doutor, Ascânio faz-lhe confidências, cita o nome de Leonora, exalta-lhe a beleza, lastima-lhe a fortuna, obstáculo antes intransponível. Agora, quem sabe, prefeito do município industrial e próspero, com o caminho aberto em sua frente, encontrará coragem para lhe falar.

— Ascânio, caríssimo, além de tudo você é um homem de bem. Vai assumir um compromisso comigo: de volta a Agreste seu primeiro gesto será pedir a mão dessa moça em casamento. Pedir a mão, já não se usa nos dias de hoje. Simplesmente comunique a ela que vocês vão se casar. Por que não no dia da posse? — Levanta o bojudo copo onde o conhaque brilha, ouro e brasa. — Bebo à felicidade dos noivos.

Ainda bebem à felicidade dos noivos quando o telefone toca. O doutor atende:

— Está de pé, é claro. Daqui a cinco minutos, mando levá-lo aí.

Desliga, explica a Ascânio:

— É um jornalista nosso amigo, o mesmo que fez aquela entrevista com o doutor Lucena, que tanto lhe agradou. Ele gostaria de ouvir você sobre Agreste e as perspectivas que a cogitada instalação da Brastânio abre para a região. Se você não vê inconveniente, de nossa parte não temos nada a opor. Assim, você começa a se projetar.

— Inconveniente nenhum. Com prazer.

— Vou mandar lhe levar à redação do jornal. Quando voltar, me encontre na piscina. Almoçaremos juntos.

Está Ascânio na porta da suíte, saindo, quando o Magnífico lhe recorda:

— Não deixe de repetir aquela frase de ontem, uma beleza! *A Brastânio é a redenção de Agreste!* Deixou-me com inveja, mon vieux.

Na redação, o jornalista, o mesmo indivíduo zarolho que no primeiro dia queria obter informações a todo transe, ao ouvir a frase, pergunta:

— Foi Mirko quem lhe soprou essa manchete, não foi?

Ascânio não se ofende, até se sente orgulhoso:

— A frase é minha mas ele disse que gostaria de tê-la pensado.

— Não há quem possa com Mirko, é a velhacaria em pessoa. Outro dia me enrolou, a mim e aos colegas, escondeu a vinda do alemão, mas *A Tarde* foi na pista e deu o furo. — Suspende os ombros: — Também de que ia adiantar se ele me dissesse? Falava com o homem aí — aponta a porta da sala encimada por uma placa: Direção — e não saía nada. Quem pode, pode.

Tudo aquilo era latim para Ascânio, não deu trela. Um fotógrafo bateu chapas enquanto conversavam. Respondeu a duas ou três perguntas — no meio de uma delas soltara a frase —, o repórter se deu por satisfeito:

— Já tenho o suficiente, o resto deixe por minha conta. Vou aproveitar o carro, dar uma espiada nas fêmeas na piscina, tomar um scotch com o salafrário do Mirko.

No carro, informa-se:

— Me diga uma coisa: o mulherio, nessa tal praia de sua terra, vale a pena? Dá muita paulista por lá? — Brilha o único olho são, cúpido: — As turistas de São Paulo, meu chapa, já desembarcam do avião abanando o rabo.

Ascânio tem vontade de meter-lhe a mão na cara:

— Em todo lugar, que eu saiba, existem vagabundas e mulheres direitas. As paulistas que eu conheço são honestas e decentes.

A voz zangada, quase de briga, alarma o jornalista:

— Que é isso, bicho, não quis ofender sua parentela. Me refiro a umas quengas que aparecem dando sopa por aqui. Não me leve a mal.

Num dos grandes carros negros, após o almoço, o Magnífico Doutor e Bety o acompanham até à Estação Rodoviária. Ascânio dormirá em Esplanada, em casa de Canuto Tavares e, se a marinete de Jairo se comportar, no dia seguinte, antes da uma, verá Leonora e lhe dirá: eu te amo e quero me casar contigo. Oferecendo-lhe o braço, a caminho do ônibus, Bety se aperta contra ele, carinhosa. Parece ter apreciado a noite passada em sua companhia, se bem a ela tivessem cabido quase todas as iniciativas. Ao contrário do que pensa Osnar, não é preciso dormir com nenhuma polaca para se saber o que é mulher.

Antes do abraço de despedida, doutor Mirko Stefano, diretor de relações públicas da Companhia Brasileira de Titânio S.A., retira do bolso um saquinho de veludo negro, onde está impresso em letras douradas o nome da Casa Moreira, joalheiros e antiquários de fama e preço:

— A Brastânio pede licença para oferecer o anel de compromisso que amanhã você colocará no dedo de sua noiva, a quem espero ter o prazer de conhecer dentro de poucos dias quando voltar a Agreste.

No ônibus, Ascânio não resiste, desata o cordão, abre o saquinho, retira pequeno estojo que contém antigo anel de ouro com roseta de diamantes, em cuja parte interna tinham sido gravadas as letras L e A, trabalho fino, peça de gosto e de valor, digna de Leonora. Anel de compromisso.

DE COMO OS DIRETORES DA BRASTÂNIO
RECORDAM UM PROVÉRBIO

Nos escritórios da Brastânio, na sala do doutor Rosalvo Lucena, o chefe da equipe enviada a Mangue Seco apresenta relatório e ameaça demitir-se. Conhecido como Aprígio, o Imperturbável, pela calma com que sempre enfrentara os mais árduos problemas profissionais e os ciúmes violentos da esposa, louvado pela lhaneza do trato, já não é o mesmo homem, perdeu a famosa contenção, tremem-lhe as mãos e a voz ao descrever os fatos:

— No comando da horda de assassinos vinha uma louca furiosa, brandindo um bastão. Foi ela quem tomou conta das mulheres, na lancha. Juro, doutor Lucena, que pensei que iam nos matar, me preparei para morrer. Entreguei a alma a Deus.

— E como era essa megera?

— Até que não era feia mas corria, gritando: Fora! Fora com os envenenadores! Ela, o padre e o barbudo. O padre é um rapazola, penso que ainda não diz missa. O barbudo me lembrou um engenheiro que eu conheço, mas como ficou na praia, não pude tirar a limpo, com certeza não era quem eu pensei. O resto, uns esfarrapados, um bando de criminosos.

— Quantos? Muitos?

— Quantos? Não sei. Uns trinta ou mais, contando com os meninos. Parecia gente da idade da pedra. Tivemos de ficar de pé, no passadiço; foi horrível. Só de me lembrar, fico outra vez doente.

Uma das secretárias, à beira da piscina, gozando oito dias de licença-prêmio, refazendo-se do susto, confidencia ao Magnífico Doutor:

— Tinha um que até... O que segurou Mário José e lhe deu um tranco — referia-se a Budião — era um doce. Não adiantou nada rir para ele, queria era acabar com a gente. Nos matar. — Lembrando, estremece: — A mulher apontava os tubarões com o cajado. Fechei os olhos para não ver.

Apesar do traumatismo — jamais voltaria a ser o mesmo —, o chefe da equipe reconhece:

— Não queriam nos matar, no fim eu me dei conta. Só nos assustar. Mas deixaram claro que, de outra vez, não vão ficar na ameaça. Em minha opinião, doutor Lucena, não se pode construir seja o que for nesse lugar. A não ser que, antes, se mande a polícia... A polícia, não... Força do exército para terminar com esses bandidos, com todos eles, sem deixar nenhum. Ameaçaram nos atirar aos tubarões. Kátia desmaiou, ainda guarda o leito, diz que nunca mais irá ao banho de mar.

A outra secretária, pobrezinha, linda e vibrátil, um feixe de nervos, na cama um torvelinho, passou três noites acordada: se adormecia, voltava a ver os tubarões saltando em torno à lancha. De tão impressionada, aderiu à religião dos Hare Krishna.

O chefe da equipe conclui:

— Se for para voltar a Mangue Seco, doutor Lucena, prefiro apresentar minha demissão agora mesmo.

Doutor Rosalvo Lucena e doutor Mirko Stefano escutaram de ânimo forte a espantosa narrativa, as lamentações e os relatórios, não por acaso ocupam cargos de direção numa Companhia da grandeza da Brastânio. Tais reações de desagrado não chegam a surpreendê-los, são as primeiras mas não serão as últimas, certamente. Pedem aos participantes da espaventosa peripécia que falem do caso o menos possível, recomendam silêncio, impõem segredo. Ainda assim a notícia transpirou, repercutiu na imprensa.

Em *A Tarde*, apresentada sob um ângulo simpático: colérica e vigorosa reação popular contra a ameaça de poluição da praia de Mangue Seco que, pela beleza da paisagem e amenidade do clima, é patrimônio a ser defendido e preservado a todo custo. Nota redigida pelo próprio Giovanni Guimarães. Não lhe bastando o comentário, enviou um telegrama de felicitações ao poeta De Matos Barbosa. Num outro jornal, os fatos eram apontados como prova da extensão e periculosidade da rede subversiva instalada no país, sob comando estrangeiro, agindo em recantos os mais distantes, para impedir o progresso da pátria.

Virou manchete e editorial num semanário de cavação, dirigido por conhecido picareta, o combativo Leonel Vieira. Referiu-se ele à importância da instalação da indústria de dióxido de titânio mas acentuou-lhe os inconvenientes, o alto teor de poluição, prometendo voltar ao assunto no próximo número com novas informações, provindas diretamente de Agreste, para onde estava seguindo um repórter do vibrante hebdomadário.

Não foi necessário enviar repórter aos confins do sertão, pois o Magnífico Doutor forneceu ao caro e simpático Leonel Vieira todas as informações necessárias sobre a indústria de dióxido de titânio, cheque, uísque e senhoritas. Acalmou-lhe inclusive os melindres ideológicos pois, como foi antes referido, para gasto e renda em certos círculos, o impávido Vieira arrota esquerdismo bastante radical. Voltou ao assunto, conforme prometera, dando magnífico exemplo de honorabilidade jornalística aos seus (poucos) leitores. De posse das novas informações teve a coragem cívica de confessar de público o engano cometido e repudiar o aleive levantado contra a Brastânio, cuja instalação no Estado iria contribuir para o progresso, a independência econômica do Brasil e para a formação do proletariado baiano.

Os doutores Mirko Stefano e Rosalvo Lucena, o Magnífico Doutor e o Managerial Doctor, estabelecem o balanço da situação. De São Paulo, em repetidas chamadas telefônicas, o diretor-presidente Ângelo Bardi informa sobre entraves surgidos em Brasília. As resistências provêm sobretudo das autoridades baianas, dispostas a ceder prazerosamente quando se fala em Agreste e Mangue Seco, lonjuras sem ressonância nem campeões, intransigentes quanto a Arembepe, próxima, visível, evidente, conflitual. Em defesa de Agreste, além de Giovanni Guimarães, levantam-se apenas um poeta sem maior renome e meia dúzia de pescadores. Mas nas trincheiras de Arembepe tomam posição de combate artistas e escritores de projeção nacional, turistas e hipies; e, pesando na balança das influências bem mais do que todo esse folclore, o prestígio das empresas proprietárias de vastos e valiosos loteamentos iniciados e à venda na extensa área: com a Brastânio a espalhar seus gases venenosos, os preços altíssimos dos terrenos descerão a zero.

Apesar de depositar confiança nos efeitos salutares do novo subsídio posto à disposição do Velho Parlamentar, o diretor-presidente louva, em telefonema urgente, a precaução tomada na última reunião, por proposta de Mirko. Não somente pelo desvio da atenção dos jornais e do público mas porque devem encarar a possibilidade de que não lhes reste finalmente outra opção além de Mangue Seco. Por isso mesmo recomenda o envio a Agreste de um advogado capaz, para estudar a situação das terras onde, caso não tenham mesmo jeito, erguerão as fábricas. Pelo visto, não se sabe a quem pertence o coqueiral, é tempo de tirar a limpo os detalhes desse assunto. Por via das dúvidas.

Doutor Mirko Stefano, familiar da vida baiana, lembra ao doutor Lucena o nome de um professor da faculdade de Direito, não tanto pela cátedra ou pelo título mas pela sagacidade demonstrada em casos igualmente confusos e difíceis, doutor Hélio Colombo. Catedrático, chefe de importante escritório de advocacia, aceitará deslocar-se para Agreste, viagem chata e cansativa? Rosalvo duvida, não vá ele enviar um ajudante qualquer. Mirko esclarece: por dinheiro, doutor Colombo vai até à puta-que-o-pariu quanto mais a Agreste. Colocará um carro à sua disposição e, para dar à viagem certo encanto, uma secretária para acompanhá-lo e tomar notas, ou seja, tomar na bunda. Conversando assim informalmente, os dois diretores da Brastânio permitem-se certa liberdade de linguagem. O Magnífico Doutor chega ao extremo de deixar de lado as citações em várias línguas para referir, a propósito dos acontecimentos de Mangue Seco e da repercussão na imprensa, um provérbio nacional (ou português?), a seu ver de perfeita aplicação: enquanto o pau canta no lombo do vizinho, folgam as nossas costas. Enquanto se ocupam de Mangue Seco, esquecem a existência de Arembepe.

Numa coisa estão de acordo, eles, diretores, e o apavorado chefe da equipe — caso se vejam obrigados a implantar a indústria em Mangue Seco, antes de tudo será necessário limpar a área da imunda ralé que a ocupa, terminando de vez com aquele covil de contrabandistas, coito de bandidos. Uma operação pente-fino da qual não escape nem um único marginal ou subversivo, a começar pelo tal padreco: a igreja está se transformando num viveiro de terroristas, seu Mirko! Rosalvo Lucena encerra o balanço:

— Sem esquecer os meninos. Aprígio me contou que os moleques eram os piores, assanhavam os tubarões. Ademais, estavam nus, cada galalau enorme, com tudo à mostra. Lombrosianos, assim me disse Aprígio.

O Magnífico Doutor sorriu seu bom sorriso, amável e descontraído:

— Não se preocupe, meu caro Rosalvo. Se nos instalarmos em Mangue Seco, meninos e tubarões vão durar pouco, sumirão nos efluentes...

DE COMO ASCÂNIO TRINDADE, PALMILHANDO VERSOS DO POETA BARBOZINHA, EMBARCA NA ESTEIRA FULVA DE UM COMETA, CAPÍTULO DE UM ROMANTISMO MAIS QUE ATROZ — SILENTE E LÍVIDO

A lua veleja do outro lado do mundo ou descansa no fundo do mar: no negrume da noite, os cômoros são brancos vestidos de noiva cravejados de estrelas refletidas do céu de Mangue Seco; assim escrevera Barbozinha num dos *Poemas de Agreste,* recordando o encontro com Tieta. Límpido manto de areia, teu vestido de núpcias, grinalda de estrelas, é desfolhada rosa, noiva dissoluta, abscôndita lua negra — versos antigos, bons de recitativo em festas de outrora. Leonora os lera naqueles dias agoniados quando Ascânio ficara como doido e o sonho ameaçara ruína e término. Para ilustrar o poema de De Matos Barbosa, Calasans Neto fincara uma lua negra no abismo do mar, traçara nas dunas um caminho de estrelas para a bem-amada. Um sol azul, uma lua negra, dias e noites de Leonora.

No rio, ruído do motor de popa do barco de Pirica:

— É ele, Mãezinha, o coração me diz. — Leonora levanta-se, precipita-se para a porta do Curral do Bode Inácio.

Chegara na véspera, com o Comandante e dona Laura, atendendo ao recado de Mãezinha: venha ajudar na arrumação. Apesar de alérgica ao cheiro de tinta fresca, Tieta, de tão apressada, mudara-se com as portas verdes ainda recém-pintadas. Exibe com orgulho cada cômodo: um ovo, o meu barraco, mas uma graça, não é? Sala, dois quartos, banheiro; agasalhante, tem de um tudo, até geladeira movida a querosene. Tieta não fez conta de dinheiro, mandou buscar do bom e do melhor. No domingo, algumas pessoas amigas virão para o almoço e o banho de mar. Os ritos da morte, tão severos em Agreste, não permitem festa de inauguração: apenas uns quantos dias decorreram após o enterro de Zé Esteves, que Deus o tenha em sua guarda. Deus ou o Diabo?

Tieta anda até a porta, abraça Nora pela cintura:

— Aproveita a ocasião, cabrita. Eu vou bater um papo com o Comandante e dona Laura. Se tu está apaixonada de verdade, como tu diz, segura teu bode pelos chifres, arreia as ancas; está chegando o dia da gente ir embora. Toma tento para não subir no mesmo combro que Pedro e Marta, é hora do casal estar lá em cima, dando a deles. Não perdem uma noite.

Abandona Leonora ali, parada, some no escuro em direção à Toca da Sogra onde brilha a luz de acetileno dos lampiões marítimos do Comandante. Apóia no bordão, não o larga desde a morte do Velho. Ricardo partira para Agreste, deixando-a carente. As noites de sábado para domingo pertencem a Deus. Depois da confissão, à tarde, com frei Timóteo, no arraial do Saco, abstinência total, nem um beijo para remédio. Somente na volta, domingo, após a missa. Naquele sábado, porém, ele viajara antes da hora habitual, embarcando pela madrugada na canoa de Jonas. Deve chegar a Agreste a tempo de comparecer à missa comemorativa do aniversário de Peto, leva presentes de Tieta e Leonora, além de se ter comprometido a ajudar padre Mariano, ela não sabe exatamente em que espécie de cerimônia, não é entendida em coisas de religião.

A sociedade estabelecida entre Tieta e a Santa Madre Igreja para gerir o emprego do tempo de Cardo, bem comum, começa a afetá-la. No auge da paixão, desvairada e possessiva, ela o exige a cada instante, sabendo quanto é breve o prazo que lhe resta junto a seu menino. Capricho igual a esse, xodó tão forte, jamais sentiu em toda a vida, rabicho de cabra velha por cabrito ainda cheirando a leite. Ah!, se a Senhora Sant'Ana aceitasse cedê-lo em regímen de dedicação integral, durante aqueles poucos dias, menos de um mês, em troca de uma benfeitoria qualquer na Matriz! Na família Esteves, como se comprova, mercadejar com o Céu torna-se um hábito. Sem possuir os merecimentos de Perpétua, Tieta estaria disposta a pagar caro o direito a essas últimas noites de sábado para domingo, a essas breves horas em que Ricardo cumpre obrigações de levita do Templo.

Afastam-se os passos de Tieta, aproximam-se os de Ascânio. Excitada e trêmula, Leonora aguarda — silente e lívida, tu me aguardavas, escrevera o vate Barbozinha no verso para Tieta, ah!, os poetas sabem do exposto e do oculto! Se Ascânio a aceitar de criada ou amásia, ela jamais partirá de Agreste, Mãezinha retornará sem companhia. Mesmo sendo puta sabe cuidar de uma casa, é fanática por limpeza, cozinha razoavelmente, desde menina lava a própria roupa, lavou e engomou a de Cid Raposeira, remendou-lhe calças e camisas. Rafa precisa descansar, o próprio Ascânio diz que a velha mãe-de-leite está caduca, esquece as coisas, cochila o dia inteiro. O vulto surge entre os coqueiros, na mão um tubo enorme:

— Nora!

— Ascânio, meu amor!

O abraço estreito, o beijo ardente, não mais roçar de lábios tímidos, rola no chão o canudo. Rolam estrelas no céu, as estrelas do vate Barbozinha iluminando o caminho para os cômoros. Leonora oferece o braço a Ascânio, aponta com os olhos a massa alvadia das dunas:

— Vamos?

— O tempo de guardar isso aí. Depois te mostro. — Pega o tubo no chão, entrega a Leonora que o leva para a sala. Beijam-se novamente, antes de sair andando entre as estrelas.

Na marinete, horas antes, Ascânio anunciara triunfante:

— Não vai tardar e essa trilha infame será uma das melhores da Bahia e do Brasil. Duas pistas largas de asfalto, mão única, na prática uma auto-estrada.

Impressionados, os passageiros pedem detalhes, ele os fornece, precisos. A CBEP — a Companhia Baiana de Engenharia e Projetos, a que asfaltou o Caminho da Lama, sabem qual é, não? — está ultimando os estudos para a aprovação final pela Brastânio. Ascânio regressa da Capital trazendo o progresso na pasta negra de couro, moderna e cara, e no comprido e grosso canudo de metal. A pasta, presente do doutor Rosalvo Lucena, depositada com um cartão gentil na portaria do hotel, guarda os materiais enviados pelo Magnífico Doutor, documentação exaustiva. No tubo, o desenho do decorador Rufo, aquele monumento! A voz de Ascânio adquiriu vigor e clareza, sílabas bem pronunciadas, palavras escolhidas e corretas. Todos sentem a modificação ocorrida: o esforçado jovem secretário da Prefeitura, de pequenos empreendimentos e sonhos irrealizáveis, transformou-se, é um executivo realista e dinâmico. Na capital, tratando com homens de grande capacidade e grande coração, amadurecera.

Quem sabe, por não lhe agradar a notícia sobre a próxima pavimentação da estrada, a marinete de Jairo, apelidada por alguns maldizentes de Mula do

Lamaçal, entrou em pane, uma daquelas. Quando por fim chegaram a Agreste, caía o crepúsculo, hora romântica. Na porta da casa de Perpétua o seminarista Ricardo, de batina, relógio de pulso, no dedo anel de jade, risonho, informou estar a prima Leonora em Mangue Seco. Sem sequer dizer até logo, Ascânio partiu à procura de condução.

Andam em silêncio para os cômoros, de mãos dadas, rindo um para o outro. Perscrutando-lhe a face envolta em sombra, Ascânio tenta compará-la com Pat, Nilsa, Bety. Impossível! Não apenas por ser Leonora infinitamente mais bela, sobretudo porém pela imensa distância moral a separá-la daquelas piranhas. Piranhas, assim o jornalista Ismael Julião se referira ao mulherio reunido na beira da piscina; nem parece ser noivo de uma delas. Tipo repugnante, cabe razão ao doutor Lucena.

A face de Leonora reflete pureza, fidalguia, sentimentos nobres. Percebe-se de imediato a família de bons princípios, a educação primorosa. As outras, coitadas, o que podem ser senão... piranhas, para não aplicar a palavra torpe e exata. Em nenhum momento, naqueles dias e noites tão movimentados, Ascânio considerou estar traindo Leonora ao ir para a cama com Pat, Nilsa e Bety. Em Agreste, ao menos duas vezes por semana, comparece à pensão de Zuleika Cinderela para descarregar o corpo numa quenga qualquer. Não se trai a amada, aquela que se escolheu para esposa, deitando-se com mulher-dama. Mulher-dama, piranha ou puta, sinônimos. Amor e cama são coisas diferentes, uma não tem o que ver com a outra, assim como Leonora nada tem em comum com aquelas desvairadas da Bahia, as três suas conhecidas e as demais, entre as quais Astrud. Astrud, sim, igual a Pat, Nilsa e Bety; pior ainda, por hipócrita. Agora, já nenhuma Astrud pode enganá-lo. Ascânio é outro, aprendeu a distinguir.

Sempre de mãos dadas e a sorrir, iniciam a subida do cômoro mais alto, os pés enterram-se na areia. Leonora tropeça numa palma de coqueiro, vacila, tomba, tenta reerguer-se, Ascânio a levanta nos braços, leve corpo alado, sílfide — os poetas acertam sempre, não erram nunca. Nos braços a conduz. Leonora encosta-se em seu peito, rosto contra rosto, as respirações se cruzam e se confundem.

Ao depositá-la de pé, no alto, beijam-se diante do abismo tenebroso e deslumbrante. Ali, em noite de lua cheia, ela roçara os lábios em seu rosto, quando Ascânio contara da traição de Astrud. Na noite sem lua a paisagem é ainda mais densa de mistério, imensa e obscura. Quando se desprendem do beijo, ela recorda, voz de cristal:

— Do lado de lá fica a costa da África. Não me esqueci. Só que a lua que encomendei para hoje não chegou, São Jorge não é meu chapa.

Sentam-se diante do mar em fúria querendo romper e penetrar a terra. Tão grande emoção, pequeno riso, medroso. Feliz, Ascânio emudece; no entanto, pensara as frases, escolhera cada palavra. Leonora pergunta:

— Correu tudo bem?

— Tudo. Muito bem. Depois te conto, tintim por tintim. — Decide-se: — Agora quero te falar de outra coisa, de nós.

Leonora o interrompe, de repente aflita, o olhar na distância do oceano, infinitamente triste, roto o cristal da voz:

— Ascânio, tem uma coisa que eu quero te dizer, tenho de te dizer.

Ele tapa-lhe a boca com a mão, rápido. Tudo menos isso. Sabe o que Leonora deseja contar, não pode permitir que ela própria confesse o acontecido. Não quer ouvir de sua boca a narrativa, seria o pior dos sofrimentos. Se é necessário reabrir e revolver a chaga apenas fechada, deve caber a ele o sacrifício:

— Não diga nada, eu já sei de tudo.

— Sabe? Quem lhe contou?

— Dona Carmosina. Dona Antonieta disse a ela para me pôr a par. Para ver se eu desistia.

— Contou tudo? — Saltam as primeiras lágrimas.

— Tudo. Como o canalha de teu noivo te enganou, abusou de tua inocência. Lembras da viagem que fiz para Rocinha? Foi naquela ocasião. Mas o plano não surtiu efeito. Para mim o que aconteceu não tem importância. Eu te considero tão pura quanto a Virgem Maria.

As lágrimas escorrem pela face de Leonora, pranto silencioso. Ascânio as enxuga com beijos, exige:

— Só te peço uma coisa: nunca mais falaremos sobre isso, nem uma palavra. Está bem?

Afirma que sim com a cabeça. Ia lhe dizer outra coisa, contar a verdade, mas agora, diante do que acaba de ouvir, cadê coragem para falar? Irrompe o soluço. Ascânio o apaga com um beijo.

Um som distante, de onde vem? Do cômoro vizinho, entrevisto na sombra? Mal se enxerga, mas se ouve cada vez mais distintamente doce gemer e pedaços de frases partindo-se no vento: ai, meu Pedro, meu amor... Ascânio perscruta a noite, Leonora esboça um sorriso, usa o pretexto para romper o confuso círculo de enganos:

— É o engenheiro com a mulher. Mãezinha me contou: todas as noites.

— Vale a pena ser casado... — inveja Ascânio.

— Ascânio, aconteça o que acontecer, não pense nunca que eu quis te enganar. Jamais tive outro amor em minha vida. Antes de te conhecer não sabia o que era amar.

Quando ele, grato, se curva para beijá-la, Leonora o aconchega nos braços e, num gesto inesperado, o prende com as pernas, fazendo-o deitar-se sobre seu corpo. Pega teu bode pelos chifres, arreia os quartos, aconselhara Mãezinha. Ascânio ainda tenta desprender-se, teme perder a cabeça e abusar de tanta inocência e confiança, fazendo por amor o que o canalha fizera por ignóbil cálculo. Mas ela o mantém seguro, corpo contra corpo, ele sente os seios, as coxas, o ventre, custa-lhe conter-se. Leonora murmura:

— Me perdoa não ser como pensaste. Vem, sou tua. Ou não me queres? — Escorrem novamente as lágrimas.

— Ai, se te quero!

Intensificam-se os suspiros no cômoro vizinho. A ventania, cúmplice, levanta a barra do vestido de Leonora, ela se abre. Diante da costa da África Ascânio a teve e, no lugar do hímen perdido, tocou a fulva esteira de um cometa. Pela primeira vez na vida Leonora se entregou por puro amor, sem mescla de qualquer outro sentimento, bom ou ruim. Chora e ri. Foi cabrita desmamada, chiva batida pela vida. Naquele fim de mundo, em frente à costa da África, faz-se mulher, completa e feliz como quem mais o seja ou tenha sido. Possui um sol azul e uma lua negra.

Misturam-se os ais de amor, evolando-se dos cômoros. Manto nupcial de branca areia, grinalda de estrelas, noiva dissoluta, rosa desfolhada. Faltam as forças a Leonora. No horizonte nasce o sol azul, no abismo do mar desaparece a lua negra, as lágrimas se apagam, acende-se o riso. Ai, amor, agora, sim, posso morrer.

ONDE O AUTOR SE DESMANDA EM INESPERADA LOUVAÇÃO — HÁ DE TER SUAS RAZÕES PARA FAZÊ-LA, COM CERTEZA

Muito se tem falado acerca de patriotismo e de patriotas neste folhetim. No particular, torna-se indispensável reparar grave injustiça e devo corrigi-la com urgência antes de introduzir os leitores na animada (e única) pensão de mulheres da vida situada em Agreste, cuja direção e propriedade Zuleika Cinderela assegura com delicadeza e eficiência.

Louvou-se com justiça o desprendimento do comandante Dário de Queluz, abandonando gloriosa carreira nos buques de guerra da Armada por amor às belezas, ao clima e à tranqüilidade de Agreste. Cantaram-se loas aos poemas dedicados pelo aplaudido vate Gregório Eustáquio de Matos Barbosa ao torrão natal, em cuja paisagem se inspirou; noticiou-se a importância para a cidade de seu retorno, abalado pela doença, portador de inestimável patrimônio: o sucesso, a fama, a recordação de amizades ilustres, os exemplares dos livros publicados. Traçaram-se amplas considerações em torno do apego de Ascânio Trindade ao município pobre e atrasado que ele deseja rico e progressista; morto o pai, poderia ter retornado à faculdade e, após a formatura, desenvolver-se pelo Sul — não lhe faltam qualidades, reconhecidas inclusive pelos diretores da Brastânio. Foram lembrados nomes do passado, feitos e merecimentos.

Não se falou no entanto na dedicação, no devotamento incondicional a Sant'Ana do Agreste de Zuleika Rosa do Carmo, a Cinderela, à qual tanto devem a cidade e o município. Não somente seu nome deixou de figurar entre os dos patriotas comprovados, como sua presença nas inumeráveis páginas deste folhetim é raridade, quase sempre citação casual. Uma vez, foi vista na igreja, rodeada de raparigas, na noite de Ano-Novo; no bar, os quatro amigos beberam à sua saúde, não o fazendo Astério por ausente e bem casado. Foi tudo. Injustiça das maiores, busco compensá-la.

Não houvesse ela permanecido em Agreste, desprezando ofertas diversas e vantajosas, não uma ou duas, muitas, o que seria da alegria desse perdido burgo? Que restaria aos jovens (e aos menos jovens) além das cabras? Algumas catraias asquerosas mendigando no Beco da Amargura, no Buraco Fundo, nos cantos perdidos.

Citei a pensão de Zuleika na relação dos centros culturais de Agreste. Por tê-lo feito, mereci áspera crítica de Fúlvio D'Alambert, rigoroso na literatura e na moralidade. Mas pergunto: onde tomam contato com a civilização dos grandes centros e se educam os tabaréus vindos das plantações e sítios de Rocinha, aos sábados, para a feira? Onde encontrar, em permanência, perfume e graça, música e baile, namoro e galanteio, tertúlia, canto, recitativo, um tango no rigor dos floreados, além da teoria e prática da sexualidade, ciência tão em voga nos tempos atuais?

Bem mais tristes e solitários seriam os dias e as noites de Agreste, sobretudo as noites, se Zuleika, tentada pela avidez de dinheiro, seduzida pelo fausto, houvesse partido em busca de fortuna e renome nacional, para o que contava com os atributos necessários, físicos e morais. O quotidiano de Agreste não se caracterizaria pela boa convivência, a discórdia não teria esperado pela Brastânio para estabelecer seu reino. Zuleika Cinderela distribui aprazimento e cordialidade entre o povo, sendo inclusive responsável pela harmonia de vários casais — não fossem as raparigas a oficiar na pensão, muitos maridos teriam desertado do lar em busca de plagas mais evoluídas.

Desde cedo, Zuleika recusou convites. De donas de pensão de Esplanada, Mata de São João, Caldas do Cipó, Dias D'Ávila, Feira de Santana, Jequié, Itabuna, Aracaju e Salvador, todas oferecendo boas condições pois ela era uma tentação de garota, um azougue. Apelidaram-na Cinderela por ter chegado da cozinha da fazenda Tapitanga, onde o coronel Artur exercera o direito de pernada antes dela completar quatorze anos. Quando mulher feita, estabelecida com a pensão, não lhe faltaram tampouco lucrativas propostas para transferir a centros mais populosos e adiantados sua capacidade de empresária e administradora: poderia enriquecer.

Igual ao Comandante, a Barbozinha, a Ascânio, revelou-se irredutível patriota. Jamais admitiu a idéia de deixar Agreste, sabendo-se não apenas querida mas indispensável. Não lhe cabia quase sempre a delicada tarefa de iniciar os meninos de boa família? Pais conscienciosos, atentos à educação dos filhos varões, depositavam nas mãos de Zuleika Cinderela o futuro dos herdeiros, colocando-os aos seus cuidados, por vias travessas de parentes e amigos, suplicando-lhe ocupar-se deles, fazendo-os homens íntegros e inteiros. Por bondade e apetite, iniciava também alguns moleques, de graça. Pequena de estatura, grande de alma.

Quando, aos onze anos de idade, levado por um primo, Osnar a procurou, ela cumprira vinte e já conquistara fama de especialista na matéria. Hoje, tendo atravessado com garbo a casa dos cinqüenta, se contasse os cabaços que desfolhou no curso da existência, proclamaria um recorde. Não ostenta mais o viço de mocinha, a turbulência juvenil; fez-se pausada, mas a desenvoltura é a mesma, maior a gentileza e conserva aquele primor de corpo bem feito, a sensualidade irresistível, as marcas da bexiga esvanecendo-se no rosto sempre em festa.

Houvesse justiça no mundo, não estivessem os cidadãos de Agreste amarrados à hipocrisia dos preconceitos, Zuleika e seu modelar estabelecimento teriam sido há muito proclamados de utilidade pública. Mas a vida é um repositório de injustiças — repita-se aqui esta verdade, juntando mais um lugar-comum aos tantos outros que se acumulam nas deslustradas páginas deste folhetim.

DOS ESPONSAIS DE PETO

Nunca o tinham visto assim tão limpo, sério e elegante mas, por estranho que pareça, ninguém tirou pilhéria nem o levou na gozação, a não ser seu Manuel:

— Espera lá, Peto! Vais fazer primeira comunhão? Já passaste da idade. Ou vais casar?

Osnar interrompeu o português:

— Não sabes, Almirante, que hoje é o aniversário do Sargento? Oferece-lhe uma coca-cola, pelo menos.

— Aniversário? Pois toque lá, meus parabéns. E ordene a bebida que quiser.

Realmente, estava irreconhecível o desleixado Peto. O cabelo por uma vez assentado à força de brilhantina; gastara uma latinha inteira, o singular odor supera o cheiro dos cigarros e charutos. Relógio no pulso, pálida lembrança da tia que te estima Antonieta, camisa nova e novidadeira: estampados na fazenda, em vermelho e azul, lêem-se os nomes das capitais e das cidades mais importantes do mundo, com os votos e um beijo da prima Leonora — presentes trazidos pelo irmão, entregues na hora do almoço comemorativo —, sapatos lustrados e calças compridas, as primeiras; finalmente a mãe se convencera. Mesmo ao torcer por tio Astério na partida amistosa contra Seixas, Peto o faz com certa contenção de quem já não é criança irrefletida.

Quando o sino da Matriz toca as nove badaladas fatais e as luzes se apagam, enquanto seu Manuel trata de acender os lampiões, Osnar faz um sinal e Peto sai discretamente, vai esperar na Praça. Se alguém reparou, fez que não viu, a conversa prossegue animada; caso tio Astério o procure, Aminthas dirá que ele já foi para casa.

Alcançando-o na Praça, Osnar busca encorajá-lo:

— Não tenha medo, Sargento.

— Quem falou em medo? Estou na minha.

No escuro, Osnar sorri. Todos repetem o mesmo, ele também garantira estar tranqüilo quando acompanhara o primo Epaminondas, que Deus haja. Dentro do peito, o coração em descompasso.

Antes de penetrar no sendeiro, avistam o pessoal saindo do Cine Tupy, único lugar iluminado da cidade além das nove e por pouco mais: possui motor próprio.

— Hoje o padre foi ao cinema — diz Osnar, enxergando uma batina.

— É o padre não. É Ricardo. Foi com mamãe. O filme trata de negócio de religião. Deve ser ruim pra burro.

Para não despregar de Osnar, Peto faltara a uma sessão de cinema pela primeira vez em três anos. A confiar nos elogios feitos durante o almoço pelo padre Mariano, um careta, a película deve ser de amargar; filme, ao ver de Peto, se não tem tiro e sacanagem, não presta. De qualquer maneira vai assisti-lo amanhã, na matinê.

Marcham em direção oposta à entrada da cidade, encaminhando-se para as bandas da Jaqueira, onde, entre árvores em centro de terreno, discreta, localiza-se a pensão de Zuleika Cinderela.

Na rotina da pensão, sábado é um dia especial, o de maior movimento. Pela tarde, até o começo da noite, freqüentam-na os feirantes. Entram na sala, sentam-se para esperar ou escolher mulher, pedem uma cerveja ou um conhaque, contam e recontam o dinheiro, por vezes níqueis amarrados na ponta de um lenço. Alguns são fregueses certos dessa ou daquela, outros preferem variar. A clientela rural dura até às sete, nunca vai além das sete e meia. A partir das nove, nove e meia, após o cinema, começam a chegar os moços da cidade. Sábado é dia festivo, noite de dormir tarde, de vitrola e dança, de farto consumo de bebida. Entre as sete e meia e as nove e meia há um tempo quase morto; as raparigas jantam, descansam, algumas vão ao cinema.

A sala está praticamente vazia quando Osnar e Peto aparecem na porta. Numa das mesas, duas mulheres conversam; noutra, Leléu cochicha com uma falsa loira por quem anda de rabicho. Uma jovenzinha vai saindo, cruza com eles na entrada:

— Boa noite, seu Osnar. Tu é Peto, não é? Já ouvi falar.

— Onde vai, Maria Imaculada? — A pergunta inclui surpresa e reprovação.

— Vou ali, já volto, seu Osnar. Conte comigo.

Na sala, Osnar dirige-se a Neco Suruba, garçom imemorial, entrou no emprego molecote, está de cabelos brancos.

— Cadê Zu?

Uma das mulheres adianta a resposta:

— Dona Zuleika está tomando banho, não vai tardar.

Tanto ela quanto a colega sorriem para Peto e o examinam. O cheiro de brilhantina faz-se sentir, familiar; os feirantes usam da mesma marca, vendida em latinhas pequenas. Barata e forte.

— Recebeu a encomenda? — Osnar volta a dirigir-se a Neco.

— Está na geladeira. — Além do bar, somente a residência de Modesto Pires e a pensão de mulheres-da-vida possuem geladeiras (a querosene) na cidade.

Apenas sentam-se na mesa onde estão as duas mulheres, Zuleika Cinderela entra na sala e com ela um aroma bom de sabonete e água-de-colônia a sua-vizar o cheiro poderoso da brilhantina. Os sapatos de salto alto aumentam-lhe a estatura, cabelos escorridos de índia, corpo bem torneado, convidativo; anel e pulseira de fantasia, um vestido azul-hortênsia, solto e decotado, com bolsos brancos; toda ela é limpeza e dengo. Vem direto para Peto, seu sorriso é um dom do céu que ela distribui:

— Boa-noite, Peto, seja bem-vindo. Quer tomar alguma coisa? Meus para-béns pelo aniversário. Tenho um presente guardado para você. — Pisca o olho.

Como Peto recusa a oferta de bebida, ela lhe estende a mão e o convida com um leve gesto de cabeça. Osnar e as duas mulheres seguem a cena, a loi-ra de Leléu voltou-se para ver. Peto levanta-se, sente a curiosidade a rodeá-lo. Osnar pede cerveja.

Fechada a porta do quarto, Zuleika toma do lampião pendurado na pare-de, coloca-o sobre a mesinha de cabeceira, junto à cama, assim ela pode enxer-gar melhor. Peto está de pé, os olhos baixos. São os dois da mesma altura, ou quase.

— Tu é bonito como o quê! Já te vi na rua, muitas vezes. Sempre pensava: quando é que ele vem me ver? — Doce e terna: — Pedi a Osnar: traga ele aqui para festejar o aniversário.

Desabotoa a camisa nova do menino:

— Quanto nome de cidade. Paris, Roma. O Papa vive aqui. Ganhou de presente?

Peto confirma com a cabeça, quase diz: de minha prima, mas se contém a tempo. Zuleika enfia a mão por baixo da camisa aberta, acaricia o peito e as costelas magras, aproxima-se mais e beija Peto atrás da orelha antes de lhe tomar a boca. Quando o solta, Peto arranca os sapatos, Cinderela retira-lhe a camisa, ajuda-o a arriar as calças compridas. Peto as segura para que não caiam no chão de tijolos e se sujem: calças compridas, as primeiras. Sacudindo os pés, Zuleika livra-se dos sapatos, encosta-se em Peto, desce a mão pelo corpo do menino, abre-lhe a cueca, toca-lhe os bagos, brinca com eles:

— Rola mais linda. — Na mão a toma e afaga, devagar, oferecendo ao mes-mo tempo a boca para o beijo.

Afasta-se, volta-se de costas:

— Puxe o zíper de meu vestido, amorzinho.

531

O zíper descendo, o corpo nu surgindo diante dos olhos de Peto. Com um movimento de ombros, Zuleika se desprende do vestido, o menino pode vê-la toda, como é bonita!

— Tu me acha bonita?

— Demais.

— Está com vontade?

— Nem pergunte.

— Vem.

Sobe para a cama, faz lugar para Peto. Estão deitados de lado, olhando-se. Ele estende a mão, meio sem jeito, toca-lhe o seio. Menor que o da tia, maior que o de Leonora, diferente dos dois, redondo, parece uma broa saída do forno. Zuleika suspira ao toque: cada gesto tímido, cada avanço, é um prazer divino.

— Me diga: é mesmo a primeira vez?

— Com mulher, é, sim.

— Andou botando em algum menino?

— Só na cabra.

— Em Negra Flor, não foi?

— Foi nela, sim.

Bicha safada, ordinária. Peto é o terceiro, entre recentes, a lhe contar da cabra. Mais uma vez Negra a precedera.

— Com mulher é diferente, tu vai ver.

Muda de posição, agora de barriga para cima, abre as pernas, os olhos de Peto pousam-se na senda de pêlos negros. A mão de Zuleika Cinderela vai buscá-lo.

— Vem, meu macho, traz essa rola gostosa para comer sua mulherzinha.

Beija-o ternamente, acaricia-o de manso, faz com que ele a monte, suspende o ventre para facilitar o abraço, mete a língua dentro da orelha de Peto e murmura:

— Que gostoso! Sou capaz de me enrabixar contigo.

Cruza as pernas sobre as costas do menino:

— Mete, enfia tudo.

Mantendo-o preso entre as coxas, beija-o no rosto e na boca, remexe as ancas, oferece-lhe o seio; xoxota de chupeta, especial para rola em crescimento, morde e afaga. Precisa conseguir que ele aprenda e goste, sinta quanto é bom, se faça macho inteiro e íntegro, para isso o confiaram a ela. Ao mesmo tempo Zuleika, a velha Cinderela, se embriaga de prazer, saboreia e degusta o cabaço do menino. Não pode haver na vida ou na eternidade prazer que a esse se compare.

— Goze comigo que estou gozando.

A vitória obtida cada vez, o debutante acabando junto com ela, no mesmo instante, no mesmo grito, renascendo na mesma hora da morte.

Quando Peto, orgulhoso e feliz, sai do quarto e entra na sala, estrugem aplausos, frenéticos. Casa cheia, ocupadas todas as mesas, presente a malta do bar, seu Barbozinha, o árabe Chalita com uma meninota sobre os joelhos, o moleque Sabino, sócio na Negra Flor, a quem Zuleika, uma semana atrás, descabaçara por prazer, sem que ninguém pagasse. Por Peto, quem paga é Osnar, regiamente. Entre os demais reuniram dinheiro para a festa.

As mulheres vêm uma a uma e o beijam na boca. A falsa loira o chama de pitéu, outra de doce-de-coco, a novinha, que saíra e voltara, o trata de cunhado, cada qual mais louca e linda. Peto senta-se ao lado de Aminthas, recende a brilhantina e a fêmea.

Osnar labuta com a rolha da garrafa de champanha — champanha nacional, é evidente, pois estamos na pensão de Zuleika Cinderela, em Agreste, e não no Refúgio dos Lordes, de Madame Antoinette, em São Paulo. O poeta De Matos Barbosa estufa o peito, pigarreia para limpar a voz, retira do bolso uma folha de papel e, em meio ao silêncio mais absoluto e respeitoso, declama o *Soneto do Himeneu*, composto para a ocasião, uma beleza! Neco Suruba traz o bolo de aniversário e casamento.

Zuleika Cinderela, ainda encharcada de prazer, exige uma cópia do soneto, manda que coloquem um tango na vitrola e volteando no vestido azul sai a dançar com Barbozinha, rostos colados, as coxas entrelaçando-se naqueles passos floreados e difíceis. Peto, apaixonado, acompanha os volteios da dança, morto de ciúmes.

DE COMO O SEMINARISTA RICARDO, PONDO À PROVA (INTENSAMENTE) SUA VOCAÇÃO, COMETE UMA IMPRUDÊNCIA

Ao retirar a alva e a estola, no domingo, após a missa, padre Mariano observa Ricardo movimentando-se na sacristia, transmitindo ordens a Vavá Muriçoca, opinando sobre o inventário encomendado pela Arquidiocese:

— Você hoje não comungou, Ricardo. Por quê?

— Ontem à noite eu pequei, padre, e não tive tempo de me confessar. Discuti com seu Modesto Pires, fiquei com raiva, desfeiteei ele...

— Desfeiteou seu Modesto Pires? Você? — boquiaberto, o reverendo balança a cabeça, incrédulo.

O seu protegido transformou-se durante as férias em Mangue Seco. Ao chegar dos exames, ainda era um meninão, de físico avantajado, risonho e afável, preocupado apenas com a pesca e a bola de futebol, quando não estava em casa fazendo banca ou na Matriz, ajudando. De repente, virara um rapagão, sempre risonho, afável, porém com outros modos e outro ar, interessando-se por assuntos sérios, vibrando indignado contra a instalação da fábrica de dióxido de titânio, atrevendo-se a discutir com Modesto Pires e a criticá-lo. Que bicho o teria mordido?

— Disse o que pensava dessa fábrica e dos que são a favor dela. Cometi o pecado da ira, padre.

Ao responder, comete o pecado da mentira. Trocara realmente umas palavras com Modesto Pires mas sem chegar ao insulto. Ao desrespeito, certamente: menos pela agressiva conversa na rua do que pela discreta atividade no cinema; ao lembrar-se, sente um arrepio de prazer. Aconteceram pecados, sim, a impedir a comunhão, porém à tarde e à noite, os da carne; na torre da igreja, no escuro do cinema, nas ribanceiras do rio. O padre sente a transformação ocorrida mas não sabe quanto mudou o compasso da vida de seu pupilo. Envolvido num turbilhão de acontecimentos, Ricardo põe à prova sua vocação, atravessa um caminho de luz e trevas. Ah!, padre, não queira saber que bicho o mordeu!

— Tem se confessado com frei Timóteo? Ele continua seu diretor espiritual?

— Sim, padre. Está passando o verão no arraial.

— E como vai esse santo varão? Sempre delicado de saúde?

— Diz que na praia tem melhorado.

— Deus o conserve. É um luminar da igreja.

Padre Mariano repete o que ouve dizer em Aracaju e em Salvador. Todos louvam as virtudes e o saber do frade, mesmo quando discordam de suas teses. Ricardo aprova o elogio com entusiasmo, por sabê-lo merecido. Frei Timóteo lhe revelou a existência de realidades e problemas sobre os quais padre Mariano nunca lhe falara, certamente por jamais ter refletido sobre eles. Deu-lhe nova compreensão dos deveres do sacerdócio, cujos limites não se restringem às obrigações do culto, cumpridas com rigor pelo pároco de Agreste. Aproximara-o de Deus.

No seminário Ricardo concebera um Deus terrível e abstrato, desligado da vida e dos homens, a quem se é obrigado a servir para não sofrer as penas do inferno durante a eternidade. O Deus de frei Timóteo participa da vida, compreende os problemas dos homens, ente familiar e concreto, amorável. As palavras das orações, repetidas no seminário, soavam ocas; agora, ele aprendeu sua significação real, com o franciscano. Amantíssimo coração, por exemplo: Deus é amor e paz, disse-lhe o velho monge. Quando Ricardo se julgara indigno de continuar aspirando ao sacerdócio por haver pecado, o frade aconselhara:

— Você ainda tem tempo de sobra para provar sua vocação, antes de se decidir. Se o mundo se impuser, escolha outro ofício, sirva a Deus como um simples cristão, nem por não usar batina e não dizer missa, será menor seu merecimento. Caso sua vocação permaneça viva e você a sinta como uma exigência interior, então prossiga de batina, cumpra seu destino e a lei de Deus. Mas nunca tenha medo, não fuja, não se esconda nem se negue. Amantíssimo é o coração de Deus.

Ricardo falara a frei Timóteo do engenheiro Pedro, materialista e ateu, a dissertar sobre as injustiças sociais, os crimes da burguesia e do capitalismo, a necessidade de transformar a sociedade.

— Também ele serve a Deus, pois deseja a justiça e felicidade dos homens. — Sorrira o velho. — Mesmo os que dizem não crer em Deus, podem servi-Lo, desde que amem os homens e trabalhem por eles. Por que não traz o seu amigo aqui? Gostarei de conhecê-lo.

No arraial do Saco, Ricardo vive horas exaltadas acompanhando as conversas do engenheiro com o frade. Pedro, impetuoso, sincero e entusiasta, nega a existência de Deus e da alma, em inflamado discurso. O franciscano viera do tumulto e da ânsia do mundo para a meditação na cela do convento, disserta com voz mansa e usa imagens poéticas. Todavia, Ricardo descobre parecença e parentesco entre os dois, pontos de convergência, um objetivo comum: a preocupação com o ser humano. Busca passagem por entre contradições e coincidências, dispõe-se a sujeitar sua vocação às necessárias provas, a não se negar às discussões e aos atos. No momento certo, decidirá. Não antes, porém, de elucidar todas as dúvidas.

Na lancha, na noite dos tubarões e do medo, ao lado de Jonas, sentira quanto custa comandar, sobretudo se o preço do dever é a crueldade e a violência. Jonas é um homem bom e jovial, no entanto, naquela hora extrema, a face do pescador fizera-se sombria e implacável. Por onde passam os caminhos que conduzem à alegria e à justiça? Vendo os homens e as mulheres em pânico, os tubarões à flor da água, vendo a tia, Jonas, Daniel, Isaías, Budião, pessoas de bondade comprovada, empunharem a morte para defender a vida, Ricardo sacudiu os últimos freios, tomou a rédea nos dentes, decidido a galopar por conta própria, livre de peias.

Acumula no peito, em pressa e confusão, palavras, idéias, acontecimentos. Tudo começou com a chegada da tia, há um mês e meio, se muito. No ponto da marinete, Ricardo aguardara o desembarque de uma anciã, mais que tia, avó, viúva em pranto e luto. Rezara por sua saúde, os joelhos sobre os grãos de milho, pagando promessa. Da marinete descera uma deusa. Ao mesmo tempo, imagem de santa e cabra de ubre farto, no dizer de Osnar, o boca-suja. Santa e cabra, como pode ser? Assim é.

Muita coisa sucedera desde então. Da primeira noite nos cômoros com Tieta, subindo aos céus, baixando aos infernos, até aquela tarde de tempestade em meio às vagas e aos tubarões, ameaçando os apavorados funcionários da Brastânio, quando cumpriu duro dever de cidadão, obrigação tremenda. No Te Deum, abrindo as portas do Ano-Novo, sob o peso dos olhares das mulheres, enxergara Maria Imaculada. Um vínculo se rompera, formara-se outro anel, início de uma cadeia. Muita coisa em pouco tempo, a exaltação da vida, o horror da morte.

Outras experiências são mais fáceis, ai, são deleitosas! A senda da prova passa entre mulheres. A tia acendeu uma fogueira em seu peito, o incêndio se alastra, como apagá-lo? Não basta Tieta, não basta Maria Imaculada, pois a brasa queima e se inflama apenas Ricardo percebe um olhar molhado de desejo, a insinuação de um sorriso. Não sabe negar-se, não pensa negar-se. Por que fugir depois do que lhe foi dado ver e fazer?

Viera de Mangue Seco pela manhã devido ao aniversário de Peto mas na intenção da noite livre, inteira para Maria Imaculada. Perpétua reduzira as comemorações a um almoço, para o qual convidara apenas padre Mariano, além de Elisa, Astério e mãe Tonha. Ao padre, queixara-se da ausência de Tieta e Leonora mas o fizera da boca para fora. Estivessem elas em Agreste, Perpétua seria obrigada a reunir em casa um mundo de gente, a começar pela antipática da Carmosina; um despesão. Assim, tudo correra pelo melhor. Tieta e Leonora não compareceram mas enviaram os presentes por intermédio de Ricardo. A tia rica dera novamente prova de generosidade e afeto para com os sobrinhos: o relógio ofertado a Peto mereceu encômios e considerações do pároco:

— Um presente régio, dona Perpétua. Dona Antonieta é mão-aberta e adora os sobrinhos. Seus filhos estão com o futuro garantido. Não duvido que venham a ser — baixou a voz pois Elisa e Astério estavam chegando — herdeiros privilegiados.

Iluminaram-se os olhos de Perpétua, Deus o ouça, padre, e abençoe suas palavras. Espera a volta da irmã para uma conversa séria sobre o futuro dos meninos. Tieta não possui herdeiros diretos e, entre sobrinhos e enteados, tem a obrigação de preferir aqueles em cujas veias corre sangue igual ao seu, sangue dos Esteves. O perigo é a sirigaita da Leonora, Mãezinha para cá, Mãezinha para lá, mais que enteada, quase filha. Não obstante, Perpétua confia no adjutório do Senhor, pagador correto. Tinham estabelecido um trato, está chegando a hora do Senhor cumprir a sua parte.

Terminado o almoço, após dois dedos de prosa, o padre se retira, Ricardo o acompanha. Não mentira quando falara a Tieta em compromisso com o reverendo. Prometera ajudá-lo no inventário dos bens da paróquia, exigido pela Arquidiocese. O Cardeal anda preocupado com sucessivos roubos nas igrejas, desvios de valiosas peças de imaginária, de ricos objetos do culto; em certos casos, com a cumplicidade de padres e sacristãos, segundo murmurações e denúncias. Padre Mariano enrubesce ao recordar a carcomida madeira, a carunchosa imagem de Sant'Ana, vendida não, trocada, por um punhado de cruzeiros, com o excomungado pintor, fariseu a fingir-se devoto. Nem por ter empregado toda a quantia na Matriz, tostão por tostão, sente-se limpo de culpa.

Na sacristia, padre Mariano que, indiferente ao calor, comeu e bebeu (vinho do Rio Grande do Sul) como um padre-mestre digno desse nome, aponta as gavetas das cômodas e diz a Ricardo:

— As alfaias estão aí, as velharias na torre. Nossas estimadas e piedosas zeladoras irão retirando e separando as peças, você as anotará nessa folha de papel. Dos outros objetos, já estabeleci a lista. Eu vou terminar a leitura do breviário, em casa, volto daqui a pouco.

Ricardo conhece essas leituras do breviário, na espreguiçadeira: duram cinco minutos. A sesta, porém, pode se prolongar até a hora do ângelus. Quanto a Vavá Muriçoca, domingo à tarde, ninguém conta com ele antes da bênção, e olhe lá. Das zeladoras estão presentes três, movimentando-se junto às gavetas: dona Milita, dona Eulina e a sobrinha desta última, Cinira, um pé no barricão, o outro no ar, pronto a se erguer para facilitar. Facilitar, o quê? Ora o quê!

Enquanto as duas velhotas retiram as peças e as separam, Cinira, vendo Ricardo à espera, pergunta-lhe, o olhar dolente, se não quer começar por fazer a relação das velharias, acumuladas na torre. Ela pode ajudá-lo. As velharias, segundo a circular da Arquidiocese são os bens mais preciosos, merecem cuidado, atenção e prioridade. Ótima idéia, dona Cinira.

— Cinira, só. Não sou nenhuma velha para você me tratar de dona.

— Pois vamos, Cinira.

Foram. Ela na frente, ele atrás com papel e lápis. Altos degraus de pedra conduzem à torre. Ricardo admira as coxas fortes de Cinira, revestidas de excitante penugem azulada; retarda cada passo para observar melhor. No depósito, exíguo reduto, mal podem se mover. Curva-se Cinira para recolher uma peça — velhos castiçais, imagens partidas, obulário em desuso —, roça em Ricardo. Tocam-se, queiram ou não. A cada movimento encontram-se encostados um no outro e de repente — como aconteceu? — viram-se abraçados, as bocas grudadas. Cinira suspira, amolece, Ricardo a sustém. Foi ela quem encaminhou a mão do seminarista para as partes; suspende o pé e o pousa sobre o obulário, formando com a perna um ângulo propício. No hábito do armazém de Plínio Xavier, somente quando geme e prende o grito, enfia o braço sob a batina para pedir a bênção ao padre-mestre.

Separam-se em silêncio, terminam de estabelecer a pequena lista de objetos em desuso. Na escada, ela ainda avança a boca para um beijo de despedida. Assim começou a maratona.

Tendo tempo livre antes do encontro com Maria Imaculada, Ricardo acompanha a Mãe ao cinema. Um acontecimento, a ida de Perpétua ao cinema sucede de raro em raro, quando o filme é recomendado pelo Santo Ofício, como esse, história de uma freira norte-americana, recentemente canonizada. Durante o almoço, padre Mariano enfatizara:

— Não percam. Não deixe de ir, dona Perpétua. É um espetáculo digno, uma lição de virtude. Assisti em Salvador, em companhia do Cônego Barbosa, da Conceição da Praia.

Quando entram, a sala está lotada. Apenas duas cadeiras vagas. Uma ao lado direito de Modesto Pires, habitualmente reservada, na sessão dos sábados, para dona Aída. A outra, duas filas atrás, ao lado esquerdo de Carol — à sua direita senta-se a empregada, cão de guarda — permanece quase sempre desocupada. Nenhuma mulher digna de respeito a ocupará jamais; os homens bem gostariam de fazê-lo mas cadê coragem para enfrentar o desagrado do ricalhaço e o falatório do povo?

Acomoda-se Perpétua na vizinhança do dono do curtume que a acolhe com cortesia, levantando-se para lhe dar passagem. Senta-se Ricardo junto de Carol cujo olhar se mantém distante e indiferente. Modesto Pires observa com o rabo do olho: um seminarista não chega a ser um homem, não há perigo. Muito pior é quando aparece algum forasteiro e, vendo a cadeira dando sopa na vizinhança da gloriosa mulata, logo a ocupa. Com as piores intenções.

Apagam-se as luzes, a sessão começa com a projeção de um cinejornal atrasado de meses. Ricardo sente a ponta de um sapato tocar-lhe o pé. O toque se repete, se afirma, encostam-se os sapatos. Depois as pernas. Macia compressão, calor suave; tudo a medo, em movimentos mínimos, uma gostosura. Os olhos na tela, Carol movimenta-se na cadeira, imperceptivelmente: juntam-se os joelhos. Termina a projeção das *Atualidades da Semana*, acendem-se as luzes, Modesto Pires espicha o olho, Carol está encolhida na cadeira, ao lado da acompanhante, afastada ao máximo do rapazola de batina. Inicia-se o filme e tudo recomeça, pouco a pouco, devagar, pé, perna, joelho. Em certo momento, pela metade do filme, Carol deixa cair o leque, abaixa-se e, ao recolhê-lo, tímida e atrevida, desliza a mão sob a batina, acaricia a perna de Ricardo que se arrepia todo. Prazer sem nome, desejo sem tamanho, emocionante novidade, um quase nada, delicadeza e contenção, toques sutis, temerosos, suavíssimos. Com Cinira fora violento, quase feroz.

Apenas o filme termina, Carol parte, seguida pela empregada, sem olhar para ninguém, enquanto Modesto Pires acompanha Perpétua e Ricardo durante um quarteirão. Queixa-se de estar sozinho em Agreste, longe da família, cuidando do assunto do coqueiral que se arrasta, se eterniza. Ainda não chegaram a um acordo, devido às artimanhas do tal advogado de Josafá, uma raposa, e a maluquice desse imbecil de Fidélio que cedeu seus direitos logo a quem? Ao Comandante:

— Um absurdo, dona Perpétua: existem pessoas que são contra a instalação em nosso município de uma grande indústria que só nos trará riqueza. O Comandante é um deles, nem parece homem viajado.

Perpétua eleva os olhos para o céu, em mudo apoio à revolta do ilustre cidadão mas Ricardo, imprudente, envolve-se na conversa:

— Riqueza? Vai trazer poluição, isso sim. Miséria.

Modesto Pires, ante tanto atrevimento, fecha a cara, engrossa a voz:

— Não se meta no que não é de sua competência, jovem.

Devido ao engenheiro e a Carol, motivos diversos mas ambos poderosos, Ricardo não tolera o dono do curtume:

— Se vierem poluir Mangue Seco, a gente toca eles de lá a pontapés. — Não conta que já o fizeram nem como; prometera guardar segredo.

— Oh! — Modesto Pires só falta cair de quatro.

Perpétua estranha o filho:

— Ricardo, que é isso? Respeite seu Modesto.

— A tia...

— Cale-se!

— Essa mocidade, dona Perpétua, anda de cabeça virada. Até os seminaristas, nunca pensei... — Modesto Pires vai curar os melindres ofendidos na cama de Carol.

Perpétua começa a passar um sabão em Ricardo mas ele lhe explica, rindo-se por dentro, que nada fez senão repetir palavras da Tia Antonieta, ainda mais revoltada contra a tal fábrica do que o próprio Comandante. Colocada entre duas riquezas, Perpétua resolve manter-se neutra mas recomenda ao filho não discutir com pessoas merecedoras de respeito e acatamento devido à idade e à posição social. Por falar na tia: Tieta não demonstrou em nenhum momento intenção de levá-lo para São Paulo? A tia? Já falou nisso, sim. Ricardo não esclarece quando ela o fez. Na cama, nua, desfalecendo em seus braços, a voz exangue: sou capaz de praticar um loucura e te levar comigo para São Paulo, meu cabrito!

Apenas Perpétua apaga a luz da placa, Ricardo abre a janela da alcova, pula para a rua. Junto à mangueira, Maria Imaculada espera:

— Tu demorou, bem. Pensei que não vinha mais. Logo hoje que estou com pressa.

— Com pressa?

Compromisso na pensão, obrigatório: dona Zuleika exige a presença de todas as raparigas numa festa que dá naquele dia, já deve ter começado. Ri, gaiata:

— Uma festa de família, bem. Quem mais devia estar lá era tu se não fosse usar batina. Não posso demorar: tem jeito não, bem.

Ricardo viera de Mangue Seco na intenção de passar a noite inteira com Maria Imaculada. Uma noite completamente livre, sem necessidade de voltar correndo para junto de Tieta. Concebera um plano audaz: fazê-la saltar a janela da alcova, possuí-la sem pressa na mesma cama larga, sobre o fofo colchão de barriguda onde se deleita com a tia quando estão em Agreste. Descobrindo na extrema juventude do corpo, na ousadia do comportamento da pequena rapariga, traquinas, meiga e atrevida, aquela outra Tieta, pastora adolescente a correr cabras e homens nos outeiros e barrancos; ainda hoje recordada no burgo apesar do respeito devido à paulista rica, viúva de comendador do Papa, com prestígio e dinheiro a rodo. Petulante e ávida pastora a desafiar os preconceitos, a viver sua vida sem peias, sem rédeas, sem medo. Um dia, surrada e expulsa.

Passara a semana sonhando com o corpo da menina, revendo nas exuberâncias atuais de Tieta as formas apenas nascentes de Maria Imaculada. Na intenção de regalar-se com ela até o raiar do dia, chegara de Mangue Seco e a encontra ocupada, tendo de voltar para a festa. Maldita festa!

Debaixo dos chorões, foi o tempo de se estender sobre Imaculada, sentir os seios recentes, as ancas redondas, a curva do ventre. Com o coração pesado, sem alegria, com raiva da festa, dos fregueses da pensão, com ciúmes daquele que a levará para a cama. Na noite do sábado de comemorações, os dois filhos de Perpétua, os dois sobrinhos de Tieta, conheceram o travo do ciúme, sentiram vontade de morder os punhos, de rebentar caras de homens e esbofetear mulheres, vontade de chorar.

Com sofreguidão e raiva, retendo lágrimas, assim a teve.

— Tu hoje está demais, bem. Vai me matar de gozo.

Compõe a saia, foge a rir, propõe:

— Amanhã posso ficar a noite todinha, se tu quiser. Hoje mais não, bem.

Ricardo perde a cabeça, marca encontro para o dia seguinte, à mesma hora, ao apagar das luzes, sob a mangueira. Maluquice, pois prometera à tia regressar a Mangue Seco logo após a missa de domingo. Tieta o espera, indócil, dona atual de cada minuto e de cada gesto seu. Sobram-lhe apenas as obrigações de seminarista, os compromissos com a igreja. Por sorte, o inventário ainda não está concluído. Falta muito pouco mas serve como desculpa.

Por dona Carmosina manda um bilhete. Não pode abandonar padre Mariano naquela emergência, sozinho com a trabalheira enorme do inventário, tarefa da maior urgência, o Cardeal marcara prazo. Mas, na segunda-feira, sem falta, logo cedinho embarcará de volta. Assinou: seu sobrinho que a adora e tem saudades, Cardo.

O PICANTE DIÁLOGO NO BARCO DE PIRICA
ENTRE A CARENTE E A MAIS CARENTE AINDA

No ancoradouro, apenas dona Carmosina e Elisa tomam assento no barco de Pirica. Ricardo, coitado, preso aos deveres de seminarista, ficara a ajudar padre Mariano no inventário. Os demais convidados irão mais tarde, com Astério, na lancha de Elieser: Barbozinha, Osnar, Aminthas, Seixas e Fidélio, o benemérito Fidélio. Que gesto digno teve esse rapaz, Elisa! Também dona Milu, às voltas com um parto, será da curriola se a criança nascer a tempo. Astério saiu de madrugada para a Vista Alegre, domingo é dia de contas, ele passa a manhã na roça. Os demais, ah!, os demais, minha filha, dormem, cansados da noite de farra. Farra monumental, nem queira saber o motivo.

— Ah! Me conta, Carmô!

Ninguém pode com Carmô! São apenas nove horas da manhã ela já tem pleno conhecimento do que aconteceu na véspera à noite, das bandalheiras ocorridas na madrugada, dos maus passos dos boêmios. Enquanto o barco parte e Pirica se entrega ao controle do motor e do leme, dona Carmosina descreve para Elisa detalhes picarescos da festa da iniciação de Peto na pensão de Zuleika Cinderela.

— Peto? Mas se ontem ele completou treze anos, uma criança... — Elisa não crê em seus ouvidos.

— Exatamente. Aos treze anos, o cidadão brasileiro alcança a maioridade sexual, segundo Osnar. — Dona Carmosina ri, com gosto; esse Osnar, ai, é o único mas, que pena!, não adianta suspirar por ele. — Aminthas passou lá em casa para avisar que virão na lancha, a tempo para o almoço. Estava chegando da festa, imagine você, por volta das seis e meia. Me contou tudinho. Zuleika é especialista, foi ela quem papou toda a rapaziada de Agreste. — Pronuncia a palavra papou com inveja e gula.

Elisa anda triste, sorumbática, dona Carmosina esforça-se para fazê-la sorrir, tentando interessá-la na vida da cidade. O assunto picante consegue despertar a atenção da bela e melancólica esposa de Astério que aproveita para satisfazer antiga curiosidade.

— Astério também?

— Todos, ao que parece.

— Astério não é homem dessas coisas. Às vezes conta casos dos outros que ouve no bilhar. Não passa disso. Garanto que nunca foi de freqüentar a pensão...

— Astério? Então, tu não sabe? — dona Carmosina pergunta e ela mesma responde: — Como tu há de saber se eu nunca te contei e nenhuma outra ia te contar? Teu marido foi de morte, minha filha, um farrista famoso.

543

— Farrista famoso, Astério? Tenha paciência, Carmô, não acredito.

— Não? Pois trate de acreditar. Famoso na pensão e fora dela, minha filha. E ainda por cima tinha seus particulares. Sabe como era o apelido dele no tempo de solteiro? De teu maridinho?

— Qual? Me diga. — Na face e na voz de Elisa transparece uma nota de vivacidade a romper por fim a indiferença e a amargura.

— Não vá se zangar, hein! Astério era conhecido pelo nome de Consolo do Fiofó das Vitalinas. Sugestivo, não é?

— Como é? — entre pasmada e sorridente. — Consolo? Por quê? Vamos Carmô, me explique.

Suspicaz, dona Carmosina perscruta, com os olhos miúdos, a face da amiga e protegida. Será que Elisa realmente não está a par do apelido, das inclinações e proezas de Astério ou se faz de inocente?

— Não me diga que não sabe das preferências sexuais de teu marido. Afinal tu está casada com ele há mais de dez anos.

— Preferências? Juro que não sei do que você está falando. Se tu se refere a coisas que dizem que alguns homens e mulheres fazem, posso garantir que comigo nunca teve disso. Quando acontece, é sempre igual, no jeito de fazer menino. Até tem um nome...

— Papai e mamãe, é a posição clássica. Osnar diz que é a dos bobocas. Esse Osnar... — Gosta de repetir o nome, rima predileta de seus versos.

Na voz de Elisa reponta uma queixa, uma carência:

— Ainda assim, quando lhe dá vontade.

— Pois se não sabe, fique sabendo, minha filha, que teu marido era famoso por... — apesar de estarem sozinhas, Pirica atento ao leme, aproxima a boca do ouvido de Elisa para lhe comunicar as comentadas predileções de Astério.

— Na bunda? Meu Deus! Nunca soube disso... — Volta-lhe a vivacidade no impacto da estupefaciente revelação, súbita descoberta de navegador perdido ao avistar terra longínqua e ignota. — Nunca me passou pela cabeça. Nem acredito.

Na cama, nas noites de fornicação, na hora final, a mão do marido roça-lhe as ancas, a medo; somente agora Elisa empresta significação e valor ao hesitante gesto. Dona Carmosina sente vontade de lhe revelar que, por ocasião do noivado e do casamento, a cidade unânime atribuíra à forma suntuosa e exuberante dos quadris de Elisa a desvairada paixão de Astério. Mas conteve-se pois seu objetivo é animar a amiga, fazê-la reviver, superando a decepção sofrida, e não lhe fornecer novos motivos de desgosto e revolta contra Agreste. Retorna aos detalhes da festa de Peto:

— Aminthas me contou que a festa foi um barato. Barbozinha, velho sem-vergonha, fez um soneto louvando as qualidades de Zuleika, a papa-meninos. Barbozinha é um poeta de verdade, enfrenta qualquer tema e se sai bem de todos. — Elogia com uma ponta de inveja; a construção de um verso custa esforço e vigília a dona Carmosina, enquanto Barbozinha, com a maior facilidade, rima jovem canhestro com anjo destro, pudicícia com malícia, coloca o cabaço (de Peto) no regaço (de Zuleika).

Mas Elisa permanece na surpresa da revelação dos destemperos (ou temperos) do marido:

— Farrista e ainda por cima tarado. Em casa, todo o contrário.

— Tu é a esposa dele, Astério te respeita. Assim age um bom marido.

Não escapa a dona Carmosina o muxoxo de desagrado a marcar o lábio de Elisa, demonstração de desprezo e repúdio aos hábitos do sertão. Com o que, se dá por convencida: Astério jamais usara Elisa por detrás como certamente desejaria fazê-lo. Mais forte que o desejo, impunha-se a lei não escrita mas gravada dentro de cada um. Esposa é a dona da casa, a mãe dos filhos, com quem se cumpre os deveres matrimoniais na contenção e no respeito. Para o prazer, os requintes, os desvarios, estão as putas na pensão de Zuleika. Não é por acaso que Elisa se sente frustrada e sonha ir-se embora. Em São Paulo, terra civilizada, os hábitos são outros, o código feudal não prevalece. Quem sabe, lá Astério aprenderia que esposa é mulher igual a qualquer outra, na cama deseja incontinência de macho e não respeito de marido. Caso não aprendesse, então...

Mas Tieta é sábia, adivinha as intenções mais recônditas, e boa irmã, boa cunhada, defende o lar e a tranqüilidade de Elisa e de Astério. Cabe a Elisa conformar-se, buscar motivo de alegria na residência nova e confortável, para a qual se mudará no dia seguinte, na segurança dada pelas terras e cabras da Vista Alegre, não se enterrar no desgosto, reencontrar o equilíbrio. Mirar-se no exemplo dela própria, Carmosina.

Muito maiores são seus motivos para sentir-se carente, frustrada, amarga, odiando os homens e a vida. Nem sequer o limitado prazer concedido às esposas pelos maridos respeitosos, nem esse teve. Nem marido, nem noivo, namo-

545

rado ou amante. Virgem, incólume, total e completamente. Não mereceu palavras de amor, nem ousadias. Ninguém a quis, ninguém lhe pediu nem lhe propôs. Contudo, não vive em desespero, supera a carência, a solidão, ama a vida, tem amigos, sabe rir. Elisa retorna do silêncio e do muxoxo:

— Como era mesmo o apelido? Consolo…

— … do Fiofó das Vitalinas… Dizem que Astério comeu o rabo de uma quantidade de beatas. Atrás do balcão da loja. Vivia entre o balcão e a casa de Zuleika, consolando.

À dona Carmosina não consolara, tratando-a sempre com deferência. Bem podia tê-lo feito, não faltara ocasião. Ancas magras, murchas nádegas, bunda chulada, Carmosina, ai, não lhe acendera o vício. Nem o dele, nem o dos outros; falam que Osnar é bom de língua, ela sabe apenas por ouvir dizer. Tão injustiçada, não perdeu, no entanto, o gosto da vida.

Conseguiu fazer Elisa rir, esquecer a decepção, retornar às conversas distraídas, sair do poço onde afundara. Mas ela, dona Carmosina, no barco de Pirica, sente de súbito imensa solidão, a ausência de qualquer esperança. Esperança de homem, mais nenhuma. Mas ainda assim continuará a defender Agreste contra a poluição e a consumir as noites em cima do caderno e do dicionário buscando novas rimas para desejo, fúria, amor, Osnar.

Muda de assunto, desfia outro tema apaixonante:

— Fidélio se revelou um homem de bem. Graças a ele, os bandidos da Brastânio não poderão comprar o coqueiral. Não ligou para o dinheiro, recusou as ofertas, passou procuração ao Comandante. Rapaz direito e, ainda por cima, bonitão!

DO ASFALTO SOBRE OS CARANGUEJOS

Ricardo faltara-lhe no momento em que mais precisava de arrimo e consolo, quando o triunfo teve sabor de desastre e tudo pareceu perdido. Somente na voracidade e na ternura do adolescente Tieta poderia ter encontrado conforto para a decepção do dia frustrado, domingo de desapontos e malogros — a sombra da Brastânio projetou-se sobre a inauguração do Curral do Bode Inácio e a poluiu.

A morte de Zé Esteves reduzira a planejada festa de arromba a discreta comemoração, almoço de poucos convidados, os íntimos, banho de mar e prosa amena. Nem por isso Tieta a desejou e previu menos grata e exaltante. Após os dias de tormenta, o sol iluminou o esplendor de Mangue Seco, jamais esteve a paisagem tão bela, o ar tão puro, a paz tão completa. Durante todos aqueles anos de exílio, Tieta sonhara possuir nas dunas de Mangue Seco pequeno chão de casa, nele erguer cabana onde repousar. A morte de Felipe apressara o projeto. Viera aflita em busca de seus começos, ao reencontro da pastora de cabras, da adolescente árdega e feliz. Em menos de dois meses recorrera todos os caminhos e atalhos, não faltando a boa briga ao lado dos pescadores, a travessia dos tubarões, face a face com a morte, o ranger de dentes e os ais de amor na exaltação das noites de cio, empernada sobre os cômoros. Não somente erguera a almejada biboca como o fizera cumulada de ternura e gozo, amassando barro, areia e carícias a quatro mãos. A festa de inauguração do Curral do Bode Inácio — marco do êxito da viagem, do vitorioso retorno da pequena pastora amaldiçoada e expulsa, signo da paz reconquistada — ela a deseja perfeita de alegria pura e simples, o dia no calor da amizade, a noite no fogo da paixão.

Alegria bem pouca existiu, a amizade viu-se sujeita a duras provas e a noite foi de ausência. Contentes como devido, apenas Leonora e Astério.

Ao regressar dos cômoros, exultante, Leonora caíra nos braços de Tieta, rindo e chorando:

— Quer ver uma pessoa feliz, Mãezinha? Olhe para mim... Segui seu conselho... Se morresse hoje, não me importava.

— Não seja tola. Como é que Barbozinha diz? De amor não se morre, se vive. Volte com Ascânio para Agreste, aproveite as últimas noites. Na beira do rio tem uns recantos de primeira, mas tome cuidado. Não esqueça que sou uma viúva honesta e você, uma filha de família. Aproveite o mais que puder, cabrita, faça sua reserva de saudade. Tu não sabe quanto é bom sentir saudade. É disso que tu precisa.

Leonora continuou exultante domingo afora porque, quando Ascânio retirou o desenho de Rufo do tubo de metal para expô-lo sobre a mesa, ela ainda dormia e não tomou conhecimento da discussão com Tieta.

Também Ascânio deitara-se eufórico na rede armada na varanda para Ricardo. Tardara a adormecer, refletindo sobre o sucedido nos cômoros. A certeza de ser amado pela mais bela e perfeita das mulheres fazia-o sentir-se invencível, capaz de conquistar o mundo. Para colocá-lo aos pés de Leonora. Acordou com o nascer do sol, correu para a praia, nadou, rindo sozinho. Na povoação, procurou notícias da equipe de técnicos que, segundo anunciara doutor Lucena, teria vindo para Mangue Seco há alguns dias. Equipe numerosa, não podia passar despercebida. Não obteve, porém, nenhuma informação. Jonas, pitando o cachimbo de barro, apontou para o mar com o cotoco de braço:

— Fez um tempo de cão. Por aqui não arribou ninguém. Ou perderam o rumo ou arrepiaram carreira.

— Talvez estejam no arraial.

— Capaz.

Ao voltar, avista Tieta à porta do Curral. Conta obter a boa vontade da madrasta de Leonora para seus projetos matrimoniais ao inaugurar a placa da rua Antonieta Esteves Cantarelli, em breve. Mas a adesão da milionária à causa da Brastânio, ele pode obtê-la hoje mesmo, naquela manhã, naquela hora, fazendo-a admirar a obra de arte do decorador Rufo. Habitando em São Paulo, viúva de industrial, possuindo ela própria ações de fábricas, dona Antonieta será certamente sensível àquela *deslumbrante visão do futuro*, como mais uma vez classifica o chamativo desenho a cores. Apoio fundamental, o da madrasta de Leonora. Arrastará toda a população, dona Carmosina e o Comandante ficarão falando sozinhos. Quanto ao vate Barbozinha, quem dá atenção aos poetas? Recebe um choque com a inesperada reação de Tieta:

— Como você se atreve a me mostrar essa porcaria no dia em que estou inaugurando minha biboca em Mangue Seco? Projetos e plantas só servem para enganar os trouxas. — Percorre com a vista o panorama de edifícios, chaminés, casas e estradas. — Que horror! Se você gosta mesmo de Agreste, como eu penso, Ascânio, largue esse troço de mão, dê graças a Deus pelo que temos, parece pouco mas é muito.

— Me admira que a senhora diga isso, a senhora que obteve a ligação da luz da Hidrelétrica...

— Luz é uma coisa, poluição é outra. Você é inteligente, sabe que se essa indústria arranjasse outro lugar onde se instalar, não viria para esses confins.

Se espera que eu lhe ajude na empreitada, fique sabendo que sou contra. Não conte comigo.

Ascânio tenta argumentar, repete frases do Magnífico Doutor e de Rosalvo Lucena mas Tieta corta-lhe a palavra:

— Não perca seu latim, não vai me convencer. Gosto muito de você mas gosto ainda mais de Agreste, adoro Mangue Seco.

— Minha maneira de amar Agreste é outra, dona Antonieta — na voz o acento empresarial de Rosalvo Lucena —, sou um administrador, tenho responsabilidades públicas...

— Pois fique com suas responsabilidades, eu fico com minha opinião. E guarde seus quadros e discursos para Agreste. Hoje é um dia muito especial para mim, não quero saber de brigas e discussões, quero muita alegria. Vá passear com Leonora, ela ainda não foi ao Saco, mal conhece Mangue Seco. Mostre tudo a ela, aproveite antes que seja tarde, sobra pouco tempo, Ascânio. — Pensa em Ricardo, murmura: — Muito pouco...

Estabelece-se novamente uma trégua, a derradeira. Os rostos não se desanuviam, no entanto. Tieta conserva na retina a paisagem de aço e concreto traçada no desenho: os edifícios das fábricas, as chaminés, as residências de técnicos e administradores, as casas dos operários, e, mais longe, nas proximidades dos cômoros, a suntuosa vivenda, reservada sem dúvida para os diretores da indústria. O cimento armado substituíra os coqueiros, o mangue desaparecera sob o asfalto da estrada vinda de Agreste. As choupanas tinham sumido, a povoação deixara de existir, em lugar das canoas, embarcações carregadas com tonéis. Extintos, os caranguejos e os pescadores.

Junto com a controversa visão do futuro, Ascânio enrola a euforia e a suficiência com que iniciara a pregação matinal sobre os méritos da Brastânio. Ao falar do pouco tempo a ser bem aproveitado, dona Antonieta se refere à instalação da fábrica, com as inevitáveis mudanças na paisagem de Mangue Seco, ou à iminência do regresso dela e da enteada a São Paulo? Os postes da Hidrelétrica já alcançaram terras do município, dona Antonieta tem razão, é curto o tempo para tanta coisa a fazer.

Tieta se ocupa com o café quando ouve o ruído do motor do barco de Pirica. Larga o hóspede sozinho, sai correndo para a praia, ao encontro de Ricardo:

— Leonora está acordando, ela cuida de você.

Do barco descem dona Carmosina e Elisa, Ricardo não veio. Tieta recebe e lê o recado do *sobrinho que a adora e tem saudades*, amassa o pedaço de papel, atira-o na areia. Esforça-se para acompanhar o transbordante alvoroço de dona Carmosina entregue à minuciosa narrativa do sensacional acontecimento da véspera, a festa de aniversário de Peto na pensão de Zuleika, a iniciação. Noutra oportunidade, a notícia teria sido motivo para longa conversa de comadres, entremeada de riso e de malícia. Merece apenas um comentário quase desinteressado:

— Descabaçaram o moleque? Já não era sem tempo. Vivia brechando as coxas da gente.

Pouco lhe interessa o sucedido com Peto. Importa-lhe, sim, o outro menino, o que ela iniciara nos cômoros, o seu, àquela hora na sacristia da Matriz anotando rol de sotainas e imagens. Por que não largou o inventário nas mãos do padre e das beatas? Como pode estar ausente no dia da festa de inauguração do Curral, da casa que os dois haviam construído, amassando juntos o barro das paredes? Não sabe que a cama nova, com o colchão de lã de barriguda, espera para ser também ela inaugurada? Tieta nunca imaginara pudesse vir a ter ciúmes de templos e altares, cerimônias e orações, coisa mais ridícula! Dona Carmosina a arrasta para a Toca da Sogra, em busca do Comandante.

Na cozinha, dona Laura dirige a preparação do almoço, Elisa vai ajudá-la. Na varanda, dona Carmosina e o Comandante reclamam o imediato regresso de Tieta a Agreste para colaborar na coleta de assinaturas contra os projetos da Brastânio. O Comandante, acordado desde as cinco da manhã, avistara Ascânio na povoação, soubera que ele andara perguntando por uma caravana de técnicos da Brastânio que devia estar a chegar. Numerosa, segundo dissera, seria o começo da invasão.

— Pedi a Ascânio e peço a você que hoje evitem discutir sobre esse negócio da fábrica. Para não estragar minha festa.

— Está bem, prometemos não discutir mas você promete voltar para Agreste. Precisamos de você lá — diz o Comandante.

— Me concedam pelo menos uns dias em minha biboca. Me deu um trabalhão e custou um dinheiro aloprado.

550

— Não podemos perder nem um minuto, Tieta. Se você não tomar a frente, não vai se obter nada. Tudo depende de você.

— Tudo o quê? Vocês fazem que eu me sinta uma criminosa. Afinal quem sou eu para impedir que instalem aqui essa maldita fábrica?

— Quem é você? Como diz Modesto Pires, você é a nova padroeira de Agreste. Abaixo de Deus, o povo só confia em você — sentencia dona Carmosina.

— Ninguém adora mais Mangue Seco do que eu. No verão, pouco apareço em Agreste. — Há um laivo de censura na voz do Comandante. — Mas exatamente porque sou doido por isso aqui, estou disposto a ficar na cidade o tempo que for necessário. É lá e não aqui que se pode fazer alguma coisa de concreto.

— Quem lhe disse, Comandante? — Tieta considera os amigos em silêncio, baixa a voz. — Se alguma coisa se fez, capaz de surtir algum efeito, foi aqui, em Mangue Seco. Não devia contar, prometi segredo. De qualquer maneira, mais dia menos dia, vão saber.

— O quê? — impaciente, dona Carmosina.

— A tal equipe que Ascânio anda procurando...

Ouvem estarrecidos a espantosa aventura. Dona Carmosina põe a mão sobre o peito para conter o coração:

— Sinto até palpitações. Estou arrepiada.

Comandante Dário, homem da lei e da ordem, recomenda:

— Faz de conta que você não me disse nada.

Tieta tenta sorrir mas não há alegria em seu sorriso. Recorda o desenho exposto sobre a mesa e a segurança na voz de Ascânio: esse é um assunto definitivamente resolvido, dona Antonieta. De que adianta ir para Agreste, debater contra a Brastânio? Tieta sabe que não tem como impedir o estabelecimento da indústria de dióxido de titânio no coqueiral de Mangue Seco. Problemas dessa relevância são discutidos e decididos nos altos escalões, entre os grandes, o resto não conta. Quantas vezes Felipe obtivera, com manobras, dinheiro e prestígio, passar por cima das leis e do interesse dos demais, da imensa maioria? No Refúgio dos Lordes, na tranqüilidade das salas reservadas, realizavam-se encontros onde eram tratados e obtidos gabaritos de prédios, localização de fábricas, concessões de cartas patentes, favores os mais diversos, negociatas de todos os tipos. Ai, Comandante, de nada vão adiantar notícias nos jornais, memoriais, sonetos de maldição, protestos de pobres--diabos de Agreste. Nem mesmo os tubarões no mar revolto, Carmô, nem mesmo eles impedirão o fim dos caranguejos e dos pescadores, o fim de Mangue Seco. Resta-lhes somente aproveitar os últimos dias, bem poucos. Chega a abrir a boca para dizer tudo isso mas se contém. Para que entristecer os amigos, ainda por cima em dia de festa? Promete ir para Agreste o mais depressa possível.

Osnar, Aminthas, Seixas e Fidélio desembarcam da lancha de Elieser mortos de cansaço, à hora do almoço. Depois buscam a sombra dos coqueiros para a sesta. Mais cansado ainda, o vate Barbozinha. Já não tem saúde para atravessar noites em claro, a beber e a dançar. Trouxera os originais dos *Poemas da Maldição* mas nem os retira do bolso; não encontra ambiente para recitativo.

— Por que Ricardo não veio? — pergunta Tieta a Astério que se aproxima, acompanhado de Elisa. Dos convidados é o único em forma, bem dormido, bem humorado, satisfeito da vida.

— Estava na igreja, com o padre e as zeladoras. Ocupado não sei em quê. Passei lá para saber se Perpétua vinha, ela disse que não, mas mandou lhe avisar que um dia desses vai aparecer com padre Mariano para benzer a casa. Por falar em casa, queria lhe comunicar que amanhã eu e Elisa nos mudamos.

Decidira não esperar a conclusão das obras mandadas executar na antiga residência de dona Zulmira. A pintura e os arremates seriam feitos com eles dentro de casa, apressando mestre Liberato. Mais uma vez agradece à cunhada e benfeitora e pergunta:

— Quer ocupar logo seus aposentos ou vai continuar hospedada com Perpétua?

— Fico por lá mesmo. Tenho alergia a pintura fresca. Ando de estômago embrulhado por causa do cheiro da porta e da janela do Curral, imagine um casarão daqueles. Também pelos poucos dias que vou passar em Agreste, não paga a pena mudar. De outra vez que venha, me hospedo com vocês. — Se deixasse a casa de Perpétua, como fazer para dormir com Ricardo as últimas noites, as derradeiras?

De cabeça baixa, calada, esgravatando a areia com um talo de coqueiro, Elisa acompanha o diálogo. O silêncio da irmã irrita Tieta:

— Tu não tem nada a dizer, Elisa? Não está contente?

Elisa estremece:

— Estou contente, sim, mana. Não havia de estar?

— Então, por que faz essa cara de enterro?

— Elisa, coitadinha, anda assim desde a morte do Velho. Ainda não se refez... — explica Astério.

Tieta desvia os olhos da irmã para o cunhado; pela segunda vez naquele domingo vai abrindo a boca mas arrependida a fecha sem nada dizer: simpatiza com o pobre coitado e a verdade quase sempre é cruel, apenas fere e magoa. Domingo azarado. A festa mais parece sentinela de defunto.

Na hora do regresso, quando os convidados se dirigem para o embarque, observando Tieta parada na praia, o rosto sério, Leonora larga o braço de Ascânio, vem correndo:

— Eu fico com você, Mãezinha, não vou lhe deixar aqui sozinha.

A resposta é brusca:

— Por que não? Que bicho vai me morder? — logo abranda a voz, toca os loiros cabelos da moça, úmidos de salitre. — Não seja tola, cabrita. Vá e aproveite, aproveite bem. Não se preocupe comigo. Daqui a pouco Ricardo chega, assim acabe de ajudar o padre. De companhia, basta ele.

Também o Comandante e dona Laura se despedem.

— Lhe espero em Agreste, Tieta. Vá logo.

As embarcações cortam as vagas da barra, distanciam-se no rio. Carregando caçuás borbulhantes de caranguejos, as mulheres da povoação marcham na fímbria do mar. A noite se avizinha, imensa.

A RIVAL DE DEUS

A ausência de Ricardo doía-lhe no corpo inteiro, da ponta dos pés aos fios dos encaracolados cabelos, em cada músculo, por dentro e por fora. Vazia e necessitada, sem jeito.

553

Pensara que jamais voltaria a sentir ânsia tamanha, desejo a roer as carnes, aflição a esmagar o peito. Sucedera uma vez, muitos anos antes, quando Lucas partira, fugindo de Agreste, sem deixar aviso nem endereço. Ao chegar, esfuziante, para a festa no leito de dona Eufrosina e do finado doutor Fulgêncio, na cálida maciez do colchão de lã de barriguda, deparara com a janela do quarto fechada sobre o beco e a paixão da adolescente deslumbrada e ávida. Derrotada, perdida, demorara a espiar por entre as frestas da veneziana, buscando a sombra de um vulto; o ouvido encostado às tábuas, tentando perceber uma respiração. Quantas horas permanecera ali parada, na noite morna, junto à janela, antes de arrastar-se enferma para a primeira solidão? Roída de desejo, querendo tê-lo e não podendo. Não voltara a suceder. Dali em diante, fora sempre ela a não comparecer, a faltar ao encontro, a ausentar-se, a trancar janela e porta. As portas do corpo e do coração.

Branco lençol de cambraia, colchão de barriguda encomendado em Estância, largo estrado propício aos embates extremos, cheiro de tinta fresca, tudo novo em folha para a festa de inauguração. Tieta velou, insone, na noite longa de não acabar, ouvindo a ventania sobre os cômoros e a arrebentação das vagas, outra vez sozinha e sem jeito, querendo ter e não podendo. No gozo de orações, cerimônias, afazeres de sacristia, Ricardo a esquece e abandona. Amante de tempo dividido, de coração dividido entre ela e Deus.

Não imaginou Ricardo dormindo com outra mulher, nada sabia de Maria Imaculada, acreditara piamente na desculpa rabiscada no bilhete entregue por dona Carmosina, no inventário dos bens da paróquia. As mulheres rondavam o seminarista, é certo, ela se dera conta. Despudorada, dona Edna não se preocupa sequer em esconder o jogo, ninfomaníaca, puta reles! Em se tratando de cama, porém, Tieta sente-se segura.

Homem algum, por mais inconstante ou mulherengo, a deixara por outra. Lucas fora o único a tomar a iniciativa de romper. Aos demais, sem exceção, ela abandonara apenas sentira os primeiros sintomas de cansaço, evitando o cortejo de brigas, rogos, acusações, mentiras e tristezas dos fins de romance. Ia-se embora abruptamente, apenas comprovava a sensação de fastio. Para conservar íntegra a recordação da aventura, para ter saudades, quanto mais, melhor. Paixões, rabichos, chamegos, xodós, rápidos ou prolongados, românticos ou lascivos, não passam, todos eles, de perecíveis aventuras, o que não os impede de ser cada um deles, em certo momento, o amor exclusivo, único, definitivo e imortal.

Ricardo é o amor único e exclusivo, definitivo e imortal, nunca teve outro, nem terá. Precisa dele ali, naquele instante, imediatamente e sem falta. O desejo roendo as carnes, o orgulho machucado. Nem por considerar fora de cogitação, por impossível, qualquer enredo de cama, nem por isso Tieta se sente menos abandonada e ofendida. Vazia e necessitada, atravessou a noite mais longa de sua vida, aquela que deveria ter sido a mais alegre e plena.

Quando, por fim, adormeceu, teve um pesadelo atroz. Sob o céu negro, no mar podre, cemitério de peixes e caranguejos, boiavam destroços do Curral do Bode Inácio e das choupanas dos pescadores. Na extinta linha do horizonte, vislumbrou Ricardo, glorioso arcanjo, e lhe estendeu os braços, tentando escapar da morte. Indiferente, ele se afastou na esteira de Deus, deixando-a debater-se, condenada. Onde existira antes o esplendor paradisíaco da praia de Mangue Seco, crescera uma paisagem paulista de fábricas, cortiços de concreto, ferro e aço, fumaça e morte.

Epílogo

Da Poluição do Paraíso Terrestre pelo Dióxido de Titânio ou O Bordão da Pastora

CONTENDO MINUCIOSO, EMPOLGANTE E COMOVENTE RELATO DOS ÚLTIMOS
DIAS DE ESTADA DAS PAULISTAS EM AGRESTE, QUANDO SE SABE DA AMBIÇÃO
HUMANA, DA SEDE DE PODER E DE COMO O PODER CORROMPE, COM
REFERÊNCIAS À CORRUPÇÃO REINANTE; ONDE OCORREM LÁGRIMAS
E EXPLODEM RISOS, ALGUNS AMARGOS, PLANTAM-SE E COLHEM-SE CHIFRES,
EM ABUNDANTE SAFRA, E SÃO PROCLAMADAS AS ALEGRIAS E AS TRISTEZAS
DO AMOR, CHEGANDO-SE A DURAS PENAS AO FIM DA HISTÓRIA, COM DIREITO
A FANTÁSTICA VIAGEM NA MARINETE DE JAIRO AO SOM DO RÁDIO RUSSO

DA EGRÉGIA FIGURA

Logo após a passagem pelas ruas de Agreste da volumosa e suarenta imponência do doutor Hélio Colombo, os acontecimentos se precipitaram, adquirindo vertiginoso ritmo, envolvendo o pacato burgo em confusão e rebuliço.

Foi das mais breves, todavia, a estada da egrégia figura. Demorou-se apenas algumas horas, contados cidadãos travaram conhecimento com o grande jurisconsulto e souberam quais os motivos a conduzi-lo àquelas desprovidas lonjuras. Nem por isso se pode diminuir a significação e negar as conseqüências da histórica viagem, pois no encontro do doutor Colombo com Ascânio Trindade na sala de despachos da Prefeitura reside a explicação de todo atropelo posterior, da pressa, da violência, do desespero. Dias de tumulto e espanto: em menos de duas semanas, o povo assistiu a eventos, tantos e tamanhos, que até pareceu ter chegado o fim do mundo, cumprindo-se afinal a profecia do beato Possidônio.

O ruído inusitado de um automóvel estancando em frente ao cartório trouxe o doutor Franklin à porta, a tempo de observar e reconhecer o glorioso mestre na rude tarefa de extrair do assento do carro o vasto corpanzil, com a ajuda do chofer. O tabelião arregalou os olhos: bendito coqueiral, valha-nos Deus! Dessa vez, quem se aventura nas precárias estradas do sertão não é nenhum reles advogado de Esplanada ou Feira, nenhum velho caxixeiro das terras do cacau. Diante do tabelião ergue-se, entre resmungos, a vasta humanidade do doutor Hélio Colombo, cento e tantos quilos de astúcia e saber. Doutor Franklin adianta-se, estende a mão, efusivo e bisbilhoteiro:

— Bem-vindo a Sant'Ana do Agreste, augusto mestre! Doutor Franklin Lins, tabelião, criado às ordens. A que devemos a honra de tão ilustre visita?

O catedrático emérito da Faculdade de Direito da Universidade Federal da Bahia, chefe do maior escritório de advocacia do Estado, corresponde ao aper-

to de mão mas, decepcionando a curiosidade do amável concidadão, não formula declaração sensacional, digna de sua fama, nem esboça gesto capaz de caracterizar o rumo dos acontecimentos que irão abalar a cidade e o município. Bufa e geme:

— Obrigado, caro colega. Sinto que depois desta viagem jamais voltarei a ser o mesmo. Tenho a alma envolta em poeira. Para sempre.

Sacode o paletó, metros e metros da melhor casimira inglesa, limpa o rosto inundado de suor, olha em volta com tristeza: os canalhas da Brastânio pagarão caro. Não se trata de ameaça vã. Tarefas desse tipo não estão incluídas no acordo de consultoria jurídica. Maldito Mirko, a exigir que ele viesse em pessoa examinar o problema e encontrar-lhe solução, prometendo atraente secretária para amenizar a viagem, elogiando a beleza do lugar. A atraente não apareceu na hora da partida, o lugar é uma tapera e a estrada, porra! Ah!, esse último trecho de caminho... Cobrará cada metro, cada buraco, cada solavanco, a ausência da secretária, o suor, a poeira, a sede, o acerbo desconforto.

Depois do aperto de mão, doutor Franklin arrisca:

— Se mal pergunto, a presença do mestre deve-se à amenidade do clima ou veio a Agreste trazido por interesses profissionais? Mas entre, por favor.

— Antes me esclareça, caro colega: cerveja gelada, existe por aqui? — parecia duvidar. — Se por milagre existe, indique-me onde. Estou morrendo de sede.

— No bar.

— Mostre-me o caminho.

— Entre e sente-se, mestre. Eu mando buscar a cerveja.

Volta-se para gritar por Bonaparte, descobre o filho atrás da porta, de ouvido atento.

— Corra ao bar, traga umas garrafas de cerveja, bem geladas. Num abrir e fechar de olhos. Voando.

Lento por natureza, o rotundo Bonaparte, na aurora dos novos tempos, revela-se à altura da situação. Seguido pelo chofer, parte em passo acelerado, retorna botando os bofes pela boca. Assim age não apenas em obediência ao pai mas sobretudo para não perder detalhe da visita do ínclito advogado, merecedor de tantos rapapés. Que outro interesse profissional poderia trazer a Agreste o famigerado causídico, a não ser o coqueiral de tantos herdeiros, quem poderia ser constituinte de mestre Colombo senão a Brastânio? Bona-parte é amigo leal, devotado cúmplice: doutor Marcolino colabora com lou-vável generosidade para os parcos vícios do jovem escrivão — cigarros, bati-das, raparigas. Bonaparte busca corresponder a tais provas de consideração.

DAS PRECIOSAS RARIDADES

Enquanto a esposa se desculpa por não servir almoço digno do conviva famoso, doutor Franklin semeia verde para colher maduro:

— Para o mestre, evidentemente, não existe problema difícil. Mas esse, do coqueiral, é uma embrulhada dos demônios, pois não? Se não fosse a intran-sigência de Fidélio, ou melhor dito, do Comandante... Já vislumbrou saída, mestre?

Doutor Hélio Colombo suspende a garfada:

— Minha cara senhora, se este banquete é o trivial da casa, como será um almoço de festa? Estou me regalando, minha senhora.

De toda a viagem, aquela foi a boa lembrança conservada pelo advogado: a mesa de fartura e requinte. Os pitus, o peixe ensopado, a frigideira de guaia-mus, o lombo de cabrito assado. Ao atingir a sobremesa, o mau humor do grande homem se dissolvera; tornara-se amável e fitava o casal com simpatia (e o filho do casal, néscio e silencioso, cara de palerma porém respeitável par-ceiro). Sincero nos elogios ao almoço e nos agradecimentos à dona da casa, faz--se cauteloso na resposta ao indiscreto anfitrião:

— O problema, hum... Estou começando a formar opinião mas é cedo para qualquer afirmação. Quero refletir sobre alguns detalhes, antes de for-mular parecer.

Doutor Franklin não se deixa enganar. O mestre pedira-lhe relato minu-cioso, crivara-o de perguntas, não deixara fio solto, estudara os livros antigos e examinara os documentos recentes. Balançando a cabeçorra, encomendara certidões a Bonaparte, queria levá-las consigo. Por fim sorrira, ladino, e doutor Franklin ficou certo de que o mestre havia encontrado a solução, pois existe uma solução capaz de resolver o impasse, beneficiando a Brastânio e se ele, pobre tabelião do interior, a descobrira, como iria escapar à experiência do grande advogado? Não se surpreende com a reserva do conviva, por que haveria de pôr as cartas na mesa, revelar seus trunfos?

Doutor Colombo suspira ao provar a primeira colherada de ambrosia: incomparável! Ainda no prazer da degustação, passa a comandar as perguntas, em busca de informações sobre os próceres de Agreste:

— O candidato a prefeito, que tal?

— Um moço honrado.

Fugaz sombra de dúvida transparece nos olhos do doutor Colombo, logo se apaga.

— Refiro-me ao rapaz que é candidato da Brastânio, chamado... — retira um papel do bolso, lê a anotação. — ... Ascânio Trindade. Esteve recentemente em Salvador.

— Esse mesmo. Não sabia que fosse candidato da Brastânio.

— Maneira de falar. Assim me expressei porque esse moço, revelando-se administrador de visão, demonstrou publicamente ser favorável à instalação da Brastânio no município. É natural que a Brastânio veja sua candidatura com simpatia. Nada além disso.

A explicação não convence doutor Franklin, cada vez mais apreensivo: nos últimos dias ouvira surpreendentes comentários a respeito de Ascânio. Diziam-no muito mudado, após a viagem à Capital. Falando grosso, cheio de si, ditando regras. Doutor Marcolino Pitombo se referira a golpe do baú. Realmente, segundo doutor Franklin apurara, Ascânio arrasta a asa à paulista rica, enteada de dona Antonieta Cantarelli. Que haverá de verdade em toda essa boataria? Falar da vida alheia sempre fora a diversão principal da cidade mas, com o debate sobre a indústria de titânio, os mexericos impregnaram-se de maldade, deixando de ser risonhos ou apimentados para se tornarem cínicos e impiedosos. Talvez Ascânio continuasse o mesmo de antes, moço honesto e direito, empolgado com a possibilidade de grandes progressos para o município resultantes da instalação da fábrica. Tendo sido amigo do falecido Leovigildo, pai de Ascânio, o tabelião estimava o rapaz entusiasta e trabalhador. Quando o coronel Artur da Tapitanga propusera seu nome para prefeito na vaga aberta com a morte do doutor Enoch, aplaudira a escolha. Não só ele, toda a população. De repente, Ascânio surge candidato da Brastânio e mestre Colombo parece ter razões para pôr em dúvida sua honestidade.

Repetindo farta porção de ambrosia, o eminente catedrático indaga:

— Segundo entendi, a eleição desse moço é coisa pacífica, concorre sozinho, não apareceram outros candidatos, não é mesmo?

— Até o momento, é o único. É verdade que candidatura propriamente dita não existe, pois a data da eleição ainda não foi marcada.

— Engana-se o caro amigo. A data da eleição acaba de ser marcada. Na reunião de ontem no Tribunal Eleitoral.

Um arrepio percorre a espinha do doutor Franklin. Lera num jornal da capital referência ao interesse da Brastânio pela eleição para a Prefeitura de Agreste. Pressionava o tribunal para marcar a data. Antigamente ninguém se preocupava com as eleições no perdido município, feudo imemorial do coronel Artur da Tapitanga. Outra força política se levanta agora, tão poderosa a ponto de trazer a Agreste, a seu serviço, o próprio professor Hélio Colombo, invencível nos tribunais e, ao que se vê, na mesa.

Bonaparte, derrotado, abandona a competição, cruza os talheres. O egrégio mestre é parada: impávido, ataca o doce de araçá, guloseima hoje tão rara, tão difícil de encontrar-se quanto um homem honrado, meu caro tabelião.

DA NOTORIEDADE DE AGRESTE

Dependurado em lugar de honra, na entrada da Prefeitura, o vistoso desenho de Rufo, a *deslumbrante visão do futuro*, atrai curiosos. Balançam a cabeça, unânimes na admiração às qualidades artísticas do decorador, divergentes quanto ao conteúdo. Formidável!, apóiam alguns, com entusiasmo: Ascânio é um porreta, vai reerguer Agreste, transformar a região. Outros, mais prudentes, repetem argumentos do Comandante e de dona Carmosina: fosse essa indústria assim tão benéfica, por que haveria de se instalar em área pobre e distante, desprovida de recursos? Dizem que apodrece a água, envenena o ar. Está nos jornais. Não a querem em lugar nenhum no mundo. Proibiram-na em São Paulo e no Rio. Tentaram situá-la entre Ilhéus e Itabuna, o povo se levantou. Ascânio, ou está sendo enrolado ou...

Ou o quê? Ascânio é homem íntegro, sua vida um livro aberto, cidadão acima de qualquer suspeita, de qualquer insinuação...

Ninguém está insinuando nada, mas é do domínio público que ele está de olho na paulista rica, herdeira do Comendador, enteada de dona Antonieta. Postulante pobre, no caso paupérrimo, à mão de milionária, perde a cabeça com facilidade e nessas grandes empresas corre dinheiro a rodo. Para Ascânio, a instalação da fábrica no município vem a calhar, quem pode negar a evidência?

Azedam-se as discussões. Cresce o número dos leitores dos jornais da capital, antes reduzidos aos privilegiados assinantes de *A Tarde*. Por encomenda de Chalita, sempre disposto a aumentar suas fontes de receita, chegam pela marinete de Jairo exemplares dos diversos quotidianos de Salvador. Se o dono do cinema tem juízo formado sobre o problema da indústria de titânio, não o alardeia, expõe à venda o pró e o contra, recolhe os níqueis do lucro escasso. A polêmica em torno da Brastânio se alimenta de notícias e boatos, de maledicências, prossegue rua afora.

Leram e comentaram a entrevista de Ascânio, grandiloqüente: *a Brastânio significa a redenção de Agreste; riqueza e progresso para o litoral norte do Estado.* As moças admiraram-lhe o retrato em duas colunas, o dedo em riste, jovem líder político de grande futuro, candidato do povo à Prefeitura, no dizer do repórter. Causou igualmente sensação o ríspido suelto com que, na sessão editorial, *A Tarde* comentou tais declarações. Sob o título de *Candidato do povo ou da Brastânio?* classificava Ascânio de *playboy matuto, hóspede da Brastânio em hotel de luxo.* Quanto à riqueza e ao progresso anunciados pelo *leviano e faceto personagem,* não passavam de poluição e miséria na opinião responsável de intelectuais sergipanos que assinaram memorial de apoio ao telegrama do prefeito de Estância, figuras de proa: pintor Jenner Augusto, escritor Mário Cabral, professor José Calasans, jornalista Junot Silveira.

Espanto e incredulidade causaram as confusas notícias de ameaças à vida dos componentes de uma equipe de técnicos da Brastânio, impedidos de desembarcar em Mangue Seco. Pela população indignada, unida em defesa do meio ambiente — aplaudia Giovanni Guimarães. Por agentes internacionais da subversão a serviço do comunismo ateu, comandados por uma russa que outra não era senão a bolchevique Alexandra Kolontai, cuja presença no Brasil os serviços competentes haviam assinalado — denunciava a mesma gazeta onde saíra a entrevista de Ascânio.

Por fim, culminando o farto noticiário, o povo tomou conhecimento da data marcada para as eleições. Por que tão próximas? — perguntava o articulista de *A Tarde*. Porque a Brastânio tem pressa — respondia ele próprio. Em que pese as divergências, resguardada a opinião de cada um sobre o problema da indústria de titânio, havia um ponto em torno do qual todos se punham vaidosamente de acordo: jamais Agreste merecera tanto destaque na imprensa. Não menos vaidoso sentia-se o Magnífico Doutor. Ângelo Bardi telefonara de São Paulo para cumprimentá-lo.

DOS MELINDRES DE CONSCIÊNCIA
(CONSTRANGEDORES E IMPROCEDENTES)

Ao ouvir mestre Colombo, apossa-se de Ascânio sensação idêntica à que sentira na Bahia, na semana anterior. Importuno constrangimento, como se não marchasse por seus próprios pés, fosse conduzido, colocado diante de fatos consumados, sem opção, devendo executar decisões tomadas por outros, à sua revelia. Contudo, a vontade de opor-se, de exigir explicações, de não se deixar envolver, de tirar a limpo o porquê de cada coisa, não chega a se expressar. Sente-se desconfortável mas ouve e cala.

Constata mais uma vez o poderio da Brastânio, ao receber na Prefeitura de Agreste o egrégio professor Hélio Colombo, do qual não chegara a ser aluno, mas em cujo escritório, igual aos demais colegas, sonhara iniciar-se quando formado. Ali estava o mestre, em pessoa, refeito após o almoço e a sesta, expondo e solucionando o terrível problema do coqueiral que tanta preocupação causara a Ascânio. Portador de auspiciosa notícia, a decisão do tribunal sobre a data do pleito, antes mesmo que o moço terminasse de lhe dizer quanto o admirava, o eminente advogado começou a colocar em pratos limpos a confusão causada por Fidélio, a ditar o procedimento de Ascânio.

Empunhando o tubo de metal e a pasta de couro, no bolso o anel de compromisso, o peito inflado de ambição e amor, Ascânio saltara vitorioso da marinete de Jairo. A decisão da Companhia Brasileira de Titânio, escolhendo Sant'Ana do Agreste para ali instalar suas fábricas, mudava a face do município e a vida do futuro prefeito. Com os argumentos do doutor Lucena e o feérico desenho de Rufo, contava conquistar a boa vontade da madrasta de Leonora. Sobrariam apenas os discursos do Comandante, as objurgatórias de dona Carmosina, os versos, na maioria inéditos, de Barbozinha. Palavrório ruidoso e inconseqüente.

A euforia durou pouco. Em Mangue Seco, a firme negativa de Tieta foi um rude golpe. Depois, os motivos de apreensão e aborrecimentos se sucederam: obstáculos e injustiças, incertezas e mágoas.

Na agência dos Correios, dona Carmosina atirara-lhe nas fuças a opção concedida por Fidélio ao Comandante, vingando-se do *conheceu, papuda?* com que ele se despedira ao embarcar no jipe. Escarnecendo:

— Quero ver como seus amigos vão fazer para instalar a fábrica no coqueiral. Felizmente, ainda há gente direita neste mundo.

Ascânio não respondeu, deixou dona Carmosina falando sozinha, queria evitar as discussões, capazes de levar a um rompimento com a velha amiga cada vez mais exaltada. Mas a informação, logo confirmada, demonstrava que nem tudo era palavrório. Não conseguiu resposta para a pergunta da agente dos Correios: como iria a Brastânio adquirir as terras do coqueiral? Questões de propriedade de terra costumam arrastar-se, intermináveis, nos tribunais, duram anos e anos, essa apenas se inicia: o juiz de Esplanada nem sequer dera seguimento ao mandado de posse, requerido pelo doutor Marcolino, em nome de Jarde e Josafá Antunes.

Doutor Hélio Colombo remove o obstáculo e declara que para encontrar a boa solução não teria sido necessário empreender aquela pavorosa viagem, amenizada apenas pelo almoço com que o tabelião o homenageara — o mestre ainda lambe os beiços. Na sala, Bonaparte ressona no torpor da tarde, arriado num banco. Ao lado, as certidões e uma lata de doce de araçá, presente para o mestre. Doutor Colombo fita com simpatia o dorminhoco: soneca merecida, o jovem sacrificara a sesta para aprontar as certidões. Palerma, porém gentil. Ordena a Ascânio:

566

— Guarde reserva acerca desta nossa conversa. Mirko disse-me que posso confiar no senhor.

Solução simples, perfeita. Ascânio, apenas eleito e empossado, desapropriará toda a área do coqueiral, medida de utilidade pública. Onde arranjar dinheiro para pagar a desapropriação? Os terrenos desapropriados serão vendidos à Brastânio. A Prefeitura terá dinheiro para pagar e ainda encaixará algum, obtendo lucro na transação. Negócio limpo.

— E se os herdeiros não aceitarem?

— Como não vão aceitar? Ainda nem existem como herdeiros. A desapropriação, a preço razoável, é um verdadeiro presente para eles.

— Mas o Comandante, esse não aceitará, por nenhum preço.

— Ele não tem como impedir a desapropriação por motivo de utilidade pública. Pode ir à justiça, depois. Perderá tempo e dinheiro. Não se preocupe com ele, vá em frente. Eu cuidarei de tudo. Por ocasião de sua posse, mandarei em mão, por um colega, um dos meus auxiliares no escritório, o decreto de desapropriação redigido, com os considerandos, toda a fundamentação. Seu único trabalho será assinar.

Seu único trabalho: assinar. Sensação desagradável, incômoda. Mete a mão no bolso, toca a pequena caixa onde está o anel de compromisso. Quando o colocará no dedo de Leonora? O tempo urge. Que pode fazer senão ir em frente? Ademais, colaborando para a instalação da Brastânio em Mangue Seco, está apenas servindo aos interesses do município e do povo. Pensando bem, onde os motivos para melindres de consciência?

AMOSTRA DAS CONSUMIÇÕES DE UM CANDIDATO A LÍDER E A MARIDO OU DO CARÁTER SUJEITO A DURAS PROVAS

Jovem, saudável, potente, apaixonado. Apaixonado é pouco dizer: louco de amor e sabendo-se correspondido. Sem sombra de dúvida. Recebera prova indiscutível (e celestial) que outra não fora senão a maior de todas: a bem-amada abrira as pernas para ele, entregara-se, sem nada pedir em troca. Sendo pobre e ela rica, jamais ousara falar em casamento, não fizera propostas nem promessas. Prova de infinito amor, o gesto de Leonora nos cômoros.

Galã principal da história aqui narrada, no gozo de invejável saúde, de potência sexual recentemente comprovada à tripa forra na capital do Estado, como explicar que esse jovem galhardo e varonil, ao ter à sua disposição, enleada e ardente, a mais desejada e inacessível das mulheres, a mulher de sua vida, não se aproveitasse, buscando inclusive evitar (ou pelo menos adiar) a repetição da exaltante noite de amor? Onde já se viu contradição tão flagrante, absurdo igual? Quais as razões dessa demência? Será que realmente existe, nos cafundós do Judas, ou seja, em Agreste, bestalhão tamanho?

Desembarcando da lancha, no domingo, Ascânio acompanhou Leonora até à porta da casa de Perpétua. Tomando-lhe as mãos, a ternura esparramada nos olhos e na voz, disse:

— Vou para casa, por hoje me despeço. Você precisa descansar, quase não dormiu, está fatigada. Se me permite, amanhã, indo para a Prefeitura, passo para lhe dizer bom-dia.

Permitirá quanto Ascânio peça e deseje — o ideal seria que a desejasse e possuísse naquela mesma noite, nos esconsos do rio. Não está assim tão cansada e, se estivesse, onde poderá repousar feliz, sem laivo de tristeza, senão nos braços dele? Cala, no entanto, novamente intimidada, à espera de que Ascânio tome a iniciativa, ouse e proponha. Aproveita, cabrita, faz tua reserva de saudade, o tempo é curto, recomendara Mãezinha. Envolta em preconceitos e escrúpulos, esperdiça-se a noite do domingo.

Ele se aproxima para o beijo de despedida. Leonora atraca-se em seu pescoço, os seios túmidos. Os corpos se unem, as coxas se encontram, um calor cresce do beijo longo, desesperado, de lábios, línguas e dentes. Ascânio se desprende e foge rua afora, sob a fosca luz dos velhos postes.

Seus passos, em lugar de levá-lo à casa, conduzem-no à pensão de Zuleika Cinderela, onde, sorridente, Maria Imaculada o acolhe:

— Seu Ascânio... Faz tanto tempo que lhe espero... Que bom que veio.

Tomando da menina, linda e trêfega, Ascânio não se tranqüiliza, pois comprova que somente o corpo de Leonora, nenhum outro, pode lhe dar aquela sensação de plenitude e torná-lo invencível, dono do mundo.

568

Para merecê-la outra vez, deve esperar. O gesto de Leonora, prova de infinito amor, fora igualmente prova de desmedida confiança. Pura e íntegra, nem mesmo a dolorosa experiência anterior a fizera duvidar dos sentimentos e do caráter do novo pretendente: colocara-se em suas mãos por considerá-las limpas, honradas. O desejo consome o moço apaixonado mas ele se controla, deve comportar-se à altura da confiança de Leonora.

Guarda no bolso um anel de compromisso. Assim dona Antonieta volte a Agreste, ele a procurará para conversa franca e decisiva: amo sua enteada e a quero para esposa. Sou pobre mas tornei-me ambicioso. Confie em mim, serei alguém. Noivo, o anel no dedo de Leonora, a data do casamento marcada, então, quem sabe... Antes, porém, seria ignóbil abuso, comportamento vil.

Dona Antonieta negara-lhe apoio na campanha pela instalação da Brastânio. Como reagirá ao pedido de casamento? Parece olhar o namoro com simpatia, talvez por julgá-lo inconseqüente distração de férias. Daí a casamento a distância é grande. Como agir, se a onipotente madrasta se opuser?

Ascânio não admite sequer o pensamento de não voltar a ter nos braços, rendido e vibrante, o corpo de Leonora. Agora que o tocara e conhecera, não pode mais viver sem possuí-lo. É necessário esperar, porém. Não é fácil ser um homem digno, custa esforço.

DOS DIAS VENTUROSOS

Os dias que se seguiram ao frustrado domingo da inauguração do Curral do Bode Inácio, à aflita noite dos chifres sagrados, foram os mais felizes das férias de Tieta, dos mais felizes de sua vida.

Ao projetar a volta a Mangue Seco, sonhava reencontrar a beleza e a paz. Sortuda, obteve de lambujem devoradora paixão, insólita em sua farta colheita de xodós. Pela primeira vez deixou de ser sestrosa chiva requestada e conquistada, rendendo-se submissa ao apelo, à cobiça, à sedução do macho. De súbito, restituída à paisagem de sua adolescência, cabra de pejado úbere, desejou com ânsia irreprimível, seduziu e conquistou cabrito apenas desmamado, derrubando-o nas dunas, violentando-o. Além da paz e da beleza, a timidez e a fúria do mancebo. Como se não bastasse, ainda por cima sobrinho e seminarista. Louca, absurda, incomparável aventura, disputando com Deus os preciosos minutos.

Dias de plenitude, de paixão decantada em amor único e imortal, quando a existência se faz inconcebível sem a presença do ser amado, seriam perfeitos não estivessem chegando ao fim. Ocorre a tentação de levar Ricardo para São Paulo. Sabe que não pode e não deve fazê-lo: mais cedo ou mais tarde a magia se romperá projetando no desejo a sombra do fastio e do tédio. Por isso mesmo, não admite perder um único instante da ventura sem par desse amor enquanto imenso e eterno. Proibidas as idas a Agreste, suspensos os encargos do coroinha, as obrigações do levita do Templo, o seminarista despiu a batina, exibe-se quase nu na sunga de banho.

Tieta não cogita cumprir as promessas feitas a dona Carmosina e ao Comandante, disposta a permanecer em Mangue Seco até o dia da festa da luz, véspera do embarque. Na festa se despedirá de todo mundo, adeus minha gente, até outra vez, levo saudades, foi bom demais.

Não vê motivo para sacrificar-se. Nada pode fazer de válido para impedir a instalação da fábrica, sua presença em Agreste não passará de tempo e esforço perdidos, inúteis. Alegre e livre, vive dias incomparáveis, prosando com Pedro e Marta, com Jonas e os pescadores. Gemendo e rindo nos braços de Ricardo, no alto das dunas, na fímbria do mar, na rede, na cama, na areia, na espuma das ondas, no casco da canoa, de noite, de madrugada, ao cair da tarde, na barra da manhã. A lua crescente finca-se nos cômoros, entra pela janela do Curral.

Bom seria ficar para sempre, ali envelhecer e esperar a morte, sem preocupações nem compromissos. Por que há de abandonar o paraíso? Urge regressar a São Paulo, reassumir a direção do Refúgio, ganhar dinheiro e empregá-lo bem. Ademais, dentro de muito pouco tempo, Mangue Seco será apenas triste e podre paisagem de cimento, fumaça e detritos. Melhor não pensar nisso, aproveitar enquanto ainda existem paz, beleza, amor.

A plenitude dura desde a manhã de segunda-feira, quando por fim Ricardo chegou e Tieta o recebeu com quatro pedras na mão:

— Se fez de propósito para aguar minha festa, conseguiu. Por que não ficou de vez?

— Mas a tia disse que não ia haver mais festa.

— Desde quando sou de novo tia? Estamos cercados de gente, por acaso?

— Desculpe, mas nunca lhe vi tão zangada assim. Padre Mariano me prendeu por causa do inventário. O Cardeal...

— Quero que o Cardeal vá se estourar no inferno. Ele, o padre e toda sua laia. A que horas terminou esse tal de inventário?

— Em cima da bênção.

— E por que você ficou por lá, não veio ontem mesmo?

— Quando a bênção acabou, já era de noite, não me ocorreu — o que não lhe ocorre é uma boa desculpa. — Comi, rezei o terço com a Mãe, fui deitar. Sonhei... — levanta os olhos para Tieta: — ... sonhei com você a noite inteira. Cada sonho!

Justamente por ele não haver dado uma desculpa, Tieta acreditou:

— Se me fizer outra dessas, tu vai ver. De agora em diante, tu não sai mais daqui nem pra missa nem pra porcaria nenhuma. Até eu ir embora, Deus·se acabou. — A voz se adoça: — Tu sonhou mesmo comigo?

— Sonhei com você mocinha, mais moça do que eu, antes de ir embora. Igualzinha como você me contou, igualzinha, sem tirar nem pôr, meninota. — Não era por acaso verdade? Faltava a Maria Imaculada apenas o cajado de pastora.

— Me conte, cabrito, tintim por tintim.

ONDE A FORMOSA LEONORA CONHECE FINALMENTE OS ESCONSOS DO RIO

Leonora se dá conta, confusamente, dos sentimentos de Ascânio. Nas agruras da vida nunca tratou com homem parecido com ele e teme magoá-lo, desiludi-lo, perdê-lo. Intimida-se sem coragem para defender o tempo medido que lhe resta.

Primeiro, o rapaz a julgara moça donzela, casta filha de família, de esmerada educação, riquíssima, à espera de casamento condizente com sua situação social. Depois, Mãezinha inventara aquela história do noivo calhorda, desmascarado antes de abiscoitar os cobres da milionária mas depois de lhe ter papado os tampos. Para converter em audácia o acanhamento de Ascânio, colocando a seu alcance paulista evoluída, sem preconceitos provincianos nem cabaço, e assim transformar o platônico e depressivo namoro de caboclo em exaltado xodó, lírico e ardente, agradável passatempo de férias. Mãezinha a trouxera na viagem para curar-lhe o peito e o coração. No sertão irás respirar ar puro e apreciar o prazer de um amor romântico, desses que deixam a gente pejada de saudade. Sabes lá o que é trepar ouvindo versos? Só mesmo em Agreste, cabrita. Ar puro para os pulmões debilitados pela poluição da metrópole, sentimento para o coração crestado pela aridez e a violência. Carga de saudade para as horas de solidão.

A trama de Mãezinha obteve êxito apenas parcial. Ascânio continuou a imaginá-la ingênua filha de família, ainda mais digna e necessitada de respeito por enganada e sofrida. Enganada, sim, meu amor, sofrida por demais. Mas, ai!, não ingênua filha de família, digna de respeito. O segredo não lhe pertence, não pode abrir a boca e dizer: leva-me para a cama sem vacilar, nada te peço, nada mereço, sou mulher da vida, uma qualquer. Uma infeliz. Além dos fregueses, esses não contam, tive outros homens antes de ti, mas somente agora, aqui em Agreste, amei como se deve amar. Eu te amo, quero ser tua e quero que sejas meu. Por quanto tempo, não importa!

Não pode contar a verdade, contudo nada a impede de estender-lhe os braços e pedir: vamos até a beira do rio, derruba-me no escuro, na sombra dos chorões. Agarra teu bode pelos chifres, ensinara Mãezinha. No alto dos cômoros, Leonora seguira o conselho. Dera-se bem.

Palmilhando a calçada da Praça da Matriz, no recorrido habitual dos namorados, de olhares ternos, fugazes apertos de mão, beijos rápidos, vendo o tempo passar sem que Ascânio se atreva, mais uma noite ameaçada de ir para o brejo, Leonora vence o receio, supera a inibição e se decide:

— A gente nunca sai daqui, da Praça. Eu tinha vontade de ir à Bacia de Catarina. É um passeio tão bonito.

— É bonito, sim. Iremos um dia desses...

— Por que não vamos hoje?

— Não tem ninguém para nos fazer companhia.

— Companhia, para quê? Quero ir contigo, nós dois.

— Sozinhos? — Acaricia-lhe a face. — Agreste não é São Paulo, Nora. Amanhã teu nome estaria na boca do mundo.

Dando o assunto por encerrado, Ascânio volta a discorrer sobre seus projetos de administrador e as perspectivas abertas para o município com a vinda da Brastânio. Leonora escuta desatenta, ouvindo ressoar ao longe a voz de Mãezinha: agarra teu bode pelos chifres, cabrita. Interrompe o passeio e o discurso:

— Tu me amas, Ascânio? De verdade?

— Duvidas? Eu...

— Então, por que foges de mim? Ou não te agradei?

— Fujo de ti? Não me agradaste? Não digas isso nunca mais. Eu te amo e não quero que falem mal de ti, entendes?

Leonora sorri e prossegue, mansa e firme:

— Entendo, sim, era o que eu pensava. Deixa que falem, não me importo, não tira pedaço. — Toma-o pela mão: — Me leva, amor, para a beira do rio. Lá ou onde tu quiseres, meu senhor.

Ascânio sente o suor escorrendo pelo corpo, pensamentos e sentimentos se atropelam, impossível ordená-los.

DE COMO A PAZ FOI PERTURBADA POR UM SANTO HOMEM

Com o engenheiro e Budião, Ricardo saíra de canoa para pescar. Tieta descansa na rede quando percebe ruído de passos na areia. Ergue o busto, um forasteiro se aproxima. Sem nunca tê-lo encontrado, reconhece frei Timóteo, coberto por um chapéu de palha, sorridente. Tieta corre a enfiar um vestido em cima do maiô. Volta a tempo de pedir a bênção ao franciscano.

— Dona Antonieta Cantarelli? Todos falam na senhora, eu não quis ir embora sem conhecê-la. Muito prazer.

— Eu também desejava muito conhecer o senhor. Meu sobrinho Ricardo diz que o senhor é um santo.

— Santo? — ri, achando graça. — Sou um pobre pecador. Onde anda Ricardo? Não o tenho visto nos últimos dias.

— Estava em Agreste, ajudando padre Mariano, mas já voltou. Foi pescar, não tarda.

— É um bom menino. Deus há de lhe indicar o caminho certo. Se a senhora permite, vou esperá-lo para me despedir. Minhas férias terminaram, amanhã estarei de novo em São Cristóvão.

— A casa é sua. Vou buscar uma cadeira.

O frade recusa a cadeira, senta-se ao lado de Tieta na balaustrada da varanda, ainda ágil apesar dos cabelos brancos. Os olhos postos nos cômoros:

— São Cristóvão é uma cidade antiga, bonita, os homens que a construíram honraram o Senhor...

— Não conheço mas já ouvi falar.

— Nada, porém, pode se comparar a Mangue Seco. Esta região é privilegiada, é bela demais, um dom de Deus aos homens. Sei que a senhora tem feito o que pode para impedir o crime que querem cometer, instalando aqui uma fábrica de dióxido de titânio.

Tieta sente-se enrubescer. Não merece os elogios. O Comandante a reclamar sua presença em Agreste e ela ali no bem-bom, a regalar-se com o sobrinho.

— Não fiz nada ou quase nada. O comandante Dário vive me pedindo para ir a Agreste dar uma ajuda mas vou ficando por daqui, aproveitando esta maravilha enquanto posso. Carmosina me acusa de egoísta mas, me diga, frei Timóteo, de que adianta eu me tocar para Agreste, pedir ao povo que assine contra a fábrica, que proteste? A fábrica termina por se instalar da mesma maneira, não depende de mim, nem de Carmô, nem do Comandante. Não tenho razão?

— Acho que não, dona Tieta. Permite que a trate assim, não? Dificilmente os protestos do povo de Agreste, sozinhos, poderão impedir a instalação da fábrica, é certo, mas podem ajudar. De qualquer maneira devemos fazer tudo que esteja ao nosso alcance para impedir o crime, sem perguntar se vamos obter sucesso ou não. — Uma breve pausa, antes de acrescentar: — A senhora, quando entrou na lancha, com Jonas e os pescadores, não perguntou se valia a pena.

Pegada de surpresa, Tieta tenta explicar:

— Lembrei meus tempos de menina levada, era doida por uma briga...

— Não estou julgando nem acusando, de que outra maneira poderão eles protestar? Mas a senhora tem muito como ajudar, sem recorrer à violência. O povo de Agreste precisa ser esclarecido, uma palavra da senhora é capaz de convencer os indecisos. Deus nos confiou a guarda desses bens, nossa obrigação é defendê-los. Sem o que, estaremos sendo cúmplices dos criminosos: os índices de poluição dessa indústria são terríveis. Desculpe, dona Tieta, eu falar assim, mas pediu minha opinião...

Na infinita paz da tarde, a voz do frade, branda e fervorosa, o sorriso tímido e aliciador, perturbam Tieta. Não chega a responder — responder, o quê? — devido à aparição de Ricardo. Ao avistar o frade, o seminarista deixou o engenheiro para trás, surge correndo:

— Por aqui, frei Timóteo? Que surpresa!

— Vim me despedir, meu filho, e tive o prazer de conhecer e de conversar com dona Tieta. Regresso amanhã ao convento.

Carregando um samburá com peixe, o engenheiro se incorpora ao grupo:

— Também eu e Marta já estamos de malas arrumadas, temos apenas mais dois dias. Mangue Seco, agora, só para o ano, se para o ano não já estiver tudo podre por aqui. Quando penso nisso, me dá uma revolta...

— Estávamos falando nesse assunto, dona Tieta e eu. Estão planejando um crime, um grande crime.

Ricardo acompanha o frade até a canoa. Frei Timóteo deita-lhe a bênção:

— Pessoa simpática, a sua tia. Sei quanto você a estima, vai sentir sua falta. Quando ela for embora, venha passar uns dias comigo, no convento.

Na cama, à noite, Tieta comenta a visita:

— Será que ele desconfia de nós dois?

— Nunca deu a entender.

— Sabia da história das lanchas, me falou mas não repreendeu. Diabo de frade. Acabou com meu sossego.

— O quê?

575

— Com essa história que a gente tem obrigação a cumprir. Não quero sair daqui a não ser para a festa e o embarque...

Felipe costumava dizer que para se viver feliz era preciso antes de tudo abolir a consciência. Tu e teus problemas de consciência, ainda vais te dar mal... prevenia ao sabê-la preocupada por causa de uma das meninas do Refúgio. Tieta prende Ricardo contra o peito, tentando esquecer as palavras do frade, não percebe o vislumbre de esperança nos olhos do rapaz.

DO MISTERIOSO CORRESPONDENTE

Como pudera suceder inconfidência de tal monta? Mestre Hélio Colombo não falara a ninguém a propósito de desapropriação, a não ser ao moço candidato. Ascânio Trindade, por sua vez, guardara absoluto sigilo acerca da conversa com o advogado. Não obstante, poucos dias depois, *A Tarde* publicava uma *Correspondência de Agreste*, relatando a estada do ilustre jurisconsulto, na qualidade de patrono da Brastânio. Referia-se à manhã no cartório, debruçado sobre livros e documentos, e ao encontro à tarde, no sobrado da Prefeitura, com Ascânio Trindade, quando ordenara ao candidato a prefeito desapropriar a imensa área do coqueiral, para revendê-la, no todo ou em parte, à Companhia Brasileira de Titânio S.A., obtendo imediata aquiescência do obediente funcionário. A desapropriação por motivo de utilidade pública fora a solução encontrada pelo advogado para garantir a seu constituinte a posse da área, diante da intransigência de alguns herdeiros, irredutíveis na disposição de se absterem de qualquer negócio com a controvertida empresa, considerando que os eflúvios poluentes da indústria de titânio poderiam causar irreparável dano à região. O correspondente usara o verbo ordenar e o adjetivo obediente. Os exemplares da gazeta passaram de mão em mão.

Jamais se tirou a limpo quem tivesse sido o misterioso correspondente. Doutor Hélio Colombo, recordando a curta visita a Agreste, a pavorosa travessia de ida-e-volta, o caminho de mulas, a poeira e a sede, a mesa farta, o sabor e o tamanho dos pitus, a cor doirada e o incomparável paladar da ambrosia, reflete sobre as manhas e espertezas da gente do interior — caipiras, tabaréus. Parecem ingênuos e tolos, uns tabacudos. Vai-se ver, são uns finórios, enrolam os sabichões das metrópoles, na maciota. O mestre rememora a evidente curiosidade do tabelião, as perguntas capciosas durante o almoço. Pensara tê-lo engambelado. Volta a ouvir o ressonar do simpático gorducho, inexpressiva cara de lua cheia, o ar apalermado, semimorto na sala da Prefeitura, portador das certidões e da lata de doce de araçá. Pai e filho, que dupla!

DO BRINDE COM LICOR DE VIOLETAS

O que aumenta a depressão de dona Carmosina é o fato de todos pensarem nela quando tentam identificar o anônimo e informado correspondente, Aminthas vem lhe dar os parabéns:

— Prima, você é a maior. Como descobriu a trama?

Não descobrira nada, não lhe cabe mérito na denúncia, nem sequer soubera da passagem do professor Colombo pela cidade, está completamente por fora da jogada, acabrunhada. Além do abalo causado pela notícia — lá se foi por água abaixo o trunfo conquistado com o nobre gesto de Fidélio —, viu-se posta à margem dos acontecimentos. Antes não se movia uma palha em Agreste sem seu conhecimento. Agora, era tomada de surpresa, um absurdo. Os olhos miúdos de dona Carmosina fazem-se opacos:

— Soube pelo jornal, como você. E dizer que ri na cara de Ascânio... Agora não tem mesmo jeito. Estou desmoralizada.

Murcho, arrasado, junta-se a eles o Comandante, larga em cima do balcão as folhas de papel com as assinaturas no memorial de protesto. Quem tem razão é Tieta: memorial e nada, a mesma coisa. O Comandante chega do cartório onde conversou com doutor Franklin e obteve confirmação da notícia. Mesmo agindo em representação de herdeiro presuntivo, nada poderá fazer para impedir o ato de desapropriação por motivo de utilidade pública. Qualquer ação na justiça terá de ser posterior, de que adianta? Questão liquidada, a do coqueiral. Um clima de desolação se estende sobre a agência dos Correios. Apenas Aminthas não se deixa abater e, com seu jeito gozador, tenta levantar o ânimo dos amigos:

— O navio ainda não naufragou, Comandante! Cadê sua fibra, Carmô? Nunca vi ninguém entregar os pontos tão depressa. Apesar de que eu continuo a pensar que essa tal fábrica não vai se instalar aqui...

— Não vai? Trazem a Agreste um advogado da envergadura de Hélio Colombo, levam Ascânio à capital...

— Pleibói matuto... — diverte-se Aminthas.

— ... acertam os pauzinhos com ele, marcam a eleição e você ainda duvida da intenção deles?

— Concedo que existem razões para acreditar. De qualquer maneira, temos de agir como se fosse certo...

Muda repentinamente de assunto à aproximação de bisbilhoteiros vindos do bar e do comércio, interessados na conversa: Agreste anda de orelha em pé e a notícia da próxima desapropriação das terras despertou interesse incomum. Primeiro a chegar, Chalita encosta-se na porta, esgravata os dentes:

— Bom-dia, meus fidalgos.

— Bom-dia, pachá dos pobres. — Aminthas não se embaraça: — Como estava dizendo, na minha opinião os Beatles ainda não encontraram substitutos... Depois do almoço passo em sua casa, Carmô, levo o disco, vocês vão ver que tenho razão. Até logo, Comandante.

Cruza na porta com Edmundo Ribeiro. O coletor pergunta:

— Que me dizem da notícia? Será mesmo verdade? Pelo jeito como as coisas marcham, daqui a dois anos ninguém vai conhecer Agreste.

Em casa de dona Carmosina, enquanto dona Milu serve doce de casca de laranja-da-terra, Aminthas assume pose de orador:

— Respondam-me os nobres correligionários: para poder decretar a desapropriação da área, Ascânio precisa ser eleito, não é?

— A data da eleição já foi marcada.

— Sei disso, leio os jornais e ouço o falatório. Mas, ao que saiba, o nosso pleibói rural ainda não está eleito.

— Pouco falta — constata o Comandante.

— Falta pouco ou falta muito, tudo depende.

— Depende de quê? Você duvida por acaso de que ele seja eleito?

A voz do comandante Dário reflete desânimo e impotência, dona Carmosina ouve em silêncio.

— Posso vir a duvidar, por que não? Dependendo das circunstâncias, posso até apostar que ele não será eleito.

— Como não há de ser eleito? Candidato único, candidato do coronel Artur...

— Basta que ele não seja candidato do Coronel ou, em último caso, não seja candidato único...

— Você está querendo dizer... — interrompe, interessada, dona Carmosina.

— Que basta surgir outro candidato, capaz de derrotar Ascânio, seja na preferência do Coronel, seja nas urnas...

— Estava me dando conta de onde você ia chegar. Mas não vejo jeito. O Coronel é padrinho de Ascânio, confia nele, no dia do enterro de Enoch disse que o novo prefeito ia ser Ascânio e todo mundo ficou de acordo. Não vejo por que há de mudar.

— Sei lá... O velho anda biruta, ninguém ainda procurou saber o que o cacique pensa sobre a instalação da fábrica, se é a favor ou contra. Não custa conversar, tentar convencê-lo. Mas se ele mantiver Ascânio, então nós iremos para as urnas.

— Nas urnas, Ascânio é imbatível.

— Imbatível? Talvez tenha sido, Carmô, não é mais. Antes todos viam nele um rapaz trabalhador e honesto, não havia duas opiniões sobre Ascânio e todos o queriam para prefeito. Hoje, justa ou injustamente, para muitos ele se transformou num homem a soldo da Brastânio, de olho no dinheiro de Leonora. Aqui para nós, a meu ver, Ascânio não passa de um bobo alegre. Mas por aí, o menos que dizem dele é que está de cabeça virada. Você não se deu conta, Carmô, que a unanimidade acabou? Começando por nós, que estamos aqui. Antes, éramos todos eleitores de Ascânio, eleitores de cabresto. Hoje, meu voto ele não tem.

— Nem o meu — concorda o Comandante.

— Ainda assim não vejo quem possa competir com ele.

— Ficou cega de todo, prima.

— Quem? Me diga!

— O cidadão eminente, preclaro filho de Agreste, oficial de nossa gloriosa Armada, comandante Dário de Queluz!

— Eu? Você está maluco? Não sou político e não pretendo ser.

— Exatamente. Os políticos andam muito por baixo, quem manda atualmente no país são os militares, não é? Comandante, assuma seu posto!

— Eu? Jamais!

Aminthas não lhe dá atenção:

— Vai ser dureza mas eu considero que poderemos ganhar, se...

— Se?

— Se a gente contar com o apoio de dona Antonieta. Tendo Santa Tieta do Agreste de nosso lado, pedindo votos para o Comandante, é barbada.

— Não aceitarei de maneira nenhuma... — recomeça o Comandante, erguendo-se para sublinhar sua decisão.

Dona Carmosina volta-se para ele, novamente esfogueada, em pé de guerra:

— Como não aceita? Patriotismo se prova é nessas horas, Comandante.

Dona Milu traz cálices, serve licor de violetas. A ocasião impõe um brinde. A velha senhora, em priscas eras, foi eficiente cabo eleitoral:

— Saúde, Comandante! Vou começar a propaganda hoje mesmo. Já tenho um mote para a campanha: abaixo a podridão. — Dona Milu saboreia o licor, estala os lábios.

CAPÍTULO DE EVENTOS MEMORÁVEIS DURANTE OS QUAIS ASCÂNIO TRINDADE PERDEU A ELOQÜÊNCIA E A CARAMBOLA — PRIMEIRA PARTE: O CASO DO DISCURSO

Entre a passagem do doutor Hélio Colombo por Agreste e a publicação da notícia em gazeta da capital, por duas vezes Ascânio Trindade esteve a ponto de perder a cabeça — na primeira perdeu o fio do discurso, na segunda, a carambola.

O caso do discurso sucedeu no comício improvisado para saudar a chegada às ruas do burgo dos postes da Hidrelétrica. Quando o engenheiro-chefe desceu do jipe e subiu a escada da Prefeitura, Ascânio Trindade, na sala de despachos, sozinho, busca digerir recentes e embaraçosas atitudes, tomadas à sua revelia, impostas por terceiros sem que sobre elas lhe houvessem permitido opinar ou discutir. Satisfatórias, entretanto.

Ignorando-lhe os escrúpulos, pisoteando os preconceitos locais, o atraso sertanejo, Leonora o transporta cada noite ao paraíso, ou seja, à Bacia de Catarina. Solucionando intrincado problema, o famoso advogado ordenou-lhe desapropriar as terras do coqueiral, apenas assuma o cargo de prefeito. Acatara as duas soluções, ambas o comprazem. Persiste todavia dentro dele um laivo de descontentamento como se, ao concordar com tais iniciativas e delas participar, cometesse ato reprovável. Analisando-as, nelas não encontra nada de sujo ou desonesto. Por que então o medo e a dúvida? Exclusivamente por lhe faltar estofo de líder. Enredado em melindres, em relutâncias e suceptibilidades provincianas, mentalidade estreita, assusta-se e vacila quando a conjuntura exige firmeza e audácia. Mestre Colombo e Leonora representam a mentalidade aberta e avançada das grandes cidades. Surpreendente Leonora, tão frágil e tão disposta, tão discreta e tão atrevida!

A voz do engenheiro interrompe suas matutações:

— Vim lhe convidar para assistir à colocação do primeiro poste na cidade. Gostaria de chamar também a tal ricaça, a que manda no governo. Assim, terei o prazer de conhecê-la.

Empolgado com a notícia, Ascânio salta da cadeira, enfia o paletó.

— Ela está em Mangue Seco, o senhor vai conhecê-la no dia da festa. Já podemos marcar a data?

— Digamos, o primeiro domingo daqui a quinze dias.

Ascânio faz as contas, dezessete dias exatamente. Ao fixar a data para a grande festividade, o engenheiro determina o dia do regresso a São Paulo das Cantarelli, a viúva e a herdeira. Ascânio estremece: o curto tempo tão falado e repetido deixa de ser expressão vaga, transformando-se em prazo fatal. Daí a dezoito dias, na marinete de Jairo, partirá de Agreste a mais bela e pura das mulheres.

581

Célere, espalha-se a notícia, movimentando a cidade. Nas mãos festeiras de Vavá Muriçoca, o sino da Matriz badala alvíssaras. Padre Mariano surge no átrio. Por obra e graça de devota paroquiana, generosa ovelha do rebanho do Senhor, comendadora papalina, meritíssima, foi instalada nova rede elétrica no templo, cuja fachada, recoberta de lâmpadas coloridas, aguarda a luz de Paulo Afonso. Padre Mariano acelera o passo para alcançar Ascânio e o engenheiro-chefe.

Manejando pás e picaretas, operários cavoucam o buraco onde se erguerá o primeiro poste, no antigo Caminho da Lama, futura rua Dona Antonieta Esteves Cantarelli. Dos becos e ruas, desemboca gente. Os últimos céticos rendem-se à evidência: mais duas semanas e Agreste estará consumindo força e luz da Hidrelétrica do São Francisco. Energia capaz de mover indústrias, luz forte e brilhante, vinte e quatro horas por dia, não mais a fosca e débil iluminação do motor, limitada a três horas, quando não há pane. A luz de Tieta. O nome da benfeitora passa de boca em boca, em louvor e admiração. Todos sentem orgulho da riqueza e importância, do prestígio e poderio da conterrânea, patrona da cidade e do município, filha pródiga e predileta. A ela, apenas a ela, deve-se aquele milagre — verdade proclamada pelo próprio engenheiro-chefe.

Inacreditável milagre, define ele, de cima do caixão de querosene. Vendo dezenas de cidadãos comprimidos em torno aos engenheiros e aos operários, comentando, prontos para o aplauso, Ascânio manda o moleque Sabino em busca de um caixote; momento tão solene da vida de Agreste não pode transcorrer em branca nuvem. Improvisa tribuna e comício e, para iniciá-lo, convida o engenheiro-chefe, *comandante invicto dessa épica batalha do progresso, a quem manifestamos nossa gratidão.* Falto de dotes oratórios, o engenheiro reduz-se a quatro rápidas frases. Parabeniza o povo da região mas recusa agradecimentos, ele e sua equipe cumpriram apenas ordens da Companhia, ordens que de início lhe pareceram absurdas pois a extensão dos fios elétricos a Agreste fora um *autêntico, inacreditável milagre.* Deviam agradecer exclusivamente à poderosa personagem que o proporcionara e a quem não tivera ainda o prazer de conhecer. Ao descer, é apresentado a alguns familiares da poderosa personagem: a irmã Perpétua, o sobrinho Peto, a enteada Leonora, a quem despe com olhos gulosos e competentes. Material de primeiríssima, papa fina.

Leonora acha que Ascânio merece uma parcela dos aplausos e da gratidão pois se batera com desesperada pertinácia, sofrendo inclusive humilhações, para a obtenção daquela vitória. Nada conseguira, é verdade, mas nem por isso seu esforço deve ser esquecido.

Aliás não lhe regateiam aplausos quando ele sucede ao engenheiro, sobre o caixote. Sobretudo ao se referir à atuação de dona Antonieta Esteves Cantarelli, a quem o povo de Agreste será eternamente reconhecido. Ficasse por aí e com certeza compartilharia da gratidão expressa pelos presentes aos responsáveis por fios, postes, lâmpadas e iluminação. O erro de Ascânio foi querer aproveitar a ocasião para fazer propaganda da Brastânio. Num gesto imperativo apontou o chão, perguntando: a quem se deve o asfalto sobre o qual pisamos, cobrindo para sempre a lama secular na entrada da cidade? Quem enviou máquinas, técnicos, operários? A Brastânio, cuja presença no município significa a redenção de Agreste — disse, repetindo o chavão da entrevista. Palmas e bravos, de mistura com apupos e apartes, divididas as opiniões.

— Abaixo a poluição! — brada dona Carmosina.

Ascânio não dá atenção, prossegue entusiasta e eloqüente, mas logo anônima voz em falsete, evidentemente disfarçada, ergue-se na confusão do ajuntamento:

— Cala a boca, pleibói matuto! Tu tá é vendido!

Ascânio engasga no meio da frase, sem conseguir localizar o canalha — se for homem apareça e repita —, perde a segurança e a eloquência, alinhava o discurso. Ao descer do caixote estrugem aplausos e vivas: dirigidos ao poste que os operários acabam de colocar de pé, maravilha do século. Altíssimo, de concreto, bifurcando-se em braços para as lâmpadas, porreta.

SEGUNDA PARTE DO CAPÍTULO DE EVENTOS MEMORÁVEIS DURANTE OS QUAIS ASCÂNIO TRINDADE PERDEU A ELOQÜÊNCIA E A CARAMBOLA: O CASO DO BILHAR

O incidente do bilhar teve por cenário o Bar dos Açores, onde as partidas decisivas do torneio anual por fim se realizaram. Atrasadas, pois o Taco de Ouro deveria ter sido proclamado em dezembro. Em Agreste, ultimamente, anda tudo em descompasso e em discórdia. A rotina e a harmonia cedem lugar ao imprevisto e à contenda. Alastram-se a desconfiança e a irritação, manifesta-se a cada passo evidente espírito belicoso.

A presença da nata social, senhoras e senhoritas, empresta caráter festivo à disputa. Desfile de toaletes caprichadas, como se na mesma ocasião fossem escolhidos o Taco de Ouro e a Rainha da Elegância. As damas comparecem para torcer, respirar a excitante atmosfera do botequim, sobretudo para exibir os trajes, cada qual mais pretensioso. Nos anos anteriores, ostentando vestidos mandados por Tieta, modas do Sul, Elisa destacava-se das demais. Tampouco Astério tivera maiores dificuldades para derrotar os parceiros. O casal açambarcava os aplausos: ele, tricampeão, ela, absoluta! As coisas mudaram. Astério, às voltas com a criação de cabras e o plantio de mandioca, descuida-se dos treinos, enquanto Seixas e Fidélio passam horas e horas a carambolar. Quanto a Elisa, encontra rival à altura de sua beleza e elegância: a formosa paulista Leonora Cantarelli, em férias na cidade.

A primeira partida foi ganha por Fidélio, perdida por Seixas. Nos pontos e na torcida. As primas de Seixas haviam recrutado colegas e amigas para engrossar as fileiras das incentivadoras do primo. Fidélio, arredio, não recrutou ninguém, as fãs compareceram de moto-próprio, numerosas. Constataram-se inclusive deserções nas hostes de Seixas, em nítida prova da deterioração dos costumes locais. A febre da traição atingiu até uma das primas, a estrábica, a mais linda. Perdendo o controle, a falsa aplaudiu de pé jogada sensacional do adversário. Um vexame.

Dona Edna, cujos campeões, o fiel Terto (nem por manso e cornudo menos bom marido) e o volúvel Leléu, se encontram há muito desclassificados, não consegue esconder o despeito por não poder competir com Elisa e Leonora. Galante e ousada, não lhe faltam graça e porte, gosto no vestir; falta-lhe dinheiro ou irmã generosa. Para compensar, onde quer que esteja, os olhos de frete percorrendo os homens presentes, fala pelos cotovelos alfinetando meio mundo. Língua louvada em mais de uma arte, exímia na arte de malhar a vida alheia, destila veneno, várias vezes o alfinete transforma-se em escalpelo. Se a repreendem, explica: por mais eu corte na pele dos outros, nunca conseguirei cobrar o que falam de mim. Durante o torneio, nem Peto escapa dos olhares doces e da agre malícia de dona Edna. Um Peto metido a rapaz, de calças compridas, sapatos postos, cabelos penteados.

— O que foi que deu em você, Peto? Virou homem...

Olhos dolentes, sedutores, a ponta da língua roçando os lábios, para deixar o menino de pito aceso. Engraçadinho o moleque, pesteando a brilhantina. Mas quem bole com os nervos de dona Edna é o outro, o irmão, padrequinho no ponto exato, papa-missas divino. De Peto, dona Edna passa para Elisa, com quem implica solenemente: a presunçosa agora habita uma das melhores residências da cidade sem pagar aluguel, fazendo ainda mais insuportável o ar dolente e superior que exibe em permanência. Dona Edna veio disposta a aperreá-la e a amofinar, ao mesmo tempo, a outra antipática, a hipócrita lambisgóia, Leonora. Qual das duas, a mais detestável?

— Você permite, Elisa, que eu torça pelo seu rico maridinho? Não tenha medo, não vou tirar nenhum pedaço... — ri, em desafio.

Não importa o motivo a conceder a Astério o privilégio da torcida de dona Edna, a verdade exige que se diga dever-se a ela a vitória do tricampeão quando, considerando-se derrotado, já depositara o taco.

Ao contrário da empolgante disputa entre Fidélio e Seixas, na qual sucederam-se lances brilhantíssimos, a partida entre Ascânio e Astério arrastou-se longa e enfadonha. Equilibrada, é certo, porém nos desacertos e nos erros. Os adversários revelaram falta de treino e extremo nervosismo. Estando fora de forma, decepcionaram o público e os apostadores.

Durante o desenrolar da monótona competição, Elisa finge não entender as provocações de dona Edna — críticas às elegantes de segunda mão, palavras carinhosas de incentivo a Astério como se ele fosse seu marido ou amante. Para não ouvi-la, concentra-se nos lances da partida. Não entende grande coisa de bilhar mas, ainda assim, dá-se conta da péssima atuação de Astério. Se por acaso conseguir ganhar de Ascânio, igualmente ruim, perderá com certeza para Fidélio cuja exibição despertara entusiasmo geral. Engraçado como os homens são surpreendentes. Fidélio vivera até então retraído em seu canto, não se ouvia referência a seu nome. De repente, devido ao assunto do coqueiral, transformara-se numa das pessoas mais badaladas da cidade. Segundo dizem, sua casmurrice não passa de sabedoria e sonsidão; um devasso enrustido. Sim, os homens são imprevisíveis: não houvesse dona Carmosina lhe contado tantas histórias de Fidélio, Elisa jamais acreditaria fosse ele um dom-juan. E o que dizer então de Astério, de seus gostos e preferências? Pelo visto, a vagabunda da Edna, com aquela bunda chulada, está perdendo tempo, nunca terá vez.

585

Num gesto brusco, Osnar atira longe o cigarro de palha, ao ver Astério, em quem apostara forte, botar fora a última chance de vitória. A última porque a partida chegara ao fim, faltando a Astério três pontos e a Ascânio apenas um. A diferença, para um tricampeão, recordista de carambolas, significava pouco pois lhe cabia jogar. Mas Astério afobara-se, perdera a tacada, deixando a bola na medida para Ascânio: bastaria calcular com precisão a força da tacada para marcar o ponto do triunfo. Astério encosta o taco, nada mais pode fazer, dia negro. Sente uma contorção no estômago, a primeira após a compra das terras de Jarde; pensava-se curado.

Ascânio contempla a mesa do bilhar, sorri vitorioso para Leonora, passa giz no taco, aproxima-se sem pressa, considera a partida ganha. Faz-se silêncio na sala, rompido pela voz de dona Edna, estridente:

— Osnar, você que é o Presidente do Clube da Bacia de Catarina, me diga se é verdade o que anda correndo por aí...

Debruça-se Ascânio sobre a borda do brunswick, coloca o taco, recua o braço, pronto para fazer a carambola.

— ... que a beira do rio nunca andou tão freqüentada, só se vê cara nova, cara de forasteira... que a forasteira não perde nem uma noite...

O taco espirra, apenas move a bola, ajeitando-a para Astério. No eco da voz de dona Edna, Ascânio perde a carambola e a partida.

DA PRIMEIRA VITÓRIA DO CANDIDATO ECOLÓGICO, CONCEDENDO-SE AO LEITOR A REGALIA DE VER O COMANDANTE DÁRIO DE QUELUZ ENVERGANDO FARDA DE GALA

— Meu Deus, o que teria sucedido? Olhe para ele, Cardo... — Tieta aponta o comandante Dário de Queluz, sentado na proa da embarcação embicada na areia, enfiando meias e sapatos brancos, antes de pisar na praia.

— Nem que hoje fosse Sete de Setembro... — comenta o seminarista, não menos assombrado.

Uma vez por ano, no dia sete de setembro, em homenagem à festa da Independência, comandante Dário retira a farda do armário e da naftalina, mete-se nela e engalanado comparece à solenidade comemorativa, no Grupo Escolar. Durante o resto do ano, gasta calça e camisa-esporte na cidade, shorte e camiseta na praia. Por que cargas-d'água aparece de uniforme, reluzindo ao sol de Mangue Seco? Jamais Tieta o vira assim trajado. Fica diferente, sobranceiro e austero, parece outro, impõe respeito. Deve ter sucedido algo muito grave para o Comandante envergar a túnica de gala e ostentar a medalha do mérito naval. Tieta e Ricardo acorrem a seu encontro:

— Cadê Laura? Ela está bem? — pergunta Tieta, preocupada.

— Está bem, mandou lembranças. Ficou em Agreste, eu volto em seguida. Vim aqui só para conversar com você, Tieta. — A voz severa. — Assunto sério e reservado.

Inquieto, Ricardo olha para a tia: terá a conversa a ver com eles? Vai-se afastando, o Comandante o retém:

— Não precisa ir embora, Ricardo, você já não é um menino. Mas fique avisado: nada do que for dito aqui pode transpirar. Conversa sigilosa.

A farda estabelece compostura e distância, firmeza de maneiras, pose quase arrogante. Chegam ao Curral, onde Tieta serve água-de-coco — uma das preferências do Comandante: não existe diurético igual, cara amiga! —, põe a chaleira no fogo para passar um cafezinho.

— A data da eleição foi marcada, Tieta.

— Já se esperava, não? Carmô me disse que os jornais estavam falando...

Comandante Dário relata a visita do doutor Hélio Colombo, professor de Direito, advogado famosíssimo, um cérebro, uma capacidade, enviado a Agreste pela Brastânio. Sabem para quê? — pergunta, os olhos fuzilando de indignação, a voz funérea, como se denunciasse conspiração monstruosa, trama sinistra. Aliás, é o que está fazendo: tentando desmascarar e derrotar torva maquinação, abominável cabala. Ricardo escuta atento, olhos arregalados, indignado e solidário; Tieta ainda não entende o motivo da farda e da ênfase, da atitude heróica e dramática do Comandante.

— Sabe, minha amiga, qual será o primeiro ato de Ascânio após a posse? Não sabe? Vou lhe dizer: será desapropriar a área do coqueiral e em seguida cedê-la à Brastânio. Por isso estou aqui, Tieta, vim lhe buscar.

Ainda embatucada, Tieta força o riso:

— Se fardou para isso? Ou vai me levar presa?...

O militar não a acompanha no riso e na pilhéria:

— Não brinque com coisa séria, Tieta. A única maneira de prevenir a catástrofe, de salvar Agreste, é impedir a eleição de Ascânio.

— Impedir? De que jeito?

— Elegendo outro candidato.

— Qual? — repentina suspeita altera-lhe a voz. — Não venha me dizer que você e a maluca da Carmo me escolheram...

— Essa seria a solução ideal se você não vivesse em São Paulo. — O Comandante retira o boné, limpa o suor, coça a cabeça. — Você me conhece, Tieta, sabe que não sou homem de mentiras. Deixei a Marinha e voltei para Agreste porque desejo viver em paz o resto de minha vida, tranqüilo ao lado de minha mulher, neste pedaço de paraíso. Você sabe que não tenho outras ambições, sou feliz assim. — Era como se houvesse despido a farda, novamente simples e cordial, despretensioso.

— E quem não sabe? Também eu, certos dias, em São Paulo, tenho vontade de largar tudo e vir de vez para Agreste. Por isso comprei casa e terreno. Um dia vou fazer o mesmo que você.

— Com uma fábrica de dióxido de titânio funcionando aqui, nem vale a pena pensar nisso, nosso paraíso vai virar uma lata de lixo, como aconteceu na Itália. Enfrentamos uma situação excepcional, Tieta. — Formaliza-se, a voz composta, o gesto firme, o olhar beligerante. — Tão excepcional que me dispus a aceitar minha candidatura, proposta por um grupo de amigos. De patriotas. Para que essa candidatura deixe de ser apenas um gesto, para que tenha possibilidade de vitória, é necessário que você se disponha a tomar a frente da campanha. Todos são de opinião que o povo apoiará seu candidato. Tudo depende de você. Vim lhe convocar, em nome do futuro de Agreste, para lutar por uma causa sagrada.

Tieta escuta, os olhos postos na face crispada do amigo. Pobre Comandante a comandar uma batalha perdida. Fanático pelo clima de Agreste, pela selvagem beleza de Mangue Seco, largara a carreira, despira a farda para ali esperar a morte, desfrutando por muitos e longos anos vida sadia e tranqüila. Tudo isso terminou, Comandante. Não adianta retirar a farda do guarda-roupa, colocar a medalha na túnica.

— Você acredita que nós, de Agreste, podemos influir para que a fábrica não se instale aqui? Eu não creio. Sei como essas coisas se passam. São decididas à revelia do zé-povinho, não pedem a opinião da gente. Você vai sair dos seus cômodos, vai...

— Vou cumprir o meu dever. É nossa obrigação, a minha, a sua, dos que sabem o que significa essa indústria. Mesmo se tivesse de ficar brigando sozinho... Eu lhe disse, se lembra, que farei tudo para evitar a poluição de Agreste.

— Me lembro...

Ricardo intervém, a voz em borbotões:

— Me desculpe, tia, mas o Comandante tem razão. Frei Timóteo falou que a gente deve agir sem perguntar pelo resultado. Pedro também pensa assim.

Tieta revê a figura magra do frade, a fisionomia franca e simpática do engenheiro, volta a ouvir a branda e fervorosa voz do religioso, o acento vibrante e apaixonado do ateu, um e outro referindo-se a crime e obrigação, perturbando-lhe o dolce far niente, fazendo-a sentir-se a última das ociosas, das inúteis, das imprestáveis. Agora aparece o Comandante, fardado, solene, exigindo o cumprimento do dever. Para se viver bem, repetia Felipe, homem sábio, é necessário antes de tudo abolir a consciência. A merda é que nem sempre se consegue.

Ferve a chaleira, Tieta passa o café, coloca xícaras na mesa. Ali Ascânio Trindade estendera o colorido desenho de Rufo, a deslumbrante visão do futuro. Escurecem novamente os olhos de Tieta recordando o asfalto derramado, soterrando o mangue, as vivendas erguidas sobre os escombros da povoação. Choupanas, caranguejos, pescadores, sonhos adolescentes, dias de paixão, enterrados na podridão do dióxido de titânio. Nenhuma pastora de cabras voltará a subir os cômoros, nunca mais.

DE COMO PERPÉTUA, MÃE DEVOTADA, ENGOLE SAPOS E FAZ DAS TRIPAS CORAÇÃO

O inesperado regresso de Tieta, levada pelos deveres cívicos a interromper a paradisíaca temporada na praia — acontece cada coisa nesse mundo que até

Deus duvida —, foi saudado com vivo entusiasmo e farta bajulação por Perpétua, já disposta a ir a Mangue Seco para uma conversa decisiva com a irmã sobre o futuro dos filhos, Cardo e Peto, na qual concretizasse amadurecidos planos, colocando os pontos nos ii, o preto no branco. De preferência no cartório, com firma reconhecida.

Acolhe o filho e a irmã num exagero de efusão, estranho à sua natureza:

— Deus te abençoe, meu filho, e te mantenha no bom caminho para continuar a merecer a proteção de tua tia. —Ah!, quem a viu e quem a vê: antes seca e distante, agora abrindo os braços para Tieta, calorosa, quase servil. — Graças a Deus que você voltou, mana. Não agüentava de saudade. Peto também, ele lhe adora, vive com seu nome na boca, pergunte a Leonora.

— É sim. Peto é um amor... — confirma Leonora, ainda surpresa com a reviravolta nos planos de Tieta.

— Temos muito que conversar antes de sua viagem, mana. Nem quero pensar nesse dia. Vou sentir demais a falta de vocês... — Faz das tripas coração, estende a adulação à enteada da irmã: — A tua também, Nora.

— Não lembre coisas tristes, dona Perpétua.

Ao ouvir o lamento da despudorada, Perpétua, em novo esforço, balança a cabeça num gesto de lástima, a voz sibilando afetuosa repreensão:

— Imagine, Tieta, que essa boba está caidinha por Ascânio... Bonita e rica como ela é, podendo escolher em São Paulo o noivo que quiser, perde tempo namorando um pé-rapado daqui. Não digo que seja mau rapaz mas não tem onde cair morto. Não é partido para ela, já avisei mil vezes.

Vibrante de interesse pela felicidade de Leonora. Das tripas coração — Perpétua abafa o desejo de bradar contra a falta de vergonha da sirigaita, a chegar fora de horas todas as noites, afogueada, o vestido amarfanhado, vinda sabe Deus de onde. Ora, de onde: da descaração na beira do rio, noite após noite; todo mundo comenta. Perpétua engole indignação e nojo, o futuro dos filhos exige elogios, sorrisos, silêncio, ela paga o preço. Na hora da prestação de contas, o Senhor Todo-Poderoso, com quem estabeleceu um trato, lançará a seu crédito os sapos engolidos, as muitas vezes que fez das tripas coração. Como agora, ao receber o filho e a irmã, vindos de Mangue Seco, queimados de sol, cheirando a maresia, respirando saúde e satisfação.

— Feliz da moça que casar com Ascânio, Dona Perpétua. Ele é um homem maravilhoso.

— Um pobretão, te esconjuro.

— Ainda bem, Perpétua, que te encontro nessa disposição, pois estou pensando em prolongar um pouco mais minha demora... Ia no dia seguinte ao da festa, talvez fique ainda uns dias...

Tieta vai para a alcova, arrumar seus teréns, Leonora a acompanha. Perpétua volta-se para o filho, antes de agir deve conversar com ele, saber se a tia falara novamente em levá-lo para São Paulo, se lhe fizera promessas, quais e quando, se insinuara por acaso adotá-lo. Por que, já estando de data marcada para viajar, decidira demorar-se? Mas Ricardo, apressado, deposita o embrulho com roupas e livros, ganha a rua, a pretexto de pedir a bênção ao padre e se apresentar ao Comandante.

— Ao Comandante? — espanta-se Perpétua.

— Vou trabalhar para o Comandante no resto das férias.

— Que história é essa?

— A tia depois explica, Mãe. Agora não posso, não tenho tempo.

Escapa porta afora, sem pedir licença. Perpétua, atônita, reconhece o tom de voz, o olhar, o riso, o atrevimento; de há muito lhe são familiares. Tom de voz, olhar, riso, atrevimento — era ver Tieta meninota, da idade de Ricardo, alheia às ordens do pai, à violência, aos gritos e castigos, à taca e ao bordão. Rebelde, dona de sua vontade.

— Valha-me Deus! — geme Perpétua, a mão no bolso da saia negra, tocando as contas do terço.

DOS URUBUS EM DESCOMPASSADO BALÉ

Advogados e herdeiros trotam nas ruas de Agreste, poucas e ermas, em reuniões e cochichos, acordos e desacordos, descompassado balé. Da pensão de dona Amorzinho para o cartório, do cartório para o gabinete de Modesto

Pires, no curtume, dali para a Prefeitura. Ora juntos, solidária curriola, combatentes da mesma incerta causa, aliados na decisão de obter o máximo pelos terrenos do coqueiral, herdados de um vago tataravô. Ora cada um de per si, às escondidas, tentando engabelar os demais, guerrilheiros em barganhas e futricas, na ânsia de abocanhar o melhor bocado. Bando de urubus em torno da carniça, na definição de Modesto Pires.

Doutor Marcolino Pitombo não se assemelha a um urubu, muito ao contrário. Impecável no terno branco, chapéu panamá, bengala, sorriso bem-humorado, não demonstra irritação ou espanto quando Josafá, esbravejando, exibe o exemplar de *A Tarde* com a notícia da presença do Professor Colombo e do conchavo com Ascânio para a desapropriação do coqueiral. A controversa solução deixara os herdeiros perplexos e aflitos. Doutor Marcolino não perde a fleuma.

— Golpe magistral, exatamente o que eu faria se fosse advogado da empresa. Tiro meu chapéu a mestre Colombo, foi direto ao alvo. Não lhe disse, Josafá, que esse moço, candidato a prefeito, é um pau-mandado da Brastânio? Ainda por cima, tolo. — Revela com certa satisfação. — Eu já estava a par dessas notícias.

— Já sabia? Como?

— Soube no mesmo dia. Pelo nosso insuperável Bonaparte. Andei soltando uns trocados para ele, recorda-se? Dinheiro bem empregado.

Durante aqueles dias analisara o problema, traçando novo esquema de ação, e o propõe a seus constituintes. Em verdade, apenas a um deles, Josafá. O velho Jarde, encerrado na pensão, não se interessa por nada deste mundo. Josafá escuta, de orelha murcha. Anda estomagado com a marcha da questão: a ação de posse eterniza-se em mão do juiz de Esplanada. O dinheiro obtido com a venda da roça se esvai, Josafá teme que a indenização a ser paga pela Prefeitura não chegue para cobrir a quantia já despendida. Sonhara multiplicar aquele dinheiro numa jogada espetacular, será feliz se no final não sair com prejuízo.

— Devemos ser realistas. A manobra de mestre Colombo nos deixa reduzidos a pequena área de manobra...

Doutor Marcolino enxerga uma única escapatória, capaz de proporcionar melhor preço pelos terrenos, evitando ao mesmo tempo novas despesas: buscar um acordo direto com a Brastânio para ceder imediatamente à Companhia os direitos à herança do legendário Manuel Bezerra Antunes. Transferidos os direitos, caberá à Brastânio levar adiante a ação de posse. Para isso os herdeiros deviam agir unidos. Diante da ameaça de desapropriação, a própria intransigência do jovem Fidélio perde a razão de ser.

Josafá aprova a idéia, seduzido sobretudo pela perspectiva de liquidar a questão quanto antes, encerrando o capítulo dos gastos, incluindo os honorários e as despesas de estada do doutor Marcolino. Faz-lhe justiça: caxixeiro competente e honrado. Fosse outro, trataria de prolongar ao máximo essas férias bem pagas, deixando a causa se arrastar no fórum enquanto sobrasse dinheiro a Jarde e Josafá.

Sim, dias adoráveis, inolvidável temporada! Em Agreste, doutor Marcolino ganhou cores, engordou, livrou-se das cãibras nas mãos e nos braços, que tanto o assustam, estabeleceu amáveis relações com os habitantes da cidade. No bar, conversa com Osnar e Aminthas, joga gamão com Chalita; na agência dos Correios, lê jornais, troca idéias com dona Carmosina, pessoa de muita instrução, a quem não esconde sua opinião sobre a indústria de dióxido de titânio; no átrio da Matriz discute religião com padre Mariano, revela-se franco-maçom; freqüenta a pensão de Zuleika Cinderela, onde costuma aparecer nos fins de tarde — o clima de Agreste, como se sabe de sobejo, realiza prodígios.

Enquanto explica, doutor Marcolino toma-se de compaixão e raiva — maldita fábrica, vai acabar com o clima miraculoso e com a doçura da vida:

— Seu Josafá, eu lhe digo que estamos sendo todos nós cúmplices de um crime. Profissão mais desgraçada, esta minha...

DAS RAZÕES DIFÍCEIS DE EXPLICAR E DE ENTENDER

Na alcova, a sós com Tieta, Leonora narra alegrias e tristezas, exaltada:

— Mãezinha, não sei como lhe agradecer por me ter trazido. Tem sido tão bom... É verdade que vamos demorar mais uns tempos? — Toma a mão de Tieta, beija-a, nela encosta o rosto, grata e terna.

— É bem capaz, mais umas semanas, ainda não sei quanto. Mas, cabrita, deixe para pensar na separação quando estiver na marinete. Até lá, aproveite o mais que puder, esqueça que tem de ir embora...

— Se eu pudesse...

— Deixa pra lá, já te disse. E a beira do rio? Me conta...

— Tu nem imagina, Mãezinha, como foi difícil convencer Ascânio. Não queria nem tocar no assunto, foi arrastado por mim. Tem medo de ver meu nome na boca do povo, que eu vire moça falada... Pobrezinho, fico até com remorso. Outro dia, no bilhar, perdeu a partida para Astério porque achou que dona Edna estava se referindo a mim, numa conversa com Osnar.

— Vai ver, estava mesmo, a puta descarada.

— Para dizer a verdade, não sei. A gente toma muito cuidado, Ascânio é por demais cauteloso. Sabe, Mãezinha, do que eu tinha vontade? De dormir uma noite inteira com ele, pelo menos uma, antes de ir embora. Numa cama de verdade, em cima de um colchão, os dois pelados, sem pressa, sem sustos, sem ter de falar baixo. Só que não vejo onde.

— Tu não vê? E a casa dele? Ao que sei, mora sozinho.

— Sozinho, não. Tem Rafa...

— A criada? Não é uma velha broca, surda, quase cega? Então, cabrita? Não sei como tu ia se arranjar se não fosse eu...

— Será que ele topa? É tão escrupuloso! Ai, Mãezinha, não me conformo quando penso que tenho de ir embora. Vou morrer de saudades.

— Saudade é igual a amor, Nora. Não mata, ajuda a viver.

Leonora não se limita ao relato do namoro, fugas noturnas para os esconsos do rio, sussurrando poemas, suspiros contidos. Refere também desagradáveis episódios; com essa história da desapropriação do coqueiral, Ascânio não tem um minuto de sossego. De tudo, o mais triste fora a ruptura das relações pessoais com Carmosina. Ascânio tentara o possível e o impossível para evitar aquele desfecho, deixando inclusive de aparecer na agência dos Correios para não ouvir provocações e dichotes. Mas, ao saber da visita da fofoqueira à Fazenda Tapitanga, onde fora com o objetivo de intrigá-lo com o padrinho e protetor, Ascânio não mais se conteve. A pérfida assacara cobras e lagartos contra a Brastânio, lera recortes de jornais, criticara o apoio da Prefeitura aos planos da Companhia, referira-se a abuso de confiança. O Coronel, baratinado, mandara chamar o afilhado, exigira explicações, o que fora fazer na Bahia, que história era essa de desapropriação? Ascânio, indignado e ferido, sem atender aos rogos de Leonora, dirigira uma carta — carta comovente, Mãezinha, até chorei quando ele leu para mim — à intrigante, rompendo relações, pondo fim a uma amizade *que eu pensava ao abrigo das divergências.* Epistológrafa não menos competente, dona Carmosina revidara as acusações de aleive e insídia, em missiva de estilo e conteúdo igualmente dramáticos: *você atirou minha amizade, provada em momentos cruciais, na lata de lixo da Brastânio.*

— Que horror essa briga, Mãezinha. Antes, antes eram todos tão unidos. Gosto muito de Carmosina, morro de pena.

Tieta acarinha a fulva cabeleira da moça:

— Tu não sabe ainda por que voltei de Mangue Seco.

— Me admirei. Pensava que Mãezinha só ia vir no dia da festa.

— Era essa a minha intenção. Se tu está contente aqui, muito mais estava eu em Mangue Seco. Gozando as delícias do paraíso, cuidada por meu arcanjo. Pois bem, larguei tudo e vim.

— E por que, Mãezinha?

— Porque não pude me impedir. Fiz tudo para não vir, acabei vindo. O pior é que eu sei que, no fim, não vai adiantar de nada. Não foi Mãezinha quem veio, Nora. Foi Tieta, aquela menina das cabras que brigava com a polícia ao lado dos pescadores. Não sei explicar mas, se eu não viesse, acho que nunca mais teria coragem de pôr os pés aqui.

Tampouco Leonora tem certeza de entender. Tieta levanta-se, chega à janela, olha o beco, pobre Leonora!

— Vim acabar com a candidatura de Ascânio. Por bem ou por mal.

— Ai, Mãezinha! O que vai ser de mim?

— Isso não tem nada a ver com teu xodó. Não se meta em nossa briga, tu não é daqui, está de passagem, esse assunto só interessa a quem é de Agreste. Trata de amparar teu homem, se tu gosta tanto quanto diz. Ele vai precisar.

595

Apoplético, Modesto Pires grita, fora de si:

— Bando de urubus!

Canuto Tavares (duas vezes Antunes) ergue-se diante do dono do curtume:

— E o urubu mais porco de todos é o senhor! Usurário, agiota!

Os doutores Baltazar Moreira e Gustavo Galvão, quase sempre de comum acordo, trocam desaforos:

— Desleal! Hipócrita! Salafrário!

— Ignorante! Primário! Analfabeto!

Doutor Franklin, em cujo cartório acontece a baderna, tenta apaziguá-los:

— Meus senhores, meus caros senhores, calma...

Teme que passem dos insultos aos tabefes. Dona Carlota, diretora de colégio, habituada ao respeito, inicia um chilique. Doutor Marcolino vale-se do faniquito da histérica solteirona para obter calma e silêncio:

— Vamos ouvir o que o doutor Baltazar tem a nos dizer. Já que ele tomou a iniciativa de procurar a Brastânio...

— Tomei e não preciso pedir licença a ninguém para agir em defesa dos interesses de meus constituintes... Se querem ouvir, darei a informação, se bem não seja obrigado a fazê-lo...

O bafafá começou quando, reunidos no cartório a pedido do doutor Marcolino, em meio à explanação feita por ele, o doutor Baltazar o interrompeu, anunciando:

— A medida que o colega propõe eu já a tomei, por conta própria. Não vale a pena perder tempo repetindo a mesma diligência.

Por conta própria ou seja por conta de dona Carlota e de Modesto Pires, à revelia dos demais, pelas costas, traição, punhalada vil. A assembléia tornou-se tumultuosa. Mas doutor Marcolino, sempre sorridente, consegue acalmá-los, decepcionando o jovem Bonaparte, chegado a filmes de pancadaria: tivera fundadas esperanças de assistir a uma cena de pugilato entre Canuto e Modesto Pires, o quotidiano de Agreste torna-se excitante. Doutor Marcolino propõe que os epítetos sejam retirados, de lado a lado; dona Carlota, atendida pelo tabelião, volta a si, ainda trêmula.

Insultos, ameaças, desmaio, como se doutor Baltazar houvesse abiscoitado para dona Carlota a dinheirama da Brastânio. No entanto, conforme explica o advogado, os resultados de seu contato com a diretoria da empresa haviam sido negativos. Para começar, ao sabê-lo patrono de herdeiro do coqueiral, mandaram-no dirigir-se ao escritório do doutor Colombo, o que ele fez. Não falou da longa e humilhante espera na ante-sala, ao contrário, ressaltou a cortesia com que o mestre o tratara. Cordial porém categórico. Segundo disse, o interesse da Brastânio por Agreste até aquele momento era puramente teórico, pois o Governo do Estado ainda não se pronunciara sobre a localização da indústria. Havia, é certo, possibilidades de a fábrica ser instalada em Agreste, mas antes de uma decisão das autoridades competentes, a Brastânio sentia-se impedida de estabelecer acordos, discutir preços, adquirir terrenos. Ali ou alhures, onde fosse. Como passar por cima do Governo, adiantando-se a uma decisão oficial, ainda em estudos? Ademais, como tratar com pessoas faltas de qualquer condição jurídica, pseudo-herdeiros, sem direitos assegurados? Antes de propor acordos, devem procurar o reconhecimento de suas pretensões, pois a companhia, se for o caso de conversação e acerto, tratará somente com herdeiros proclamados como tais pela justiça. Quanto à alardeada desapropriação, sobre ela, declarou nada saber, não deve passar de especulação da imprensa:

— Mas, se o prefeito pensa em desapropriar a área visando futura valorização, isso é problema dele e não meu...

Com essa afirmação, evidentemente falsa, mestre Colombo despedira o prezado colega. Doutor Baltazar termina a narrativa afirmando, conciliatório, ter sido sempre sua intenção relatar essas démarches aos demais herdeiros. Segue-se um silêncio de meditação, logo interrompido por Canuto Tavares:

— Pelo visto estamos no mato sem cachorro...

Não é essa a opinião do doutor Marcolino, que reclama a reconciliação geral tendo em vista uma ação coletiva junto ao futuro prefeito. Bem conduzida, a desapropriação poderá revelar-se solução aceitável. Não adianta tentar impedi-la, por ser medida legítima; devem torná-la proveitosa. Que acham os caros colegas?

No calor da tarde, lá se vão eles, trotando nas ruas de Agreste. No cartório, doutor Franklin aperta as narinas com os dedos, murmurando:

— Está cheirando mal...

Bonaparte lastima:

— Pensei que Canuto fosse meter o braço em seu Modesto. Ia ser sensacional… Já pensou, Pai?

— Nem quero pensar.

ONDE O LEITOR TOMA CONHECIMENTO DA EXISTÊNCIA DE UM COMITÊ ELEITORAL AINDA CLANDESTINO

Pau para toda obra, Ricardo transforma-se em importante peça da esforçada equipe que trabalha em segredo no quintal do chalé do Comandante, transformado em sede de comitê eleitoral. Por ora clandestino, pois a candidatura permanece secreta, conhecida apenas de alguns conspiradores. O Comandante concordara com um pedido de Tieta: não bote o andor na rua antes que eu tenha conversado com Ascânio e com o coronel Artur.

Ricardo ajuda nos trabalhos de carpintaria e de pintura, vai comprar pano na loja do tio Astério, serve de elemento de ligação dos conjurados, circulando entre a agência dos Correios, o bar, a casa de dona Milu, sem esquecer as sagradas obrigações para com a igreja. Na igreja reencontra Cinira, estudando para beata, galgam os degraus da torre, ela na frente, ele atrás a contemplar. Em correria pela cidade, certamente na intenção de cortar caminho, penetra em becos e desvios, resvala nos braços de Maria Imaculada, toda ela em dengue e queixa: pensei que tu nunca mais ia aparecer, bem. À noite, participa da conferência do Estado-Maior — dona Carmosina, Aminthas, o Comandante —, vibra com os planos da campanha, antes de recolher-se aos seios de Tieta. Na fúria dos dezessete anos, devotado e incansável, cumpre com brilho os deveres de cidadão e de homem. Pau para toda obra.

Portador de uma peça de algodãozinho, no quintal deserto na hora da sesta, Ricardo ouve um discreto psiu a chamá-lo, não vê ninguém. Mais forte o apelo se repete, proveniente do outro lado da cerca.

O quintal do chalé limita com o quintal da casa onde vive, submissa mas não resignada, a defesa e cobiçada Carol. Garantia de tranqüilidade para Modesto Pires, a quem uma sina injusta e o poder do dinheiro concedera direitos exclusivos sobre a beldade em cativeiro; impossível melhor vizinhança. A incurável monogamia do Comandante é pública e notória; o próprio Osnar perdeu a esperança de um dia conduzi-lo à alegre convivência da pensão de Zuleika. Acresce o sentimento de gratidão, profundo em Carol, fazendo-a devota de dona Laura. As senhoras de Agreste evitam qualquer contato com a amásia do ricalhaço. Todas, à exceção de dona Laura de Queluz, nascida e criada no Sul, liberal. Também dona Milu não conta: por viúva, provecta e parteira, está acima dos cânones locais, além do bem e do mal.

Florida cerca de arame no qual se enramam trepadeiras azuis e amarelas separa os dois quintais. Pelas fendas da cerca, acontece Carol espiar o quintal vizinho, quase sempre silencioso e tranqüilo, mesmo quando os donos da casa estão na cidade. Por vezes Gripa, a empregada, vem colher limões. De manhã cedo, o Comandante dedica-se à ginástica que, somada ao mar de Mangue Seco, ajuda-o a manter a forma atlética. Admirá-lo é prazer platônico, inconseqüente, pelas razões expostas. A integridade do Comandante e a gratidão da manceba reduzem o espetáculo a pura emoção estética.

Assim sendo, imagine-se a surpresa de Carol ao constatar desabitual movimento do lado de lá da cerca. Colocando-se à espreita, notou a existência de estranho material de trabalho, tábuas, ripas, pano, cartolina, tintas, à disposição de sensacional trupe. Dela participam os galantes moços do bar — Aminthas, que lhe pisca o olho e acena adeus, Seixas, o dos longos suspiros ao passar sob sua janela, Fidélio, dos quatro o mais bonito, reservado e esperto, aguardando um ensejo propício, e o descarado Osnar. De repente, acompanhados por dona Carmosina, invadiam o quintal, desenrolavam pano e cartolina, batiam martelos, misturavam tintas. O Comandante ditava ordens. Seu Modesto, em noite recente, disse que o povo de Agreste anda de cabeça virada.

A excitação da opípara e proibida Carol chega ao cúmulo quando percebe, através as folhas das enredadeiras, o vulto inesperado e angélico do adolescente Ricardo, de pé maneiro e perna cabeluda. Adormece com ele nas noites de agonia e desamparo, acarinhando o travesseiro. Agora o tem ali, ao alcance da mão. Seu Modesto sabe o que diz, Agreste ganha repentino encanto.

599

Repete o psiu, Ricardo se adianta, coloca o rosto na fresta, uma coroa de flores na cabeça.

DO BANZO, DIAGNOSTICADO POR OSNAR

Na pensão de dona Amorzinho, definha o velho Jarde Antunes, outrora agricultor laborioso, jovial criador de cabras. Passa a maior parte do dia estendido na cama, morrinhento, nada no mundo o interessa. Josafá, vez por outra, tenta reanimá-lo:

— Daqui a mais uns dias, Pai, logo se venda o terreno e embolse os cobres, a gente se toca para Itabuna. Vosmicê vai ver o que é terra fértil, gado gordo, cada rês de encher os olhos, vai conhecer roça de cacau. Aquilo, sim, vale a pena, não são esses tabuleiros daqui, secos, esturricados. Tenha um pouco de paciência.

Os olhos do velho persistem fixos nos caibros do teto, Josafá se agasta:

— Está se sentindo doente, Pai? Quer que chame o médico?

— Precisa não. Tenho nada, não.

Bom filho, Josafá perde tempo contando-lhe detalhes sobre a marcha da demanda, idas e vindas dos advogados, matreirices de Modesto Pires, dúvidas sobre Ascânio, quando não descreve as opulências do sul do Estado, a grandeza do cacau. Não tem sequer certeza se o velho o escuta.

— Está ouvindo, Pai?

— Tou, sim, meu filho.

No calor da tarde, a leseira aumenta, Jarde cerra os olhos, indiferente a tudo. Ou a quase tudo, pois lhe acontece, de raro em raro, calçar as alpargatas, sair do quarto e da pensão, atravessando a rua em direção à loja de Astério. Em busca de notícias da Vista Alegre, das cabras e de Seu Mé. As notícias são boas, Jarde cobra alento ao ouvi-las, chega a sorrir. Discorre, com Astério e Osnar, sobre os costumes das cabras; não existe animal, doméstico ou selvagem, que com elas se possa comparar. Quanto a Seu Mé, nem o coronel Artur da Tapitanga possui macho de tanta competência e sobranceria. Bodastro retado, confirma Osnar.

Ao despedir-se, o velho recai no desalento, na melancolia. Põe-se de pé, lívido, trôpego, cabisbaixo, pele e osso. Astério, penalizado, convida-o a acompanhá-lo na caminhada matinal à roça. Jarde recusa, um gesto esmorecido, um fio de voz:

— Pra quê? Pra ver o que não me pertence mais? Só peço que o senhor cuide direito dos bichinhos.

Arrasta-se, cruzando a rua. Osnar diagnostica:

— Está com banzo.

— Banzo? — duvida Astério. — Nunca ouvi falar de ninguém atacado de banzo por aqui. Banzo era doença de escravo.

— Pois é, tinha acabado com o treze de maio. Voltou com a fábrica. É capaz de virar epidemia.

DOS ÚLTIMOS RETOQUES NA FORMAÇÃO DE UM LÍDER OU DE COMO ASCÂNIO FICA DE SACO CHEIO

Forja-se um líder no fragor da batalha, vencendo adversidades — lera Ascânio Trindade no volume *A Trajetória dos Líderes, de Tiradentes a Vargas*. Comprova pessoalmente a verdade da afirmação. No fragor da batalha, em meio a agravos e decepções, insolências e ameaças, Ascânio se modifica, amadurece, reformula sua escala de valores, cresce em ambição (*um homem sem ambição jamais será um vitorioso*, ensinara o vitorioso Rosalvo Lucena), torna-se um forte. Convicto do acerto de suas atitudes, disposto a ir até o fim. Segundo o autor dos esboços biográficos, quase sempre uma força misteriosa sustenta o líder no combate, uma estrela guia-lhe os passos, um sol ilumina seu caminho. Correto. No caso do jovem líder de Agreste, essa misteriosa força provém de Leonora Cantarelli, estrela e sol, inspiração e desiderato.

Nela se alimenta de coragem e disposição. Muito deve suportar um líder, se deseja vencer e comandar. Não fosse aquele alento de amor, cada noite renovado, como tolerar e confundir advogados e herdeiros? Juntos ou cada qual por si, sobem e descem as escadas da Prefeitura, a aporrinhá-lo. Aporrinhar, verbo cru e grosseiro, jamais o utilizara antes o educado Ascânio, pouco afeito a expressões chulas. Mas agora, de saco cheio, escapam-lhe palavrões a torto e a direito.

Sozinho ou em grupo, terminam sempre na sala de despachos, infernam a vida do candidato, esgotam-lhe a paciência. Exigem definições, promessas, garantias. Vai desapropriar ou não? A área inteira ou apenas uma parte? Em que bases será fixada a indenização? Peritos? Quais? Apesar de ter abandonado a faculdade de Direito no segundo ano, Ascânio enfrenta os argumentos dos advogados, a pressão dos herdeiros. De nada vale irritar-se. Não pode mandá-los à puta que os pariu como tanto deseja fazê-lo. Deve consideração a Modesto Pires, a dona Carlota, é amigo de Canuto Tavares e deles necessita sobretudo agora, pois a eleição pode deixar de ser um simples referendum da vontade comum do coronel Artur da Tapitanga e do povo.

Aparentando não perceber insinuações, meias-palavras, advertências, consegue apaziguá-los sem se comprometer. Tão rígido antes, aprende a ser maleável. Diante da intransigência de Fidélio, não existe outra solução para o problema dos terrenos, além da desapropriação. Se existe, gostaria de conhecê-la, quem sabe os senhores advogados... A desapropriação, por conseqüência, beneficia os herdeiros. A Prefeitura não deseja prejudicar ninguém, a instalação da fábrica deve ser motivo de riqueza para os cidadãos do município, esse o seu pensamento. Por que não tratam de legalizar seus direitos? Assim, no momento preciso, se Fidélio não voltar atrás, poderão acertar com a Prefeitura os detalhes da desapropriação. Navega entre herdeiros e advogados, evitando entrar em choque com paredros de sua candidatura. Apesar disso, atritou-se com o doutor Marcolino Pitombo, logo com quem!

— Mais uma palavra, doutor, e eu o convido a retirar-se da sala. — Um líder deve saber se impor, quando necessário e útil.

Na presença de Josafá, o causídico, em meio a uma conversa enrolada, de repente se refere a *compensações no caso que...* Insultado, Ascânio não lhe permite terminar a frase, vagam no ar indefinidas intenções. Tentativa de suborno? Diante da indignada reação, doutor Marcolino não perde a calma nem o sorriso: o caro amigo anda com a susceptibilidade à flor da pele; somente assim se explica que empreste malévolo sentido a palavras inocentes — acalme-se, por favor. As explicações foram aceitas, ficou o dito por não dito.

Na saída, Josafá recordou ao impulsivo patrono conversa anterior:

— Não lhe avisei, doutor, que Ascânio é homem direito? O senhor se trumbicou...

— Confesso que me enganei, sim, mas ao afirmar que o rapaz é tolo. Nem tolo nem honesto. Pode ter sido, antes de lhe aparecer uma boca dessas. Meu caro Josafá, já lhe disse que toda honestidade tem seu preço. O nosso é baixo, não paga a pena, não se compara com o da Brastânio. Não se esqueça que mestre Colombo passou aqui antes de mim.

Ascânio não soube desse diálogo mas tomou conhecimento de variadas opiniões sobre os motivos determinantes de sua posição. Seu caráter e sua honra são discutidos apaixonadamente — como sempre acontece com os líderes. Jamais imaginara que a redenção de Agreste (*A presença da Brastânio significa a redenção de Agreste* — proclama a manchete do jornal mural) lhe custasse tanto vexame, tanta consumição. Apesar das escusas do doutor Marcolino, persistem em seus ouvidos as frases capciosas, a palavra *compensações* junto com o aparte insultante, cuspido em sua cara no improvisado meeting do primeiro poste: Pau-mandado da Brastânio! Vendido! De nada adiantara ter recusado a ajuda oferecida pelo doutor Mirko para a eleição, exatamente para ficar a coberto de qualquer suspeita: acusam-no da mesma maneira.

No decorrer desses dias agitados, vai-se habituando a equívocas situações que de início lhe pareceram intoleráveis. Ao ouvir o aparte, ficara como louco, desafiara o covarde a mostrar-se e a repetir a injúria. Perdera a cabeça, no bar, durante o torneio do Taco de Ouro, ao ouvir dona Edna aludir à Bacia de Catarina. Terminara por não ligar importância ao disse-que-disse, um líder deve colocar-se acima de tais mesquinhezas. Sobretudo quando acontecem fatos realmente graves, junto aos quais o aparte anônimo, a frase incompleta do advogado, as torpezas de dona Edna nada significam.

Dona Carmosina, amiga fraterna, em cujo seio encontrara lenitivo na hora fatal da traição de Astrud, madrinha do namoro com Leonora, comportara-se de maneira insólita, para não dizer indigna. Tentara intrigá-lo com o coronel

603

Artur, a quem Ascânio devia emprego e candidatura. Obtendo resultados, o que é pior.

Envenenado contra a Brastânio, o fazendeiro mandara chamá-lo. Não quero imundície em Agreste, dissera. Ascânio rebatera as afirmações e os argumentos da agente dos Correios, cuja posição apaixonada devia-se à amizade que a ligava a Giovanni Guimarães. Repetira frases e conceitos de Mirko Stefano e Rosalvo Lucena, bradara contra os inimigos do progresso da pátria brasileira. O Coronel, os olhos semicerrados, a face cansada, ouviu seu arrazoado mas não se deu por satisfeito, atirou-lhe com artigos publicados em *O Estado de São Paulo,* a sentença do juiz italiano; *O Estado de São Paulo* não mente nem se engana. Levantou os olhos para o afilhado:

— Fui eu quem levantou sua candidatura quando Enoch morreu. Mas por aí estão dizendo que você é candidato dessa tal fábrica.

— O que sou, devo ao senhor, meu padrinho. Mas não me importo que me apontem como candidato da Brastânio, não é uma desonra. Ao contrário, pois temos o mesmo ideal: o progresso de Agreste. Digam o que disserem, façam o que fizerem, não me dobram. Vou até o fim. Agradeço tudo o que o senhor tem feito por mim, mas não me peça, padrinho, para mudar de opinião. — Um líder se forja no fragor da luta.

Mal se refizera da entrevista, difícil e dolorosa pois o padrinho definhava a olhos vistos, recebeu outro golpe, o pior de todos. Voltando de Mangue Seco, a madrasta de Leonora, a cidadã benemérita, a Joana d'Arc do sertão, dona Antonieta Esteves Cantarelli o convida para uma conversa. Nós dois e mais ninguém, dissera. Ficara apavorado, na certa Tieta soubera do que está acontecendo entre ele e Leonora, na beira do rio; chegaram a seus ouvidos as murmurações da cidade. Não negará; aproveitando a deixa, confessará seu amor profundo e honesto, quer casar-se. Pobre, porém ambicioso e capaz, saberá conquistar um lugar ao sol. Assim resolverá de uma vez a situação. No bolso o anel de compromisso. Seja qual for a reação de dona Antonieta, não pensa desistir de Leonora. Prepara-se para o encontro.

O nome de Leonora não foi sequer pronunciado durante a conversa, não houve referência ao namoro. Dona Antonieta lhe informou haver regressado a Agreste devido ao assunto da Brastânio. Ela e alguns amigos tinham opinião negativa sobre a instalação da Brastânio no município, como era do conhecimento de Ascânio, e estavam dispostos a lutar para impedi-la. Não queriam agir, porém, antes de ouvi-lo, para isso ela solicitara aquele encontro. Estimava-o, acreditava-o honrado. Honrado porém ingênuo, deixando-se envolver por empresários sem entranhas, ela conhecia bem essa raça. Para Tieta e seus amigos, o ideal seria dar completo apoio à candidatura de Ascânio. Para tanto fazia-se necessário que ele mudasse de posição, opondo-se à indústria de dióxido de titânio, mortalmente poluidora. Se assim agisse, tudo em paz. Cabe a Ascânio decidir, entre eles e a Brastânio. Não pede uma resposta imediata mas a deseja em prazo curto, o tempo urge.

— Agradeço à senhora por ter vindo falar comigo, antes de fazer qualquer coisa. Mas não agradeço aos outros. Na cidade, todo mundo já sabe que o Comandante quer ser candidato. Sobre Carmosina...

— Basta que você me diga sim e eu e todos os demais estaremos a seu lado. Vim conversar com você em nome de todos. Pense, depois me responda.

— Não tenho mais o que pensar, dona Antonieta. A última coisa que eu desejava era desgostar a senhora. Me peça o que quiser, eu farei correndo. Mas não me peça para virar a casaca. Mesmo que eu fique sozinho lutando pelo progresso de Agreste, mesmo que a senhora nunca me perdoe e se torne minha inimiga...

— Epa! Calma! Quem falou em inimizade? Não tenho nada a lhe perdoar ou não perdoar. Você pensa de uma maneira, eu penso de outra, vamos decidir na eleição mas não somos inimigos. Você ainda é muito novo, se afoga em pouca água. Felipe era o maior adversário do doutor Ademar mas se dava muito bem com ele. Não confunda alhos com bugalhos.

Separaram-se em meio a expressões de amizade, mas Ascânio sentia ressentimento e azedume. Esperara que Tieta não se metesse no assunto, mantendo-se distante da contenda, demorando-se em Mangue Seco, como anunciara, até o dia da festa. Nem lhe falara na homenagem, receoso de que ela o levasse a mal, vendo na placa da rua uma forma de suborno. Suborno, palavra terrível, andava no ar.

Após o jantar, como de hábito, Ascânio veio buscar Leonora na porta da casa de Perpétua. Rodaram na praça enquanto durou a cansada iluminação do motor, antes de tomarem os desvios para o escuro dos chorões. Contou a Leonora a difícil conversa. Ela já sabia, Maezinha lhe falara.

— Você também vai pedir para eu mudar meu pensamento, entregar os pontos? Depois de meu padrinho e de dona Antonieta, só falta você... — o acento amargo.

— Só peço que me ames, nada mais. — Beijou-lhe a mão naquele gesto submisso, de ternura e devotamento. — Mãezinha me disse: tu não é daqui, não se meta nessa briga. Pode ser egoísmo meu, Ascânio, mas até fiquei contente porque, com essa encrenca, Mãezinha adiou a viagem para São Paulo. Tinha marcado para o dia seguinte ao da festa, agora vai se demorar para ajudar o Comandante. Minha avó sempre dizia que tudo no mundo tem seu lado bom.

Não deixa de ser verdade, reflete Ascânio. Se a conversa com dona Antonieta deixara-o estomagado, o encontro com o padrinho o assustara. O Coronel estimava o afilhado, pensara dar-lhe a filha em casamento, fizera-o secretário da Prefeitura, proclamara-o candidato quando da morte do doutor Enoch. Não lhe retirara o apoio, apesar da intriga de Carmosina, mas tampouco ficara convencido das benemerências da Brastânio. A candidatura do Comandante vai irritar o Coronel, fazendo-o esquecer exigências sem sentido e jogar todo o peso de seu prestígio na eleição de Ascânio. O coronel Artur da Tapitanga não está acostumado a suportar oposição, inexistente no município há muitos e muitos anos.

Ainda bem, porque senão Ascânio seria obrigado a recorrer à Brastânio para enfrentar as despesas da campanha, pequenas mas obrigatórias; ele não tem um tostão furado. Não deseja pedir auxílio aos industriais nessa oportunidade, está em jogo seu orgulho. Dissera a doutor Mirko: não preciso, estou eleito. Mais tarde, porém, quem sabe? Nos dias de amanhã, após o pleito, a posse, a desapropriação, quando o complexo fabril erguido em Mangue Seco estiver produzindo riqueza e prestígio para Agreste, todos compreenderão, fazendo justiça ao líder forjado na luta e na adversidade. Até mesmo dona Carmosina e dona Antonieta. Comprovada a justeza da sua atitude, estará à vontade para aceitar qualquer oferta de ajuda a ser proposta pela Brastânio por ocasião das eleições legislativas. O marido de Leonora Cantarelli não pode reduzir suas aspirações ao cargo de prefeito Municipal e o prestígio do coronel Artur de Figueiredo, mesmo que o cacique viva até lá, não é suficiente para eleger um deputado.

DE COMO O VELHO CAUDILHO ARTUR DA TAPITANGA
FICOU SEM CANDIDATO

Sentado no banco de madeira, na varanda da casa-grande, sozinho, o coronel Artur de Figueiredo calenta sol. Cabras pastam nas imediações, mais adiante fica o curral. Voz forte de mulher, pedindo licença na cancela, corta-lhe a madorna. Coisa ruim a velhice: fraquejam as pernas, na boca insossa a comida perde o sabor, à orelha dura os sons chegam fracos e distantes, na visão embaçada pessoas e coisas movem-se em meio a um nevoeiro. Tem dificuldade em reconhecer a visita que se aproxima, atravessando por entre galinhas, conquens e patos.

— Quem vem lá ?

— É de paz, Coronel.

A voz soa-lhe familiar. Põe-se de pé, apoiado na bengala, aperta a vista:

— É você, Tieta? Louvado seja Deus! Estive para lhe mandar um recado mas soube que você andava em Mangue Seco.

— Voltei, Coronel, e vim logo lhe ver. Não esqueci a promessa.

Acercando-se, Tieta constata quanto decaíra o octogenário em pouco mais de quinze dias. Ao visitá-la na noite de Ano-Novo, por ocasião da morte de Zé Esteves, era um velho disposto e alegre, desfilando recordações; saliente, malicioso, exigindo sua ida à fazenda para conhecer o bode Ferro-em-Brasa, pai de rebanho, sem rival na história. Transformara-se em esquálido ancião, curvo sobre a bengala, voz arrastada, olhos sem brilho, pele e ossos.

Parece conservar, no entanto, a força de caráter, hábitos antigos e determinados interesses — públicos e privados. Ao abraçar Tieta, apalpa-lhe com as mãos trêmulas a carnação farta, ai seu tempo!

— Vamos sentar, minha filha, quero que você me explique o que está acontecendo em Agreste.

A rir, brincalhona, Tieta comenta o vacilante manuseio:

607

— O tempo passa, a mão do Coronel não perde o tato.

Menina, pastora de cabras, fugia ao enxergá-lo no caminho. Se ele a alcançava, corria-lhe a mão pelos peitos e pelas pernas.

— Já perdi o gosto de quase tudo, só não perdi o vício de mulher. Sou como um bode velho, que já não serve pra nada mas ainda vai cheirar o rabo das cabras. — Bate com a bengala no chão, chama: — Merência!

A criada, ser informe, corcunda, sem idade, carapinha branca, espia da porta aguardando ordens, reconhece Tieta:

— Tu é Tieta, não é? Tu ficou loira ou deu pra usar chinó?

— Sou eu mesma, Merência. Depois vou lá dentro falar com você.

— Passe um café para a gente. Não fique aí parada, mulher.

— Que idade Merência tem, Coronel?

— Se não passou dos cem, deve estar beirando. Quando eu nasci, já era moleca fogosa. Agora, Tieta, me esclareça, me diga o que está ocorrendo. Nunca ouvi tanta maluquice em minha vida.

— O que assim, Coronel?

— Ascânio, meu afilhado, meu braço direito na Prefeitura, nem parece o mesmo rapaz sensato, anda às voltas com uma tal de indústria que pretende se instalar em Agreste, para os lados de Mangue Seco, segundo me diz. Ascânio acha que com isso o município vai prosperar outra vez, o dinheiro vai correr. Esteve na capital, conversando com os capitalistas, jura por eles. Quando me falou a primeira vez, achei a esmola grande demais, mas calei minha boca porque esse tempo moderno é mesmo esquisito, acontecem coisas que nem o diabo explica... — faz uma pausa, muda de assunto. — Como é que tu conseguiu botar luz de Paulo Afonso em Agreste? Até aqui já levantaram poste. Nem o diabo pode explicar... — um resto de malícia nos olhos baços, na voz de catarro. — Pra tu mandar tanto nesses políticos de São Paulo, não sei não...

Tieta ri, bota lenha na fogueira do ancião:

— Tenho meus recursos, Coronel, minhas armas secretas...

— Disso eu sei. Tu não é gente, desde novinha. — Os olhos descem do busto de Tieta para os quadris. — Bem servida de leiteria e padaria. Que Deus conserve as prendas que te deu. Teu finado devia ser homem acomodado, bom de gênio... Era conde, não era?

— Comendador, Coronel.

— É tudo a mesma coisa. Esses monarquistas, são todos mansos. Raça de cabrões. Mas, voltando atrás: me aparece por aqui dona Carmosina, outra pessoa direita, carregada de jornais, as gazetas que eu assino e ela é quem lê, toca a me recitar artigos de *O Estado de São Paulo* e de *A Tarde*, dois jornais sérios, dizendo que a tal fábrica é uma desgraça, que só vem para Agreste porque ninguém quer em lugar nenhum do mundo, acaba com tudo. Comecei a pensar se não estão enrolando Ascânio, ele ainda é novinho, fácil de intrujar. Mandei chamar ele aqui, falei dos artigos, da imundície, dessa história de poluição. Quando Enoch morreu, eu recomendei a Ascânio: mantenha a cidade limpa, já que não pode trazer de volta a animação. Então, que conversa é essa, agora, de botar aqui uma fábrica que ninguém quer em lugar nenhum? Me respondeu que com a fábrica a animação vai voltar, Agreste vai conhecer de novo a prosperidade. Que essa história de poluição não passa de invencionice de uns sujeitos que não querem que o Brasil vá para a frente, são contra o governo, mandados pela Rússia, como aquele rapaz Giovanni, que andou por aqui e ficou muito amigo de Carmosina. Mas eu lhe fiz ver que também *O Estado de São Paulo* baixava o pau nessa indústria e eu nunca soube que *O Estado de São Paulo* tivesse a ver com a Rússia, o *Estado* não é jornal de inventar coisas. Ele embatucou mas pediu que eu não tivesse receio, que só deseja o benefício de Agreste. Isso eu acredito, Ascânio é um menino bom. Mas pode estar sendo enrolado. Tu é que sabe a verdade e vai me dizer.

Tieta ouve sem interromper. O velho fala devagar, cortando as frases ao meio, a respiração curta. Apenas provou o café trazido por Merência. De quando em quando uma cabra dispara no terreiro, o Coronel levanta a vista.

— Para ver o senhor e conversar dessas coisas é que vim, Coronel. Também gosto de Ascânio, penso que é um rapaz direito. Vive sonhando com os tempos passados, do avô dele e do senhor, pensa que a Brastânio vai fazer voltar aquele movimento e aí ele se engana. Se fosse uma fábrica de tecidos, de sapatos, todo mundo estava de acordo. Mas a Brastânio vai fabricar dióxido de titânio...

— E que demônio é esse tal de dióxido de titânio?... Carmosina me explicou mas ela é letrada demais para meu entendimento...

— O que é, no duro, eu mesma não sei, Coronel, não vou lhe mentir. Mas sei que é a indústria pior do mundo para poluir. Vai destruir o nosso clima que é tão bom, empestear a água do rio e do mar, terminar com os pescadores.

— É verdade que envenena os peixes?

— Envenena tudo, Coronel, até as cabras.

— As cabras também?

— Por isso, Coronel, é que estou aqui para lhe dizer que, se Ascânio continuar a apoiar a instalação da Brastânio, nós vamos lançar a candidatura do comandante Dário a prefeito.

O coronel Artur da Tapitanga estremece, tomado de indignação, como se Tieta o houvesse esbofeteado. Um lampejo de cólera nos olhos; a voz, num esforço supremo, se afirma violenta:

— Nós, quem? Como se atreve a falar em candidatura sem me consultar?

— Ninguém, Coronel, não se altere. Não há ainda nenhuma candidatura. O Comandante, Carmosina, eu e outros amigos queremos obter seu acordo, para isso estou aqui. O senhor é padrinho de Ascânio, patrono da candidatura dele. Nós não somos contra Ascânio, somos contra a fábrica de dióxido de titânio. É só Ascânio dizer que não tem nada com a fábrica, que não vai favorecê-la e acabou-se a briga. Mas, se ele não aceitar, não temos outro jeito, Coronel, porque não queremos que Agreste vire... como o jornal disse... uma lata de lixo...

O velho descansa o queixo na bengala, nada mais resta da cólera, os olhos apagados, a voz lenta e baixa repete:

— Uma lata de lixo... Isso mesmo. Carmosina leu pra mim. Não já lhe disse que falei com Ascânio? Falei, faz dias. Sabe o que ele me respondeu? Que tinha muita honra em ser candidato da fábrica, que ia até o fim de qualquer maneira. Que ninguém vai impedir que ele arranque Agreste da leseira.

A mão descarnada busca a mão de Tieta, toca os dedos repletos de anéis, pedras preciosas:

— Ouça, minha filha: você está conversando com um bode já sem serventia, solto no campo para morrer. O desinfeliz pensa que ainda é o pai do terreiro, não é mais nada, até os cabritos novos lhe metem os pés. O coronel Artur de Figueiredo, que mandava e desmandava, se acabou. Não nomeio mais candidato nem disputo eleição. Tu não vê ? De um lado, os capitalistas da fábrica, não são nem daqui. Do outro, tu, Tieta, que eu conheci menina, descalça, tangendo as cabras, agora coberta de brilhantes. Não conto mais para nada. — Na voz, cansaço e amargura.

Comovida, Tieta afaga-lhe a mão, carinhosamente:

— Não diga isso, Coronel. Se o senhor largar Ascânio de mão, não tem fábrica que eleja ele. O senhor é o dono da terra, manda na gente daqui. Tanto isso é certo que se o senhor me pedir ou me ordenar, eu acabo com a candidatura do Comandante neste instante, aqui mesmo. Contra o senhor, não me levanto nem para salvar as cabras.

Desponta um sorriso nos lábios murchos do ancião:

— Não acredito que esse titânio mate cabras, Tieta, tu diz isso pra me enrolar. Mas não te peço nem te ordeno nada. Não me meto mais, cada um faça como quiser. Ascânio pensa que está agindo certo, é lá com ele. Tu, Carmosina, o Comandante, não sei quem mais, acham o contrário. Se eu ainda tivesse ambição de dinheiro, era bem capaz de apoiar a tal indústria, me associar com os forasteiros, por dinheiro a gente vende até a alma. Se ainda tivesse amor à vida, apoiava vocês, o pior homem do mundo pode às vezes ter um gesto grande. Não tenho mais nada a ganhar nem a perder no mundo, Tieta, perdi até o gosto de mandar. Mas agradeço o que tu disse, a consideração que teve com um velho. Tuas palavras puseram mel em minha boca, perto da hora da morte.

— Coronel, antes de ir embora, queria uma coisa.

— Pois ordene.

— Conhecer Ferro-em-Brasa, aquele seu bodastro. Para comparar com o bode Inácio, um que foi do velho Zé Esteves.

— Vou mandar lhe levar no curral.

— Não me acompanha? Vamos, me dê o braço, se levante... — toma o braço do Coronel e o prende contra o seio.

Descem juntos os degraus da varanda:

— Tu não é gente. Tu é o cão em figura de mulher. — Um suspiro fundo. — Se eu tivesse dez anos menos, se andasse aí pelos setenta e cinco, ah!, tu não ia continuar viúva que eu não deixava.

DO DESVELO CÍVICO E DA JUSTIÇA DIVINA

No sábado, a cidade amanheceu em plena campanha eleitoral. Para prefeito vote contra a poluição votando no comandante Dário de Queluz, recomendam faixas, em número de quatro, colocadas em pontos estratégicos, nos logradouros de maior circulação. Uma, bem em frente à Prefeitura. Tabuletas convidam a população a comparecer em massa no dia seguinte, domingo, por volta das cinco da tarde, após a matinê e antes da bênção, ao grande comício de lançamento da candidatura do comandante Dário de Queluz. O candidato usará da palavra e o poeta De Matos Barbosa declamará os *Poemas da Maldição*.

Faixas e placares confeccionados no quintal do bangalô do Comandante pela eficiente equipe, cujo desvelo cívico a bela Carol saudara prazenteira e esperançosa. Em casa de dona Milu, dona Carmosina e Aminthas, dois crânios, redigiram uma espécie de manifesto ao povo, expondo as razões da candidatura do Comandante. Impresso em Esplanada, em papel amarelo, o volante se destina a farta distribuição em Agreste, no sábado e no domingo. Dias de agitação subterrânea, sábado de ocorrências sensacionais.

Bendita agitação! Nas idas e vindas, Ricardo, dito Pau-Para-Toda-Obra, se desenvolve. Do outro lado do quintal, desfalece na hora da sesta a oprimida manceba. Por entre as trepadeiras, trocam juras e promessas, traçam planos; o senhor de escravos passará o fim da semana em Mangue Seco, com a esposa e os netos. Na torre da igreja, ao entardecer, Cinira fita a paisagem tranqüila do burgo, um pé no barricão, o outro levantado (para facilitar). Por detrás da mangueira, Maria Imaculada, infalível às nove da noite em ponto, quando a luz se apaga abrindo os caminhos das barrancas do rio à circulação romântica dos namorados. Depressa, depressa, bem, que o tempo é curto. Em casa, Tieta espera, impaciente. Quanto a dona Edna, aguarda vez, afinal ninguém é de ferro, nem sequer um seminarista adolescente, ávido de ação, quase fanático.

Na sexta-feira, o silêncio do motor não interrompeu os afazeres dos devotados partidários do Comandante. Nem Ricardo correu ao encontro de Maria Imaculada. Posta a par com antecedência, a menina concordara em sacrificar por uma vez o medido momento de prazer à boa causa. Fidélio, Seixas, Ricardo, Peto, Sabino, atravessam a noite colocando faixas e tabuletas, sob o comando de Aminthas e a fiscalização de Osnar. Infenso a qualquer esforço

612

físico — reservo meu físico para os embates de amor —, Osnar dita ordens, caga regras. O Comandante superintende os trabalhos, o rosto grave, preocupado com a elaboração do discurso para o comício, tremenda responsabilidade. Bafo de Bode concedera de início o suporte de sua presença aos militantes do meio ambiente. Mas, tendo conseguido subtrair dos cuidados de Osnar uma garrafa de pinga quase cheia, sumira.

Terminam todos na pensão de Zuleika, onde os aguardava uma peixada comemorativa, encomendada pelo benemérito Osnar. Todos, menos o Comandante, por incorruptível, e Ricardo, por seminarista. Não se apressa o jovem, todavia, a recolher-se. Coincidindo a vigília cívica com a partida de Modesto Pires para o regaço da família, na praia, acontece uma porta apenas encostada na solidão de Agreste, à espera de valente justiceiro.

Nas ocorrências daqueles dias agitados, prevaleceu o desentendimento, divididas as opiniões, envenenadas. Mas quando certos fatos vieram à tona e os chifres de Modesto Pires tornaram-se públicos e aceitos, houve acordo unânime, não se ouviu acusação e crítica aos autores da façanha.

Autores, sim, o que não retira de Ricardo a glória de ter sido o primeiro a vencer as barreiras perversamente intransponíveis do respeito aos poderosos, do medo da vingança dos prepotentes — e a fazer justiça. Justiça divina, segundo o povo, cansado de esperar o auspicioso evento desde que, há aproximadamente seis anos, o dono do curtume importara dos confins de Sergipe as graças muitas de Carol, com elas enriquecendo o patrimônio de Agreste. Limitando, no entanto, o valor do gesto com a prática de mesquinha e egoísta exclusividade.

Bafo de Bode, ao retornar na esperança de mais cachaça, encontra a praça vazia. Tomando pelos becos ermos distingue, no primeiro alvor da madrugada, a robusta sombra do bom samaritano no ato de transpor a porta da escravatura para proclamar a abolição. Inimigo das tiranias e da propriedade privada, Bafo de Bode exclama para o escasso auditório de dois vira-latas e uma cadela:

— Seja feita a justiça de Deus! Mete ferro, padrequinho!

DA VOLTA DA ANIMAÇÃO OU DE COMO O PAU COMEU

Com a fábrica, vai voltar a animação, prometera Ascânio Trindade ao coronel Artur de Figueiredo. Decorridos poucos dias os acontecimentos deram-lhe razão; não se fez sequer necessário o estabelecimento da indústria para a feira de Agreste reaver movimento e entusiasmo dignos dos falados tempos de antanho. Alvoroço de tal magnitude a ponto do beato Possidônio, convencido de que chegara o dia do juízo final, abandonar a cuia de esmolas, entregando-se por inteiro à salvação dos pecadores, brandindo o cajado redentor.

No sábado, arribando de manhãzinha à Praça do Mercado (Praça Coronel Francisco Trindade — Intendente Municipal, ensina a placa; o povo, rebelde, não aprende) os feirantes depararam com algumas novidades, entre as quais uma faixa, esticada entre duas varas fincadas no chão, propondo a candidatura do Comandante e uma tabuleta, convocando para o comício. Esta última, fazendo parelha, num poste bem no centro da Praça, com o placar do cinema que anuncia sensacional bang-bang no fim de semana: *Porrada à beça!*, promete.

A princípio, faixa e tabuleta despertaram pouco interesse. A curiosidade dos matutos voltava-se para novidades maiores e mais vistosas: os novos postes de luz, da Hidrelétrica do São Francisco, gigantescos, belos, impressionantes. Dois deles já colocados de pé; os feirantes esticavam os pescoços buscando divisar as lâmpadas. Um terceiro, ainda estendido no chão, reuniu curiosos a admirá-lo, em exclamações de pasmo.

Alguns mais letrados soletraram as palavras da faixa, raros se interessaram pela tabuleta, a maioria não sabia ler. Assim, a feira começou normalmente, vindo a ganhar influência somente quando Ricardo e Peto começaram a distribuir os volantes. Aí, foi aquele deus-nos-acuda.

Gumercindo Saruê, pequeno produtor de farinha de mandioca, contemplara os postes, boquiaberto; mal reparara na faixa, nem se dera conta da tabuleta. Um homenzarrão com fama de valente, dado a brigas. Chegou a ser preso num domingo de cachaça. Armado de foice, pusera a correr os dois filhos de siá Jesuína, viúva de cabelo na venta. A viúva não se acomodou enquanto não viu Saruê no xadrez — a cadeia de Agreste, quase permanentemente vazia, ocupa uma sala dos fundos da Prefeitura, com grades na janela. Ascânio, ao tomar conhecimento do incidente, abandonando o bilhar, acalmou a mãe irada, abriu a porta da prisão e mandou Gumercindo em paz. O gigante, agradecido, jurou:

— Conte comigo, seu doutor, para a vida e para a morte.

Não eram palavras vãs como se verá agora mesmo, pois Ricardo e Peto haviam surgido na feira e começaram a distribuição dos prospectos redigidos pela indignada dona Carmosina em colaboração com o sardônico Aminthas. Enquanto faixas e tabuletas limitavam-se a anunciar a candidatura do Comandante, com breve referência à poluição, o volante estendia-se sobre as razões da campanha, destinada a salvar Agreste, paraíso ameaçado de podridão. Citava trechos da crônica de Giovanni Guimarães, baixava o pau na Brastânio, *empresa multinacional destinada a encher o bandulho de estrangeiros à custa da miséria do povo.* Descia igualmente a ripa em Ascânio: *aproveitando-se do posto que ocupa, presta-se ao jogo sujo desses criminosos que querem transformar Agreste numa lata de lixo.* Impedir a eleição desse *pleibói matuto, agente a soldo dos empresários da morte,* era obrigação de todos os cidadãos do município.

Ricardo cumpria dever ditado pelo mais puro idealismo; Peto trabalhava contra pagamento prometido por Osnar, um dos financiadores da candidatura do Comandante, mas os dois irmãos, o abnegado e o mercenário, cumpriam conscienciosamente a tarefa recebida, indo de pessoa em pessoa, feirantes e fregueses, distribuindo os volantes de mão em mão. Sabino, preso ao balcão da loja, não teve participação no início da folgança.

Diante dos sacos de farinha de Gumercindo Saruê, Peto entregou um prospecto ao vendedor, outro à compradora, dona Jacinta Freire, beata das mais xeretas. Gumercindo, pensando tratar-se de anúncio de cinema, deixou o papel cair no chão. Dona Jacinta, porém, interrompendo a compra, dedicou-se à leitura, em voz alta; outro jeito não teve o feirante senão escutar. Ao ouvir o nome de Ascânio, interessou-se, pediu explicações. Dona Jacinta satisfez-lhe a curiosidade com prazer. Indicou a tabuleta no centro da Praça, apontou a faixa, releu os insultos com gorjeios na voz, adorando. Incrédulo, Gumercindo perguntou:

— Querem tirar doutor Ascânio da Prefeitura?

— Para botar o comandante Dário. Diz que Ascânio...

Homem de ação, Saruê procura com os olhos o menino que distribui aquele papel imundo e o enxerga mais adiante, descansando da árdua empreitada enquanto chupa um picolé. Gumercindo parte para Peto, estende as mãos para tomar o maço de volantes, consegue tirar alguns que rasga com raiva, quer o resto:

— Me entregue essas porqueiras, seu moleque.

Ora, como de sobejo se sabe, Peto é parada. Unindo a ação à palavra, vibra um pontapé na canela de Gumercindo e xinga-lhe a mãe.

— O que é isso, compadre? — intervém Nhô Batista, outro lavrador de Rocinha, ao observar o amigo, cego de ódio, buscando agarrar o menino.

— Estão querendo tirar doutor Ascânio da Prefeitura!

A notícia se espalha, corre como um rastilho de pólvora, ou seja, rápida e peçonhenta, comovendo a feira. A maioria dos vendedores, procedentes quase todos do distrito de Rocinha, tinha Ascânio em grande estima. Os habitantes da beira do rio e da orla do mar, fornecedores de peixe, mariscos, caranguejos e guaiamuns, juravam pelo Comandante — numericamente em minoria, eram temidos, alguns possuíam fama de contrabandistas e tradição de luta contra a polícia.

A caça a Peto através da feira, com lances espetaculares e muita mercadoria derrubada, deu início à desordem. Safa-se Peto, desatando uma vara de porcos nos pés de Saruê e seus asseclas. Parte para o bar em busca de reforços; a última coisa que viu na confusão foi Ricardo sendo agarrado por um grupo, os volantes espalhando-se ao vento. O bar cheio, vieram todos.

Feira assim animada não houve jamais. Desbancou a de 4 de junho de 1938, na qual o façanhudo cabo Euclides tentou capar, na vista do povo, o violeiro Ubaldo Capadócio, que lhe desonrara o leito, comendo-lhe a esposa Adélia. Capadócio escapou por milagre. Não escaparam a faixa e as tabuletas — as duas, pois o placar do cinema, anunciando profeticamente porrada à beça, foi igualmente destruído. Acontece que os pescadores, de início ignorantes da causa do conflito, demoraram a participar da festa. Mas, quando se deram conta do desaforo ao Comandante, o pau comeu.

O pau comeu de todos os lados, muitos nem souberam os motivos da briga, todos se envolveram. Prejuízo vultoso e geral: sacos e sacos de farinha, de feijão, de arroz, de milho, derramados, frutas e legumes pisados, esmagados,

616

mantas de charque pelo chão, peixes servindo de arma de combate e caranguejos soltos entre os campeões. O profeta Possidônio, tendo proclamado mais uma vez o fim do mundo, baixou o cajado sobre uns e outros, indiferente às posições políticas, eram todos condenados pecadores.

Nem Ascânio, vindo da Prefeitura às pressas, conseguiu acabar com a briga. Tampouco o Comandante, roubado à redação de seu discurso. Nem mesmo padre Mariano, cuja intervenção apenas impediu que o Comandante e Ascânio se atracassem.

Mas quando Tieta, alertada por Sabino, apareceu na Praça empunhando o bordão do velho Zé Esteves, semelhando a Senhora Sant'Ana, e entrou no meio do povo gritando: parem com isso!, todos abriram passagem para ela e tudo serenou. Tarde demais para salvar a faixa e a tabuleta, mas a tempo de recolher os escombros de Ricardo. Na hora exata; nem bem levantara e conduzira o sobrinho glorioso (equimoses no rosto e nas pernas), surgiram na Praça em pé de guerra, vindas de horizontes diferentes, a pequena Maria Imaculada, a devota Cinira, a pretendente Edna e a liberta Carol. Também Ricardo possui eleitorado. Reduzido mas de qualidade.

DE TIETA TODA ORNADA DE CHIFRES

Os gritos de Tieta despertam Perpétua. Enfia a saia negra sobre o camisolão, toma o candeeiro, abre a porta a tempo de enxergar Ricardo fugindo pelo corredor, apanhando sem soltar um pio, nu em pêlo, ai, Senhor meu Deus! Desatinada, mandando ao diabo contenção, decoro, conveniências, desprezando qualquer espécie de cautela, a tia o persegue até a porta da rua; o bordão ronca nas costas do sobrinho. O bordão do velho Zé Esteves, o mesmo que exemplou Tieta quando o Pai soube, por intermédio de Perpétua, do caixeiro-viajante.

Ricardo ainda tenta voltar em busca de um calção mas a fúria, de cajado em riste, no auge da dor de corno, o atinge na face, na face angelical e pérfida, como a atingira Zé Esteves em outra distante madrugada — também ela tinha a face angelical. Fecha o corredor, vibra o cajado, ameaça os celestiais e traiçoeiros quimbas do aleivoso, a divina e perjura estrovenga. Num salto, Ricardo ganha a rua, salva os preciosos bens. Não refeito ainda da surpresa, desarvorado, vê-se na Praça, trajando lanhos, vergonha e o anel de jade, a porta fechada com violência sobre a voz colérica a expulsá-lo: — Suma de minha frente!

Tieta toda ornada de chifres. Ela os fora recolher na beira do rio. Quando a luz do motor marcou a hora combinada, estava a postos: assistiu ao encontro atrás da mangueira, acompanhou o traste e a moleca até à escuridão da Bacia de Catarina. Sujeitando o orgulho à dura prova, postou-se à escuta para cumular-se de indignação, suar o ciúme inteiro, gota a gota. Aberta em chagas, aviltada, coberta de lama, abjeta, ridícula, corneada. Escutou os risos, perdeu a conta dos suspiros, mediu o silêncio dos beijos, aprendeu as mil nuanças da palavra bem, repetido refrão: me beija de novo, bem, me morde; mete em mim, bem; não vá embora, bem, demore mais; ai, bem!

Logo ao regressar de Mangue Seco, começara a suspeitar da existência de outro rival, além de Deus: humano e fêmea. Pôs-se à escuta, recolheu informações mas quis ter certeza, tirar pessoalmente a limpo, tão impossível lhe parecera. Viu, ouviu, quase participou. Era verdade. Deixara-se enganar, ela, Tieta, vaidosa e segura de si, como se fosse a mais tola e confiante das raparigas.

Conforme fazia todas as noites, no quarto se despiu e perfumou. Assim o esperara para que as últimas centelhas de paixão se extinguissem quando ele a tocasse com as mãos ainda quentes do corpo da menina e sobrassem tão-somente humilhação e raiva.

Jamais lhe acontecera. Lucas fugira temendo se prender, não por causa de outra. Fora necessário retornar a Agreste para um homem ousar. Um homem? Cabrito apenas desmamado, vestido de batina, de inocência e medo, um menino donzelo, cabaço cuja flor ela colhera na noite das dunas ao luar.

DO DIÁLOGO DAS DUAS IRMÃS SOBRE ASSUNTOS DE FAMÍLIA, CAPÍTULO UM TANTO SÓRDIDO ONDE É LAVADA A ROUPA SUJA E SE PÕE MERDA NO VENTILADOR

Desnuda, florescida em galhas, recoberta de chifres e isso que ela não sabe da missa a metade, Tieta enfrenta a irmã. Despira-se à espera do pulha, para degustar todos os condimentos da traição, percorrer a escala da vileza até o fim, sentir o desespero transformar-se em ódio quando ele estendesse a mão ainda quente do calor da outra e lhe tocasse o corpo. Assim acontecera.

Nudez agressiva, bela e opulenta, na pujança dos seios arrogantes, das longas coxas, da altaneira bunda de saracoteio, da negra e profusa mata de pêlos — além da cornadura, apenas o bordão. Ao vê-la de tal sorte impudica e colérica, Perpétua decidira adiar a inevitável explicação, o difícil confronto. Para conversação de sutilezas e meias-palavras, de subentendidos, exige-se tranqüilidade, ânimo sereno. Desaconselhável em hora de cabeça quente e orgulho ferido. No ajuste da prestação de contas, Tieta pode resolver cobrar aleives do passado.

Perpétua tenta cerrar a porta do quarto, recolher-se, borrar dos olhos o que vira. Mas não chega a completar a manobra de recuo. Tieta percebe o bruxuleio da chama do candeeiro, adivinha a irmã à espreita, a raiva culmina:

— Que faz aí, escondida, espiando?

Descoberta, Perpétua mostra-se, avança um passo:

— O que aconteceu? O que é que isso significa?

A voz sibilante não reflete escândalo e furor, apenas espanto. Ainda há tempo para salvar a moralidade, manter a decência. Disposta a colaborar, Perpétua deixa margem para qualquer versão satisfatória: Ricardo vem se revelando voluntarioso e desobediente, não cumpre horários, merece repreensão e castigo. Quanto à nudez dos personagens, explica-se pelo calor do verão ou não se fala nisso, detalhe secundário. Salvas as aparências, as negociações tornar-se-ão mais fáceis. Mas Tieta, descontrolada, despreza a oportunidade, põe a merda no ventilador:

— Significa que o cachorro de seu filho se atreveu a me botar os cornos com uma putinha descarada, coisa que nenhum homem me fez.

Perpétua abafa um grito com a mão. Avança mais um passo, encosta-se na parede do gabinete:

— Quer dizer que tu e Cardo... Que horror, meu Deus! — Pasmo e repulsa estampam-se na face severa mas novamente a mão impede o lamento. Em Agreste, o sono dos vizinhos é leve; despertados pelo estardalhaço de Tieta, quantos não estarão à escuta?

Arrastando o pesado fardo da traição, a abundante colheita de chifres, Tieta caminha para o quarto, senta-se na cama, as pernas dobradas, indecente postura. A indignação e a raiva prosseguem implacáveis, agora voltadas contra a irmã:

— Não venha bancar a inocente, fazendo que não sabia quando estava farta de saber.

— O que é que tu quer dizer com isso? Tu está louca! Eu te recebi em minha casa, de braços abertos, pensando que tu tinha mudado. Tu não mudou nada, é a mesma depravada de antes. Desencaminhou um menino inocente, temente a Deus, desgraçou a vida dele. Ia ser padre, agora está excomungado... — abafa um soluço, mãe em pânico, estarrecida. — E ainda tem coragem de dizer que eu sabia. Vade retro! — Não cabendo mais remendo, resta-lhe enfrentar a situação, tomar a ofensiva.

— Não sabia! Cínica! — o desejo de Tieta é esbofetear a hipócrita, baixar-lhe o bastão nas costas como fez com o nojento. — Quem foi que mandou o filho de noite para Mangue Seco quando viu que eu estava tarada por ele? Com olho no meu dinheiro, pensa que não me dei conta? Mas você se esqueceu de explicar a ele que não nasci para carregar chifres. Não sei onde estou que não lhe meto o braço.

O candeeiro na mão, no corredor, diante da porta do quarto, acuada contra a parede, suor frio na testa, Perpétua reage:

— Tu está inventando calúnias para fugir à responsabilidade. — A voz agressiva, o dedo num gesto acusador. — Tu não pode desviar um menino inocente do sagrado caminho do sacerdócio, cortar sua carreira, sem...

— Sem pagar, não é? Você só pensa em dinheiro. Antigamente, só pensava em arranjar um homem disposto a te comer, não era?

— Nunca tive esses pensamentos, não sou tua igual.

— Então por que você prometeu um filho a Deus? Não foi para arranjar um homem com quem trepar? Você não é igual a mim porque é pior. Astuciou tudo isso para me tomar dinheiro. Quando me cedeu a alcova e botou ele para dormir ali defronte, já foi um plano. Eu devia ter desconfiado.

— Mentira! Nem me passava pela cabeça...

— Depois, quando me viu de olho nele, armou o bote, não foi?

— Não adianta tu continuar inventando embustes. Eu quero saber o que é que tu vai fazer para compensar meu filho. E quero saber agora mesmo.

— Compensar teu filho? De quê? Era um donzelão, capaz de terminar veado, dando por aí, fiz dele um homem. Como se você acreditasse que padre tem de ser virgem.

— Era um menino imaculado, bem ouvido, respeitoso, só pensava em seus deveres. Agora nem parece o mesmo, tomou a rédea nos dentes. Tu fez dele teu igual. Está igual ao que tu era, maldita! Tu abusou dele. Tem coragem de negar?

— O que você quer é que eu pague o cabaço de seu filho, não é?

Levanta-se, desce da cama, o corpo lascivo e afrontoso. Rebolante, dirige-se para o armário, toma da maleta onde guarda o dinheiro, destranca-a e suspende a tampa, separa um maço de notas e as atira em direção à irmã. Espalham-se no chão:

— Toma, eu pago o cabaço que comi. Foi bom, valeu a pena, me fartei. Vai, recolhe a paga, caftina de merda. Tu me dá nojo.

Perpétua pousa o candeeiro, penetra no quarto, agacha-se, cata as cédulas. A voz se eleva do chão, fanhosa mas abrandada, conciliadora.

— O que tu deve fazer é adotar os dois meninos...

— Adotar? Como meus filhos? — de novo em cima da cama, Tieta observa Perpétua de quatro, juntando e recolhendo as notas. — É isso que você deseja... Para serem meus únicos herdeiros, não é? Não faz mal que eu passe a ser mãe de meu macho? Tu é demais.

Ao vê-la andando de gatas, o braço estendido sob a cama, em busca de alguma cédula ali extraviada, os peitos murchos balançando sob o camisolão, o coque desfeito, os cabelos tombando sobre o rosto azedo de beata, a feiúra de bruxa e o olho aceso, apossa-se de Tieta um sentimento misto de admiração e pena, a juntar-se à raiva — que diabo de mulher capaz de tudo pelos filhos.

— E dizer que teve um homem que te quis, te desejou, dormiu contigo e te fez filhos. Contando, não se acredita.

621

Relembra então uma idéia louca, grotesca imagem que certa ocasião lhe atravessara o pensamento: imagina Perpétua em cima daquela cama, sobre o fofo colchão de lã de barriguda, embolada com o marido na hora da folgança, espantosa visão! De súbito a raiva desaparece, Tieta começa a rir:

— Se você disser uma coisa, contar a verdade, eu prometo te botar no meu testamento.

Perpétua eleva o rosto, suspeitosa e interessada, cúpida.

— Na hora agá, me diga, tu e o Major ficavam no papai e mamãe ou faziam sacanagem? Ele gostava de uma boquilha?

Ao pensar na irmã tentando o ipicilone com o marido, Tieta é sacudida por um ataque de riso incontrolável. Quer parar e não consegue, o riso desborda em gargalhada descomunal: enxerga Perpétua agarrada ao badalo do Major — bem servido, a julgar pelo filho. Na risada foram-se os cornos, todos eles, os cravados na beira do rio por Maria Imaculada e os outros, dos quais nunca teve conhecimento.

— Respeite os mortos, desgraçada! — Perpétua se levanta feito doida, as mãos gadanhando as cédulas, os olhos esbugalhados fitando o leito, sentindo os cheiros, revendo os gestos.

Ruído de chave na porta, passos leves no corredor. Perpétua trata de compor-se, enfia o dinheiro nos bolsos da saia para que a outra desavergonhada, de volta do pecado — cada noite chega mais tarde —, não fique a par do acontecido. Ao perceber movimento, luz e riso na alcova, Leonora se aproxima:

— Boa noite, dona Perpétua. De que ri tanto, Mãezinha?

Mãezinha não consegue deter o frouxo de riso, visão mais cômica! Tendo conseguido apagar dos olhos a figura do Major, viril e apaixonado, a despir o pijama de listras amarelas, Perpétua explica:

— A gente estava conversando, as duas. Tieta achou graça numa bobagem que eu disse... — levanta o candeeiro. — Amanhã a gente continua, mana.

Se Tieta pensa ter colocado ponto final no assunto com aqueles contos de réis, ah!, se engana, não conhece a irmã mais velha. Perpétua quer e há de obter papel passado no cartório, firma reconhecida, não faz por menos. Vai saindo mas retorna, rápida, para recolher uma cédula junto ao armário. Deve haver outras. Voltará amanhã, antes de Araci varrer o quarto.

Tieta ainda ri quando Leonora começa, a voz desconsolada:

— Mãezinha, ai, Mãezinha! Coitado de Ascânio. O pobre está desesperado...

DA ALPARGATA DO CÃO,
LÍNGUA E OLHO DA CIDADE

Na barra da manhã, Bafo de Bode abre os olhos na sarjeta onde a cachaça o derrubara na noite anterior. Sarjeta é força de expressão folhetinesca — adormecera na porta do Cine Tupy, abrigado contra o vento e a chuva. Levantando-se, toma o caminho do Buraco Fundo. Ao atravessar a Praça da Matriz, percebe movimento na porta da casa de Terto. Detém-se para identificar o apressado a partir tão cedo quando pode demorar-se, tranqüilo — Terto, o dedicado marido, adora dormir até bem tarde, na rede pendurada no alpendre, o sono pesado e plácido dos bons cabrões, satisfeitos de seu estado (aqueles que assumem, como escreveria um jovem autor moderno).

Ao encontrá-lo andejo em ronda pelas ruas e becos da cidade, em horas tardas, tudo vendo e comentando, Amélia Dantas (atualmente Régis), de apelido Mel, ex-Primeira Dama do Município, classificara o mendigo de alpargata do cão. Segundo Barbozinha, Bafo de Bode é o olho da cidade. O olho do cu, acrescenta Aminthas. Tanta coisa viu, nada mais o espanta. Não pode porém esconder o pasmo ao reconhecer no cidadão metido num velho par de calças de Terto o seminarista Ricardo. Em camisola, pendurada ao pescoço do rapaz, dona Edna se despede num chupão daqueles. As calças de Terto, apertadíssimas, vão-lhe mal, por que o padreco as usa? Trajava batina quando Bafo de Bode o surpreendera acompanhando a meninota, inquilina de Zuleika, para os barrancos do rio. Vestia calção e camisa-esporte ao atravessar a proibida porta de Carol, não se haviam passado quatro dias. De batina o avistara ainda na véspera, galgando os degraus da torre para consolar a indócil vitalina. Sem falar... Cala-te boca.

Retomando a marcha, corifeu da cidade, Bafo de Bode revela e aconselha:

— Gentes, vamos pôr o cu no seguro que a Pomba do Divino está solta em Agreste!

DA PASTORA E DO BODE NOVO

Ricardo cruza o jardim da Praça, as calças justas não lhe permitem correr. Bate na porta do fundo, Araci abre, espoca em riso: seu Cardo está tão engraçado, ai que moço mais bonito! Um dia há de reparar nela, se Deus quiser.

Entra, veste a batina, está terminando de arrumar a mala quando sente que alguém o observa, levanta a vista. Nos trajes negros, o terço na mão, Perpétua, preparada para ir à igreja. Ameaçadora, pronta para a acusação e o castigo, no rosto a indignação e a repulsa, os olhos fuzilando, a voz terrível — mas contida para não acordar as duas amaldiçoadas:

— O que é que está fazendo, excomungado?

— Vou tomar a marinete para Esplanada, daqui a pouco.

— Tomar a marinete? Com ordem de quem?

— De ninguém, Mãe. Em Esplanada, pego o ônibus para Aracaju, salto na estrada para São Cristóvão.

— O que é que tu está pensando? Não tem mais mãe a quem obedecer? Ficou maior de idade? Trate de guardar suas coisas e ir se deitar. Mais tarde, vai me prestar contas, se prepare.

— Vou passar uns dias com frei Timóteo, no convento. Ele me convidou. Depois que Tieta... que a tia viajar, eu volto.

— Não vai ir para lugar nenhum. Faça o que eu lhe disse.

Sabe que não vai ser obedecida, que nunca mais mandará nele. Irmã mais velha, jamais mandou em Tieta, jamais foi por ela obedecida.

— Já disse, Mãe, que vou para São Cristóvão. Não fiquei maior de idade, fiquei homem, não vê? Não tente me impedir, não quero sair fugido. Eu volto, fique descansada.

— Tu nem parece mais meu filho. Tu está igual a ela. Era nossa vergonha: de dia com as cabras, de noite no pecado. Tu quer tomar o lugar dela. Tu não tem medo do castigo de Deus?

Desde a morte do Major, sente pela primeira vez vontade de chorar.

— Meu Deus mudou também, Mãe, não é mais semelhante ao seu. Meu Deus perdoa, não castiga.

— Mas tu não pode ir embora assim, antes de se acertar tudo. Ela te desviou do bom caminho, te perverteu, pôs minha promessa a perder. Tem de compensar o mal que praticou. Trouxe o pecado para esta casa, te desgraçou, a maldita.

— Não, Mãe. Eu era cego, ela me ajudou a enxergar. Não sei se vou ser padre ou não, ainda é cedo para saber. Mas fique certa de que se eu não me ordenar é porque Deus não quis. Quando eu souber, lhe digo. Mas vou continuar a estudar, não tenha medo.

— Tu jura que é mesmo para o convento que tu vai?

— Já lhe disse. Agora, ouça, Mãe: a tia foi boa demais comigo. Nunca poderei pagar o que devo a ela.

Toma da mala, sorri para a Mãe, sereno e terno:

— A bênção, Mãe.

— Ai, meu Deus! — a mártir eleva os olhos para o céu.

Ao voltar-se em direção à saída, Ricardo vê Tieta na porta da alcova, o corpo bem-amado vestido com uma réstia de luz da manhã recente.

— Adeus, tia... Tieta!

— Adeus, Cardo. Pode me chamar de tia. Diga ao frade que estou em Agreste, que vai ser uma briga de foice.

A porta da rua se fecha sobre Ricardo. Sem sequer olhar para a irmã, Tieta reentra no quarto. Pastora de cabras, sente orgulho do sobrinho. Igual a ela, sem tirar nem pôr, Perpétua tem razão. Bode novo, sem peias, livre nos outeiros, de cabeça erguida, herdeiro de sua rebeldia. O que passou, passou, capricho louco, fica a saudade, tanta!

DE FATOS E RUMORES, CAPÍTULO ONDE O ÁRABE
CHALITA EXPRIME VAGA ESPERANÇA

Os dez dias que abalaram Agreste, definia Aminthas, leitor de autores proibidos, parafraseando John Reed, ao se referir àquele breve e tumultuado período. Ele próprio concorrera para o clima de grotesco pesadelo: manobrando invisíveis cordões, esteve por detrás de algumas graves ocorrências. Se bem a responsabilidade maior fosse geralmente atribuída a dona Carmosina.

— Veja só o que você arranjou, Carmosina — acusa o coletor Edmundo Ribeiro, tomando assento numa cadeira, na agência dos Correios. — Todo dia uma novidade, uma briga, um escândalo, um bafafá...

— Quando não são dois ou três. A gente nem acabou de comentar uma encrenca, começa outra. Cada prato de dar gosto... — apóia o árabe Chalita, sentado no batente da porta. — Todo mundo perdeu a cabeça, só quero ver como isso vai terminar.

Dona Carmosina abre mão de qualquer responsabilidade:

— Eu? Quem sou eu? Pelo jeito, vão terminar me acusando de ter inventado a fábrica de dióxido de titânio. A gente estava aqui, bem no seu, em paz.

— Se você não vivesse lendo e espalhando notícias de jornal... — o coletor aponta o jornal mural, agora cobrindo a parede principal da sala.

— ... vocês poderiam vender Agreste impunemente...

O tom e a linguagem dos diálogos mudaram. Desapareceram a cordialidade, o bom humor, os ritos de gentileza a fazerem da conversação — divertimento principal da comunidade, gratuito, ao alcance de todos — um requintado prazer. O acento tornou-se áspero, a injúria substituindo a malícia.

— Alto lá! — exclama Edmundo Ribeiro. — Não estou vendendo nada.

— Porque não conseguiu meter o dente no coqueiral, não por falta de vontade. Mas vive apoiando essa corja de venais. Ou pensa que não sabemos?

— Sabem o quê?

— Que assinou na lista de contribuições para a candidatura de Brastânio Trindade...

— Brastânio Trindade! Essa é boa... — ri o árabe. Nada se compara a uma prosa com pessoas inteligentes como dona Carmosina, a danada tem cada saída... — Por falar nisso, o que é que ele foi fazer em Esplanada?

— Ascânio viajou? — Dona Carmosina interessa-se, preocupada:
— Quando?

— Hoje. Me disse que volta amanhã.

A marinete de Jairo faz ponto em frente ao cinema, ao lado da casa de Chalita, presença infalível na partida (horário rígido) e na chegada (horário imprevisível) do veículo, controlando os viajantes.

— Que espécie de maroteira terá ido tramar? Disse que regressa amanhã? Então só foi até Esplanada, não dá tempo para ir a Salvador. Ele anda desnorteado. Pensou que a eleição ia ser uma barbada, ficou de crista murcha com o comício.

— Pois eu ainda acho que ele se elege — considera o coletor. — Não nego o prestígio do Comandante, mas, sabe como são essas coisas... Ascânio já está na Prefeitura e, mais importante de tudo, é homem do coronel Artur... Porque prestígio mesmo, quem tem é o Coronel.

— Foi homem do Coronel, não é mais. Quem não sabe que o Coronel se desligou da candidatura do doutor Dióxido?

— Doutor Dióxido, essa é demais... — contorce-se Chalita.

— Me diga uma coisa, seu Edmundo: foi por generosidade que Modesto Pires abriu a tal lista de contribuições, essa que o senhor assinou? Ou foi depois que o candidato de vocês voltou da Tapitanga, com o rabo entre as pernas e as mãos abanando? Sabe o que o Coronel respondeu quando ele pediu dinheiro para a campanha? Que recorresse à Brastânio. Não venha me dizer que não soube.

— Soube, sim, Carmosina. Mas atualmente se fala tanta coisa, a gente não pode sair acreditando assim sem mais nem menos. É bem capaz que o Coronel tenha negado ajuda a Ascânio, o velho está broco, cada vez mais canguinha. Mas também é verdade que não disse a ninguém para não votar em Ascânio. Estou mentindo? Se estou, me desminta.

— Aos que têm ido lá saber, o coronel Artur diz que cada um vote em quem quiser, de acordo com sua consciência. De broco, ele não tem nada e não foi por avareza que não atendeu ao pedido de dinheiro. Eu lhe digo mais: o Coronel só não sai apoiando de frente a candidatura do Comandante porque tem pena do afilhado. Mas pergunte a Vadeco Rosa o que foi que ouviu na Tapitanga, e não esqueça que Vadeco é vereador e tem um bocado de votos em Rocinha. Ele mesmo me contou. Foi pedir instruções, o Coronel lhe disse para apoiar quem quisesse e bem entendesse, não tinha ordens a dar nem candidato a prefeito, estava retirado da política.

— Ainda assim, o pessoal de Rocinha come pela mão de Ascânio, a começar por Vadeco.

— Comia, a coisa está mudando. Depois de conversar com Tieta, Vadeco ficou muito abalado. Em Rocinha estavam pensando que Ascânio, depois de eleito, ia comprar as terras do município a peso de ouro. Quando viram que ele só pretende desapropriar os terrenos do coqueiral, ficaram danados. O senhor sabe que Tieta está indo de casa em casa? Para a semana, vamos fazer um comício em Rocinha, ela vai falar.

— Não tem dúvida... — reconhece o coletor. — Dona Antonieta é um grande trunfo, é só quem faz medo. O Comandante, a gente vê, saiu candidato a contragosto, por imposição, e eu sei de quem...

— Minha, com certeza, não é? Fique sabendo que a acusação me honra muito.

— Coitado, é ter uma folga, se toca para Mangue Seco. Agora mesmo está na praia, não está?

— Para assegurar os votos do pessoal de lá. Mas volta logo.

— Pelos votos de Mangue Seco? Não chegam a uma dúzia... Mas Tieta, essa pode desequilibrar a balança, se ficar até o fim... Engraçado: apesar de combater a candidatura de Ascânio, parece que ela não se opõe ao namoro dele com a enteada. Aliás, Carmosina, em matéria de namoro, esse é de se tirar o chapéu...

Dona Carmosina evita o assunto, a vida particular de Ascânio não está em discussão, Leonora é um amor de criatura. Mas, já que o coletor desviou a conversa dos temas políticos para outros, mais amenos, ela gostaria de saber...

— O que, Carmosina?

— Se é verdade o que andam dizendo por aí... Que Modesto Pires admitiu um sócio...

— No curtume?

— Não, seu Edmundo. Na cama de Carol.

Quem responde é o árabe Chalita, alisando com gosto os bigodões:

— Um só, não. Eu soube de pelo menos dois. — Um clarão perpassa-lhe nos olhos gulosos. — Estou esperando que se transforme em sociedade anônima… Para comprar uma açãozinha.

DA CONVERSA FINAL SOBRE O DESTINO DAS ÁGUAS, DOS PEIXES E DOS HOMENS, QUANDO A BRASTÂNIO ESCOLHE NOVO DIRETOR E, NO REQUINTADO AMBIENTE DO REFÚGIO DOS LORDES, SERVE-SE — HORROR! — UÍSQUE COM GUARANÁ

Na equipe escolhida a dedo destaca-se, pela elegância do porte, uma jovem pernalta e esguia. Mais do que esguia, magricela, modelo em desfiles de haute-couture, bem ao gosto do magnata Ângelo Bardi. Convocada para ele, especialmente; a administração do Refúgio dos Lordes, a par do apetite dos fregueses tradicionais, os sustentáculos da casa, trata de satisfazer-lhes os caprichos. Doutor Mirko Stefano alegra-se ao constatar a presença da ruiva ondulosa e pícara, parecida com Bety; no encontro anterior Sua Excelência a confiscara, deixando o Magnífico vagamente frustrado. O Velho Parlamentar não foi esquecido: uma guria com fisionomia e jeito tão impúberes que em certas ocasiões faziam-na passar por virgem com sucesso. Em atenção ao novato (para quem fora recomendada a maior deferência), a gerente, desconhecendo-lhe os pendores, destacara três garotas, de tipos diferentes mas todas ótimas, il n'aura que l'embarras du choix. Enquanto servem uísque aos poderosos senhores, as seis belas exibem os encantos — a mais vestida usa biquíni, a esgalga agita vaporoso véu a realçar-lhe os ossos. Trajando sóbrio costume bem talhado, a gerente, gordota e baixa, parece diretora de um internato feminino.

Fitando de esguelha a nudez das moças, o cidadão de postura rígida e cabelo buscarré, pela primeira vez em tal ambiente, procura vencer o acanhamento. Na juventude freqüentara prostíbulos, em certa ocasião festiva fora a um randevu, em Botafogo, no Rio de Janeiro; depois casara-se. Não corre perigo de ser identificado, está incógnito e à paisana, anônimo parceiro participando

629

com amigos de programa alegre. Ao ser servido pela ruiva, desviando os olhos encadeados, anuncia:

— Quero o meu uísque com guaraná.

Com guaraná! Faz-se um silêncio de espanto. A magricela, ao lado de Bardi, contém o riso. Uísque daquela marca rara e preciosa, em São Paulo serve-se apenas no Jóquei Club e no Refúgio dos Lordes. Na Inglaterra, bebem-no puro, sem gelo. Mas o Velho Parlamentar, um lorde, esclarece com fleuma britânica e impávida adulação:

— Uísque and guaraná, fórmula brasileira, muito em moda. Vou querer também.

Há gosto para tudo, pensa a gerente. Refazendo-se do sacrilégio, vence a repugnância e ordena:

— Guaraná, depressa!

O doutor Ângelo Bardi desvia as atenções, ao pedir notícias de sua querida amiga a quem não vê há bastante tempo:

— Nossa cara Madame Antoinette, não volta mais?

— Ainda está na França. Quando ia embarcar, o pai morreu, o general. Do coração, coitado.

— General? — o de cabelo buscarré, olhos de viés nas moças, supera o embaraço, demonstra repentino interesse.

— Madame Antoinette é filha de um general francês com uma nativa da Martinica... — a gerente repete a clássica informação, ar de professora de história, ditando aula.

— Como? — o de cabelo buscarré se espanta.

— Como a Imperatriz Josefina, a de Napoleão Bonaparte — ilustra o Magnífico Doutor.

— Ahn! Figura histórica! Muito interessante. — Sente-se mais à vontade e usa o guaraná com abundância.

— Desejam mais alguma coisa? — Diante da resposta negativa, a gerente comanda: — Vamos, meninas! — Marcha à frente do garrido pelotão.

O Velho Parlamentar pousa o copo:

— Pois aqui estamos, vitoriosos. Custou trabalho e muita habilidade, assunto explosivo. Não digo para valorizar mas se não fosse o parecer do amigo aqui presente... O pessoal da linha dura andou torcendo o nariz e as autoridades baianas tinham fincado o pé: em qualquer lugar, menos em Arembepe, e daí não arredavam. Mas, finalmente, cederam, abandonando a posição de intransigência, diante da argumentação apresentada por nosso prestigioso paraninfo.

— O desenvolvimento nacional é prioritário, contra ele não podem prevalecer razões sentimentais, muito menos irrelevantes detalhes de localização. Estive lá, pessoalmente, constatando o absurdo das alegações, meu parecer baseou-se no estudo direto do problema. Em rápido bosquejo, vou colocá-los a par de meus considerandos e de minhas conclusões. — O prestigioso paraninfo aclara a voz com um largo trago de uísque com guaraná.

Não pediu anuência, foi em frente com o rápido bosquejo, em verdade quase uma conferência. Ângelo Bardi ouve de olhos semicerrados, cada palavra vale ouro. O Velho Parlamentar parece beber as frases do conferencista, concorda e aplaude com a cabeça. Atento, o Magnífico Doutor, em atitude de discreta reverência: que pecado cometera para sofrer aquele castigo? Ninguém ousou interromper.

Na Bahia, àquela hora, Rosalvo Lucena, no gabinete do Secretário, recebe a boa notícia: novos estudos, realizados em alto nível, levaram a uma reavaliação do problema. Poderosas razões de ordem econômica, social e política determinam a localização da indústria de dióxido de titânio em Arembepe, o Governo Estadual dá meia-volta, volver, submete-se e aprova o pedido da Brastânio. No Refúgio dos Lordes, ao calar-se a voz autoritária e metálica, o magnata Bardi aplaude:

— Ainda bem que possuímos estadistas de larga visão, capazes de impor as supremas razões do interesse nacional, esmagando preconceitos, derrotando a subversão. Dou-lhe os parabéns, meu ilustre amigo.

O Velho Parlamentar deixa de lado o copo de uísque com guaraná, mistura horrenda:

— Caro Bardi, um último detalhe antes que nos separemos. Em que data será realizada a assembléia para a ampliação da diretoria da Brastânio?

— Em seguida. Estaremos em Salvador amanhã, faremos publicar imediatamente os editais de convocação. — Volta-se para o autor do relatório que se regala com o uísque and guaraná. — Para nós vai ser um grande prazer incorporar à diretoria da Brastânio o doutor Gildo Veríssimo, de cuja capacidade temos as melhores referências...

— Não é por ser meu genro... — concorda o ilustre amigo — ... mas competência é o que lhe sobra. Os senhores estão bem servidos.

— Estamos conversados — conclui o Velho Parlamentar.

Ângelo Bardi agita pequena sineta de prata, a gerente se apresenta comandando as meninas. O de postura rígida e cabelo buscarré, prestigioso paraninfo, ilustre amigo, curva-se para o Magnífico Doutor, pergunta em voz baixa:

— As despesas estão todas pagas?

— É claro...

— Todas? Incluindo...

— Incluindo.

— Então, avise a ela — ordena, apontando a gerente — que eu quero aquela de cabelo de fogo...

Lá se ia a ruiva, perdida pela segunda vez, contingência da profissão de diretor de relações públicas, repleta desses desapontos. Mas também gratificante, reflete Mirko. Saber que Agreste desaparecerá do mapa, que nunca mais terá de atravessar aqueles caminhos de mula e suportar o calor senegalesco, a poeira, a lama, o desconforto, a cerveja quente, sem falar nos bandidos e nos tubarões da costa deserta, misérias e perigos a cercá-lo e ameaçá-lo, pagava qualquer pena — ruiva ou castanha, loira ou trigueira.

Em nenhum momento, enquanto recordou Agreste e Mangue Seco, pensou em Ascânio Trindade. Para o doutor Mirko Stefano, Agreste e sua gente pobre e feia tinham acabado para sempre.

ONDE REAPARECE O AUTOR QUANDO JÁ NOS IMAGINÁVAMOS LIVRES DESSE CHATO

Era minha intenção não interromper a narrativa quando chegamos ao epílogo deste monumental folhetim (monumental, sim, basta atentar-se no número de páginas). Sendo neutro na contenda travada em Agreste, desejava manter-me à margem, simples espectador. Mas vejo-me obrigado a abandonar meu propósito, para mais uma vez defender-me de críticas assacadas contra a forma e o conteúdo de meu trabalho por Fúlvio D'Alambert, fraterno e acerbo. Chego a supor que sentimento menos digno, qual seja a inveja, dita-lhe as restrições, ao constatar que me aproximo do fim deste cometimento literário. Nunca acreditou que eu conseguisse realizá-lo.

Não penso responder a uma quantidade de reproches menores, de ordem gramatical ou estilística, para não alongar minha intervenção. Desses, para exemplo, citarei apenas um. D'Alambert critica asperamente a forma como empreguei o verbo *contemplar*. Subindo em companhia de Cinira, a escada que leva à torre da igreja, Ricardo vai, *ela na frente, ele atrás, a contemplar*. Contemplar, ensina-me Fúlvio, é verbo transitivo, exige objeto direto: quem contempla, contempla alguma coisa. Segundo ele, escondi dos leitores o alvo da jubilosa contemplação do seminarista.

Defendo-me, perguntando se os leitores necessitam realmente de objeto direto para se darem conta da paisagem contemplada pelo jovem, se outra não existia na estreita e sombria escada além das coxas e dos quadris da donzelona? Além de tudo, tais detalhes da anatomia da beata, se bem excitassem o adolescente, não são de qualidade a merecer o interesse dos leitores.

Acusação mais séria refere-se ao atropelo final da narrativa. Antes, as ações sucediam-se, poucas e lentas, espalhando-se em folhas e folhas de papel, numa falta de pressa, num despropósito de detalhes, em contínua repetição de minúcias, gritante ausência de economia literária, durante cinco longos episódios de enfadonha leitura. Abruptamente, no epílogo, modifica-se o ritmo, rompe-se a medida do tempo e do espaço ficcionais, perdendo-se a unidade da narrativa.

Na opinião de Fúlvio, o autor tomou-se de tal pressa a ponto de deixar os leitores na ignorância de fatos do maior interesse, reduzidos a simples referência casual. Cita o comício da Praça da Matriz e a questão dos sócios de Modesto Pires nos afagos de Carol. Sabe-se de Ricardo, quais os outros?

Não sou culpado pela modificação do ritmo da narrativa, se ela existe. Os acontecimentos é que se precipitaram e se atropelaram, à minha revelia. Tantos em tão pouco tempo, para acompanhá-los vou deixando de lado aqueles que não me parecem fundamentais, mesmo se aparatosos ou divertidos.

É o caso do comício. Realizando-se no dia seguinte ao do conflito na feira, atraiu numeroso público. O vate Barbozinha foi o primeiro a ocupar a tribuna, ou seja, a frente do palanque da Praça e a elevar a voz (o verbo no caso vale em sentido literal pois, não havendo microfone e alto-falante, os oradores usam a força dos pulmões). O bardo possui seus incondicionais, sobretudo entre as solteironas — adoram vê-lo recitar poemas de amor, o braço estendido, os olhos entornados para o céu, trêmulos na voz ao pronunciar as rimas ricas, desfiando as emoções românticas e sensuais de amores eternos e perjuros. As musas inspiradoras de Barbozinha tinham sido, em grande maioria, raparigas dos castelos de Salvador, xodós dos tempos de boemia. Nos *Poemas da Maldição*, porém, como ele próprio explicou, vibrara as cordas do civismo e da indignação em lira patriótica e acusadora. Obteve aplausos mas, ao final, as fanáticas exigiram, aos gritos, a declamação de uns versos famosos, dezenas de vezes recitados nas festas locais: a *Balada do Triste Trovador*. Não fosse a enérgica oposição de dona Carmosina — isso aqui é um comício político, homem! —, o poeta estaria até agora no palanque a dizer a *Elegia Obscura da Rua São Miguel*, o *Poema para os Lábios de Luciana*, o *Soneto Escrito nos Seios de Isadora* e outras peças de resistência.

Mitingueira estreante, dona Carmosina saiu-se bem. Seguidamente aparteada por Ascânio, levara vantagem no debate, língua solta e atrevida. A única interrupção a perturbá-la — por pouco não perde o rebolado — teve mais de comentário que de aparte e não proveio de Ascânio. Partiu de Bafo de Bode, tão bêbado a ponto de não se agüentar de pé. Ao ouvir dona Carmosina declarar que falava *em nome das mães de família preocupadas com o futuro dos filhos e maridos,* o mendigo protestou:

—Ah! Essa não... Solteirona encruada não pode falar em nome de mulher casada, não tem competência de boceta!

O protesto arrancara risos da assistência, composta em boa parte por ouvintes mais interessados na troca de acusações e injúrias do que nos graves assuntos em debate, dados sobre o problema da poluição e o grau de periculosidade dos efluentes do dióxido de titânio, manejados com evidente competência por dona Carmosina. Nem por ela me parecer chegada a chicanas e maquiavelismos, lhe negarei capacidade e ousadia.

Novidade no burgo, onde as eleições prescindiam de agitação e propaganda, bastando a palavra-de-ordem do coronel Artur de Figueiredo para o esclarecimento do eleitorado, o comício transformou-se numa festa. Tão bem-sucedido que, ali mesmo na Praça, Ascânio Trindade decidiu realizar um no sábado seguinte, realizando-o na Praça do Mercado — por denominar-se realmente Praça Coronel Francisco Trindade, em honra de seu avô, o operoso Intendente, e por lhe garantir o apoio dos feirantes. Para comício, faixas, volantes, para enfrentar a campanha do Comandante, precisava de dinheiro mas isso não lhe parecia constituir problema sendo, como era, candidato do Coronel. O padrinho nunca lhe faltara. Dessa vez, faltou, como já se sabe, obrigando-o a dirigir-se à Brastânio. Fora a Esplanada para de lá telefonar ao Magnífico Doutor.

O Comandante encerrou o comício, apresentando sua plataforma eleitoral. Não permitiu apartes, no receio de perder o fio do improviso — decorado a duras penas. Passara noites em claro, declamando parágrafos, sob a vigilância e o aplauso de dona Laura. Declarou ter abandonado a tranqüilidade e o repouso a que fizera jus após uma vida consagrada à Pátria (*aplausos*) para novamente enverger a farda gloriosa da Marinha de Guerra (*repetidos aplausos*) e colocar-se a serviço do povo de Agreste (*grandes aplausos*). Mesmo à paisana na tribuna, estava moralmente fardado, a postos na trincheira de luta (*ruidosos aplausos; gritos de Bravo!, e Muito bem!*). Acusavam-no de inimigo do progresso, calúnia vil. Contra o falso progresso, sim, contra aquele que não concorre para o bem da comunidade, o que polui, suja, empesteia e enche os bolsos dos industriais da morte (*gritos de Apoiado!, e de Não Apoiado! — A Brastânio é a redenção de Agreste!*) Mas saudava com entusiasmo o verdadeiro progresso, aquele que beneficia não apenas meia dúzia de sabidos mas toda a população, progresso simbolizado pelos postes da Hidrelétrica do São Francisco (*ruidosos aplausos*), conquista que o povo deve exclusivamente à nossa benemérita e influente conterrânea, dona Antonieta Esteves Cantarelli, nossa querida Tieta... (*aplausos, bravos, vivas, Viva Tieta! Viva! Vivôo!, perdendo-se na ovação as últimas palavras do orador*). Uma apoteose.

Quanto aos cochichados sócios de Modesto Pires, sócios de indústria, sem capital, mantendo-se o ricalhaço como único capitalista, comanditário exclusivo — sobre eles pouco tenho a dizer. Pode-se considerar o seminarista Ricardo um sócio, no sentido lato da palavra? Não creio. Abriu o caminho para a liberalização da empresa antes individual, fechada e proibida, terminando aí sua participação. Permanecesse em Agreste, certamente ocuparia lugar importante na firma, ou seja, no leito de Carol. Quem sabe, ao voltar?

Quanto a outros sócios, sei apenas de Fidélio, o atual Taco de Ouro. Sim, não posso negar: a decisão do torneio de bilhar, relevante acontecimento, deixou de ser consignada, no devido tempo, nas páginas tumultuadas deste folhetim. Não há muito a relatar. Fidélio derrotou Astério, na partida final, disputada ponto a ponto, tacada a tacada. Astério retornara aos treinos, vendeu caro a derrota e o título. Como de hábito, numerosa torcida feminina apoiou o rebelde herdeiro do coqueiral, restando apenas a Astério a sustentação de uma Elisa melancólica e quase indiferente ao resultado da disputa. Dona Edna não compareceu, sabe-se lá devido a que ou a quem. Tampouco Leonora. Estando Ascânio eliminado, ela nada tinha a fazer no bar de cochichos e indiretas.

Várias admiradoras de Fidélio esperavam que o novo campeão lhes dedicasse a vitória, tinham razões para tanto. Ele preferiu, no entanto, comemorá--la com Carol. Empurrou a porta defesa mas apenas encostada, pois Modesto Pires continuava em Mangue Seco. Por falta de verba —ah!, a pobreza de Agreste! — o Taco de Ouro não passa de título abstrato, não se concretiza em troféu, sequer em diploma. Carol, porém, com a sabedoria e a malícia das amásias dos ricos nas pequenas cidades, facilmente concretizou a abstração, o Taco de Ouro teve forma, volume e sabor. Entregues a tão meritória tarefa, os encontrou o ricalhaço quando, chamado às pressas devido aos alarmantes boatos sobre a inesperada neutralidade do Coronel, se arrancou dos braços amoráveis (e insossos) de dona Aída e veio saber o que de fato estava acontecendo na cidade. Soube, até demais.

Sendo Modesto Pires um dos mais irredutíveis guardiões da moral pública em Agreste e levando-se em conta a natureza enrustida de Fidélio, desconhece-se o teor da conversa da qual nasceu a sociedade. Se começou, como alardeiam, turbulenta e agressiva, terminou em harmonia e acordo, pois Fidélio saiu, segundo várias testemunhas, pela porta da rua, calmo, decentemente vestido, sorrindo. Ao contrário do que pensaram fosse acontecer, Carol não embarcou na marinete de Jairo, devolvida às plagas sergipanas; na tarde daquele mesmo dia esteve fazendo compras nas lojas, desparramando dinheiro. Chifres caros, os de Modesto Pires, cornos de ouro, como compete a cidadão rico e virtuoso. As ações da sociedade andam em alta, são vários os candidatos a integrá-la mas não creio que as esperanças de Chalita possam se realizar. Sociedade limitada, sim. Anônima, com certeza não.

Cumprindo dever cívico, Modesto Pires, tendo analisado a conjuntura política, abriu com módica quantia uma subscrição de ajuda à campanha de Ascânio Trindade. Espera recuperar, com juros, a inversão, após o pleito.

Ainda um último detalhe e vou-me embora, disposto a não voltar. Fúlvio D'Alambert, preocupado com a verossimilhança dos personagens, acha que por vezes perco a medida ao amassar o barro na criação dessa humilde gente sertaneja. Como exemplo de irrealismo, aponta a figura do seminarista. A atividade sexual de Ricardo, sua competência física parecem-lhe evidentemente exageradas, a ponto de Bafo de Bode surpreender-se.

A restrição revela desconhecimento do quotidiano das cidadezinhas mortas, da carência e da ânsia das mulheres condenadas ao marasmo e às novelas de rádio, à falta de homens. Por outro lado, não sei qual a capacidade dos caros leitores aos dezoito anos. A mim, não me parecem anormais os feitos do adolescente impetuoso, estuante de vida, invencível guerreiro. Ademais, como certamente perceberam, os levitas participam da natureza gloriosa dos arcanjos.

DA POLUÍDA VIA SACRA NA LONGA NOITE DE AGRESTE — PRIMEIRA ESTAÇÃO: O MENOSPREZO NOS FIOS TELEFÔNICOS

No calorão da tarde, a marinete encontra-se em pane na estrada, os passageiros sofrendo na expectativa do motor pegar. Padre Mariano arrasta Ascânio para a sombra do veículo, o suor pingando sob a batina — não adotara a moda moderna de calça e camisa esporte, tão em voga entre os padres da capital:

— Não sei não, meu Ascânio, essa eleição é uma loteria. Se o coronel Artur se empenhasse, ia ser uma peleja de gigantes, ele de um lado, dona Antonieta do outro. Mas até isso a nossa Comendadora conseguiu: tirar o Coronel do páreo, um verdadeiro milagre — balançou a cabeça, olhar de compaixão, só faltou dizer que a candidatura de Ascânio tinha levado a breca. — Conversando sobre a nova instalação elétrica da Matriz, contei ao Senhor Bispo Auxiliar: apareceu uma santa em Agreste, em carne e osso, faz milagres.

Ascânio engole em seco, não pode contestar, trata-se da madrasta de Leonora. Santa? O diabo em pessoa, inimiga jurada de sua candidatura a prefeito e de seus projetos de noivado e casamento. Sempre que ele toca nesse assunto, Leonora desconversa, contorna, escapa reticente. Duvidar do amor da moça, impossível, ela lhe concedera as provas maiores. Que podia ser, senão a discordância categórica da madrasta, desejosa de casamento milionário, digno da enteada? Tieta tornara-se o pesadelo de Ascânio, asa negra, anjo mau a atropelar-lhe os passos a cada instante. Dois dias antes, Vadeco Rosa, dono de algumas dezenas de votos, encabulado, coçando a cabeça, comunicara:

— Para mim, candidato precisa ter avalista de peso, como seja o coronel Artur ou dona Antonieta. Traga o aval do Coronel ou o de dona Tieta e leva meus votos.

Inimiga jurada, anjo mau, asa negra, pesadelo de Ascânio; comendadora, santa, aval do Comandante. A conversa de padre Mariano aumenta a aflição do candidato. Regressa de Esplanada desanimado e inquieto. Uma vez se sentira assim, maltratado, ferido, objeto de humilhação e pouco caso: quando fora a Paulo Afonso lutar pela energia da Hidrelétrica para o município. Os chefões trataram-no com desprezo, riram dele. Depois, com dois simples telegramas, dona Antonieta resolvera o caso. Sempre ela.

Agora, ainda pior. Volta não apenas cabisbaixo mas temeroso, roído de suspeitas. Nada de concreto, mas não lhe agradara o tratamento dos funcionários da Brastânio ao telefone. Surpreendera-o sobretudo Bety, amável e brincalhona na véspera, quando da primeira chamada. Distante, seca e apressada quando ele voltara a ligar. Ficara com a pulga atrás da orelha.

Quatro vezes comunicara-se com Salvador, buscando falar com o Magnífico para lhe expor a situação, a luta eleitoral, a necessidade de ajuda da Brastânio. Talvez doutor Mirko já estivesse a par, *A Tarde* noticiara o lançamento da candidatura do Comandante. O doutor estava ausente, disseram-lhe na véspera e o puseram em comunicação com Bety. A secretária-executiva confirmou a notícia, o Magnífico Doutor fora a São Paulo mas retornará à Bahia naquela mesma noite. Propôs que ele voltasse a chamar no dia seguinte. Gentil, a voz de frete, tratando-o de gostosão, pedindo notícias do lindo — o lindo era Osnar. Até aí, tudo bem.

No dia seguinte, ou seja, naquela manhã, Ascânio telefonou primeiro para o Hotel e, tendo se identificado, soube que realmente o doutor Stefano regressara de viagem na noite passada mas saíra cedo para o escritório. Ligou então para a Brastânio — cada pedido de comunicação significava uma absurda mão-de-obra, interminável espera; felizmente a telefonista de Esplanada conhecia Canuto Tavares e teve a maior boa vontade. Ao pedir para falar com doutor Mirko Stefano — sou Ascânio Trindade de Sant'Ana do Agreste, estou telefonando de Esplanada —, disseram que iam transferir a ligação para a sala do doutor, um momentinho. O momentinho durou alguns minutos, Ascânio afobado, no receio de que a linha caísse. Por fim voltou a voz anônima, doutor Stefano estava ausente, em viagem, sem data de regresso. Ascânio quis falar com Bety, nova demora antes que a voz anunciasse: a secretária se encontrava ocupada, não podia atender naquele momento. Meia hora depois, Ascânio insistiu e após muito rogo obteve Bety, impaciente e brusca: o doutor Mirko permanecia em São Paulo. No hotel informaram que já chegara, na véspera à noite? No escritório, não sabiam de nada, ali não aparecera nem era esperado. Se valia a pena chamar novamente, mais tarde? Naquele dia, certamente não. Por que não escreve uma carta e envia pelo correio? O assunto é urgente e importante? Ela nada pode fazer e vai desligar, não tem tempo para bater papo. Tenta retê-la: ouça, Bety, por favor… A apressada nem sequer ouviu o fim da frase, depôs o fone. Tudo aquilo lhe parecera estranho, causara-lhe impressão desagradável, sentia-se acabrunhado. Escreveu a carta, pedindo resposta urgente, colocou no correio.

Naquela tarde, a marinete pifou três vezes. Jairo usou o repertório inteiro: os mais ternos apelidos, os palavrões mais grossos. Chegaram a Agreste ao cair da noite, Chalita os recebeu com uma notícia triste, o falecimento do velho Jarde Antunes. Deitara-se após o almoço, fechara os olhos, não os abrira mais:

— Quando se deram conta o corpo já estava frio. A sentinela é lá mesmo, na pensão de Amorzinho.

DA POLUÍDA VIA SACRA NA LONGA NOITE DE AGRESTE — SEGUNDA ESTAÇÃO: O ANEL DE COMPROMISSO E A TAÇA DE FEL

Quer tomar um banho, antes de comparecer ao velório. Sentada no batente da porta, pitando o cachimbo, Rafa informa:

— Tem gente.

— Em casa? Quem?

— Uma tipa. Foi entrando.

Leonora? Quem pode ser, senão ela?

Há dias, Leonora vem tentando convencê-lo a se encontrarem em casa dele, cansada na certa da imprudente e incômoda incursão noturna aos barrancos do rio. Mas Ascânio deseja que a bem-amada transponha a porta da tradicional residência da família na qualidade de senhora Ascânio Trindade, em pleno dia, vinda do altar, esposa. Naquela cama de jacarandá onde dormiram seus pais, pretende que ela se deite somente quando as leis dos homens e de Deus tiverem consagrado suas relações.

Eis que Leonora o coloca diante do fato consumado. Levantando-se da cama onde se estendera, atira-se em seu pescoço, oferece-lhe a boca para o beijo:

— O ônibus estava demorando, Mãezinha foi para o velório, vim te esperar aqui. Se fiz mal, me perdoe. Estava morrendo de saudade, amor.

— Eu também. Não via a hora de voltar. Mas, você não...

— O que é que tem? — interrompe a repreensão com um beijo.

Os beijos se repetem, tornam-se mais longos e ardentes, Ascânio sente o corpo de Leonora estremecer, colado ao seu. Gostaria de tomar um banho, livrar-se da poeira e do enfado da viagem mas ela o puxa para a cama, acaricia-lhe o rosto fatigado.

— Você está triste, meu amor. Não conseguiu acertar o que queria?

Ascânio descansa a cabeça no ombro de Leonora:

— Não consegui falar com doutor Mirko. Não está na Bahia, pelo menos foi o que me disseram. Uma história atrapalhada que me deixou muito cabreiro.

Mais do que cabreiro — ofendido, soturno, de moral baixa. Leonora cobre-lhe a face com beijos, tentando animá-lo. Ascânio toma as mãos da moça:

— Só tenho você no mundo, Nora. Mais ninguém.

Tocando-lhe os dedos, lembra-se do anel de compromisso, oferta da Brastânio naqueles dias alegres de intimidade e confiança entre ele e os diretores da Companhia. Ficara no bolso da outra roupa, vai buscá-lo:

— Quero te dar uma coisa...

Pensara oferecê-lo em festiva cerimônia, na presença da madrasta, dos parentes e de alguns amigos, ao pedir a mão de Leonora em casamento. Resolve desistir de solenidade e protocolo. Para ter o direito de entrar naquela casa, Leonora deve ser ao menos sua noiva. Por outro lado, ele bem merece uma alegria que compense o menosprezo dos funcionários da Brastânio.

Coloca o anel no dedo anular da mão direita de Leonora, o dedo certo para anel de noivado. Pela segunda vez executa o mesmo gesto de amor e compromisso. Na primeira, depositara anel e confiança, promessa e coração em mãos de noiva indigna. Pagara caro pelo erro, destroçado pela traição, morto para o amor. Mas um dia acontecera o impossível: da marinete de Jairo desceu a mais bela e pura das mulheres, essa que a partir de agora é sua prometida:

— Trouxe este anel da Bahia para você, um anel de noivado. Para lhe entregar num dia especial, mas não vejo jeito de poder conversar sobre esse assunto com sua madrasta. Me diga, Nora, quer casar comigo?

Os olhos de Leonora presos ao anel, perfeito em seu dedo, jóia antiga. Pobre Ascânio a julgá-la moça de família; quanto não lhe custara a prenda? A voz quebrada, quase um sussurro:

— Não fale nisso...

— Em quê?

— Em noivado, em casamento. Não basta que eu seja tua?

Ascânio empalidece, a mão trêmula desprende-se da mão da moça:

— Não aceita? Eu devia saber. Rica como é, por que havia de querer casar comigo?

— Eu te amo, Ascânio. Você é tudo para mim. Nunca amei ninguém antes. Os outros que conheci foram enganos meus.

— Foi o que eu pensei. Mas então, por que recusa?

— Não posso me casar contigo. Tenho motivos...

— Por ser fraca do peito? No clima daqui, fica curada num instante.

— Não, não sou doente, mas não posso.

— Já sei. Porque ela não consente, não é? Como é que sendo tão importante, vai permitir que a enteada case com um pé-rapado, ainda por cima metido a ter opinião própria...

— Mãezinha não se envolve nisso.

— Então, por quê?

Leonora cobre o rosto com as mãos, prendendo as lágrimas, Ascânio se exalta, o rosto convulso, o coração ferido:

— Um pobre-diabo do sertão, sem eira nem beira... Bom para uma aventura de férias, para mais nada. Para casar, os ricaços de São Paulo.

— Não é nada disso, amor, não seja injusto. Eu te amo, sou doida por ti. Queres que eu seja tua amásia ou tua criada? Isso posso ser. Tua esposa, não.

— Mas, por que diabo?

— Não posso contar, o segredo não é só meu...

Ascânio volta a segurar-lhe a mão, afaga-lhe os cabelos, beija-lhe os olhos úmidos:

— Não tem confiança em mim? Nem isso? Não já provei quanto lhe amo? Quando soube do que lhe aconteceu com o outro...

— Tudo isso é mentira, meu amor. A verdade...

— Diga, confie em mim.

— Não sou rica, nem filha de Comendador, nem enteada de Mãezinha.

— Hein? Quem é você, então?

Entre soluços, conta tudo. O bairro miserável, o cortiço, a fome, a sordidez, o trotoar, o Refúgio. Ascânio vai se afastando, levanta-se, a máscara de espanto e morte, como pudera ser tão imbecil! Ouve siderado, bebe a taça de fel. Pior do que da primeira vez, quando soube por uma carta. A lama se derrama no quarto, encobre a cama, cresce em vaga imensa, a afogá-lo. Daquela boca que imaginara pura, inocente, escorre pus.

Leonora silencia, afinal. Eleva os olhos súplices para Ascânio, pronta para novamente se oferecer de amásia, de criada. Mas um urro lancinante, de animal ferido de morte, escapa da boca de Ascânio. Leonora compreende que tudo terminou, na face do amante enxerga apenas ódio e nojo. O dedo aponta para a rua:

— Fora daqui, sua puta! Lugar de pegar macho é na rua.

Mesmo sem nada ter ouvido do conversado lá dentro, quando Leonora passa, desvairada, em pranto, e se perde na noite, Rafa cospe, negra saliva:

— Tipa imunda.

DA POLUÍDA VIA SACRA NA LONGA NOITE DE AGRESTE
— TERCEIRA ESTAÇÃO: A SANTA DESPOJADA DA
TÚNICA E DO RESPLENDOR

Muita gente na sentinela de Jarde mas falta a animação habitual dos bons velórios. Apesar da qualidade dos salgados e doces preparados por dona Amorzinho, da quantidade de cachaça e cerveja mandadas vir do bar por Josafá, o ambiente é morno. Nos grupos, reunidos na sala de frente, onde repousa o corpo, e na calçada, não espocam risos. Temas graves dominam as desenxabidas conversas. Tieta palestra com padre Mariano, que pede notícias de Ricardo. Em São Cristóvão, no convento dos franciscanos, a convite de frei Timóteo? Esse seu sobrinho, minha caríssima dona Antonieta, vai ser um luminar da igreja. Com a ajuda de Deus, o exemplo materno, os ensinamentos de frei Timóteo e a generosidade da tia. O reverendo aproveita para incensar a benemérita, colocando-lhe na graciosa cabeça um resplendor de santa: figura de proa, pilar da Igreja, símbolo de preclaras virtudes. Tieta, coberta com a túnica de louvores, arvora um sorriso modesto. Ah!, se o padre soubesse quais os exemplos dados pela mãe, as virtudes inculcadas pela tia! Ainda bem que restam a ajuda de Deus e os ensinamentos de frei Timóteo.

Osnar esforça-se para degelar a vigília, honrando a memória do defunto como devido. Narra para o doutor Marcolino Pitombo e para o gordo Bonaparte a manjadíssima história da polaca. Inédita para o advogado, amiúde repetida para Bonaparte, que não se cansa de escutá-la, cada versão apresenta novos detalhes, o escrevente se regala.

No caixão, o corpo magro de Jarde, a face de cera. Numa cadeira ao lado, Josafá recebe os pêsames. Lauro Branco, capataz da fazenda de Osnar, vizinho da Vista Alegre, íntimo do falecido, veio da roça despedir-se do amigo.

— Vim por mim e pelas cabras — diz a Josafá. — Tomara que ele encontre um rebanho grande no céu, para cuidar. Era só do que gostava.

Escutam-se as nove badaladas do sino, apaga-se a luz dos postes, silencia o descompassado ruído do motor. Termina o dia das famílias, começa a noite dos perdidos. Dona Amorzinho acende as placas. Da escuridão surge um vulto, está bêbado, doente ou louco?

Mesmo na obscuridade, todos se dão imediata conta do estado de confusão e desordem de Ascânio Trindade. Osnar interrompe a narrativa:

— O que é que há, Capitão Ascânio?

O capitão da aurora do poema de Barbozinha entra na sala, desfigurado, olhos de demente. Localiza Tieta junto ao padre, estica o braço para apontá-la, grita as palavras arrancadas com esforço, numa voz rouca, terrível, tumular:

— Sabem o que é que ela é? Pensam que é viúva, dona de fábricas, mãe de família? Não passa de uma caftina, tem casa de raparigas em São Paulo, vive disso. Quem me contou foi a outra. Pedi a mão dela em casamento, me respondeu: não posso, sou mulher-dama. Faz a vida no randevu dessa nojenta que está aí, passando por santa. Duas vagabundas e um palhaço.

DA POLUÍDA VIA SACRA NA LONGA NOITE DE AGRESTE — QUARTA ESTAÇÃO: A CONDENADA À VIDA

Na lancha de Eliezer, Tieta reclama pressa. O luar reflete-se nas águas do rio, o corpo de Tieta atirado para a frente como se assim pudesse emprestar maior velocidade ao barco.

Peto, na Praça, indicara o rumo de Leonora. Quase sem poder falar, desfeita em lágrimas, a prima o enviara à procura de Pirica, partira no bote a motor, devia estar chegando em Mangue Seco.

Eliezer chama a atenção para uma luz no rio, um barulho distante, é o bote de volta. A um sinal de Tieta, Pirica maneira o motor, as duas embarcações balouçam na água, lado a lado.

— Cadê Leonora?

— Ficou lá. Perguntei se queria que eu esperasse, disse que não, que ia demorar uns dias. O que foi que houve com ela? Não pára de chorar, é de cortar o coração.

Em Mangue Seco, Eliezer encalha a lancha na areia, acompanha Tieta que desembarca às pressas. Na luz do luar, percebem o grupo no extremo da praia, junto aos cômoros imensos. A noite é infinitamente doce e bela, as águas mansas. Tieta corre, seguida por Eliezer.

Jonas levanta a cabeça, fala:

— Se jogou dos combros, subiu sem ninguém ver. A sorte dela é que Daniel e Budião tinham saído pra pescar. Ouviram o baque do corpo, Budião trouxe ela pra canoa.

Estirada na areia, segura por duas mulheres, debatendo-se, Leonora suplica que a deixem morrer. Tieta curva-se sobre ela:

— Idiota!

Ao reconhecer a voz, Leonora volta a cabeça:

— Me perdoe, Mãezinha. Diga a elas que me soltem, quero morrer, ninguém pode me impedir.

Tieta ajoelha-se, suspende o busto de Leonora e a esbofeteia. A mão cai, pesada, com raiva, numa e noutra face da moça, os pescadores não intervêm, deixam-na fazer. Tampouco Leonora reage. Pela praia, aproxima-se correndo o comandante Dário, a quem acabam de avisar. Tieta suspende o castigo, procura levantar a protegida:

— Vamos embora.

— O que foi, Tieta? O que aconteceu? — o Comandante ajuda a pôr a moça em pé.

— Nora brigou com Ascânio, tentou se afogar — estende a mão em despedida. — Diga adeus a dona Laura, Comandante.

— Adeus? Por quê?

— Volto amanhã para São Paulo.

— E a campanha, Tieta? Vai nos abandonar?

— Já não posso lhe ser de utilidade, Comandante. Mas toque o barco pra frente, salve os caranguejos, se puder.

Na lancha, Tieta avisa a Leonora:

— Se falar outra vez em morrer, eu lhe rebento de pancada.

Mangue Seco vai se perdendo na distância, águas e areias envoltas em luar. Tieta contempla, os olhos secos.

Pelas frestas das janelas, na Praça, há quem observe as duas mulheres, vindas do ancoradouro. Dona Edna, por exemplo. Mas, na casa de Perpétua, portas e janelas estão trancadas. No passeio, atiradas, as malas, bolsas e sacolas de Tieta e Leonora.

DA POLUÍDA VIA SACRA NA LONGA NOITE DE AGRESTE — QUINTA ESTAÇÃO: ENTRE A CRUZ E A DILIGÊNCIA

Dona Milu e dona Carmosina ocupam-se de Leonora, trocam-lhe a roupa, obrigam-na a deitar-se. Na casa da velha parteira, cresce um rebuliço de tisanas e remédios — chá de erva-cidreira para acalmar os nervos, gemada para esquentar o corpo e refazer as forças. Sabino chega trazendo bolsas e maletas, a bagagem maior fora levada para a marinete, na garagem.

Tieta avisa:

— Vou ali, já volto.

Dona Milu se preocupa:

— Ali, onde? Fazer o quê?

— Não tenha medo, mãe Milu, não vou agredir ninguém.

Nas casas aparentemente adormecidas, os moradores estão despertos, atentos. Feixes de luz escapam pelas frinchas das portas, pelas vigias. Chega à rua uma ou outra palavra, dita em voz mais alta. Até a sentinela de Jarde ganhou animação. Discussões no bar repleto. Acento amargo na voz de Osnar:

— A porra dessa fábrica ainda nem começou e já apodreceu tudo.

Janelas se entreabrem ao passo de Tieta. Cruza a cidade, entra nos becos, vai até os barrancos do rio, não leva pressa, talvez se despedindo. Despedindo-se e recrutando, não anda ao acaso. Madame Antoinette, voilà!, tem destino e objetivo.

DA POLUÍDA VIA SACRA NA LONGA NOITE DE AGRESTE — SEXTA ESTAÇÃO: O JEJUM E A ALELUIA

— Estão dizendo que o negócio dela é pensão de rapariga. — Astério chega do bar, fora de horas, desarvorado.

Elisa se alça no leito, os seios saltando da camisola curta e transparente, herdada de Tieta, meia bunda à vista. Astério desvia os olhos. Noite de novidades medonhas, própria para aflição e opróbrio, nela não cabem os honestos deveres matrimoniais, muito menos depravados pensamentos.

— Mentira! Pensão de rapariga?

— Isso mesmo: castelo, randevu.

— O que é mais que tu soube?

— Elas estão em casa de Carmosina. Vão embora amanhã para São Paulo.

— O quê? Tieta vai amanhã para São Paulo?

Salta do leito, enfia um penhoar também herdado, calça as sandálias, dirige-se resoluta para a porta. Astério primeiro se perturba, depois se comove: Elisa quer despedir-se da irmã, passando por cima de tudo; muito lhe devem, os linguarudos que se danem. Também ele deseja dizer adeus a Tieta. Nem por ser o que é deixa de ser boa irmã, generosa parenta.

— Tu vai ver ela? Também vou.

Elisa volta-se da porta:

— Eu vou é embora com ela.

— Embora com ela? Para São Paulo? — não compreende.

Elisa nem responde, desaparece, a casa de dona Milu fica próxima. Quando percebe Astério a segui-la, apura os passos, acelera a marcha. Corre, ao avistar Tieta chegando da rua, grita:

— Tieta! Mana!

Tieta aguarda na porta, imóvel, o rosto carrancudo, o olhar frio, hierática. Elisa estende os braços, suplica:

— Me leve com você, mana, não me abandone aqui...

— Já lhe disse...

— Eu quero ser puta em São Paulo. Não me importo.

Astério escuta, perplexo, uma pontada no estômago, a dor aguda. Tieta desvia os olhos da irmã para o cunhado, simpatiza com ele, o bobalhão:

— Cuida da tua mulher, Astério, bota ela na linha, ensina a te respeitar. Uma vez, já lhe disse o que tinha que fazer. Por que não fez?

— Mana, pelo amor de Deus, não me deixe aqui. — Elisa se ajoelha no chão, diante de Tieta.

— Leve ela embora e faça como eu lhe disse, Astério. É agora ou nunca. — Por um momento pousa os olhos na irmã e sente pena. — A casa fica com vocês. Se precisarem de alguma coisa é só mandar dizer.

Elisa perde por completo o pundonor e a contenção:

— Me leve, Mãezinha, me bote em sua casa de raparigas.

Tieta olha para o cunhado: e então? Astério liberta-se da perplexidade, da dor de estômago, do preconceito, arranca a venda dos olhos, puxa a esposa pelo braço:

— Levanta! Vamos!

— Me solta!

— Levanta! Não ouviu?

Vibra-lhe a mão na cara. Tieta aprova com a cabeça.

— Obrigado, cunhada, por tudo. Até mais ver.

Empurra Elisa, siderada, em direção à casa, uma das melhores residências da cidade, adquirida por Tieta para nela um dia vir esperar a morte, devagar, agora posta à disposição da irmã e do cunhado, em usufruto.

De empurrão em empurrão, chegam ao quarto de dormir. Elisa tenta escapar:

— Não toque em mim.

O bofetão derruba-a na cama. A camisola enrola-se no pescoço, crescem os quadris na vista turva de Astério.

— Quer ser puta, não é? Pois vai ser é agora mesmo — estende a mão, arranca-lhe o trapo de náilon, a bunda inteira exposta, tanto tempo de jejum.

— Pra começar, vou te comer o rabo!

Um estremeção percorre o corpo de Elisa. Arregala os olhos. Repulsa, medo, espanto, curiosidade, expectativa? Heroína de novela de rádio, agitada por emoções contraditórias.

Ai, pelo amor de Deus! Esposa submissa, sobe de costas o abrupto passo, dobra os ombros sob o peso do lenho — entranhas de fogo e mel, vergalho desabrochando em flor, Elisa rompe a aleluia na noite de Agreste. Ai, o Taco de Ouro!

DA POLUÍDA VIA SACRA NA LONGA NOITE DE AGRESTE — SÉTIMA ESTAÇÃO: O CIRENEU BARBOZINHA SE OFERECE EM HOLOCAUSTO

Acaba Tieta de deitar-se quando, espavorido, o vate Barbozinha bate na porta da casa de dona Milu e anuncia:

— É de paz.

De paz e de amizade. Tieta vem do quarto de hóspedes onde Leonora adormecera à força de calmantes. Barbozinha prende-lhe a mão e a leva aos lábios. Está patético. A voz, marcada pela embolia, mais engrolada do que nunca:

— Soube que você pensa ir embora. É verdade?

— Amanhã, para São Paulo.

— Por causa do que estão falando por aí? Vai, se quiser. Se quiser ficar e me dar a honra...

— Que honra, Barbozinha?

— De ser a Sra. Gregório Melchíades de Matos Barbosa...

— Está me oferecendo casamento? Para me tirar da lama?

— Sei que não sou mais o rapaz daquele tempo, a carcaça anda meio arruinada, mas, tenho um nome honrado...

— … e ainda dança um tango como ninguém…

Tieta ri, um riso bom, alegre, de puro contentamento, um riso que lhe enche os olhos de água.

— Agora não dá, meu poeta. Eu te prezo muito e não quero te ver chifrudo, não ias gostar. Quando eu estiver velhota, volto de vez e a gente casa. Até lá, cuide da carcaça e escreva mais versos para mim.

Beija-o nas faces e deixa que as lágrimas finalmente corram.

DA NOTÍCIA E DA RESPIRAÇÃO

— Aparelho porreta! — gaba o árabe Chalita. — Os anos passam e ele não nega fogo.

Refere-se ao rádio russo na manhã apenas despertada. Em frente ao cinema, com o auxílio de Sabino, Jairo ajusta o motor da marinete, enquanto aguarda os passageiros: o horário da saída é estrito. Ufano com os elogios, bota banca:

— Já me ofereceram troca por um novo, japonês. Recusei.

O locutor do *Grande Jornal da Manhã,* de popular emissora da capital, pede atenção aos ouvintes para importante notícia que será divulgada após os comerciais. Transmissão límpida, sem estática, ratificando as alabanças de Chalita. Toalha ao ombro, doutor Franklin Lins junta-se ao grupo. Diariamente àquela hora, antes da partida da marinete, o tabelião vai ao banho de rio.

A voz empostada do radialista reafirma o suspense: *Atenção para esta notícia! Na tarde de ontem foi oficialmente concedida autorização governamental à Companhia Brasileira de Titânio S.A., a Brastânio, para estabelecer em Arembepe duas fábricas interligadas que produzirão dióxido de titânio. Objetivando o funcionamento dentro do prazo mais breve possível do grande e discutido projeto industrial, as obras para a sua concretização serão iniciadas imediatamente, em vasta área adquirida com anterioridade pela Companhia. Uma série de violen-*

tas descargas saúda a notícia. Levando em conta as origens do venerando aparelho, dir-se-ia tratar-se de um protesto.

— Vocês ouviram o que eu ouvi? — pergunta o doutor Franklin.

— É a tal fábrica que Ascânio queria trazer para Mangue Seco, não é? — acende-se o olho do árabe. Como se não bastassem os acontecidos da véspera, ainda por cima essa novidade. O dia prenuncia-se exaltante.

— Quer dizer que a tal fábrica não vai ser mais aqui? — Jairo suspende o exame do motor da marinete.

— Vai ser em Arembepe, juntinho da capital, não escutou? Era um dos lugares falados — explica o tabelião.

— Porra!

Doutor Franklin Lins toma fôlego, ajeita a toalha no ombro:

— Agora podemos respirar de novo... — acende o cigarro de palha, encaminha-se para o rio, um ar de beatitude.

ONDE TIETA ACENA UM ADEUS

Dia fraco, poucos passageiros. Tieta despede-se de dona Carmosina:

— Desculpe o mau jeito, Carmô.

A cabeça baixa, lenço na mão, molhado de lágrimas, Leonora se esconde no interior da marinete, arriada num banco. Vindo da Praça da Matriz, em correria, aparece Peto, traz o bordão do velho Zé Esteves, herança de Tieta:

— Esqueceu o cajado, tia. — Baixa a voz, acrescenta: — Vou sentir saudades.

Vai perder a grata visão de seios e coxas. Sobe para falar com Leonora, provoca abafados soluços. Adeus, prima.

Peto sai em disparada para casa, deixando a inesquecível lembrança da singela gentileza e o cheiro marcante da brilhantina de lata.

Empunhando o bordão, pastora de cabras, Tieta senta-se ao lado de Leonora. Deixa-a chorar, ainda é cedo para puxar conversa. Jairo cobra o preço dos bilhetes, de passageiro em passageiro. Tieta paga três:

— Nós duas e aquela cabrita lá atrás.

Aponta Maria Imaculada, num banco dos fundos, segurando o baú de flandres. Jairo toma assento ao volante, coloca a chave do motor, ainda faltam quatro minutos para o horário exato. Tieta dá-lhe pressa:

— Mete o pé na tábua, Jairo, vamos ver se esta jeringonça é capaz de levar a gente até Esplanada.

Jairo consulta o relógio:

— Se quiser, podemos ir direto até São Paulo, para a Imperatriz dos Caminhos não existem distâncias. E ainda por cima, ouvindo música...

Sintoniza o rádio russo. Tieta acena um adeus para dona Carmosina de pé na calçada. A marinete avança tão na maciota que mais parece uma aeronave. Liberta de pedras, tocos e buracos, eleva-se sobre o caminho de mulas, cruza o céu de Agreste.

E aqui termina a história da volta da filha pródiga à terra onde nasceu e dos sucessos ali ocorridos durante sua curta estada.

DAS PLACAS, LEMBRETE DO AUTOR

Aí está. Mal ou bem, cheguei ao término, escrevo a palavra fim. Nos folhetins de sucesso, cobra-me Fúlvio D'Alambert, o autor costuma fornecer notícia dos diversos personagens, do que lhes sucedeu depois. Não penso fazê-lo. Deixo à imaginação e à consciência dos leitores o destino posterior dos personagens e a moral da história.

Em todo caso, para atender à crítica e na esperança de conquistar-lhe a boa vontade, acrescentarei que Agreste convalesce lentamente. Tendo despido a farda de candidato, o comandante Dário de Queluz aproveita cada minuto do verão em Mangue Seco para compensar os dias perdidos na poluição da política. Quanto a Ascânio Trindade, viram-no chorando no ombro de dona Carmosina.

A inauguração da luz proveniente da Usina de Paulo Afonso foi uma festança. Deram ao antigo Caminho da Lama, na entrada da cidade, o nome do então diretor-presidente da Hidrelétrica do São Francisco. As autoridades presentes descerraram esmaltada placa azul, feita a capricho apesar da pressa, em oficina da capital: RUA DEPUTADO... Como era mesmo o nome?

Durou pouco a placa azul, sumiu durante a noite. Em lugar dela pregaram uma de madeira, confeccionada por mão artesanal e anônima: RUA DA LUZ DE TIETA.

Mão artesanal e anônima. Mão do povo.

FIM

Bahia, Londres, Bahia — 1976/1977